DE VERDADE

SÁNDOR MÁRAI

De verdade

Tradução do húngaro
Paulo Schiller

9ª reimpressão

Copyright © by Herdeiros de Sándor Márai. Csaba Gaar, Toronto

Grafia atualizada segundo o Acordo Ortográfico da Língua Portuguesa de 1990, que entrou em vigor no Brasil em 2009.

Título original
Az igazi

Capa
warrakloureiro

Imagem de capa
© Martine Franck/ Magnum Photos

Preparação
Márcia Copola

Revisão
Carmen S. da Costa
Marise S. Leal

Atualização ortográfica
Adriana Moreira Pedro

Dados Internacionais de Catalogação na Publicação (CIP)
(Câmara Brasileira do Livro, SP, Brasil)

Márai, Sándor, 1900-1989
De verdade / Sándor Márai ; tradução do húngaro Paulo Schiller.
— 1ª ed. — São Paulo : Companhia das Letras, 2008.

Título original: Az igazi.
ISBN 978-85-359-1205-0

1. Romance húngaro I. Título.

08-02018   CDD-894.5113

Índices para catálogo sistemático:
1. Romances : Século 20 : Literatura húngara   894.5113
2. Século 20 : Romances : Literatura húngara   894.5113

Todos os direitos desta edição reservados à
EDITORA SCHWARCZ S.A.
Rua Bandeira Paulista, 702, cj. 32
04532-002 — São Paulo — SP
Telefone: (11) 3707-3500
www.companhiadasletras.com.br
www.blogdacompanhia.com.br
facebook.com/companhiadasletras
instagram.com/companhiadasletras
twitter.com/cialetras

Sumário

De verdade, 9
Judit e a fala final, 253

Nota do editor

De verdade foi publicado em Budapeste no início dos anos 1940. A continuação do romance, *Judit e a fala final*, o autor terminou de escrever em 1979.

DE VERDADE

Veja aquele homem. Espere, não olhe agora, vire-se para mim, vamos conversar. Eu não gostaria que ele olhasse para cá, que me visse, não gostaria que me cumprimentasse. Agora pode olhar de novo... O homem baixo, atarracado, com o casaco de pele de gola de marta? Não, nada disso. Aquele alto, pálido, de sobretudo preto, conversando com a garçonete magra. Está pedindo a ela que embrulhe cascas de laranja cristalizada.

Interessante, para mim ele nunca comprou laranja cristalizada.

Que foi, querida?... Nada. Espere, vou assoar o nariz.

Ele já foi embora? Avise quando tiver ido.

Está pagando?... Diga, como é a carteira dele? Preste atenção, eu não quero olhar. Não é uma carteira marrom de couro de crocodilo?... É? Pois bem, isso me deixa feliz.

Por que me deixa feliz? Por nada. É claro, fui eu que lhe dei a carteira, quando ele fez quarenta anos. Dez anos atrás. Se eu gostava dele?... Pergunta difícil, minha cara. Sim, acho que gostava. Ele já foi?...

É bom que tenha ido. Espere, vou passar pó no nariz. Dá para ver que eu chorei?... É estúpido, mas, você sabe, somos assim estúpidas. Meu coração ainda bate forte quando o encontro. Se posso dizer quem ele era? Posso, sim, querida, não é segredo. Esse homem foi o meu marido.

Vamos pedir sorvete de pistache. Não entendo por que dizem que no inverno não se pode tomar sorvete. Eu gosto de vir a esta confeitaria no inverno para tomar sorvete. Às vezes, acho que tudo é possível, não só porque alguma coisa é boa ou inteligente, mas simplesmente porque é possível. Porém faz alguns anos que estou sozinha e gosto de vir aqui no inverno entre cinco e sete da tarde. Gosto do salão vermelho, com os móveis do século passado, gosto das velhas garçonetes, da agitação da praça diante das janelas espelhadas, das pessoas que chegam. Tudo transmite certo calor, tem um toque de fim de século. E o chá é excelente, você notou?... Sei que as mulheres de hoje não frequentam confeitarias. Preferem os cafés, onde precisam ter pressa, não podem sentar-se confortavelmente, o café custa quarenta centavos, almoçam salada, é o novo mundo. Mas eu ainda faço parte do outro mundo, sinto falta da confeitaria elegante, com seus móveis, seus tecidos de seda vermelha, as velhas condessas e baronesas, os armários espelhados. Não venho aqui todos os dias, como você pode imaginar, mas no inverno às vezes dou uma passada e me sinto bem. Uma certa época eu e meu marido nos encontrávamos aqui com frequência, na hora do chá, quando ele vinha do escritório, depois das seis.

Ele agora também veio do escritório. São seis e vinte, está no seu horário. Até hoje eu sei de todos os seus passos com muita precisão, como se vivesse a vida dele. Às cinco para as seis ele chama o secretário, que lhe entrega o casaco escovado e o chapéu, então sai do escritório, manda o carro seguir à sua frente, acompanha-o a pé, para esfriar a cabeça. Anda pouco, e por isso é tão pálido. Ou por outra razão, não lembro mais. Não lembro porque nunca o vejo, não falo com ele, não falo com ele há três anos. Não gosto das separações afetadas, em que os parceiros deixam o fórum de braço dado, almoçam juntos no restaurante famoso do parque da cidade, são gentis e atenciosos um com o outro, como se não tivesse acontecido nada, e, depois da separação e do almoço, seguem, cada um, o seu caminho. Sou uma mulher de princípios e de temperamento diferente. Não acredito que depois da separação as duas metades do casal possam continuar sendo boas amigas. Casamento é casamento, e separação é separação. É assim que eu penso.

Você, que acha? É verdade, você nunca foi casada.

O que a humanidade descobriu e os homens repetem impotentes há milênios não pode ser uma formalidade vazia. Acredito que o casamento seja sagrado. E acredito também que a separação seja um sacrilégio. Fui criada assim. Mas penso desse modo independentemente de tudo, não apenas por causa da educação e dos mandamentos religiosos. Acredito nisso porque sou mulher, e para mim o divórcio não é uma formalidade, como não é uma formalidade vazia o ritual no cartório diante do notário e na igreja, e sim uma união completa de corpos e de almas, definitiva, ou, em caso contrário, uma ruptura e uma separação completa de destinos. Quando nos divorciamos, eu não me iludi achando que continuaria "amiga" do meu marido. Ele, naturalmente, não deixou de ser amável e gentil, além de generoso, como era de esperar, segundo os costumes. Mas eu não fui amável nem generosa, levei embora até o piano, sim, como era de esperar, respirava rancor, teria desejado levar a casa inteira, as cortinas, tudo. Tornei-me uma inimiga dele no instante da separação, e assim será enquanto eu viver. Não quero que ele me convide para um jantar amigável no restaurante do parque, não estou disposta a fazer o papel da jovenzinha orgulhosa que frequenta a casa do ex-marido e ajeita tudo depois que a empregada roubou a roupa de cama. Pouco me importa se roubarem tudo o que ele tem, e, se um dia eu souber que ele está doente, também não vou visitá-lo. Por quê?... Porque nos separamos, entendeu? Não tenho como me conformar.

Espere, prefiro retirar o que disse sobre doença. Não quero que ele fique doente. Acabaria visitando-o se ele estivesse doente, iria ao hospital. Por que está rindo?... Está rindo de mim? Acha que espero que ele fique doente para que eu possa visitá-lo? É claro que espero. Vou esperar a vida inteira. Mas não quero que ele fique muito doente. Estava tão pálido, você viu?... Faz alguns anos que está pálido.

Vou lhe contar tudo. Você tem tempo? Eu tenho muito, infelizmente.

Bem, o sorvete chegou. Sabe, depois que eu saí da escola, fui parar no escritório dele. Naquela época nós duas continuamos nos escrevendo por algum tempo, não é? Você logo viajou para os Estados Unidos, mas ainda nos escrevemos, acho que durante uns três ou quatro anos. Lembro que sentíamos uma pela outra aquele amor bobo, adolescente, de que, ao olhar para trás, não me orgulho muito. Parece que não podemos viver sem amor. Pois eu gostava de você. Além disso, sua família era rica, e nós, por outro lado, éramos de classe média, três dormitórios, cozinha, entrada pelo corredor. Eu a admirava... e essa espécie de encantamento, entre jovens, é uma forma de ligação amorosa. Nós também tínhamos uma empregada, mas ela usava a água do banho de segunda mão, tomava banho depois de mim. Os detalhes são muito importantes. Entre a pobreza e a riqueza existe uma quantidade assustadora de nuances. E na própria pobreza, à medida que descemos de nível, você não sabe quantas nuances existem!... Você é rica, não sabe da imensa diferença entre quatrocentos e seiscentos por mês. Entre dois e dez mil por mês a diferença não é tão grande. Hoje em dia já sei bastante sobre o assunto. Para nós, em casa, entravam oitocentos por mês. Meu marido ganhava seis mil e quinhentos. Fui obrigada a me acostumar. Tudo era apenas um pouco diferente entre a casa dele e a nossa. Nós morávamos num apartamento de aluguel, eles numa mansão alugada. Nós tínhamos um terraço, e eles um pequeno jardim, com dois canteiros de flores e uma velha nogueira. Nós tínhamos uma geladeira comum e comprávamos gelo para ela no verão, na casa da minha sogra havia uma pequena geladeira elétrica que produzia belos cubos de gelo de formas regulares. Nós tínhamos uma faz-tudo, eles, um casal, empregado e cozinheira. Nós tínhamos três quartos, eles quatro, na verdade cinco contando o hall. Eles tinham um hall, com tecidos de chiffon claro nas portas, e nós tínhamos apenas um vestíbulo, onde ficava também a geladeira — um vestíbulo escuro, típico de Budapeste, com um porta-escovas e um mancebo à moda antiga. Nós tínhamos um rádio de três válvulas, e o aparelho, que meu pai havia comprado à prestação, "pegava", a cada momento, o que bem entendia; eles tinham um móvel em forma de armário, com rádio e gramofone juntos, alimentados a eletricidade, que trocava os discos e fazia o próprio Japão soar na sala. Eu fui educada para conseguir viver. Ele foi educado para, antes de tudo, viver, com elegância, segundo os costumes e, sobretudo, de maneira regrada e sem sobressaltos. Essas diferenças são enormes. Na época eu não sabia disso.

Certa vez, no início do casamento, durante o café da manhã ele me disse:

"Aquele tecido cor de malva na sala de jantar é um pouco cansativo. É grosseiro, como se alguém estivesse gritando o tempo todo. Dê uma olhada na cidade, querida, procure outro tecido para a primavera."

Eu deveria trocar o estofamento de doze cadeiras por um tecido "um pouco menos cansativo". Olhei para ele incomodada, pensei que se tratasse de uma brincadeira. Mas ele não estava brincando, lia o jornal e olhava para a frente, sério. Via-se que tinha refletido antes de falar comigo, de fato o irritava a cor malva, que — não nego — era um tanto vulgar. Minha mãe a escolhera, as cadeiras eram novas em folha. Quando ele saiu, eu chorei. Não sou completamente estúpida, entendi perfeitamente o que ele quis dizer... Procurou dizer o que jamais pode ser transmitido com palavras simples, verdadeiras e diretas, ou seja, que havia entre nós certa diferença de gosto, eu vinha de outro mundo, embora soubesse tudo, embora tivesse aprendido tudo, pois eu também era de classe média, como ele, a meu redor tudo era ligeiramente diferente, havia uma diferença quase insignificante em relação aos hábitos e gostos dele. O burguês é muito mais sensível a essas diferenças do que o aristocrata. O burguês sente necessidade de se afirmar até a exaustão. O aristocrata recebe a certificação ao nascer. O burguês precisa adquiri-la, ou preservá-la o tempo todo. Ele não pertencia mais à nação dos que tinham de adquirir, e, na verdade, não pertencia nem à nação dos que tinham de preservar. Uma vez falou sobre isso. Lia um livro em alemão, e disse que no livro encontrara a resposta à grande pergunta de sua vida. Eu não gosto dessas "grandes perguntas" — acho que em torno de uma pessoa sempre existem milhões de pequenas perguntas o tempo todo, e apenas o conjunto é importante —, e indaguei um pouco irônica:

"Você acha mesmo que agora já se conhece...?"

"É claro que sim", ele respondeu. E por trás dos óculos olhou para mim com uma sinceridade e uma disposição que me levaram a me arrepender da pergunta. "Eu sou um artista, embora não tenha um gênero de preferência. Entre os burgueses isso é comum. É assim que uma família se desfaz."

Ele nunca mais falou nisso.

Na época eu não entendi nada. Ele nunca escrevia, não pintava, não fazia música. Desprezava os amadores. Mas lia muito, "regularmente" — sua palavra preferida —, um pouco "regularmente" demais para o meu gosto. Eu lia obsessivamente, de acordo com a vontade e o estado de espírito. Ele lia como quem cumpria uma das tarefas mais importantes da vida. Quando começava um livro, não o largava antes de chegar ao fim — ainda que o livro o irritasse ou entediasse. A leitura era para ele uma obrigação sagrada, ele venerava as letras como os padres veneram o texto dos livros santos. Lidava assim também com os quadros, e da mesma maneira frequentava museus, teatros, concertos. Interessava-se por tudo, interessava-se de verdade. Interessava-se por tudo o que dissesse respeito ao espírito. Eu só me interessava por ele.

Só que ele não tinha um "gênero" definido. Dirigia a fábrica, viajava bastante, contratava artistas, a quem pagava bem. Mas tomava muito cuidado para não impor seus gostos, bem diferentes das preferências da maioria de seus funcionários e conselheiros, aos colegas de trabalho. Punha um abafador diante de todas as suas palavras, como se — muito atencioso, educado — pedisse desculpas por alguma coisa, como se estivesse perdido e precisasse de ajuda. A despeito disso era capaz de ser implacável nas decisões importantes, em especial nos negócios.

Sabe quem era meu marido? O fenômeno mais raro da vida. Era um homem.

Mas não no sentido teatral, sedutor, da palavra. Não como nos referimos à masculinidade dos campeões de esgrima. A alma dele era masculina, concentrada e reflexiva, inquieta, inquiridora e desconfiada. Na época eu ainda não sabia disso. É extremamente difícil aprendermos na vida.

Na escola não aprendemos essas coisas, eu e você, não é verdade?

Talvez eu devesse começar pelo dia em que ele me apresentou a seu amigo Lázár, o escritor. Você o conhece?... Leu os livros dele?... Eu li todos. Revirei suas obras, como se em seus livros se ocultasse um segredo que também fosse o segredo da minha vida. Mas acabei não encontrando nenhuma resposta. Segredos assim não têm resposta. A vida responde, às vezes, de maneira surpreendente. Eu nunca havia lido uma única linha desse escritor antes. Conhecia-o de nome, sim. Porém não sabia que meu marido o conhecia, não sabia que eram amigos. Certa noite, cheguei em casa e encontrei meu marido com esse homem. E então aconteceu algo muito estranho. Foi a primeira vez, no terceiro ano de casamento, que me dei conta de que não sabia nada sobre o meu marido. Vivia com alguém e não sabia nada sobre ele. Às vezes achava que o conhecia, e fui obrigada a admitir que não tinha ideia de suas preferências, de seus gostos, de seus anseios. Sabe o que eles estavam fazendo, os dois, Lázár e meu marido, naquela noite?

Jogando.

No entanto jogavam de um modo muito estranho, inquietador!

Não jogavam rumi, nada disso. Além de tudo, meu marido odiava e desprezava toda diversão mecânica, inclusive as cartas. Jogavam, mas de um modo tão estranho, um pouco amedrontador, que de início não os compreendi, senti medo, ouvi angustiada a conversa deles, como se estivesse perdida entre loucos. Na companhia daquele homem, meu marido se transformara completamente. Estávamos casados havia três anos, e, certa noite, cheguei em casa e na sala de estar encontrei meu marido e um desconhecido que parou diante de mim, fez um gesto na direção do meu marido e disse:

"Que Deus esteja com você, Ilonka. Não leva a mal que eu tenha trazido Péter comigo, não é?"

E apontou para o meu marido, que se levantou com ar constrangido e olhou para mim como quem se desculpava. Pensei que os dois tinham ficado loucos. Mas eles não se incomodaram muito comigo. O estranho falou mais, enquanto batia nas costas do meu marido.

"Encontrei com ele na avenida Arena. Imagine, ele não quis parar, o louco, só me cumprimentou e seguiu adiante. É claro que não o deixei ir embora. Eu disse: 'Péter, seu velhaco, você não está zangado, está?'. Em seguida, dei-lhe o braço e o trouxe comigo. Vamos, crianças", disse, e estendeu os braços, "abracem-se. Autorizo até mesmo um beijo."

Você pode imaginar como me senti. Com as luvas, a bolsa e o chapéu nas mãos, fiquei parada no meio da sala, feito uma imbecil, olhando sem entender. Meu primeiro impulso foi correr até o telefone e ligar para o médico da família ou para a ambulância. Depois, pensei na polícia. Mas meu marido deu um passo em direção a mim, beijou minha mão, constrangido, e com a cabeça baixa disse:

"Vamos esquecer tudo, Ilonka. Fico feliz pela felicidade de vocês."

Em seguida sentamos para jantar. O escritor sentou-se no lugar de Péter, arrumou as coisas e deu ordens como se fosse o dono da casa. Tratou-me por *você*. A empregada, naturalmente, pensou que tínhamos endoidado e, com o susto, derrubou a travessa de salada. Naquela noite eles não me explicaram o jogo. Porque o sentido do jogo dependia justamente de que eu não soubesse de nada. Essa tinha sido a combinação dos dois enquanto me esperavam, e eles jogaram com perfeição, como atores profissionais. A ideia básica era que eu teria me separado de Péter havia anos e me casara com o escritor, amigo do meu marido. Péter se ofendera e deixara tudo para nós, o apartamento, os móveis, tudo. Numa palavra, o escritor era meu marido, e Péter o encontrara na rua, o escritor agarrara o braço de Péter, separado, ofendido, e lhe dissera: "Veja bem, não seja bobo, o que aconteceu aconteceu, venha jantar conosco, Ilonka também vai gostar de vê-lo". E Péter concordara. E agora estávamos juntos, os três, no apartamento onde eu um dia vivera com Péter, e jantávamos amigavelmente, o escritor era meu marido, dormia na cama de Péter, ocupava o seu lugar na minha vida... Entendeu? Era esse o jogo que eles jogavam, como loucos.

Mas o jogo tinha também sutilezas.

Péter fazia de conta que estava constrangido porque as lembranças o torturavam. O escritor fazia de conta que estava excessivamente descontraído, que não tinha preconceitos, porque a singularidade da situação o afligia, sentia culpa para com Péter, e por isso falava alto e com animação. Eu fazia de conta... não, eu não jogava nada, apenas fiquei sentada entre eles, e olhava ora para um ora para outro, espantada com as imbecilidades incompreensíveis dos dois homens, adultos, inteligentes. Naturalmente, compreendi por fim as nuances mais sutis do jogo e me submeti às regras da estranha brincadeira. Porém, naquela noite, compreendi alguma coisa mais.

Compreendi que meu marido, que eu pensava que fosse inteiramente meu, de corpo e alma, como se diz, com todos os segredos de seu espírito, não era nada meu, mas um estranho que tinha seus segredos. Era como se eu descobrisse algo novo sobre ele; como se ele tivesse estado preso ou tivesse obsessões patológicas que não combinavam de maneira alguma com a imagem dele que nos anos passados eu pintara na minha alma. Descobri que meu marido era meu confidente somente em alguns aspectos, e, além disso, era uma pessoa estranha e misteriosa como o escritor que ele arrumara na rua e trouxera para casa, para que a despeito de mim eles jogassem um jogo absurdo, incompreensível, como cúmplices. Descobri que meu marido tinha outro mundo, não apenas o que eu conhecia.

E descobri que aquele homem, o escritor, detinha certo poder sobre a alma do meu marido.

***

Diga, que é o poder?... Hoje em dia se escreve e se fala muito sobre ele. O que é o poder político, o que leva uma pessoa a transmitir sua vontade a milhões? E qual é o conteúdo do nosso poder, da força das mulheres? Você diz que é o amor. Bem, pode ser que seja o amor. Eu às vezes duvido dessa palavra. Não nego o amor, nada disso. É a maior força terrena. E ainda assim sinto às vezes que os homens, quando gostam de nós, porque não podem fazer diferente, também nos desprezam um pouco. Todo homem de verdade tem certa reserva, como se fechasse um território da alma, do seu ser, perante a mulher de quem ele gosta e dissesse: "Só até este ponto, querida, não mais. Aqui, no sétimo recinto, eu quero ficar só". As mulheres estúpidas se enfurecem com isso. As inteligentes ficam tristes, curiosas, e depois se conformam.

E o que é o poder, o que é o poder de uma pessoa sobre a alma de outra? Por que tinha poder sobre a alma do meu marido aquele homem, o escritor infeliz, inquieto, inteligente, assustador e ainda assim imperfeito, magoado?

Porque depois descobri que ele tinha poder, um poder perigoso, mortífero. Uma vez, muito mais tarde, meu marido disse que o homem era a "testemunha" de sua vida. Esforçou-se para explicar. Disse que na vida de todos existe uma testemunha que conhecemos na juventude, e, porque ela é mais forte, fazemos de tudo para esconder desse juiz implacável o que em nós é vergonhoso. A testemunha não acredita em nós. Sabe de algo que mais ninguém sabe. Somos nomeados ministros ou ganhamos o prêmio Nobel, mas a testemunha apenas sorri. Você acredita nisso?

E disse também que até certo ponto fazemos tudo na vida em nome da testemunha, desejamos convencê-la, desejamos lhe provar alguma coisa. A carreira, os grandes desafios da vida pessoal se destinam à testemunha. Você conhece a situação desconfortável em que jovens maridos apresentam às mulheres "o" amigo, o grande companheiro da juventude, e espreitam nervosos o efeito que a moça provoca, querem saber se ela agrada ao amigo, se ele aprova a escolha... O amigo naturalmente se faz de importante, de educado, mas em segredo sente ciúme, porque de qualquer modo a moça o exclui da ligação afetiva da amizade. De certa forma, foi com esse olhar que eles me receberam naquela noite. Só que com muito mais consciência; porque ambos sabiam muito sobre coisas de que na época eu não fazia ideia.

Mas naquela noite compreendi, pela conversa deles, que os dois cúmplices, meu marido e o escritor, conheciam algo sobre as ligações entre os homens e as mulheres, entre as pessoas, de que meu marido nunca havia me falado. Como se eu não merecesse que ele falasse comigo sobre tudo.

Quando, depois da meia-noite, o estranho convidado foi embora, encarei meu marido e perguntei abertamente:

"Diga, você me despreza um pouco, não...?"

Por trás da fumaça do charuto, ele me fitou, cansado, piscando, como se tivesse saído de uma festança dissoluta e agora ouvisse em meio à ressaca minhas acusações. E, na verdade, a noite em que meu marido trouxe o escritor para a nossa casa e eles jogaram aquele jogo estranho teve um gosto ulterior pior que o de uma noitada ou de uma folia. Estávamos todos cansados, e nos afligiam sentimentos incomuns, amargos.

"Não", ele disse sério. "Eu não a desprezo nem um pouco. Por que pensou isso? Você tem inteligência e instintos fortes", disse decidido, com convicção.

Refleti, e recebi desconfiada suas palavras. Sentei-me diante dele junto da mesa desarrumada — passamos a noite sentados à mesa, depois do jantar não fomos para a sala de estar, "jogamos conversa fora" em meio a uma infinidade de tocos de cigarro e garrafas de vinho vazias, porque era disso que o convidado gostava —, e eu disse desconfiada:

"Tenho inteligência e instintos, sim. Mas que você acha da minha personalidade e da minha alma...?"

Senti que a pergunta soou um tanto patética. Meu marido olhou para mim, atencioso. Mas não respondeu.

Como se dissesse: "Esse é o meu segredo. Contente-se com meu reconhecimento da sua inteligência e de seus instintos".

De certa forma, foi assim que começou. Lembrei-me daquela noite durante muito tempo.

O escritor raramente nos visitava. Também não se encontrava muito com meu marido. Porém eu sentia no meu marido os encontros ocasionais entre os dois como a mulher ciumenta sente no homem o perfume de um encontro, ainda que passageiro, sente num aperto de mão os vapores de um perfume aderido à mão do homem. Eu, naturalmente, sentia ciúme do escritor, e nos primeiros tempos insisti algumas vezes com meu marido em que ele convidasse o escritor para jantar. Nessas horas, ele fugia do assunto, incomodado.

"Ele não gosta de estar entre pessoas", dizia, e não me olhava nos olhos. "É diferente. É escritor. Trabalha."

Entretanto eu descobri que eles ocasionalmente se encontravam em segredo. Vi-os por acaso num café. Vi-os da rua, e pela primeira vez tive uma sensação doentia, selvagem, como se alguém me ferisse com um objeto afiado, uma faca ou uma agulha pontuda. Não dava para eles me verem, estavam num dos nichos do café, meu marido dizia alguma coisa, os dois riam. O rosto do meu marido pareceu de novo muito estranho, completamente diferente do que era em casa, diferente do que eu conhecia. Segui adiante apressada e senti que estava pálida. O sangue fugiu da minha cabeça.

"Você está louca", pensei. "O que quer? O homem é amigo dele, um escritor famoso, um homem inteligente, especial. Não há nada de mais no fato de eles se encontrarem de vez em quando. O que você quer deles?... Por que seu coração está palpitando?... Você tem medo de que não a acolham como a terceira no jogo, num de seus jogos estranhos, deturpados?... Teme que aos olhos deles não seja inteligente ou culta o bastante? Está com ciúme?"

Fui obrigada a rir. Mas a palpitação selvagem no meu peito não sossegou. O coração martelava, como quando eu esperava o bebê e tive de ir para o hospital. Porém aquela sensação era doce, feliz, a palpitação de quando esperava o bebê. Caminhei na rua o mais rápido que pude, e me senti traída e excluída de alguma coisa. Minha razão compreendia e acomodava tudo. Meu marido não queria que eu encontrasse o homem incomum e estranho, a quem somente ele conhecia por um direito adquirido na juventude. Além disso, meu marido era uma pessoa silenciosa. Mas ainda assim eu me sentia um pouco enganada e traída. De noite, meu marido chegou em casa na hora habitual, e meu coração continuava batendo forte.

"Onde você esteve?", perguntei, quando ele me cumprimentou.

"Onde?" Olhou para o vazio. "Em lugar nenhum. Vim para casa."

"Está mentindo", eu disse.

Ele me olhou por um bom momento. Indiferente, quase entediado, disse:

"É verdade. Tinha esquecido. Encontrei-me com Lázár no caminho. Entramos num café. Você vê? Tinha esquecido. Você me viu no café?"

Seu tom de voz era sincero, calmo, de quem estava surpreso. Senti vergonha.

"Desculpe", eu disse. "Eu me sinto mal por não saber nada

sobre esse homem. Acho que ele não é seu amigo de verdade. E também não é meu amigo, nem nosso. Peço que o deixe, que o evite."

Meu marido me olhou intrigado.

"Ah!", disse, e limpou os óculos, muito cuidadosamente, como de costume. "Não é preciso evitar Lázár. Ele nunca insiste."

E não falou mais nele.

A essa altura eu queria saber tudo sobre Lázár. Li seus livros, na biblioteca do meu marido encontrei alguns deles, com dedicatórias manuscritas, com dizeres estranhos. O que era estranho nas dedicatórias?... Uma espécie de... como posso dizer... sem emoção... não, a palavra não é boa... eram dedicatórias irônicas, diferentes. Como se o autor desprezasse aquele a quem dedicava o livro, como se repudiasse os próprios livros e a si mesmo por ser escritor. As dedicatórias tinham algo de opressivo, amargo, triste. Como se sob o nome ele escrevesse: "Sim, sim, não posso fazer diferente, mas não concordo". Até então eu via os escritores como padres seculares. E em seus livros esse homem se dirigia ao mundo com tanta seriedade!... Eu não compreendia todos os seus escritos. Era como se ele não me desse a honra, a mim, ou ao leitor, de contar tudo... mas sobre isso escreviam e falavam bastante os críticos e os leitores. Como acontece com todas as pessoas famosas, o escritor também era odiado por muitos. Ele nunca falava de seus livros, nunca falava de literatura. Queria conhecer tudo: um dia nos visitou de noite, e eu tive de lhe explicar como se devia preparar coelho marinado... Já ouviu coisa parecida?... Sim, coelho marinado. Tive de lhe contar tudo o que sabia sobre coelho marinado, ele mandou chamar inclusive a cozinheira. Depois falou sobre girafas, de uma maneira muito interessante. Falava sobre tudo, sabia demais; só não falava nunca de literatura.

Você diz que eles são todos um pouco loucos?... Eu também pensei algo do gênero. Mas depois me convenci de que nisso eles também eram diferentes, como em tudo na vida. Não eram loucos, apenas infinitamente recatados.

No entanto, depois, Lázár desapareceu. Somente líamos seus livros, seus artigos. Às vezes as notícias o associavam a políticos e a mulheres famosas; mas não se sabia nada ao certo. Os políticos juravam que o célebre homem pertencia ao partido deles, as mulheres afirmavam que tinham capturado a fera estranha. Porém a fera se escondeu definitivamente num covil. Passaram anos sem que o víssemos. O que ele fez nesse meio-tempo?... Não sei. Viveu. Leu. Escreveu. Quem sabe tenha feito feitiços. Sobre isso ainda vou falar mais.

Transcorreram cinco anos. Vivi com meu marido durante oito anos. O bebê nasceu no terceiro. Era um menino, sim. Mandei o retrato dele para você. Era lindo, eu sei. Depois não escrevi mais, nem para você, não escrevi para ninguém, não vivi para mais nada a não ser para o meu filho. Afastei-me de todos, dos próximos e dos distantes. Não se pode amar tanto, não se pode amar ninguém tanto assim, nem mesmo o próprio filho. Todo amor é egoísmo selvagem. Pois então, quando o bebê chegou, a correspondência entre nós se interrompeu. Você era minha única amiga, mas nem de você eu precisava mais, porque tinha o bebê. Sim, nos dois anos que viveu, ele foi a felicidade na Terra, uma serenidade e um temor sem clareza. Eu sabia que ele não resistiria. Como? A gente sabe esse tipo de coisa. Sentimos tudo, o destino inteiro. Sabia que a espécie de felicidade, beleza e bondade trazida por aquela criança não era para mim. Sabia que ele morreria. Não me censure, não me condene. Eu sou melhor nisso. Porém os dois anos foram de felicidade.

Ele morreu em Vörheny. Três semanas depois do segundo aniversário, no inverno.

Diga, por que morrem as crianças inocentes? Já pensou nisso? Eu pensei muito, muitas vezes. Mas Deus não responde às perguntas.

Não tenho mais nada a fazer, então penso nisso. Sim, ainda hoje. Enquanto estiver viva. Dessa dor a gente nunca se livra. É a única dor de verdade, a morte de um filho. Todo o resto só se assemelha a essa dor única. Você não a conhece, eu sei. E, veja, não sei o que dizer, não sei se devo sentir inveja ou pena de você por não conhecê-la... Acho que sinto pena.

Talvez tudo tivesse sido diferente se a criança não viesse no terceiro ano. E talvez tudo fosse diferente se ela vivesse. Talvez... Porque um filho é o maior dos milagres, o único sentido da vida, mas não devemos nos enganar nunca e em nada, e por isso digo logo a você que não acredito que um filho possa resolver entre duas pessoas a tensão latente, o conflito insolúvel. Mas não vale a pena falar disso. O filho nasceu um dia, viveu durante dois anos e depois morreu. Eu vivi mais dois anos com meu marido, e depois nos separamos.

Agora tenho certeza de que nos separaríamos no terceiro ano se o bebê não tivesse vindo. Por quê?... Porque eu já sabia que não podia viver com meu marido. A maior das dores da vida é gostar de alguém e não poder viver com ele.

Por quê?... Uma vez, quando eu perguntava o que havia de errado entre nós, ele disse:

"Você quer que eu abra mão da minha condição humana. E eu não posso fazer isso. Prefiro morrer."

Eu compreendi de imediato. Respondi:

"Não morra. É melhor que viva e continue sendo um estranho."

Pois o que ele dizia ele cumpria; ele era assim. Não agia logo, às vezes passavam anos antes que uma palavra sua se transformasse em ação. Outros só falam, à toa, sobre planos, possibilidades, depois do jantar, de passagem, e em seguida esquecem: o que meu marido dizia tinha consequências. Como se tivesse um compromisso íntimo com as palavras, o que ele uma vez enunciava ele não abandonava mais. Quando disse: "Prefiro morrer", eu sabia que o homem não estava de fato disposto a se entregar a mim, preferiria morrer. Assim era sua personalidade e seu destino... Às vezes deixava escapar umas poucas palavras em meio a uma conversa, julgava alguém, iluminava um plano, e depois passavam anos sem que ele falasse naquilo, e um dia eu era obrigada a reconhecer que a pessoa que ele condenara tinha desaparecido da nossa vida, o plano que ele mencionara de passagem, após dois anos se concretizara. No terceiro ano eu já sabia que entre nós havia um grande problema. Meu marido era atencioso, gentil, chegava a gostar de mim. Não me traía, não conhecia outra mulher, somente eu existia. E ainda assim... agora cuidado, não me olhe, porque acho que fiquei vermelha... Apesar de tudo eu me senti nos três primeiros e nos dois últimos anos do casamento como se não fosse mulher dele, mas... Sim. Ele gostava de mim, claro que gostava. Mas ao mesmo tempo ele mal me tolerava no apartamento, na vida. Havia em seu comportamento uma complacência paciente, como a de quem não podia fazer diferente e por isso se conformava com a minha presença, no terceiro quarto. Assim é a ordem do mundo. Ele conversava comigo com boa vontade, afável, tirava os óculos, ouvia-me, dava conselhos, às vezes brincava, íamos ao teatro, convivíamos com outros, e eu via quando, com a cabeça atirada para trás, os braços cruzados, com uma expressão um pouco desconfiada, irônica e de quem duvidava, ele ouvia as pessoas. Porque às pessoas ele também não se entregava completamente. Ouvia-as, muito sério, responsável, e depois respondia, mas no tom de voz havia um desprezo piedoso, de quem sabia que por trás das coisas dos homens existia impotência, paixão, mentira e ignorância, não se devia acreditar em tudo, ainda que alguém falasse com boas intenções. Ele naturalmente não podia dizer isso às pessoas, e, portanto, escutava-as com um desprezo benevolente, sério, desconfiado, e enquanto isso às vezes sorria e balançava a cabeça como se dissesse para o outro: "Continue. Sei o que sei".

Você antes me perguntou se eu gostava dele? Sofri muito a seu lado. Mas sei que gostava dele, e sei também por que gostava... Porque ele era triste e solitário e ninguém podia ajudá-lo, nem eu. Mas quanto tempo não passou, e quanto sofrimento antes que eu descobrisse e compreendesse! Por muito tempo pensei que ele me desprezava e diminuía... mas no seu comportamento havia outra coisa. Aos quarenta anos esse homem era solitário como um padre no campo. Vivíamos numa cidade grande, em grande estilo, tínhamos muitos conhecidos, um grande círculo social. Mas estávamos sós.

Uma vez eu o vi de outro modo, uma vez na vida, por um instante. Penso na fração de segundo em que nosso filho nasceu e deixaram que o homem pálido, triste e solitário entrasse no quarto. Ele entrou incomodado, como se fosse personagem de uma situação torturante, excessivamente humana, e sentisse vergonha. Parou diante do berço, curvou-se inseguro, como de hábito, com os braços cruzados às costas, cuidadoso e contido. Naquela hora eu estava muito cansada, mas muito atenta. Debruçou-se sobre o berço, e, então, por um momento, o rosto pálido se iluminou, como se exibisse um brilho vindo de dentro. Mas ele não disse nada. Olhou o filho durante muito tempo, talvez por uns vinte minutos, imóvel. Depois se aproximou de mim, pôs a mão na minha testa e ficou em pé junto da cama, mudo. Não me olhou, olhava pela janela. O pequeno nasceu num clima outonal, enevoado, de madrugada. Meu marido ficou em pé junto da minha cama por algum tempo, acariciou-me a testa com a palma da mão quente. Depois começou a conversar com o médico, como quem discutia um assunto qualquer.

No entanto hoje sei que naquele momento, talvez pela primeira e última vez em sua vida, ele se sentiu feliz. Talvez estivesse inclinado a revelar algo do segredo que associava à condição humana. Enquanto nosso filho viveu, ele falou comigo de maneira diferente, mais confiante. Eu não podia deixar de sentir que ainda não pertencia inteiramente a ele, que o homem lutava consigo mesmo, desejava derrotar em si próprio uma resistência, a trama singular de orgulho, de medo, de mágoa, de desconfiança que não lhe permitia ser como as outras pessoas. Pelo filho ele teria feito as pazes com o mundo... um pouco. Ao menos por algum tempo. Enquanto nosso filho viveu, eu vi em meio a uma esperança intensa como o homem combateu sua personalidade. Batalhou contra si próprio como um domador contra a fera. O homem sem palavras, orgulhoso e triste se esforçou por ser completamente confiante, completamente modesto, completamente submisso. Por exemplo, ele sempre trazia presentes, pequenos presentes. Era de chorar. Porque o homem recatado se envergonhava de dar presentes miúdos, no Natal, no aniversário, eu sempre ganhava dele algo caro, vistoso, uma bela viagem, uma pele nobre, um carro novo, joias... O que sempre faltava era exatamente que ele voltasse para casa uma noite trazendo castanhas assadas por vinte centavos. Você entende?... Ou açúcar cristal, sei lá. Mas agora ele trazia. Deu tudo, o melhor médico, o quarto de criança mais lindo, e este anel eu também ganhei naquela época... Sim, é valioso... E eu vi também sua chegada certa noite com um sorriso constrangido, envergonhado, quando do papel de seda tirou um casaco de neném, fino, e um gorro de crochê. Pôs as coisas de criança sobre a mesa do quarto do nosso filho, sorriu como quem se desculpava, e depois saiu do quarto, apressado.

Estou dizendo, nessas horas eu seria capaz de chorar. De felicidade, de esperança. Porém outro sentimento se mesclava com tudo: o medo. De que ele não aguentaria, não seria capaz de lutar consigo mesmo, não suportaríamos tudo aquilo juntos, ele, o filho e eu... Alguma coisa não estava bem. Mas o quê?... Eu frequentava a igreja, rezava. Deus, me ajude!, eu dizia. Mas Deus sabe que apenas nós podemos nos ajudar.

Assim, ele lutou consigo mesmo, enquanto nosso filho viveu.

Está vendo, agora você também está ficando inquieta. Você pergunta qual era o problema entre nós, que espécie de homem era o meu marido?... Pergunta difícil, querida. Eu quebrei a cabeça durante oito anos. E desde esse tempo, depois da separação, penso nisso. Às vezes acho que sei a verdade. Mas toda teoria é suspeita. Sei apenas contar os acontecimentos.

Você pergunta se ele gostava de mim?... Sim, gostava. Mas acho que de verdade ele só gostou do seu filho e do seu pai.

Com o pai ele era afetivo, respeitoso. Visitava-o toda semana. Minha sogra almoçava em casa toda semana. Sogra, palavra de mau gosto! Essa mulher, a mãe do meu marido, era uma das criaturas humanas mais educadas que já conheci. Quando meu sogro morreu e a senhora rica, distinta, ficou só no grande apartamento, temi que ela fugisse para a nossa casa. A gente tem muitos preconceitos assim. Mas a mulher era toda delicadeza, consideração. Mudou-se para um apartamento pequeno, não pesou para ninguém, resolvia sozinha os afazeres miúdos da vida, com muita circunspecção e inteligência. Não demandou piedade nem compaixão. Naturalmente, sabia de alguma coisa que eu desconhecia sobre o filho. Somente as mães sabem da verdade, sabia que o filho era respeitoso, gentil, afável, mas... Ele não gostava dela? Frase assustadora. Porém falemos com tranquilidade, porque ao lado do meu marido aprendi — aprendemos com Lázár — que as palavras verdadeiras têm uma força modeladora e purificadora. Entre os dois, mãe e filho, nunca houve discussão, divergência de opiniões.

"Mamãe querida", dizia um, e "Filho querido", respondia a outra. Sempre um beijo, certa cordialidade ritual. Jamais uma confidência. Eles dois nunca ficavam por um tempo mais prolongado num quarto; um deles sempre se levantava e com um pretexto saía ou chamava alguém. Receavam ficar a sós, como se então tivessem de prontamente falar sobre alguma coisa, e teria sido um grande problema, um problema verdadeiramente grande, a revelação do segredo sobre o qual ambos, mãe e filho, não podiam falar. Era como eu sentia. Se era assim de verdade?... Sim, era.

Teria desejado selar a paz entre eles. Mas como, se não havia desentendimento entre eles?... Com muito cuidado, como quando tocamos um membro ferido, eu palpava essa relação. Mas ao primeiro contato, assustados, eles mudavam de assunto. O que eu poderia dizer?... A acusação e a queixa não se prendiam a nenhum acontecimento evidente, perceptível. Poderia eu dizer que mãe e filho pecavam um contra o outro de algum modo? Não, pois os dois "cumpriam suas obrigações". Tiveram álibis durante a vida toda. Dia do nome, aniversário, Natal, as celebrações pequenas e grandes da vida familiar, tudo tinha vez entre eles, com cuidado e em detalhes. Mamãezinha ganhava o presente e mamãezinha trazia o presente. Meu marido beijava a mão dela, e minha sogra beijava a testa do meu marido. No almoço ou no jantar mamãezinha ocupava o lugar dela na mesa familiar, à cabeceira, e todos se dirigiam a ela com respeito, sobre temas familiares ou mundanos, nunca se discutia, ouvia-se a opinião concisa, polida e em voz baixa de mamãezinha, e depois se comia e se falava de outras coisas. Infelizmente, sempre se falava de outras coisas... Ah, os almoços em família! As pausas entre as conversas! Esse "falar de outras coisas", o silêncio educado, sempre! Eu não podia lhes dizer que entre a sopa e a carne, entre o aniversário e o Natal, entre a juventude e a velhice eles falavam sempre de outra coisa! Não podia lhes dizer nada, porque comigo também meu marido falava sobre "outras coisas", eu também sofria pelo mesmo silêncio e pela mesma omissão que faziam minha sogra sofrer, e às vezes pensava que éramos pecadoras as duas, a mãe dele e eu também, porque não entendíamos, não buscávamos o segredo daquela alma, não solucionávamos o problema, o único problema verdadeiro das nossas vidas. Não entendíamos o homem. Ela lhe dera a vida, eu lhe dera um filho... pode uma mulher dar mais que isso para um homem? Você acha que não? Não sei. Passei a duvidar muito. Quero contar tudo a você hoje porque nós nos encontramos, eu o vi, e sinto agora que tudo em mim se reacendeu, preciso contar a história para alguém, uma vez que penso nela o tempo todo. Pois agora vou contá-la. Não está cansada? Tem tempo, mais meia hora? Escute, talvez eu consiga contar.

Pode ser que ele nos respeitasse e que, na verdade, gostasse de nós. Entretanto nem a mãe nem eu o compreendemos. Foi esse o fracasso das nossas vidas.

Você diz que para o amor não é preciso nem é possível haver "compreensão"? Está enganada, querida. Eu também dizia isso, durante muito tempo gritei essa resposta e essa acusação para os céus. O amor, ou ele existe ou não existe. O que há para "compreender" nisso?... De que vale o sentimento humano que tem por trás uma intenção, uma consciência?... Escute, quando a gente envelhece, descobre que tudo é diferente, é preciso "compreender" tudo, é preciso aprender tudo, também sobre o amor. Sim, não balance a cabeça, não sorria. Somos humanos, e tudo nos atinge por meio da nossa compreensão. Os sentimentos e impulsos se tornam toleráveis por meio da compreensão; de outro modo seriam insuportáveis. Não basta amar.

Bem, não vamos discutir por esse motivo. Sei o que sei. Paguei bem caro por isso. Quê?... Com a vida, com a vida toda. Com o fato de que estou aqui sentada com você nesta confeitaria, no salão vermelho, e meu marido manda que embrulhem laranja cristalizada para outra. Não me surpreende por outro lado que ele leve laranja cristalizada para casa. Ele tinha um gosto assim vulgar em tudo. Para quem?... Para a outra mulher. Não gosto de dizer o nome dela. Para aquela com quem ele se casou depois. Não sabia que ele se casou?... Pensei que a notícia tivesse chegado a Boston, a vocês, nos Estados Unidos. Você vê, somos assim estúpidos. Somos capazes de acreditar que as questões pessoais, as verdadeiras, são acontecimentos mundiais. Quando tudo ocorreu, a separação, o novo casamento do meu marido, aconteciam coisas grandes no mundo, países eram desmembrados, preparava-se uma guerra, até que um dia a guerra se concretizou... Não foi surpresa, Lázár também disse que as coisas para as quais as pessoas se preparam durante muito tempo, com muita determinação, empenho, planejamento e prudência — por exemplo, a guerra —, por fim acontecem. Mas não me teria surpreendido se naqueles dias os jornais, na primeira página, em letras maiúsculas, noticiassem a minha guerra, as minhas batalhas, as minhas derrotas, as vitórias eventuais, e, de um modo geral, as linhas de frente que constituíam a minha vida... Mas isso é outra história. Quando o bebê nasceu, estávamos longe disso.

Talvez eu pudesse dizer que, nos dois anos que nosso filho viveu, meu marido selou a paz comigo e com o mundo. Não uma paz de verdade, mas uma deposição de armas, um armistício. Esperava e observava. Esforçou-se por apaziguar a alma. Porque ele tinha uma alma limpa. Já disse que ele era um homem. Era também mais que isso: era um homem digno. É claro, não no sentido vulgar, de quem duelava ou se matava porque não conseguia pagar a dívida de jogo. Além do mais, não jogava cartas. Um dia disse que um homem digno não joga cartas, pois somente tem direito ao dinheiro ganho com o trabalho. Era digno nesse sentido. Portanto era educado, paciente com os mais fracos. Severo e preservador do status junto aos de mesma condição. Porque não conhecia outra condição, acima dele não reconhecia nenhuma condição social terrena. Respeitava somente os artistas. Dizia que eram filhos de Deus, que haviam escolhido o mais difícil. Não reconhecia ninguém acima dele.

E, porque era um homem digno, quando nosso filho nasceu ele se esforçou por solucionar na alma a estranheza assustadora que me fazia sofrer, e se esforçou por se aproximar de mim e do filho, de um modo emocionante. Como se um tigre decidisse que a partir de amanhã seguiria a dieta de Gerson e se inscreveria no Exército da Salvação. Nossa, como é difícil viver, ser gente!... Vivemos assim durante dois anos. Não muito bem, não felizes. Apenas em silêncio. Ele deve ter vivido os dois anos com muito esforço. É necessária uma força sobre-humana para viver contra a própria natureza. Ele procurou ser feliz rangendo os dentes. Procurou se libertar em meio a uma cãibra, viver leve e despreocupado, confiante. Coitado!... Talvez não sofresse assim se eu o soltasse no íntimo, se depositasse toda a minha necessidade de amor, todos os meus anseios, no nosso filho. Nesse meio-tempo em mim também aconteceu algo que na época não compreendi. Eu gostava do meu filho somente através do meu marido. É possível que Deus tenha me punido por isso. Por que está me olhando com esses olhos arregalados?... Não acredita?... Ou se assustou?... Pois então, querida, minha história não é uma história leve. Eu me encantei pelo meu filho, vivi somente para ele, somente durante aqueles dois anos senti que minha vida tinha um objetivo e sentido... mas gostava do meu filho por causa dele, entende? Queria que o filho o ligasse a mim, de dentro e por inteiro. Talvez seja abominável, mas hoje sei que meu filho, por quem vivo um luto permanente, foi apenas um instrumento, um pretexto para obrigar meu marido ao amor. Se tivesse de depor no confessionário até de manhã, eu não conseguiria colocar a coisa em palavras. Porém ele sabia disso sem palavras, e, em segredo, bem no íntimo, eu também sabia, sem as palavras apropriadas, porque na época eu não tinha palavras para os fenômenos da vida... Chegam mais tarde as palavras verdadeiras, pagamos muito caro por elas. As palavras ainda pertenciam a Lázár. Um dia ele nos deu as palavras, com um gesto de desprezo, como quem acerta um mecanismo, como quem abre uma gaveta secreta. Mas na época não sabíamos nada um sobre o outro. Tudo parecia na maior ordem, visto de fora, à nossa volta. De manhã, a *nurse* trazia o bebê, vestido de azul-claro e rosa, para a mesa do café. Meu marido falava com o filho e comigo, depois pegava o carro e ia para a fábrica. De noite jantávamos na cidade, tínhamos convidados que celebravam nossa ventura, o belo lar, a mãe jovem, a linda criança, o ambiente sem preocupações. O que pensavam quando iam embora?... Acho que sei. Os estúpidos nos invejavam. Os inteligentes e sensíveis respiravam aliviados quando saíam pelo portão e pensavam: "Enfim sós!...". Mantínhamos a mais nobre das cozinhas, vinhos importados, conversas silenciosas, reflexivas. Só que em tudo faltava alguma coisa, e o convidado se alegrava quando se via do lado de fora. Minha sogra também chegava num sobressalto delicado e partia com uma pressa estranha. Sentíamos tudo, mas de nada sabíamos. Talvez meu marido soubesse, ele sim... No entanto, na época, ele não podia agir de outra forma, com os dentes cerrados, impotente, não tinha saída a não ser se sentir feliz.

Eu não o soltava, no íntimo, em nenhum instante. Eu o prendia com a criança, o chantageava, em silêncio, tinha uma demanda emocional. Se existem forças assim entre as pessoas?... Apenas elas existem. Todos os meus momentos eram do meu filho, mas apenas porque eu sabia que, enquanto ele existisse, meu marido também existiria e seria só meu. Deus não perdoa essas coisas. Não se pode amar com uma intenção. Não se pode amar com angústia, de modo imbecil. Você diz que só assim é possível?... Pois era assim que eu gostava dele.

Vivíamos acima da vida da criança e lutávamos um contra o outro. Lutávamos com sorrisos e educação, obsessivamente e sem palavras. Um dia aconteceu algo. Eu me cansei. Como se minhas mãos e meus pés tivessem adormecido. Porque eu também vivia com muito esforço naqueles anos, não apenas ele.

Eu me cansei como quem adoece. Foi no início do outono, há muitos anos. Era um outono morno, adocicado. A criança tinha feito dois anos e começava a se tornar interessante, uma individualidade emocionante e delicada, alguém... Certa noite nós estávamos sentados no jardim. A criança havia deitado. Meu marido disse:

"Quer passar seis semanas em Merano?"

Dois anos antes eu tinha lhe pedido para irmos a Merano no começo do outono. Sou supersticiosa, gosto de um pouco de feitiçaria também, acreditava no poder curativo das uvas. Naquela ocasião ele não atendera meu pedido, esquivara-se com uma desculpa. Eu sabia que ele não gostava de viajar comigo porque temia a intimidade excessiva da viagem, os dias em que duas pessoas no estrangeiro, em quartos de hotel, vivem inteiramente uma para a outra. Em casa, entre nós havia o apartamento, o trabalho, os amigos, as obrigações da vida. Porém agora ele queria pagar, a seu modo.

Fomos para Merano. Nesse período minha sogra — como se esperava, segundo o costume — mudou-se para a nossa casa. Cuidou do pequeno.

Foi uma viagem peculiar. Lua de mel, despedida, descoberta, prova, tudo junto, o que você quiser. Ele se esforçou por se abrir para mim. Porque o certo, minha cara, é que não era entediante estar na companhia daquele homem. Sofri muito, quase morri, algumas vezes me anulei, outras nasci de novo na companhia dele, mas não me entediei por um único instante. Digo isso apenas de passagem. Pois então um dia viajamos para Merano.

Foi um outono dourado de uma vida grandiosa, densa,

cheia de pompa. Fomos de carro, as árvores estavam carregadas de frutas amarelas. O ar era vaporoso, perfumado como num jardim, quando as plantas começam a apodrecer. As pessoas, gente rica sem preocupações, murmuravam, nadavam, ronronavam na luminosidade quente, pesada, como marimbondos barrigudos. Havia americanos que fritavam ao sol com cheiro de mosto, mulheres francesas parecidas com vaga-lumes, inglesas prudentes. O mundo ainda não tinha sido emparedado, por um instante tudo resplandecia sob um grande brilho, a Europa, a vida. Porém havia também em tudo uma espécie de pressa, de gastança endoidada. Os homens sabem de seus destinos. Nós nos hospedamos no melhor hotel, fomos a corridas, ouvimos música, ocupamos dois quartos conjugados, com vista para as montanhas.

O que havia na base dessas seis semanas? Que espécie de espera?... Esperança?... Havia um grande silêncio à nossa volta. Meu marido levou livros, tinha uma escuta literária perfeita, diferenciava a nota verdadeira da falsa como Lázár, ou como um grande músico. Ao pôr do sol nos sentávamos no terraço, eu lia poemas franceses para ele, romances ingleses, prosa alemã difícil, Goethe, e algumas cenas da peça de Hauptmann, *Florian Geyer*. Ele gostava muito da peça. Uma vez a vira no palco, em Berlim, e sempre se lembrava dela. Gostava também do *Danton* de Büchner. E do *Hamlet* e do *Ricardo III*. Eu também tinha de ler para ele as poesias de János Arany, as *Outonais*. Depois nos vestíamos, jantávamos no grande restaurante, tomávamos vinho italiano doce e comíamos caranguejo.

Vivemos um pouco como os novos-ricos, que desejam repor e experimentar de uma vez tudo o que não tiveram na vida. Ouvem Beethoven, mastigam capão e bebericam champanhe francês para acompanhar a música. Mas também vivíamos um pouco como quem se despedia de alguma coisa. Os derradeiros anos, antes da guerra, se adensaram com uma atmosfera de despedida inconsciente. Assim dizia meu marido, eu apenas escutava. Eu não me despedia da Europa — somos mulheres, estamos entre nós, podemos confessar que não temos uma relação verdadeira com essas teorias —, mas de um sentimento do qual, bem no fundo, ainda não tive força de me separar. Às vezes eu sufocava de impotência.

Certa noite estávamos sentados na varanda do quarto do hotel. Sobre a mesa havia uvas numa travessa de vidro, maçãs grandes, amarelas, porque era o tempo da colheita de maçãs em Merano. O ar estava doce, com aroma de frutas, como se tivessem esquecido aberto em algum lugar um grande vidro de compota. No térreo uma orquestra francesa de salão tocava trechos de antigas óperas italianas. Meu marido pediu vinho, o vinho — Lacrima Christi —, marrom-escuro, estava numa garrafa de cristal sobre a mesa. Em tudo, na própria música, havia algo de adocicado, por demais maduro, um pouco nauseante. Meu marido sentiu e disse:

"Amanhã voltaremos para casa."

"Sim", eu disse, "vamos para casa."

Ele falou de súbito, no tom solitário, grave, que sempre me atingia como se soasse um instrumento musical de uma tribo primitiva sombria.

"Diga, Marika, que vamos fazer agora?"

Se eu sabia do que ele falava? Da nossa vida. A noite estava estrelada. Eu olhava para as estrelas, as estrelas do céu italiano outonal, e sentia horror. Sentia que chegara o momento em que não havia sentido no esforço, era preciso dizer a verdade. Minhas mãos e meus pés estavam frios, mas as palmas das minhas mãos suavam de nervosismo. Eu disse:

"Não sei, não sei. Não consigo deixá-lo. Não consigo imaginar a vida sem você."

"Sei que é muito difícil", ele disse calmo. "Eu nem espero isso. Talvez não tenha chegado a hora. Talvez a hora nunca chegue. Mas nessa convivência, também nesta viagem, em nossa vida toda há algo de degradante e vergonhoso. Não temos coragem de nos dizer qual é o problema entre nós."

Por fim ele falava. Fechei os olhos, senti tontura. Ouvi assim, de olhos fechados. Disse apenas:

"Então diga finalmente qual é o problema entre nós."

Ele ficou muito tempo em silêncio, pensativo. Acendeu um cigarro no outro. Na época fumava cigarros ingleses fortes, fumo com ópio cuja fumaça sempre me deixava um pouco tonta. No entanto o cheiro era parte dele, como o cheiro de feno dos armários de roupas de baixo, porque suas roupas, as roupas de baixo, tinham de ser aromatizadas sempre com o perfume inglês de feno, como ele gostava. Quantos detalhes compõem um homem! Por fim ele disse:

"Eu não tenho uma necessidade real de que gostem de mim."

"Não é possível", eu disse rangendo os dentes. "Você é humano. Com certeza você também precisa de amor."

"As mulheres não acreditam nisso, não podem saber, não compreendem", disse, como se falasse com as estrelas. "Que existe uma espécie de homem que não precisa de amor. Fica bem sem ele."

Falava sem páthos, de muito longe, mas com naturalidade. Eu sabia que dizia a verdade, também agora, como em tudo. Ou ao menos achava que dizia a verdade. Comecei a negociar.

"Você não pode saber tudo sobre si mesmo. Talvez não tenha coragem de suportar um sentimento. É preciso ser mais humilde, se entregar mais", eu disse suplicante.

Atirou fora o cigarro. Levantou-se. Era alto — você viu como ele é alto? —, uma cabeça mais alto que eu. Porém nessa hora ele se elevou por inteiro acima de mim, apoiou-se na grade da varanda e cresceu triste sob as estrelas, na noite estrangeira, com o segredo pesado, estranho, que eu tanto desejaria decifrar, no coração. Disse, com os braços cruzados:

"Qual é o sentido da vida de uma mulher? Um sentimento a que ela se entrega por inteiro, dos pés à cabeça. Eu sei disso, mas compreendo apenas com a razão. Eu não consigo me entregar a um sentimento."

"E a criança?", perguntei, dessa vez num tom agressivo.

"É disso que se trata", disse animado, com um tremor inquieto na voz. "Pela criança estou disposto a tolerar muitas coisas. Gosto dela. E através dela gosto de você."

"E eu...", comecei. Mas não prossegui.

Não tive coragem de lhe dizer que na criança eu também só gostava dele.

Falamos e ouvimos longamente naquela noite. Às vezes aquilo tudo me vem com a lembrança de todas as palavras. Ele também falou.

"Uma mulher não é capaz de entender. Um homem pode viver da própria alma. O resto é apenas repetição, produção secundária. E o filho é o milagre especial. Nesse ponto o homem negocia. Negociemos. Fiquemos juntos, mas goste menos de mim. Goste mais do seu filho", ele disse num tom estranho, engasgado, quase ameaçador. "Deixe-me livre no seu íntimo. Você sabe que, ao dizer isso, eu não peço nada mais, não tenho segundas intenções nem plano secreto. Mas não consigo viver nessa tensão emocional. Há homens mais femininos, que precisam ser amados. Mas há outro tipo de homem, que suporta o amor como pode. E eu sou assim. Todo homem de verdade é tímido, se você não sabe."

"O que você quer?", eu disse com dificuldade. "O que posso fazer?..."

"Uma espécie de sociedade", ele disse. "Pela criança. Para que possamos ficar juntos. Você sabe exatamente o que eu quero", ele disse ainda, muito sério. "Só você pode ajudar. Apenas você pode relaxar o compromisso. Mas eu não quero deixá-la, nem à criança. Talvez eu peça mais do que é possível. Que fiquemos juntos, mas não tanto, não incondicionalmente, não para a vida e para a morte. Porque isso eu não aguento. Sinto por você, mas não aguento", disse atencioso.

Nessa hora eu perguntei uma bobagem.

"Então por que se casou comigo?..."

Respondeu de modo assustador. Disse:

"Quando me casei com você, eu sabia de quase tudo sobre mim. Mas não sabia o bastante sobre você. Casei com você porque não sabia que você gostava tanto de mim."

"Isso é pecado?", perguntei. "É um pecado muito grande eu gostar tanto de você?"

Ele riu. Ficou ali de pé, no escuro, fumando, riu baixo. Porém naquele instante riu triste, sem nenhum cinismo, nem superioridade.

"É mais que um pecado", respondeu. "É um erro."

E depois ainda disse:

"Essa resposta não fui eu quem inventou. Talleyrand foi o primeiro, quando descobriu que Napoleão tinha matado o duque de Enghien. É um lugar- comum, caso você não saiba", concluiu amigável.

E eu lá me importava com Napoleão e o duque de Enghien! Eu sabia precisamente, sentia o que ele queria dizer com tudo aquilo. Continuei a negociar:

"Veja só, talvez isso tudo nem seja tão insuportável. Um dia virá a velhice. Não será tão ruim você se aquecer em algum lugar, quando tudo em volta estiver mais frio."

"É exatamente isso", ele disse em voz baixa. "Isso também arde por trás de tudo, a chegada da velhice."

Ele tinha quarenta e oito anos. Fizera quarenta e oito naquele outono. Mas parecia muito mais jovem. Envelheceu de repente, depois da separação.

No entanto não conversamos mais naquela noite. Nem no dia seguinte, nunca mais. Passados dois dias voltamos para casa.

Quando chegamos, encontramos a criança com febre. Uma semana mais tarde o pequeno morreu. Depois não falamos nunca mais sobre nada pessoal. Vivemos apenas lado a lado e esperamos que alguma coisa acontecesse. Quem sabe um milagre. Porém milagres não existem.

Certa tarde, algumas semanas depois da morte do nosso filho, cheguei em casa, vinda do cemitério, e entrei no quarto dele. No quarto escuro, estava meu marido, em pé.

"Que quer aqui?", perguntou seco.

Em seguida, ele voltou a si e saiu apressado.

"Desculpe", ele disse por sobre os ombros, da soleira da porta.

Ele havia mobiliado o quarto. Escolhera cada peça de mobília pessoalmente, arrumara tudo, designara o lugar de cada móvel. É verdade, enquanto o filho viveu, ele raramente entrara ali: mesmo então parava um tanto constrangido na porta, como quem temia o ridículo de uma situação emotiva. Porém pedia o filho para si todos os dias em seu quarto, e toda manhã e toda noite eu tinha de lhe contar como o pequeno havia dormido, se comera, se estava com saúde. Além disso, ele entrou uma única vez no quarto da criança, algumas semanas depois do enterro. De qualquer maneira tínhamos trancado o quarto, a chave ficou comigo durante três anos, até a nossa separação, nunca o abrimos, tudo ficou como no instante em que levamos nosso filho para a clínica. Apenas eu entrava vez ou outra, sem que ninguém soubesse.

Naquelas semanas, depois do enterro, eu andei meio louca. Entretanto eu me arrastava com uma força ensandecida, não queria me aniquilar. Sabia que talvez ele estivesse mais doente que eu, parecia próximo de um completo desmoronamento, e, ainda que negasse, precisava de mim. Nessas semanas aconteceu algo, entre mim e ele, ou entre ele e o mundo... não sei dizer com exatidão. Alguma coisa nele se partiu. Tudo aconteceu naturalmente, sem palavras, como em geral acontecem as coisas grandes e perigosas. Quando falamos, quando choramos ou gritamos, tudo fica mais leve.

No enterro ele se manteve muito calmo, mudo. A calma dele se estendeu a mim. Em linha reta, sem palavras, sem uma lágrima, seguimos o pequeno caixão branco e dourado. Você sabe que depois ele não foi comigo ao cemitério, ao túmulo, uma única vez?... Talvez tenha ido sozinho, não sei.

Uma vez ele disse:

"Quando começamos a chorar, já estamos traindo. O curso das coisas já aconteceu. Não acredito em lágrimas. A dor é sem lágrimas e muda."

O que aconteceu comigo naquelas semanas?... Agora, retrospectivamente, diria que jurei vingança. Vingança contra quem?... Contra o destino? Contra os homens? Palavras estúpidas. Meu filho foi tratado pelos melhores médicos da cidade, você pode imaginar. Nessas situações costuma-se dizer: "Fez-se tudo o que estava ao alcance dos homens". São apenas palavras. Para começar, não se fez tudo aquilo de que o poder do homem é capaz. As pessoas se ocupavam de toda sorte de coisas nos dias em que o pequeno agonizava, e a menor de suas preocupações era maior que a de salvar meu filho. Naturalmente, não tenho como perdoar as pessoas por isso, nem mesmo hoje. Porém jurei também outra espécie de vingança, não com a razão, mas com os sentimentos. Ardia em mim a chama gélida de uma indiferença, de um desprezo singular. Não é verdade que o sofrimento nos purifica, nos faz melhores, mais sábios e compreensivos. Nós nos tornamos frios, iniciados e indiferentes. Quando compreendemos, pela primeira vez na vida, o destino, nos tornamos quase serenos. Serenos e solitários no mundo, de um modo singular e assustador.

Também naquelas semanas eu me confessava, como antes. Mas o que eu poderia confessar? Onde estava o meu pecado, em quê?... Eu achava que não havia criatura mais inocente na Terra. Hoje não sinto mais assim... O pecado não é somente o que o catecismo designa como tal. O pecado não é somente o que fazemos. O pecado é também o que desejamos mas não temos força suficiente para realizar. Quando meu marido — pela primeira e última vez na vida —, naquele tom estranho, áspero, gritou comigo no quarto do nosso filho, compreendi que aos olhos dele eu era pecadora porque não conseguira salvar a criança.

Vejo que você silencia, olha fixamente para a frente, num desconforto sofrido. Sente que apenas o exagero injusto pelo sentimento magoado, o desespero, pode levar a uma afirmativa dessas. Eu não senti a acusação como injusta nem por um único instante. Você diz que "se fez tudo". Pois então, o juiz não pode me prender porque se fez tudo o que segundo a opinião dos homens teria de ser feito. Fiquei sentada junto da cama do meu filho durante oito dias inteiros, dormi lá, cuidei dele, fiz pouco da ética médica e chamei outros médicos quando o primeiro e o segundo não puderam ajudar. Fez-se tudo, sim. Mas eu fiz tudo para que meu marido vivesse, para que meu marido ficasse comigo, para que meu marido gostasse de mim, se não por outra razão, ao menos por meio de seu filho. Entende?... Rezava pelo meu marido quando rezava pela criança. Somente a vida dele era importante, e, por ela, era importante a vida da criança. Pecado, você diz?... O que é o pecado?... Eu já sei o que é o pecado! É a necessidade de gostar de uma pessoa e prendê-la por inteiro, no íntimo, com toda a força. Pois isso tudo ruiu quando a criança morreu. E eu sabia que tinha perdido meu marido porque, embora sem palavras, ele me culpava. Acusação absurda, injusta, você diz... Não sei. Não suporto falar disso.

Então, no período que se seguiu à morte da criança, eu me senti muito cansada. Naturalmente, eu também logo adoeci, fiquei de cama com pneumonia, me recuperei, e depois tive uma recaída. Andei adoentada durante meses. Fiquei internada num sanatório, meu marido mandava flores e me visitava todos os dias, na hora do almoço e de noite, quando vinha da fábrica. Eu dispunha de uma enfermeira, estava tão fraca que não podia me alimentar sozinha. Eu sabia que nada daquilo me ajudaria, meu marido não me perdoava, nem a doença iria sensibilizá-lo. Continuou sendo atencioso e gentil, assustadoramente correto e gentil... quando ele saía, eu sempre chorava.

Nesse período minha sogra me visitou muitas vezes. Um dia, quase na primavera, quando eu já recuperara as forças, ela estava sentada junto do meu divã, tricotava e ouvia, como de costume. Depois largou o tricô, tirou os óculos, sorriu para mim amistosa e disse com intimidade:

"O que você quer com a vingança, Marika?..."

"Por quê?", perguntei sobressaltada e vermelha. "De que vingança a senhora está falando?"

"Quando estava febril, você repetia: 'Vingança, vingança'. Não há vingança, minha querida. Somente paciência."

Prestei atenção, nervosa. Depois da morte da criança talvez fosse a primeira vez que eu prestava atenção em alguma coisa. Em seguida, comecei a falar.

"Não dá para suportar, mamãe. Qual é o meu pecado? Sei que não sou inocente, mas não consigo entender onde pequei, qual foi o meu erro. Não sou digna dele? Devemos nos separar? Se você, mamãe, também acha que vai ser melhor, eu me separo dele. Saiba que não sinto nada, não penso em nada a não ser nele. Mas, se não tenho como ajudá-lo, prefiro me separar. Pode me aconselhar, mamãe?"

Ela olhou para mim séria, inteligente e triste.

"Não se aflija, minha pequena. Você bem sabe que não existe conselho. É preciso viver, é preciso suportar a vida."

"Viver, viver!", eu gritei. "Eu não consigo viver como uma árvore. A vida só é possível se tiver uma razão. Eu o conheci, me apaixonei por ele, de repente a vida fez sentido. Depois tudo se tornou tão diferente... Não poderia dizer que mudou. Não poderia dizer que ele gostava menos de mim do que nos primeiros anos. Ele ainda gosta de mim, mas está zangado comigo."

Minha sogra ficou em silêncio. Calava como quem não concordava com o que eu dizia, mas não me contestava.

"Não é verdade?", perguntei inquieta.

"Assim talvez não seja verdade", ela disse cuidadosa. "Não acho que esteja zangado com você. Mais exatamente, não acho que é com você que ele está zangado."

"Então com quem é?", perguntei impulsiva. "Quem o feriu?"

Nesse momento a senhora inteligente olhou para mim muito séria.

"É difícil", disse, "é difícil responder a isso."

Suspirou. Pôs o tricô de lado.

"Ele nunca lhe falou sobre a juventude dele?"

"Falou, sim", eu disse. "Uma vez ou outra. Como ele costumava... com uma risada estranha, nervosa, como quem se envergonha de falar de coisas pessoais. Sobre pessoas, amigos. Mas nunca disse que alguém o magoou."

"Não, nada disso", disse minha sogra, de passagem, num tom quase indiferente. "Não se pode dizer isso. Magoar... a vida nos magoa de muitas maneiras."

"Lázár", eu disse. "O escritor. A senhora o conhece, mamãe? Talvez seja o único que saiba alguma coisa sobre ele."

"Sim", disse minha sogra. "Gostava dele uma certa época. Esse homem sabe de alguma coisa. Mas é inútil falar com ele. Não é boa pessoa."

"Interessante", eu disse. "Também sinto isso."

Ela voltou a tricotar. Sorriu com delicadeza, disse de passagem:

"Acalme-se, minha menina. Agora tudo ainda dói muito. A vida seguirá e arranjará de maneira extraordinária tudo o que parece insuportável. Você vai voltar para casa, eu vou viajar, no lugar do pequeno virá outro..."

"Não acredito", eu disse, e o desespero apertou meu coração. "Tenho um pressentimento muito ruim. Acho que alguma coisa acabou. Diga: o nosso casamento é um casamento verdadeiramente ruim?"

Por trás de pálpebras semicerradas, ela me fixou com um olhar penetrante através dos óculos. Disse objetiva:

"Não acho que o casamento de vocês seja ruim."

"Interessante", eu disse amarga. "Eu às vezes acho que é dos piores. A senhora conhece algum que seja melhor...?"

"Melhor?", perguntou num tom reflexivo, e, como quem olhava para longe, virou a cabeça. "Talvez. Não sei. A felicidade, a verdadeira, não se exibe. Mas conheço piores, com certeza. Por exemplo..."

Calou-se. Como quem se assustara, como quem se arrependera de ter começado a falar. Mas eu não a larguei mais. Levantei-me no divã, atirei o cobertor no chão e disse num tom exigente:

"Por exemplo?"

"Bem, sim", disse, e suspirou. Voltou a tricotar. "Lamento que estejamos falando nisso. Mas, se a consola, posso dizer que o meu casamento foi pior, porque eu não gostava do meu marido."

Disse isso com tanta calma, quase indiferente, como falam apenas os velhos que se despedem pois já conhecem o verdadeiro significado das palavras, não temem mais nada e não respeitam os acordos humanos acima da verdade. Ante a confissão eu empalideci um pouco.

"Não é possível", eu disse incrédula, perturbada. "Vocês viviam tão bem."

"Não vivíamos mal", ela disse secamente, enquanto tricotava

aplicada. "Eu trouxe a fábrica, você sabe. Ele gostava de mim. É sempre assim: um dos dois gosta mais que o outro. Mas, para quem gosta, é mais fácil. Você gosta do seu marido, e por isso para você é mais fácil, mesmo que sofra por isso. Eu tinha de suportar um sentimento com o qual não tinha nenhuma ligação íntima. É muito mais difícil. Suportei, durante uma vida, como você vê, estou aqui. A vida não passa disso. Quem deseja algo diferente é rebelde, sonhador. Eu nunca fui sonhadora. Mas é melhor para você, acredite. Eu chego a invejá-la."

Inclinou a cabeça de lado, assim me olhou.

"Mas não pense que eu sofria. Vivia como as outras pessoas. Só respondi porque você está aflita, perturbada. Agora você sabe. Você pergunta se o casamento de vocês é dos piores?... Não creio. Casamento", disse calma, grave, como se proferisse uma sentença.

"Mãezinha, a senhora aconselha que fiquemos juntos?", perguntei, e senti muito medo.

"Naturalmente", respondeu. "O que você acha?... O que é o casamento? Um estado de espírito? Um ideal?... É um sacramento e uma lei da vida. Não se pode nem pensar nisso", disse um pouco indignada, hostil.

Ficamos em silêncio durante muito tempo. Eu olhava para as mãos ossudas dela, os dedos hábeis, velozes, o desenho do tricô, olhava o rosto pálido, emoldurado em cabelos brancos, sereno e sem rugas. Não via marcas de sofrimento no rosto. Se sofreu, pensei, foi bem-sucedida na tarefa humana mais difícil, não se entregou, conseguiu com honestidade passar no exame mais difícil. Talvez não possamos fazer mais que isso. Todo o resto — anseios, inquietações — parece nada se comparado a isso. Assim eu ponderava. Mas na realidade sabia que não conseguiria me conformar. Disse:

"Eu não quero a infelicidade dele. Se ele não pode ser feliz comigo, que vá embora, que procure a outra."

"Quem?", perguntou minha sogra, enquanto examinava com

muito cuidado os pontos do tricô, como se aquilo fosse o mais importante.

"A de verdade", eu disse áspera.

"Você sabe dela...?", perguntou baixo minha sogra, sem olhar para mim.

Sabe, de novo fui eu quem ficou constrangida. Com essas duas pessoas, a mãe e o filho, eu sempre me sentia uma menor de idade, alguém que não havia sido iniciada nos segredos da vida.

"De quem?", eu perguntei ansiosa. "De quem eu deveria saber...?"

"Dela", disse minha sogra, hesitante. "Você falou há pouco... A de verdade."

"Então ela existe em algum lugar? Vive em algum lugar...?", perguntei, dessa vez muito alto.

Minha sogra se debruçou sobre o tricô. Disse em voz baixa:

"A de verdade está sempre viva em algum lugar."

Em seguida ela se calou. E eu nunca mais ouvi uma palavra sobre o assunto. Era como o filho, havia nela algo do destino implacável.

Entretanto, alguns dias depois dessa conversa, para minha surpresa eu sarei. No primeiro momento nem compreendi bem as palavras da minha sogra. Era difícil suspeitar para valer, ela falara de um modo geral, simbólico. É claro, a mulher de verdade sempre existe em algum lugar. Mas eu, e eu, quem sou eu?..., perguntei, quando voltei a mim. Quem é a de verdade se não sou eu? Onde ela vive? Como ela é? É mais jovem? Loira?... O que ela sabe? Fiquei muito assustada.

Atropelei-me, me recuperei depressa, voltei para casa, mandei fazer roupas, corria para o cabeleireiro, jogava tênis, nadava. Em casa encontrei tudo em ordem... bem, sim, numa ordem

que era como se alguém tivesse se mudado da casa. Ou, sabe...
a felicidade comedida em que eu vivera, em que sofrera, que
me afligira nos últimos anos, que me parecia insuportável e que,
agora, ao dissipar-se, já não existia era — de súbito descobri — o
máximo que a vida poderia me dar. Tudo na casa estava no lugar
certo, apenas os quartos todos estavam vazios, como se o exccu-
tor tivesse passado por lá, como se os móveis mais importantes
tivessem sido — com delicadeza e muito cuidado — levados. O
sentido de uma casa não está nos móveis, mas no sentimento que
nela se transmite às pessoas.

Naquela época meu marido vivia distante de mim, como se
tivesse viajado para o estrangeiro. Não me surpreenderia se um
dia — do quarto vizinho — eu recebesse uma carta dele.

Antigamente, com muita prudência, como quem tateava,
ele às vezes falava comigo sobre a fábrica, sobre seus planos, e em
seguida esperava pela resposta com a cabeça inclinada de lado,
como se me examinasse. Porém agora não falava mais comigo
sobre seus planos; parecia que não tinha nenhum plano especial
na vida. Não convidava Lázár, passou um ano sem que o víssemos,
apenas líamos seus livros, seus artigos.

Certo dia — lembro com precisão, numa manhã de abril,
14 de abril, um domingo — eu estava sentada lá fora, na varanda,
diante do jardim timidamente primaveril, plantado de flores amarelas, eufórbias, lia um livro, e sentia que acontecia alguma coisa
comigo. Por favor, pode rir de mim. Não quero aqui fazer o papel
de Joana d'Arc. Não ouvi uma palavra. No entanto um som forte,
como o sentimento mais ardente da vida, me dizia que não era
possível continuar a viver assim, nada fazia sentido, a situação era
humilhante, cruel, desumana. Tinha de mudar, tinha de operar um
milagre. Existem momentos vertiginosos na vida em que vemos
tudo com clareza, sentimos a própria força, as possibilidades,
vemos a condição ante a qual éramos medrosos ou fracos. São os

momentos de mudança. Essas coisas chegam sem aviso, como a morte, ou a conversão.

Estremeci, meu corpo todo se arrepiou, comecei a sentir frio.

Olhei para o jardim, e meus olhos se encheram de lágrimas.

O que eu sentia?... Que era responsável pela minha sorte. Tudo dependia de mim. Não podia esperar pelo prato feito, nem na vida privada nem nas relações humanas. Entre mim e meu marido havia um problema. Eu não compreendia meu marido. Ele não era meu, não queria ser inteiramente meu. Eu sabia que não havia outra mulher na sua vida... eu era bonita, jovem, gostava dele. Eu também tinha poder, não apenas Lázár, o feiticeiro. Queria fazer uso desse poder.

Senti uma força cruel com que seria capaz de matar, de erigir um mundo. Talvez apenas os homens sintam essa força de verdade, conscientemente, nos instantes decisivos da vida. Nós, mulheres, nessas horas nos horrorizamos, nos tornamos inseguras.

Entretanto eu não queria recuar. Nesse dia, 14 de abril, domingo, alguns meses depois da morte do meu filho, eu decidi realizar o único empreendimento consciente da minha vida. Sim, não adianta você arregalar os olhos. Preste bem atenção. Vou contar.

Decidi conquistar meu marido.

Por que você não ri?... Porque não é ridículo, não é? Eu também não sentia que fosse.

No entanto a grandeza da tarefa me surpreendeu. Fiquei tão assustada que perdi o fôlego. Porque sentia também que a tarefa era o sentido da minha vida, e não havia como recuar, eu não poderia mais confiar nada ao tempo, ao acaso, não poderia esperar que um dia alguma coisa acontecesse, e também não tinha como me conformar em seguir vivendo até que acontecesse alguma coisa... Sabia então que não fora eu que me decidira pela tarefa, a própria tarefa decidira por mim. Havíamos nos atado, para o que desse e viesse, e não nos largaríamos mais enquanto não ocorresse entre nós alguma coisa, alguma coisa definitiva. Ou o homem voltava para mim, no íntimo e por inteiro, sem resistência e sem um sentimento de vergonha, ou eu o deixaria. Ou ele tinha um segredo que eu desconhecia e eu desenterraria esse segredo, eu o escavaria com as dez unhas se fosse preciso, como fazem os cães com o osso enterrado, como fazem os amantes enlouquecidos com o cadáver da pessoa amada, ou eu fracassaria e teria de me retirar. Como disse, decidi conquistar meu marido.

Assim a coisa soa bastante simples. Mas você é mulher, sabe que essa é uma das tarefas mais difíceis do mundo. Sim, às vezes chego a pensar que é a mais difícil.

Quando um homem decide que vai levar algo até o fim, ainda que haja um mundo entre seu plano, sua intenção e seu desejo… pois bem, era uma situação dessa natureza, um estado de espírito parecido. Nosso mundo é a pessoa que amamos. Quando Napoleão, sobre quem ainda por cima nem hoje sei muito mais que antes, a não ser que durante algum tempo dominou o mundo e matou o duque de Enghien — e eu já cheguei a dizer que isso foi mais que um crime, foi um erro?… —, bem, quando Napoleão decidiu que conquistaria a Europa, ele não assumia uma tarefa muito mais difícil que a minha naquele domingo de abril.

Talvez um explorador sinta algo parecido quando decide ir para a África ou para o Polo Norte sem se preocupar com bestas selvagens nem com o clima e descobre alguma coisa, se dá conta de alguma coisa que, antes dele, ninguém sabia, nenhum explorador descobrira… Deve ser uma empreitada semelhante à decisão de uma mulher que se dispõe a descobrir o segredo de um homem. Irá até o inferno, mas desenterrará o segredo. Foi o que eu decidi.

Ou a finalidade decidiu por mim… não há como saber esse tipo de coisa com exatidão. Nessas horas agimos numa condição imperativa. Assim partem os sonâmbulos, os exploradores de nascentes, os possuídos pelo demônio, de quem num assombro supersticioso todos fogem, o povo e também as autoridades, porque veem que estão diante de algo com que não convém brincar pois aqueles trazem na testa um sinal, têm uma missão simples e perigosa no mundo e não sossegam enquanto não a cumprem... Nesse estado eu esperei que ele voltasse para casa no dia em que descobri minha missão e me decidi a cumpri-la. Eu recebi meu marido com esse sentimento no fim da manhã em que ele chegou do passeio dominical.

Passeara com seu cachorro em Hüvösvölgy, com o veadeiro cor de areia de quem ele gostava e que levava consigo em todos os passeios. Entraram pela porta do jardim enquanto eu estava de pé no degrau mais alto do alpendre, imóvel, de braços cruzados. Era primavera, havia muita luz, o vento soprava entre as árvores, agitava meus cabelos. Vou me lembrar sempre do momento: havia em tudo uma claridade fria, na paisagem, no jardim, e em mim também, como nos possuídos.

O dono e o cão pararam, sem pensar, atenciosos, como quando nos detemos para observar os fenômenos da natureza, instintivamente, numa atitude defensiva. "Venham, venham", pensei serena. "Venham todos, mulheres desconhecidas, amigos, lembranças de infância, família, o mundo hostil, venham. Eu vou tirar esse homem de vocês." Assim nos sentamos para almoçar.

Depois do almoço senti um pouco de dor de cabeça. Fui para o meu quarto e fiquei deitada até de noite no quarto escuro.

Não sou escritora, como Lázár, e por isso não sei contar a você o que aconteceu comigo naquela tarde, no que pensei, o que rodou na minha cabeça... Eu via somente a tarefa, e sabia apenas que não podia ser fraca, tinha de levar a empreitada até o fim. Entretanto sabia também que não havia quem pudesse me ajudar e não tinha ideia do que precisaria fazer, por onde deveria começar... Entende? Houve momentos em que me senti ridícula por ter me comprometido a realizar tal impossibilidade.

Que posso fazer?... Foi o que me perguntei, centenas e milhares de vezes. Afinal, não podia escrever uma carta para as revistas e não podia pedir conselho e orientação sob o pseudônimo de "Mulher Traída". Conhecia as cartas e respostas que apareciam entre os comunicados dos editores e encorajavam a jovem traída a não se desesperar, possivelmente o trabalho ocupava muito o marido, ela deveria cuidar da casa e usar esta ou aquela pomada e pó durante a noite, porque a pele do seu rosto se manteria fresca e o marido voltaria a gostar dela. Bem, a ajuda para mim não era tão simples. Pomada e pó não me ajudariam, disso eu sabia. Além do mais, minha casa era muito bem cuidada, tudo estava exatamente onde deveria estar. Eu ainda era bonita, talvez nunca tenha sido bonita como naqueles anos. Bobinha, pensei. Sou uma bobinha por pensar em algo assim. Não é disso que se trata.

Eu não podia procurar adivinhos e sábios com a pergunta, não podia escrever cartas para escritores famosos, não podia estender diante de amigas e de familiares a pergunta de beira de estrada, eterna, e ainda assim infinitamente importante para mim, não podia perguntar ao mundo como poderia conquistar um homem... Chegada a noite, minha dor de cabeça se transformou num espasmo vascular ritmado, rebelde e venenoso. Mas tomei dois comprimidos, não disse nada a meu marido sobre o espasmo, fomos ao teatro e depois saímos para jantar.

No dia seguinte, segunda-feira 15 de abril — você vê com que precisão eu me lembro daqueles dias, como nos lembramos dos momentos em que arriscamos a vida! —, levantei de madrugada e fui à pequena igreja de Tabán, onde talvez tivesse estado pela última vez dez anos antes. Por outro lado eu sempre frequentava a igreja de Krisztinaváros, onde tínhamos casado. O conde István Széchenyi também jurou fidelidade eterna a Crescencia

Seilern no mesmo local. Se você não sabe, vou contar. Dizem que esse casamento também não foi especialmente bem-sucedido. Mas eu não acredito mais nisso, as pessoas falam toda espécie de coisas.

De manhã, a igreja de Tabán estava completamente vazia. Eu disse ao sacristão que desejava me confessar. Esperei um pouco, sentei-me solitária numa das fileiras de bancos da igreja escura. Depois apareceu um padre velho, desconhecido, de rosto severo e cabelos brancos, entrou no confessionário e fez sinal para que eu me ajoelhasse. Ao padre desconhecido, que eu nunca vira antes nem vi mais, eu contei tudo.

Contei tudo como apenas uma vez na vida somos capazes de nos confessar. Sobre mim, sobre a criança, sobre o meu marido. Contei que desejava recuperar o coração do meu marido e não sabia o que fazer, pedia para tanto a ajuda de Deus. Contei que era uma mulher de vida limpa, nem em sonhos tivera outro pensamento a não ser o amor pelo meu marido. Contei que não sabia onde estava o erro, se em mim ou nele... Numa palavra, contei tudo. Não como agora, para você. Agora não seria capaz de contar tudo, teria vergonha... Mas na igreja escura, naquela manhã, para o velho padre desconhecido, eu me mostrei.

Confessei durante muito tempo. O padre ouviu.

Você esteve em Florença?... Conhece a estátua de Michelangelo, o extraordinário conjunto de quatro pessoas que fica no Duomo?... espere, como se chama? Sim. *Pietà*. No personagem principal ele representou a si próprio, ele tem o rosto de Michelangelo ancião. Certa vez estive com meu marido na cidade, ele me mostrou a estátua. E disse também que no rosto não havia ódio nem anseio, tudo tinha se extinguido, ele sabia tudo e não queria nada, nem vingança nem perdão, nada, nada. Meu marido disse, diante da estátua, que teríamos de ser assim. Tratava-se da perfeição última do homem, a indiferença santa, a completa solidão e apatia ante a felicidade e a dor... Foi o que ele disse. Enquanto eu me confessava, olhava de vez em quando para o rosto do padre, e com os olhos cheios de lágrimas via que o rosto lembrava, assustadoramente, o rosto de mármore do personagem central da *Pietà*.

Ele estava sentado com os olhos semicerrados, os braços cruzados sobre o peito. Escondia as mãos entre as dobras da batina. Não olhava para mim, inclinava um pouco a cabeça de lado, ouvia com os olhos estranhamente apagados, como se nem prestasse atenção. Como se ele tivesse ouvido aquilo tudo muitas vezes. Como se soubesse que tudo o que eu dizia era inútil e sem esperança. Assim ele me ouvia. No entanto ouvia com atenção, com o ser singular, atarracado, entregue. E o rosto, sim... o rosto era de quem sabia de tudo o que os homens contam sobre o sofrimento e a desgraça, e, além disso, sabia de algo indizível. Quando eu me calei, ele também ficou em silêncio durante muito tempo.

Em seguida, disse:

"É preciso ter fé, minha menina."

"Eu tenho fé, meu pai", eu disse mecanicamente.

"Não", ele disse, e o rosto sereno, o rosto aparentemente morto ganhou vida, os olhos velhos, grudados, por um instante brilharam. "É preciso ter outro tipo de fé. Não quebre a cabeça com maquinações. É preciso apenas ter fé, fé", murmurou.

Devia ser muito velho, parecia que a falação o cansara.

Pensei que ele não queria ou não sabia dizer mais nada, e por isso me calei, esperei a penitência e a absolvição. Senti que não tínhamos mais nada a dizer um ao outro. Porém, depois de um longo silêncio, quando, de olhos fechados, parecia cochilar, ele, sem aviso, começou a falar animado.

Ouvi muito espantada. Nunca ninguém havia falado assim comigo, em especial num confessionário. Ele falou com simplicidade, num tom natural, como se não se dirigisse a mim do confessionário, mas apenas conversasse num lugar qualquer, em público. Falou de maneira simples, sem nenhuma ênfase melíflua, às vezes dava breves suspiros, como se se queixasse, como um velho muito simpático. Falou com naturalidade, como se o mundo todo fosse o templo de Deus e todas as coisas dos homens fizessem parte de Deus, ele não tinha de ser solene nem de revirar os olhos diante de Deus, não tinha de bater no peito, tinha apenas de dizer a verdade, mas toda ela, muito...

Falou?... Melhor, não falou, mais conversou, sem preconceitos, a meia-voz. A voz soava um pouco eslava. Eu ouvira aquela pronúncia e aquele dialeto na infância, em Zemplén.

"Minha alma cara", disse. "Gostaria de ajudá-la. Uma vez veio até mim uma moça, gostava de um homem, gostava tanto dele que o matou. Não o matou com uma faca, nem com veneno, mas apenas por não ceder, pois queria o homem por inteiro, queria arrancá-lo do mundo. Eles brigaram durante muito tempo. Um dia o homem se cansou e morreu. A moça sabia disso. O homem partiu porque a briga o cansou. Sabe, minha menina, existem muitas forças entre as pessoas, elas se matam de muitas maneiras. Não basta amar, minha querida. O amor pode ser muito egoísta. É preciso amar com humildade, com fé. A vida toda somente faz sentido se abrigar uma fé verdadeira. Deus deu o amor aos homens para que se suportassem a si próprios e ao mundo. No entanto quem ama sem humildade deposita um grande peso sobre os ombros do outro. Compreende, minha menina?", perguntou simpático, como um velho professor que ensinasse o alfabeto a uma criança.

"Acho que entendo", eu disse um pouco assustada.

"Um dia vai entender, mas vai sofrer muito. As almas apaixonadas são orgulhosas, sofrem muito. A senhora diz que quer conquistar o coração do seu marido. Diz também que seu marido é um homem de verdade, não um mulherengo, mas uma pessoa séria, de coração limpo, que tem um segredo. Qual pode ser o segredo dele?... É por ele que a senhora luta, minha cara, gostaria de descobri-lo. Não sabe que Deus deu ao homem a própria alma? Uma alma cheia de segredos, como o universo. Por que deseja descobrir algo que Deus escondeu numa alma? Talvez seja o sentido de sua vida, talvez seja seu destino suportar essa condição. Talvez ferisse, talvez estragasse seu marido se um dia desmontasse sua alma, se o obrigasse a uma vida, a sentimentos contra os quais ele se defende. Não se pode amar usando a força. A moça de quem lhe falei era bonita e jovem, como a senhora, e fez toda espécie de bobagens para recuperar o amor do marido, gracejava com outros homens para que o marido sentisse ciúme, vivia freneticamente, se embelezava, gastou uma fortuna em trapos vienenses, em roupas chamativas, como costumam fazer as moças desgraçadas quando perdem a fé e o equilíbrio da alma desmorona. Depois ela se atirou ao mundo, a bailes, a noitadas, a todo lugar onde havia luzes acesas, onde as pessoas se acotovelavam porque fugiam do vazio, da vaidade e das paixões desesperançadas de suas vidas. Queriam esquecer. Que inútil", disse, mais para si, em voz baixa. "Não existe esquecimento."

Falou assim. Eu então estava muito atenta. Mas ele não parecia me ver. Resmungou, como se falasse com alguém, resmungou como os velhos. Como se discutisse com o mundo. Disse também:

"Não, não existe esquecimento. Deus não permite que sufoquemos nas paixões a pergunta que a vida nos dirige. A senhora está com febre, minha menina. A febre da vaidade e do egoísmo. É possível que o sentimento do seu marido pela senhora seja diferente do que a senhora gostaria que fosse, é possível que ele seja apenas uma alma orgulhosa ou solitária que não sabe ou não tem coragem de demonstrar os sentimentos porque um dia foi ofendido. Há muitas pessoas ofendidas como ele no mundo. Não posso absolver seu marido, minha querida, porque ele também não conhece a humildade. Duas pessoas orgulhosas devem sofrer muito uma ao lado da outra. Mas na sua alma há uma avidez que lembra o pecado. A senhora quer roubar uma alma humana. É o que os amantes sempre querem. E isso é pecado."

"Não sabia que isso era pecado", eu disse, e ajoelhada diante dele comecei a tremer.

"É sempre pecado não nos contentarmos com o que o mundo nos oferece, com o que alguém dá espontaneamente, é sempre pecado tocar com mãos sedentas no segredo de outro. Por que você não consegue viver com mais simplicidade?... O amor, o amor de verdade é paciente, minha menina. O seu empreendimento é impossível, desumano. Deseja conquistar seu marido... quando Deus já ajeitou as vossas vidas aqui na Terra. Não compreende?..."

"Sofro muito, reverendíssimo pai", eu disse, e tive medo de começar a chorar.

"Pois sofra", ele disse então, seco, quase indiferente.

"Por que teme o sofrimento?", ele disse depois. "Ele é uma chama que extingue o egoísmo, a vaidade. Quem é feliz?... E com que direito você deseja ser feliz? Tem certeza de que seu desejo e seu amor são desprendidos e que você merece a felicidade? Se assim fosse, não estaria aqui de joelhos, mas viveria no círculo que a vida lhe destinou, cumpriria seu trabalho, esperaria pelos comandos da vida", disse severo, e olhou para mim.

Olhou para mim pela primeira vez. Com olhos ardentes, brilhantes, miúdos. Em seguida se virou e fechou os olhos.

Disse ainda, depois de um longo silêncio:

"Você diz que seu marido tem raiva de você pela morte da criança?..."

"É como eu sinto", respondi.

"Sim", ele disse, e ficou pensativo. "É possível."

Via-se que a hipótese não o surpreendia, que ele achava tudo possível entre os homens. Como se formulasse uma questão indiferente, me perguntou seco, como se de passagem:

"E você nunca se autorrecriminou?..."

Disse "você" com um sotaque de camponês. Não sei por quê, mas o tom de dialeto chegou a me consolar naquele momento.

"Como poderia responder a isso, reverendíssimo?... Quem sabe responder a perguntas como essa?"

"Porque, veja bem", ele disse de repente, simpático e com intimidade, me levando a sentir vontade de lhe beijar as mãos. Falou com intensidade, ao modo do campo, como somente os padres velhos, de aldeia, se dirigem às pessoas. "Não posso saber o que vai em sua alma enquanto não o disser, e o que me confessou, minha menina, são apenas planos e intenções. Mas o meu Senhor me sussurra que nada disso é verdade. Uma voz me sussurra que você está cheia de autorrecriminações, por essa ou por outra razão. Pode ser que eu esteja enganado", ele disse num tom condescendente, e em seguida se calou, sufocou as palavras. Via-se que havia se arrependido de alguma coisa.

"Mas é bom", disse mais tarde, em voz baixa, com humildade, "é bom que a autorrecriminação a incomode. Nesse caso é possível que um dia você se cure."

"Que devo fazer?", perguntei.

"Reze", ele disse simplesmente. "E trabalhe. É o que manda a religião. E não sei dizer mais que isso. Você lamenta seus pecados e se arrepende deles?", perguntou então, como quem falava de outra coisa, apressado, mecanicamente.

"Lamento e me arrependo", eu disse, também atropelando as palavras.

"Cinco pai-nossos e cinco ave-marias", disse. "Eu a perdoo..."

E começou a rezar. Não queria ouvir mais nada.

Certa manhã, duas semanas depois, encontrei na carteira do meu marido um pedaço de fita lilás.

Quer você acredite, quer não, nunca mexi na carteira nem

nos bolsos do meu marido. Também não costumava roubá-lo, por mais que pareça inacreditável. Ele me dava tudo o que eu pedia, por que iria roubá-lo?... Sei que muitas mulheres roubam os maridos, por obrigação, por bravata. De um modo geral, as mulheres fazem muita coisa por bravata. "Eu não sou qualquer uma", elas dizem, mas acabam fazendo o que não têm nenhuma vontade de fazer. Pois eu não sou assim. Não me vanglorio, mas é a verdade.

Naquela manhã eu só abri a carteira porque ele telefonou para casa dizendo que a esquecera e mandaria um funcionário buscá-la. Isso não é razão, você diz. Porém na voz dele havia uma estranheza, uma pressa, uma quase-aflição. A voz dele no telefone estava agitada. Sentia-se na voz que o pequeno esquecimento era importante, tinha um significado. Essas coisas a gente não escuta com os ouvidos, mas com o coração.

Era a carteira de couro de crocodilo que você viu há pouco. Ganhou-a de mim, eu já disse?... E ele a usava, fiel. Pois eu preciso lhe dizer algo: o homem era de alma a própria fidelidade. Quero dizer que não seria capaz de ser infiel ainda que desejasse. Era fiel até mesmo a objetos. Tinha vontade de conservar, de guardar tudo. Era o que havia de burguês nele, de nobremente burguês. Ele não queria conservar apenas objetos, mas tudo o que na vida era agradável, belo, valioso e racional, tudo, sabe... os belos costumes, os modos de vida, os móveis, a moral cristã, as pontes, o mundo, como os homens o construíram, os gênios e os de mãos calosas, com muito trabalho, ideias e sofrimento... Para ele tudo era uma e a mesma coisa, o mundo de que gostava e que desejava preservar. Trata-se do que eles, os homens, chamam de cultura. Nós, mulheres, entre nós, talvez não utilizemos palavras tão grandiosas, basta escutarmos com ar inteligente quando eles se dirigem a nós em latim. Nós sabemos o essencial. Eles conhecem os conceitos. Essas duas coisas com frequência não coincidem.

Pois bem, a carteira de couro de crocodilo. Ele também a guardava. Porque era bonita, de material nobre, porque a ganhara de mim. Quando a costura começou a ceder, ele mandou repará-la. Sim, era meticuloso. Uma vez disse, rindo, que ele era o verdadeiro explorador, porque a aventura só pode se concretizar se em torno dela houver ordem, cuidado... Você se espanta? Sim, eu também me espantei muitas vezes quando ele dizia coisas como essa. Os homens são muito difíceis, minha cara, porque têm alma.

Quer um cigarro?... Vou acender um porque estou nervosa. Agora que me lembrei da fita lilás, voltei a sentir o mesmo tremor, a mesma aflição.

Como eu disse, havia na voz dele naquele dia algo diferente. Ele não costumava ligar para casa por mesquinharias. Cheguei a propor que, se ele quisesse, eu levaria a carteira à fábrica de tarde. Mas ele agradeceu e recusou a oferta. Pediu-me que a pusesse num envelope fechado e disse que logo mandaria um funcionário.

Pois então eu examinei a carteira, revirei cada um de seus recessos. Foi a primeira vez na vida que fiz algo assim. Você pode imaginar o cuidado com que eu a examinei.

Na divisão externa havia dinheiro, um documento do conselho de engenheiros, oito selos de dez centavos e cinco selos de vinte centavos, a carteira de motorista e um passe com fotografia para a ilha. A fotografia devia ter sido tirada dez anos antes, logo depois de ele ter raspado a cabeça, quando os homens todos rejuvenescem de maneira engraçada, parecem ter acabado de repetir o último ano do colegial. Depois alguns cartões de visita, somente com o nome, sem um símbolo ou a profissão. Ele tinha muito cuidado com essas coisas. Também não suportava que na roupa de cama ou nas pratarias eu mandasse bordar ou gravar a coroa que simbolizava a nobreza. Não a desprezava, mas a escondia cuidadosamente do mundo. Dizia que um homem tinha um único status, seu caráter. Às vezes fazia observações arrogantes, amuadas, dessa natureza.

Nas divisões externas da carteira não encontrei nada. Havia uma grande ordem, como em sua vida, em suas gavetas, nos armários, nas anotações. À volta dele havia ordem por toda parte, e, naturalmente, na carteira também. Talvez apenas em sua alma não houvesse uma ordem e harmonia, sabe... parece que com a ordem exterior a gente sempre esconde alguma coisa que no fundo, no íntimo, está em desordem. Porém eu não tinha tempo para reflexões sábias. Revirei a carteira como uma toupeira revolve a terra.

Na divisão interna encontrei uma fotografia, um retrato da criança. Na imagem, o bebê tinha oito horas de vida. Tinha muito cabelo, sabe, apertava e erguia bem alto os pequenos punhos, pesava três quilos e oitenta, e dormia... Diga, até quando isso vai doer? Enquanto eu estiver viva?... Acho que sim.

Encontrei a foto na parte interna da carteira. E a fita lilás.

Peguei-a na mão, apalpei-a, naturalmente a cheirei. Não tinha cheiro nenhum. Era uma fita velha, num tom escuro de lilás. Cheirava a couro de crocodilo. Tinha quatro centímetros de comprimento — eu a medi — e um de largura. Havia sido cortada com uma tesoura, em linha reta.

Assustada, me sentei.

Fiquei assim, sentada, com a fita na mão e, no coração, a decisão sagrada de que conquistaria meu marido como fizera Napoleão com a Inglaterra. Fiquei assim sentada, aturdida, como se tivesse lido no diário da manhã que meu marido fora preso na região de Rákosszentmihály porque descobriram que ele havia cometido um latrocínio. Ou como devia ter se sentido a mulher do vampiro de Düsseldorf quando soube certa noite que o marido fora detido porque o homem direito, excelente pai, pagador pontual de impostos, depois do jantar, quando descia por um curto espaço de tempo à cervejaria, retalhava no caminho a barriga de alguém com uma faca. Senti algo dessa natureza no momento em que vi e peguei na mão a fita lilás.

Vejo agora que você acha que sou uma galinha histérica. Não, querida, sou uma mulher, ou seja, ao mesmo tempo índia e detetive, santa e espiã, tudo junto, quando se trata do homem que eu amo. Não me envergonho disso. Deus me fez assim. Essa é a minha missão na Terra. O quarto rodava comigo, e eu tinha uma boa razão para isso, ou melhor, mais de uma.

Uma das razões era que eu nunca tivera nada a ver com a fita. Uma mulher sabe dessas coisas. Em nenhuma roupa, em nenhum chapéu, nunca, em nenhum lugar tive pendurada uma fita daquelas. Além disso, eu nunca usava cores de luto, sérias. Tinha certeza, nem vale a pena falar disso, a fita nunca fora minha, não crescera no meu covil, meu marido não a cortara do meu chapéu ou da minha roupa para depois guardá-la com devoção e reverência. Infelizmente. Foi isso que eu pensei, foi isso que eu senti.

A outra razão por que minhas mãos e meus pés começaram a formigar era que a fita não só não combinava comigo como não combinava com o meu marido. Quero dizer, um objeto, um tecido pelo qual alguém como meu marido demonstrava tanto respeito, a ponto de guardá-la durante anos na carteira, de telefonar do escritório para casa aflito por causa dela — porque telefonou por causa da fita, nem preciso explicar, pois de manhã, na fábrica, ele não precisava ardentemente de dinheiro, de cartões de visita ou do passe —, era mais que uma lembrança, um objeto querido. Por isso minhas mãos e meus pés formigavam.

Meu marido tinha, portanto, uma lembrança que era mais importante que eu. Esse era o significado da fita lilás.

Entretanto ela poderia significar outra coisa. A fita não desbotara, apenas envelhecera um pouco, do modo singular como envelhecem os objetos dos mortos. Você sabe, os chapéus, os lenços dos mortos envelhecem muito depressa, ou melhor, no instante em que morre quem usou os objetos um dia... De certa forma, perdem a cor, como as folhas destacadas das árvores em que logo começa a descorar a cor da vida, o verde-aquarela... Parece que nas pessoas existe uma energia que banha tudo o que lhes pertence, como o sol banha o mundo.

A fita lilás mal vivia. Era como se tivesse sido usada havia muito tempo. Talvez a dona estivesse morta... ou ao menos estivesse morta para o meu marido. Assim eu dava ânimo a mim mesma. Olhei-a, cheirei-a, esfreguei-a entre dois dedos, interroguei-a... mas a fita não revelou seu segredo. Calou-se obstinada, com o mutismo desafiador dos objetos irracionais.

Porém, ao mesmo tempo, revelou-se, apesar de muda. Era maliciosa e arrogante. A fita era como se um boneco de caixa de surpresas zombeteiro esticasse a língua apoplética, lilás, para escarnecer e caçoar de mim. A língua do boneco dizia: "Está vendo, eu estava em algum lugar, por trás da aparência bonita, bem-arrumada. Estava e estou. Eu sou o submundo, o segredo, a verdade". Será que eu entendia o que ela dizia?... Fui tomada por uma agitação imensa, me senti traída, surpresa, enquanto ardia em mim tamanho ódio e curiosidade, que eu desejava correr para a rua e procurar a mulher que usara a fita um dia, no cabelo, ou no corpete... Fiquei vermelha de ressentimento e de cólera. Veja, mesmo agora meu rosto está quente, arde e está vermelho porque me lembrei da fita lilás. Espere, me passe um pouco de pó, vou me recompor.

Assim, obrigada, estou melhor. Bem, depois chegou o funcionário, e eu recoloquei tudo em ordem na carteira; os cartões, os documentos, o dinheiro e a fita lilás, que era importante para o meu marido a ponto de ele telefonar de manhã da fábrica para casa e mandar o funcionário buscá-la... Em seguida, fiquei lá, com uma resolução na alma e com uma cólera ardente, sem compreender a vida.

Mais exatamente, alguma coisa eu compreendia. Aquele

homem não era um estudante sentimental nem um libertino velho, lastimável. Era um homem, portanto seus atos tinham razão e sentido. Meu marido não teria sem razão, escondida na carteira, uma fita lilás de mulher — isso eu compreendia, com a clareza com que compreendemos nossos próprios segredos. Se a despeito de tudo ele carregava concretamente um farrapo sentimental daqueles, devia ter uma razão muito séria. A pessoa a quem o pequeno trapo um dia pertencera devia ser mais importante para ele do que todas as outras. Mais importante que eu, com certeza. Porque a minha fotografia, por exemplo, ele não tinha na carteira. A isso você retruca — vejo na ponta da sua língua, mesmo que você fique calada — que não precisava de fotografia, ele me via o bastante, de dia e de noite. Mas isso tudo era pouco. Que me visse quando eu não estava com ele. E, se mexesse na carteira, que procurasse a minha fotografia e não fitas lilases estranhas. Não é verdade?... Viu? Isso era o de menos.

Portanto eu ardia, como quando um palito de fósforo jogado fora por acaso incendeia a casa de uma família pacífica. Pois independentemente do que houvesse no íntimo, por trás da fachada das nossas vidas, o todo, o conjunto, tinha uma amarração, uma construção sólida, uma conformação verdadeira, com volume e cobertura... Sobre a cobertura caíra a chama lilás do palito de fósforo.

Na hora do almoço, meu marido não veio para casa. De noite estivemos com outras pessoas. Eu me vesti muito bem naquela noite, queria estar bonita, contando com todas as minhas forças e com todo o meu desejo. Pus um vestido branco, de gala. O vestido de seda branco era como um juramento. Solene, majestoso. Passei duas horas inteiras de tarde no cabeleireiro. E não tive preguiça, no fim do dia fui ao centro da cidade e numa loja de roupas comprei um pequeno buquê de fita lilás, uma imitação de violetas, um enfeite simpático e singelo que se usava alegremente na época, que as mulheres prendiam das mais diversas formas na roupa. O buquê, cuja fita era fio a fio da mesma cor que a fita lilás que meu marido escondia na carteira, eu prendi no decote do vestido branco. Eu me vesti para aquela noite com o cuidado de uma atriz na noite de estreia. Quando meu marido chegou, eu o esperava impecável. Ele se trocou depressa porque tinha se atrasado. Pela primeira vez, esperei por ele, com paciência.

No carro, fomos em silêncio. Vi que ele estava cansado, pensava noutra coisa. Meu coração batia forte, mas ao mesmo tempo eu sentia uma calma grave, assustadora. Eu sabia apenas que a noite decidiria a minha vida. Estava sentada a seu lado, formal, com o cabelo lindamente arrumado, com a estola de raposa azul, o vestido de seda branco, perfumada e mortalmente serena, com o buquê lilás sobre o coração. Fomos a uma casa grande, no portão havia guardas, no vestíbulo nos receberam camareiras. Meu marido, quando tirou e entregou o casaco à serviçal, me viu no espelho e sorriu.

Eu estava tão bonita naquela noite que até ele notou.

Ele tinha tirado o casaco e ajeitava a gravata no espelho com o gesto distraído, apressado, um pouco tímido de quem se incomodava com a presença da serviçal de rosto sério que esperava, como os homens que não se importam muito com os trajes, se vestem com pressa e ajeitam a gravata-borboleta do traje de gala, a qual sempre escapa do lugar. Sorriu para mim pelo espelho, muito gentil, amável, como quem dizia: "Sim, eu sei, você está muito bonita. Talvez você seja a mais bonita. Porém isso infelizmente não resolve. A questão é outra".

Mas ele não disse nada. Eu, de minha parte, quebrava a cabeça para saber se era mais bonita que a outra cuja fita ele guardava. Em seguida, entramos num grande salão onde os convidados estavam, homens famosos, políticos, algumas das pessoas mais importantes do país, homens e mulheres conhecidos, bonitos, que falavam entre si como se fossem aparentados, como se o outro soubesse de tudo o que os convivas e conferencistas somente sugeriam com comentários passageiros, como se todos fossem muito íntimos — íntimos em quê?... Na cumplicidade fina, pútrida e emocionante, opressiva e orgulhosa, desesperançada e fria que constitui o outro mundo, a vida social. O salão era grande, com colunas de mármore vermelho. Lacaios de meias brancas e calças na altura do joelho andavam entre os convidados e serviam coquetéis de uma beberagem forte, venenosa, colorida, em taças de cristal. Eu só provei um copo do veneno multicolorido, porque não suporto a bebida alcoólica, em pouco tempo o mundo começa a girar comigo e à minha volta. Por outro lado eu não precisava de substâncias excitantes naquela noite. Eu sentia uma tensão sem causa, risível e infantil, como se meu destino na Terra me designasse uma tarefa difícil, pessoal, como se naquela noite todos observassem exatamente a mim, as mulheres bonitas e interessantes, os homens famosos, inteligentes e poderosos... Logo passei a sorrir. Fui muito simpática com todos, como uma arquiduquesa de peruca empoada, do século passado, em seu serão. E, na verdade, naquela noite, naquele círculo, eles se ocupavam de mim... meu sentimento vital, poderoso, emanava irresistivelmente para os outros, ninguém conseguia se furtar a ele, com indiferença. De repente eu me vi entre as colunas de mármore vermelho, no meio do recinto, as mulheres e os homens me rodeavam, eu era o centro das atenções, eles me prestavam homenagem, tudo o que eu dizia fazia sucesso. Naquela noite eu irradiava uma segurança assustadora. Eu fazia sucesso, sim... O que é o sucesso? Força de vontade, parece, força de vontade ensandecida que chamusca a tudo e a todos. E tudo era assim somente porque eu tinha de saber se existia alguém que um dia usara uma fita lilás numa roupa, num chapéu, e talvez fosse mais importante que eu para o meu marido...

Não bebi uma gota de coquetel naquela noite. Mais tarde, no jantar, tomei meio copo de champanhe francês amargo. E ainda assim me comportei como quem estava um pouco ébria... porém de um modo singular, sabe, estava lúcida, numa embriaguez fria. Esperávamos que servissem o jantar, no salão se formaram grupos, como num palco. Meu marido conversava com um pianista à porta da biblioteca. Vez ou outra eu sentia um olhar, sabia que ele piscava angustiado na minha direção, não compreendia meu sucesso, o sucesso súbito sem motivo, alegrava-se com ele, mas também se angustiava. Olhava perturbado, e eu sentia o incômodo dele orgulhosa. Tinha, agora, certeza do que fazia, sabia que aquela noite era minha.

São esses os momentos especiais da vida. De repente o mundo se abre, todos os olhos se fixam em você. Não me surpreenderia se surgissem pretendentes naquela noite. Você deve saber que o mundo, o outro, a sociedade e a vida mundana não são, desesperadoramente, a nossa casa. A ela conduzia meu marido, e lá eu sempre sentia medo, pisava com cautela, como no gira-gira do parque da cidade... Sentia medo em todos os momentos, medo de escorregar e cair. Passaram-se anos, e socialmente eu continuava a ser atenciosa e amável em excesso, ou demasiado natural... numa palavra, eu era assustada, gélida ou descontraída, só não era quem eu sou. Como se o medo me paralisasse. Porém naquela noite alguma coisa desfez a paralisia. Vi, com clareza, entre todas as névoas, o brilho, o rosto das pessoas. Não me espantaria se de tempos em tempos me aplaudissem.

Depois senti que alguém me olhava intensamente. Virei-me devagar, procurei a pessoa que emitia a irradiação eletrizante, palpável, na minha direção. Era Lázár, que, parado perto de uma coluna, conversava com a dona da casa mas olhava para mim. Não nos víamos fazia anos.

Quando os empregados abriram os painéis das portas espelhadas e nós entramos como uma procissão teatral na sala de jantar escurecida, iluminada com velas de igreja, ele se aproximou. "Que há com você?", perguntou quase cerimonioso, com a voz engasgada.

"Por quê?", perguntei um pouco rouca, tonta pelo meu sucesso.

"Alguma coisa aconteceu com você", ele disse. "Lamento que a tenhamos recebido com uma brincadeira barata naquela noite. Ainda se lembra dela?..."

"Lembro", eu disse. "Não lamente nada. Grandes homens gostam de brincar."

"Está apaixonada por alguém?", perguntou calmo, sério, olhando diretamente para a minha testa, entre os meus olhos.

"Sim", eu disse com a mesma determinação, serena. "Pelo meu marido."

Estávamos na soleira da sala de jantar. Ele me examinou toda, da cabeça aos pés. Em voz baixa, pesaroso, disse:

"Coitada."

E estendeu o braço e me levou para a mesa.

À mesa, ele era um dos meus vizinhos. O outro era um velho conde que não tinha ideia de quem eu era e me seduziu durante o jantar com galanteios do século XVIII. À esquerda de Lázár estava a mulher de um diplomata famoso que só entendia francês. Na casa, a cozinha também era francesa. Entre os turnos franceses dos pratos e das conversas Lázár uma vez se voltou para mim e, em voz muito baixa, para que ninguém o escutasse, de um modo natural e sem rodeios, como se déssemos continuidade a uma discussão antiga, disse:

"E o que você decidiu?"

Eu me debatia com as aves e os cozidos. Debruçada sobre o prato, com o garfo e a faca nas mãos, devolvi, sorridente, como se respondesse a uma pergunta social inocente, clara: "Decidi que vou conquistá-lo e fazer com que volte para mim." "Impossível", ele disse. "Ele nunca a deixou. É por isso que é impossível. É possível trazer de volta alguém que foi infiel. É possível trazer de volta alguém que foi embora. Mas alguém que de verdade e definitivamente nunca chegou... não, isso é impossível." "Então por que ele se casou comigo?", perguntei. "Porque de outro modo morreria." "De quê?" "De um sentimento que era mais forte que ele e não o largava." "O sentimento", perguntei calma, em voz baixa, de modo que ninguém entendesse, "que o ligava à fita lilás?" "Você sabe dela?", ele perguntou, e endireitou, aflito, a cabeça. "Sei apenas o necessário." "Quem lhe falou dela? Péter..." "Não", eu disse. "Mas nós sabemos tudo sobre quem amamos." "Isso é verdade", ele disse sério. "E você", perguntei, e me espantou que minha voz não falhasse, "conhece a mulher da fita lilás?" "Eu?...", ele resmungou, e inclinou a cabeça calva, olhou para o prato, mal-humorado. "Sim, conheço." "Você a vê às vezes?" "Raramente. Quase nunca." Olhou para a frente. "Faz muito tempo que não a vejo."

Começou a tamborilar nervosamente com os dedos longos, ossudos na toalha da mesa. A mulher do diplomata perguntou alguma coisa em francês, e eu respondia para o velho conde, que — não sei por quê — se pusera, inesperadamente, a me distrair com uma parábola chinesa. Porém naquele instante eu não consegui prestar muita atenção em parábolas chinesas. Serviram champanhe e frutas. Quando virei o primeiro gole do champanhe rosado e meu vizinho de mesa, o conde, com muito esforço, conseguiu se livrar do atoleiro da parábola chinesa, Lázár de novo se voltou para mim:

"Por que você está usando um buquê de fitas lilases esta noite?"

"Chamou sua atenção?", perguntei, e peguei um cacho de uvas.

"Assim que você entrou na sala."

"Que acha, Péter também o notou?"

"Tome cuidado", ele disse sério. "O que você está fazendo é muito perigoso."

Olhamos na direção de Péter ao mesmo tempo, como conspiradores. No grande salão, à luz bruxuleante das velas, nas palavras sufocadas, no conteúdo e, ainda mais, no tom das nossas palavras, havia algo de espectral. Eu estava ereta, imóvel, olhava fixamente para a frente e sorria, como se os vizinhos de mesa me entretivessem com anedotas ótimas e narrativas interessantes. O que eu ouvia não era nada interessante. Porém nunca na vida, nem antes nem depois, ouvi nada que de fato me interessasse como as palavras de Lázár naquela noite.

Quando levantamos da mesa, Péter se aproximou.

"Você riu muito durante o jantar", ele disse. "Está pálida. Quer sair para o jardim?"

"Não", eu disse. "Não tenho nada. A iluminação está fraca."

"Venha", disse Lázár, "para o jardim de inverno. Lá também poderemos conseguir uma xícara de café."

"Levem-me também", disse Péter, brincando, inquieto. "Eu também gostaria de rir com vocês."

"Não", eu disse. E Lázár acrescentou: "Não. Hoje o jogo é

diferente do que foi na última vez. Vamos jogar nós dois e vamos excluí-lo. Fique com as suas condessas".

Nesse instante meu marido notou o buquê de fitas lilases. Piscou os olhos míopes, como costumava fazer, e, inconscientemente, curvou-se na minha direção, como se examinasse alguma coisa, perturbado. Nessa hora Lázár me pegou pelo braço e me levou embora.

Da soleira do jardim de inverno eu olhei para trás. Meu marido continuava à porta da sala de jantar e nos acompanhava com o olhar míope. Em seu rosto havia tanta tristeza, desamparo, sim, desespero, que fui obrigada a parar e olhar para trás. Olhei e achei que meu coração ia se partir. Talvez eu nunca tenha gostado tanto dele quanto naquele instante.

Depois fiquei sentada com Lázár no jardim de inverno… A história não a está cansando? Diga se estiver entediada. Não vou entediá-la por muito tempo. Sabe, naquela noite tudo aconteceu depressa como num sonho.

No jardim de inverno pairava um calor perfumado, vaporoso, abafadiço, como numa selva. Estávamos sentados sob uma palmeira, pelas portas abertas víamos os recintos iluminados por faíscas… Em algum lugar, ao longe, num canto do terceiro salão, soava uma música muito delicada e sentimental; os convidados dançavam, noutra sala jogavam cartas. Era uma grande noite, pomposa e sem alma, como tudo naquela casa.

Lázár fumava, em silêncio observava os dançarinos. Eu não o via fazia anos, e agora ele era tão estranho… Senti à volta dele a solidão de alguém que parecia viver no Polo Norte. Solidão e serenidade, uma serenidade triste. De súbito compreendi que o homem não desejava mais nada, não desejava felicidade nem sucesso, sim, talvez nem desejasse mais escrever, apenas conhecer e compreender o mundo, desejava apenas a verdade... Estava calvo e parecia sempre recolhido, como se vivesse num tédio contido. Mas ele era também como um monge budista, de olhos um pouco puxados, que observava o mundo sem que se soubesse o que pensava de tudo.

Quando tomamos o café, ele disse:

"Não teme a sinceridade?..."

"Não tenho medo de nada", eu disse.

"Escute bem", ele disse duro, decidido. "Ninguém tem o direito de se intrometer na vida dos outros. Nem eu. Mas Péter, meu amigo... não apenas no sentido vulgar da palavra, como quando as pessoas contam vantagem. Tenho ligações com muito pouca gente. Esse homem, seu marido, guarda o segredo e a lembrança mágica da nossa juventude. O que eu tenho para dizer vai soar um pouco dramático."

Eu estava sentada ereta, branca, como uma estátua, como a estátua esculpida em mármore de uma imperadora bondosa de um pequeno país.

"Diga", pedi.

"De um modo muito ordinário, eu poderia dizer assim: tire as mãos!..."

"É mesmo muito ordinário", eu disse. "Mas não entendo. Tirar as mãos de quê?"

"De Péter, da fita lilás e de quem a usa. Entendeu agora?... Digo assim, agressivo, como no cinema. Tire as mãos... Você não sabe no que está se metendo. Aquilo em que você está pondo a mão está cicatrizado, coagulou, virou gelatina. Já existe uma película fina sobre ela. Observo a vida de vocês há cinco anos, observo como ela evolui e floresce. Você agora quer mexer na ferida. Mas eu avisei, se você a abrir, se a arranhar com as unhas, tudo vai sangrar... É possível que alguma coisa, ou alguém, sangre até o fim."

"É assim perigoso?", eu perguntei, e olhei para os dançarinos.

"Acho que sim", ele disse reflexivo, cuidadoso. "Perigoso demais."

"Então tem de ser feito", eu disse.

Havia algo na minha voz, uma espécie de rouquidão, tremor... Ele pegou na minha mão.

"Aguente", ele disse muito afetivo, num tom de súplica.

"Não", eu disse, "eu não aguento. Sou traída há cinco anos. Meu destino é pior que o das mulheres cujos maridos são infiéis, mulherengos, desvairados. Luto há cinco anos contra alguém que não tem rosto e ainda assim vive entre nós, na casa, como uma aparição. Pois chega. Não consigo lutar contra sentimentos. Prefiro uma inimiga de carne e osso do que uma miragem... Você disse um dia que a verdade é sempre mais simples."

"Mais simples", ele disse num tom tranquilizador, "e infinitamente perigosa."

"Pois que seja perigosa", eu disse. "O que pode ser pior que viver com alguém que não é meu?... Que guarda uma lembrança e que através de mim quer se livrar de uma lembrança e de um sentimento, porque a lembrança, o sentimento e o desejo são impiedosos com ele... Você disse isso há pouco, não é? Pois que assuma esse desejo cruel. Que desça a seu nível, que desista de seu status, de sua dignidade."

"Impossível", ele disse rouco, aflito. "Ele vai morrer."

"Então nós também vamos morrer", eu disse calma. "A criança também morreu por isso. Hoje sou como uma sonâmbula. Caminho com segurança na direção de alguma coisa, na fronteira entre a vida e a morte. Não me perturbe, não grite comigo, porque vou despencar... Se puder, me ajude. Eu me casei com um homem porque o amava. Acreditava que ele gostasse de mim... Vivo há cinco anos com um homem que não me entrega completamente o coração. Fiz de tudo para que fosse meu. Esforcei-me por entendê-lo. Eu me acalmei com explicações impossíveis. É homem, eu dizia, e é orgulhoso, e, dizia, é burguês, solitário. Mas isso é tudo mentira. Depois procurei prendê-lo a mim com a amarra humana mais forte, um filho. Não consegui. Por quê? Você sabe?... Destino?... Ou alguma outra coisa?... Você é o escritor, o sábio, você é o cúmplice, testemunha da vida de Péter... E agora por que se cala? Às vezes acho que você tem parte em tudo o que aconteceu. Tem poder sobre a alma de Péter."

"Tinha", ele disse. "Tive de dividir o poder. Divida-o também. Assim quem sabe todos possam se salvar", ele disse desencorajado, constrangido.

Nunca tinha visto o homem solitário e seguro de si hesitante como naquele momento. O monge budista era então um homem comum que teria preferido desaparecer a responder a perguntas cruéis e perigosas. Mas eu não o largaria mais.

"Você sabe melhor do que ninguém que no amor não há como dividir", eu disse.

"Lugar-comum", ele respondeu mal-humorado, e acendeu um cigarro. "Tudo é possível. É exatamente no amor que tudo é possível."

"O que vai me sobrar da vida se eu dividir?", perguntei tão apaixonadamente que me assustei com a vibração da minha voz. "Uma casa? Uma condição social? Alguém com quem almoço e janto, e que de vez em quando me presenteia com carinho como se desse de colher um Demalgon com água a um doente lamurioso?... O que você pensa, existe situação mais humilhante, mais desumana que essa meia vida com alguém? Eu preciso de uma pessoa, por inteiro!", eu disse, quase gritando.

Assim eu discursei, assim desesperada, e, ao mesmo tempo, teatral. O sofrimento sempre é um pouco teatral.

Alguém acabava de entrar no jardim de inverno, um oficial... Ele parou, olhou sobressaltado, seguiu adiante depressa, balançando a cabeça.

Senti vergonha. Num tom de quem se desculpava, prossegui, mais baixo:

"Uma pessoa que eu não divida com ninguém. É tão impossível assim?..."

"Não", ele disse, enquanto olhava para a palmeira, muito atento. "Só que é perigosíssimo."

"E a vida, a nossa vida, assim como ela é, não é perigosa?... Que acha? Mortífera", eu disse determinada, e, quando pronunciei a palavra, empalideci, porque senti que era verdadeira.

"É uma propriedade da vida", ele respondeu, dessa vez frio, educado, como quem voltava para o seu mundo, do mundo ardente dos apaixonados retornava ao ambiente mais fresco e mais manso dos pensamentos e formulações precisas, e pensava com palavras mais familiares. "É propriedade dela ser mortífera. Porém, em meio ao perigo, podemos viver de maneiras diferentes: há quem viva como se andasse o tempo todo num terreno plano, com uma bengala. E há quem viva como se estivesse o tempo todo pulando de cabeça no oceano Atlântico. É preciso sobreviver aos perigos", disse sério. "É o mais difícil, às vezes o mais heroico."

Uma pequena fonte gorgolejava no jardim de inverno; ouvíamos sua música morna, viva, e os arrotos da moda, selvagens, da música popular.

"E nem sei", eu disse, depois de um silêncio, "com quem ou com que tenho de dividir. Com uma pessoa. Ou com uma lembrança?"

"É indiferente", ele disse, e deu de ombros. "A pessoa é mais uma lembrança que uma pessoa viva. Ela não quer nada. Apenas..."

"Apenas existe", eu disse.

"Sim", ele respondeu.

Levantei-me.

"Então tenho de acabar com ela", eu disse, e procurei minha luva.

"Com ela? Com a pessoa?...", ele perguntou, e devagar, de má vontade, também se pôs de pé.

"Com a pessoa, com a lembrança, com essa vida", eu disse.

"Pode me levar até a mulher?"

"Não vou levá-la", ele disse. Saímos devagar, na direção dos dançarinos.

"Então vou encontrá-la sozinha", eu disse. "Na cidade vivem milhões de pessoas e no país muitos milhões. Não tenho outra prova nas mãos a não ser um trapo lilás. Não vi a fotografia dela, nem sei seu nome. E ainda assim sei com certeza, como o explorador que no deserto infinito pressente a presença de água, ou como o minerador que se detém durante a caminhada porque intui nas profundezas os brilhos escondidos... sei com essa certeza que vou encontrá-la, esse alguém, essa lembrança, ou a pessoa de carne e osso que me impede de ser feliz. Não acredita?"

Deu de ombros. Examinou-me longamente, com um olhar penetrante e triste.

"Talvez", disse. "De um modo geral acredito em tudo quando os homens liberam os instintos. Em tudo de ruim e em tudo de extraordinário... Acredito que possa encontrar entre milhões e milhões de pessoas aquela que vai responder a seu chamado como uma emissora de ondas curtas atende ao sinal da estação. Não há nisso nada de místico. Sentimentos fortes se tocam... Mas que você acha, o que vai ser depois?"

"Depois?", perguntei indecisa. "A situação será mais clara. Preciso vê-la, preciso examiná-la... E se ela for de fato..."

"Ela quem?", ele perguntou impaciente.

"Ela", eu respondi, igualmente impaciente. "A outra, a inimiga... Se é mesmo ela a responsável pelo fato de que meu marido não pode ser inteiramente meu, porque ele está amarrado a um desejo, a uma lembrança, a um engano afetivo, sei lá… vou deixá-los à própria sorte."

"Ainda que seja fatal para Péter?…"

"Que aguente", eu disse furiosa, "se for essa a sua sina."

Já estávamos na porta do grande salão. Ele disse mais:

"Ele fez de tudo para suportar. Você não sabe com que força esse homem viveu nos últimos anos. Poderíamos mover montanhas com a força com que ele negou a lembrança. Acho que sei tudo sobre isso. Às vezes eu o admirava. Assumiu a tarefa mais difícil que alguém pode assumir na vida. Sabe o que ele fez? Quis tornar indiferentes sentimentos com a razão. É como se eu dissesse que alguém convenceu com palavras e argumentos um bastão de dinamite a não explodir."

"Não", eu disse perturbada. "Isso é impossível."

"Quase impossível", ele disse calmo e sério. "E ainda assim nós o fazemos. Por quê?… Para salvar a alma. Para salvar o amor-próprio, sem o qual um homem não pode viver. Fez por si, e também, com todas as forças que lhe restavam, pelo filho... Porque ele gosta de você também, espero que saiba disso."

"Eu sei", eu disse. "Não fosse assim, eu não lutaria por ele… Mas não gosta de mim por inteiro, incondicionalmente. Há alguém entre nós. Ou a espanto, ou vou embora. Mas quem usa a fita lilás é assim tão forte, tão assustadora?…"

"Se a encontrar", ele disse, e olhou ao longe, com olhos cansados, piscando, "vai se surpreender. Vai se surpreender de ver como a realidade é mais simples do que você imagina, como é mais banal, comum, e, ao mesmo tempo, distorcida e perigosa."

"E você não vai dizer o nome dela em nenhuma hipótese?…"

Ele ficou em silêncio. Via-se em seus olhos e sentia-se em sua voz que ele se afligia e não conseguia se decidir.

"Você gosta de ir à casa de sua sogra?…", perguntou de repente.

"Da minha sogra?", perguntei muito espantada. "Claro que sim, gosto. Mas que tem ela a ver com isso?"

"Péter se sente em casa também na casa da mãe dele", ele disse incomodado. "Quando procuramos alguma coisa, antes de tudo devemos procurar as pistas em casa... A vida às vezes arma tudo de um modo vulgar e arrogante, como nos romances policiais... Você sabe, os policiais buscam febris as pistas por toda parte, perfuram paredes, e a carta que procuram, nesse meio-tempo ela está diante deles, na escrivaninha da vítima. Mas ninguém pensa nisso."

"Devo pedir conselho sobre a mulher da fita lilás à mãe de Péter?", perguntei, de súbito desconcertada.

"Só posso dizer", respondeu cuidadoso, sem olhar para mim, "que, antes de partir para o mundo em busca do segredo de Péter, deve correr os olhos no outro lar de Péter, na casa de sua sogra. Com certeza vai encontrar alguma coisa que lhe indicará o caminho. A casa dos pais sempre é um pouco a cena do crime. Lá está tudo o que diz respeito a um homem."

"Obrigada", eu disse. "Amanhã de manhã vou para a casa da minha sogra e vou olhar a meu redor... Só não entendo o que ou quem devo procurar lá."

"Você quis assim", ele disse, como quem recusava toda responsabilidade.

Nessa hora a música começou a soar, estridente. Entramos no salão, entre os dançarinos. Alguns homens me dirigiram a palavra, passado um tempo meu marido me pegou pelo braço e me levou embora. Fomos direto para casa. Isso aconteceu na noite de 15 de abril, segunda-feira, no quinto ano do nosso casamento.

Naquela noite eu dormi profundamente. Como quem tinha sido atravessada por uma corrente elétrica muito forte, como se no fio a resistência de chumbo tivesse derretido e a alma escurecesse. Quando acordei e fui para o jardim — as manhãs eram quentes, varridas pelo vento de início de primavera, havia alguns dias púnhamos a mesa do café da manhã no jardim —, meu marido já tinha saído. Tomei o café sozinha, engoli o chá amargo sem nada, sem fome.

Sobre a mesa do café estavam espalhados jornais. Li, distraída, as manchetes em letras grandes de um deles. Naquele dia um país menor havia acabado de desaparecer do mapa do mundo. Esforcei-me por imaginar o que sentiriam no país desconhecido as pessoas que de madrugada acordassem e descobrissem que sua vida, seu modo de vida, tudo em que acreditavam e com que se comprometiam desaparecera de um dia para outro, se anulara, e se iniciava alguma coisa inteiramente diferente — quem sabe melhor, talvez pior, mas, seja como for, verdadeira e definitivamente diferente, como se o país que fora a pátria tivesse naufragado no mar e eles tivessem de viver em condições inteiramente novas, debaixo d'água... Pensei nisso. E também no que eu queria... Que espécie de imperativo eu assumira, qual era sua mensagem? Qual era o sentido da agitação contínua no meu coração? O que era minha preocupação, a mágoa, o desgosto, em comparação com os problemas e desgostos de milhões e milhões de pessoas que acordaram naquela manhã com a perda do que a vida lhes dera de mais valioso, seu lar, a intimidade e a ordem doméstica secreta e doce do lar?... Mas eu folheei o jornal distraída, não consegui me fixar com o espírito pleno nas notícias que abalavam o mundo. Eu me perguntei se tinha o direito de me preocupar com tanta intensidade, enlouquecida, com o que seria de mim, se tinha o direito de me preocupar com a minha própria vida?... Em meio às preocupações e misérias de milhões e milhões de pessoas tinha eu o direito de me preocupar com o fato de meu marido não ser meu por inteiro e de verdade? Que importância tinha o segredo da vida do meu marido, que importância tinha a minha infelicidade pessoal se comparada aos segredos e misérias do mundo? Tinha eu o direito de perseguir segredos num mundo selvagem que era em si tão assustador e misterioso?... Entretanto essas são perguntas falsas, você sabe... Uma mulher não é capaz de sentir pelo mundo. Depois pensei que o velho padre confessor talvez tivesse razão. Talvez eu não tivesse uma fé suficientemente profunda, humilde... Talvez houvesse algo de arrogante e indigno num ser humano, numa cristã, numa mulher nessa tarefa frenética, nessa empreitada detetivesca em que desejava desenterrar da intimidade do mundo o segredo da vida do seu marido, aquele alguém da fita lilás. Talvez... porém muitos "talvez" se debatiam em mim. Não consigo contar direito.

Fiquei sentada no jardim, o chá esfriou, o sol brilhava. Os pássaros estavam alvoroçados, tagarelavam. Chegava a primavera. Pensei também que Lázár não gostava da primavera, dizia que o período fermentado, vaporoso, aumentava os ácidos do estômago e desmontava o equilíbrio da razão e dos sentidos... Assim ele dizia. Depois, de súbito me ocorreu tudo o que tínhamos conversado algumas horas antes, de noite, ao som da música, perto da fonte, na casa rica e bolorenta, em meio ao perfume sufocante de mata densa do jardim de inverno. A lembrança era como se eu tivesse lido tudo aquilo em algum lugar.

Você conhece a sensação de quando nas situações mais trágicas da vida, além do sofrimento e do desespero, de repente nos tornamos lúcidos, indiferentes, quase animados? Por exemplo, quando enterramos nosso ente mais querido e de súbito nos damos conta de que em casa esquecemos aberta a porta da geladeira e o cachorro pode comer a carne fria preparada para um banquete?... E, no momento da cantoria sobre o caixão, de repente começamos a tomar providências, aos cochichos e com muita calma, acerca do problema da geladeira?... Porque esse tipo de coisa também nos habita, vivemos entre margens e distâncias assim infinitas. Eu estava sentada à luz do sol, e, como se me preocupasse com a má sorte de pessoas desconhecidas, pensei com frieza e serenidade em tudo o que havia acontecido. Vieram-me todas as palavras de Lázár; no entanto elas não me chocaram. A tensão do dia anterior se extinguira em mim. Pensei na noite como se não fosse eu que tivesse estado com o escritor no jardim de inverno. Pensei na fita lilás como se tivesse ouvido uma intriga social. Por fim, o conteúdo e a finalidade da minha vida poderiam ter sido relatados por outros, durante o chá ou o jantar, assim: "Vocês conhecem os X?... Sim, o industrial e a mulher dele. Moram em Rózsadomb. Não vivem bem. A mulher descobriu que o marido gosta de outra. Imagine, encontrou na carteira dele uma fita lilás, e depois descobriu tudo... Sim, estão se separando". Poderiam falar assim também sobre o que acontecia a mim, a nós. Quantas vezes eu não ouvira coisas semelhantes meio distraída, socialmente, e nem prestara atenção... Quem sabe nós também não nos transformaríamos em mexerico social um dia, meu marido, eu e a mulher da fita lilás...

Fechei os olhos, recostei-me sob a luz do sol e, como as mulheres visionárias de aldeia, procurei imaginar o rosto da mulher da fita lilás.

Porque o rosto vivia em algum lugar, na rua vizinha, ou no espaço cósmico. O que eu sabia sobre ela? O que se pode saber sobre alguém? Vivia com meu marido havia cinco anos, achava que o conhecia perfeitamente, todos os seus hábitos, os gestos das mãos quando as lavava antes das refeições, apressado, sem se olhar no espelho, o modo como se penteava, descuidadamente, como sorria às vezes distraído e contrariado e não dizia em que pensava... e, mais, toda a intimidade do corpo e da alma, toda a intimidade assustadora e vulgar, emocionante e depressiva, excepcional e tediosa de um homem. Sabia disso tudo e achava que sabia tudo sobre ele. E um dia percebi que não sabia nada... sim, sabia menos que Lázár, o homem estranho, desiludido e amargo que tinha poder sobre o meu marido. Que poder?... Humano. Diferente do meu, mais forte que o meu poder feminino. Isso eu não sei explicar, apenas sinto, sempre senti quando os via juntos. Porém esse homem disse ontem que tivera de dividir o poder com a mulher da fita lilás... E eu sei, embora ocorressem no mundo fatos grandiosos e assustadores e eu me acusasse inutilmente de egoísmo e da ausência de uma fé e de uma humildade verdadeira, embora desejasse equiparar meus problemas com os males do mundo, com os golpes do destino sofridos por nações e milhões de pessoas, não conseguia fazer outra coisa senão me preparar para a jornada, para, mesquinha e egoísta, cega e possuída, enfrentar a cidade a fim de procurar aquela com quem eu tinha uma questão pessoal, com quem tinha algo a acertar. Precisava vê-la, precisava ouvir sua voz, precisava olhar em seus olhos, precisava ver sua pele, sua fronte, suas mãos. Lázár dissera — e agora, de olhos fechados, sob a luz do sol, de novo ouvi sua voz, como se ele estivesse sentado de frente para mim, e de novo a noite, a música, o clima vertiginoso, improvável da conversa me inundaram — que a realidade era perigosa, mas ao mesmo tempo muito mais vulgar do que eu imaginava. Como poderia ser essa realidade "vulgar"? O que ele quisera dizer com isso?

Seja como for, ele mostrara o caminho por onde eu deveria seguir, dissera onde eu deveria procurar. Decidi que ainda de manhã iria à casa da minha sogra e falaria seriamente com ela.

Eu estava quente. De novo me sentia como quem tinha adentrado uma atmosfera seca, quente.

Procurei resfriar o calor da alma com pensamentos lúcidos e forçados. Porque sentia a onda ardente do momento em que abrira — muito tempo antes, na véspera, àquela mesma hora — a divisão secreta da carteira do meu marido. Lázár dissera que eu não deveria pôr a mão em nada, deveria esperar... Seria possível que eu estivesse tendo pesadelos? Talvez a prova do crime, a fita lilás, não tivesse o significado que eu imaginava. Ou talvez Lázár estivesse brincando de novo, de um modo estranho e incompreensível, como naquela noite, anos antes. Era possível que para aquele homem a vida só fosse uma espécie de jogo terrível e singular, matéria de experimentos com que jogava ao acaso, como um químico com as palavras e substâncias perigosas, sem se importar se um dia o mundo explodisse?... Havia uma irradiação fria no olhar dele, um olhar impiedosamente objetivo, sereno, indiferente e ainda assim infinitamente curioso, quando dissera que eu deveria visitar minha sogra e procurar na "cena do crime" o segredo de Péter... Apesar disso eu sabia que na noite anterior ele dissera a verdade, não brincara. Sabia que eu vivia um perigo real... você sabe, há dias em que não temos vontade de sair do quarto. Quando o céu, as estrelas, o ambiente, tudo nos diz alguma coisa, tudo nos diz respeito e tudo parece falar a nós. Não, a fita lilás e o que havia por trás dela, na casa da minha sogra ou noutro lugar, eram de verdade.

Nessa hora, a cozinheira saiu para o jardim, trouxe a caderneta, e nós fizemos as contas, discutimos o almoço e o jantar.

Na época meu marido ganhava muito e me dava dinheiro sem nenhum controle. Eu tinha um talão de cheques e gastava como me convinha. Naturalmente, eu tomava muito cuidado, sobretudo naquele período, para gastar apenas o necessário. Mas o "necessário" é um conceito elástico... Fui obrigada a reconhecer que para mim o "necessário" passava a ser tudo o que alguns anos antes parecia um luxo inatingível. O armazém mais caro da cidade nos entregava o peixe e as aves que eu encomendava sem ver, por telefone. Eu não ia à feira havia anos, nem com a cozinheira nem sem ela. Não sabia exatamente quanto custavam as frutas, os *primeurs*, mas simplesmente exigia dos empregados que tudo fosse o melhor e o mais caro... Meu senso de realidade se confundiu naqueles anos. E naquela manhã, segurando a caderneta de compras, em que minha cozinheira, aquela pega ávida, naturalmente anotara as cifras que bem entendia, pela primeira vez em muito tempo pensei que tudo aquilo que então me feria e desesperava talvez fosse extraordinariamente importante para mim apenas pelo feitiço perverso e assustador do dinheiro... Pensei que, se fosse pobre, talvez me importasse menos com o meu marido, comigo e com fitas lilases perdidas... A pobreza e a doença modificam de maneira milagrosa os valores dos problemas dos sentimentos e do espírito. Mas eu não era pobre, nem doente no sentido médico da palavra... Por isso eu disse à cozinheira:

"Para a noite faça frango frio com maionese. Mas sirva apenas o peito. Com salada de repolho."

E entrei na casa para me vestir e sair para o mundo, a fim de encontrar a mulher da fita lilás. Pois era esse o meu trabalho no mundo. Eu não planejei nada, não desejava nada, somente cedia a um imperativo.

Enquanto caminhava na rua, sob um sol brilhante, eu naturalmente não imaginava para onde deveria ir ou quem procurar. Tinha de ir para a casa da minha sogra, disso eu sabia. Ao mesmo tempo, não tinha dúvida de que encontraria quem eu procurava. Não sabia apenas que Lázár, com uma palavra, a última, preparara tudo e eu logo encontraria, com o primeiro gesto arrancaria o segredo do âmago do mundo.

Ainda assim não me surpreendi quando a encontrei. É tão vulgar esse "encontro"... Eu também era somente um instrumento naqueles dias, um personagem e um instrumento do destino que se cumpre. Ao relembrar, sinto tonturas e uma humilhação profunda, porque naqueles dias existiu uma ordenação extraordinária, todos os detalhes se sucederam uns aos outros com rapidez e perfeição, tudo se juntou com a precisão de um fio de cabelo. Como se existisse um coordenador, tudo aconteceu de um modo ritmado, incompreensível, tranquilizante... Sim, naqueles dias eu aprendi a ter fé realmente. Sabe, como no mar, na tempestade, os de fé escassa... Então descobri que por trás da confusão do mundo exterior há uma ordem, racional e maravilhosa, como na música. A situação, cujo conteúdo era o nosso destino, a sorte e o destino de nós três, de súbito amadureceu. E tudo o que nela havia se desanuviou de repente, se mostrou com a beleza sufocante de uma planta com seu fruto venenoso maduro. Eu só fui uma espectadora.

Entretanto eu acreditava que agia. Entrei num lotação e fui, como Lázár ordenara, para a casa da minha sogra.

Imaginava que me encaminhava apenas para dar uma olhada no cenário original, para uma visita prudente. Eu descansaria um pouco na atmosfera daquela vida limpa, me recobraria da experiência sufocante, opressiva, que ocupava minha vida, e talvez contasse o que sabia, choraria um verso, pediria a ela que me fortalecesse e consolasse... Se soubesse de alguma coisa sobre o passado de Péter, ela iria me contar. Assim eu imaginava. Estava sentada no lotação e pensava na casa da minha sogra como num sanatório nas montanhas. Era como se eu chegasse ao sanatório vinda de um pântano fumegante na planície. Nesse estado de espírito toquei a campainha na entrada do prédio.

Ela morava no centro, no segundo andar de um velho, centenário imóvel de aluguel. A escadaria também cheirava a colônia inglesa, como um armário de roupas de cama. Depois de tocar, enquanto esperava o elevador, senti um perfume fresco e experimentei uma nostalgia indizível de outra vida, uma vida mais arejada, mais limpa, sem sobressaltos. No elevador que subia, meus olhos se encheram de lágrimas. E eu continuava sem saber que a força que ordenava tudo naqueles instantes me conduzia também. Toquei a campainha, e a criada abriu a porta.

"Que pena", ela disse, ao me reconhecer. "A patroa não está em casa."

De súbito, com um gesto treinado de empregada ela agarrou minha mão e a beijou.

"Não faz mal", eu disse, mas era tarde. "Não faz mal, cara Judit. Vou esperar por ela."

Olhei, sorridente, o rosto franco, sereno, orgulhoso. Essa mulher, Judit, criada da minha sogra, trabalhava na casa fazia quinze anos. Era uma camponesa da Transdanúbia, e tinha começado a servir à minha sogra antigamente, quando a casa dava muito trabalho. Na época era uma simples ajudante. Entrara na casa muito jovem, devia ter uns quinze anos. Quando meu sogro morreu e eles saíram da casa grande, a garota também se mudou com a minha sogra para o apartamento do centro. Judit, que nesse meio-tempo virou uma solteirona — havia passado dos trinta anos —, foi promovida e se transformou em governanta.

Estávamos no vestíbulo escuro. Judit acendeu a luz. Naquele instante comecei a tremer. Minhas pernas tremiam, meu rosto ficou exangue, mas eu continuei ereta. Naquela manhã, a governanta usava um vestido estampado de algodão, um traje de camponesa, decotado, uma roupa de trabalho barata. Um lenço envolvia sua cabeça; quando cheguei, ela estava limpando a casa. E no pescoço branco, largo, de trabalhadora, pendia de uma fita lilás um amuleto; uma medalhinha barata que se vendia nas feiras.

Estendi a mão sem pensar nem hesitar, e com um único gesto arranquei do pescoço dela a fita e o amuleto. A medalha caiu no chão e se abriu em duas. Você sabe o que foi mais estranho? Judit não procurou pegá-la. Continuou em pé e — com movimentos muito lentos, calma, magra e empertigada — cruzou os braços sobre o peito. Assim observou, do alto, imóvel, enquanto eu me abaixava, erguia a medalha e reconhecia as duas fotografias coladas nela. As duas fotografias eram do meu marido. Uma delas era muito antiga, tirada quando ele tinha pouco mais de trinta anos. A outra era do ano anterior, teria sido tirada para a mãe, para o Natal.

Ficamos ali, imóveis, durante muito tempo.

"Por favor", ela disse por fim, quase descontraída, mas com educação. "Não fiquemos aqui. Tenha a bondade, venha até meu quarto."

Abriu a porta que levava ao quarto dela e, com um gesto convidativo, me fez entrar. Eu entrei no quarto muda. Ela parou na soleira, fechou a porta e, por duas vezes — com movimentos decididos, seguros —, girou a chave.

Eu nunca estivera no quarto dela antes. O que eu poderia desejar lá?... Quer você acredite quer não, eu nunca havia olhado de verdade para o rosto daquela moça, com tudo o que isso poderia significar.

Pois naquela hora eu olhei.

No centro do quarto havia uma mesa pintada de branco com duas cadeiras. Eu me senti fraca, com tonturas, e por isso me aproximei devagar de uma das cadeiras e sentei. Judit não sentou; ficou perto da porta trancada à chave, de braços cruzados, calma e determinada, como se desejasse impedir que alguém entrasse no quarto e nos perturbasse.

Eu olhei em volta detidamente, como quem tinha muito tempo e sabia que todos os objetos, todos os mínimos detalhes são importantes na "cena do crime" — a expressão com que Lázár denominara o quarto em que eu estava me ocorreu, indistinta; e todos os dias eu lia no jornal que a polícia, depois de prender o criminoso, se encaminhava à cena do crime e realizava uma vistoria no lugar... Examinei o quarto com esses olhos; como se houvesse acontecido alguma coisa ali, ou num lugar parecido, havia muito, nos primórdios da vida... e agora de repente eu era o juiz, a testemunha e também a vítima. Assim olhei à minha volta. Judit não disse nada, não me perturbou, compreendia perfeitamente que para mim tudo naquele quarto era importante.

Entretanto eu não vi nada surpreendente. A mobília não era pobre, mas também não era confortável. Vemos quartos de hóspedes assim nos conventos, mobiliados para convidados seculares ilustres. Sabe o que havia no quarto, na cama de cobre, nos móveis brancos, na cortina branca, no tapete de aldeia listrado, na imagem de Maria com o rosário, que pendia sobre a cama, no vaso de flores em cima da mesa de cabeceira, nos badulaques alinhados, muito simples mas escolhidos com deliberação, sobre a prateleira de vidro acima da pia? Renúncia. No quarto se respirava uma atmosfera de renúncia consciente... E, no instante em que a senti, o ódio no meu coração desapareceu, restou apenas tristeza e muito, muito medo.

Senti, pressenti, experimentei toda espécie de coisas naqueles minutos. Vi tudo e senti o que vivia, ardia, por trás de todos os objetos — um destino, uma vida. Repito, de repente comecei a ter medo. De novo ouvi com clareza, com nitidez, a voz triste, rouca, de Lázár, ao profetizar que eu me surpreenderia com o quanto a realidade era mais simples, comum e ao mesmo tempo mais assustadora do que eu imaginava. Pois então, era bastante simples. E ao mesmo tempo assustadora. Espere, gostaria de contar em sequência.

Há pouco eu disse que senti uma atmosfera de renúncia no quarto. Entretanto senti também uma atmosfera de intriga, de atentado. Não pense que o lugar era um covil, um monturo de Budapeste, onde as empregadas pobres se arrastavam. Era um quarto limpo e confortável; na casa da minha sogra um quarto de empregada nem poderia ser diferente. Há pouco eu também disse que existem quartos de hóspedes como aquele nos conventos: um pouco como as celas onde o convidado não apenas vive, dorme, se lava, mas também é obrigado a se ocupar da alma. Nesses quartos todos os objetos e a atmosfera do lugar lembram um imperativo mais elevado e severo... Não havia sombra de fragrância, água--de-colônia ou sabonete perfumado. Na beirada da pia havia um sabonete comum, ensebado. E água dentifrícia, escova de dentes, pente e escova de cabelo. Vi também um estojo de pó de arroz e um pedaço de toalha de rosto de pele de alce. Esses eram os pertences todos daquela mulher. Examinei tudo, minuciosamente.

Na mesa de cabeceira havia um retrato de grupo, numa moldura. Duas meninas, dois rapazes espertos — um deles de uniforme militar — e dois velhos de rosto assustado, um homem e uma mulher, em trajes solenes. Numa palavra, a família, em algum lugar da Transdanúbia. Num copo de água, amentilho fresco.

Sobre a mesa, numa cesta de costura, se espalhavam meias a ser cerzidas e um exemplar antigo de um periódico estrangeiro cuja capa colorida trazia um mar encapelado e crianças brincando na areia. O periódico estava amassado, cheio de dobras, via-se que o tinham folheado muito. E na porta, de um gancho, pendia um uniforme de trabalho preto com um avental branco. Foi tudo o que vi no quarto.

No entanto mesmo nos objetos comuns havia uma disciplina deliberada. Sentia-se que ali vivia alguém a quem não precisavam ensinar a ser ordeira: a moradora se disciplinava, se educava a si mesma. Você sabe bem o que as empregadas costumam amontoar em seu quarto. Objetos inacreditáveis. Tudo aquilo que juntam no interior de seu próprio mundo, corações de pão de mel, postais coloridos, almofadas de sofá velhas, desprezadas, objetos ordinários, de centavos, tudo o que chega a elas como refugo do outro mundo, do mundo dos patrões... Tive uma arrumadeira que colecionava meus estojos usados de pó de arroz, guardava os vidros vazios de perfume que eu jogava fora; juntava as inutilidades como os ricos colecionam caixas de rapé, esculturas góticas ou quadros de impressionistas franceses. No mundo delas esses objetos substituem e representam o que para nós é a beleza e a arte. Porque não se pode viver apenas para a realidade, para os objetivos... a vida demanda também algo de supérfluo, algo de colorido e brilhante, algo de belo, ainda que seja de uma beleza vulgar. A maioria das pessoas não suporta viver sem a visão da beleza. Alguma coisa é necessária, ao menos um cartão-postal de efeito que — em cores vermelhas e douradas — reproduza o pôr do sol ou a madrugada na floresta. Somos assim. Os pobres também são assim.

Aquela que estava diante de mim no quarto cuja porta ela trancara à chave, porém, não era assim.

A mulher que vivia no quarto renunciara consciente e deliberadamente a todos os pequenos confortos, a todos os luxos de centavos, a todos os brilhos baratos. Não pude deixar de sentir que, severa e impiedosa, quem vivia no quarto abria mão de tudo de desnecessário que o mundo também a ela destinaria. Sim, o quarto era austero. Ali não havia lugar para o devaneio, para a preguiça, para a indolência. Era como se ali vivesse uma mulher que tivesse feito um juramento. Mas o juramento, a mulher e o quarto não eram acolhedores. Foi por isso que me assustei.

Não era o quarto da empregadinha coquete que usava as meias de seda e as peças de roupa desprezadas da patroa, que se lambuzava com os perfumes franceses da jovenzinha da casa e se insinuava para o patrão. A mulher que estava diante de mim não era um demônio doméstico, uma amante do submundo ou uma sereia dos lares burgueses decadentes e infectados. Não, a mulher não era a amante do meu marido, apesar de guardar no pescoço, no amuleto preso na fita lilás, os retratos dele. Sabe como ela era? Vou dizer o que senti: como uma inimiga, mas à altura. Era uma mulher, alguém dedicada, sentimental, forte, significativa, sensível e sofredora como eu, como toda pessoa que defende sua condição. Fiquei sentada na cadeira, com o amuleto preso na fita lilás entre as mãos, e não consegui dizer uma palavra.

Ela também não disse nada. Ficou em pé, imóvel como eu. Tinha ombros largos, não era exatamente esbelta, nem magra, mas muito bem-proporcionada. Se entrasse na casa da noite anterior, entre os homens célebres e as belas mulheres, todos olhariam para ela e perguntariam: quem é essa mulher?... E todos sentiriam: é alguém. Tinha o corpo, a compleição, que se costumava atribuir às condessas. Eu já vi condessas, mais de uma, porém nenhuma tinha corpo de condessa. Ela, sim. E havia algo mais nos olhos, no rosto, em volta dela, nos objetos, na mobília do quarto e no ambiente: foi o que me assustou. Eu disse antes: a renúncia deliberada... Mas na base da renúncia havia uma espera torturante. Prontidão. A exigência de tudo ou nada. Um instinto que espreitaria, sem se atenuar, durante anos, décadas. Percebi que ela não se cansaria. A renúncia não era desinteressada, não era humilhante, mas arrogante e orgulhosa. Por que se propaga que os de status elevado são pretensiosos?... Eu conheci muitos barões e condessas, e nenhum deles era pretensioso. Eles eram, antes, inseguros, um tanto conscientes da culpa, como todo verdadeiro senhor... Mas essa moça pobre da Transdanúbia que agora me encarava não era submissa, não tinha sentimento de culpa. O olhar era frio, faiscante... brilhava como brilham facões de caça. No entanto, além disso, ela era disciplinada e ciente das obrigações. Não disse nada, não saiu do lugar, nem seus cílios se moveram. Era uma mulher, e vivia o maior momento de sua vida. Vivia o instante com o corpo todo, com toda a alma, vivia o destino em sua plenitude.

Eu disse quarto de hóspedes num convento?... Sim, também isso. Mas também jaula, a jaula de uma fera selvagem. Havia dezesseis anos vivia, rodava, andava em círculos, numa jaula como aquela ou parecida, uma fera delicada, cujo nome era paixão e espera. Eu entrara na jaula, e nós nos encarávamos. Não, aquela mulher não demandava nenhuma buginga que a recompensasse, que a seduzisse. Ela exigia tudo, a vida toda, o destino com todos os perigos. E sabia esperar. Esperava bem — reconheci, e me horrorizei.

O amuleto e a fita lilás continuavam no meu colo. Eu estava sentada como uma apoplética.

"Por favor", ela disse por fim, "devolva o retrato."

E, quando eu não me mexi:

"Um deles", ela disse. "O do ano passado, eu posso devolver, se quiser. Mas o outro é meu."

Falou em tom de proprietária, de condenação. Sim, o outro retrato fora feito havia dezesseis anos, quando eu não conhecia Péter. Mas ela já o conhecia, possivelmente melhor do que eu jamais conheci. Olhei os retratos mais uma vez, depois os entreguei sem dizer nada e devolvi o amuleto.

Ela também olhou para os retratos como se quisesse se convencer de que não lhes acontecera nenhum dano. Foi até a janela, de sob a cama tirou uma maleta de viagem gasta, barata, na gaveta da mesa de cabeceira pegou uma pequena chave, abriu a mala descascada e trancou ali o amuleto. Isso tudo devagar, sem inquietação ou pressa, como quem tinha tempo. Eu observei todos os gestos, atenta. Nebulosamente pensei que antes, quando me repreendera e pedira de volta as fotografias, ela já não me chamara de senhora.

Senti algo mais naqueles instantes. Passaram muitos anos, vejo tudo com mais precisão. Os sentimentos me tomaram por inteiro, e ela me disse que, em tudo o que eu vivia naquela hora, não havia nada de extraordinário. Era como se eu antecipasse tudo. É claro que eu me espantaria se na véspera Lázár dissesse que a mulher da fita lilás, a quem eu buscava a qualquer preço, vivia bem perto, algumas ruas adiante, na casa da minha sogra, eu a vira muitas vezes, falara com ela, e, se um dia eu me decidisse, como uma possuída, a procurar a única inimiga da minha vida, o primeiro caminho logo levaria a ela... Nada disso, se alguém fizesse tal profecia para mim na véspera, eu pediria com delicadeza que mudássemos de assunto porque não gostava de brincar com coisas sérias. Mas, agora que tudo acontecera de maneira tão simples, eu já não estava surpresa. A cena não me surpreendia. A pessoa também não. Durante os anos passados eu sabia apenas que Judit existia e que era um "ótimo" apoio para a minha sogra, quase da família, um milagre da domesticação. Mas naqueles momentos senti que ao longo do tempo eu soube também de outras coisas sobre ela: de tudo. Não com palavras e não com a razão. Com os sentimentos, pelo meu destino eu sabia de tudo sobre ela e sobre mim, naqueles anos em que eu nunca me dirigira a ela a não ser com bons-dias, com "eles estão em casa?", e com "quero um copo de água"! Sabia de tudo, e talvez por isso nunca a olhasse no rosto. Eu provavelmente temia o rosto dela. Uma mulher vivia na outra margem da vida, executava seu trabalho, esperava e envelhecia, como eu... e eu também vivia, na outra margem, e não sabia por que minha vida era imperfeita e insuportável, o que significava o sentimento de "há algo de errado" que permeava meus dias e minhas noites como uma irradiação misteriosa e desagradável... Eu não sabia nada sobre o meu marido nem sobre Judit. Porém há momentos na vida em que descobrimos que o inimaginável, o impossível, o incompreensível na verdade são o mais simples e o mais comum. De súbito divisamos a engrenagem da vida: desaparecem num alçapão figuras que acreditávamos significativas, dos bastidores surgem personagens de quem não sabíamos nada de certo, mas de repente vemos que os esperávamos e que eles também nos esperavam, e trazem seus destinos inteiros, no momento da aparição...

E, no limite, a coisa era como Lázár dissera: vulgar.

Uma camponesa guardava os retratos do meu marido num amuleto no pescoço. Tinha quinze anos quando veio da aldeia para a cidade, para a casa senhorial. Naturalmente, enamorou-se do jovem patrão. E o jovem nesse meio-tempo cresceu e se casou. Às vezes eles se viam, mas não tinham mais nenhum vínculo. Entre a moça e o homem a diferença de classe constituía um fosso cada vez maior. E sobre os dois agia o tempo. O homem envelhecia. A moça era quase uma solteirona. Não se casara. Por que não se casara?...

Como se eu pensasse em voz alta, ela respondeu à minha pergunta:

"Vou sair daqui. Sinto pela velha senhora, mas vou embora."

"Para onde, cara Judit?", perguntei. E não me foi difícil pronunciar o termo carinhoso.

"Vou trabalhar", disse. "No campo."

"Não poderia voltar para casa?", disse, e olhei para o retrato de grupo.

Deu de ombros.

"Coitados", disse, sem modular a voz, apática.

A palavra ecoou durante algum tempo no quarto, com uma vibração rouca. Como se afinal aquilo fosse tudo o que no fundo tivéssemos para dizer. Quase seguimos a palavra, como se algo tivesse entrado voando pela janela: eu, curiosa, ela, objetiva e indiferente. Conhecia a palavra.

"Não acredito", eu disse depois, "não acredito que isso vá ajudar. Por que sairia daqui? Ninguém a incomoda. E por que ficou até agora? Veja", eu disse, como se discutisse com ela e lançasse um grande argumento, "se ficou até agora, pode ficar mais. Não aconteceu nada."

"Não", ela disse, "eu vou embora."

Falávamos baixo, duas mulheres, com meias-palavras.

97

"Por quê?"

"Porque agora sabe."

"Quem?"

"Ele."

"Meu marido?"

"Sim."

"Até aqui não sabia?"

"Sabia", disse, "mas esqueceu."

"Tem certeza?"

"Sim."

"E", perguntei, "quem vai lembrá-lo se ele já esqueceu?..."

"A senhora", disse simplesmente.

Apertei a mão sobre o peito.

"Minha menina", eu disse, "que está dizendo? Isto é um delí-rio. Por que acha que vou contar a ele? E o que posso contar?..."

Agora, sem demonstrar perturbação, nos encarávamos com uma curiosidade evidente, com avidez e intensidade, como se tivéssemos fechado os olhos uma para a outra havia anos e não nos saciássemos com o que víamos. Apesar de tudo sabíamos que ao longo de anos não tínhamos tido coragem de nos olhar de verdade nos olhos. Desviávamos o olhar, falávamos de outras coisas. Vivíamos cada uma em seu lugar. Só que as duas guardavam um segredo no coração — o segredo era o sentido das nossas vidas. E agora ele fora enunciado.

Como era o rosto dela? Talvez eu consiga contar.

Mas antes vou tomar um copo de água, está bem?... Minha garganta ficou seca. Moça, por favor, um copo de água. Obrigada. Veja, estão começando a apagar as luzes... Mas vou terminar logo. Mais um cigarro, quer?...

Bem, sua fronte era alta, o rosto, branco, limpo, e os cabelos, preto-azulados. Usava o cabelo repartido no meio, preso num coque. Tinha o nariz arrebitado, eslavo. E o rosto todo era liso, franco, com traços definidos como num quadro de altar de aldeia, pintado por um artista nômade, anônimo, do campo, os traços de uma Maria ajoelhada diante do filho. Era um rosto orgulhoso, muito branco. Os cabelos preto-azulados emolduravam a brancura, como... não entendo de comparações. O que eu poderia dizer? Isso é coisa para o Lázár. Mas ele não diria nada, sorriria, porque desprezava as comparações. Gostava apenas de fatos, de frases simples.

Estou contando os fatos, espero que você não esteja se entediando.

Tinha um rosto de camponesa, orgulhoso, bonito. Por que de camponesa?... Bem. Faltava nos traços dela a confusão característica que se reflete de modo inconfundível nos rostos burgueses. A tensão amarga, magoada. O rosto era liso e implacável. Não seria levado a sorrir com elogios ou agrados baratos. O rosto trazia lembranças, lembranças muito antigas. Talvez nem fossem pessoais... viviam no rosto as lembranças de uma estirpe. A boca e os olhos tinham vidas separadas. Os olhos eram preto-azulados, da cor dos cabelos. Uma vez vi um puma no zoológico de Dresden. Pois ele tinha olhos assim.

O par de olhos então me fixava como deve olhar quem está se afogando para quem está em terra firme, talvez seu assassino, ou quem sabe seu salvador. Eu também tenho olhos de gato, ardentes, castanhos... Sei que meus olhos também brilhavam naquele instante, perscrutavam como binóculos, como quando alguém planeja um ataque contra a terra natal. Assim nos olhávamos. O que mais dava medo era a boca. Macia e magoada. A boca de uma fera nobre que tinha perdido o hábito de comer carne. E os dentes, fortes como ossos, brancos como neve. Porque ela era uma mulher forte, bem-proporcionada e musculosa. E de repente pareceu que uma sombra desceu sobre o rosto. Mas ela não se lamentou. Respondeu em voz baixa, com intimidade, não como a empregada, mas com a voz da outra mulher.

"Isto", disse. "Os retratos. Agora ele vai ficar sabendo. Vou embora", disse de novo, obstinada, como se delirasse.

"Acha possível que ele não saiba?"

"Ah", ela disse, "faz tempo que ele não olha para mim."

"Você sempre usa o amuleto?"

"Não", disse. "Só quando estou sozinha."

"Quando está servindo e ele está aqui", perguntei num tom íntimo, "você não o usa?"

"Não", disse no mesmo tom. "Porque não quero que ele se lembre."

"Por quê?", perguntei.

"Por nada", disse, e abriu bem os olhos preto-azulados, como se olhasse para o passado através de uma fonte. "Para que lembrar, se ele já esqueceu?"

Em voz muito baixa, num tom de súplica, íntimo, perguntei: "De quê, Judit? O que ele teve de esquecer?..."

"Nada", disse com aspereza, seca.

"Você foi amante dele? Diga."

"Não fui amante dele", disse com a voz forte, límpida; parecia que rogava uma praga.

Silenciamos. Com aquele tom de voz não se podia discutir; eu sabia que ela dizia a verdade. E eu me recriminei, e, ao mesmo tempo que sentia alívio, uma voz interior secreta, angustiada, me dizia: "Infelizmente, ela diz a verdade. Tudo seria mais fácil se...".

"Então o que aconteceu?...", perguntei.

Ela deu de ombros, muito incomodada, depois o brilho do ódio, da impulsividade, do desespero atravessou seu rosto, como um relâmpago sobre uma paisagem morta.

"A senhora vai ouvir?", perguntou num tom ameaçador, seca e rouca.

"O quê?"

"Se eu contar, vai ouvir?..."

Olhei-a nos olhos. Sabia que teria de cumprir o que prometesse. A mulher me mataria se eu mentisse para ela.

"Se disser a verdade", respondi por fim, "eu vou ouvir."

"Jure", disse sombria, desconfiada.

"Juro", eu disse.

"Que nunca vai contar ao seu marido o que ouviu de Judit Áldozó."

"Nunca", eu disse. "Juro."

Vejo que você não está entendendo isso tudo. Ao pensar agora, talvez eu também não entenda. Mas naquela hora aquilo tudo era tão natural, tão simples... Eu estava no quarto da empregada da minha sogra e jurava para uma empregada que jamais contaria ao meu marido o que ouviria dela. Simples? Acho que sim.

Eu jurei.

"Está bem", ela disse, e pareceu acalmar-se. "Pois então vou contar."

Havia um grande cansaço em sua voz. Pendurou o rosário de volta na parede. Atravessou o quarto duas vezes com passos longos, leves... sim, como um puma na jaula. Apoiou-se no armário. Parecia alta, muito mais alta que eu. Inclinou a cabeça para trás, cruzou os braços, olhou para o teto.

"Como soube quem era?...", perguntou desconfiada, com o sotaque barato, de empregada, de fora da cidade.

"Por nada", disse eu, da mesma forma. "Fiquei sabendo."

"Ele falou disso?..."

Nesse "ele" havia uma intimidade cúmplice, mas também muito respeito. Via-se que ela continuava desconfiada; suspeitava de uma armadilha rebuscada por trás de tudo, receava que eu a enganasse. Os acusados se calam assim hesitantes diante do detetive ou do juiz no último instante, quando — "sob o peso das evidências" — cedem e desejam confessar mas depois se detêm de novo... Receiam que o juiz os engane, talvez ele nem saiba da verdade, apenas faça de conta... e com uma jogada de mestre, com uma aparente boa vontade, o juiz arranca a confissão, a verdade final... Porém ao mesmo tempo eles sabem que não podem mais calar-se. Iniciou-se na alma um processo que não pode ser interrompido; desejam confessar.

"Está bem", disse, e por um instante fechou os olhos. "Eu acredito."

"Então vou contar", ela disse em seguida, e respirou com dificuldade. "Ele me quis como esposa."

"Sim", eu disse, como se fosse muito natural. "Quando?"

"Doze anos atrás, em dezembro. E também mais tarde. E durante dois anos."

"Quantos anos você tinha?"

"Acabava de fazer dezoito."

Portanto meu marido tinha quase o dobro. Na sequência, perguntei amistosa:

"Você tem fotografias dessa época?"

"Dele?", perguntou espantada. "Sim, você acabou de ver."

"Não", eu disse. "De você, Judit."

"Ah", ela disse desagradável, num tom mal-humorado, vulgar, de empregada. "Tenho, sim."

Abriu a gaveta da mesa de cabeceira e pegou um caderno escolar de capa quadriculada, um daqueles cadernos para o estudo de línguas em que no ginásio praticávamos as palavras em francês de La Fontaine... Folheou o caderno. Nele havia dois santinhos, anúncios recortados de jornal... Levantei-me, aproximei-me dela, e sobre seus ombros olhei-a virar as páginas.

Os santinhos representavam santo Antônio de Pádua e são João. Entretanto, num sentido distante, ou muito próximo, tudo ali dizia respeito ao meu marido. Dos jornais ela recortara os anúncios da fábrica dele. Havia uma conta de chapéus enviada por uma chapelaria do centro. Depois o anúncio fúnebre da morte do meu sogro. E o comunicado impresso em papel da Holanda que noticiava nosso noivado.

Folheava tudo com uma certa indiferença, um pouco cansada, como quem já tinha visto aquelas quinquilharias muitas vezes e talvez estivesse farta, embora não conseguisse se livrar delas. Vi, pela primeira vez, sua mão: forte, ossuda e longa, com unhas aparadas cuidadosamente, mas não manicuradas. Tinha dedos compridos, rijos. Ergueu uma fotografia entre dois dedos.

"Aqui está", disse, e sorriu amarga, com a boca torcida.

A imagem exibia Judit Áldozó aos dezoito anos, quando meu marido desejava se casar com ela.

O retrato fora ampliado no centro da cidade, por um fotógrafo pequeno-burguês que no verso alardeava sua arte em letras douradas, dizia que eternizava com precisão todos os acontecimentos familiares felizes. A fotografia era uma obra correta, artificial, posada: barras de ferro invisíveis obrigavam a cabeça de uma jovem a se voltar numa certa direção e a fitar um ponto indistinto, com um olhar fixo e vítreo. No retrato, Judit Áldozó tinha duas tranças enroladas em torno da cabeça, como a rainha Elisabete. O rosto orgulhoso e assustado de camponesa parecia suplicante.

"Dê-me aqui", disse em seguida, áspera, e pegou a fotografia e a guardou de volta no caderno quadriculado, como quem escondia dos olhos do mundo um assunto pessoal.

"Eu era assim", disse. "Eu estava na casa fazia três anos. Ele nunca falava comigo. Uma vez perguntou se eu sabia ler. Eu disse que sim. Ele disse: 'Está bem'. Mas nunca me deu um livro. Não conversávamos."

"Que aconteceu?", perguntei.

"Nada", disse, e deu de ombros. "Isso."

"Você sabia?"

"A gente sabe."

"É verdade", suspirei. "E depois?"

"No final do terceiro ano", disse, e agora falava devagar, com a voz entrecortada, a cabeça inclinada para trás, apoiada no armário, com o olhar vítreo e intrigado fixava diante de si o passado, a vida, como no velho retrato. "Falou comigo no dia de Natal. Eu estava na sala, de tarde. Ele falou bastante. Estava muito nervoso. Eu ouvi."

"Sim", eu disse, e engoli em seco.

"Sim", prosseguiu, e também engoliu em seco. "Disse que sabia que era muito difícil. Não queria que eu fosse sua amante. Queria que fôssemos juntos para o exterior. Para a Itália", disse, e, de súbito, o rosto tenso, lívido, abriu um sorriso de alívio, com olhos brilhantes, como se compreendesse o sentido pleno da frase maravilhosa, como se ela representasse o máximo, tudo o que alguém pudesse dizer e esperar da vida.

E as duas, inconscientemente, olhamos para a primeira página do jornal estrangeiro amarrotado sobre a mesa, o qual exibia o mar encapelado e crianças brincando na areia… Era o que lhe restara da Itália.

"E você não quis?"

"Não", disse, e ficou séria.

"Por quê?…"

"Por nada", disse grave. Depois, mais insegura: "Tive medo".

"De quê?…"

"De tudo", e deu de ombros.

"Porque ele era patrão e você empregada?…"

"Também", disse mais submissa, e me olhou quase agradecida, como se reconhecesse que eu tinha formulado e exprimido a confissão no lugar dela. "Sempre tive medo. Mas não só disso. Sentia que aquilo tudo não era certo. Estava muito além de mim", e balançou a cabeça.

"Tinha medo da patroa?"

"Dela… não", disse, e de novo sorriu. Via-se que me achava

um pouco teimosa, alguém completamente perdida em relação aos verdadeiros segredos da vida, e por isso passou a falar comigo num tom direto, pedagógico, como com uma criança. "Dela eu não tinha medo, pois ela sabia."

"A patroa?..."

"Sim."

"Quem mais?..."

"Apenas ela e o amigo. O escritor."

"Lázár?..."

"Sim."

"Ele falou com você sobre isso?..."

"O escritor?... Sim. Estive na casa dele."

"Por quê?..."

"Porque ele quis... O seu marido."

A observação era evasiva e, ao mesmo tempo, irônica e impiedosa. Ela disse também: "Para mim ele é 'ele'. Eu sei. Para você é apenas o seu marido".

"Sim", eu disse. "Numa palavra, havia dois que sabiam. Minha sogra e o escritor. E o que disse o escritor?"

Ela deu de ombros novamente.

"Não disse nada", disse. "Só me fez sentar, depois me olhou e ficou em silêncio."

"Durante muito tempo?"

"Bastante. Ele", novamente o "ele" prolongado, "ele queria que o escritor falasse comigo, que me visse. Que me convencesse. Mas ele não disse nada. Havia muitos livros no seu quarto. Eu nunca tinha visto tantos livros... Ele não sentou, ficou de pé, encostado na lareira. Ficou olhando para mim e fumando. Ficou me olhando até o anoitecer. Só então falou."

"O que ele disse?", perguntei. Eu os via nitidamente, Lázár e Judit Áldozó, em pé, mudos, no quarto com pouca luz, disputando a alma do meu marido, sem palavras, "entre os muitos livros".

105

"Não disse nada. Só perguntou quanta terra nós tínhamos."

"Quanta?"

"Nove acres."

"Onde?"

"Em Zalá."

"E o que ele achou disso?..."

"Ele disse que era pouco. Porque nós éramos quatro."

"Sim", eu disse constrangida, apressada. Não entendo disso. Mas também sabia que era pouco.

"E depois?"

"Bem, ele pôs a mão em meu ombro e disse: 'Pode ir, Judit Áldozó'. Não falou mais. Mas eu sabia que não aconteceria nada."

"Porque ele não iria deixar?"

"Ele, e o mundo inteiro. E também por outras razões. Também porque eu não queria. Como se fosse uma doença", disse, e bateu na mesa. Eu não a reconhecia agora. Era como se o corpo dela tivesse explodido. Os membros se contraíram como se atravessados por uma corrente elétrica. Havia nela a força de uma catarata. Falou baixo e ainda assim como se gritasse. "Como uma doença, tudo era como uma doença… Depois eu fiquei sem comer, por um ano, por nada, só tomei chá. Mas não pense que passei fome", disse depressa, e pôs as mãos sobre o coração.

"O que é isso?", perguntei muito espantada. "O que significa passar fome por alguém?"

"Faziam isso na aldeia, há muito tempo", disse, e fechou os olhos, como se não fosse muito correto revelar os segredos da tribo a uma estranha. "Alguém se cala e não come enquanto o outro não fizer."

"O quê?"

"O que o outro quer."

"E funciona?"

Ela deu de ombros.

"Funciona. Mas é pecado."

"Sim", eu disse, e ela sabia que, independentemente do que dissesse, Judit Áldozó havia, sim, "passado fome", em segredo, pelo meu marido. "Mas você não cometeu esse pecado?"

"Não, eu não", disse depressa, e balançou a cabeça e ficou vermelha como quem confessava. "Porque eu não queria mais nada. Porque aquilo tudo era como uma doença. Eu não dormia, e a pele do meu rosto e das minhas coxas ficou cheia de manchas. E tive febre, durante muito tempo. A patroa cuidou de mim."

"E ela, o que dizia?"

"Nada", disse em voz baixa, sonhadora, mais suave. "Chorava. Mas não dizia nada. Quando eu tinha febre, ela me dava água com açúcar e remédios, de colher. Uma vez me deu um beijo", disse, e olhou apaziguada para a frente, como se aquilo fosse o que de mais lindo acontecera na sua vida.

"Quando?", perguntei.

"Quando o patrão viajou."

"Para onde?"

"Para o exterior", disse simplesmente. "Por quatro anos."

Fiquei em silêncio. Fora a época em que meu marido estivera em Londres, em Paris, no norte e em cidades italianas. Ficara no exterior durante quatro anos, tinha trinta e seis anos quando voltou para casa e assumiu a fábrica. Às vezes falava sobre aquele tempo; dizia que foram os anos de peregrinação… Só não dizia que se afastara durante quatro anos por causa de Judit Áldozó, por causa dela andara pelo mundo.

"E, antes de ele viajar, vocês se falaram?"

"Não", disse. "Porque eu já tinha sarado. É verdade que só nos falamos uma vez, a primeira, antes do Natal. Foi quando ganhei dele o medalhão com o retrato e a fita lilás. Mas dela ele cortou um pedaço. Estavam numa caixa", disse num tom explicativo, sério, como se isso modificasse alguma coisa no significado do presente, ou como se cada detalhe fosse muito importante, como, por exemplo, o fato de que o medalhão com que meu marido presenteara Judit Áldozó estava numa caixa... Eu também senti que todo detalhe era muito importante.

"O outro retrato você também ganhou dele?"

"O mais antigo? Não", e fechou os olhos. "Esse eu comprei."

"Onde?"

"Do fotógrafo. Custou um centavo", disse.

"Entendo", eu disse. "Não ganhou mais nada dele?"

"Mais nada...?", ela se perguntou surpresa. "Sim. Uma vez ganhei cascas de laranja cristalizada."

"Você gosta?..."

De novo fechou os olhos. Via-se que sentia vergonha pela fraqueza.

"Sim", disse. "Mas não as comi", disse ainda, em tom de desculpa... "Estão guardadas num saco de papel."

E se voltou para o armário, decidida, como quem justificava um álibi. Estendi depressa minha mão na direção dela.

"Não, deixe, Judit", eu disse. "Acredito. E depois, mais tarde, o que aconteceu?..."

"Não aconteceu nada", disse então, num tom de contadora de histórias, com simplicidade. "Ele viajou, e eu me curei. A patroa me mandou para casa, por três meses. Era verão, tempo de colheita. Mas recebi também o salário integral", disse num tom vanglorioso. "Depois voltei. Ele ficou fora durante muito tempo, quatro anos. Eu também me acalmei. Ele voltou, mas não morou mais conosco. Nem nos falamos mais. Não escreveu, nunca. Sim, foi uma doença", disse com objetividade, como se discutisse consigo mesma havia muito e, teimosamente, procurasse provar alguma coisa.

"E depois acabou?", perguntei.

"Acabou. Ele se casou. Mais tarde nasceu a criança. E ela morreu. Eu chorei muito e senti pena da senhora."

"Sim, sim. Deixe para lá", eu disse nervosa e distraída, como se rechaçasse a compaixão educada. "Diga, Judit, vocês nunca, nunca mais se falaram?"

"Nunca", e ela me olhou nos olhos.

"Sobre aquilo, nunca?"

"Nem sobre outras coisas", disse severa.

Fui obrigada a reconhecer que aquilo tudo era verdade, podia ser gravado em pedra. Eles dois não mentiam. Comecei a sentir náuseas de medo, de nervosismo e de mal-estar. Ela não poderia ter me dado uma notícia pior que aquela, de que nunca mais haviam se falado. Calaram durante doze anos, era tudo. E nesse meio-tempo uma usava no pescoço o amuleto com as fotografias do outro, e o outro carregava na divisão secreta da carteira o trapo lilás que tinha cortado da fita do amuleto. Um deles se casou, comigo, e nunca veio inteiro para casa, porque a outra o esperava. Era tudo. Minhas mãos, meus pés, esfriaram, eu senti frio.

"Responda mais uma coisa", pedi. "Veja, eu não lhe peço que jure. O que eu jurei eu vou cumprir: não vou contar ao meu marido. Mas agora diga a verdade, Judit: você se arrependeu?"

"De quê?"

"De não ter se casado com ele na época?"

Ela foi de braços cruzados até a janela, fixou o quintal escuro do imóvel de aluguel do centro da cidade. Disse, após um silêncio prolongado, por sobre os ombros:

"Sim."

A palavra desabou entre nós, como quando se atira uma bomba num quarto, uma granada que não explode de imediato. Ouvimos mudas o batimento dos nossos corações e o tiqueta-

quear da bomba invisível. Tiquetaqueou durante muito tempo...
passaram mais dois anos e somente então explodiu.

Ouvimos ruídos no hall de entrada, minha sogra chegara.
Judit, na ponta dos pés, foi até a porta e, em silêncio, cuidadosa,
girou, com a habilidade de um arrombador, a chave na fecha-
dura. A porta se abriu, e vimos minha sogra na soleira, de casaco
de pele e chapéu, como tinha chegado da cidade.

"Você está aqui", disse, e vi que ela empalideceu.

"Conversamos, mamãe", e eu me levantei.

Ficamos paradas na porta do quarto de empregada, minha
sogra, Judit e eu — as três mulheres que tínhamos algo em comum
na vida — como as três Moiras num retrato vivo de grupo. Em
meu sofrimento, apenas essa imagem me ocorreu, e eu comecei
a rir, nervosa. Porém logo em seguida a vontade de rir passou,
porque minha sogra, muito pálida, entrou no quarto, sentou-se
na beirada da cama de Judit, enterrou o rosto entre as duas mãos
enluvadas e, sem emitir nenhum som, sacudindo os ombros, se
pôs a chorar.

"Não chore", disse Judit. "Ela jurou que não vai contar a ele."

Devagar, atenta, minha sogra me examinou dos pés à cabeça,
e saiu do quarto.

Depois do almoço liguei para Lázár. Ele não estava em casa,
o criado atendeu. Por volta das quatro e meia o telefone tocou: era
Lázár na linha, falava da cidade. Fez um longo silêncio, como se
falasse de muito longe, de outra galáxia, e tivesse de refletir sobre
o meu pedido, que era bem simples — eu queria falar com ele, e
imediatamente —, com muito cuidado.

"Quer que eu vá à sua casa?", perguntou em seguida, mal-
-humorado.

A solução não fazia sentido, porque meu marido poderia chegar a qualquer momento. Num café ou numa confeitaria eu também não poderia encontrá-lo. Por fim, ele disse muito relutante: "Se quiser, vou para casa, posso esperá-la no meu apartamento."

Aceitei, feliz, o convite. Naqueles dias, e, em especial, naquelas horas que se seguiram à conversa da manhã, eu me achava num estado de espírito singular, como se me movimentasse o tempo todo na periferia perigosa da vida, num lugar entre prisões e hospitais, noutro mundo, onde as regras da vida não valem o mesmo que nos salões ou nas moradias do centro. Ao apartamento de Lázár também fui como quem nos momentos excepcionais da vida procura uma ambulância ou a polícia... Só que, quando toquei a campainha, o tremor das minhas mãos me alertava de que talvez eu seguisse por caminhos incomuns e, quem sabe, não inteiramente corretos.

Ele abriu a porta, beijou minha mão sem dizer uma palavra e me conduziu a uma sala grande.

Morava no quinto andar de um imóvel recém-construído, às margens do Danúbio. Tudo na casa era novo em folha, confortável e moderno. Apenas a mobília era antiquada, gasta, de aldeia. Olhei em torno e fiquei profundamente espantada. Estava concentrada e nervosa, mas ao mesmo tempo comecei a ver os detalhes dos móveis, porque somos estranhos, sabe, acho que, quando nos levam para a forca, também notamos alguma particularidade, um pássaro numa árvore ou uma verruga no queixo do intendente que lê a sentença de morte... Pois então aquela era a casa dele. Era como se eu tivesse tocado em lugar errado. Em segredo, no fundo da alma, eu havia muito imaginara a casa de Lázár, nem sei, talvez esperasse encontrar móveis indianos, uma espécie de *wigwam* com muitos livros e escalpes de mulheres bonitas e de companheiros de ofício. Mas não vi nada parecido. Enfileiravam-se ali móveis de cerejeira bem-proporcionados do século passado, dos que acolhiam o visitante nas salas dos vilarejos, sabe, cadeiras de encosto desconfortável, acabadas em verniz, uma cristaleira repleta de todo tipo de miudezas burguesas, com copos de vidro de Marienbad, porcelanas de Holics... A sala de estar parecia a sala de um advogado do campo, de renda média, que se mudara para a cidade; a mobília teria sido herdada pela mulher e eles não tiveram meios para comprar novos móveis. Entretanto ali eu não via a mão de nenhuma mulher, e Lázár, segundo eu sabia, era rico.

Ele não me levou ao quarto em que "havia muitos livros", onde recebera Judit Áldozó. Lidou comigo com educação e uma delicadeza constrangedora, de certa forma como um médico na primeira vez em que atende um paciente. Fez-me sentar e, naturalmente, não me serviu nada. Manteve-se expectante, atencioso e contido o tempo todo, como quem já tinha vivido situações parecidas, sabia que toda conversa daquela natureza era inútil, como sabe o médico diante de um doente incurável que não há remédio mas ainda assim escuta as queixas, assente, quem sabe prescreve um pó, ou um xarope... O que ele sabia? Apenas que nas coisas dos sentimentos não há conselho. Eu também desconfiava disso, nebulosamente. E, ao me ver sentada na frente dele, senti, mal-humorada, que a empreitada seria infrutífera. Não existe "conselho" na vida. Tudo acontece, e isso é tudo.

"Encontrou?", perguntou sem rodeios.

"Sim", eu disse, porque para aquele homem não havia muito que explicar.

"Está mais calma?"

"Não diria isso. Vim para perguntar o que posso fazer."

"Para isso eu não tenho resposta", disse tranquilo. "É possível que não aconteça nada. Se você lembra, eu lhe disse que era melhor não revolver esse assunto. Ele já coagulou, como dizem os médicos: cicatrizou. Agora, naturalmente, ele foi mexido, reaberto."

O uso de comparações médicas não me surpreendeu. Eu me sentia como se estivesse na sala de espera de um médico ou num consultório. Sabe, nada ali era "literário", nada se parecia com a imagem que fazemos da casa de um escritor famoso... Tudo era burguês, pequeno-burguês, muito arrumado e simples. Ele notou meu olhar — no geral era um pouco incômodo estar diante dele, porque ele percebia tudo, eu me sentia exposta, pois ele escreveria um dia sobre tudo e todos que cruzassem seu caminho... — e disse calmo:

"Eu preciso da ordem burguesa. Por dentro somos suficientemente aventureiros. Por fora devemos viver como um administrador dos correios. A ordem é necessidade vital, porque de outro modo não consigo me concentrar..."

Não disse no que não conseguiria se concentrar; provavelmente em tudo, na vida... no mundo exterior e no mundo subterrâneo, onde tremulavam fitas lilases.

"Tive de jurar", eu disse, "que não diria nada ao meu marido."

"Sim", ele disse. "Ele vai acabar sabendo."

"Por quem?"

"Por você. Não é possível calar essas coisas. Nós não silenciamos ou falamos apenas com a boca, mas também com a alma. Seu marido vai saber de tudo logo."

Calou-se. Quase mal-educado, seco, perguntou:

"Que deseja de mim?"

"Desejo uma resposta precisa e direta", eu disse, e me surpreendi com a minha fala também calma, clara, precisa. "Você tinha razão, alguma coisa explodiu. Eu a fiz explodir ou foi um acaso?... Agora tanto faz. Além disso, os acasos não existem. Meu casamento não deu certo. Lutei como uma louca, sacrifiquei toda a minha vida. Não sabia qual era o meu pecado... Agora encontrei uma pista, sinais, falei com alguém que afirma que tem mais a ver com o meu marido do que eu."

Ele estava apoiado na mesa, ouvia, fumava.

"Você acha que no coração, nos nervos do meu marido essa mulher deixou uma lembrança tão definitiva?... Isso existe? O que é o amor?"

"Por favor", disse com educação, um pouco irônico, "eu sou apenas um escritor e um homem. Não sei responder a uma pergunta assim difícil."

"Acredita", perguntei, "que um amor se apodera da nossa alma e depois não conseguimos amar mais ninguém?"

"Talvez", disse cuidadoso, muito contido, verdadeiramente como um bom médico que viu muitas coisas e não gosta de expressar opiniões precipitadas. "Se já ouvi coisa parecida? Sim. Muitas vezes?... Não."

"O que acontece na alma quando amamos?", perguntei, como uma escolar.

"Na alma não acontece nada", disse de pronto. "Os sentimentos não se desenvolvem na alma. Eles têm outro terreno. Mas passam também pela alma, como a enchente banha as margens de um rio."

"Um homem inteligente, racional, é capaz de deter uma inundação dessas?", perguntei.

"Veja", ele disse animado, "a pergunta é bem interessante. Eu me ocupei muito dela. Sou obrigado a responder que até certo ponto sim. Quero dizer... a razão não é capaz de despertar nem de deter sentimentos. Porém pode controlá-los. Os sentimentos, se forem perigosos, podem ser enjaulados."

"Como um puma?...", eu disse sem querer.

"Como um puma", ele disse, e deu de ombros. "Ali então o pobre sentimento anda em círculos, faz barulho, range os dentes, bate nas grades... mas por fim cede, o pelo e os dentes se resfriam, ele envelhece, se torna manso e triste. É possível... Já vi coisa parecida. Essa é a obra da razão. O sentimento pode ser contido e domado. É claro", disse prudente, "que não convém abrir a porta da jaula antes da hora. Porque o puma sai, e, se ele ainda não estiver suficientemente manso, pode causar muito desconforto."

"Diga isso de modo mais simples", pedi.

"Não consigo dizer de modo mais simples", respondeu paciente. "Você gostaria de saber de mim se com a ajuda da razão podemos anular sentimentos... A isso eu respondo categoricamente que não. Mas posso consolá-la dizendo que às vezes os sentimentos, em casos afortunados, podem ser amansados e atrofiados. Veja o meu caso. Eu sobrevivi."

Não sei dizer a você o que senti naquele instante; mas não consegui olhá-lo nos olhos. De súbito me ocorreu a noite em que o conheci; e fiquei vermelha. Lembrei-me do jogo estranho... Eu me senti constrangida como uma adolescente. Ele também não me olhava, estava em pé, encostado na mesa diante de mim, olhando de braços cruzados pela janela, como se examinasse as casas vizinhas. Nosso mal-estar durou algum tempo. Aquele foi um dos momentos mais importantes da minha vida.

"Você, naquele tempo", eu prossegui, apressada e confusa, como quem se atropelava para falar de outra coisa, "não aconselhou Péter a se casar com a moça?"

"Com todas as minhas forças", ele disse, "impedi que ele se casasse com ela. Eu ainda tinha poder sobre ele."

"Não tem mais?"

"Não."

"A mulher hoje tem mais poder?"

"Aquela mulher?", perguntou, e atirou a cabeça para trás enquanto a boca se movimentava sem emitir nenhum som, como se fizesse contas, como se pesasse as forças em jogo. "Acho que sim."

"Minha sogra o ajudou na época?"

Ele balançou a cabeça, sério, como quem evocava uma lembrança ruim:

"Não muito."

"Você acha", perguntei impulsiva, "que essa mulher orgulhosa, nobre e distinta partilhava tamanha loucura?"

"Não acho nada", disse cuidadoso. "Só sei que essa senhora orgulhosa, nobre e distinta durante a sua longa existência viveu sobressaltada como se não morasse em sua casa mas num frigorífico. As pessoas enregeladas como ela compreendem com mais facilidade a necessidade de alguém se aquecer."

"E por que você não deixou que Péter, como diz... se aquecesse na atmosfera daquela atração especial?"

"Porque não gosto de aquecedores", disse paciente, em tom professoral de novo, "em que ao mesmo tempo nos assam como num espeto."

"Judit Áldozó lhe parecia tão perigosa?"

"A pessoa dela?... Acho difícil responder. A situação que teria se configurado, sim."

"E a outra situação, que depois se estabeleceu, era menos perigosa?...", pergúntei, e me precavi muito para falar baixo, contida.

"Em todo o caso era mais controlada", ele disse.

Isso eu não entendi. E me calei, olhei espantada para ele.

"Minha cara", ele disse, "você não acredita como sou ultrapassado, antiquado e seguidor das regras. Talvez somente nós, os escritores, sejamos ainda os verdadeiros respeitadores das leis. O burguês é um ser muito mais aventureiro e rebelde do que costumam pensar. Não é por acaso que o porta-bandeira de todo movimento revolucionário importante seja um burguês extraviado. No entanto nós, escritores, não podemos nos permitir o luxo da revolução. Nós somos os guardiães. É muito mais difícil preservar alguma coisa do que alcançá-la ou exterminá-la. Não posso permitir que os homens se rebelem contra as leis que vivem nos livros e nos corações humanos. Num mundo em que todos desejam, febris, aniquilar o antigo e construir o novo, tenho de me precaver para zelar pelos acordos não escritos cujo sentido final é a ordenação e a voz uníssona mais profunda do universo dos homens. Vivo entre caçadores e sou eu o guardião. Minha condição é perigosa... Mundo novo!", disse, com um desprezo tão decepcionado e doloroso, que eu fixei o rosto dele com os olhos arregalados. "Como se os homens fossem novos!..."

"Foi por isso que não deixou que Péter se casasse com Judit?..."

"É claro que não foi só por isso. Péter é burguês. Um burguês muito valioso... restam poucos como ele. Ele zela por uma cultura que para mim é importante. Uma vez ele disse, brincando, que eu era sua testemunha... Respondi, brincando, mas talvez não sem seriedade, como poderia parecer à primeira vista, que tinha de cuidar dele, por razões financeiras, tinha de salvá-lo, tinha de salvar o leitor que ele representava. Naturalmente não estou pensando na tiragem dos meus livros, mas nas poucas almas em que vive ainda a responsabilidade pelo meu mundo. É para elas que eu escrevo... não fosse assim, meu trabalho não faria nenhum sentido. Péter é um entre poucos. Não existem muitos entre nós, nem no mundo... Os demais não me interessam. Foi essa a verdadeira razão, ou melhor, nem essa. Eu simplesmente temia por ele porque gostava dele. Não gosto de me entregar às emoções... Esse sentimento, a amizade, é muito mais fino e complicado que o amor. É o sentimento humano mais forte... verdadeiramente desinteressado. As mulheres não o conhecem."

"Por que temia por Péter em relação àquela mulher?", perguntei teimosa. Prestava atenção em todas as suas palavras, e ainda assim sentia que ele evitava a resposta direta, falava de outras coisas.

"Porque não gosto dos heróis sentimentais", disse por fim, como quem desistia, como quem se conformava com a necessidade de dizer a verdade. "Para começar, gosto de ver tudo e todos em seus lugares na vida. Mas eu não temia apenas a diferença de classe. As mulheres aprendem depressa, repõem em instantes os séculos de progresso... Eu não tinha dúvida de que ao lado de Péter aquela mulher aprenderia a lição com a velocidade de um raio e se comportaria com disciplina e perfeição numa noite como a de ontem na casa nobre, como você ou eu... De um modo geral as mulheres se situam bem acima, em gosto e comportamento, dos homens de sua classe. Ainda assim Péter se sentiria um herói, um herói que acordaria de manhã e seria herói até de noite, porque assumiria perante o mundo uma situação muito humana, perfeitamente justa diante de Deus e dos homens, mas apesar disso tudo uma situação que teria de ser defendida. Aquela mulher jamais perdoou a Péter sua condição de burguês."

"Eu não acredito nisso", eu disse, perdida.

"Eu sei", ele disse com severidade. "Mas isso tudo não resolve o problema de vocês. O que ali se decidia era o destino de um sentimento. O que havia no sentimento no que dizia respeito a Péter? Qual era seu desejo, que impulsos o alimentavam?... Não sei. Mas eu vi o terremoto em seu momento mais perigoso. Tudo na alma do homem se deslocava, a classe a que ele pertencia, as bases em que sua vida se construíra e o modo de vida que equivalia a elas. Esse modo de vida não é apenas uma questão privada. Se um homem como ele, que zela e representa todos os valores de uma cultura, desmorona, não é apenas ele que se extingue, mas com ele se extingue um pedaço do mundo em que vale a pena viver... Eu examinei muito bem a mulher. O problema não era que ela pertencia a outra classe. Para o mundo talvez o acontecimento mais afortunado fosse que os filhos de diferentes classes se fundissem no torvelinho de um grande amor... Não, na pessoa da mulher havia alguma coisa que eu sentia com muita força, com que eu não conseguia me conformar, a que eu não tinha coragem de entregar Péter. Uma espécie de desejo selvagem, uma força bárbara... Você não sentiu isso?..."

Seus olhos cansados e sonolentos de súbito se incendiaram quando ele se voltou para mim. Como se buscasse as palavras, disse hesitante:

"Há pessoas que conseguem sugar para si, do mundo que as rodeia, com uma força selvagem, tudo aquilo que representa a vida, como certas raízes na selva que drenam dos arredores das árvores, num raio de várias centenas de metros, a umidade do terreno, os sumos e os nutrientes da terra. Essa é sua lei, sua característica. Não são más, simplesmente são assim... Podemos discutir com quem é mau, talvez apaziguá-lo, talvez diluir em sua alma o sofrimento pelo qual ele deseja se vingar, por meio dos demais, da vida. São as pessoas mais afortunadas... Mas há outros, como certas espécies de raízes, que não são mal-intencionados, apenas abraçam o mundo que os cerca com uma sede obstinada, mortífera, e sugam dele toda energia vital. Essas pessoas representam um destino bárbaro, primitivo. São raras entre os homens... São mais comuns entre as mulheres. A força que delas emana anula as almas mais resistentes, como Péter. Você não sentiu isso quando falou com ela? Como se você falasse com uma tempestade tropical ou uma corredeira?"

"Eu só falei com uma mulher", eu disse, e solucei. "Com uma mulher que tem muita força."

"Sim, é claro, as mulheres se ouvem de modo diferente", ele disse solícito. "Respeito essa força e tenho medo dela. E agora comece a respeitar Péter. Procure imaginar com que resistência ele viveu durante uma década, o que foi necessário para que se livrasse do abraço invisível dessa força perigosa. Porque ela depois quer tudo, você sabe. Ela não precisa da *backstreet*, não precisa do apartamento de solteiro de dois dormitórios numa travessa, de estola de raposa prateada e de férias de três semanas, em segredo, com o amante... Ela precisa de tudo, porque não é postiça, mas de verdade. Você não sentiu isso?..."

"Sim", eu disse. "E prefere passar fome."

"Quê?", perguntou, e agora era ele que se surpreendia.

"Passar fome", eu disse. "Ouvi dela. Uma superstição estúpida e má. Alguém começa a passar fome, jejua até alcançar o objetivo."

"Disse isso?", ele perguntou num tom meloso. "No Oriente há coisas parecidas. É uma forma de sublimação." Riu alto, nervoso, mal-humorado. "Sim, Judit Áldozó é o tipo mais perigoso. Porque há mulheres que podemos levar para jantar em lugares elegantes, onde se come caranguejo e se bebe champanhe; elas não são perigosas. E há outras que preferem jejuar... essas são as mais perigosas. Apesar de tudo receio que não valia mais a pena você tocar no assunto. Ela já estava se cansando... Faz tempo que a vi pela última vez, anos atrás, mas na época senti que a conjunção das estrelas tinha se modificado quanto à sorte de vocês, tudo começava a parecer indiferente, apodrecido... Porque na vida não existem somente inundações, não há somente forças bárbaras... Há também outras coisas. Reina também a lei da impotência. Respeite essa lei."

"Não posso respeitar nada", eu disse, "porque não quero viver assim. Não entendo Judit Áldozó, não sou capaz de julgar o que ela pode ter significado um dia para o meu marido, o que significa ainda hoje, neste momento, o quanto é perigosa... Não consigo acreditar que existam paixões que possam arder na alma durante toda a vida, com a chama e a fumaça abafadas, como os fogos dos subterrâneos, das minas... É possível que existam; mas eu acho que a vida extingue esses fogos. Você não acha?..."

"Sim, sim", ele disse muito depressa e solícito, fitando a fumaça do cigarro.

"Vejo que não acredita", prossegui. "Pode ser que eu não tenha razão. Talvez uma ou outra paixão seja mais forte que a vida, que a razão, que o tempo. Chamusca tudo, queima tudo... Pode ser... Mas então que seja mais forte. Que não fique latente, mas que exploda. Não me agrada construir uma família aos pés do Stromboli. Eu quero paz, tranquilidade. Por isso não lamento o que aconteceu. Minha vida é um completo fracasso, insuportável, assim como ela é. Em mim também existe força, eu também sei esperar e desejar, não é apenas Judit Áldozó que sabe, ainda que eu não passe fome por nada nem por ninguém, e jante frango com maionese e salada nesse meio-tempo... Porém eu quero que o duelo mudo acabe. Você foi um dos espectadores do duelo, e é por isso que falo com você. Acredita que Péter ainda se importa com essa mulher?"

"Sim", disse simplesmente.

"Então ele não se importa comigo de verdade", eu disse em voz alta, calma. "Então que ele faça alguma coisa, que se case com ela, ou não se case, que se arruíne, ou seja feliz, mas que sossegue. Não preciso dessa vida... Jurei à mulher que me calaria diante de Péter e vou cumprir o juramento. Mas não vou ficar zangada se você uma vez... em pouco tempo, nos próximos dias... com muito cuidado, ou nem tanto, falar com ele. Pode fazê-lo?..."

"Se você quiser", disse displicente.

"Quero muito", eu disse, e me levantei, ajeitando as luvas. "Vejo que você gostaria de perguntar o que vai ser de mim... Vou responder. Vou aceitar a decisão. Não gosto dos dramas mudos, com inimigos invisíveis, com tensões exangues e pálidas que se arrastam por décadas. Uma vez que é drama, que seja barulhento, com disputas, mortos, aplausos e vaias. Quero saber quem sou e qual é o meu valor no drama. Se perder, vou embora. Depois, aconteça o que acontecer, o destino de Péter e de Judit Áldozó não me importa mais."

"Isso não é verdade", ele disse calmo.

"É verdade, sim", eu disse, "porque é o que vou fazer. Se durante doze anos ele não foi capaz de decidir, decidirei eu, em muito menos tempo. Se ele não foi capaz de encontrar a mulher de verdade, eu vou encontrá-la por ele."

"Quem?", ele perguntou então, com um interesse vivo, animado, súbito, como eu não vira nenhuma vez durante a conversa. Como se ele tivesse ouvido uma afirmativa particularmente surpreendente e engraçada. "Quem você quer encontrar?"

"Já disse", respondi, um tanto constrangida. "Por que você olha para mim tão descrente, sorrindo?... Minha sogra disse um dia que a mulher de verdade sempre existe em algum lugar. É possível que seja Judit Áldozó, pode ser que seja eu, mas pode ser também que seja outra. Pois eu vou encontrá-la para ele."

"Sim", ele disse.

Olhou para o tapete, como quem não queria discutir.

Acompanhou-me até a porta sem dizer uma palavra. Beijou minha mão, ainda com o sorriso estranho. Abriu a porta com um gesto lento e se curvou profundamente.

Bem, chegou a hora de pagar, estão fechando para valer. Garota, nós tomamos dois chás e dois sorvetes de pistache. Não, querida, hoje você é minha convidada. Não se oponha. Nem tenha pena de mim. É fim de mês, mas este convite modesto não vai me levar à falência. Tenho uma vida independente e sem preocupações, recebo a pensão pontualmente todo dia 1º, muito mais do que preciso. Veja, não levo uma vida muito ruim.

Só não tem nenhum sentido, você acha?... Isso não é verdade. Há pouco, quando corri para cá para encontrá-la, eu passei por uma rua do centro e de repente começou a nevar. Senti uma felicidade intensa. A primeira neve... Antes eu não conseguia me alegrar assim com o mundo. Tinha outros problemas, prestava atenção noutras coisas. Observava um homem, não tinha tempo para me ocupar do mundo. Depois perdi o homem e ganhei no lugar dele o mundo. Uma troca modesta, você acha?... Não sei. Pode ser que você tenha razão.

Não tenho mais muito para contar. O resto você sabe. Separei-me do meu marido, vivo sozinha. Ele também viveu só por algum tempo, depois se casou com Judit Áldozó. Mas isso é outra história.

É claro que as coisas não aconteceram tão depressa quanto eu tinha imaginado no apartamento de Lázár. Depois da conversa vivi dois anos com o meu marido. Parece que tudo na vida acontece segundo o mecanismo de um relógio invisível: não se pode "decidir" nem um minuto antes, mas apenas quando as coisas e as situações decidem por si... Todo o resto é forçado, irracional, talvez imoral também. A vida decide, surpreendente e magnífica... e então tudo é simples e natural.

Voltei para casa, do apartamento de Lázár, e não disse nada sobre Judit Áldozó ao meu marido. Na época ele sabia de tudo, coitado. Apenas não sabia do mais importante. E eu não podia lhe dizer, porque por muito tempo eu também não soube... Apenas Lázár sabia, sim, e no momento da despedida, quando silenciou de modo tão estranho, ele pensava nisso. Mas ele também não disse nada, porque o mais importante não se pode dizer a ninguém. Todos aprendem sozinhos.

O que é o mais importante?... Veja, não quero ofendê-la. Você agora está um pouco enamorada daquele professor sueco... Sim?... Bem, não peço confissões. Mas permita que eu também silencie, porque não quero estragar o sentimento belo, grandioso, não quero ferir alguma coisa em você.

Não sei quando meu marido falou com Lázár, se no dia

seguinte, ou semanas mais tarde, e também não sei do que falaram... — as coisas apenas aconteceram como Lázár dissera. Meu marido sabia de tudo, sabia que eu tinha encontrado a fita lilás e também aquela que usava o amuleto. Sabia que eu havia falado com Judit Áldozó, a qual no dia seguinte foi embora da casa da minha sogra. Durante dois anos ninguém ouviu falar dela. Meu marido contratou detetives particulares para procurá-la, mas depois se cansou e adoeceu. Por essa época não a procurava mais. Sabe o que meu marido fez nos dois anos em que Judit Áldozó esteve desaparecida?

Esperou.

Eu nunca soube que também era possível esperar assim. Como se executássemos um trabalho forçado. Como se quebrássemos pedras numa mina. Com muita força, muita disciplina, determinação e desespero. E eu também não podia mais ajudá-lo... se tiver de dizer a verdade no leito de morte, serei obrigada a confessar que não queria ajudá-lo. Meu coração estava cheio de amargura e desesperança. Eu acompanhei a angústia terrível durante dois anos. A discussão sorridente, sem palavras, educada, cada vez mais sem vida, cada vez mais muda, com alguém, ou alguma coisa... O gesto com que alguém pega a correspondência de manhã, como um homem escravizado por entorpecentes que estende a mão para o frasco e depois vê que não há nada nele, a mão se detém no ar, o frasco está vazio... O gesto da cabeça quando o telefone toca. O estremecimento dos ombros quando soa a campainha no hall de entrada. O correr dos olhos num restaurante, ou no vestíbulo de um teatro, o olhar que sempre busca alguma coisa no vazio do mundo. Vivemos assim durante dois anos. Mas o rastro de Judit Áldozó se perdeu.

Mais tarde soubemos que ela viajara para o exterior, empregara-se na casa de um médico inglês, em Liverpool. Naquela época eu procurava empregadas húngaras na Inglaterra.

A família dela, bem como a minha sogra, não tinha nenhuma

informação. Nesses dois anos eu visitava minha sogra com frequência, passava lá tardes inteiras. Na época a coitada já andava doente, teve uma trombose, foi obrigada a ficar de cama durante semanas. Pois eu ficava sentada a seu lado. Afeiçoei-me muito a ela. Ficávamos sentadas, líamos, tricotávamos, conversávamos, quase diria que rasgávamos as roupas, como as mulheres de antigamente quando o homem de quem gostavam partia para a batalha. Eu sabia que no combate meu marido recebera uma missão muito perigosa... Poderia tombar a qualquer momento. Minha sogra também sabia. Mas já não podíamos ajudá-lo. Chega um momento na vida de todas as pessoas em que elas ficam sós e ninguém mais pode ajudá-las. Meu marido chegara lá... Ficara só, corria um pouco de risco de vida, ou quem sabe nem tão pouco, e esperava.

Nós duas, por outro lado, minha sogra e eu, andávamos na ponta dos pés, vivíamos e tricotávamos em torno dele. Como quem cuidava de um doente. Falávamos de outras coisas, às vezes animadas e sem preconceitos. Talvez em virtude de uma delicadeza ou de um pudor especial minha sogra nunca falou do que aconteceu. Naquela manhã em que ela sentou diante de nós e começou a chorar no quarto de empregada, celebramos, sem palavras, um contrato em que nos ajudaríamos no que fosse possível, e não falaríamos desnecessariamente e desesperadas sobre o acontecido. Também sobre o meu marido falávamos apenas como se ele fosse um doente muito gentil e simpático cujo estado era apesar de tudo angustiante, embora não houvesse por que temer um perigo imediato... Sabe, como quem pudesse viver assim por muito tempo... Nosso trabalho se restringia a ajeitar um travesseiro sob a sua cabeça, servir um cozido ou entretê-lo com as notícias do mundo. E, na verdade, nesses dois anos vivemos lá em casa silenciosos e serenos, meu marido e eu, e saímos pouco. Meu marido já se entregara à tarefa de desmontar tudo o que o ligava ao mundo, à sociedade. Durante dois anos, com delicadeza e cuidado, exilou-se do próprio mundo, mas de modo a não ofender ninguém. Aos poucos todos se afastaram, e nós ficamos sós. Isso não foi tão ruim quanto você possa imaginar... Passávamos cinco noites da semana em casa; ouvíamos música ou líamos. Lázár nunca mais nos visitou. Ele também viajou para o exterior naqueles anos, morou durante muito tempo em Roma.

Bem, vivíamos assim. Esperávamos, os três, por alguma coisa: minha sogra pela morte, meu marido por Judit Áldozó, e eu que a morte ou Judit Áldozó ou outro fato, imperioso, ocorresse um dia e eu finalmente soubesse o que seria de mim e a quem pertenceria... Você pergunta por que não deixei meu marido? Como se pode viver com alguém que espera por outra, se sobressalta a cada vez que uma porta se abre, pálido evita as pessoas, rompe com o mundo, doente de um sentimento, possuído por uma espera insana? Não é tarefa fácil, nada disso. Não é exatamente uma situação agradável. Mas eu era sua mulher e não podia abandoná-lo, porque ele estava em perigo. Eu era sua mulher e jurara que ficaria a seu lado na alegria e na tristeza, enquanto ele quisesse, enquanto precisasse de mim. Pois ele então precisava de mim. Se naqueles dois anos ficasse sozinho, morreria. Vivíamos e esperávamos por um sinal terreno ou celeste, esperávamos a volta de Judit Áldozó.

No instante em que soube que a mulher havia deixado a cidade e viajara para a Inglaterra — apenas ninguém sabia do endereço inglês, nem a família nem os agregados —, meu marido adoeceu, de verdade, pela espera, o maior sofrimento que pode haver na vida. Conheço o sentimento... Mais tarde, quando nos separamos, eu também esperei por ele assim, durante algum tempo, talvez por um ano. Sabe, a gente acorda de noite e sente falta de ar, como os asmáticos. Estendemos a mão no escuro e buscamos outra mão. Não conseguimos compreender que o outro não está mais, não está por perto, no vizinho, nem na rua. Andamos na rua à toa, não encontramos o outro. O telefone não faz nenhum sentido, os jornais estão repletos de notícias desinteressantes, comunicados indiferentes,

126

por exemplo, de que eclodiu a guerra mundial ou que algumas ruas de uma capital de um milhão de moradores desapareceram... Ouvimos as notícias com educação, prestamos uma atenção distraída e dizemos: "É mesmo?... De verdade?... Que interessante". Ou: "Que triste". Porém não sentimos nada. Num livro espanhol bonito, inteligente e triste — esqueci o nome do autor, parece o nome de um toureiro, comprido, cheio de prenomes — eu li que nesse estado estrábico, narcotizado, mágico, no estado de espírito dos amantes que, desprezados, esperam, existe algo da inconsciência dos hipnotizados; o olhar deles também é como o dos doentes, que, com o olhar amortecido, com uma abertura lenta dos cílios, despertam do transe. Não veem nada no mundo, a não ser um rosto, não ouvem nada a não ser um nome.

No entanto um dia despertam.

Veja o meu caso.

Olham em torno, esfregam os olhos. Já não veem apenas aquele rosto... ou, mais exatamente, veem também aquele rosto, embora mais apagado. Veem uma torre de igreja, uma mata, um quadro, um livro, o rosto de outras pessoas, a infinitude do mundo. É uma sensação estranha. O que ontem era insuportável de tanto que doía e queimava hoje não dói mais. Você está sentado num banco e está sereno. Pensa algo como: "Frango recheado". Ou: "Mestres-cantores de Nuremberg". Ou: "Preciso comprar uma lâmpada nova para o abajur". E isso tudo é realidade e é igualmente importante. Ontem tudo era improvável, frágil e sem sentido, e a realidade era completamente diversa. Ontem você ainda desejava vingança ou redenção, queria que ele telefonasse ou que precisasse de você, ou que o prendessem e fuzilassem. Sabe, enquanto você sente coisas assim, o outro se alegra à distância. Tem poder sobre você. Enquanto você grita por vingança, o outro esfrega as mãos, porque a vingança é também desejo, a vingança é compromisso. Mas chega um dia em que você acorda, esfrega os olhos, boceja, e de repente percebe que não quer mais nada. Não se importa nem de encontrá-lo na rua. Se ele telefonar, você vai atender, como se deve. Se ele quiser vê-la e você precisar encontrá-lo, pois não, que disponha. E isso tudo, por dentro, é inteiramente leve e sincero, sabe... já não há nenhum aperto, nenhuma dor, nenhuma inconsciência na coisa toda. O que aconteceu? Você não entende. Não deseja mais vingança, a única coisa, a perfeita, é que você não quer mais nada dele, não deseja nem mal nem bem, ele já não é capaz de causar dor. Nessas horas os homens antigos escreviam uma carta para a amante e começavam assim: "Excelentíssima". Isso continha tudo, você sabe... Continha: "Você não pode mais me causar dor". A mulher inteligente nessa hora se põe a soluçar. Ou nem isso. O homem inteligente nessa hora manda o grande presente, o buquê de rosas, ou a pensão vitalícia... por que não? Já pode, porque não dói mais.

Pois isso é assim. Eu sei bem. Um dia despertei e comecei a viver, a caminhar.

Mas meu marido, coitado, não despertou. Nem sei se vai se curar um dia. Às vezes rezo por ele.

Assim passaram dois anos. O que fizemos? Vivemos, meu marido se despediu do mundo, de seu círculo, das pessoas, sem palavras, como o estelionatário que em segredo se prepara para fugir para o exterior mas até então cumpre com responsabilidade os afazeres cotidianos. O exterior era ela, a outra, a de verdade. Esperamos. Não vivíamos mal, ficamos inteiramente de bem nesses dois anos, de verdade... Às vezes, à mesa, ou durante a leitura, eu espreitava seu rosto, como os familiares observam o rosto dos doentes, e, enquanto se horrorizam por dentro, sorriem afáveis e dizem alegres: "Hoje sua aparência está muito melhor". Esperávamos por Judit Áldozó, que desaparecera da cidade sem deixar rastro, o monstro... Porque sabia que era o pior que podia fazer... Você não acredita? Talvez ela nem seja um monstro. Afinal ela também, ela também pagava, ela também lutava, ela também era mulher, talvez ela também tivesse algum sentimento, não?... Console-me, pois hoje desejo acreditar que seja assim. Ela esperou durante doze anos, e depois foi para a Inglaterra. E aprendeu inglês e aprendeu a comer e viu o mar. E depois um dia voltou para casa e tinha setenta libras, segundo eu soube, e uma saia escocesa xadrez e colônia Atkinson. E então nos separamos.

Meu coração doeu muito, durante um ano acreditei que morreria. Mas depois um dia despertei e descobri... sim, descobri o mais importante, o que só podemos descobrir sozinhos.

Quer que eu diga?...

Não vai doer?...

Você aguenta?...

Pois então, eu aguentei. Mas não gosto de contar isso a ninguém, não gosto de tirar a fé das pessoas, a fé num lindo equívoco, que origina tantos sofrimentos, mas também muitas coisas maravilhosas: atos heroicos, obras de arte, esforços humanos extraordinários. Você se acha num estado de espírito desses, eu sei. Ainda assim quer que eu diga?...

Bem, se você quer. Mas depois não fique zangada comigo. Veja, querida, Deus me surrou e me castigou com isso, com o fato de que eu descobri e suportei e não morri. O que descobri?... Bem, que não existe mulher de verdade.

Um dia despertei, sentei na cama e sorri. Nada mais doía. E de súbito compreendi que não existe mulher de verdade. Nem na terra nem no céu. Não existe em lugar algum, aquela. Existem apenas pessoas, e em todas há um grão da verdadeira, e nenhuma delas tem o que do outro nós esperamos e desejamos. Não existe pessoa completa, e não existe aquela, a única, a maravilhosa, plenamente satisfatória, excepcional. Existem apenas pessoas, e em cada pessoa existe também tudo, dejeto e luz, tudo... Lázár sabia disso quando à porta da sua casa eu me despedi e ele silenciou, sorriu, porque eu disse que ia embora e procuraria a mulher de verdade para o meu marido. Ele sabia que ela não existe em lugar algum... Mas ele calou, e depois foi para Roma e escreveu um livro. No final, os escritores sempre fazem isso.

Meu marido, coitado, não era escritor; era um burguês e um artista que não tinha uma forma de expressão. Por isso sofria. E, quando um dia apareceu Judit Áldozó, que ele acreditava ser a mulher de verdade, e ela usava colônia Atkinson e disse, meio à inglesa, no telefone: "*Hello!*", nós nos separamos. Foi uma separação difícil, como eu disse, levei embora até mesmo o piano.

Ele não se casou com ela logo, mas somente depois de um ano. Como eles vivem?... Acho que bem. Você viu há pouco, ele estava levando cascas de laranja cristalizada para ela.

Só que ele envelheceu. Não muito, mas de um modo triste. Que acha, ele já sabe?... Receio que seja tarde quando descobrir; nesse meio-tempo a vida terá passado.

Veja, eles vão fechar mesmo.

Sim?... O que você está perguntando? Por que eu chorei há pouco, quando o vi? Se um dia passa a não existir mais a mulher de verdade e tudo acaba e a gente se cura, por que comecei a passar pó no rosto quando ouvi que ele ainda guardava a carteira de crocodilo? Espere, vou pensar. Acho que sei a resposta. No meu constrangimento, comecei a passar pó no rosto porque a mulher de verdade não existe, porque as ilusões passam, mas eu gosto dele, e isso faz toda a diferença. Quando gostamos de uma pessoa, o coração bate forte sempre que ouvimos falar nela ou a vemos. Na realidade, acredito que tudo passe, a não ser o amor. Mas isso não tem mais nenhum significado prático.

Um beijo, querida. Terça que vem de novo aqui, você quer?... Conversamos tão bem. Por volta das seis e quinze, se for bom para você. Não muito mais tarde. Eu certamente estarei aqui às seis e quinze.

Veja aquela mulher. Eles estão saindo pela porta giratória. A loira, de chapéu redondo?... Não, a alta, de estola de vison — sim, a mulher morena, alta, sem chapéu. Estão entrando no carro. O homem atarracado a está ajudando, não é? Havia pouco estavam sentados à mesa do canto. Eu vi quando entraram, mas não quis dizer nada; acho que eles nem me viram. Mas, agora que foram embora, posso dizer que é ele o homem com quem disputei um duelo sofrido, estúpido.

Por causa da mulher?... É claro que sim, por causa da mulher. No entanto não tenho muita certeza disso. Eu queria matar alguém na época. Talvez nem fosse o homem baixo, atarracado. Ele não tinha nada a ver com aquilo. Mas era ele que estava à mão.

Se posso dizer quem era a mulher?... Posso, sim, meu caro. A mulher foi minha esposa. Não a primeira, mas a segunda. Há três anos nos separamos. Logo depois do duelo.

Vamos tomar mais uma garrafa de vinho, você quer?... Depois da meia-noite o café fica subitamente esvaziado e frio. A última vez que estive aqui foi no tempo da escola técnica, no

Carnaval. Naquela época mulheres também vinham a estes lugares famosos, pássaros da noite coloridos, alegres, radiantes. Depois fiquei décadas sem vir. O tempo passou, enfeitaram o lugar, o público mudou também. Agora o café é frequentado pelo público mundano, da noite... sabe, os assim chamados "da noite". É claro que eu não sabia que a minha ex-esposa também vinha aqui.

É um belo vinho, esse. Verde-claro como o Balaton antes da tempestade. Deus o abençoe.

Quer que eu conte?... Se você quiser.

Talvez nem seja ruim eu contar tudo uma vez para alguém.

Você não conheceu minha primeira mulher? Não, você vivia no Peru, estava construindo uma ferrovia. Teve sorte, caiu no mundo grande e selvagem logo no ano em que recebemos o diploma. Confesso que às vezes sentia inveja de você. Se então o mundo também me chamasse, talvez eu fosse hoje um homem mais feliz. Assim, fiquei por aqui zelando por algo... Um dia eu me cansei, e hoje não zelo mais por nada. Do que eu cuidava? Da fábrica? De um modo de vida? Nem sei. Eu tinha um amigo, Lázár, o escritor, você o conhece? Não ouviu falar nele? Feliz você, no Peru! Eu o conheci bem. Houve um tempo em que acreditei que ele fosse meu amigo. Esse homem afirmava que eu era um guarda-parque ou um guarda-noturno de um modo de vida em extinção, um burguês. Segundo ele, eu fiquei por aqui por isso. Mas não tenho certeza.

Tenho certeza apenas dos fatos, da realidade... tudo o que usamos para explicar os fatos é inevitavelmente literário. É importante que você saiba que não sou mais amigo da literatura. Uma certa época eu lia muito, tudo o que me caía nas mãos. Penso que a má literatura enche de sentimentos vulgares falsos a cabeça dos homens e das mulheres. Devemos grande parte das tragédias artificiais do mundo ao efeito dos ensinamentos mentirosos de livros suspeitos sobre os homens. A autopiedade, as mentiras sentimentais, as confusões artificiais são consequência em grande medida dos ensinamentos da literatura falsa e ignorante, ou simplesmente mal-intencionada. No jornal, sob as manchetes, veicula-se o romance mentiroso, na página seguinte, entre as notícias do dia, você lê as consequências do romance, a tragédia da costureira que tomou soda cáustica porque o marceneiro a abandonou, ou a desgraça da conselheira do governo que engoliu Veronal porque o artista famoso não compareceu ao encontro. Por que me olha tão espantado? Você pergunta o que eu desprezo mais? A literatura? O equívoco trágico denominado amor? Ou simplesmente as pessoas?... Pergunta difícil. Não desprezo ninguém nem nada, não tenho esse direito. Mas, na vida que me resta, estou entregue a uma paixão. A paixão pela verdade. Não tolero mais que mintam para mim, nem a literatura nem as mulheres, e não tolero de modo algum mentir para mim mesmo.

Você agora diz que eu sou um homem magoado. Alguém me feriu. Talvez essa mulher, a minha segunda esposa. Ou a primeira. Alguma coisa não deu certo. Fiquei só, passei por um grande abalo emocional. Sinto ódio. Não acredito nas mulheres, no amor, na humanidade. Sujeito ridículo e deplorável, você deve estar pensando. Delicadamente você quer me dizer que existe mais entre os homens do que a paixão e a felicidade. Existe também afeição, paciência, pesar, perdão. Você quer me acusar de que não fui suficientemente corajoso ou paciente com as pessoas que cruzaram meu caminho, e mesmo agora que sou uma fera solitária não tenho coragem bastante para reconhecer que fui eu o culpado. Meu amigo, eu ouvi e ponderei as acusações. No banco dos réus não podemos ser mais sinceros do que eu fui comigo mesmo. Examinei todas as vidas de que pude me aproximar, olhei pela janela de vidas estranhas a mim, não tive piedade, nem me contive, explorei e prestei atenção. Eu também achava que a culpa era minha. Expliquei pela cobiça, pelo egoísmo, pela lascívia, e depois por meio de obstáculos sociais, da engrenagem do mundo... o quê? O fracasso. A solidão em que cedo ou tarde todas as vidas despencam, como o peregrino noturno na vala. Para os homens não há saída, entende? Somos homens, temos de viver solitários, temos de pagar por tudo com pontualidade e na medida justa, temos de nos calar, de suportar a solidão, nossas personalidades, a lei masculina da vida.

E a família? Vejo que é isso que você quer perguntar. Se não creio que a família seja um sentido maior, despersonalizado, da vida, uma harmonia mais elevada? Não vivemos para ser felizes. Vivemos para sustentar a família, para criar pessoas honestas, sem esperar por gratidão nem felicidade. A essa pergunta eu respondo sinceramente. Respondo que você tem razão. Não acredito que a família "traga felicidade". Nada traz felicidade. Porém a família é uma tarefa tão grande, diante de nós mesmos e também do mundo, que por ela vale a pena suportar as preocupações desnecessárias, as paixões inúteis da vida. Não acredito em famílias "felizes". No entanto vi certa harmonia, certas comunidades humanas em que todos viviam, de alguma forma, em oposição aos demais, cada um vivia a própria vida... e ainda assim o todo, a família, também vivia para si, embora os membros lutassem uns contra os outros como lobos esfaimados. Família... palavra grandiosa. Sim, talvez a família seja uma finalidade da vida.

Mas isso não resolve nada. E, seja como for, nesse sentido eu não tive família.

Observei, escutei muito. Ouvi os pregadores modernos, impiedosos, que afirmam ser a solidão uma doença burguesa. Eles citam a coletividade, a maravilhosa coletividade que acolhe e engrandece o ser, fazendo a vida de repente passar a ter um sentido, você sabe que não vive pela família restrita, mas pelo ideal superior, pela comunidade humana. Examinei a acusação com muito cuidado. Não em teoria, mas como e onde a encontrei, em ato, na vida. Examinei a vida dos assim ditos "pobres" — afinal, eles compõem a maior comunidade —, que apesar de tudo possuem o mesmo sentimento ardente e pleno de vida pela consciência de que pertencem a uma mesma comunidade, digamos, ao sindicato dos ferreiros ou à organização dos trabalhadores autonomos aposentados, e por terem representantes no Parlamento que escrevem e falam por eles — constitui um sentimento igualmente intenso e motivador saber que existem no mundo incontáveis ferreiros e trabalhadores autônomos que desejariam viver melhor, de maneira mais humana, e que, muito lentamente, ao preço de disputas amargas, de argumentações inquietantes, a situação terrena deles às vezes melhora... não ganham mais cento e oitenta pengös, mas duzentos e dez... sim, na escala inferior não há limite. Na escala inferior somos capazes de nos alegrar com muitas coisas que suavizam a severidade implacável da vida. Entretanto a sensação feliz, calorosa, de viver eu não encontrei nem naqueles que pela profissão, ou por vocação, vivem num sentimento de comunhão com a "grande comunidade"... encontrei homens magoados, tristes, insatisfeitos, maldosos, intensamente combativos, resignados, débeis mentais e batalhadores habilidosos e inteligentes. Pessoas que acreditavam que muito devagar, à custa de acontecimentos imprevisíveis, o destino dos homens melhoraria um pouco. É bom saber disso. Mas o saber não reduz a solidão da vida. Não é verdade que apenas o burguês seja solitário. Camponeses da região do Tisza podem ser tão solitários quanto um dentista em Antuérpia.

Depois eu li e também pensei que talvez essa fosse a solidão da civilização.

Como se a alegria na Terra tivesse resfriado. Às vezes, por alguns momentos, ela ainda arde em algum lugar. No fundo da nossa alma vive a memória de um mundo luminoso, ensolarado, lúdico, em que a obrigação é divertimento, o esforço é agradável e racional. Talvez os gregos, sim, talvez eles fossem felizes... Mataram-se uns aos outros e aos estrangeiros, sofreram guerras terrivelmente longas e sangrentas, mas ainda assim resistiu neles uma espécie de sentimento comunitário bem-humorado e transbordante, porque eram todos cultos, no sentido mais profundo, não escrito, da palavra, inclusive os fabricantes de panelas... Porém nós não vivemos em meio à cultura, mas numa civilização generalizada, misteriosa, mecanicista. Todos fazem parte dela, e ninguém se alegra de verdade. Todos podem, se quiserem de fato, tomar banho de água quente, contemplar quadros, ouvir música, falar superando grandes distâncias geográficas, a lei nos tempos mais recentes protege os pobres do mesmo modo que protege os direitos e interesses dos ricos... mas veja os rostos! Por onde você anda no mundo, nas comunidades maiores e menores, veja como são abalados os rostos, como eles são desconfiados, quanta tensão, quanta suspeita indissolúvel, quanta resistência dolorosa nas expressões! Isso tudo é a angústia da solidão. A solidão pode ser explicada, toda explicação responde à pergunta, mas ninguém sabe designar o verdadeiro motivo... Conheço mães de seis filhos que vivem a mesma solidão e com a mesma expressão desafiadora, torturada, que acompanha os burgueses solteirões que tiram as luvas com muita preocupação, como se a vida não passasse de uma sucessão de tarefas obrigatórias. E, quanto mais artificiais são as sociedades construídas no mundo dos homens pelos políticos e profetas, quanto mais elas educam imperiosamente para o sentimento comunitário também as crianças nesse novo mundo, mais terrível é nas almas a solidão. Você não acredita? Eu sei. Não me canso de falar disso.

Se eu tivesse um ofício que me propiciasse falar aos homens... sabe, se fosse padre, artista ou escritor... eu imploraria a eles, eu os instigaria para que se convertessem à felicidade. Que esquecessem a solidão, que a dissolvessem. Talvez não seja só um devaneio. Não se trata de uma questão social. Trata-se de outra educação, de um despertar. O olhar das pessoas hoje é vítreo, como se elas vagassem num transe hipnótico. Vítreo e desconfiado... Só que eu não tenho um ofício assim.

Entretanto um dia eu me deparei com um rosto em que faltava a tensão dolorosa, insatisfeita, desconfiada, letárgica.

Sim, você o viu há pouco. Mas o rosto que você viu agora já é somente máscara, a máscara artificial que representa um papel. Quando eu o vi pela primeira vez há quinze anos, ele era um rosto claro, esperançoso, radiante e claro como devia ser o rosto do homem no início dos tempos, antes de ele se alimentar da árvore do conhecimento, antes de conhecer a dor e o medo. Depois, aos poucos, o rosto foi se tornando mais sério. Os olhos começaram a ser observadores, a boca, a boca rachada inconscientemente se fechou, tornou-se mais dura. Judit Áldozó era seu nome. Uma camponesa. Chegou com dezesseis anos de idade, serviu na casa dos meus pais. Não tivemos nenhum vínculo. Foi esse o problema, você acha?... Não creio. A gente diz essas coisas, mas a vida não tolera a sabedoria de beira de estrada. Provavelmente não foi por acaso que eu não tive nenhum vínculo com essa camponesa que mais tarde tomei como esposa.

Mas ela foi minha segunda mulher. Você gostaria de saber da primeira. Bem, meu amigo, a primeira era uma criatura cheia de pompa. Inteligente, honrada, bonita, culta. Você vê, falo dela como se ditasse um pequeno anúncio. Ou como Otelo quando se dispõe a matar Desdêmona. "Bordada com mão de mestre... Capaz de encantar os ursos com seu canto..." Quer que eu diga que ela era também amante da música e gostava da natureza? Porque posso dizer isso dela com a alma serena. Nos jornais do campo, guardas-florestais aposentados anunciam assim as irmãs mais novas que têm um pequeno defeito físico. Mas a primeira não tinha nem defeito físico. Era jovem, bonita e sensível... O que tinha ela de errado? Por que não pude viver com ela? O que faltava? O prazer físico? Não é verdade, estaria mentindo se dissesse isso. Vivi com ela na cama no mínimo tantos momentos felizes quanto com outras mulheres, com as combatentes por vocação do grande duelo amoroso. Não acredito em Don Juans, não acredito que se possa viver com várias mulheres ao mesmo tempo. É preciso fazer de uma única pessoa o instrumento capaz de entoar todas as melodias. Às vezes sinto pena dos homens: atropelam-se de maneira irracional, sem esperança... sinto vontade de bater na mão deles e dizer: "Ei, não se apresse! Não tateie! Sente-se direito, como se deve. Chegada a hora, todos recebem a sua parte!". São mesmo como crianças gulosas. Não sabem que às vezes a paz de suas vidas só depende de paciência, a harmonia que perseguem com tanta dor e empenho, e que de um modo confuso chamam de felicidade, depende de gestos bem simples... Diga, por que não se ensina nada na escola sobre a relação entre um homem e uma mulher? Pergunto sério, não estou brincando. Afinal, ela é no mínimo tão importante quanto o relevo e a hidrografia da pátria, ou as regras básicas da boa conversação. A paz de espírito dos homens depende disso ao menos tanto quanto da honestidade ou da ortografia. Não penso numa matéria frívola... Penso que pessoas inteligentes, poetas, médicos, devam falar às pessoas sobre a alegria, sobre as possibilidades da convivência entre um homem e uma mulher... Ou seja, não sobre a vida "sexual", mas sobre a alegria, a paciência, a humildade, a satisfação. Se é verdade que eu desprezo os homens, talvez os desprezo sobretudo por essa covardia — a covardia com que escondem de si próprios e do mundo o segredo de suas vidas.

Não me entenda mal. Eu também não gosto do exibicionismo exagerado, de boca cheia, das confissões patológicas e doentias. Mas gosto da verdade. Naturalmente, silenciamos a verdade na maioria das vezes, porque, sem necessidade, apenas os doentes, ou os que gostam de alardear e de se vangloriar, esses seres de inclinações femininas, revelam os segredos. Apesar de tudo é melhor calar a verdade do que contar mentiras. Infelizmente, por onde olhei na vida, ouvi, na maioria das vezes, apenas mentiras.

Você pergunta o que é a verdade, a cura, a capacidade de encontrar a alegria. Eu vou lhe dizer, meu caro. Vou lhe dizer com duas palavras. Humildade e autoconhecimento. Esse é o segredo. *Humildade* talvez seja uma palavra excessivamente grandiosa. Ela demanda clemência, um estado de espírito excepcional. No dia a dia basta sermos modestos e procurarmos conhecer nossos verdadeiros anseios e inclinações. E basta reconhecê-los para nós mesmos sem um sentimento de vergonha. Para assim harmonizarmos nossos anseios com as possibilidades que o mundo oferece.

Vejo que você sorri. Diz que, se a coisa toda é tão simples, se a vida tem uma fórmula, por que ela não deu certo para mim? Afinal, experimentei duas mulheres, de verdade, para valer. Não posso dizer que a vida não tenha me enviado seus anjos da guarda. E ainda assim fracassei, com as duas, e fiquei só. De nada valeram o autoconhecimento, a humildade e as grandes resoluções. Fracassei, e agora só fico aqui tagarelando... é isso que você acha, não é verdade?

Então tenho de contar como aconteceu com a primeira e por que o casamento fracassou? A primeira era perfeita. Não posso nem dizer que não gostasse dela. Tinha um único pequeno defeito, mas disso ela verdadeiramente não tinha culpa. Não pense em nenhum desvio de caráter. O problema era simplesmente que era burguesa, a coitada, uma mulher burguesa. Não me entenda mal, eu também sou burguês. Tenho consciência disso, conheço perfeitamente os defeitos e pecados da classe, e assumo a condição, assumo o destino burguês. Não gosto dos revolucionários de salão. Devemos nos manter fiéis àqueles a quem a filiação, a educação, os interesses e as lembranças nos ligam.

Devo tudo à burguesia, a educação, o modo de vida, as ambições, os momentos melhores da vida, a cultura comum, os grandes momentos de iniciação... Hoje em dia se diz muito que a classe burguesa vai acabar, vai definhar, que cumpriu seu destino e não serve mais para o papel dirigente que deteve nos séculos passados. Disso eu não sei. Um sentimento me diz que está se enterrando a burguesia com certa avidez, com impaciência; talvez a classe tenha uma força residual, talvez tenha um papel no mundo, talvez a própria burguesia venha a ser a ponte por meio da qual a revolução uma vez mais vai encontrar a ordem... Quando digo que minha primeira mulher era burguesa, não faço uma acusação, simplesmente constato um estado de espírito. Eu também sou um burguês, sem saída. Sou fiel à minha classe. Eu a defendo quando a atacam. Mas não a defendo cegamente, preconceituosamente. Quero que todos vejam com clareza no destino social que me coube, e que, portanto, sou obrigado a conhecer, qual foi o nosso crime, e se existiu, a despeito de tudo, uma doença burguesa que corroeu a própria classe. Entretanto, com a minha mulher, sobre isso, naturalmente, eu nunca falei.

Qual foi o problema? Espere. Primeiramente o fato de que eu também era burguês e conhecia os rituais.

Eu era rico, a família da minha mulher, pobre. Mas a burguesia não é questão de dinheiro. Sim, minha experiência diz que são exatamente os burgueses pobres, os sem fortuna, que protegem com todas as forças, dolorosamente, a postura e o modo de vida burguês. O homem rico nunca consegue se apegar com tanta disposição vigilante e torturada aos costumes sociais, à ordem, às regras de conduta, à reverência burguesa, a tudo o que significa a justificativa da existência da pequena burguesia em todos os momentos da vida, quanto o chefe de escritório, que faz questão de preservar o desejo de morar melhor, de se manter na moda, de conservar os ditames da vida social em paralelo com a renda de cada classe social... O rico se dispõe a certas aventuras, se dispõe a pôr uma barba postiça e fugir com o pé no estribo, por mais ou menos tempo, da prisão solene e entediante das posses. Tenho uma convicção secreta de que o rico sente tédio o dia inteiro. Porém o burguês, que apenas ocupa um posto, que não tem dinheiro, ambiciona com o heroísmo de um cavaleiro cruzado a ordem à qual pertence, o nível e os princípios burgueses. Precisa deles, precisa provar alguma coisa até o fim da vida. Minha mulher teve uma educação bem cuidada. Estudou línguas, conhecia perfeitamente a diferença entre a boa música e as melodias falsas, entre a literatura e os escritos baratos, de mentira. Sabia por que havia beleza num quadro de Botticelli, e o que Michelangelo quis dizer com a *Pietà*. Mais exatamente, talvez tenha aprendido isso tudo comigo... por meio das viagens, da leitura, das conversas mais íntimas... da educação recebida em casa e na escola a cultura ficou como lembrança apenas de uma exigente lição de casa. Procurei dissolver nela os dados angustiadamente preservados da lição, desejei fazer da lição uma experiência viva e emocionante para ela. Não foi fácil. Minha mulher tinha um ouvido excelente, também no sentido humano da palavra; percebeu que eu a instruía e se ofendeu. Há muitas espécies de mágoas entre as pessoas. Sabe, as pequenas diferenças... um conhece alguma coisa porque foi mais bem-nascido, teve a oportunidade de espiar o segredo delicado que é a verdadeira cultura... o outro apenas aprendeu a lição. Acontece. A vida passa até aprendermos isso tudo.

Para o pequeno-burguês, meu amigo, a cultura, e tudo o que vem com ela, não é vivência, mas informação. Depois existe uma camada mais elevada da burguesia, dos artistas, dos criadores. Eu pertenço a ela. Não falo com orgulho, mas com tristeza. Porque afinal eu não criei nada. Faltou alguma coisa... o quê, mesmo? Lázár disse que faltou o Espírito Santo. Mas não explicou melhor.

Qual foi o problema com a primeira? Mágoa, vaidade. É o que você encontra no fundo da maioria das enfermidades e das desgraças humanas. A vaidade. O orgulho. O medo, porque por orgulho as pessoas não têm coragem de aceitar o dom do amor. É necessária muita coragem para que alguém aceite ser amado sem resistência. Muita coragem, quase heroica. A maioria das pessoas não sabe dar nem receber amor, por covardia e vaidade receia o fracasso. Tem vergonha de se entregar, e mais vergonha ainda de revelar ao outro seu segredo... O segredo humano, triste, de que ela precisa de ternura, que não vive sem ela. Porque acho que essa é a verdade. Ao menos eu achei durante muito tempo. Hoje não afirmo mais nada com tanta convicção, porque estou ficando velho e fracassei. Onde eu fracassei? Estou lhe dizendo, nisso, exatamente nisso. Não fui suficientemente corajoso com a mulher que gostava de mim, não consegui aceitar seu carinho, eu me envergonhava, eu a desprezava um pouco, porque ela era diferente, pequeno-burguesa, tinha outros gostos e um ritmo de vida diferente, e também eu temia por mim, pela minha vaidade receava me entregar à chantagem digna e complicada com que ela demandava de mim o dom do amor. Eu ainda não sabia o que sei hoje... não sabia que não há do que nos envergonharmos no mundo. Apenas a covardia é vergonhosa, a covardia em razão da qual não somos capazes de dar, ou não temos a coragem para acolher sentimentos. É quase uma questão de honra. E na honra eu acredito. Não existe vida pior.

Saúde. Gosto desse vinho, embora ele tenha um sabor levemente adocicado. Nos últimos tempos eu me acostumei a abrir uma garrafa toda noite. Aqui está o fogo, acenda um cigarro, meu amigo.

Numa palavra, o problema com a primeira foi que tínhamos ritmos de vida diferentes. O pequeno-burguês sempre tem algo de uma teatralidade, de uma mágoa excessiva, rígida, tensa, artificial, sobressaltada, especialmente se ele for retirado de seu lar e de seu ambiente. Não conheço outra classe cujos filhos vagueiam pelo mundo com tal desconfiança sobressaltada. Dessa mulher, da primeira, talvez eu obtivesse tudo o que um homem pode receber de uma mulher, desde que tenha nascido um degrau mais abaixo, ou mais acima, ou melhor, desde que seja mais livre. Sabe, ela me conhecia muito bem e sabia de tudo... Sabia que flor era apropriada para o antigo vaso florentino no outono e na primavera, vestia-se com discrição e modéstia, em público eu nunca passei vergonha com ela, dizia, respondia exatamente o que se esperava, nossa casa era exemplar, as empregadas cumpriam as tarefas sem fazer ruído, porque minha mulher lhes ensinara. Vivíamos como num curso de etiqueta. Mas vivíamos um pouco assim também na outra vertente da vida, na verdadeira, na selva e na queda-d'água que é a outra vida. Não estou pensando apenas na cama... nela também, naturalmente. A cama também é selva e queda-d'água, uma lembrança ancestral, indispensável, uma vivência cujo conteúdo e sentido compõem a vida. Se ela for estática e aparada, resta em seu lugar alguma coisa muito bonita, bem cuidada e atraente, flores de perfumes agradáveis, árvores e arbustos vistosos, fontes murmurantes de brilhos coloridos, mas a selva e a queda-d'água por cujo retorno sempre ansiamos desaparecem.

Constitui um grande papel ser burguês. Talvez ninguém pague tanto pela cultura quanto o burguês. Trata-se de um grande papel, e, como acontece com todo papel heroico, ele também demanda que se pague o preço integral. O preço da coragem, da coragem necessária para a felicidade. A cultura para o artista é vivência. Para o burguês a cultura é o milagre da domesticação. Sobre isso, naturalmente, não se falava muito lá no Peru, feliz, fervilhante de raças e formas primitivas de vida. Porém eu vivia em Budapeste, em Rózsadomb. Devemos prestar contas às condições climáticas da vida.

Depois aconteceram muitas coisas que eu não posso contar. Essa mulher ainda está viva, vive sozinha. Às vezes eu a vejo. Sabe, ela não era o tipo de quem você se separa, manda a pensão no dia 1º, no Natal ou no aniversário um casaco de pele ou uma joia, e com isso cumpre a obrigação. Ela continua gostando de você e nunca vai gostar de mais ninguém. Não sente ódio, porque entre pessoas que um dia se gostaram não existe nem pode jamais haver ódio. Pode haver raiva, vontade de vingança; mas ódio, o ódio absorvente, calculista, expectante... não, é impossível. Ela vive e talvez nem espere mais por mim. Vive e, aos poucos, morre. Morre bem, fina, burguesa, silenciosa. Morre porque não pode conferir um novo conteúdo à vida, porque não pode viver sem o sentimento de que ela precisa de alguém no mundo, daquele único, precisa dele em primeiro lugar. Talvez ela nem saiba disso. Talvez imagine que já se apaziguou. Uma vez cruzei com uma mulher, amiga de juventude da minha esposa, numa dessas aventuras num baile noturno, que tinha acabado de voltar dos Estados Unidos, nos encontramos numa noite de Carnaval, nos conhecemos e quase sem convite ela veio à minha casa. Quando amanheceu, ela contou que Marika havia falado de mim uma vez. Você sabe como as amigas são fiéis... Pois essa também contou tudo. Contou que encontrara a amiga na cama do marido na manhã seguinte do dia em que esta o conhecera, que no internato sempre tivera ciúme de Marika, contou que uma vez me viu na confeitaria do centro quando ela estava numa mesa com a minha primeira mulher e eu de repente entrei, comprei cascas de laranja cristalizada para a minha segunda mulher e tirei o dinheiro com que paguei de uma carteira marrom de couro de crocodilo. Eu ganhei a carteira da primeira, quando fiz quarenta anos. Não a uso mais, não me olhe com esse sorriso desconfiado. Foi isso. E então as duas mulheres, a minha primeira e a amiga, falaram de tudo. E a primeira contou para a amiga que gostava muito de mim, quase havia morrido quando nos separamos, mas depois se acalmara, porque tinha descoberto que não era eu o homem de verdade, mais exatamente, eu também não era o homem de verdade, e, ainda mais exatamente, se isso é possível, descobrira que o de verdade não existia. Foi essa a história que a amiga me contou de manhã, na minha cama. Senti certo desprezo por ela, pois, embora soubesse daquilo tudo, ela se atirara no meu pescoço; nas coisas do amor não tenho em alta conta a solidariedade entre as mulheres, mas naquela hora senti um pouco de repulsa, e com delicadeza e educação eu a descartei. Sentia que devia ao menos isso à primeira. Depois, refleti longamente. E, à medida que o tempo passava, me dei conta de que Marika mentira. Não é verdade que o de verdade não existe. Para ela esse alguém era eu, o único. Eu não tive ninguém que fosse tão importante, nem ela nem a segunda nem as outras. Mas disso eu ainda não sabia. Aprendemos a lição tremendamente devagar.

Bem, não tenho mais nada para contar sobre a primeira.

A coisa toda não dói mais, e eu não sinto culpa quando penso nela. Sei que a matamos um pouco, eu, a vida, o acaso, a morte do nosso filho... isso tudo a matou um pouco. É assim que a vida mata. O que você lê nos jornais é exagero grosseiro, remendo. A vida é mais complicada. E trabalha com muito desperdício. A vida não pode se preocupar com as Marikas... ocupa-se sempre do todo, de todas as Marikas, Judits e Péters, pretende contar e expressar alguma coisa com base no conjunto. Embora seja uma constatação banal, ela leva muito tempo para ser descoberta e compreendida. Refleti, e em meu coração aos poucos se esvaziou todo sentimento e ardor. Não restou mais que a responsabilidade. Não resta mais que isso de toda vivência num homem. Caminhamos entre vivos e mortos, e somos responsáveis... Não temos como ajudar. Mas eu quero falar da segunda. Sim, daquela que acabou de sair pela porta na companhia do homem atarracado.

Quem foi a segunda?... Pois ela não era burguesa, meu amigo. Era do povo. Uma mulher do povo. Quer que eu conte?... Está bem, vou contar. Escute. Quero contar a verdade.

A mulher era uma empregada. Tinha dezesseis anos quando a conheci. Trabalhava em casa, era ajudante. Não quero entediá-lo com amores estudantis. Mas vou lhe contar como tudo começou e como acabou. O que aconteceu no meio, talvez nem mesmo eu veja ainda com clareza.

Tudo começou a partir do fato de que em casa ninguém tinha coragem de gostar do outro. Meu pai e minha mãe viviam um casamento "teórico", ou seja, abominável. Nunca uma palavra em tom mais alto. Querida, o que você deseja? Querido, o que posso fazer por você? Viviam assim. Nem sei se viviam mal. Apenas não viviam bem. Meu pai era todo orgulho e vaidade. Minha mãe era burguesa, no sentido mais profundo da palavra. Responsável e discreta. Viveram, morreram, gostaram um do outro, me deram à luz e me educaram, como se o tempo todo fossem sacerdotes e crentes de um ritual sobre-humano. Tudo era ritual em casa, o café da manhã e o jantar, a vida social, a relação entre pais e filhos — acho que entre eles também o amor, ou o que assim chamavam, era um ritual que ultrapassava o indivíduo. Como se tivessem de prestar contas de alguma coisa o tempo todo. Vivíamos segundo planos severamente estabelecidos. Em tempos recentes grandes nações preparam planos para quatro ou cinco anos, em defesa da felicidade da raça e do povo, planos que depois levam adiante sem piedade, a ferro e fogo, sem escrúpulos, no interesse dos cidadãos. Já não importa que o indivíduo se sinta bem, ou que se sinta simplesmente feliz, mas que em virtude da execução do grande plano de quatro ou cinco anos a comunidade, o povo ou a nação se realizem. Temos muitos exemplos como esse no passado recente. Pois assim vivíamos nós também, em casa, não segundo projetos de quatro ou cinco, mas de quarenta ou cinquenta anos, sem nenhuma consideração pela felicidade própria ou do outro. Porque os rituais, o trabalho, o aperto de mão, a morte, tudo tinha um significado mais profundo, a preservação e o cumprimento da ordem familiar e burguesa.

Ao rever as lembranças da infância, na base de tudo encontro a consciência sofrida, sombria, dos objetivos. Cumpríamos uma tarefa robotizada, uma tarefa robotizada rica e fina, sem piedade nem sentimentos. Tínhamos de salvar alguma coisa todos os dias, tínhamos de provar alguma coisa em todos os atos. O fato de que constituíamos uma classe. Burgueses. Guardiães. Tínhamos um papel importante, tínhamos de exibir um certo nível e certos modos, não podíamos ceder à rebeldia dos instintos e da plebe, não podíamos parar, não podíamos ceder ao desejo da felicidade individual. Você pergunta se a postura era consciente?... Bem, eu não diria que meu pai ou minha mãe fizessem discursos aos domingos, à mesa familiar, discursos em que expunham o esboço do plano da família para os cinquenta anos seguintes. Mas também não poderia dizer que cedíamos apenas ao imperativo da condição e da origem. Sabíamos bem que a vida nos designara uma tarefa difícil. Não tínhamos de salvar somente a casa e o belo modo de vida, os *coupons* e a fábrica, mas a resistência que consistia no sentido e na obrigação mais profunda da nossa existência. A resistência contra a força dos plebeus do mundo, que pretendia contaminar nosso amor-próprio e nos tentava o tempo todo para que tomássemos certas liberdades. A resistência com que tínhamos de derrotar toda tendência à rebelião, não só no mundo, mas em nós mesmos. Tudo era suspeito e perigoso. Também zelávamos pelo funcionamento intocado do mecanismo afetado e inescrupuloso da sociedade, e, em casa, pela maneira como julgávamos os fenômenos mundiais, solucionávamos nossos anseios, disciplinávamos as inclinações. Ser burguês significa uma tensão permanente. Agora falo da casta dos criadores e guardiães, portanto não da pequena burguesia ávida que deseja simplesmente viver com mais conforto e prodigalidade. Nós não queríamos viver com mais conforto e menos restrições. No fundo da nossa postura, dos nossos hábitos de vida, havia uma espécie de autoanulação consciente. Sentíamo-nos um pouco como monges, fiéis a uma ordem pagã, secular. Monges que guardavam, segundo um juramento e as regras de uma ordem, segredos e normas numa época em que um perigo ameaçava tudo o que os homens consideravam sagrado. Assim almoçávamos. Assim íamos uma vez por semana ao teatro, à ópera, ao Teatro Nacional. Assim recebíamos os convidados, os demais burgueses que chegavam em roupas escuras, sentavam na sala de estar ou na sala de jantar iluminada por velas, à mesa posta com pratarias e porcelanas nobres, repleta de comidas refinadas, e diziam alguma coisa que não podia ser mais estéril ou inútil — embora as conversas estéreis tivessem um sentido mais profundo. Era como se eles falassem latim entre bárbaros. Além das frases educadas, das discussões e reflexões indiferentes que não diziam nada, além das tagarelices sociais, o sentido da convivência e das conversas indicava sempre que os burgueses se reuniam para o ritual, para a renovação da cumplicidade nobre, e, em linguagem simbólica — porque sempre falavam de outra coisa —, comprovavam que perante os revoltosos zelavam pelos segredos e pelos acordos e disso se asseguravam. Assim vivíamos. Entre nós também afirmávamos alguma coisa o tempo todo. Aos dez anos de idade eu era responsável e silencioso, disciplinado e atento, como o diretor de um grande banco.

Vejo que me ouve espantado. Você não conheceu esse mundo. Você é um criador, você começou a lição pelo início na sua família, foi o primeiro a galgar um passo acima da sua classe... Em você existe ambição apenas. Em mim havia somente lembrança, legado, obrigação. Talvez você nem entenda o que estou dizendo. Não me leve a mal.

Pois então vou contar como puder.

A casa sempre foi um pouco escura. Era uma casa bonita, uma casa e um jardim, em que sempre se construía e se embelezava alguma coisa. Eu tinha um quarto próprio no andar de cima, com as governantas no quarto vizinho. Acho que na infância e na juventude nunca estive só de verdade. Em casa eu era controlado do mesmo modo que mais tarde no internato. Eles controlavam a fera, o homem, para que fosse um bom burguês e desempenhasse o papel de modo perfeito. Talvez por isso eu ansiasse com uma força tão mórbida e obstinada pela solidão. Hoje vivo só, há algum tempo não tenho nem ajudante. Apenas uma diarista vem de vez em quando em casa, quando não estou, e arruma o quarto e os dejetos da vida. Por fim, não há ninguém à minha volta para me controlar, observar e vigiar... Veja, na vida existem também grandes satisfações e alegrias. Chegam tarde, de uma forma distorcida e inesperada. Mas chegam. Quando na minha casa atual, a casa de meus pais, depois de dois casamentos e duas separações eu fiquei só, senti pela primeira vez na vida o alívio triste de quem chegou ao fim de alguma coisa, alcançou o que queria. Sabe, como alguém que, condenado à prisão perpétua, de repente é libertado porque a pena foi comutada em virtude de seu bom comportamento... e pela primeira vez em décadas ele dorme sem ter medo do guarda que durante a ronda noturna espreita pela vigia da porta... A vida proporciona também alegrias assim. Custam caro, mas por fim a vida as oferece.

Alegria, é claro, não é a palavra exata... Um dia nos tornamos silenciosos. Já não ansiamos pela felicidade, mas deixamos de nos sentir fraudados, iludidos. Um dia vemos com clareza que recebemos tudo, castigo e recompensa, e de tudo a parte que merecemos. Não recebemos o que enfrentamos com uma postura medrosa, ou, simplesmente, sem o heroísmo suficiente. Isso é tudo... Não é exatamente alegria, mas somente conformismo, compreensão e serenidade. Eles também chegam. Apenas custam muito caro.

Como dizia, em casa, na casa dos meus pais, nós éramos burgueses quase com a consciência plena de quem cumpria um papel. Quando penso na infância, vejo quartos escuros. Nos quartos se enfileiravam móveis pomposos, como num museu. Na casa se fazia limpeza o tempo todo. Às vezes com barulho, com máquinas elétricas, com as janelas escancaradas, com a ajuda de empregados especialistas contratados, outras vezes de maneira invisível e silenciosa, mas sempre como se quem quer que entrasse num quarto, uma empregada ou um membro da família, logo pusesse alguma coisa no lugar, soprasse um grão de poeira do piano, alisasse um objeto, ajeitasse a borla de uma cortina. Conservávamos a casa o tempo todo, como se tudo, os móveis, as cortinas, os quadros e os costumes, como se o conjunto representasse objetos numa exposição, ao mesmo tempo peças de museu e de arte, algo que tinha de ser eternamente protegido, cuidado, limpo, e como se para isso fosse necessário andar pelos recintos na ponta dos pés, porque não se devia andar com descontração e conversar em voz alta entre os objetos artísticos sagrados. Havia muitas cortinas diante das janelas, e as cortinas também no verão engoliam a claridade. Os lustres pendiam alto nos tetos, e as luminárias de oito braços espalhavam o brilho sem muito efeito pelo quarto, onde tudo se confundia um pouco a meia-luz.

Junto das paredes se alinhavam armários cheios de objetos diante dos quais os empregados e os da casa passavam com devoção, embora nunca ninguém os pegasse nas mãos, nem os olhasse mais de perto. Ali havia xícaras de porcelana Alt Wien de bordas douradas, vasos chineses, quadros pintados sobre marfim, retratos de cavalheiros e damas estrangeiros completamente desconhecidos, leques de presa de elefante com os quais nunca ninguém se abanara, e objetos miúdos de ouro, de prata e de bronze, jarras, animais, pequenas travessas que jamais eram usadas. Guardava-se num armário "as" pratarias, como na Arca da Aliança os rolos sagrados. Em dias comuns as pratarias não eram usadas, assim como as toalhas de mesa adamascadas e as porcelanas finas: guardava-se tudo, segundo a lei secreta da casa, para uma celebração incompreensível e difícil de imaginar, em que a mesa seria posta para vinte e quatro pessoas... Porém nunca se punha a mesa para vinte e quatro pessoas. Naturalmente, vinham convidados, e nessas ocasiões se tirava do armário "a" prataria e a toalha adamascada, os objetos de arte de porcelana e de vidro, e o almoço ou o jantar transcorria de acordo com rituais angustiados, como se a preocupação dos presentes não fosse a refeição nem a conversa, mas o cumprimento de uma tarefa complicada: talvez a de não cometer nenhum erro durante os diálogos, ou a de não quebrar um prato, um copo...

Os fatos você também conheceu durante a sua vida; eu agora falo de sentimentos que na casa, nos quartos da casa dos meus pais, me acompanharam o tempo todo, na infância e, mais tarde, na idade adulta. Sim, vinham convidados para o jantar, ou para uma visita, vivíamos na casa e "desfrutávamos" dela também, mas por trás das práticas e dos dias comuns a casa tinha um sentido e uma finalidade mais profunda: zelávamos por ela nos nossos corações como se ela fosse uma fortaleza.

Não me esqueço do quarto do meu pai. Era comprido, um verdadeiro salão. As portas eram cobertas por grossas cortinas orientais. Nas paredes pendiam quadros de toda espécie, pinturas caras, em molduras douradas, pinturas que representavam florestas desconhecidas, jamais vistas, portos orientais e homens estranhos, na maioria das vezes de barba, usando roupas pretas. Num canto do quarto havia uma imensa escrivaninha, uma assim chamada mesa-diplomata, de três metros de comprimento por um e meio de largura, com globo terrestre, candelabro de cobre, tinteiro de estanho, porta-documentos de couro veneziano, e atulhada de toda espécie de objetos e bugigangas de estimação. Além disso, cadeiras de braços pesadas, revestidas de couro, rodeavam uma mesa redonda. Sobre a lareira, dois touros de bronze se enfrentavam. Sobre o frontão das estantes de livros havia objetos de bronze, águias e cavalos de bronze, e um tigre de meio metro de comprimento, pronto para o bote. Ele também era fundido em bronze. E ao longo das paredes, nos armários de portas de vidro, os livros. Havia uma infinidade de livros, talvez quatro ou cinco mil, não sei ao certo. Numa estante separada, a literatura, depois as obras religiosas, de filosofia, sociais, obras de filósofos ingleses encadernadas em tecido azul e toda variedade de coleções vendidas por um representante. Esses livros, na verdade, ninguém lia. Meu pai preferia ler jornais e relatos de viagem. Minha mãe lia, mas somente romances alemães. Os livreiros, de tempos em tempos, mandavam as novidades, depois os livros sobravam para nós, e o criado de vez em quando pedia a meu pai a chave e ajeitava nas estantes os exemplares acumulados. Porque os armários eram fechados com muito cuidado, supostamente para proteger os livros. Na realidade, mais os protegiam da leitura, do risco de que ocorresse a alguém olhar e conhecer a matéria perigosa que escondiam.

O quarto era chamado de sala de trabalho do meu pai. Até onde a lembrança alcançava, na sala de trabalho ninguém trabalhara, muito menos meu pai. Ele trabalhava na fábrica e no cassino, para onde ia de tarde a fim de encontrar os industriais e os capitalistas, onde carteava em silêncio, folheava os periódicos e discutia negócios e política. Meu pai era sem dúvida um homem inteligente e de senso prático. Foi ele que, a partir da oficina do meu avô, transformou a fábrica numa grande empresa, e sob o seu comando ela se tornou uma das maiores indústrias da nação. A empreitada demandara força, sagacidade, muita persistência, visão, numa palavra, tudo o que é necessário para uma empresa em que, no primeiro andar, senta-se um homem que com tino e experiência decide sobre o trabalho desempenhado pelas pessoas em cada sala e em cada recinto. Ali ele estava em seu ambiente, era respeitado, temido, seu nome era mencionado com reverência no mundo dos negócios. Não há dúvida de que os princípios comerciais do meu pai, as concepções sobre o dinheiro e o trabalho, sobre o lucro e a fortuna eram exatamente o que esperavam dele o mundo, os parceiros e a família. Era um homem de alma criativa, ou seja, não o capitalista sem escrúpulos e de mente estreita que se acomoda sobre o dinheiro e explora os empregados, mas um talento responsável e realizador, que valorizava o trabalho, a produção, remunerava melhor a criatividade que a automação. No entanto aquela era outra sociedade, meu pai, a fábrica e o clube — o que na casa, no lar, era ritual, fora, na fábrica e no mundo, equivalia a uma sociedade mais misteriosa e primitiva. O círculo social de que meu pai era um dos sócios fundadores acolhia somente milionários, sempre apenas duzentos milionários, nunca mais que isso. Quando um sócio morria, com muito cuidado e meticulosidade, como quando a Academia Francesa escolhe um novo membro, ou como os monges tibetanos procuram o novo dalai-lama entre as crianças tibetanas do planalto, eles buscavam um milionário que se adequasse ao papel e preenchesse entre eles o lugar do que partira. O processo todo, a escolha e o convite, transcorria com a possível discrição. Os duzentos sentiam que mesmo sem patente nem títulos eles constituíam um poder, talvez uma organização mais importante que um ministério. Eles eram o outro poder, invisível, com que não raramente o poder oficial se via obrigado a tratar e se compor.

Nós, em casa, sabíamos disso. Eu sempre entrava no escritório com respeito, emocionado, na "sala de trabalho" parava diante da mesa-diplomata, em que, até onde chegava a lembrança, ninguém jamais trabalhara, apenas o criado arrumava cuidadosamente toda manhã os objetos e utensílios de escrita, eu fitava os retratos dos barbudos desconhecidos e imaginava que os homens sérios de olhar penetrante, em seu tempo e em sua época, viviam em sociedades rigorosas de duzentos membros iguais, como meu pai e os amigos do clube; eles imperavam sobre minas, oficinas e florestas, e existia um certo acordo por trás da vida e do tempo, uma espécie de pacto de sangue permanente entre esses homens, e eles eram mais fortes e mais poderosos que os demais. Eu pensava com um orgulho inquieto que meu pai também pertencia à comunidade atemporal de homens poderosos. Com uma expectativa inquieta, porque um dia, mais tarde, eu também desejaria ocupar o lugar do meu pai na comunidade orgulhosa — demorou cinquenta anos para que eu descobrisse que não era digno dela, e no ano passado eu por fim saí do grupo para o qual fui escolhido depois da morte do meu pai, desisti do meu cargo na fábrica e me "aposentei", como se diz, de toda "atividade comercial" —, mas isso na época eu não podia saber. Por isso eu contemplava o santuário, decifrava os títulos dos livros que ninguém lia, e nebulosamente desconfiava que por trás das formas e acessórios severos acontecia alguma coisa, de maneira regular e imperceptível, segundo leis rígidas, que não podia ser diferente do que era e seria sempre mas que talvez não fosse inteiramente correta, porque ninguém falava nela... Cada vez que a palavra se voltava para o trabalho, para o dinheiro, para a fábrica, para o círculo dos duzentos, em casa ou em público, meu pai e os amigos silenciavam de um modo singular, olhavam sérios diante de si e mudavam de assunto. Sabe, havia ali um limite, uma espécie de limiar invisível... é claro que você sabe. Só estou contando porque, uma vez que comecei, quero contar tudo.

Também não posso dizer que a nossa vida fosse fria, sem nenhum calor. As festividades familiares, por exemplo, nós celebrávamos com cuidado, religiosamente. Quatro ou cinco vezes por ano era como se fosse Natal. Esses dias, que o calendário não assinalava em letras vermelhas, eram, na organização gregoriana não escrita da família, mais importantes que o Natal ou a Páscoa. Eu me expresso mal, pois a família também tinha um calendário escrito: um livro encadernado em couro em que se anotava com exatidão os nascimentos, os noivados e as mortes, com um cuidado que talvez não se tome nem no registro do cartório ao perpetuar os nomes dos cidadãos. O livro, o livro do clã, ou o livro de ouro — chame-o como quiser —, era sempre atualizado pela família. Meu bisavô havia comprado o livro cento e vinte anos antes, meu bisavô, em seu casaco de pele com sutaches, o primeiro membro de nome, que fundou e expandiu o negócio, era moleiro em Alföld. Ele foi o primeiro a escrever no livro encadernado em couro preto, de bordas douradas, recheado de folhas de pergaminho, o nome da família, *In nomine Dei*. Ele era Johannes II, o moleiro e fundador. Foi também ele quem recebeu o título de nobreza.

Uma vez, uma única vez, eu também escrevi no livro, quando meu filho nasceu. Jamais vou me esquecer desse dia. Era um dia bonito, de fim de fevereiro, ensolarado. Cheguei em casa do hospital, no estado de espírito sofrido-feliz, indefeso, que sentimos apenas uma vez na vida, quando nasce um filho... Meu pai já não vivia. Entrei no escritório, onde eu trabalhava tão pouco quanto meu pai, procurei na gaveta de baixo da mesa-diplomata o livro com o fecho, abri-o, peguei a caneta-tinteiro e, com muito cuidado, desenhando as letras, escrevi: "Mathias I" — mais o dia e a hora. O momento foi grandioso, solene. Quanta vaidade, quantos elementos de segunda classe há em todo sentimento humano! Eu sentia que a família se perpetuava, de repente tudo adquiria sentido, a fábrica e os móveis, os quadros na parede, o dinheiro no banco. Meu filho ocuparia meu lugar na casa, na fábrica, no círculo dos duzentos... Mas ele não ocupou. Veja, eu pensei muito nisso. Não é certo que o filho, o herdeiro, solucione as questões mais profundas de uma vida. Essa é a lei, sim, mas a vida não conhece leis. Deixemos a questão de lado. De que falávamos?... Sim, de Judit Áldozó.

Pois assim vivíamos. Assim foi a minha infância. Sei, existe coisa pior. No entanto isso é relativo.

Festejávamos os feriados, em especial as festas familiares. Havia o aniversário de papai, o dia do nome de mamãe, e outros mais, sete feriados sagrados do clã, com presentes, música, comida, discursos de agradecimento e velas bruxuleantes. Nesses dias as governantas nos vestiam com esmero, com uma roupa de marinheiro de veludo azul, de gola rendada, você sabe, como pequenos lordes. Tudo era prescrito, como no exército. O principal feriado era, sem dúvida, o aniversário de papai. Nessa ocasião tínhamos de decorar um poema, a gente da casa se reunia na sala de estar, todos em roupas de gala, os olhos brilhavam, as empregadas num enlevo malicioso beijavam a mão do meu pai e agradeciam por alguma coisa, nem sei pelo quê... talvez pelo fato de serem empregadas e ele não. Seja como for, beijavam a mão dele. Depois havia um grande almoço, ou um jantar. Da coleção de tesouros da família se desenterravam os belos pratos, as pratarias raras. Vinham parentes, prestavam homenagem ao chefe de família rico e influente, celebravam com o respeito devido o aniversário do meu pai, e, naturalmente, sentiam inveja. Nós éramos na família os primeiros. Os parentes pobres recebiam dinheiro do meu pai todo mês, uma mesada regular, uma espécie de aposentadoria. Entre eles, em segredo, achavam pequena a quantia. Havia uma tia velha, tia Maria, que achava tão pequena a quantia que por piedade meu pai lhe destinava, que ela nunca queria entrar na sala nas celebrações familiares, não queria sentar à mesa enfeitada. "Vou ficar bem na cozinha", dizia. "Só vou tomar um café na cozinha." Assim menosprezava o dinheiro que meu pai voluntariamente, sem nenhuma obrigação, lhe dava todo mês. Ela era então arrastada para a sala de jantar e acomodada na cabeceira da mesa. É muito difícil se situar entre os desejos e exigências dos parentes pobres. Na verdade, é impossível. Talvez seja necessária certa grandeza, uma grandeza extraordinária, para tolerar o sucesso de parentes próximos. A maioria das pessoas é incapaz disso, e é louco quem se ofende ao ver que a família se volta numa união tecida de desprezo, ódio e contrariedade contra o parente bem-sucedido. Porque sempre há alguém na família que tem dinheiro, fama ou influência, e os demais, a tribo, odeia e explora esse alguém. Meu pai sabia disso, dava-lhes o que lhe parecia apropriado, e de resto suportava indiferente a antipatia deles. Meu pai era um homem forte. O dinheiro não fez dele alguém sentimental ou com sentimento de culpa. Ele sabia exatamente quanto cabia a quem, e não dava mais. Também não dava mais em sentimento. Sua frase delicada era: "Ele merece". Ou dizia: "Ele não merece". Sobre essa opinião, ele refletia. E, quando por fim a declarava, a palavra era firme, como um veredicto da cúria. Não cabia discussão. Com certeza, ele também era solitário, mais que isso, seu desejo, sua satisfação, ele sufocava em nome do interesse da família. Sufocava, mas permanecia forte, equilibrado. "Ele não merece", dizia às vezes, depois de um longo silêncio, quando minha mãe ou um parente, por meio de discussões e insinuações tortuosas, apresentava um pedido no interesse de alguém da família. Não, meu pai não era mesquinho. Apenas conhecia as pessoas e conhecia o dinheiro, isso era tudo.

Meu amigo, Deus o abençoe.

O vinho é excelente. Quanta clareza, quanta força tem esse vinho! É velho o bastante, tem seis anos. Em termos de cães e de vinhos é a melhor idade. Aos dezessete anos o vinho branco morre, perde a cor, o aroma, morre como a garrafa. Aprendi isso recentemente, em Badacsony, de um fabricante de vinhos. Não se impressione se os esnobes o fizerem tomar vinho muito velho. É preciso aprender tudo.

Onde foi que parei?... Sim, no dinheiro.

Diga, por que os escritores escrevem de modo tão superficial sobre o dinheiro? Escrevem a toda hora sobre o amor e a superioridade, sobre a sociedade e o destino, só não falam do dinheiro, como se ele fosse um refugo de segunda classe, uma espécie de vale que, no interesse do negócio, o produtor coloca nos bolsos das roupas dos atores. Na realidade, a angústia que cerca o dinheiro é muito maior do que admitimos para nós mesmos. Não estou falando da "riqueza" e da "pobreza", ou seja, dos conceitos teóricos, mas do dinheiro, essa matéria cotidiana infinitamente perigosa e única, essa coisa mais explosiva que a dinamite, dos dezoito florins e dos trezentos e cinquenta florins que ganhamos ou não ganhamos, que entregamos ou negamos a outro ou a nós mesmos... Sobre isso não se fala. As angústias diárias da vida ainda assim se reúnem em torno dessas quantias lamentáveis, as tramoias, as fraudes, as denúncias, os pequenos gestos heroicos, as renúncias e os sacrifícios diários, sacrifícios que se transformam em tragédias no âmbito das possibilidades de trezentos e cinquenta florins. A literatura fala sobre a economia como se ela fosse uma armação. Também no sentido mais profundo da palavra... Entretanto na intimidade da riqueza, bem como na pobreza, está o dinheiro, o vínculo dos homens com o dinheiro, o oportunismo ou a coragem pessoal em relação ao dinheiro, não com letra maiúscula, não o Dinheiro, mas no que diz respeito às quantias da manhã, da tarde ou da noite. Meu pai era rico, portanto valorizava o dinheiro. Gastava um florim com o mesmo cuidado com que gastava cem mil. Um dia disse que não respeitava alguém porque ele já havia passado dos quarenta anos e não tinha dinheiro.

A afirmativa me surpreendeu. Pareceu-me desalmada, injusta.

"Coitado", procurei defendê-lo. "Ele não tem culpa."
"Não é verdade", disse meu pai, severo. "Tem culpa, sim.
Pois não é um miserável, nem um doente. Quem aos quarenta
anos não tem o dinheiro que com as condições disponíveis poderia ser indiscutivelmente arranjado é covarde, preguiçoso ou não
serve para nada. Não respeito alguém assim."
Veja, eu passei dos cinquenta. Estou ficando velho. Durmo
mal, passo as noites de olhos abertos na cama, no escuro, como
os mortos iniciantes, aprendizes. Acho que conheço a realidade.
Por que eu me enganaria?... Não devo nada a ninguém. Devo
somente a mim a verdade. Acho que meu pai tinha razão. Quando
somos jovens, não entendemos bem. Quando era jovem, eu pensava que meu pai era um homem endinheirado cruel, severo,
cujo Deus era o dinheiro, e que julgava as pessoas — injusta-
mente — pela capacidade de ganharem dinheiro. Eu desprezava tal conceito, ele me parecia mesquinho, desumano. Porém
depois o tempo passou, e eu tive de aprender sobre o amor, sobre
o gostar, sobre o heroísmo, a covardia, a sinceridade, sobre tudo,
e, portanto, também sobre o dinheiro. E hoje eu entendo meu
pai e não consigo condená-lo pelo juízo severo. Entendo que
desprezasse os que não eram doentes, os que não eram miseráveis, passaram dos quarenta anos e eram covardes, preguiçosos ou
incompetentes para ganhar dinheiro. Não muito, naturalmente,
pois isso depende de sorte ou de muita esperteza, de um egoísmo
grosseiro ou de um mero acaso. No entanto dinheiro na quantidade que um homem com as forças de que dispõe, com a vida e
as perspectivas com que conta, pode arranjar, só não conseguem
os que são de algum modo fracos ou medrosos. Não gosto das
belas almas sensíveis que, ao ouvirem a acusação, mencionam o
mundo, o mundo malvado, cruel, egoísta, que não permitiu que
eles também morassem numa casinha bonita no ocaso da vida,
com o regador nas mãos, e de chinelos e chapéu de palha passeas-

sem no crepúsculo de verão no jardim, como cabe ao pequeno capitalista pacífico e satisfeito que no fim do trabalho e da vida descansa sobre os louros das economias e da dedicação. O mundo é sempre malvado com todos. O que ele dá ele retoma de pronto ou mais tarde, ou ao menos procura fazê-lo. O homem corajoso compreende exatamente a luta com que defende os interesses próprios e de seus familiares. Não gosto dos afetados sensíveis que acusam os outros, os homens de dinheiro, de ser inclementes, ávidos, os empreendedores inescrupulosos, a competição cruenta e agressiva que não permitiu que eles convertessem os sonhos em trocados. Que tratem de ser mais fortes, e, se necessário, menos escrupulosos. Esse era o princípio do meu pai. Por isso ele não respeitava os mais pobres — não a grande multidão infeliz, mas o indivíduo que não era forte e talentoso o bastante para escapar do destino da multidão.

Uma visão cruel, você diz. Eu também disse isso, durante muito tempo.

Mas hoje não digo mais. Não faço juízo sobre nada. Apenas vivo e penso; é tudo o que posso fazer. A verdade é que não arrumei um único tostão furado durante a minha vida. Somente preservei o que meu pai e os ancestrais me deixaram. Também não é fácil proteger o dinheiro, porque forças terríveis o atacam o tempo todo. Às vezes eu lutava como os ancestrais, os fundadores, contra os inimigos visíveis e invisíveis; decidido, lúcido. Mas na realidade eu não era um criador, porque não tinha uma relação verdadeira, direta, com o dinheiro. Eu era a segunda geração, a penúltima, que desejava apenas conservar com honestidade o que ganhara.

Às vezes meu pai falava também sobre o dinheiro dos pobres. Porque ele não media o dinheiro pela quantidade. Dizia que o homem que passara a vida toda como um auxiliar na fábrica e para o fim da vida acabava conseguindo um terreno, uma casinha e um pomar onde viveria, com cuja renda iria se arranjar, era mais heroico que os generais. Ele respeitava a vontade extraordinária com que, justamente entre os pobres, os saudáveis e os melhores, para quem as possibilidades são tão dolorosamente pequenas, conseguiam se apegar em meio às tensões selvagens e absorventes da vida, dos bens da vida, a alguma coisa. Conseguiam grudar ao salto do sapato um naco de terra, erguiam com centavos uma casa, um teto. Esses ele respeitava. Por outro lado não respeitava ninguém nem nada no mundo. "Não é ninguém", dizia às vezes, e dava de ombros, quando alguém esboçava diante dele o destino dos indefesos e dos fracos. Era uma de suas falas prediletas. Era capaz de enunciá-la com uma força aniquiladora.

Eu, na verdade, era e sou avarento. Como todas as pessoas incapazes de produzir e acumular e cujo papel se reduz a proteger o que ganharam da vida e dos predecessores. Meu pai não era avarento, ele apenas respeitava o dinheiro: ele o fez, o acumulou, e, depois, quando foi hora, com a mão segura e serena, gastou-o. Uma vez vi meu pai preenchendo um cheque de um milhão, com um gesto simples e decidido, como se desse uma gorjeta a um garçom. A fábrica tinha se incendiado, o seguro não pagara o sinistro porque ele fora causado por negligência, e meu pai teve de decidir se reergueria a fábrica ou se perderia tudo e viveria em paz e tranquilo dos juros da fortuna. Meu pai não era jovem nesse momento da vida: havia passado dos sessenta anos. Teria razões para não reconstruir a fábrica. Tinha recursos para viver sem trabalhar, para no restante da vida passear, ler e contemplar ao redor. Porém ele não refletiu durante um único instante, fez um acordo com os empreiteiros, com os engenheiros estrangeiros, depois preencheu o cheque e com um gesto simples passou todo o seu dinheiro ao construtor que comandou e ergueu a nova obra. E ele teve razão. Passados dois anos meu pai morreu, mas a fábrica continua de pé, funciona, tem uma produção lucrativa. O melhor da vida é que depois de nós fique alguma coisa de que o mundo e as pessoas se beneficiem.

Mas isso não resolve o problema do criador, você acha?... Eu sei, você está pensando na solidão. A solidão profunda, densa, que envolve todo homem que cria, a solidão que constitui a atmosfera dessa espécie de vida, como o ar que envolve a Terra. Pois então. Quem se ocupa é solitário. No entanto não é certo que a solidão represente também sofrimento. Eu sempre sofri mais com a aproximação das pessoas, com a convivência social, do que pela solidão verdadeira. Durante algum tempo sentimos a solidão como um castigo, como a criança abandonada no quarto escuro enquanto os adultos conversam e se divertem na sala ao lado. Mas um dia nós também nos tornamos adultos e descobrimos que a solidão, a verdadeira, a solidão consciente, não é punição nem reclusão magoada e doentia, mas a única condição digna do homem. E ela deixa de ser difícil. É como se vivêssemos num ambiente amplo e limpo.

Assim era meu pai. Assim era o nosso mundo lá em casa. O dinheiro, o trabalho, a ordem, assim era o mundo burguês. Como se arrumássemos a casa, a fábrica, para a vida eterna. Planejávamos os rituais da vida e do trabalho para lá da vida. Em casa reinava o silêncio. Eu também me habituei cedo ao silêncio, à escuta. Quem fala muito esconde alguma coisa. Quem deliberadamente silencia se certificou de alguma coisa. Isso eu também aprendi com o meu pai. Porém na infância eu sofri com a distância. Sentia que faltava algo em nossas vidas. O amor, você diz... O amor incondicional. É uma afirmativa fácil. Mais tarde vi que o amor mal interpretado, exigido, com ambições equivocadas, mata mais que a soda cáustica, os carros armados e o câncer de pulmão juntos. Os homens se matam por meio do amor, como se ele fosse um raio invisível, mortífero. Eles querem sempre mais amor, querem que toda a afetividade seja deles, apenas deles. Querem o sentimento inteiro, desejam absorver do ambiente as forças da vida, com a avidez sedenta das grandes plantas que sugam dos arbustos e dos fungos do ambiente a força, a umidade, o perfume, a radiação. O amor é muito egoísta. Não sei se existe gente capaz de suportar sem se ferir o império terrível do amor. Olhe em torno, espie pelas janelas das casas, olhe nos olhos, ouça as queixas, e por toda parte você vai encontrar uma angústia desesperadora. Ninguém suporta os anseios de amor da vizinhança. As pessoas os toleram por algum tempo, regateiam, depois se cansam. Em seguida vem a azia. A úlcera. O diabetes. Os problemas cardíacos. A morte.

Você já viu solidariedade, paz?... Uma vez, no Peru, você diz?... Pode ser, talvez no Peru. Porém aqui, entre nós, sob o firmamento moderado, essa flor extraordinária não viceja. Às vezes abre as pétalas, e depois rapidamente fenece. Talvez não suporte a atmosfera da civilização. Lázár dizia que a civilização mecanizada produz também a solidão da linha de montagem. Dizia que Paphuncius não era solitário no deserto, no alto do poste, com o cocô de passarinho no cabelo, como milhões de pessoas na grande cidade, no domingo de tarde, na multidão, nos cafés e nos cinemas. Ele também era solitário, mas consciente, como padres num mosteiro. Uma vez se aproximou alguém, e ele então depressa viajou. Talvez eu saiba dessas coisas melhor do que ele e do que quem dele se aproximou. Entretanto esses são problemas privados, problemas de outros, não tenho o direito de falar sobre eles.

Pois lá em casa reinava essa solidão digna, sombria e cerimoniosa. A solidão da infância me volta às vezes como a lembrança de um sonho triste e assustador... sabe, o sonho angustiante que sonhamos antes de uma prova. Em casa, na minha infância, nós também nos preparávamos para uma prova permanente, opressiva, tensa e perigosa. O exame era representado pela condição burguesa. Decorávamos tudo. Repetíamos sofregamente a lição. A prova se renovava todos os dias. Nos nossos atos, palavras e sonhos havia angústia. Havia solidão à nossa volta, sentida até mesmo pelas empregadas e pelos entregadores que ficavam pouco tempo na casa. Nos quartos escuros, com cortinados, a infância e a juventude passaram com esperanças. Aos dezoito anos de idade eu me cansei da solidão e da espera angustiada. Desejava conhecer alguma coisa não inteiramente normal. Porém, até então, tinha passado muito tempo.

Nessa solidão ingressou um dia Judit Áldozó.

Você quer fogo? Como suporta a batalha contra o cigarro?... Eu não a suportei e desisti. Não do cigarro, mas da batalha. Um dia temos de pesar isso também. A gente calcula se vale a pena viver cinco ou dez anos a mais, sem o cigarro, ou se nos entregamos a essa obsessão vergonhosa, mesquinha, que mata, mas que até então preenche a vida com uma substância única, pacificadora e instigante. Depois dos cinquenta anos ela passa a ser uma das questões sérias da vida. Eu a resolvi, entre espasmos coronarianos, com a decisão de que vou levar o cigarro até o fim da vida. Não vou abrir mão do veneno amargo, porque não vale a pena. Você diz que não é tão difícil parar?... É claro que não. Eu também parei, mais de uma vez, enquanto valeu a pena. Só que o dia todo passava com o registro de que eu não fumara. Temos de encarar isso de frente um dia. Precisamos nos conformar com o fato de que não suportamos alguma coisa, precisamos de substâncias narcotizantes, e temos de pagar o preço delas. Fica tudo mais simples. A isso dizem: "Você não tem coragem". E eu respondo: "Pode ser que eu não tenha coragem, mas também não sou covarde, porque tenho coragem para aceitar minha obsessão".

É assim que eu penso.

Agora você me olha com ar de dúvida. Vejo que quer perguntar se sempre tive coragem, em todos os sentidos, para encarar minha obsessão. Quem sabe para encarar Judit Áldozó... Sim, meu caro. Eu a encarei. Paguei para ver, como se diz por aqui. Custou a minha paz, e também a paz de outra pessoa. Não podemos fazer muito mais que isso. Agora você quer perguntar: valeu a pena?... É uma pergunta retórica. Os grandes empreendimentos da vida não podem ser julgados com essa sabedoria comercial. Não se trata de valer ou não a pena, mas de que temos de cumprir alguma coisa porque o destino, a situação, o temperamento ou os humores a impõem... tudo provavelmente interage... e nessa hora não sentimos medo, cumprimos o destino. Somente isso conta. O resto é teoria.

Pois eu o cumpri.

Vou lhe contar como foi quando certa manhã Judit Áldozó apareceu em casa, na casa escura e pomposa. Chegou com uma sacola nas mãos, como a menina pobre nos contos populares. De um modo geral, os contos populares são precisos. Eu voltava da quadra de tênis para casa, parei no hall de entrada, atirei a raquete sobre uma cadeira, fiquei ali parado transpirando, e estava prestes a tirar a malha tricotada que usava para jogar. Naquele instante eu notei que no hall escuro, diante do baú gótico, havia uma mulher desconhecida. Perguntei o que ela queria.

Mas ela não respondeu. Estava visivelmente perturbada. Na hora pensei que a perturbava a situação nova, vi apenas o incômodo preconceituoso de uma empregada. Mais tarde descobri que não a perturbara a grandiosidade da casa, nem a chegada do jovem, mas alguma outra coisa. O encontro. O fato de ter me encontrado, e também o fato de que eu olhei para ela e alguma coisa aconteceu. Naturalmente, naquele instante eu também sabia que algo acontecera, mas não com tanta clareza. Mulheres, mulheres instintivas, fortes, como ela, sabem melhor o que é importante e crucial do que nós, homens, sempre dispostos a nos equivocar, a dar explicações diferentes ao sentido dos encontros decisivos. Naquele instante a mulher sabia que se encontrara comigo, com a pessoa a quem o destino a atava. Eu também o sabia, mas falei de outra coisa.

E, porque ela não respondeu à minha pergunta, eu silenciei, um pouco magoado e arrogante. Durante algum tempo ficamos mudos, um diante do outro, no hall de entrada, e nos olhamos. Encaramo-nos com muita atenção, como quando vemos um fenômeno raro. Naquele instante eu não encarei, de maneira alguma, a nova empregada. Eu encarei a mulher que, de certa forma, de um modo incompreensível, em circunstâncias descabidas, teria um papel muito importante na minha vida. A gente sabe dessas coisas?... Com certeza. Não com a razão, mas com todo o ser. Ao mesmo tempo divagamos, distraídos. Pense bem na situação improvável. Imagine se naquele instante alguém se pusesse a meu lado e dissesse que aquela era a mulher com quem um dia eu me casaria; porém antes aconteceriam muitas coisas, eu teria de me casar com outra mulher, que me daria um filho, e aquela, que estava ali diante de mim no hall escuro, viajaria para o estrangeiro por muitos anos e depois voltaria, e então eu me separaria da minha mulher e me casaria com ela, eu, o burguês mimado, o senhor fino e rico, iria se casar com a pobre empregada que apertava a sacola e, por assim dizer, me encarava ansiosa, enquanto eu olhava em torno... atento, como se pela primeira vez na vida visse alguma coisa que valesse a pena considerar melhor... Tudo era pouco verossímil naquele momento. Se alguém fizesse a previsão, eu a ouviria surpreso e incrédulo. No entanto agora, em retrospecto, a uma distância de décadas, desejaria responder a mim mesmo se naquele instante eu sabia como as coisas seriam... E se os assim ditos encontros grandiosos, decisivos, são conscientes... Acontece de alguém entrar um dia num quarto e saber: ah-ah, é ela!... a mulher de verdade, como nos romances?... Não sei a resposta. Apenas fecho os olhos e lembro. Sim, naquele instante alguma coisa aconteceu. Uma energia?...

Uma irradiação?... Uma comunicação secreta?... São apenas palavras. Mas na verdade as pessoas não transmitem os sentimentos e as ideias somente com palavras. Existe também outra forma de contato entre as pessoas, outra espécie de comunicação. Hoje em dia diríamos que é por ondas curtas. Parece que o instinto não é diferente de uma comunicação por ondas curtas. Não sei... Não quero enganar ninguém, nem a você nem a mim. Por isso posso dizer apenas que, quando vi Judit Áldozó pela primeira vez, eu fiquei paralisado e, por mais que a situação fosse absurda, fiquei parado diante da empregada desconhecida, também imóvel, e os dois nos encaramos durante muito tempo.

"Como você se chama?...", perguntei.

Ela respondeu. A resposta também soou familiar. Havia nela algo de sacrifício,* algo de solene. E o nome, Judit, era bíblico. Como se a moça emergisse do passado, da simplicidade e do âmago bíblico que compõem a outra vida, a eterna, a verdadeira. Como se viesse não de uma aldeia, mas de uma dimensão mais profunda da existência. Não me importei muito em saber se o que eu fazia era correto: aproximei-me da porta e acendi a luz para vê-la melhor. O gesto súbito não a surpreendeu. Solícita e servil — porém não mais como a empregada, mas como a mulher que sem palavras obedece ao homem, ao único a ter direito de lhe dar ordens —, ela se virou de lado para que eu a visse melhor, voltando o rosto na direção da luz. Como quem dizia: "Disponha, olhe bem. Eu sou assim. Eu sei, sou linda. Examine com cuidado, não tenha pressa. Este é o rosto de que você vai se lembrar até mesmo no leito de morte". Ela ficou assim estática, sob o brilho da luz, serena e imóvel, com a sacola nas mãos, como um modelo diante do pintor, numa solicitude muda.

---

* Áldozó significa "sacrificial"; assim, aqui há um jogo de palavras que não pode ser traduzido. (N. T.)

Pois então eu a olhei.

Não sei se você a viu há pouco... Eu o avisei tarde. Você só viu seu corpo. Ela tem a minha altura. Uma altura mediana, não é gorda nem magra, era assim também aos dezesseis anos, quando a vi pela primeira vez. Nunca engordou nem emagreceu. Você sabe, essas coisas são reguladas por forças interiores, por equilíbrios secretos. Aquele organismo ardia sempre na mesma temperatura. Olhei o rosto, e meus olhos ficaram ofuscados diante de tanta beleza, como se eu tivesse vivido nas trevas durante muito tempo e depois de súbito encarasse a luz. Você agora não pôde ver o rosto dela. Seja como for, ela usa uma máscara há algum tempo, uma máscara social, de cílios, maquiagem, pó de arroz, com a boca desenhada artificialmente, os olhos realçados, as linhas mentirosas e inventadas. Porém então, no instante do sobressaltado primeiro encontro, o rosto era novo e intocado, como quando saíra da fábrica. Pressentia-se nele a mão do Criador. Seu rosto era em forma de coração, muito bem-proporcionado. Todas as linhas combinavam. Assim é a beleza. Tinha olhos pretos, pretos de um modo singular, como se contivessem certa quantidade de azul--escuro. O cabelo era desse preto-azulado. E sentia-se que o corpo era bem desenhado e seguro de si. Por isso ela se mostrou confiante parada diante de mim. Ela emergiu do anonimato, das profundezas, da multidão, e trouxe algo de excepcional, o equilíbrio, a segurança e a beleza. Eu senti tudo apenas nebulosamente. Ela não era mais criança, e não era inteiramente mulher. O corpo se desenvolvera, a alma despertava sonolenta. Desde então não encontrei mulher mais segura quanto ao próprio corpo, quanto à força do corpo, do que Judit Áldozó.

Ela vestia uma roupa de cidade e sapatos pretos. Tudo nela era escolhido com consciência e pudor, como quando uma camponesa veste a roupa da cidade com a intenção de não ficar para trás em relação às outras moças. Olhei as mãos dela. Esperava encontrar nelas alguma coisa que me repelisse. Talvez esperasse ver mãos grosseiras, vermelhas pelo trabalho no campo. Porém suas mãos eram brancas e alongadas. As mãos não haviam sido feridas pelo trabalho. Mais tarde descobri que em casa também a mimavam, a mãe jamais a tinha destacado para tarefas duras. Ela ficou parada assim calma e permitiu que eu a examinasse sob a luz forte. Olhou-me nos olhos, com um olhar humilde e atento. Na postura, no olhar, não havia nada de provocador, nada de coquete. Ela não era a pequena vulgar que vai para a cidade e sopra sua condição entre os cavalheiros ou começa a trocar olhares na casa da cidade com o filho do patrão. Não, ela era a mulher que examina um homem porque sente que tem um vínculo com ele. Mas ela não exagerou o sentimento: nem então nem depois. Nela nossa relação nunca se transformou em necessidade. Quando eu já não podia viver sem ela, nem dormir ou trabalhar, quando ela estava presente na minha pele e nos meus sonhos, nos meus reflexos, como um veneno mortífero, ela continuou decidindo, calma e consciente de si, se ficava ou se ia embora. Ela não gostava de mim, você acha?... Eu também achei durante algum tempo. Mas não quero fazer juízos severos. Ela gostava, só que de um modo distinto, mais terreno, mais prático, mais prudente. Era exatamente disso que se tratava.

Portanto ela era a plebeia. E eu, o burguês. É sobre isso que eu quero lhe falar.

O que aconteceu depois?... Nada, meu caro. Esse tipo de coisa, como a minha submissão a Judit Áldozó, não "acontece" como num romance ou numa peça. Os fatos decisivos da vida ocorrem a seu tempo, ou seja, muito devagar. Mal exibem contornos visíveis. Apenas os vivemos... assim são os acontecimentos importantes na vida. Não posso dizer que Judit Áldozó entrou um dia em casa e no dia seguinte, ou meio ano depois, aconteceu isso ou aquilo. Também não posso dizer que, no instante em que a vi, fui tomado por uma paixão devastadora, não conseguia comer nem dormir e sonhava com uma camponesa desconhecida que vivia próxima de mim, entrava em meu quarto todos os dias, comportava-se de modo indiferente, respondia às minhas perguntas, e vivia e crescia como uma árvore, com recursos simples e surpreendentes transmitia algo de importante, ou seja, não mais que a circunstância de que ela também vivia na Terra... Foi assim, mas isso tudo não é relevante. Não foi relevante durante muito tempo.

Entretanto me lembro dos primeiros tempos com uma emoção especial. A moça não tinha um papel importante na casa, eu raramente a via. Minha mãe a educava para ser arrumadeira, mas não permitia que servisse a mesa, porque ela não sabia nada sobre os rituais da família. Ela se arrastava atrás da criada, durante a limpeza, como o palhaço que no circo imita um número sério. Às vezes eu a encontrava, na escadaria ou na sala de estar, de vez em quando ela vinha ao meu quarto, cumprimentava, parava na soleira, passava um recado. Você precisa saber que eu tinha trinta anos quando Judit Áldozó chegou em casa. Trinta anos, dono de mim mesmo em muitas coisas. Eu era sócio na fábrica, meu pai — muito cuidadoso — começava a me preparar para a independência. Eu tinha uma grande renda, mas não saí de casa. Dispunha de uma entrada separada. De noite, se não tivesse nada para fazer na cidade, jantava com meus pais. Digo isso tudo para que você veja que eu não tive muitas oportunidades de me encontrar com a moça. Porém, desde o primeiro momento em que ela entrou em casa e eu a vi no hall, havia em nossos encontros uma tensão inconfundível.

Ela sempre me olhava nos olhos. Como quem perguntava alguma coisa.

Não era uma iniciante, uma inocente de aldeia que baixava os olhos ao se encontrar com o jovem patrão. Não ficava vermelha, não era afetada. Quando nos encontrávamos, ela parava, como se tivesse sido atingida por alguma coisa. Como no instante em que eu acendi a luz para vê-la melhor e ela, submissa, se virou e mostrou o rosto. Olhava-me nos olhos, de um modo especial... não provocadora, não convidativa, mas séria, muito séria, com os olhos bem abertos, como quem perguntava alguma coisa. Sempre me olhava com esse olhar atento, interrogador. Sempre com a mesma pergunta. A pergunta sobre a criação, disse uma vez Lázár. Existe uma pergunta no fundo da consciência da *kreatura*, que soa assim: "Por quê?". Judit Áldozó fazia a mesma pergunta. Por que vivo, qual é o sentido de tudo?... Curiosamente, dirigia a pergunta a mim.

E, porque ela era assustadoramente bonita, de uma beleza inteiramente virginal e selvagem, que induzia respeito, como se fosse um exemplar excepcionalmente bem-sucedido do Criador, alguém que só podia ser esboçado e materializado com tal perfeição uma única vez, sua beleza sem dúvida começou a exercer seus efeitos na casa, nas nossas vidas, como uma música permanente, obstinada, muda. A beleza é provavelmente uma força, uma força como o calor, como a luz ou como a vontade humana. Começo a acreditar que por trás dela existe também uma vontade: naturalmente, não uma vontade cósmica, porque não tenho em alta conta a beleza construída com instrumentos artificiais, tingida e curtida como as carcaças. Não, por trás da beleza, que afinal é feita de matéria efêmera e frágil, arde uma vontade poderosa. Um homem preserva com os humores e o coração, com a razão e os instintos, com a personalidade e o corpo, a harmonia, a fórmula feliz e extraordinária cuja resultante e efeito final é a beleza. Como dizia, eu tinha trinta anos.

Vejo seu olhar, com um ar inteligente e maldoso você está formulando a pergunta masculina: mas qual foi o problema? Não seria mais simples, nessa situação, dar ouvidos ao sangue e aos impulsos? Afinal, um homem de trinta anos sabe da verdade. Sabe que não existe mulher que ele não leve para a cama se ela estiver disponível, se o coração e a mente dela não estiverem ocupados com outro homem, se não existir um impedimento corporal ou de gosto entre eles, e se tiverem oportunidade de se encontrar, de se conhecer... A verdade é essa. Eu também sabia dessa verdade e fazia uso dela, de sobra. Como todo homem da minha idade, considerando que além de tudo eu nem tinha uma aparência lamentável e ainda por cima era rico, eu me aproveitava das ofertas femininas, não fugia dos convites. Em torno de um homem bem de vida existe o mesmo círculo que se vê em torno de uma mulher atraente. Ele não diz respeito ao indivíduo: as mulheres são solitárias, anseiam por afeto, diversão e amor, em toda grande cidade europeia vivem mais mulheres que homens, e, afinal, eu não era defeituoso nem estúpido, vivia num ambiente fino, sabia-se que eu era rico: vivia como todos os outros no meu lugar. Tenho convicção de que depois do constrangimento e da emoção das primeiras semanas uma única palavra amistosa amansaria Judit Áldozó e a atiraria em meus braços. Entretanto eu não a pronunciei. Para mim, o encontro, se posso chamar assim a presença de uma empregada jovem na casa dos pais, começou a se tornar suspeito, perigoso, incompreensível e excitante no instante em que descobri que não desejava a mulher como amante, não queria levá-la para a cama como as outras antes dela, não queria comprar cinquenta quilos de carne de primeira e consumi-la, não. O que eu queria?... Demorou para que eu descobrisse. Eu não a importunava porque esperava alguma coisa dela. Eu tinha uma expectativa. Não de aventura. De quê?... De resposta a uma pergunta que permeara minha vida.

Nesse meio-tempo vivemos como se devia. Sem dúvida, pensei também em tirar a moça do nosso ambiente, instruí-la, estabeleceria com ela uma relação saudável, compraria uma casa, ela seria minha amante, e, em seguida, viveríamos como fosse possível. Mas devo lhe dizer que isso tudo me ocorreu apenas muito depois, passados muitos anos. E então era tarde, a mulher sabia da sua força, conhecia seu valor, era mais forte. Então eu já fugia dela. Nos primeiros anos eu sentia apenas que alguma coisa acontecia na casa. Eu chegava de noite, um silêncio profundo me recebia, silêncio e ordem, como num convento. Ia para o meu aposento, no andar de cima, em que a criada preparara tudo com precisão para a noite, numa jarra térmica o suco de laranja gelado, minha leitura e meus cigarros. Sempre havia muitas flores sobre a mesa, minhas roupas, meus livros, meus objetos, tudo estava no lugar. Eu me detinha no quarto morno e escutava. Naturalmente, não pensava com regularidade na moça, não me via obrigado a pensar que ela estava nas proximidades, que dormia por ali em algum lugar, no quarto dos empregados. Passado um ano, ou dois, eu sentia apenas que a casa possuía certo sentido. Eu sabia somente que Judit Áldozó vivia ali, e era muito bonita — todos sabiam disso, o criado teve de ser perdoado, a cozinheira, uma senhora solitária, mais velha, teve de ser mandada embora porque se apaixonou por Judit e não conseguiu expressar o amor a não ser por meio de brigas e resmungos — no entanto sobre isso tudo ninguém falava. Talvez apenas minha mãe soubesse da verdade, mas ela ficou calada. Mais tarde pensei muito acerca do seu silêncio. Minha mãe era instintiva e experiente, sabia de tudo, mesmo sem palavras. Ninguém na casa sabia do segredo do amor entre o criado e a cozinheira, somente a minha mãe, que, por outro lado, não tinha na realidade uma vivência especial no amor, e sobre anseios distorcidos tais como a ligação desesperançada entre Judit e a velha cozinheira, talvez ela nunca tivesse lido… Mas, da verdade, da realidade, ela sabia. Tinha idade, sabia de tudo, não se surpreendia com nada. Sabia também que Judit na casa era perigosa, e não apenas para o criado e a cozinheira… Sabia que ela era perigosa para todos que viviam na casa. Porém não temia mais pelo meu pai, porque ele era velho e doente, e, além de tudo, eles não se gostavam. Minha mãe gostava de mim, e mais tarde me intrigou que ela não tivesse mandado embora a tempo o perigo, uma vez que sabia de tudo... A vida passou, ou quase, até que por fim eu compreendi. Chegue mais perto. Minha mãe desejava o perigo para mim. Provavelmente temia pelo perigo maior. Sabe qual?... Nem desconfia?... A solidão, a solidão assustadora em que transcorreu a vida deles, a vida do meu pai e da minha mãe, a vida da classe triunfante, bem-sucedida, ritualizada. Existe um processo que cerca as pessoas, assustador, temível, pior que tudo... o processo da solidão. Em que nos tornamos semelhantes a máquinas. Havia em torno deles uma ordem doméstica severa, uma disciplina de trabalho ainda mais severa, e depois uma disciplina social extremamente severa, e havia também disciplina nos divertimentos, nas inclinações, na vida amorosa, sabiam com antecedência a que horas se vestiriam, tomariam o café da manhã, trabalhariam, amariam, se divertiriam e se ilustrariam... Havia disciplina em torno deles, uma disciplina insana. E nessa grande ordem se enregelou ao redor deles a vida, como ao redor de uma expedição que se prepara para viajar para longe, em busca de paisagens floridas, e de súbito se congelam o mar e o mundo, e não resta mais projeto nem objetivo, apenas frio e imobilidade. O fenômeno é lento e inexorável. Um dia, a vida da família se gelatiniza. Tudo passa a ser importante, todo detalhe, mas as pessoas não veem, não sentem mais o todo, a própria vida... Vestem o robe de manhã e de noite como se se trajassem para uma solenidade perigosa, para um enterro, ou um casamento, ou para comparecer a uma audiência judicial. Frequentam a sociedade e recebem convidados, mas por trás de tudo reside a solidão. E, enquanto há certa expectativa por trás da solidão, nos corações e nos espíritos, suportam a vida de algum modo, vivem... não bem, não como homens, porém vivem, há um sentido em se dar corda de manhã na engrenagem para que ela siga resfolegando até de noite.

Elas têm esperanças durante muito tempo. Nós nos conformamos com a desesperança com muita dificuldade, com o fato de que somos sós, mortal e desesperadoramente sós. Muito poucos suportam saber que não há solução para a solidão da vida. As pessoas esperam, se atropelam, se refugiam nas relações humanas, e nessas tentativas de fuga não se fazem acompanhar de paixão verdadeira nem de entrega, refugiam-se em ocupações, em tarefas artificiais, trabalham muito, viajam segundo planos, levam vida social intensa, compram mulheres com quem não têm nenhuma ligação, ou começam a colecionar leques, pedras preciosas ou insetos raros... Mas isso tudo não ajuda. Enquanto fazem isso tudo elas sabem perfeitamente que nada ajuda. E continuam a abrigar esperanças. Elas próprias não sabem em que confiar... — sabem bem que mais dinheiro, a coleção de insetos exemplar, a nova amante, o novo conhecido interessante, a noite magnífica ou a *garden party* retribuída em nada ajudam... Por isso, antes de tudo, em meio ao mal-estar e ao constrangimento, mantêm a disciplina. Em todos os momentos de vigília mantêm disciplinada a vida em torno delas. "Resolvem" alguma coisa o tempo todo, documentações, relações sociais ou encontros amorosos... Só não ficam a sós consigo mesmas por um único momento! Para não ver a solidão nem por um único instante! Rápido, pessoas! Ou cães! Ou gobelins! Ou ações! Ou objetos góticos! Ou amantes! Rápido, antes que se revele...

Assim elas vivem. Assim nós vivíamos. E nos vestíamos com muito cuidado. Aos cinquenta anos meu pai se vestia com o cuidado de um presbítero ou de um padre católico, antes da missa. O criado conhecia seus hábitos nos menores detalhes, de madrugada preparava, com o capricho de um sacristão, a roupa, os sapatos, a gravata, e meu pai, que certamente não era vaidoso e não se preocupava muito com a aparência, um dia começou a providenciar com um detalhamento obsessivo para que seu traje de velho senhor, digno de respeito, fosse impecável, nunca um grão de poeira no casaco, nunca um amarrotado nas calças, nunca uma mancha ou ruga na camisa nem no colarinho, nunca uma gravata desfiada... sim, agia como um padre ao se vestir para o ritual. E em seguida, depois de ele se vestir, tinha início a outra disciplina, a do café da manhã ou do carro parado à porta, a da leitura do jornal, do correio, a do escritório, dos funcionários e sócios respeitosos e prestadores de contas, a do clube e da vida social... e tudo exigia disciplina tensa, um cuidado angustiante, como se alguém observasse tudo, como se de noite ele tivesse de prestar contas sobre os feitos sagrados. Minha mãe tinha receio disso. Porque por trás da ordem e das vestimentas, da coleção de gobelins e da visitação ao clube, da vida social e da recepção de convidados se mostravam os horrores da solidão, como icebergs num mar quente. Você sabe, no interior de certos modos de vida e de certas normas sociais a solidão apropriada a cada idade se manifesta como a doença nos organismos desgastados. Esse tipo de coisa não acontece de um dia para outro, as crises verdadeiras da vida, as doenças, as rupturas, as ligações humanas trágicas não acontecem como se numa certa hora elas fossem declaradas, constatadas ou pensadas. Quando nos damos conta dos acontecimentos decisivos, tudo, na maioria das vezes, já ocorreu, e não temos mais nada a fazer a não ser nos conformar, correr para o advogado, para o médico ou mandar chamar o padre. Porque a solidão também é uma forma de doença. Mais precisamente, a solidão nem é doença, mas um estado em que se acomodou quem foi cercado pela solidão, como um animal empalhado na jaula. Não, a doença é um precursor da solidão, que eu denominei de processo de enregelamento. E minha mãe temia por mim.

Você sabe, a vida propicia certo automatismo. Tudo se resfria. Os quartos continuam quentes, a temperatura do corpo segue sendo de trinta e seis graus e um décimo, o pulso é de oitenta, e você tem dinheiro no banco ou na empresa. Uma vez por semana você vai à ópera ou a um teatro, se possível a um teatro onde se encenam peças alegres. Você come nos restaurantes com facilidade, mistura o vinho com água gasosa, porque aprendeu a lição da saúde. Aqui não há nenhum problema. Seu médico de família, se for bom médico mas não de verdade — não é a mesma coisa —, depois do exame semestral aperta sua mão satisfeito. Mas, se o seu médico de família for de verdade, ou seja, inimitável e atento, como um pelicano não é mais que um pelicano e um general é general mesmo que não esteja em combate e serre madeira ou faça palavras cruzadas: se for um médico assim, ele não vai se sentir tranquilo depois do exame semestral e não vai apertar sua mão satisfeito, porque não basta o bom funcionamento do coração, dos pulmões, dos rins e do fígado, pois já se sente em você a frieza da solidão, como nos transatlânticos os instrumentos delicados sentem nas proximidades do equador, no calor balsâmico, que um perigo se avizinha no mar de um tom cinzento de azul, se avizinha a morte fria, o iceberg. Não me ocorre outra comparação, por isso repito o iceberg. No entanto talvez pudesse dizer também — Lázár certamente faria comparações diferentes — que essa é a frieza que se sente no verão, nas casas deixadas pelos moradores que saíram de férias, encheram a casa de cânfora, embrulharam os tapetes e peles em jornais, enquanto fora era verão, uma ardência fervente e abrasadora, e por trás das persianas fechadas os móveis solitários, os quartos sombreados absorveram a tristeza fresca que os objetos inanimados também sentiam, que tudo e todos sentem, absorvem e irradiam, tudo e todos que ficam sós.

E ficamos sós porque somos orgulhosos e não temos coragem de aceitar o dom um pouco atemorizante do amor. Porque temos um papel que nos parece mais importante que a vivência do amor. Porque somos vaidosos. Todo burguês é vaidoso, se for de verdade.

Não falo agora dos burgueses amadores, que apenas usam o brasão e a patente porque têm dinheiro ou foram designados para uma classe superior. Estes são apenas bugres. Falo dos burgueses fundadores e guardiães, os de verdade. Entre eles, um dia começa a se cristalizar a solidão. E eles então começam a sentir frio. Depois assumem um ar solene, como os objetos nobres, os vasos chineses ou as mesas renascentistas. Tornam-se pomposos, começam a colecionar títulos e honrarias estúpidos e supérfluos, para que possam ser dignos de respeito ou de piedade, passam o tempo com empreendimentos complicados, para obterem uma medalha de honra ao mérito ou um novo título, de vice-presidente, de presidente de verdade ou simplesmente de presidente de honra... Isso tudo já é a solidão. Povos felizes não têm história, pessoas felizes não têm títulos, patentes, não têm papéis inúteis no mundo.

Era isso que minha mãe temia por mim. Talvez por essa razão tolerasse Judit Áldozó na casa, mesmo quando se sentia a irradiação perigosa que emanava de seu ser. Como eu dizia, não "acontecia" nada... quase digo que infelizmente não aconteceu nada. Simplesmente passaram três anos. E certa tarde, antes do Natal — eu voltava da fábrica para casa e subi para visitar minha amante, a cantora, que estava só em casa naquela tarde, na casa bonita e entediante que eu montara para ela, e entreguei meu presente, que era bonito e entediante como a minha amada, a cantora, e como as demais amantes e casas e presentes com que antes me ocupei —, como eu dizia, cheguei em casa porque era tarde de Natal e a família jantaria conosco de noite. E, então, aconteceu. Entrei na sala de estar, sobre o piano já se via a árvore solene, enfeitada, brilhante, e, a não ser por ela, estava escuro na sala, somente Judit Áldozó estava ajoelhada diante da lareira.

Era tarde de Natal, e eu, na casa dos meus pais, nas horas que precediam a noite de Natal, me sentia angustiado e só. E ao mesmo tempo sabia que isso seria assim para sempre, durante toda a vida, sempre, caso não acontecesse um milagre. Você sabe, no Natal acreditamos sempre um pouco no milagre, não somente você e eu, mas o mundo todo, a humanidade, como se diz, pois para isso existe o feriado, porque não se pode viver sem o milagre. Porém aquela tarde naturalmente fora antecedida de muitas tardes e noites e manhãs, dias em que eu vi Judit Áldozó e ao vê-la não pensei nada de especial. Quando vivemos junto do mar, não pensamos sempre que pelo mar podemos chegar à Índia, ou que nele pode se afogar um veranista. Na maioria das vezes apenas vivemos junto do mar, nos banhamos ou lemos um livro. Mas naquela tarde eu parei na sala escura e olhei para Judit — ela usava o uniforme preto de arrumadeira, como eu usava o uniforme cinza, de industrial jovem, e estava prestes a ir ao meu quarto a fim de vestir o uniforme preto para a festividade da noite —, naquela tarde parei na sala meio nas trevas, olhei para a árvore de Natal, para a silhueta da mulher ajoelhada, e de súbito compreendi tudo o que ocorrera durante três anos. Compreendi que os grandes acontecimentos são completamente mudos e imóveis, por trás dos acontecimentos visíveis e palpáveis há outros que são preguiçosos como se um monstro estivesse adormecido em algum lugar, atrás dos mares e das montanhas, como se, no coração de um homem, um monstro preguiçoso, um ser ancestral, que quase não se movimenta, se espreguiçasse, raramente estendesse a mão para alguma coisa, e ele também fosse você. E há por trás dos dias também uma ordem, como na música, ou na matemática... uma ordem um tanto romântica. Você entende?... Foi assim que senti. Como disse, sou artista, apenas não tenho um meio de expressão.

A moça ajeitou a lenha na lareira, sentiu que eu estava atrás dela e a observava, mas não se mexeu, não virou a cabeça. Continuou de joelhos e se curvou para a frente, numa posição que é sempre delicada. Uma mulher que se ajoelha e se curva para a frente, ainda que durante o trabalho, se transforma numa presença delicada. Nisso, comecei a rir. Mas não ri de maneira frívola, e sim bem-humorado, como quem se alegra com o fato de que nos grandes momentos, nos segundos decisivos e críticos, temos de levar em conta que há, em nós e nas relações que combinam, uma espécie de humanidade grosseira, uma incapacidade primitiva, e os grandes impulsos, os sentimentos patéticos, se ligam a posturas e gestos assim, como, por exemplo, aquele, da mulher ajoelhada na sala escura. Esse tipo de coisa é risível e digno de pena. Entretanto a emoção, a grande força que incendeia o mundo, da qual todo ser vivo é servo e instrumento, se transforma num acontecimento majestoso a partir de gestos ridículos. Pensei também nisso naquele momento. E, naturalmente, no fato de que eu desejava aquele corpo, e nisso havia algo da natureza de um destino angustiado, havia nisso algo de vulgar e repulsivo, mas a verdade era que eu o desejava. E a verdade também é que eu desejava não só o corpo, que se mostrava numa situação vulgar, mas também o que havia por trás do corpo, seu destino, seus sentimentos e segredos. E, porque convivera muito com mulheres, como todos da minha idade, jovem rico e que de um modo geral não fazia nada, eu sabia também que não havia soluções sentimentais definitivas e duradouras entre mulheres e homens, os momentos sentimentais se renovavam e desmoronavam no nada por si mesmos, pelo hábito e pela indiferença. E o corpo bonito, o traseiro cheio, a cintura fina, os ombros largos mas bem-proporcionados, o pescoço atraente, um pouco inclinado de lado com a lanugem castanha, as pernas carnudas, de formas atraentes, o corpo de mulher não era o mais bonito do mundo, e eu mesmo conhecera, possuíra e levara para a cama corpos mais proporcionados, mais bonitos e mais excitantes — mas ali não se tratava disso. E eu sabia também que a onda e a oscilação que nos movimenta eternamente entre o desejo e a plenitude, entre a sede e a repugnância, que atrai e repele a natureza humana, não conhece a paz e a realização. Sabia de tudo, ainda que não com a certeza de hoje, quando estou ficando velho. Pode ser que esperasse, no fundo do coração, pode ser que esperasse pela existência de um corpo, um único, que respondesse em perfeito uníssono ao outro e pudesse desfazer a sede do desejo e o asco da satisfação numa paz mais mansa — o sonho que os homens em geral chamam de felicidade. Mas isso na realidade não existe, e disso eu ainda não sabia.

Na verdade somente às vezes acontece de a tensão do desejo, do impulso, não ser seguida por um controle interno, pela depressão da satisfação. E existem pessoas que são como os porcos, tudo tanto faz, o desejo e a satisfação acontecem para elas num plano indiferente. Pode ser que sejam elas as satisfeitas. Eu não anseio por essa espécie de satisfação. Como dizia, não tinha certeza disso tudo; pode ser que eu tivesse esperanças, mas também tenho certeza de que eu me desprezava um pouco e ria da própria circunstância e dos sentimentos que se acenderam em mim naquela situação ridícula. Eu não sabia de muitas coisas, e também não sabia que entre os homens nenhuma situação é ridícula, quando eles cedem ao destino do corpo e do espírito. Disso eu não sabia. Então eu me dirigi à moça. Não me lembro das palavras. Mas vejo a situação com muita clareza, como se tivesse sido fotografada numa tira de filme estreita, vejo-a como a cena dos filmes de família que pais e almas fracas fazem sobre a viagem de núpcias, ou sobre os primeiros passos do pequeno... Judit se ergueu devagar, tirou o lenço do bolso da saia e limpou as mãos sujas de cinzas e de serragem da lenha. Vejo a cena com nitidez. Em seguida começamos a conversar, em voz baixa e depressa, como se receássemos que alguém entrasse na sala, como cúmplices, não, como o ladrão e o comparsa... Pois agora tenho de lhe dizer uma coisa. Gostaria de contar tudo com sinceridade, e você vai entender logo que isso não é fácil...

Pois o que eu vou contar não é coisa de mulherengo, nem uma história galante, não. A história é menos jovial, e só é minha porque fui personagem dela... entre nós atuaram forças maiores, forças maiores se mediram por meio dos nossos destinos. Como eu disse, falamos em voz baixa. Afinal de contas, era natural: eu era o patrão, ela a empregada, falávamos com intimidade na casa a cuja criadagem ela pertencia, trocávamos palavras íntimas e muito sérias, a qualquer momento poderia entrar alguém, minha mãe, ou outra pessoa, uma criada, que tivesse ciúme de Judit... numa palavra a situação e a prudência nos obrigavam a falar baixo. Ela também sentia, naturalmente, que só podíamos cochichar.

No entanto eu senti alguma coisa mais. No primeiro instante da nossa conversa senti que a situação comportava algo diferente: não só um homem se dirigia a uma mulher que lhe agradava, de quem ele queria alguma coisa, a quem ele desejava conquistar, não. Eu nem sentia primordialmente que estivesse enamorado da mulher bem-dotada, bonita e jovem, que estivesse perdido por ela, que ela tivesse despertado em mim a fúria, que o sangue correra para a minha cabeça e eu detonaria o mundo se fosse preciso mas conseguiria, compraria, ganharia para mim a mulher. Isso tudo é bem tedioso. Acontece na vida de todo homem mais de uma vez. A fome sexual pode ser dolorida e impiedosa como a fome verdadeira. Não, os cochichos tinham outro motivo... sabe, eu nunca antes agira com tamanho cuidado. Porque eu não falava apenas em meu nome, mas contra outro, ou outros... e por isso falava tão baixo. A situação era séria, mais séria que o romance galante entre o patrão e a serviçal bonitinha. Porque, quando a mulher se ergueu, limpou as mãos e me encarou com os olhos bem abertos, muito atenciosa — vestida para o serviço da noite, de roupa preta, avental branco e touca branca, ela era como as arrumadeiras nas operetas, engraçadamente igual a elas —, eu senti que a aliança que eu oferecia não era apenas a aliança pela satisfação de um desejo, mas antes de tudo uma aliança contra outro, ou outros. E ela também sentia isso. Logo falamos do essencial, sem introdução e sem rodeios, na verdade como numa mansão senhorial ou numa repartição importante, digamos, como num ministério, onde se guardam registros de grande importância e documentos secretos, dois cúmplices se falariam, um deles funcionário da repartição, e o outro, frequentador do lugar, e eles não teriam mais que dois minutos para combinar a ação conjunta, aos sussurros, como se falassem de outra coisa, muito excitados, mas ainda assim como se um deles desempenhasse o seu trabalho e o outro apenas passasse pela sala e o interpelasse... Não teriam muito tempo. O patrão poderia chegar a qualquer momento, ou um funcionário desconfiado poderia passar pela sala, e, se os dois fossem vistos juntos, a situação seria de imediato suspeita. Por isso falamos do essencial, desde o primeiro instante, e Judit Áldozó às vezes olhava para a lareira, porque as grandes achas de lenha estavam úmidas e não se inflamaram logo. Por isso ela se ajoelhou mais uma vez, com o fole começou a atiçar as chamas, e eu também me ajoelhei junto dela, ajeitei os suportes de cobre amarelo e ajudei a intensificar o fogo. E, enquanto isso, eu falei.

O que eu disse?... Espere, vou acender um cigarro. Não, agora tanto faz. Numa hora dessas não conto mais os cigarros. Além de tudo, muita coisa tanto faz.

Pois então eu senti que tudo o que eu diria e o que aconteceria depois era muito importante. Não tive tempo de ser sedutor, afetado. Isso seria supérfluo. Disse que gostaria de viver com ela. Minha declaração não a surpreendeu. Ela escutou serena enquanto olhava o fogo, depois me encarou, muito séria, mas sem surpresa. Hoje sinto que naquele momento ela me mediu, mediu minhas forças, como a camponesa examina o rapaz que se exibe para ela e que diz ser capaz de erguer este ou aquele peso, um saco cheio de trigo, ou coisa parecida. Ela também me mediu, porém não mediu os meus músculos, mas a minha alma. Como eu dizia, sinto hoje que ela me examinou com um olhar um tanto sarcástico, com um sarcasmo mudo e manso. Como quem dissesse: "Você não é tão forte. É preciso ter muita força, amigo, para viver comigo. Você vai se arrebentar". Era o que dizia o olhar dela. Eu o senti, e falei ainda mais baixo e mais depressa. Disse que seria tudo muito difícil porque a situação toda era descabida, meu pai jamais concordaria que eu me casasse com ela, e era provável que aparecessem outras dificuldades. Por exemplo, eu disse, também seria provável que aquele tipo de casamento estremecesse minhas relações com a família e com o mundo, e não era bem verdade que se podia negar o mundo a que pertencíamos e do qual havíamos recebido tudo. E talvez fosse provável que o estremecimento, a sensação ruim, cedo ou tarde prejudicasse o vínculo entre nós dois. Eu tinha visto coisas parecidas, conhecera pessoas no meu mundo que se casaram com alguém de um nível muito inferior ao delas, e as relações eram todas infelizes.

Eu disse bobagens assim. Naturalmente, de fato pensava isso tudo, não falei por covardia, não buscava saídas. Ela compreendeu que eu falava com sinceridade, olhou para mim séria, deu a entender que também pensava como eu. Encorajou-me a procurar argumentos que, de início, no primeiro instante, atestassem a impossibilidade da ideia, a inviabilidade de tudo: argumentos, razões convincentes de que era tudo loucura. E eu de fato busquei os argumentos. Ela não disse uma palavra, ou melhor, disse, no final, e então foi muito breve. Deixou que eu falasse. Eu mesmo não entendo como aconteceu, mas conversei com ela por uma hora e meia, diante da lareira, ela o tempo todo ajoelhada, e eu sentado junto dela na poltrona inglesa baixa, olhando o fogo e falando, e durante esse tempo ninguém entrou na sala, ninguém nos incomodou. Existe uma ordem invisível na vida: quando uma situação se desenha de modo a que algo tem de ser levado adiante ou finalizado, as circunstâncias se tornam cúmplices, sim, também o cenário e os objetos, e as pessoas que vivem próximas. Ninguém nos perturbou. Era noite, chegou meu pai, procuraram por Judit na copa, onde eram separados para o jantar as travessas e os talheres, na casa todos se vestiam para a noite, mas ninguém nos perturbou. Mais tarde compreendi que isso não foi tão extraordinário. A vida arranja todas as situações com perfeição, desde que pretenda que alguma coisa se realize.

Naquela hora e meia eu me senti como se falasse com alguém pela primeira vez, pela primeira vez na vida. Disse que queria viver com ela. Não podia me casar com ela, mas disso nem eu tinha clareza. De todo modo, tínhamos de viver juntos. Perguntei se ela se lembrava do primeiro encontro, quando chegara em casa. Ela não respondeu, apenas deu a entender que sim com um gesto. Estava muito bonita na sala às escuras, ajoelhada diante do fogo, na luz escarlate, com o cabelo cintilante, com a cabeça e o belo pescoço inclinados de lado, enquanto prestava atenção em mim, com a tenaz na mão. Estava muito bonita e familiar. Eu pedi a ela que saísse da casa, que pedisse demissão, que dissesse que tinha de viajar para a casa dela e depois me esperasse em algum lugar, em poucos dias eu resolveria minhas coisas e então viajaríamos juntos, para a Itália, e lá ficaríamos durante muito tempo, quem sabe anos. Perguntei se ela desejava conhecer a Itália... Ela acenou muda, séria, negativamente — talvez nem compreendesse minha pergunta, o efeito foi como se eu tivesse perguntado se desejaria conhecer Henrique IV. Ela não entendeu. Mas prestou muita atenção no que eu disse. Fitava o fogo, ajoelhada ereta, como uma penitente, muito próxima de mim, bastaria eu estender a mão. Em dado momento cheguei a estendê-la, peguei a mão dela, mas ela a retirou — não coquete, nem ofendida, mas com uma recusa simples e natural, como quem em público, durante uma conversa, com um gesto pequeno, corrige uma fala com uma observação passageira. Somente então notei que a seu modo a mulher era também nobre. Fiquei surpreso, mas ao mesmo tempo a coisa me pareceu natural. Já então eu sabia que não era a classe nem a origem o que conferia nobreza, mas a personalidade e a inteligência. Ela estava ajoelhada diante da lareira, na luz avermelhada, como uma condessa nada esguia, com naturalidade, sem orgulho, mas também sem submissão, sem nenhum sinal de constrangimento ou preconceito, como se a conversa fosse a coisa mais natural do mundo. E pairava sobre nós a árvore de Natal, como eu disse. Mais tarde eu sempre ria quando me lembrava da árvore de Natal — um riso um tanto amargo, tenho de reconhecer... E de Judit, sob a árvore de Natal, como um presente singular e incompreensível.

E, porque ela não respondeu nada, por fim me calei. Ela não respondeu se queria viver comigo, nem se queria viajar comigo durante anos. Para a Itália. E, porque não me ocorreu mais nada, e porque também havíamos chegado a um ponto da conversa semelhante ao da negociação de um comprador que tenta de tudo com o vendedor teimoso, primeiro promete menos, depois, quando vê que o outro é inflexível, que não vai ser possível regatear, promete o preço integral, perguntei se ela queria ser minha esposa...

A essa pergunta ela respondeu.

Não de imediato, é verdade. De início se comportou de modo estranho. Olhou para mim zangada, quase com ódio. Vi que uma espécie de espasmo sacudia o corpo dela, como uma convulsão. Começou a tremer. Pendurou a tenaz de volta em seu lugar, na parede lateral da lareira, junto do fole. Cruzou os braços sobre o peito. Parecia uma jovem estudante que o professor severo condenara a se ajoelhar. Sombria, com uma expressão sofrida, fitou o fogo. Depois se levantou, alisou a roupa e disse apenas:

"Não."

"Por quê?...", perguntei.

"Porque o senhor é covarde", ela disse, e me examinou de alto a baixo, muito devagar, cuidadosamente. E saiu da sala.

Saúde. Foi assim que começou. Depois eu desci para a rua, as lojas já estavam fechando, as pessoas com pacotes natalinos se apressavam em ir para casa. Entrei numa pequena relojoaria, onde se vendiam também joias miúdas, baratas. Comprei um medalhão de ouro, sabe, um medalhão pequeno, vulgar, barato, em que as mulheres colocam o retrato dos amantes mortos ou dos amores vivos. Na carteira encontrei um documento com uma fotografia, uma espécie de assinatura de teatro que venceria no último dia do ano: arranquei a fotografia, acomodei-a no medalhão e pedi ao lojista que embrulhasse tudo, com capricho, como um presente. Quando voltei para casa, Judit abriu a porta. Pus o pacote nas mãos dela. Pouco depois eu viajei, durante anos não voltei para casa, e muito mais tarde soube que desde aquele momento ela usou o medalhão, numa fita lilás, no pescoço, e o tirava apenas para se lavar ou quando tinha de trocar a fita porque a antiga estava gasta.

E tudo seguiu seu curso como se na tarde de Natal não tivéssemos falado sobre coisas decisivas. De noite Judit me serviu com a criada, no dia seguinte ela limpou meu quarto, como antes. Naturalmente, eu já tinha consciência de que naquela tarde eu estivera fora de mim. Sabia como os loucos enfurecidos sabem, enquanto batem a cabeça contra a parede, lutam com o enfermeiro ou arrancam de noite com um prego enferrujado alguns dentes, que esses atos que cometem contra si próprios, babando, são ações excessivamente lesivas, vergonhosas para eles e desrespeitosas com a sociedade. Eles sabem não apenas depois, quando o ataque passou, mas no instante em que praticam os atos insanos e dolorosos. Eu também sabia, naquela tarde, diante da lareira, que minha fala e meus planos eram desvario puro, em especial o modo como imaginei as coisas, insanas e indignas para mim, para a minha condição. Mais tarde vi também esse momento como o instante da fúria, em que perdemos o controle existente por trás da vontade, os sentimentos e os órgãos dos sentidos trabalham por conta própria, a força repressiva e ajuizada da alma se paralisa. Indiscutivelmente, vivi os únicos momentos de explosão nervosa intensa e séria da minha vida na tarde de Natal, debaixo da árvore. Judit sabia disso, por esse motivo ouviu tão atentamente, como um familiar que um dia percebe no outro os sinais do colapso nervoso. Sem dúvida, ela sabia também de algo mais: conhecia as razões da explosão. Se alguém me ouvisse naquela tarde — um estranho ou um parente —, com certeza chamaria um médico para me acudir.

Tudo foi surpreendente também para mim, porque por outro lado eu conduzira tudo na vida até então, e mesmo depois, com muita prudência. Talvez prudência demais. Talvez faltasse nos meus atos a chamada decisão súbita, a espontaneidade. Nunca agi com imediatismo, somente pelo prazer da ideia ou do momento, porque a inclinação ou a possibilidade se ofereciam ou exigiam alguma coisa. Na fábrica e no mundo dos negócios minha fama também era de ser uma pessoa prudente, que refletia por muito tempo antes de tomar uma decisão. Portanto a única explosão da minha vida surpreendeu primeiramente a mim, porque durante a conversa eu sabia muito bem que minha fala era louca, as coisas não seriam como eu imaginava, e eu teria de me comportar de modo completamente diferente, com mais astúcia, com mais cuidado ou com mais força. Você sabe, até então eu agia nas coisas do amor segundo as leis do *cash and carry*, como os americanos na guerra: pague e leve... Era assim que eu pensava. Essa maneira de pensar não era nobre, mas continha sem dúvida um egoísmo saudável. Dessa vez, porém, eu não paguei e não levei o que desejava, mas tinha implorado, tinha me explicado de uma forma inaceitável, numa condição que com certeza me humilhava.

Entretanto a insanidade não tem explicação. Uma vez tudo na vida arrebenta... e talvez seja muito pobre a vida sobre a qual não se arrasta ao menos uma vez a tempestade dessas explosões, que não tem as paredes de sustentação abaladas por essa espécie de terremoto, que não tem as telhas do teto arrancadas pelo furacão cujo uivo desloca por um instante tudo o que até então a razão e o ser mantinham em ordem. Comigo, aconteceu... Você pergunta se me arrependo? Não. Mas também não digo que esse instante tenha representado o sentido da minha vida. Ele aconteceu, como uma doença, e, quando alguém passa por uma doença aguda, o mais inteligente é mandar o convalescente viajar para o exterior. Foi o que fiz, eu também. Naturalmente, a viagem é sempre fuga. Mas antes, como quem desejava ter certeza, pedi a Lázár, meu amigo, o escritor, que recebesse a moça uma vez, que a examinasse, que falasse com ela. E pedi a Judit que fosse à casa de Lázár. Hoje sei que ela estava certa, eu era covarde, e por isso agi assim. Sabe, como se eu a mandasse a um médico para que a examinasse a fim de saber se era saudável... Afinal, eu quase a tinha arrumado na rua, em algum lugar no mundo, como dizem as declarações de guerra atuais. Ela me ouviu com compaixão quando lhe fiz o pedido. Mas não se opôs, procurou Lázár, como eu pedi, muda e com certeza ofendida, como quem dizia: "Está bem, se você quer, irei ao médico e vou suportar que ele me examine".

Lázár, sim. Nós tínhamos uma relação especial.

Tínhamos a mesma idade, havíamos sido companheiros de escola. Ele passara dos trinta e cinco anos quando ficou famoso; até então, por assim dizer, ninguém ouvira falar dele. Escrevia em periódicos menores, sem futuro, textos curiosos que sempre agiam sobre mim como se o autor risse do leitor, como se ele desprezasse profundamente a invenção toda, a escrita, a impressão, o leitor e também a crítica. Não escrevia uma única palavra pela qual se pudesse acusá-lo de seu ponto de vista. Sobre o que ele escrevia? Sobre o mar, sobre um livro antigo ou um personagem, textos muito breves, três ou quatro páginas num diário, que ao todo era editado em algumas centenas ou talvez em mil exemplares. Os escritos eram herméticos, como se alguém contasse numa língua estranha, desconhecida, de um determinado povo, suas percepções sobre o mundo e sobre o que havia por trás dele. Esse povo — assim eu senti ao ler seus primeiros textos — se extinguia, havia poucos vivos, muito poucos falavam a língua, a língua-mãe dos escritos de Lázár. A par disso, ele falava e escrevia em húngaro de um modo bonito e vivo, com precisão e limpidez; ele me disse que diariamente, de manhã e de noite, lia János Arany, como escovamos os dentes várias vezes ao dia... Porém seus escritos em geral davam conta desta outra língua.

Depois, de repente, ele ficou famoso. Por quê?... Não havia explicação. Mãos se estendiam na direção dele, primeiro nos salões, mais tarde nos estrados, e em seguida nos diários, em todo lugar você se deparava com o nome dele. De repente começaram a imitá-lo, e as publicações se encheram de artigos e de livros de Lázár que não tinham sido escritos por ele, embora ele fosse o autor secreto. Curiosamente, o grande público também se interessou por ele: ninguém entendia, porque em suas obras faltava tudo o que diverte, embala, pacifica ou satisfaz as pessoas — era como se ele não falasse com os leitores. Mas também isso lhe era perdoado. Passados alguns anos, ele estava entre os primeiros na corrida singular que constitui a face mundana da vida intelectual; os textos eram explicados como fazemos com os textos orientais no curso superior. Isso tudo não mudava nada. Uma vez, na fase do sucesso, eu lhe perguntei o que ele sentia, se não incomodava seus ouvidos o alarido em que naturalmente havia muito de traiçoeiro, a condenação justa ou injusta nascida do ódio e da inveja. No entanto a confusão de sons fundiu-se, e do todo se fez ouvir com nitidez e clareza o nome dele, como o som do primeiro violino na orquestra. Ele escutou minha pergunta com atenção e refletiu. Falou, muito sério: "Essa é a amargura do escritor". Não disse mais nada.

Eu sabia de algo sobre ele que o mundo não sabia: o homem brincava. Brincava com tudo, com as pessoas, com as situações, com os livros, e também com o fenômeno misterioso que em geral chamamos de literatura. Certa vez em que o acusei disso, ele respondeu, dando de ombros, que a arte, em segredo e no fundo, na alma do artista, não era mais que a manifestação do instinto de brincar. "E a literatura?", perguntei. Afinal a literatura é mais que a arte, a literatura é resposta e postura ética… Ele me ouviu sério e educado, como sempre, quando eu me propunha a falar de seu ofício, e depois disse que era verdade, embora o instinto que alimentava a postura ética fosse um instinto lúdico, e, além disso, a finalidade última da literatura, como da religião, seria, a despeito de tudo, a forma, e a forma era também arte. Ele fugiu da pergunta. O grande público e os críticos naturalmente não podiam saber que o homem era capaz de se entreter igualmente com um gatinho que perseguisse um novelo de linha sob a luz do sol ou com um problema ético ou filosófico: com a mesma seriedade, ou seja, no íntimo com o mesmo descompromisso, com a atenção inteiramente voltada para o fenômeno ou para o pensamento, sem entregar o coração a nenhum dos dois. Ele era o meu parceiro de jogos. Disso os outros não sabiam… E era a testemunha da minha vida: falávamos muito nisso, com total franqueza. Você sabe, todas as pessoas têm alguém que é procurador, guardião, crítico e, ao mesmo tempo, um tanto cúmplice no processo misterioso e assustador que é a vida. Essa pessoa é a testemunha. Ela é quem nos vê e conhece por inteiro. Tudo o que fazemos, nós fazemos também um pouco para ela; quando temos sucesso, pensamos: "Será que ela vai acreditar?"... A testemunha fica atrás do cenário durante a nossa vida toda. Trata-se de uma parceira de jogos incômoda. Mas não conseguimos nos livrar dela, e talvez nem desejemos.

Na minha vida essa pessoa era Lázár, o escritor, com quem joguei os jogos estranhos, para os outros incompreensíveis, da juventude e da idade adulta. Ele era o único que sabia, e de quem eu também sabia, somente eu, que era inútil aos olhos do mundo o fato de sermos adultos, industrial sério e escritor famoso, e, aos olhos das mulheres, homens excitados, magoados ou apaixonados... Na realidade, o máximo e o melhor que tínhamos conseguido preservar na vida era o desejo caprichoso, ousado e impiedoso de jogar, com que distorcíamos e, ao mesmo tempo, embelezávamos um para o outro o drama falso e pomposo da vida.

Quando nos encontrávamos, como malvados na sociedade dos homens, sem nenhum sinal secreto nos entendíamos e começávamos a jogar.

Tínhamos muitos jogos. Havia o jogo do sr. Kovács: vou contá-lo para que você compreenda o que havia entre nós. O jogo se jogava, sem rodeios, em público, entre os outros srs. e sras. Kovács, de modo a que eles não notassem nada, nem desconfiassem do jogo. Assim, nós nos encontrávamos em algum lugar, entre pessoas, e de pronto começávamos. O que diz o sr. Kovács ao outro sr. Kovács quando acontece de discutirem socialmente o fracasso do governo, o transbordamento do Danúbio que varreu vilarejos, a separação da atriz famosa ou a revelação sobre o político famoso que surrupiou dinheiro público, o tiro que o grande dragão da virtude deu em si próprio em seu esconderijo?... Nessa hora, o sr. Kovács resmunga. Depois ele diz: "Porque é assim". E então ele enuncia um lugar-comum imbecil, como, por exemplo: "Uma das propriedades da água é a umidade", ou "A propriedade da perna humana é se molhar ao ser imersa em água". Ou ainda: "Há coisas assim, e também diferentes". Todos os srs. e sras. Kovács falam dessa forma, desde a criação do mundo. E, quando o trem parte, eles dizem: "Partiu". E, quando o trem pára em Füzesabony, eles dizem, muito sérios e compenetrados: "Füzesabony". E eles sempre têm razão. E o mundo talvez seja incompreensivelmente sórdido e sem saída porque o lugar-comum sempre tem razão, e apenas o gênio e o artista, porque descartam o lugar--comum, denunciam no lugar-comum o que ele tem de morto e de contrário à vida, mostram que por trás da verdade adequada e contabilizada à sr. Kovács existe eternamente outra verdade, que desafia e despreza Füzesabony, e não se surpreende se, pendurada na maçaneta da janela do esconderijo do dragão da virtude, do funcionário graduado, a polícia secreta encontrar uma combinação cor-de-rosa... Lázár e eu jogávamos o jogo do sr. Kovács com perfeição, os srs. Kovács não suspeitavam de nada, sempre nos levavam a sério. Se o sr. Kovács falasse de política, Lázár ou eu respondíamos sem hesitar: "É sempre assim, um tem razão, mas o outro também tem sua razão. Todos têm de ser ouvidos". Depois, havia o jogo do "no nosso tempo", que não era nada mau. No nosso tempo, na verdade, tudo era melhor, o açúcar era mais doce, a água mais molhada e o ar mais arejado, as mulheres não corriam para abraçar os amantes, preferiam dar duro o dia todo no rio, até o pôr do sol, e, quando o sol descia, elas continuavam a dar duro por algum tempo. E os homens, ao ver dinheiro, não se propunham a gostar dele, mas rechaçavam os bancos e diziam: "Nada disso, levem esse dinheiro daqui. Deem-no aos pobres". Assim eram as mulheres e os homens no nosso tempo.

Tínhamos muitos jogos. Foi para esse homem que mandei, antes da minha viagem, Judit Áldozó, para que ele a visse. Como se fosse um médico.

Judit esteve com ele de tarde; depois de noite eu me encontrei com Lázár. "Veja", ele disse, "o que você quer? A coisa já aconteceu." Ouvi, desconfiado. Tive receio de que nessa hora ele também jogava. Estávamos num café do centro, como agora eu e você. Ele girou a piteira do cigarro — sempre fumava com uma longa piteira, porque vivia com intoxicação nicotínica e quebrava a cabeça acerca de planos e descobertas complicados que poderiam ajudar a libertar a humanidade das consequências sofridas do veneno — e me olhou com tanta seriedade e atenção que comecei a suspeitar. Temia que ele me enganasse, que descobrisse um jogo novo, que fizesse de conta que o assunto era importante, vital, e depois risse na minha cara, como tantas vezes, e provasse que nada era importante e vital, tudo era da alçada do sr. Kovács: somente o pequeno-burguês acredita que o universo gira em torno dele e que as constelações se arranjam ordenadamente ao redor de seu destino. Sabia que ele me considerava burguês — não exatamente no sentido desprezível e repelente da palavra, como é moda hoje em dia, não, reconhecia que a burguesia representava também um esforço, não me desprezava pela minha origem, pelos meus modos e convicções, porque ele tinha uma boa opinião sobre a burguesia, só que me considerava irremediavelmente burguês. Dizia que o burguês sempre fugia. Porém sobre Judit Áldozó não quis falar mais. Falou de outra coisa, educado e decidido.

Mais tarde pensei muito naquela conversa. Sabe, me lembro dela como o doente que um dia fica sabendo da verdade, descobre o nome e a natureza verdadeira da doença, e depois lhe ocorre a tarde em que, já doente, esteve pela primeira vez no médico famoso. E o professor, o clínico célebre, o examinou, com muito cuidado e minúcia, com toda espécie de instrumentos, e em seguida, educado, começou a falar de outra coisa — perguntou se ele não tinha vontade de viajar, se interessou em saber se ele havia assistido à nova peça da moda, falou de conhecidos comuns. Só não falou do que o doente desejaria ouvir. Afinal o doente o procurou, sofreu o incômodo e a tensão do exame, porque desejava ouvir uma certeza — pois ele mesmo não sabia qual era o problema, as queixas eram gerais, os sintomas eram discretos, e uma sensação angustiante, difusamente desagradável, o alertava de que alguma coisa não ia bem no organismo e no ritmo de vida, talvez ele contasse que ela um dia se normalizaria, e ao mesmo tempo, nebulosamente mas de modo inconfundível, desconfiava que o professor sabia da verdade mas não podia dizê--la. E agora era preciso esperar para, pelos sintomas, pelos sinais de perigo da doença, pela forma de tratamento, descobrir ele também, o doente, a verdade que o médico sábio não pudera deixar de ocultar. E enquanto isso todos sabiam de tudo, o doente sabia que estava muito doente, o professor também sabia, e sabia ainda que o doente desconfiava do seu mal e que sabia também que o médico silenciava diante dele sobre a doença. Mas ninguém podia fazer nada, era preciso esperar que a doença se manifestasse. E então seria necessário curá-la, como fosse possível.

Foi assim que ouvi Lázár na noite em que Judit estivera com ele. Ele falou sobre toda espécie de coisas: sobre Roma, sobre um livro novo, sobre a relação entre os séculos e a literatura. Depois se levantou, estendeu a mão e se foi. Então eu senti que não houvera jogo. Meu coração batia inquieto. Senti que ele me abandonava à minha sorte, eu teria de fazer tudo sozinho. Nesse instante, pela primeira vez comecei a respeitar um pouco a mulher que exercera tal efeito sobre Lázár. Respeitei-a, tive medo dela... Alguns dias depois eu viajei.

Veja, depois passou muito tempo. Lembro-me desse tempo apenas nebulosamente. Foi o tempo do interlúdio. Não quero entediá-lo com essas lembranças.

Viajei durante quatro anos, por todos os cantos da Europa. Meu pai não sabia nada ao certo sobre a razão verdadeira da viagem. Minha mãe talvez soubesse da verdade, mas ela se calou. Por muito tempo não pensei em nada de especial. Eu era jovem, e, como se diz, o mundo era meu.

Ainda havia paz... embora não fosse uma paz de verdade. Era o período de transição entre duas guerras. As fronteiras não tinham sido inteiramente abertas, mas os trens paravam durante um tempo curto diante das barreiras fronteiriças pintadas de diferentes cores. As pessoas, com uma confiança e uma inconsciência extraordinárias, pediam umas às outras empréstimos de longo prazo — não só as pessoas mas também os países, e, o que era mais extraordinário, não apenas pediam, mas recebiam tais empréstimos de longo prazo —, construíam casas grandes e pequenas, e de um modo geral se comportavam como se um período doloroso e terrível da existência humana tivesse se encerrado completamente e viera outro período, em que estava tudo no lugar, seria de novo possível fazer planos, criar filhos, olhar para longe e, de um modo geral, se ocupar de tudo o que fosse individual, agradável e um pouco supérfluo. Nesse mundo eu comecei a viajar, entre duas guerras. Não posso dizer que o sentimento com que parti, e que me invadiu em algumas paradas da viagem, fosse de uma segurança plena. Como se tivéssemos sido uma vez inesperadamente roubados por completo, todos nos comportávamos com certa desconfiança nessa época, entre duas guerras, na Europa: todos, indivíduos e nações, procurávamos ser generosos, grandiosos e gentis, mas, em segredo — por via das dúvidas —, apertávamos um revólver no bolso das calças, e de tempos em tempos apalpávamos com um gesto sobressaltado a carteira no bolso interno do casaco, sobre o coração. Provavelmente, temíamos não só pela carteira, mas pelos nossos corações e mentes naqueles anos. Ainda assim já se podia viajar...

Por toda parte se construíam novas casas, novos bairros, novas cidades, sim, novos países. Primeiro fui para o norte, depois para o sul, em seguida para o Ocidente. Por fim, fiquei nas cidades do Ocidente, durante vários anos. Aquilo de que eu gostava, aquilo em que eu acreditava era lá muito conhecido: sabe, como quando aprendemos uma língua na escola e depois viajamos para o país em que a língua que aprendemos no livro é a língua dos nativos. No Ocidente, vivi entre verdadeiros burgueses, que visivelmente não sentiam a burguesia como um papel nem como uma palavra de ordem ou uma tarefa, mas simplesmente viviam essa condição, como alguém vive numa casa herdada dos ancestrais, que, embora seja um pouco apertada, escura e fora de moda, é a que ele melhor conhece, não compensa demoli-la e construir uma nova em seu lugar. Preferiam renovar esse modo de vida, de alguma forma. Nós, em casa, ainda construíamos essa casa, o lar do burguês; entre as mansões e os casebres construíamos um modo de vida mais espaçoso, mais folgado, em que todos se sentiam à vontade; também Judit Áldozó, e, quem sabe, eu também.

Nesses anos pensei apenas vagamente em Judit. No início da viagem, me lembrei dela algumas vezes, como a memória de um estado ardente, febril. Sim, um dia adoeci e falei inconscientemente, de olhos fechados. Sentia a solidão que invadia com suas ondas gélidas a minha vida, receava a solidão, e fugi dela para junto de uma pessoa cujo ser, irradiação e sorriso prometiam que eu poderia dispersar o receio. Lembrava-me disso. Porém o mundo se abriu, e ele era muito interessante. Por toda parte vi estátuas, turbinas a vapor, pessoas solitárias, que apreciavam a vivacidade alegre da melodia de um verso, sistemas econômicos que acenavam com respeito e generosidade, cidades imensas, picos, belíssimas fontes medievais rodeadas de plátanos na praça principal quadrada de cidadezinhas alemãs, torres de mosteiros, praias de areias douradas, mares azul-escuros e corpos nus de mulheres à beira-mar. Vi o mundo. Sem dúvida, a lembrança de Judit Áldozó não pôde competir com o mundo... Mais exatamente: eu ainda não sabia que a relação de forças nessa espécie de duelo são desiguais. Judit Áldozó representava ligeiramente menos que a realidade do mundo, a vida mostrou e prometeu tudo naqueles anos, ofereceu o grande destino; destacado dos ornamentos mesquinhos e tristes de casa, despido do papel e das fantasias de casa, eu mergulhei nos outros territórios da vida. E a vida ofereceu também mulheres, de todo tipo, inúmeras mulheres, todas as mulheres do mundo, de cabelos castanhos, mulheres flamengas de olhar sonolento-ardente, francesas de olhos brilhantes e alemãs submissas... pois então, todos os tipos. Eu vivia no mundo, era homem, e as mulheres passavam por mim, como por todo homem, mandavam recados e me chamavam, as vulgares e as honestas, que prometiam a vida toda ou a simples, estrábica e selvagem inconsciência, a ligação secreta, não para sempre, e também não para um momento, mas para um tempo de relação mais longa e misteriosa.

Mulheres. Já reparou no tom prudente e inseguro com que os homens pronunciam essa palavra? Como se eles falassem de um povo ancestral não inteiramente extenuado, sempre inclinado à insurgência, seduzido mas não vencido, rebelde. E, seja como for, o que significa esse conceito em meio à vivência cotidiana? "Mulheres..." Que esperamos delas?... Filhos? Ajuda?... Paz? Felicidade? Tudo? Nada? Momentos? Nós simplesmente vivemos, esperamos, conhecemos, amamos, e depois nos casamos, vivemos na companhia de uma mulher o amor, o nascimento e a morte, depois nos viramos atrás de pernas na rua, às vezes nos desgraçamos por um penteado ou pelo hálito quente de uma boca, por alguns instantes sentimos, nas camas burguesas, ou nos sofás de molas quebradas das hospedarias imundas das ruelas, que estamos satisfeitos, às vezes somos bombasticamente generosos com uma mulher, elas choram, e os dois fazem juras de que vão ficar juntos, vão se ajudar mutuamente, viver no cume de uma montanha, ou na grande cidade... Entretanto depois o tempo passa, um ano, três anos, ou duas semanas — você observou que o amor, como a morte, não compreende um tempo mensurável em horas ou pelo calendário?... —, e o grande projeto em que eles se envolveram não deu certo, ou não resultou exatamente no que haviam imaginado. E então eles se separam, com ódio, ou indiferença, e de novo esperam e recomeçam, procuram outros parceiros. Ou estão cansados, e ficam juntos, sugam a vontade e a força de viver um do outro, e adoecem, matam-se um pouco, morrem. E no último instante, quando cerram os olhos, será que entendem?... O que quiseram um do outro? Apenas cederam a uma lei grande e cega cujo imperativo renova eternamente o mundo por meio do hálito do amor, e requer mulheres e homens aos pares para preservar a espécie... Isso é tudo? E nisso, eles, coitados, o que esperaram individualmente? O que deram ao outro, o que ganharam do outro? Que contabilidade secreta e assustadora é essa... E, no entanto, o sentimento com que um homem se volta para uma mulher se dirige ao indivíduo. Não se dirige ao desejo, sempre e somente ao desejo, que às vezes, em períodos de transição, adquire materialidade. E a excitação artificial em que vivemos não pode ter sido um objetivo da natureza quando criou o homem e lhe deu uma mulher porque via que não era bom que ele ficasse só.

Corra os olhos pelo mundo, por toda parte se irradia essa atração artificial, da literatura e das imagens, dos palcos e das ruas... Entre num teatro, na plateia estão sentados homens e mulheres, no palco mulheres e homens gesticulam, falam, fazem promessas, e na plateia as pessoas pigarreiam e tossem... Mas, quando os atores pronunciam uma frase como "Eu te amo", "Eu te desejo" ou coisa parecida, que evoque o amor, a posse, a ruptura, a felicidade ou a infelicidade, a plateia cai num silêncio mortal, milhares de pessoas prendem a respiração. E nisso são hábeis os escritores, com esse sentimento eles chantageiam as pessoas na plateia. E, por onde você passa, você vê a excitação artificial, os perfumes, os trapos multicoloridos, as peles caras, os corpos seminus, as meias cor de pele, tudo o que não representa uma necessidade real, pois nem no inverno elas vestem roupas mais quentes, porque desejam exibir os joelhos em meias de seda, e no verão, à beira d'água, só usam um pedaço de tecido sobre as coxas porque assim a presença feminina é mais misteriosa e excitante, e a maquiagem, as unhas dos pés vermelhas, a pintura azul dos olhos, os cabelos dourados, todas as estopas que besuntam e com que se embelezam... tudo isso faz mal à saúde.

Veja, eu já tinha passado dos cinquenta anos quando compreendi Tolstói. Você sabe, *A sonata a Kreutzer*. Ele fala do ciúme, mas não é isso que mais importa no que ele diz. Provavelmente, ele fala do ciúme nessa obra-prima porque ele próprio sofria de sentimentalismo e de ciúme. Porém o ciúme não é mais que a vaidade digna de pena, desprezível. Conheço o sentimento, sim... conheço-o bem. Ele quase me matou. Já não sou ciumento. Você entende? Acredita? Olhe para mim. Não, meu caro, já não sou ciumento, porque, a um custo alto, derrotei a vaidade. Tolstói acreditava que havia uma solução, e reservou um destino meio animalesco para as mulheres; que parissem e se vestissem com batas de pano grosseiro. A solução é desumana, doentia. Mas é desumana e doentia a outra solução, que faz da mulher um objeto decorativo vistoso, uma obra-prima sentimental. Como posso respeitar uma mulher, como posso lhe entregar minhas emoções e pensamentos, se, da hora de levantar à hora de dormir, ela não faz mais que vestir-se, se encher de cremes, se exibir para agradar... supostamente, deseja agradar a mim, com as plumas, peles e perfumes... mas isso não é verdade. Deseja agradar a todo mundo, deseja que restem desejos nos homens, em todos os nervos masculinos, depois de sua aparição. Assim vivemos. No cinema, no teatro, na rua, no café, no restaurante, nas praias, nas montanhas, em todo lugar a excitação que faz mal. Acha que a natureza precisa disso?... O demônio, meu amigo.

Disso têm necessidade somente a ordem produtiva e a organização social em que a mulher acredita ser uma mercadoria.

Sim, você tem razão, eu também não tenho ideia melhor que essa ordem produtiva e social... todas as experiências que se apresentaram em seu lugar fracassaram. A verdade é que nessa organização a mulher deseja se vender o tempo todo: às vezes conscientemente, e, com mais frequência, inconscientemente, eu reconheço. Não digo que toda mulher se sente como uma mercadoria conscientemente... mas não ouso acreditar que a regra geral seja contestada pelas exceções. Nem acuso as mulheres, elas não podem fazer diferente. Às vezes o oferecimento é muito triste, a faceirice amargamente coquete, orgulhosa-estúpida, em especial quando a mulher sente que a tarefa é difícil, existem mais bonitas, mais baratas e excitantes, a disputa se revestiu de dimensões assustadoras, em todas as cidades europeias vivem mais mulheres que homens, elas não conseguem achar um lugar nas profissões liberais, o que podem fazer com suas vidas humanas pobres, tristes, de mulheres?... Oferecem-se. Às vezes insistentes, de olhos fechados, flores não-me-toques trêmulas, que em segredo tremem para que afinal não façamos mal a elas... E as mais conscientes, que a passos duros partem todos os dias para a luta, como os soldados das legiões romanas, sabedoras de que sempre batalham pelo império contra os bárbaros... Não, meu amigo, não temos o direito de julgar com severidade as mulheres. Temos o direito apenas de nos lamentar, talvez nem sintamos pena das mulheres, mas de nós, homens, que no grande mercado da civilização não conseguimos solucionar essa crise árdua, sofrida. Sempre essa inquietude consciente. Por onde você anda. Por onde você olha. E por trás de tudo o dinheiro, se não sempre, ao menos por trás de cem misérias humanas em noventa e nove delas. Foi disso que não falou o santo nem o sábio quando explicitou a acusação ruidosa n'A *sonata a Kreutzer*...

Falou do ciúme. Censurou as mulheres, a moda, a música, as tentações da vida social. Só não disse que nenhuma ordem social ou produtiva pode nos pacificar a alma, nada pode, a não ser nós mesmos. Como? Se vencermos o desejo e a vaidade. Isso pode acontecer?... É quase impossível. Talvez mais tarde, mais tarde. Com o tempo os desejos não morrem, mas se vaporizam, ressecam-se neles o medo e a avidez furiosa, a excitação e a náusea insolúveis que permeiam todo desejo e satisfação. Sabe, a gente se cansa. Eu às vezes me alegro quando a velhice bate à porta. Às vezes anseio pelos dias chuvosos, em que me sento junto da estufa, com uma garrafa de vinho tinto e com um velho livro, que fala de antigos desejos e frustrações...

Mas então eu era jovem. Viajei durante quatro anos. Acordei entre os braços de mulheres de cabelos desgrenhados em quartos de cidades desconhecidas. Aprendi, na medida do possível, meu ofício. Admirei as maravilhas do mundo. Não, verdadeiramente não pensei em Judit Áldozó. Ao menos não muito, não conscientemente... Apenas como pensamos, quando estamos no estrangeiro, nas ruas, nos quartos de casa, como pensamos nas pessoas que ficaram, nos abandonados que emergem do banho dourado das memórias como se de um modo delicado tivessem morrido um pouco. Houve uma hora febril, eu estava só, burguês, apareceu na solidão uma beldade selvagem e jovem, falei com ela... depois me esqueci da coisa toda. Viajei, os anos de peregrinação passaram, e eu voltei para casa. Não aconteceu nada.

Só aconteceu que nesse meio-tempo Judit Áldozó esperou por mim.

Naturalmente, isso ela não disse quando cheguei em casa e nos encontramos. Ela me recebeu, pegou meu casaco, meu chapéu, minhas luvas, sorriu educada e tímida, como era de esperar quando o jovem patrão voltava para casa; sorriu com o sorriso da serviçal. Falei com ela, como era de esperar, sorridente e sem constrangimento. Só não lhe belisquei o rosto, bem-intencionado, como um tio... A família me esperava. Judit foi pôr a mesa com o criado, porque o rapaz perdido voltara para casa. Todos se rejubilaram com alarde; eu também, porque enfim estava em casa.

Naquele ano meu pai se aposentou, e eu assumi a fábrica. Saí de casa, aluguei uma mansão na encosta da colina, próxima da cidade. Visitava menos a família, passavam semanas sem que eu visse Judit. Decorridos dois anos meu pai morreu. Minha mãe se mudou da grande casa, a antiga criadagem foi dispensada. Ela levou consigo somente Judit, que na época já era chamada de governanta. Eu visitava minha mãe uma vez por semana, almoçávamos juntos aos domingos. Nessas ocasiões eu via Judit, mas nunca nos falávamos. Havia entre nós uma relação amistosa e educada, às vezes eu a chamava de Juditinha, com uma benevolência íntima dirigida à moça solteira que envelhecia na casa. Sim, uma vez, há muito tempo, houvera uma hora louca em que tínhamos falado sobre muitas coisas... Nessas coisas a gente mais tarde acha graça. Juventude, loucura. Ao me lembrar daquela hora, era assim que eu pensava. E era muito confortável. Não era sincero, apenas confortável. Tudo e todos se ajeitaram. E eu me casei.

Eu e minha mulher vivíamos bem, educadamente. Mais tarde, quando meu filho morreu, eu me senti enganado. A solidão ardia em mim, à minha volta, como uma doença incipiente. Minha mãe me espreitava, mas não dizia nada. Depois passaram anos, envelheci. Lázár também se afastara, às vezes nos encontrávamos, mas não jogávamos os velhos jogos. Parecia que tínhamos virado adultos. Quem vira adulto é solitário. O homem solitário se magoa e fracassa, ou firma uma paz triunfante com o mundo. Como eu era solitário dentro de um casamento e de uma família, era difícil firmar uma paz com os que me rodeavam. De todo modo o trabalho, a sociedade, as viagens ocupavam-me. Minha mulher fazia de tudo para que vivêssemos em paz e harmonia. Fazia de tudo no interesse da paz e da harmonia como quem quebrava pedras, desesperada. Eu não tinha como ajudá-la. Uma vez esbocei uma tentativa para que fizéssemos as pazes, viajei com ela. Para Merano... Faz muito tempo. Durante a viagem, descobri que não havia saída, não haveria paz, e a minha vida, como a construíra, era insuportável, ou melhor, suportável mas quase sem sentido. Talvez um grande artista suporte tal solidão, a um custo muito elevado, compensado de certa forma pelo seu trabalho. Um trabalho que ninguém poderia fazer em seu lugar. Um trabalho que proporciona algo único, perene, maravilhoso para as pessoas. Talvez... É o que dizem. Assim imaginei. Lázár, com quem uma vez falei sobre isso, pensava diferente. Disse que, fosse como fosse, a solidão levava a uma anulação prematura. Não havia escapatória, essa era a regra. Eu não sabia que era assim?... Eu não era artista, ou seja, era muito mais solitário na vida e no meu trabalho, que não oferecia nada de especial à humanidade. Eu fabricava objetos de utilidade prática, montava em linha de produção certos ingredientes da vida civilizada. Fabricava uma mercadoria honesta, embora ela fosse, afinal, produzida sem a minha participação, por máquinas e pessoas domesticadas para esse fim, disciplinadas e ensinadas a desempenhar o trabalho. O que eu fazia na fábrica, construída pelo meu pai e instalada pelos seus engenheiros?... Chegava pontualmente às nove, como os demais funcionários mais graduados, porque tinha de dar o exemplo. Lia a correspondência. Minha secretária me comunicava quem me telefonara, quem pretendia falar comigo. Depois vinham os engenheiros, os vendedores, prestavam contas dos negócios, me pediam que opinasse sobre as possibilidades de fabricação de um novo material. Os funcionários e engenheiros muitíssimo bem escolhidos — os melhores haviam sido treinados pelo meu pai — naturalmente se apresentavam a mim com projetos prontos, que na melhor hipótese eu discutia ou modificava um pouco. Mas na maioria das vezes eu apenas concordava, dava-lhes razão. A fábrica produzia, de manhã até de noite, os vendedores vendiam a mercadoria, contabilizavam a renda, eu ficava sentado o dia todo no escritório, e tudo era lucrativo, útil e honesto. Não enganávamos ninguém, nem uns aos outros, nem aos fregueses, nem ao país, nem ao mundo. Eu apenas enganava a mim mesmo.

Porque acreditava ter um envolvimento verdadeiro, indiscutível, com aquilo tudo. Aquele era meu ambiente de trabalho, como se diz. Olhava os rostos das pessoas que viviam a meu redor, escutava as conversas delas, e me esforçava por decifrar o segredo, por saber se o trabalho preenchia suas vidas, se estavam satisfeitas, ou se em segredo sentiam que alguma coisa, alguém, as usava, sugava delas o melhor, o único sentido da vida… Havia entre elas quem não se conformava com o ambiente de trabalho, procurava fazer tudo melhor, ou de modo diferente, e esse "diferente" nem sempre era o melhor, o mais adequado. Mas ao menos buscava alguma coisa. Desejava fazer mudanças na ordem do mundo. Queria prover seus trabalhos de um conteúdo novo. Parece que se trata disso. As pessoas não se satisfazem em ganhar o pão, sustentar a família, ter um trabalho e levá-lo a cabo com honestidade… não, as pessoas querem mais. Querem expressar o que nelas é ideia, intenção. As pessoas não querem somente pão e emprego, não somente trabalho, mas vocação também. De outra forma a vida não tem sentido. Querem se sentir desejadas, aproveitadas de uma maneira diferente da força humana na fábrica ou num escritório para a satisfação geral… querem fazer alguma coisa que ninguém mais seja capaz de fazer. Naturalmente, apenas os talentosos têm tal desejo. A grande maioria das pessoas é indolente. Talvez também nas almas destas pulse uma luz desfocada que diz que não importa o salário semanal, Deus tinha para elas outros planos... mas isso foi há muito tempo! E são tantos, os outros, em quem a lembrança se perdeu. Eles odiavam os talentosos. Viam como oportunista quem desejasse viver e trabalhar de outro modo, que ao som da sirene não corresse do trabalho robotizado para os lugares robotizados da vida. Procuravam, com recursos humanos finos e rebuscados, suprimir o desejo dos talentosos pelo trabalho individual. Desprezavam-nos, obstruíam-nos, desconfiavam deles.

Isso também eu via da minha sala, onde recebia os empregados, os engenheiros e os visitantes do mundo dos negócios.

E eu, o que eu fazia?... Eu era o patrão. Sentava-me em meu lugar como um guarda-noturno. Tratava de ser respeitoso, humano, justo. Ao mesmo tempo tratava também, naturalmente, de receber da fábrica e dos empregados tudo a que eu tinha direito em termos de lucro e vantagens. Observava com muita pontualidade minha disciplina de trabalho na fábrica, com mais pontualidade que os empregados e funcionários do escritório. Assim me esforçava por servir à fortuna e à receita destinada a mim. Porém por dentro tudo era assustadoramente vazio... O que eu podia fazer na fábrica? Aceitava ou rejeitava um projeto, implantava uma nova organização de trabalho, buscava novos mercados para a produção. E a grande receita me dava alegria?... *Alegria* não é a palavra apropriada. Eu me satisfazia por poder cumprir as obrigações perante o mundo, o dinheiro possibilitava que eu não tivesse um partido político de uma forma honesta, digna, generosa e responsável. No mundo dos negócios eu era citado como exemplo do homem de negócios pontual. Sabia ser respeitoso, conseguia prover de pão, e mais que pão, muita gente... É bom poder dar. Eu apenas não alcançava uma alegria verdadeira. Vivia com conforto, meus dias passavam com honestidade. Não era inativo, ao menos aos olhos do mundo não era inútil, nem preguiçoso. Eu era o bom patrão: assim as pessoas falavam de mim também na fábrica.

Entretanto isso tudo não me dava nada, era apenas um modo sofrido, preocupante, responsável de passar o tempo. A vida continua vazia se não for preenchida por um empreendimento perigoso e excitador. O empreendimento, naturalmente, pode ser um só: o trabalho. O outro trabalho, o invisível, é o trabalho da alma e do espírito, do talento, cujas realizações são mais ricas, mais verdadeiras e mais humanas. Eu lia muito. Mas também com a leitura somos, você sabe... você só ganha dos livros alguma coisa se for capaz de dar alguma coisa às suas leituras. Quero dizer, se se empenhar a ponto de no duelo da leitura receber e infligir ferimentos, se se dispuser a discutir, convencer, e se convencer, e depois, enriquecido pelo que aprendeu no livro, na vida, ou no trabalho, você puder construir com base nisso alguma coisa... Um dia notei que não tinha mais uma relação verdadeira com as minhas leituras. Lia como lemos numa cidade desconhecida, para passar o tempo, como vamos a um museu onde olhamos para os objetos expostos com uma indiferença educada. Lia como quem cumpria uma obrigação: saía um livro novo, falavam dele, eu tinha de lê-lo. Ou ainda não havia lido o livro antigo, famoso, minha cultura era imperfeita, toda manhã e toda noite eu lhe dedicava uma hora e o lia. Eu lia assim... Houve um tempo em que a leitura era para mim uma aventura, eu pegava nas mãos com o coração batendo forte os livros novos dos escritores conhecidos, o livro novo era como o encontro com alguém, uma convivência perigosa de que adviria toda espécie de coisas felizes, boas, mas também consequências perturbadoras, angustiantes. Agora eu lia como ia à fábrica, como ia duas vezes por semana, ou mais, a encontros sociais, como ia ao teatro, e como vivia em casa, com a minha mulher, atencioso e educado, no coração com a questão opressiva, preocupante, a qual gritava rouca que havia um grande problema comigo, um grande perigo me ameaçava, talvez eu estivesse doente, talvez uma armadilha ou uma trama estivesse sendo armada contra mim e eu não tivesse certeza de nada, um dia acordaria ante a realidade de que tudo o que eu construíra, a obra-prima da ordem cuidadosa, do respeito, dos bons modos e da convivência educada ruiria... Vivia com essa sensação. E um dia encontrei na minha carteira, uma carteira de couro de crocodilo marrom, que ganhara da minha mulher no aniversário de quarenta anos, um pedaço de fita lilás desbotado. Descobri então que Judit Áldozó tinha esperado por mim durante todos aqueles anos. Esperava que eu deixasse de ser covarde. Porém isso levou tempo, aconteceu dez anos depois da conversa natalina.

A fita lilás — não a tenho mais, perdeu-se, como a carteira, e como tudo na vida, como também as pessoas que um dia usaram objetos supersticiosos e significativos —, eu encontrei nos recessos internos da carteira, onde não guardava nada a não ser um cacho de cabelos do meu filho morto. Demorei para entender o que significava a fita, como ela chegara a mim, quem a usara, quando Judit havia infiltrado o trapo na minha carteira... Minha mulher tinha viajado para um balneário, eu fiquei só na casa, e durante alguns dias minha mãe enviou Judit, para que ela orientasse a grande faxina do verão. Eu devia estar no banheiro quando ela entrou no quarto e escondeu a fita na carteira largada sobre a mesa. Ao menos foi assim que ela contou mais tarde.

O que ela queria com isso? Nada. Toda mulher apaixonada é supersticiosa. Queria que eu levasse comigo o tempo todo algo que ela até então usara no corpo. Com isso ela queria me prender, me mandar uma mensagem. Pela situação e pelas condições dela o contrabando supersticioso era um gesto arriscado. Mas ela o fez porque esperava por mim.

Quando compreendi tudo — porque a fita lilás representava uma mensagem e falava —, lembro que senti uma revolta estranha. Descobri a pequena ousadia e olhei revoltado diante de mim. Sabe, como quando descobrimos que nossos planos todos são inúteis, alguém os atrapalhou. Descobri que a mulher que vivia no bairro vizinho da cidade esperava por mim fazia dez anos; e além da irritação senti uma calma singular. Não pretendo exagerar o sentimento. Não fiz planos. Não disse a mim mesmo: "Ah-ah, era isso que havia por trás desses anos, foi isso que você não confessou a si próprio, existe alguém, ou alguma coisa, mais importante que sua disciplina, seu papel, seu trabalho, sua família, existe na sua vida uma paixão grande e distorcida que você negou... mas a paixão vive e espera em algum lugar, não o abandona. E é bom que seja assim. Agora acabou o desassossego. Não é verdade que sua vida e seu trabalho não tenham nenhuma finalidade. A vida ainda quer algo de você". Eu não disse isso. Mas não posso negar que daquele momento em diante me tranquilizei. Onde acontecem em nós os grandes processos sentimentais, em nossos nervos ou também em nosso intelecto?... Com a razão eu negava tudo, havia muito tempo. Porém com os nervos eu lembrava. E, agora que a outra mandava uma mensagem, regrada e simplória — toda mulher é um pouco simplória no amor, todas prefeririam escrever cartas de amor num papel que tivesse rosas prensadas, duas mãos entrelaçadas e pombos se beijando no canto superior, desejariam encher os bolsos do ser escolhido com cachos de cabelo, lenços e objetos de amor supersticiosos! —, eu por fim me tranquilizei. Como se, de um modo misterioso, tudo ganhasse um sentido inesperado, obscuro, de difícil compreensão: o trabalho, a vida, sim, o próprio casamento... Você entende?

Eu hoje entendo. Sabe, é preciso que aconteça tudo na vida, tudo tem de se acomodar. E o processo é muito lento. Determinação, devaneio, intenção não ajudam muito. Você já notou como é difícil achar o lugar definitivo dos móveis numa casa? Passam anos, e você pensa que está tudo no lugar, mas apesar disso você sente, com uma desconfiança nebulosa e incômoda, que alguma coisa não está inteiramente bem, quem sabe no lugar da cadeira você não devesse colocar uma mesa... E depois, dez ou vinte anos mais tarde, passamos um dia pela sala, onde até então não nos sentíamos bem, onde o espaço e os móveis não se harmonizavam, e de súbito vemos o erro, vemos o desenho interior e a disposição secreta da sala, empurramos alguns móveis, e, parece, acreditamos que tudo encontrou o lugar definitivo. E durante alguns anos de fato sentimos que a sala está por fim perfeita e acabada. E mais tarde, talvez dez anos depois, de novo a arrumação da sala deixa a desejar, porque, à medida que nós mudamos, também mudam os espaços da vida à nossa volta, jamais existe uma ordem definitiva em torno de uma pessoa. E somos assim também com o modo de vida, construímos costumes, por muito tempo acreditamos que nosso plano é perfeito, de manhã trabalhamos, de tarde passeamos, de noite nos ilustramos... e um dia descobrimos que isso tudo é suportável e racional se for invertido, não compreendemos como pudemos respeitar durante anos as regras insanas da vida... Assim se transforma tudo em nós e à nossa volta. E é tudo temporário, a nova ordem, a serenidade interior, porque tudo acontece segundo as leis da transformação, e um dia será inútil... por quê? Talvez porque nós mesmos vamos nos tornar inúteis um dia. Como tudo o que nos diz respeito.

Não, ela não foi a "grande paixão". Apenas alguém que me dava a entender que existia, vivia nas proximidades e esperava por mim. Desse modo desajeitado. Assim vulgar. Como se dois olhos me olhassem no escuro. Eu tinha um segredo, e ele a um tempo imprimia forma e tensão à vida. Não pretendia tirar vantagem do segredo, não desejava situações impensadas, sofridas ou pouco claras. Mas daquele momento em diante eu vivi mais sereno.

Até o dia em que Judit Áldozó desapareceu da casa da minha mãe.

Conto uma história que aconteceu há muitos anos, muitas coisas se apagaram, já nem são importantes... Quero lhe falar da mulher do povo, do que foi importante no que diz respeito a ela. Deixemos a parte policial da história. Porque todas essas histórias têm também uma parte policial, pertinente ao juiz de instrução. A vida nos castiga um pouco, se é que você não sabe... Lázár disse isso um dia, e primeiro eu me ofendi com a hipótese, porém mais tarde, quando meu processo começou, compreendi. Porque não somos inocentes e um dia somos processados. Somos condenados, ou absolvidos, e então sabemos que não somos inocentes.

Como eu disse, ela desapareceu, como se a tivessem enfiado num saco e atirado o saco no Danúbio.

Durante algum tempo esconderam de mim sua partida. Minha mãe vivia sozinha, havia anos Judit cuidava dela. Uma tarde fui à casa da minha mãe, e uma pessoa estranha abriu a porta. Nessa hora descobri.

Entendi que só assim ela poderia me contar. Afinal, eu não tinha nada a ver com ela, não tinha direitos. Não podemos resolver processos de décadas entre pessoas com grandes cenas, com discussões. No final, temos de agir, de uma maneira ou de outra. É possível que nesse meio-tempo tivesse acontecido alguma coisa que eu desconhecesse. As três mulheres — minha mãe, minha mulher e Judit — calaram. Tinham um assunto em comum, que de algum modo solucionaram entre elas, a mim apenas comunicaram o resultado das resoluções. Em consequência, Judit deixara a casa da minha mãe, viajara para o exterior. Porém isso também eu só soube mais tarde, um policial meu conhecido empreendeu buscas no Departamento de Passaportes. Ela fora para a Inglaterra. Eu soube também que a decisão que a levara a viajar não havia sido súbita, impensada, mas fruto de uma reflexão e de uma determinação amadurecida.

As três mulheres mantinham silêncio. Uma delas fora embora. A outra — minha mãe — não dizia nada, sofria. A terceira, minha mulher, esperava e me observava. Sabia de tudo, de quase tudo. Comportou-se com inteligência, como impunha sua situação, seu temperamento, seu gosto, sua razão. Sabe, ela se comportou como uma pessoa culta. O que faz uma moça de bom gosto, culta, ao descobrir que há um grave problema, nada recente, com o marido, ela não tem nada a ver com aquilo, ninguém na verdade tem nada com aquilo, ele é solitário, irremediavelmente livre, e, talvez, talvez exista uma mulher em algum lugar que no pouco tempo de vida restante seja capaz de dividir com ele a solidão sofrida?... Naturalmente, ela luta. Espera, observa, tem esperanças. Faz de tudo para ser essencial para o marido. Depois se cansa. Depois perde o controle. Há momentos em que toda mulher se transforma em fera... nessa hora a vaidade, essa fera selvagem, começa a urrar. Depois ela se acalma, se conforma, não tem mais nada a fazer. Espere, acho que ela nunca se conforma inteiramente... no entanto esses são apenas detalhes sentimentais. Mas ela não tem mais nada a fazer, um dia libera o marido.

Judit desapareceu, e ninguém mais falou dela. Como eu disse, como se ela tivesse sido enfiada num saco. O silêncio sobre a mulher que afinal havia passado a maior parte da vida na casa da minha mãe chamava atenção, era como se tivessem demitido uma faz-tudo desocupada. Existia, deixara de existir. Empregadas mudam. Como dizem mesmo as donas de casa lamentosas?... "Veja, são todas inimigas pagas. E o estranho é que têm tudo. Mas para elas nada é suficiente..." Não, para Judit nada era suficiente. Um dia ela acordou, lembrou-se, e alguma coisa aconteceu, ela queria tudo. Por isso foi embora.

Então eu adoeci. Não de imediato, mas somente meio ano depois da partida dela. E não muito, apenas com risco de vida. O médico, por exemplo, não podia fazer nada. Durante algum tempo senti que eu também não. O que eu tinha?... É difícil dizer. Naturalmente, o mais simples seria confessar que, no instante em que a mulher, que passara a juventude à minha volta e de cujo corpo e ser se dirigia a mim uma espécie de chamamento, com o afastamento fez explodir em mim um fenômeno emocional latente... sim, acendeu o fogo da mina cujo combustível se achava todo nos acessos à minha alma... A frase soa muito bem. Mas não é inteiramente verdade... Devo dizer também que além do espanto, da surpresa adversa, eu senti um alívio inesperado e prudente?... Isso é verdade também, ainda que não seja essencial, como é verdade também que nos primeiros tempos eu sofri mais por vaidade. Sabia exatamente que a mulher havia partido para o estrangeiro por minha causa, em segredo me senti aliviado, como quem abriga uma fera perigosa na casa da cidade e um dia ouve que a fera se rebelou, fugiu e voltou para a selva... e ao mesmo tempo me senti ofendido, porque achava que ela não tinha o direito de ir embora. Era como se uma qualidade pessoal se rebelasse. Sim, eu era vaidoso. Depois, o tempo passou.

Um dia acordei e percebi que ela me fazia falta.

Este sentimento é o pior. O de que alguém faz falta. Você olha em torno, não entende. Estende a mão, busca um copo de água, um livro, com um gesto hesitante. Tudo na vida está no lugar, os objetos, as pessoas, a rotina conhecida, a relação com o mundo não mudou. Somente falta alguma coisa. Você rearranja os móveis do quarto... não era isso? Não. Você viaja. A cidade que você desejava ver havia tempos o recebe com toda a pompa e seriedade. Você levanta cedo na cidade estranha, desce às pressas para a rua, com um caderno de anotações e um mapa, procura o quadro famoso acima do altar de uma igreja, admira a curvatura dos arcos da ponte célebre, no restaurante o garçom, a seu pedido, serve com orgulho patriótico a comida típica da cidade. Há um vinho produzido na redondeza, narcotizante como nenhum outro. Lá viveram grandes artistas que, generosos e com desperdício, encheram a cidade natal com uma infinidade de obras-primas. Você caminha entre janelas, portões, passagens, cuja beleza e linhas nobres são examinadas em longos estudos em livros de fama mundial. No fim da manhã e de noite as ruas se enchem de jovens e de senhoras de belos olhos e andar ligeiro. Ali vive uma raça orgulhosa, consciente de sua beleza e sensibilidade. Olhares se dirigem a você, bem-intencionados ou que desprezam com altivez sua solidão, chamativos e, de um modo geral, reveladores, olhares femininos que irradiam diminutas faíscas. De noite se ouve música à margem do rio, canta-se sob a luz de luminárias de papel colorido, bebe-se vinho doce, e os casais dançam. Nos ambientes de onde emanam a música densa e as luzes amistosas, há uma mesa também à sua espera, uma mulher de fala agradável. Você olha tudo, como um aluno aplicado, anda pela cidade desde o início da madrugada, com o guia de viagem na mão, atento, com um entusiasmo aflito, como se receasse perder alguma coisa. A noção de tempo se modifica. Como quem age sob uma disciplina angustiante, você acorda na hora exata; como se alguém o esperasse. Na verdade, é disso que se trata, mas você durante muito tempo não tem coragem de confessá-lo a si próprio: você acredita que por trás dessa disciplina alguém o espera. E, se você for muito pontual e disciplinado, se acordar na hora e se deitar tarde, se estiver entre pessoas durante muito tempo, se viajar para um lugar ou para outro, se entrar em certos locais, por fim vai encontrar quem o espera. Naturalmente, você sabe que a expectativa é infantil. Você só confia nos acasos infinitos do mundo. O policial sabia apenas que ela viajara, para algum lugar na Inglaterra. Também na embaixada inglesa ninguém sabe de nada, ou não quer afirmar nada muito preciso... O biombo misterioso do mundo se interpõe entre você e a desaparecida. Quarenta e sete milhões de pessoas vivem na Inglaterra, lá estão as cidades mais densamente povoadas do mundo... Onde poderia procurá-la?...

E depois, se a encontrasse, o que diria a ela?...

***

E ainda assim você espera. Mais um copo, você quer?... É um vinho bom, de manhã você acorda sóbrio, sem dor de cabeça. Eu o conheço bem... Garçom, mais uma garrafa de Kéknyelü. A fumaça aqui já está se dissipando. Somente nesta hora eu me sinto bem. Só ficaram as pessoas da noite, como você pode ver. Os solitários e os sábios, os infelizes ou os desesperados, para quem tudo tanto faz, apenas desejam ficar em algum lugar onde ardem lâmpadas e em cujas proximidades há estranhos, onde ficam sós mas não têm de ir para casa... É coisa difícil ir para casa numa certa idade, depois de certas experiências. É melhor ficar assim, em meio a gente desconhecida, solitário, sem relações. Jardim e amigos, disse Epicuro; não há outra solução. Acho que ele está certo. Mas jardim não é preciso muito, são suficientes alguns vasos de flores no terraço do café. E amigos bastam dois.

"Garçom, gelo... Que Deus o abençoe."

Onde foi que parei?

Sim. Na época em que eu esperava.

Eu notei que as pessoas começavam a me observar. Primeiro, minha mulher. Depois, na fábrica, no clube, no mundo. Minha mulher já me via pouco. Às vezes no almoço. Mais raramente de noite. Convidados, nós não recebíamos havia muito. No início, nervoso, mais tarde, consciente, eu recusava todos os convites e não suportava que recebêssemos convidados. Porque tudo era sofrido e inverossímil... a casa toda e a vida doméstica, você sabe. Tudo era muito bonito, e de acordo com as necessidades e os costumes, os quartos, os quadros valiosos, os objetos de arte, o criado e a arrumadeira, a porcelana e as pratas, os pratos e as bebidas finas... apenas eu não me sentia patrão, não me sentia em casa, não acreditava, nunca, nem por um instante, que aquela era a minha verdadeira casa, onde receberia estranhos com prazer. Como se fosse uma encenação, minha mulher e eu afirmávamos o tempo todo diante dos convidados que aquele era o verdadeiro lar. Quando não era!... Por quê? Diante de fatos, não cabe discussão. Mas também não há necessidade de explicar fatos simples e poderosos.

Começamos a ficar sós. O ouvido do mundo é sofisticado. Bastam alguns sinais, gestos, e a rede de intrigas delicada da inveja, da curiosidade e da malevolência desconfia de alguma coisa. Basta recusar alguns convites, basta não retribuir a tempo o convite que aceitamos um dia de algumas pessoas, e pela linguagem de sinais a engrenagem social depreende que alguém se prepara para fugir da ordem reinante, sabe que esta ou aquela família ou casal está com algum problema. Esse "algum problema" é tratado na família que se desagrega da mesma forma como cuidamos de um doente contagioso na casa. Como se o oficial médico pregasse uma nota na porta da casa. O comportamento das pessoas com os membros de uma família assim é mais cuidadoso, um pouco irônico, reservado. Naturalmente, elas esperam, nessas horas, pelo escândalo. Não desejam nada com tanta avidez quanto o desabamento do lar alheio. Trata-se de uma verdadeira febre da sociedade, um aspecto das doenças infecciosas. Você entra, só, num café ou num restaurante, e elas cochicham: "Você ouviu?... Estão com problemas, estão se separando, o marido traiu a mulher com a melhor amiga dela". Assim elas torcem. Mas, se você vai a algum lugar com a esposa, elas piscam, juntam as cabeças, e em tom sábio dizem: "Andam juntos, mas isso não quer dizer nada. Justificam-se perante o mundo". E aos poucos você compreende que as pessoas têm razão, ainda que não saibam da verdade, mesmo que os detalhes sejam mentiras grosseiras. Nas coisas importantes dos homens a compreensão da sociedade é misteriosa e confiável. Lázár disse um dia, meio brincando meio sério, que nada é verdade a não ser a calúnia. De um modo geral, não há segredos entre as pessoas. Sabemos uns dos outros, por meio de uma comunicação em ondas curtas, também nossos pensamentos mais secretos: as palavras e os atos são apenas consequências... Acredito nisso. Assim vivíamos. Começou o desmoronamento delicado. Sabe, como se eu me preparasse para emigrar. Você acha que no trabalho, na família, não desconfiam de nada; porém na verdade todos sabem que você esteve na embaixada estrangeira para obter um visto e um lugar na fila. A família fala com você atenciosa e paciente, como com um louco ou com um malvado, de quem sentem também pena, embora já tenham alertado o clínico da família e também um detetive particular... Um dia você descobre que a casa está guardada e você está sob vigilância médica.

Sabemos disso e nos tornamos desconfiados. Agimos com muita prudência, medimos todas as palavras. Não há nada mais difícil na vida do que desmontar situações estabelecidas. É tão complicado quanto desmontar a Igreja. Lamentamos muitas coisas... naturalmente, em momentos críticos não existe pecado maior contra nós e nossos companheiros do que o sentimentalismo. Leva muito tempo para compreendermos a que temos direito na vida... Em que medida detemos poder sobre as nossas vidas, quanto nos entregamos ao nosso destino, aos sentimentos e às lembranças. Você vê, sou irremediavelmente burguês: para mim a coisa toda era uma questão legal, a separação, a rebelião silenciosa contra a minha família e a minha condição. Questão legal, sem dúvida não apenas no que se referia ao processo de separação e à pensão devida. Existe também outra legislação entre as pessoas. Nessas horas nos questionamos, durante longas noites, ou em meio à multidão, nas ruas, até de súbito compreendermos as ligações: o que eu ganhei? O que eu dei? O que eu devo?... Perguntas cruéis. Levei anos para compreender que existe uma espécie de lei relativa às obrigações, uma lei que não foi criada pelos homens, mas pelo Criador. Tenho o direito de morrer sozinho, entende?...

Trata-se de uma grande lei. Todo o restante é dívida. Você

deve para a família ou para a sociedade, que também lhe deu muitas coisas boas, para os sentimentos ou para as suas memórias. Porém depois chega uma hora em que sua alma se inunda do anseio pela solidão. Quando você não quer nada mais a não ser se preparar em silêncio, respeitosamente, para o derradeiro instante, a última tarefa humana, a morte. Tome cuidado para não trapacear. Porque de outro modo você não terá o direito de agir. Os atos dependentes da vaidade, enquanto por conforto, por mágoa ou por desejo orgulhoso você busca a solidão, vão levá-lo a continuar a dever para o mundo e para todos aqueles que representam o mundo para você. Enquanto você tiver desejos, terá também obrigações. Porém chega um dia em que a alma é inteiramente tomada pelo anseio da solidão. Em que você não quer mais que descartar da alma tudo o que é supérfluo, mentiroso, secundário. Quando vamos partir para uma jornada perigosa e longa, começamos a fazer as malas com muito cuidado. Examinamos muitas vezes cada objeto, o julgamos e medimos de todos os pontos de vista, e só depois o acomodamos na bagagem modesta. Quando sabemos que ele será indispensável. Os eremitas chineses, por volta dos sessenta anos, deixam assim a família. Levam apenas um pequeno alforje. Partem sorridentes de madrugada, sem dizer uma palavra. Não partem na direção da mudança, mas para as montanhas, na direção da morte e da solidão. Trata-se da derradeira viagem humana. Esse direito nós temos. A bagagem que levamos para a viagem só pode ser leve... para ser carregada numa das mãos. Não há nela nada de vaidoso, nada de supérfluo. E esse anseio na alma é muito forte, numa certa época da vida. De súbito ouvimos o murmúrio da solidão, e o som é conhecido. Como quem nasceu à beira do mar, depois viveu numa cidade barulhenta, e um dia, dormindo, ouve o mar novamente. Viver só, sem finalidade. Dar a todos tudo a que têm direito, e depois partir. Limpar a alma e esperar.

No início a solidão é difícil, como uma sentença. Existem horas em que você acha que vai ser insuportável. Talvez fosse melhor dividi-la com alguém, talvez a punição pesada fosse mais branda se você a dividisse com qualquer um, com companheiros indignos, com mulheres desconhecidas. Há momentos assim, é o tempo da fraqueza. Mas ele passa, porque a solidão aos poucos abraça você, pessoalmente, como os elementos misteriosos da vida, como o tempo, em que tudo acontece. De repente você compreende que tudo ocorreu a seu tempo: primeiro houve a curiosidade, depois a espera, em seguida o trabalho, e por fim a solidão. Você não quer mais nada, não anseia por uma mulher nova que o console, nem por um amigo cuja fala sábia alivia a alma. Toda fala humana é vaidosa, também a mais sábia. Em todo sentimento humano existe egoísmo, intenção torpe, chantagem fina, e compromisso impotente e desesperançado! Quando você sabe disso, quando de fato não espera mais nada dos homens, quando não espera ajuda das mulheres, quando conhece o preço suspeito e as consequências assustadoras do dinheiro, do poder, do sucesso, quando não quer mais nada da vida a não ser se esticar em algum lugar na terra, sem sócio nem ajuda nem conforto, e ouvir o silêncio, que aos poucos começa a soar também na sua alma, como nas margens do tempo... você tem o direito de partir. Porque esse direito você tem.

Todo homem tem o direito de se preparar para a despedida e para a morte sozinho, num silêncio religioso. Direito de esvaziar uma vez mais a alma, torná-la vazia e encantada como era no início dos tempos, na infância. Assim partiu Lázár um dia para Roma. Eu chegara ao momento de estar só. Porém antes tive de percorrer uma longa estrada. Esperei durante muito tempo que houvesse outra solução. Não há. No fim, ou pouco antes do fim, é preciso ficar só.

Mas primeiro eu me casei com Judit Áldozó. Porque essa era a ordem das coisas para mim.

***

Um dia, às quatro horas da tarde, o telefone no meu quarto tocou. Minha mulher atendeu. Ela sabia de tudo, sabia que eu estava doente pela espera insana. Lidava comigo como com um doente grave, disposta a todo sacrifício. É claro, quando a hora chegou, ela não conseguiu se sacrificar de verdade: no último instante continuou a defender-se, quis me prender. Porém a outra era mais forte, e eu fui embora com ela.

Ergueu o fone, perguntou alguma coisa. Eu estava sentado entre meus livros, de costas para o telefone, lia. Pelo tremor da voz ouvi que aquele era o momento em que aconteceria algo, terminava a espera, a angústia, e aconteceria aquilo para que nos preparávamos fazia anos. Com o aparelho na mão, ela se aproximou de mim sem palavras, pôs o telefone na minha frente sobre a mesinha e saiu do quarto.

"Hello!", disse uma voz conhecida, a voz de Judit. Falou assim, como quem havia esquecido o húngaro.

Depois silenciou. Perguntei onde ela estava. Deu o endereço de um hotel nos arredores de uma estação de trem. Pus o fone no gancho, procurei o chapéu, as luvas, desci as escadas, e pensei em tudo a não ser que descia as escadas da minha casa pela última vez na vida. Ainda tinha carro, e ele sempre estava à minha espera diante da casa. Fui para o hotel um tanto suspeito na periferia da cidade. Judit me esperava na recepção, entre malas. Usava uma saia xadrez, uma blusa de lã azul-clara, luvas finas, chapéu de viagem. Estava sentada, à vontade, na recepção do hotel de terceira classe, como se a situação toda, a viagem e a volta, fosse um acontecimento combinado em nossas vidas. Estendeu a mão, era uma dama.

"Devo ficar aqui?", perguntou, e olhou em torno, mostrou o ambiente, sem ação, como quem dizia que eu decidiria tudo.

Dei dinheiro para o porteiro, e com um gesto pedi que pusessem a bagagem dela no meu carro. Ela me seguiu muda, sentou-se a meu lado junto da direção. Tinha uma bagagem elegante, malas de couro, de fabricação inglesa, com etiquetas de hotéis estrangeiros pouco conhecidos. Lembro que nos primeiros instantes os acessórios de viagem vistosos provocaram em mim uma espécie de satisfação estranha. Eu me alegrava por não ter de me envergonhar da bagagem de Judit. Segui para o hotel da ilha e pedi que lhe abrissem um quarto. Eu fui para um hotel à beira do Danúbio, de lá telefonei para casa, para que enviassem roupas e malas. Não, não voltei mais para casa. Vivemos assim durante seis meses, minha mulher em casa, Judit no hotel da ilha, eu na hospedaria à beira do Danúbio. Depois, a separação foi formalizada, e no dia seguinte eu me casei com Judit.

Durante os seis meses, naturalmente, todas as minhas ligações com o mundo, ao qual havia pouco eu pertencia com tanta intimidade, como a uma família, se romperam. Na fábrica eu cumpria o meu trabalho, mas no círculo social e no ambiente mais conturbado e amplo do assim chamado "mundo" não fui mais visto. Durante algum tempo ainda me convidavam, com uma falsa boa vontade, com uma curiosidade e um desejo indisfarçado de que eu me desse mal. Queriam ver o rebelde. Queriam me arrastar para os salões, onde falariam de outras coisas enquanto me observariam com ironia, como a um doente mental que a qualquer instante poderia dizer ou fazer algo surpreendente: esse tipo de gente é um pouco assustador, mas também interessante, diverte o público. Pessoas que se diziam minhas amigas buscavam minha companhia com uma seriedade misteriosa: decidiram, com gravidade, que me "salvariam", escreviam cartas e me procuravam no escritório, falavam à minha alma. Depois todos se ofenderam e me largaram à minha própria sorte. Passado pouco tempo falavam de mim como de quem havia cometido um estelionato ou praticado desvios morais.

Ainda assim os seis meses, no todo, foram o período calmo, quase feliz, da minha vida. A realidade é sempre simples e tranquilizadora. Judit morava na ilha e jantava comigo toda noite. Era indiferente e tolerante. Não tinha pressa, como quem compreendia algo e sabia que não valia a pena apressar-se, não tinha de se atropelar, tudo viria a seu tempo. Nós nos observávamos como dois duelistas antes do combate. Porque ainda acreditávamos que nossa relação seria o grande duelo das nossas vidas... travaríamos uma batalha de vida e de morte, e no final, talvez cobertos de ferimentos, porém cavalheirescamente, firmaríamos a paz. Eu entreguei minha condição social madura, os acordos burgueses, a família, a uma mulher que me amava. Ela não deu nada por mim, mas estava disposta a todo sacrifício. Seja como for, agia. Um dia, a vida se enche de atos no lugar das esperas.

Compreendi somente muito devagar o que na realidade acontecia entre nós... Ela também demorou para compreender. Não havia entre nós, à nossa volta, ninguém que nos avisasse; Lázár vivia no exterior, um pouco como quem tinha se magoado e morrido. E um dia, dois anos antes, ele acabou morrendo de fato, em Roma, aos cinquenta e dois anos de idade. Não havia mais testemunha, ninguém me constrangia.

Do instante em que nos encontramos nos arredores da estação, no hotel de terceira classe, vivemos os dois como fugitivos que chegavam a um mundo completamente desconhecido, procuravam se misturar, sem chamar atenção, aos novos costumes, à multidão de pessoas diferentes, faziam de tudo para não ser vistos, e, sempre que podiam, não eram sentimentais, não pensavam no lar abandonado, nem nos amores perdidos. Não falávamos disso, mas sabíamos que tudo havia acabado. Esperávamos e observávamos.

Quer que eu conte na sequência?... Não vai cansá-lo?... Conto o essencial, na medida do possível. Depois do primeiro choque, quando fiquei só no hotel às margens do Danúbio e me trouxeram minha bagagem, eu adormeci. Dormi muito, exausto, acordei tarde da noite. O telefone não tocou nem uma vez, Judit não me procurou, nem minha mulher. O que elas fariam naquela hora em que uma já sabia com certeza que me perdera e a outra tinha razões para crer que vencera a própria guerra miúda, muda, de muitos anos? Estavam sentadas nas duas extremidades da cidade, em dois quartos, e naturalmente não pensavam em mim, mas uma na outra. Sabiam que nada termina, começava um capítulo mais difícil do duelo entre elas. Eu dormia como quem fora narcotizado. Era noite quando acordei e liguei para Judit. Ela atendeu, calma; pedi que me esperasse, iria buscá-la, queria falar com ela.

Naquela noite comecei a conhecer a mulher incomum. Fomos jantar num restaurante do centro, onde apareciam poucos conhecidos. Sentamos à mesa posta, o garçom trouxe o cardápio, eu pedi o jantar, conversamos em voz baixa, sobre coisas indiferentes. Durante a refeição observei com cuidado os gestos de Judit. Ela sabia que eu a observava, e, às vezes, um tanto irônica, sorria. O sorriso também mais tarde não desapareceu de seu rosto. Como quem dizia: "Eu sei que você me observa. Observe bem. Aprendi a lição".

De fato, ela aprendera perfeitamente a lição. Um pouco em excesso. Aconteceu que aquela mulher, veja bem, se empenhou durante alguns anos em aprender por iniciativa própria tudo o que nós chamávamos de modo de vida, contato social, boa educação, regras mundanas, e mais o que recebíamos pronto do ambiente e da formação, como os animais domesticados. Sabia entrar, cumprimentar, não olhar para o garçom, não prestar atenção no pedido, e, ao mesmo tempo, sabia se fazer servir, com superioridade e consciência de si. Sabia comer, sem defeitos. Tocava na faca, no garfo, no copo, no guardanapo, em tudo, como quem jamais comera de forma diferente, com outros utensílios e noutras condições. Na primeira noite — e também depois — admirei sua roupa: não entendo de roupas femininas, e, como a maioria dos homens, sei apenas se a mulher com quem me apresento ao mundo se veste sem erros, ou se há nos trajes algum problema de gosto ou de educação... Aquela mulher, de roupa preta, era tão bonita, bonita de modo tão simples e assustador, que os próprios garçons olhavam para ela boquiabertos. Os movimentos, a maneira como sentou à mesa, tirou as luvas, me ouviu, sorridente e dando de ombros, ler o cardápio para ela, assentiu, e em seguida, simpática e curvada na minha direção, logo falou de outra coisa: tudo constituía uma grande prova, a prova do aluno exemplar. Na primeira noite, durante o jantar Judit foi aprovada com louvor.

Eu me angustiei, torci por ela: e depois senti uma espécie de alegria selvagem, de alívio. Sabe, como quando compreendemos que as coisas não são sem razão: a mulher era um ser extraordinário. Logo senti vergonha pelas minhas angústias. Ela percebeu, e às vezes — como eu disse, um tanto irônica — sorria. Comportou-se no restaurante como uma dama que passara a vida toda em lugares parecidos. Não, comportou-se muito melhor. Damas não sabem comer tão bonito, manusear tão bem o garfo e a faca, portar-se com uma disciplina tão perfeita. Quem nasceu numa certa condição se rebela um pouco o tempo todo contra a servidão da origem e da educação. Judit se submeteu à prova; é verdade, sem se fazer notar, mas decidida.

Naquela noite e nos dias que se seguiram, durante meses e anos — de noite, de manhã, entre pessoas e sozinha, à mesa e em público, e mais tarde na cama, em todas as situações da vida —, começou a outra prova, assustadora, desesperançada. Judit passou todos os dias com distinção: apenas nós dois fracassamos na experiência.

Sim, eu também errei. Nós nos observávamos como a fera e o domador durante a exibição. Nunca julguei Judit com uma única palavra, não pedi que se vestisse de modo diferente, que se comportasse com um gesto ou num tom diferente do que ela desejava. Não a "eduquei". Eu recebi a alma pronta, de presente, como fora criada e também como a vida a moldara. Não esperava dela nada de especial. Esperava uma mulher que dividisse comigo a solidão. Porém a mulher buscava reconhecimento com a intensidade de um soldado jovem que deseja ocupar, seduzir, o mundo. E por isso estuda o dia todo, treina, se disciplina... Não tem medo de ninguém nem de nada. Só teme uma coisa: a própria mágoa, a mágoa profunda, mortífera, que arde nas profundezas da alma. Teme, faz de tudo para se opor a ela com palavras, silêncios e atos.

Isso eu não entendia. Fomos jantar no restaurante. Sobre o que falamos?... Naturalmente, sobre Londres. Como falamos sobre Londres?... Pois bem, um pouco como quem faz uma prova. Londres é uma grande cidade. Com incontáveis habitantes. A população mais pobre cozinha com banha de porco. Os ingleses pensam e agem devagar. Depois, entre os lugares-comuns, inesperadamente, algo importante: os ingleses sabem que é preciso superar as coisas. Quando ela disse isso — talvez fosse a primeira frase pessoal que dirigiu a mim em toda a sua vida, a primeira verdade que descobriu por si e enunciou diante de mim —, seus olhos faiscaram e em seguida se apagaram. Como quem não suportava se reprimir, expressara sua opinião, e logo se arrependera de denunciar algo sobre si mesma, revelara um segredo, ou seja, que ela também tinha um ponto de vista sobre o mundo, sobre si própria, sobre mim e os ingleses, e o expressara... Não falamos sobre as nossas experiências diante do inimigo. Naquela hora senti alguma coisa... não seria capaz de dizer o que era... Por um instante, ela silenciou. Depois se refugiou de novo entre os lugares-comuns. Prosseguimos com a prova. Sim, os ingleses tinham humor, gostavam de Dickens e de música. Judit lera *David Copperfield*. O que mais ela lera?... Respondeu serena. Trouxera o novo romance de Huxley para a viagem. *Point counter point* era o título. Lera durante a viagem, ainda não havia terminado... Se eu quisesse, ela o emprestaria para mim.

Estávamos nesse ponto. Eu sentado com Judit Áldozó no restaurante do centro, comendo caranguejo e aspargos, tomando vinho tinto pesado e falando sobre o novo romance de Huxley. Seu lenço, que ela abriu diante de mim, tinha um perfume denso, agradável. Perguntei que perfume ela usava... Disse o nome de um instituto de beleza americano, com uma pronúncia inglesa perfeita. Disse que gostava mais dos perfumes americanos que dos franceses, porque estes eram um pouco asfixiantes... Olhei para ela desconfiado, não sabia se estava brincando comigo. Porém ela não brincava, falava sério, essa era sua opinião. E expressou a opinião como quem havia filtrado certas verdades porque tinha experiência. Não tive coragem de perguntar onde a moça camponesa vinda da região a leste do Danúbio arranjara tal experiência, como sabia com tanta segurança que os perfumes franceses eram "um pouco asfixiantes"... e, de toda maneira, o que fizera em Londres além de ser empregada numa casa inglesa? De certa forma eu também conhecera as casas inglesas, e sabia que ser pobre e empregada em Londres não era uma situação vantajosa. Judit olhava para mim calma, como quem esperava pelas minhas perguntas. E na primeira noite notei algo; e também mais tarde, o tempo todo, todas as noites... Sabe, ela aceitava todas as minhas sugestões. Vamos para cá ou para lá, dizia eu; e ela assentia, está bem, vamos. Porém, depois de o carro partir, ela dizia em voz baixa: "Talvez fosse melhor...". E nomeava outro restaurante, que não era em nada superior ao restaurante escolhido por mim, nem mais distinto. E por fim íamos para lá. E, quando ela pedia alguma coisa e a comida chegava, experimentava-a, e em seguida afastava o prato e dizia: "Talvez fosse melhor...". E os garçons prestativos traziam outro prato ou outra bebida. E ela sempre precisava de algo diferente. E sempre queria ir a outro lugar. Eu achava que a causa da afobação era constrangimento e medo. E aos poucos compreendi que o doce não era doce o bastante para ela, e o salgado não era salgado o bastante. E ela afastava o prato de frango, assado na grelha com perfeição pelo excelente cozinheiro do restaurante, e dizia, em voz baixa mas muito decidida: "Não está bom. Quero outra coisa". E o chantilly não era chantilly o suficiente, e o café não era forte o bastante, nunca, em lugar algum.

Pensei que ela fosse caprichosa. Veja, veja só, eu pensava. E observava. Os caprichos chegavam a me divertir.

No entanto depois compreendi que os caprichos jorravam de uma fonte tão profunda que eu era incapaz de iluminá-la. A fonte era a pobreza. Judit lutava contra as lembranças. Às vezes me emocionava o quanto ela desejaria ser mais forte e controlada que as lembranças. Mas alguma coisa inundara aquela alma quando as comportas que se erguiam entre a pobreza e o mundo se romperam. Ela não queria mais, nem melhor nem mais reluzente do que eu lhe oferecia espontaneamente: queria *outra coisa*... Você entende? Como o doente grave que espera que no outro quarto vá ser melhor, que existe em algum lugar um médico que sabe mais do que quem o trata ou que vendem em algum lugar um remédio mais eficiente que os precedentes. Queria outra coisa, algo diferente. E às vezes pedia desculpas por isso. Não dizia nada, apenas olhava para mim, e talvez esses fossem os momentos em que eu sentia verdadeiramente próxima a alma magoada e orgulhosa: olhava para mim quase impotente, como quem não tinha culpa da pobreza e das lembranças. E depois, com muito esforço, começava a soar em seu interior uma voz que ultrapassava a súplica muda. A voz queria outra coisa. Começou na primeira noite.

O que ela queria? A vingança. Como queria a vingança? Ela própria não sabia, provavelmente não havia elaborado estratégias de guerra com essa finalidade. Sabe, não é bom revirar a ordem profundamente decaída, indolente, em que as pessoas nascem. Às vezes acontece um acidente, uma ligação pessoal, um fato imprevisto, e alguém desperta e olha ao redor. E depois de repente não encontra mais seu lugar. Nem sabe mais o que procura, onde pode frear seus desejos, o que deseja de fato... Já não consegue delimitar e reconhecer o horizonte da imaginação revirada. De súbito, nada é bom. Ontem se alegrava com um pedaço de chocolate, uma fita colorida ou com um fato simples da vida, o brilho do sol ou a saúde. Bebia água pura, de um copo rachado, e se alegrava porque a água era fresca e matava a sede. De noite ficava parada no corredor gradeado da casa de aluguel, atenta na escuridão, música soava em algum lugar, e ela se sentia quase feliz. Olhava para uma flor e sorria. Às vezes o mundo pode satisfazer maravilhosamente. Porém depois acontece o acidente e uma alma perde a paz.

O que fez Judit? Começou uma espécie de luta de classes contra mim, a seu modo.

Talvez nem fosse contra mim, pessoal. Apenas se materializou em mim o mundo pelo qual ela ansiava desmedidamente, que ela invejava doentia e desesperadamente, contra o qual se atirou desgraçadamente, com tal demência fria e racional que, quando conseguiu por fim depositar em mim todos os desejos, não teve mais sossego. No início era irritadiça, apressada. Mandava a comida de volta. Depois — para minha surpresa silenciosa — começou a trocar de quarto nos hotéis. A acomodação pequena, com banheiro, que dava para o parque, ela trocava por uma maior, que dava para o rio, com uma sala de estar e dormitório. Disse que era "mais silenciosa"; como uma diva de passagem que tinha se irritado. Eu ouvia as queixas e sorria. As contas, naturalmente, eu acertava, mas sem alarde: dei-lhe um talão de cheques e pedi que ela mesma pagasse tudo. O banco, com uma rapidez surpreendente, passados três meses me avisou que a conta-corrente que eu abrira para Judit se esgotara. Em quê, como ela gastara o dinheiro que segundo os padrões dela era uma quantia significativa, uma pequena fortuna? A essa pergunta, que, é claro, eu não formulei, ela provavelmente não saberia responder. Os freios de uma alma haviam se soltado, era tudo. Os armários dela se encheram de trapos femininos, na maioria das vezes desnecessários, muito caros, escolhidos com um bom gosto surpreendente. Comprava no melhor salão de moda da cidade, sem pensar, pagava em cheque, chapéus, roupas, peles, novidades, joias pequenas e maiores, atraía tudo para si, com uma sede singular que na situação dela não era natural. E na maioria das vezes nem usava tudo o que comprava dessa forma. Famintos se atiram assim à mesa posta e não se importam com o fato de que a natureza traça com uma velocidade espantosa os limites dos nossos desejos, não os freia nem o perigo da indigestão.

Nada era bom o suficiente. Nada era colorido, doce, salgado, quente ou frio o bastante. A alma buscava, sedenta, alguma coisa, numa agitação e pressa animada. De manhã, explorava as lojas caras do centro da cidade, com o coração aflito, como se tivesse de evitar que o comerciante se livrasse da mercadoria que Judit desejava adquirir. Que mercadoria era essa? Mais um casaco de pele? Mais um trapo colorido, um trapo da moda, uma joia da moda, uma bugiganga da moda?... Sim, isso tudo, e depois também as coisas insanas e impossíveis, no limite do mau gosto. Um dia tive de intervir. Então ela se deteve subitamente, como uma ensandecida. Olhou em torno como quem acordava de um sono hipnótico. Começou a chorar. Depois, por muito tempo não comprou mais nada.

Entretanto silenciou novamente de um modo estranho. Como quem olhava para longe, para lembranças. Estava comigo quando eu queria e, como o ladrão doméstico surpreendido, expressava medo, arrependimento, vergonha. Decidi que não lhe diria mais nada, não a censuraria. O dinheiro, afinal, não fazia diferença; eu ainda era rico; mas não fazia diferença também por outra razão: eu sabia que era inútil salvar o dinheiro, todo ele, ou uma parte, se isso me custasse a perda de mim mesmo. Porque eu também vivia num grande perigo naqueles meses. Nós três vivíamos em perigo de vida, Judit, minha mulher e eu. Em perigo de vida no sentido muito simples da expressão: tudo a que nos agarrávamos ruíra, nossas vidas eram um terreno inundado, a enchente suja arrastava tudo, as lembranças, a segurança, o lar... às vezes nossas cabeças emergiam da inundação, e espreitávamos na direção da margem. Mas a margem não era visível em lugar algum. Afinal, é preciso dar forma a tudo na vida, também à rebeldia. Por fim, tudo desmorona nos grandes lugares-comuns da vida. Que diferença fazia o meu dinheiro no terremoto silencioso?... Podia deixar que o dinheiro descesse a corrente com o resto, com a tranquilidade, com os desejos, com o amor-próprio, com a vaidade. Um dia tudo seria simples. Por isso eu não disse mais nada a Judit, a despeito do que ela fizesse. Durante algum tempo ela controlou a inclinação patológica para fazer compras, observava-me sobressaltada, exatamente como a empregada surpreendida num ato de glutonaria, numa infidelidade ou num esbanjamento.

Pois dei tudo a ela, num gesto. E ela recomeçou a correria pela cidade, nas lojas de costureiras, antiquários, modistas. Espere, estou com dor de cabeça. Garçom, um copo de água. E um Pyramidon. Obrigado.

Agora, ao falar nisso, sinto de novo a tontura. Como se me debruçasse sobre uma cachoeira. E não há corrimão, não há mão alguma para que você possa lhe estender a sua. Apenas a água jorra e as profundezas me chamam, e de repente eu sinto a tontura sedutora, intensa, apavorante... e sei que vou precisar de todas as forças se quiser dar meia-volta, se quiser fugir. Ainda depende de mim, basta um passo para trás. Dizer uma palavra. Escrever uma carta, agir. Lá embaixo, ruge a água. Esse é o sentimento.

Estava pensando nisso, e minha cabeça começou a doer. Hoje vejo com nitidez alguns momentos daquele período. Por exemplo, o momento em que ela disse ter sido amante de um professor de música grego em Londres. Acontecera no fim, quando havia decidido que voltaria para casa. Porém primeiro queria ter roupas, sapatos, bagagens bonitas. O professor de música grego lhe comprou tudo. Então ela viajou de volta para casa e se hospedou nas proximidades da estação, pegou o telefone e disse: "*Hello!...*" — como se já nem falasse bem em húngaro.

Que efeito teve a notícia sobre mim? Gostaria de ser sincero. Lembro, olho para o meu interior, examino as memórias, e só posso responder com uma palavra: nenhum. Temos dificuldade de compreender o significado verdadeiro dos atos e relações humanas. Por exemplo, alguém morre e você não entende. Ele foi enterrado e você continua não sentindo nada. Perante o mundo você veste luto, olha para a frente em público com uma seriedade solene, mas depois, em casa, só, você boceja, coça o nariz, lê um livro, pensa mais em tudo e todos do que no morto, por quem você veste luto. Você vive aparentemente em determinada condição, sombrio e enlutado, e por dentro você percebe surpreso que não sente nada, a não ser um alívio e uma satisfação culposa. E indiferença. Uma profunda indiferença. Isso dura algum tempo, dias, talvez meses. Você engana o mundo, vive numa manhosa indiferença. Depois um dia, muito mais tarde, passados anos, quando o nariz do morto já caiu, você caminha na rua e fica tonto, se apoia no muro, porque compreende. O quê? O sentimento que o liga ao morto. O significado da morte. O fato, a realidade, a inutilidade de escavar com as unhas na terra tudo o que restou dele, você nunca mais poderá ver seu sorriso, e toda a sabedoria e poder do mundo são impotentes para que ele, o morto, venha na sua direção na rua e sorria para você. Você pode ocupar todas as regiões da Terra com um exército, nada vai ajudar. Então você grita. Ou nem isso, apenas fica parado na rua, pálido, e sente um vazio, como se o sentido do mundo se extinguisse, como se você tivesse ficado só no mundo.

E o ciúme. Que sentido ele tem?... O que há por trás dele?

Naturalmente, a vaidade. O corpo humano é composto de setenta por cento de água, apenas os trinta por cento restantes são feitos de matéria sólida. A personalidade do homem é feita da mesma forma, de setenta por cento de vaidade: pelo restante se dividem os desejos, a benevolência, o medo da morte, a honestidade. Quando o enamorado passeia pelas ruas com os olhos injetados, porque receia que uma mulher, igualmente vaidosa, desejante, solitária, sedenta de felicidade, uma criatura infeliz, como todas, possa descansar por uma hora nos braços de outro homem, em algum lugar da cidade, o que ele quer não é salvar o corpo e a alma da mulher de um perigo ou de uma humilhação imaginária, e sim poupar a própria vaidade de qualquer arranhão. Judit me contou que fora amante do professor de música grego, e eu assenti educado, como se fosse a coisa certa; e mudei de assunto. E de fato naquele instante não senti nada. Muito mais tarde, quando tinha me separado dela, e quando sabia que outros gostaram dela, quando já vivia sozinho, certa tarde me lembrei do professor de música grego e eu gemi de ódio e desespero. Vou matá-los, Judit e o professor grego, se cruzar com eles em algum lugar. Sofri como uma fera atingida no traseiro, porque uma mulher, que não tinha mais nada a ver comigo, cuja presença eu evitava, porque havíamos fracassado um com o outro em todos os sentidos, um dia pertenceu a um homem, de quem ela, Judit, provavelmente se lembrava apenas nebulosamente, como nos lembramos passado algum tempo dos mortos menos importantes. Porém, no momento em que ela me contou, eu não senti nada. Eu descascava uma maçã, e olhei para a frente educado, concordando, como se esperasse precisamente por aquela notícia e me alegrasse muito de ouvir por fim o que desejava.

Assim nos conhecemos.

Depois Judit se satisfez com tudo o que o meu dinheiro pôde lhe oferecer; ela se satisfez como uma criança gulosa, até se fartar. E então se seguiu algo diferente: a decepção e a indiferença. Um dia ela se ofendeu, não comigo, nem mesmo com o mundo, mas pelo fato de que na vida ninguém pode apostar, impune, corrida com os desejos. Eu descobri que na sua infância, em casa, na roça, eles eram tão terrivelmente, tão desesperadoramente, pobres como descreve às vezes a literatura engajada. Tinham uma casinha, alguns acres de terra, mas a terra lhes fora levada pelas crianças e pelas dívidas. Depois não sobrou mais que uma cabana e um jardim. Ali viviam o pai, a mãe e uma irmã mais nova paralítica. Os meninos se espalharam pelo mundo, mas as meninas ficaram na fila para ser empregadas. Ela falava sem emoção sobre a infância, com uma objetividade fria. Passou muito tempo até ela começar a falar sobre a pobreza. Nunca fez acusações — para isso era excessivamente feminina, ou seja, inteligente e profissional nas questões importantes da vida. Não processamos o destino pela morte, pela doença e pela pobreza, mas o aceitamos e suportamos: por isso ela sempre fez apenas constatações. Contou que um inverno viveram debaixo da terra, ela e a família. Judit devia ter seis anos, e a fome expulsara a família da casa, foram para Nyírség, venderam melancias e moraram debaixo da terra. Não simbolicamente, mas na realidade: cavaram uma grande vala, cobriram-na com junco, e lá se instalaram durante todo o inverno. Contou também — em muitos detalhes, com a lembrança de infância visivelmente querida — que naquele inverno reinaram geadas inclementes e o frio perseguiu os ratos-do-campo aos milhares para a vala subterrânea, onde Judit se acomodava com os pais e os irmãos. "Foi muito desagradável", disse em tom de lembrança, mas sem uma ênfase queixosa.

Sabe, lá estava ela sentada diante de mim no restaurante chamativo, a mulher linda, com peles caras no pescoço, joias cintilantes nos dedos, nenhum homem passava por ela sem devorá-la com o olhar dos pés à cabeça: e, silenciosamente, em tom de narrativa, ela dizia que fora muito desagradável morar na terra congelada, porque milhares de ratos pululavam pelo chão onde dormia. Nessa hora eu fiquei sentado junto dela mudo, olhando e ouvindo. Às vezes não me admiraria se ela me esbofeteasse, sem razão, à toa, porque lhe ocorrera alguma coisa. Porém ela, Judit, falava sobre tudo com muita naturalidade. Sabia mais sobre a pobreza, sobre o mundo, sobre a convivência, do que todos os livros de sociologia. Não culpava nada nem ninguém; rememorava e fazia observações. Como eu disse, um dia ela se satisfez, se fartou. Talvez tivesse lhe ocorrido algo. Talvez ela tivesse compreendido que não poderia obter nas lojas do centro a recompensa pelo acontecido com ela e com todos os outros, homens, aos milhões — compreendeu que toda solução individual é inútil e desesperançada. A vida resolve as coisas grandes de outra forma, não individualmente. Não recompensa ninguém pelo que de um modo geral aconteceu e acontece às pessoas hoje, e há mil anos atrás. E todos aqueles que por um instante emergem das trevas, banham-se na luz, também nos momentos felizes guardam a lembrança da infidelidade culposa — como se estivessem comprometidos para sempre com os que ficaram lá embaixo... Ela sabia disso tudo? Não disse nada. Não falamos sobre a razão por que somos pobres. Ela se lembrava da pobreza como de um fenômeno natural do universo. E nunca condenou a riqueza. Condenava mais os pobres, se lembrava com certa ironia de tudo o que tinha relação com a pobreza. Como se os pobres tivessem alguma culpa. Como se a pobreza fosse uma doença e todos que sofressem do mal fossem culpados: talvez não tivessem se cuidado o bastante, comeram muito ou não vestiram um casaco quente de noite. Familiares falam em tom de acusação assim sobre os doentes que gemem, como se o moribundo, que tem uma anemia perigosa e poucas semanas de vida, tivesse culpa de todo o acontecido — quem sabe, se tomasse o remédio de colher a tempo, se tolerasse que abrissem a janela ou se não comesse bolinhos de papoula com tanta vontade e disposição, talvez não contraísse uma anemia perigosa... De certa forma, era assim que Judit via os pobres e a pobreza. Como se dissesse: "Alguém tem culpa". Mas não acusava os ricos. Ela sabia mais. Ela sabia mais, e, agora, quando a mesa do mundo se punha diante dela, ela ficou nauseada porque se atirou a tudo com as duas mãos. Entretanto as lembranças são mais fortes. As lembranças são sempre mais fortes.

A mulher não era sentimental... mas mesmo ela era oprimida pelas lembranças. Via-se que lutava contra a fraqueza. Existem saudáveis e doentes, pobres e ricos, desde que o mundo é mundo. É possível suavizar a pobreza, é possível proporcionar uma distribuição melhor, é possível frear o egoísmo, as vantagens e a avareza, mas não é possível transformar incompetentes em inteligências brilhantes, não é possível ensinar a pessoas sem ouvidos que na alma humana existe também música divina, não é possível habituar os avarentos, as ratazanas de duas caras, a ser generosos. Sobre isso tudo ela nem falava, de tanto que sabia. O sol se levanta e se põe, e em algum lugar estão os pobres: era como pensava Judit. E ela emergira da comunidade dos pobres, era bonita, e eu fora tomado por uma paixão. E ela sabia de algo sobre mim. Por isso olhou em volta, como quem despertava de uma narcose. E começou a observar.

Tive de reconhecer que até então ela não me olhara de verdade. Não olhamos no rosto dos ideais, as almas sobrenaturais que traçam nosso destino. Aos olhos dela, devia ter existido certo brilho e luminosidade em torno da minha pessoa durante aqueles anos. Sob esse brilho ela somente ousara erguer os olhos para o meu rosto piscando, como uma cega. Não era a minha pessoa, nem a minha condição social, nem a masculinidade, nem a minha personalidade especial que atuavam assim sobre ela. Para ela eu representava uma escrita secreta que não ousamos decifrar porque os símbolos misteriosos abrigam todo o sentido da felicidade e da infelicidade. Para ela eu era a condição pela qual ansiamos durante toda a vida e, quando chega a possibilidade de se realizar o anseio, recuamos, nos indignamos e nos frustramos. Lázár gostava muito de uma peça de Strindberg, a *Sonata dos espectros*. Você a conhece?... Eu nunca a vi. Ele citava com frequência algumas falas, algumas cenas. Dizia que nesse drama aparece uma pessoa cujo único desejo era que a vida a presenteasse com "uma caixa verde de pesca", sabe, aquela espécie de caixote verde em que o pescador guarda o anzol, a linha e a isca. E o homem envelhece, a vida passa por ele, até que por fim os deuses se decidem e lhe mandam de presente a caixa de pesca... E então o ator, com o presente almejado durante toda a vida entre as mãos, se adianta no palco, examina a caixa longamente e diz, com uma tristeza profunda: "Não é o verde que eu queria...". Lázár citava às vezes a frase quando se falava sobre os anseios humanos. E, quando Judit começou, aos poucos, a me conhecer, eu senti que eu não era "aquele verde" para ela. Por muito tempo ela não teve coragem de me ver como sou. Nunca ousamos reduzir a dimensões humanas o que desejamos muito, o que transformamos num ideal. Vivíamos juntos, havia cessado a tensão insuportável entre nós que permeara os anos passados das nossas vidas como a contaminação de uma doença febril, éramos pessoas, homem e mulher um para o outro, pessoas, com fraquezas físicas e com soluções simples, humanas... e ela desejaria me ver como eu jamais me vira. Como um padre do outro mundo ou um ser superior... Mas eu era apenas uma pessoa solitária que abrigava esperanças.

O café está vazio. A fumaça se dissipou. Vamos, se você quiser. Só vou lhe contar o final. Passe-me fogo. Obrigado... Vou contar — comecei e você não está entediado — as esperanças que eu tinha e como descobri, e suportei, a verdade.

Preste muita atenção. Eu também vou prestar. Vou olhar para a minha alma e observar muito bem. Prego a verdade, e devo confessá-la.

***

Eu, meu velho, esperava por um milagre. Que milagre?...
Simplesmente que o amor, com sua força eterna e sobre-humana,
acabasse com a solidão, reduzisse a distância entre duas pessoas,
derrubasse todos os obstáculos artificiais que a sociedade, a educação, a fortuna, o passado, as lembranças erguiam entre nós. Como
quem perdido olhasse em torno e buscasse a mão que num aperto
secreto comunicasse que existe solidariedade, existe comunhão,
vivem pessoas em algum lugar. Assim, eu estendi a mão para Judit.

Quando o tempo do primeiro constrangimento, da tensão e
da espera impetuosa passou, estendemos a mão um para o outro,
naturalmente, com um gesto amoroso. Depois eu me casei com
ela e passei a esperar pelo milagre.

Imaginei que o milagre fosse muito simples. Acreditei que
no cadinho do amor todas as diferenças entre nós se dissolveriam.
Ia para a cama com ela como o peregrino que chega em casa
depois de uma longa perambulação e exílio no estrangeiro. Em
casa tudo é muito simples, embora misterioso e enigmático, porque o estrangeiro mais vistoso não oferece a vivência que os quartos abandonados da casa escondem. A vivência é a infância. A
lembrança da espera. Ela reside no fundo de todas as vidas. Nós
nos lembramos dela também quando mais tarde um dia vemos
Gaurisanka ou o lago Michigan. A luz, as vozes, as alegrias e as
surpresas, a esperança e o medo que a infância encerrou em si
mesma. Gostamos deles e os procuramos sempre. E para o adulto
talvez apenas o amor traga de volta algo da expectativa trêmula
e esperançosa... o amor, ou seja, não somente a cama, e o que e
quem faz parte da cama, mas a busca, a espera, os momentos de
esperança que induzem duas pessoas a se aproximarem.

Eu e Judit íamos para a cama e gostávamos um do outro. Apaixonados, ávidos, cheios de entusiasmo, nos amávamos, surpresos,

esperançosos. Talvez esperássemos que o que o mundo e as pessoas estragaram, nesse outro lar, mais limpo e mais ancestral, na cama, no amor, em seu território marginal e eterno, nós compensaríamos um para o outro. Todo amor precedido de uma grande espera — e talvez nem seja amor o que primeiro não queimou todos os detritos no fogo purificador da espera — espera do outro e de si próprio o milagre. Numa certa idade — e Judit e eu nesse tempo já não éramos jovens, mas também não éramos velhos, éramos mulher e homem, no sentido humano, consagrado, definitivo da palavra — não esperamos do outro na cama o erotismo, a felicidade, a dissolução, mas a verdade simples e séria que a mentira e a vaidade até então recobriram também nos momentos de amor, a verdade e a consciência de que somos homens, homens e mulheres, e temos um compromisso comum, uma tarefa na Terra que talvez nem seja pessoal como acreditamos. Não há como evitar a tarefa, mas podemos recheá-la de mentiras. Quando temos idade suficiente, desejamos a verdade em tudo, ou seja, na cama, nos territórios físicos do submundo do amor. O importante não é que ela seja bonita — passado algum tempo você não vê mais a beleza —, não é importante que seja de alguma forma extraordinária, excitadora, inteligente, bem informada, curiosa, desejante e recíproca. O que importa?... A verdade. Ou seja, o mesmo que é verdade na literatura e em todas as coisas humanas: a espontaneidade, o desprendimento, a disposição para que nos surpreendamos sem planos nem intenções com o dom maravilhoso da alegria, e, ao mesmo tempo, quando somos egoístas e desejamos receber, que saibamos também dar, sem desejo sub-reptício de reconhecimento, quase distraídos e de passagem... Essa é a verdade, na cama. Não, meu velho, no amor não existem planos para quatro ou cinco anos. O sentimento que impele duas pessoas a se encontrarem não pode ter plano. A cama, selvagem, selva repleta de surpresas, de inesperado, ao mesmo tempo permeada pela temperatura tórrida do jângal, pelo perfume e pelo abraço, e, no escuro, as feras furtivas, de olhos ardentes, os animais selvagens de desejo e de paixão sempre prontos para o bote. Selva. Escuridão. Sons singulares, ao longe — você não sabe se alguém grita, mordido no pescoço por uma fera na fonte ou se a própria natureza grita, a natureza que é a um tempo humana, animal e desumana... A mulher conhecia o segredo, os segredos da vida, do corpo, da consciência e da inconsciência. Para ela, o amor não era a série de encontros ocasionais, mas o retorno permanente a uma infância conhecida, a um só tempo cidade natal e feriado, um crepúsculo marrom-escuro sobre a paisagem e o sabor íntimo de alimentos, excitação e espera, e, no fundo de tudo, a certeza de que mais tarde, quando fosse noite, não teríamos de temer os morcegos, voltaríamos para casa porque anoitecia e havíamos nos cansado do jogo, em casa ardia uma lâmpada, nos esperava a comida quente e a cama feita. Assim era o amor para Judit.

Como disse, eu tinha esperanças.

No entanto a esperança nunca é diferente do receio que temos do que desejamos muito, e em que não confiamos e não acreditamos de verdade. O que temos, você sabe, nós não esperamos... apenas temos, de passagem. Viajamos por algum tempo. Depois voltamos e alugamos uma casa fora da cidade. Não fui eu que tomei as decisões, mas Judit. Eu, naturalmente, iria levá-la "em público" se ela assim quisesse, seja como for teria procurado pessoas inteligentes para nos visitar, que não fossem esnobes e que vissem em tudo o que acontecera mais que tema para mexericos sociais. Porque a "sociedade", o outro mundo a que eu pouco antes pertencia e onde havia não muito tempo Judit era empregada, sem dúvida recebera com grande interesse e apreciação tudo o que acontecera. Somente isso os anima, nessa hora eles se tornam maliciosamente excitados, revivem, os olhos brilham, e da manhã até a noite não largam do telefone... Ninguém se surpreenderia nesse círculo se os periódicos se ocupassem em suas manchetes com o nosso "caso", que em pouco tempo citavam, detalhavam, discutiam como um crime. E quem sabe se não tinham razão, do ponto de vista das leis sobre as quais a sociedade se erigira? Não é à toa que as pessoas suportam o tédio sofrido da vida em comum, não se odeiam em vão nas prisões das relações de que se enfadaram, e não se dispõem, sem nenhuma convicção, às renúncias que os acordos sociais lhes impõem. As pessoas sentem que ninguém tem o direito de buscar satisfação, paz e alegria segundo as próprias fórmulas, enquanto elas, as demais, muitas, concordam em suportar a censura de seus sentimentos e desejos, bem como o conjunto das censuras, a civilização... Por isso se revoltam, por isso grunhem umas para as outras, por isso criam tribunais de exceção e alardeiam veredictos em forma de fofocas toda vez que descobrem que alguém ousou se rebelar e buscou segundo a própria imaginação um remédio contra a solidão da vida. E eu agora, só, às vezes me pergunto se a resistência das pessoas é injusta ao verem que alguém deseja de maneira desregrada encontrar uma solução para a vida...

Pergunto simplesmente assim, depois da meia-noite, a dois. As mulheres não entendem isso. Apenas os homens entendem que existe algo diferente da felicidade. E talvez seja essa a divergência grande e desesperançada entre homens e mulheres, em todas as situações e para sempre. Para a mulher, se for mulher de verdade, existe apenas um único lar: o território que o homem, a quem ela pertence, ocupa no mundo. Para o homem existe o outro lar, grande, permanente, impessoal, trágico, com bandeiras e fronteiras nacionais. Com isso não digo que as mulheres não se atenham à coletividade em que nasceram, à língua em que fazem juras, mentem e fazem compras, à paisagem onde cresceram, e também não digo que não há nelas apego, disposição ao sacrifício, fidelidade, às vezes, quem sabe, uma defesa heroica do outro lar, o lar dos homens. Porém, na verdade, no final as mulheres nunca morrem pela pátria: sempre por um homem. Joana d'Arc, como as demais, é a exceção, uma mulher masculina… Existem cada vez mais mulheres como ela. Sabe, o patriotismo da mulher é muito mais silencioso, sem palavras de ordem, que o dos homens. Elas se alinham a Goethe quando ele diz que, se uma casa camponesa arde, isso é uma tragédia de verdade, mas, quando um lar fracassa, isso é apenas um sinal. As mulheres vivem eternamente na casa camponesa. Temem por ela, vivem por ela, trabalham, por ela se dispõem a todo sacrifício. Na casa há uma cama, uma mesa, um homem, às vezes um ou mais filhos. Esse é o verdadeiro lar das mulheres.

Como eu disse, nós nos gostávamos. E agora vou lhe dizer uma coisa, caso você não saiba: o amor, se for de verdade, é sempre mortífero. Quero dizer que seu objetivo não é a felicidade, o idílio, a mão na mão, o devaneio, até a minha morte, até a morte dela, sob a tília em flor, atrás da qual, no alpendre, arde o brilho manso da luminária e o lar resplandece com seu perfume fresco… Isso é a vida, mas não é isso o amor. Ele é uma chama mais sombria, mais perigosa. Um dia vem na vida o desejo de conhecer a paixão exterminadora. Sabe, quando não queremos mais guardar nada para nós mesmos, não queremos que um amor nos proporcione saúde, paz, satisfação, mas queremos *ser*, por inteiro, ainda que a preço da extinção. Isso vem tarde; muitos não conhecem o sentimento, nunca… Eles são prudentes; não os invejo. E depois existem os glutões e metidos, que apenas experimentam todo pote que passa por eles… Esses são dignos de pena. E ainda existem os decididos e maliciosos, os batedores de carteira do amor, que roubam com a rapidez de um raio um sentimento, selecionam dos recessos do corpo uma fraqueza, e seguem adiante no escuro e na multidão que é a vida, rindo, alegres pela infelicidade alheia. E existem os medrosos e premeditados, que calculam tudo no amor como nos negócios, têm um calendário com tempos delimitados para o amor, vivem segundo anotações precisas. A maioria é assim; são imprestáveis. E depois acontece de um dia compreendermos o que a vida quer com o amor, por que ela deu esse sentimento aos homens... Queria ela um bem?... A natureza não é bondosa. Ela promete a felicidade com esse sentimento? A natureza não precisa dos sonhos humanos. A natureza deseja apenas criar e aniquilar, porque é seu trabalho. É cruel porque tem um projeto e é indiferente porque o projeto se estende além do homem. A natureza presenteou o homem com a paixão, mas exige que esta seja incondicional.

Em toda vida de verdade chega um momento em que mergulhamos numa paixão, como se nos atirássemos nas cataratas do Niágara. E, naturalmente, sem colete salva-vidas. Não acredito nos amores que começam como uma excursão ao piquenique da vida, de mochila e com cantos alegres na mata ensolarada... Sabe, o sentimento transbordante de "festejo" que permeia o início da maioria das relações humanas... Como ele é suspeito! A paixão não festeja. A força sombria que ao mesmo tempo cria e extermina o mundo não espera resposta de quem ela atinge, não pergunta se ele está bem, não se ocupa muito dos sentimentos humanos de reciprocidade. Dá tudo e exige tudo: a paixão incondicional cuja energia mais profunda é a própria vida e a morte. Não se pode conhecer a paixão de outro modo... e como são poucos os que chegam lá! As pessoas fazem cócegas uma na outra e se acariciam na cama, mentem muito e falseiam os sentimentos, tiram, avarentas, do outro, o que é bom para elas, e da própria felicidade talvez empurrem um resto para o companheiro... E elas não sabem que isso tudo não é paixão. Não é por acaso que na história da humanidade os grandes pares amorosos são cercados pelo respeito quase devotado e perplexo destinado aos heróis, os empreendedores corajosos que em nome de uma questão humana desesperançada e digna arriscaram a pele, literalmente e na realidade, numa empreitada em que a mulher participa exatamente como o homem quando ele parte para reconquistar em combate O Santo Sepulcro. Os amantes corajosos e de verdade também buscam O Santo Sepulcro eterno e misterioso, por ele peregrinam e batalham, por ele se ferem e morrem... que mais eles querem? Que outro sentido tem a entrega definitiva e sem medo que atira na direção um do outro os atingidos pela paixão fatal? A vida se expressa com força e logo vira as costas, indiferente, aos sacrificados. Em todos os tempos e em todas as religiões os amantes foram respeitados por isso: porque sobem à pira quando desabam nos braços um do outro. Os de verdade, você sabe. Os corajosos, os poucos, os escolhidos. Os demais somente esperam por uma mulher, como um animal subjugado, ou por uma hora entre braços brancos e agradáveis, um agrado à vaidade masculina ou feminina, ou cumprem a exigência de uma lei da disciplina da vida... Isso não é amor. Por trás de todo abraço de verdade se encontra a morte, com suas sombras, que não são menos completas que a irradiação das luzes da felicidade. Por trás de todo beijo de verdade está o desejo secreto de aniquilação, o sentimento definitivo de felicidade que não regateia, que sabe que ser feliz também é se extinguir por completo e se entregar a um sentimento. E o sentimento não tem finalidade. Talvez por isso as antigas religiões e os antigos e heroicos poemas e cantos respeitem os amantes... No fundo da consciência dos homens reside a lembrança de que o amor foi um dia maior que as ramificações dos contratos sociais de compra e venda e diferente delas, e também diferente de passatempo, diversão e jogo, uma modalidade do bridge ou da dança de salão... Eles se lembram de que havia uma espécie de tarefa assustadora à espera de todo ser vivo, o amor, ou seja, a expressão completa da vida, a assimilação perfeita da existência e a consequência natural, o aniquilamento. Porém descobrimos tudo muito tarde. E como são indiferentes nessa hora a virtude, a moral, a beleza ou as boas qualidades do outro escolhido para a tarefa! Amar é o mesmo que conhecer a felicidade por inteiro e depois se extinguir. Porém as centenas e centenas de milhões de pessoas só esperam por ajuda, esperam, do amor, soluções caridosas, entrega, paciência, tolerância, carícias... E não sabem que o recebido dessa forma é indiferente; somente elas podem dar, incondicionalmente, esse é o sentido do jogo.

Assim começamos o amor, Judit Áldozó e eu, quando passamos a viver numa casa na periferia da cidade.

Ao menos eu comecei assim. Era como eu sentia. E esperava. Ainda frequentava o escritório, mas tinha muito pouco a ver com tudo, como um estelionatário sabedor de que um dia tudo se revelaria e ele teria de largar tudo, o emprego, o seu meio... O que se revelaria? O fato de que ele já não tinha nenhuma relação com o papel que representava no mundo. Mas cumpria os horários e as regras, com precisão. Era o primeiro a chegar à fábrica e saía às seis da tarde, quando apenas o porteiro se achava em seu posto. Atravessava a cidade a pé, como antes. Um dia entrei na antiga confeitaria, às vezes via lá minha mulher, a primeira, quase diria, a de verdade. Porque Judit eu jamais, nem por um instante, senti como minha mulher. Ela era a outra. O que eu sentia nessas horas, ao rever a primeira, a de verdade? Não me emocionava. Entretanto o sangue sempre me fugia um pouco da cabeça, eu a cumprimentava constrangido e, sério, desviava o olhar. Porque os corpos se lembram, você sabe, para sempre, como o mar e a terra, de que se pertenceram um dia.

Mas não era disso que eu queria falar, agora que contei quase tudo. O fim da história é estúpido como o encerramento de todas as histórias humanas. Você quer ouvir?...

É claro, uma vez que comecei, você vai querer ouvir e vou ter de terminar. Meu velho, vivemos durante um ano nessa condição insustentável de corpo e alma. Durante um ano vivi como se vivesse na selva, entre pumas, plantas de abraço mortífero, pedras e arbustos repletos de cobras. Esse ano talvez tenha valido a pena. Pelo que houve antes dele, e também pelo que aconteceu depois. O que aconteceu antes você de um modo geral já sabe. O que houve depois também me surpreendeu um pouco. Vejo que você pensa que um dia descobri que Judit me traía. Meu velho, isso eu descobri muito mais tarde. Ela só me traiu quando não podia fazer diferente.

Levei um ano para descobrir que Judit Áldozó me roubava.

Não me olhe assim incrédulo. Não digo isso de maneira simbólica. Ela não roubava meus sentimentos, mas a minha carteira. Regularmente, no sentido policial do termo.

Quando me roubou?... Logo, desde o primeiro momento. Espere, deixe-me pensar. Não, nos primeiros tempos não roubava, apenas me enganava. Eu te disse que no início, quando moramos em hotéis, mandei abrir uma conta em nome dela no meu banco, e ela ganhou um talão de cheques. A conta se esgotou num tempo surpreendentemente curto... A gastança, o esbanjamento, era quase incompreensível. É verdade, ela comprava muitas coisas, peles, trapos, e eu não prestava atenção, não me interessava a quantidade e a qualidade da mercadoria adquirida, somente me perturbava a avidez doentia, o ódio que buscava uma compensação... Numa palavra, o banco um dia me comunicou que a conta de Judit se esgotara. Naturalmente, depositei novas quantias em seu nome, dessa vez um pouco menores. Passadas algumas semanas esse dinheiro também acabou. Então, mais brincando que sério, eu a adverti de que ela não conhecia bem nossa situação financeira, suas concepções sobre o dinheiro e a fortuna haviam se modificado na Inglaterra, nós, em casa, éramos ricos de um modo muito mais modesto e despretensioso do que ela imaginava. Ela ouviu atenta a lição. Não pediu mais dinheiro. Depois nos mudamos para uma casa ajardinada, e todo mês eu punha à disposição dela uma quantia que supria com abundância as despesas da casa e suas próprias vontades pessoais. Não falamos mais sobre dinheiro.

No entanto um dia abri uma carta em que o banco comunicava a Judit, minha mulher, que nessa e naquela data havia em sua conta vinte e seis mil coroas. Revirei a carta, esfreguei os olhos. No primeiro momento, uma onda de calor invadiu meu cérebro: senti ciúme. Imaginei que Judit trouxera a soma da Inglaterra, onde fora amante de alguém, ou de mais de um alguém, não apenas do professor de música grego, de quem falara uma vez, mas Deus sabe de quantos senhores nobres que pagaram generosamente por seus serviços amorosos... O sentimento e a imagem doeram tanto que eu golpeei com os punhos o tampo da escrivaninha. Depois fui até o banco. Lá descobri que Judit não trouxera a soma da Inglaterra, mas a depositara em pequenas parcelas. O primeiro depósito fora feito no dia em que eu lhe dera o talão de cheques.

Coisa de mulher, você diz, e sorri. Eu também disse o mesmo no primeiro instante, e ri aliviado. Agora se via com clareza — a sequência dos depósitos também o demonstrava — que Judit pedia o dinheiro a mim, e de mim o escondia. Pensei que o gastava em trapos, torrava o dinheiro, sem pensar... Bem, torrava também, mas não inteiramente sem pensar. Como vim a saber mais tarde, regateava durante as compras como se o preço fosse questão de vida ou de morte, mandava emitir notas de valor maior que o valor real de compra. Mulheres de vida fácil lidam assim com os cavalheiros desprendidos e meio estúpidos. Como estava dizendo, quando descobri que Judit escondia o meu dinheiro, ri aliviado.

Recoloquei no envelope o comunicado do banco, colei-o de novo, fiz com que ele chegasse a Judit. Silenciei a descoberta. Porém uma nova modalidade de ciúme surgiu. Eu vivia com uma mulher que tinha um segredo. Tinha um segredo exatamente como as mulheres más que almoçam amigáveis com os maridos e com outros membros da família e, enquanto conversam com intimidade com as pessoas que confiam nelas, enquanto aceitam sacrifícios e presentes, quebram a cabeça sobre o encontro da tarde, em que se esgueiram para a casa de um homem estranho e durante algumas horas sujam todo sentimento humano, traem a confiança de quem cuida delas. Você precisa saber que eu ainda sou um homem à antiga e desprezo profundamente as mulheres adúlteras. Meu desprezo é tão profundo que não posso suavizá-lo com nenhum argumento da moda. Ninguém tem direito à aventura suspeita, melosa e vulgar que essas mulheres chamam de felicidade a preço de, em segredo, ou abertamente, ofenderem os sentimentos de outro... Eu também fui um herói sofredor dessa coisa asquerosa, e, se existe algo em minha vida de que me arrependo e me envergonho profundamente, é o adultério. Entendo toda espécie de lapso nas coisas do sexo, entendo que alguém mergulhe nas profundezas assustadoras dos desejos físicos, entendo as inconsciências e modalidades distorcidas da paixão... O desejo nos fala em mil línguas. Isso tudo eu entendo. Mas apenas pessoas livres podem se atirar nessas águas transbordantes profundas... Todo o resto é traição, pior que a crueldade consciente.

Pessoas que têm relação uma com a outra não podem viver com segredos no coração. O sentido da traição é esse. O resto é quase secundário... a coisa do corpo é na maioria das vezes atropelo triste, nada mais. Os amores calculados, em horários calculados, em lugares preestabelecidos, sem espontaneidade... são muito tristes e pobres. E por trás de tudo vive o segredo vulgar, lamurioso, que contamina a convivência, como se um cadáver apodrecesse na bela casa, sob o canapé.

Judit, a partir do dia em que encontrei a carta do banco, tinha um segredo. E ela, conscientemente, o guardava bem.

Ela o guardava bem, e eu a observava, atento. Se vigiasse seus passos por meio de detetives particulares, não poderia observá-la melhor. Vivíamos, amistosamente, com intimidade, segundo as leis da convivência entre um homem e uma mulher, e mentíamos um para o outro. Ela mentia que não tinha segredos para mim, e eu ao dizer que acreditava nela. Observava e refletia. Mais tarde pensei também que teria sido diferente se a perseguisse e descobrisse tudo, se a forçasse a confessar. Talvez a situação fosse mais limpa depois de uma confissão, como é mais fresco o ar em dias abafados de verão quando uma tempestade ocasional passa sobre a paisagem. Mas pode ser que secretamente eu temesse a confissão. Incomodava-me demais que a mulher com quem eu dividia o destino tivesse um segredo que ela escondia de mim. Vinte e seis mil coroas para uma mulher que passara invernos entre ratos na infância, numa vala subterrânea, e mais tarde fora empregada: dinheiro terrivelmente excessivo, uma fortuna. E o dinheiro crescia, se disseminava. Se se tratasse apenas de que Judit, com a inteligência eterna, barata e prática, guardasse alguma coisa da economia doméstica, juntasse uma mesada e tirasse para si algo das despesas comuns... só me causaria riso. Toda mulher age assim, porque no coração das mulheres vive a dúvida eterna de que o homem não entende da realidade da vida, o homem sabe apenas amar, e não conservar. Toda mulher se previne para os dias de chuva. Jovens de honestidade impecável traem os maridos nas coisas do dinheiro como as pegas, como os ladrões infiltrados. Sabem que o maior segredo da vida é guardar algo: um cozido, uma pessoa, dinheiro, numa palavra, tudo o que é importante conservar... Por isso traem e roubam, centavos e coroas... Virtude feminina, inteligência mesquinha e viscosa. Mas Judit não surrupiava centavos e coroas. Judit, com cuidado, calada, sorridente, regularmente me roubava, apresentava contas falsas e escondia o dinheiro.

Vivíamos silenciosos e amistosamente, Judit me roubava, e eu a observava. Assim começou o fim da história.

***

Depois, um dia eu descobri que ela não me espoliava apenas do dinheiro, mas da coisa misteriosa que constitui a condição básica da vida de uma pessoa: a honra. Veja, sei bem que o conteúdo verdadeiro desse conceito é pouco mais que a vaidade. Trata-se de uma palavra masculina, as mulheres dão de ombros quando a enunciamos para alguém. Seja como for, as mulheres, caso você não saiba, não "respeitam" a si mesmas. Respeitam talvez o homem a quem pertencem, a classe social, a reputação pública. Tudo isso é indireto, aparência. Porém a si próprias, o fenômeno forjado de personalidade e consciência cujo nome é "eu", as mulheres sentem somente por meio de certa cumplicidade benevolente e desprezadora.

Descobri que a mulher me espoliava, ou ao menos fazia o possível, sem chamar atenção, para guardar do meu pão uma fatia para o futuro. Sabe, do pão que eu achava que era nosso, que ainda era pão doce, em especial para ela... Mas isso eu não descobri no mundo nem no banco de onde — com uma boa vontade inconsciente — me comunicavam regularmente a evolução da situação da fortuna feliz de Judit. Não, meu filho, eu fiz a descoberta na cama. E doeu muito... pois então, é a isso que se referem os homens quando dizem que sem honra não se pode viver.

Descobri na cama, onde eu a observava fazia muito tempo. Acreditava que a família dela precisasse do dinheiro. Judit tinha uma família grande, homens e mulheres, em algum lugar viviam uma história que nas profundezas do meu cérebro eu conhecia, com segredos que eu não tinha, no coração, coragem suficiente para buscar. Acreditava que Judit me espoliava por uma tarefa confiada por essa comunidade secreta do submundo. Talvez a família tivesse se endividado, talvez quisesse comprar terras... Você pergunta por que ela não me contava? Eu também me perguntei. E logo respondi que não contava porque se envergonhava da pobreza, porque a pobreza consiste também num compromisso, numa sociedade secreta, num juramento eterno e mudo. Os pobres não desejam apenas uma vida melhor, não, os pobres desejam autoestima, a consciência de que, por viverem uma grande injustiça, o mundo os respeita como se fossem heróis. E são heróis de fato; agora que envelheço, sei que eles são os únicos heróis, os heróis de verdade. Todo heroísmo diferente é ocasional, imposto ou vaidoso. Porém o fato de uma pessoa ser pobre durante sessenta anos e cumprir sem palavras todas as obrigações que a família, a sociedade, impõem a ela, e, ao mesmo tempo, continuar humana, reverente, quem sabe bem-humorada e piedosa, constitui o heroísmo de verdade.

Pensei que ela roubava para a família dela. Mas não, Judit não era sentimental. Roubava para si própria, sem nenhum objetivo específico, disciplinada, séria e cuidadosa, como quem com base numa experiência de milênios sabe que os sete anos gordos não duram muito, os patrões são temperamentais, a sorte é volúvel, e, quando um dia o destino, bufão, nos fizer sentar junto da tina de banha, convém nos satisfazermos depressa e por completo, porque os tempos de escassez não vão demorar. Roubava por prevenção, não por pesar ou bondade. Se quisesse ajudar a família, bastaria que me dissesse uma palavra: sabia disso bem... Mas Judit receava a família instintivamente, sobretudo agora que ela também pusera os pés na outra margem, na margem dos proprietários. O instinto de defesa, ávido, não conhecia a piedade.

E enquanto isso ela me observava, ao marido. O que eu fazia?... Não me cansava dela?... Não a mandaria embora? Muito bem, então sorrateira juntava aos bens reunidos alguma coisa. Ela me observava à mesa e na cama. Quando percebi pela primeira vez, fiquei vermelho de vergonha. Estava escuro no quarto, e quem sabe tenha sido essa a sorte de Judit. Não conhecemos nossos limites. Se eu não me controlasse, talvez a tivesse matado... talvez. Porém falar disso é estéril.

Tudo não passou de um olhar num momento de fraqueza e intimidade, quando fechei e, em seguida, inesperadamente, abri os olhos. E vi um rosto, na penumbra, um rosto conhecido e fatal, que, com muito cuidado, muita delicadeza, irônico, sorria. Descobri que a mulher, agora e outras vezes, antes, quando eu acreditava que vivia momentos de entrega incondicional na companhia de alguém com quem eu fugira dos compromissos humanos e sociais, me observava, exatamente nesses momentos, com uma ironia mansa e inconfundível. Sabe, como quem espreita, examina e pergunta: "O que faz o jovem?...". E ainda: "Ah, os patrões". E me servia. Descobri que Judit na cama e fora dela não gostava de mim, mas me servia. Como nos tempos de serviçal, quando chegou em casa e limpava os meus sapatos, as minhas roupas. Como mais tarde me servia o almoço quando eu às vezes almoçava na casa da minha mãe. Servia porque era esse seu papel em relação a mim, e os papéis grandes, definitivos, de verdade, não se modificam à força. E, quando seu combate singular comigo e com a minha mulher começou, nem por um instante ela acreditou que a ligação, a teatralidade que nos atava e separava, no íntimo, na verdade pudesse ser desfeita e transformada. Não acreditava que seu papel em relação a mim na vida pudesse ser outro além da servidão, do serviço, ou seja, o papel de empregada. E, porque sabia disso tudo não somente com a razão, mas com o corpo, com os nervos, com os sonhos, com o passado e a origem, não se debateu muito com a situação, era empregada como as leis da sua vida lhe impunham. Hoje eu entendo também isso.

Se doeu, você pergunta?

Muito.

Mas não a mandei embora logo. Eu era vaidoso e não queria

que ela soubesse da dor que causara. Deixei que me servisse, na cama e na mesa, suportei que me roubasse por mais algum tempo. Mais tarde também não lhe disse que sabia de seus pequenos negócios suspeitos e tristes, e também não disse que em momentos descuidados vi seus olhos irônicos, desprezadores, curiosos, na cama... A coisa entre duas pessoas tem de ser levada até o fim, completamente, até a aniquilação. Depois, passado algum tempo, quando ela me deu outro motivo, eu a mandei embora em silêncio. Partiu sem se opor, não houve uma palavra em tom mais alto, não houve nenhuma discussão entre nós. Pegou a sacola — uma sacola grande, havia nela uma casa inteira, mais joias — e foi embora. Muda, sem proferir uma palavra, como quando chegara aos dezesseis anos de idade. Olhou para trás da soleira da porta da mesma forma, com o olhar mudo, interrogador e indiferente, como quando eu a vi pela primeira vez no hall de entrada.

Os olhos eram o que Judit tinha de mais bonito. Às vezes ainda vejo seus olhos em sonhos.

Sim, o atarracado a levou. Duelei com ele... são coisas lamentáveis, mas às vezes não pode ser diferente.

Meu velho, vão nos jogar para fora daqui.

Maître, eu quero pagar. A conta deu... mas não falemos nisso! A noite foi minha, se me permite. Não se oponha, você foi meu convidado.

Não, não tenho vontade. De ir para o Peru com você. Quando ficamos sós, que sentido faz ir para o Peru ou para outro lugar qualquer? Sabe, um dia compreendi que ninguém pode nos ajudar. Ansiamos pelo amor... mas ninguém pode nos ajudar, nunca. Quando compreendemos, nos tornamos fortes e solitários.

Bem, foi isso que aconteceu enquanto você esteve no Peru.

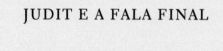

O que você está olhando, meu amor?... Olhe sem pressa. Pelo menos você não vai se entediar enquanto eu estiver fazendo o café.

Espere, vou vestir o robe. Que horas são?... Três e meia? Vou abrir a janela por um momento. Não, não levante, fique na cama. Veja, a lua cheia está brilhando. A cidade está completamente silenciosa, dorme profundamente. Daqui a meia hora, depois das quatro, os caminhões vão fazer barulho trazendo as verduras, o leite e a carne para o mercado. Mas agora Roma dorme profundamente à luz da lua... Eu na maioria das vezes não estou dormindo a esta hora, porque faz algum tempo que acordo toda noite às três da manhã com palpitações. Por que você ri?... Não estou falando da palpitação de quando dormimos juntos... Não ria! O médico disse que essa é a hora em que a velocidade do coração muda, sabe, quando o motor passa de primeira para segunda. E outra pessoa... não o médico... uma vez disse que o magnetismo da Terra muda às três da madrugada. Você sabe o que é isso? Eu também não sei. Ele leu num livro suíço. Sim, foi ele que disse, a pessoa da fotografia que você está segurando.

Não se mexa, meu anjo… Se soubesse como está lindo, assim deitado na cama, apoiado num cotovelo, com o cabelo caído na testa! Somente nos museus há corpos masculinos lindos como o seu. E também a sua cabeça, sim… não adianta, é cabeça de artista. Por que você me olha com esse ar malicioso? Você sabe que eu te adoro. Porque você é lindo. Porque você é artista. Porque você é único. Um presente de Deus. Espere, vou beijá-lo, não se mexa! Não, só aqui, no canto dos olhos! E as suas têmporas! Vamos, se acalme. Não está com frio?… Quer que eu feche a janela? A rua está morna, e as duas laranjeiras estão brilhando ao luar, debaixo da janela. Quando você não está aqui, eu muitas vezes me debruço na janela, observo a Via Liguri, a rua silenciosa, agradável, de madrugada, iluminada pela lua. Parece que alguém passa escondido entre as casas, como na Idade Média. Você sabe quem passa?… Não quero que você ria de mim! Não sou tão estúpida, meu bem, só porque estou apaixonada por você e porque você é o primeiro e único! A velhice passa pela Via Liguri, debaixo da janela, por toda a Roma e também noutros lugares, em todos os lugares do mundo.

A velhice é ladra e assassina. Um dia ela entra no quarto. Tem a aparência sombria, como um assaltante. Com duas patas arranca os tufos de cabelo do alto da sua cabeça, com os punhos lhe dá um soco na boca e arranca os dentes, rouba dos seus olhos o brilho, dos ouvidos os sons, do estômago os bons sabores e… está bem, não vou continuar. Por que você ri ironicamente?… Ainda tenho o direito de gostar de você e, como pode ver, não economizo, devoro a felicidade que você me oferece. Nem há como engolir o suficiente dessa felicidade doce como mel… Não tenho vergonha, confesso que não poderia viver sem você. Mas não tenha medo, não vou subir o Capitólio atrás de você montada numa vassoura!… Vai chegar o dia em que não vou ter mais o direito de gostar de você, porque estarei velha. A barriga velha, o seio enrugado… Não me console. Sei a lição. O que eu receberia de você seria apenas um donativo piedoso. Existe dupla jornada que os empregados recebem como hora extra… Por que você me olha torto? Do canto dos olhos?… Você vai ver, vai ser assim. Aprendi que temos de ir embora na hora certa… Quer saber com quem aprendi? Pois isso também eu aprendi com o homem da fotografia que você tem nas mãos.

O que você está perguntando? Espere, está passando o caminhão de verduras. Se ele foi meu marido? Não, meu querido, ele não foi meu marido. Meu marido foi o outro, ali, no canto do álbum, de casaco de pele. Não o meu segundo marido, cujo nome eu uso hoje, mas o primeiro. Ele foi o marido de verdade… Se é que isso existe. O segundo só se casou comigo porque eu ia atravessar a fronteira, precisava de papéis e passaporte. Do primeiro eu me separei há muito tempo. Onde está a fotografia do segundo? Não sei. Não a guardei porque não queria mais vê-lo, nem em sonhos. Quando sonhava com ele, era um sonho sofrido, como quando alguém sonha com indecências, mulheres com pelos na barriga, coisas assim… Que está olhando? Mulheres passam pela vida de todos os homens. E há homens… a vida deles é como uma passagem, as mulheres entregam umas às outras a chave do portão. Esse também era assim. E, na vida de todas as mulheres, homens batem à porta… Existem homens modestos que batem e perguntam: "Posso entrar?… Só por um instante!". Mulheres bobas nessas horas começam a dar gritinhos, perguntam indignadas que sem-vergonhice é essa e por que só por um instante?… E batem a porta. Mais tarde se arrependem da indignação atropelada. Começam a espiar pelo vão da porta, espreitam para ver se o sem-vergonha ainda está lá, de chapéu na mão… E, quando veem que ele foi embora, ficam mal-humoradas. E mais tarde… às vezes muito mais tarde… uma noite o frio lhes dá calafrios, porque tudo em volta delas esfriou e elas lembram que foi pena expulsá-lo, pois não seria ruim se ele estivesse por perto, no quarto frio, na cama fria, próximo, para que pudesse ser tocado, para que mentisse, para que fosse despudorado, para que existisse simplesmente... Como você?... Graças a Deus você ainda está por perto. Você foi tão despudorado que não consegui espantá-lo... Por que está gargalhando? Graças a Deus, estou dizendo. Não engula irônico, assim, gargalhando, seu monstro.

Ei, não brinque comigo. Vou continuar, você quer?...

É claro que bateram na minha porta também, e não foram poucos. Mas o segundo só foi meu marido no papel. Na época, em 48, eu cheguei em Viena com duas malas, porque estava cheia da democracia. Com o que me restara do patrão, mais as joias.

O meu marido de verdade? Foi o de casaco de pele, para cujo retrato você está olhando. Dá para se ver que tinha dignidade?... Nada disso, era do tipo que chamamos de cavalheiro. Só que, você sabe... é difícil distinguir entre pessoas que fazem de conta, que, descobrimos depois, não são cavalheiros de verdade. Existem os ricos, gente de bons modos, mas existem outros que não são ricos, nem têm bons modos de verdade, e ainda assim são cavalheiros. Pessoas ricas, engomadas, há muitas. Cavalheiros, poucos. Tão poucos que nem vale a pena falar nisso. São tão raros quanto o animal estranho que vi uma vez no zoológico de Londres, o ocapi. Às vezes acho que o rico de verdade não pode nesse mundo de Deus ser cavalheiro. Entre os pobres ainda encontramos de vez em quando um ou outro. Mas são tão raros quanto os santos.

O meu marido? Eu já disse, era como um cavalheiro. Mas não era um cavalheiro por completo e sem defeitos. Sabe por que não?... Porque ele se ofendeu. Quando me conheceu de verdade, sem restrições... ele se ofendeu e se separou. Com isso, fracassou... Mas não era burro. Sabia que aquele a quem se pode magoar ou que se sente magoado não é um cavalheiro de verdade. Entre os da minha espécie também havia cavalheiros. Raros, é verdade, pois éramos pobres como os ratos-do-campo, com os quais morávamos e dormíamos na minha infância.

Meu pai era plantador de melancias em Nyírség, tinha parentes no Canadá. Nós éramos miseráveis, cavamos uma vala na terra e lá moramos durante o inverno, com os ratos. Mas, quando penso no meu pai, sempre o vejo como se ele fosse de origem nobre. Porque não era possível ofendê-lo. Ele era calmo... Quando ficava bravo, batia. Tinha punhos que pareciam de pedra. Às vezes ficava impotente, o mundo atava as mãos dele, porque era mendigo. Nessas horas ele ficava quieto, piscava. Sabia ler, com garranchos era capaz de escrever o próprio nome, mas raramente usava esse conhecimento. Preferia manter silêncio. Acho que também pensava, mas pouco. Às vezes conseguia aguardente, e então bebia até desmaiar. Mas, se junto todas as minhas lembranças, o homem, meu pai, que vivia conosco, com a minha mãe e os filhos na vala, entre os ratos... me lembro de um inverno em que ele não tinha sapatos, ganhou do oficial dos correios uma bota furada, andava com ela, estropiou os pés... esse homem nunca se ofendia.

Meu primeiro marido, o de verdade, guardava os sapatos numa sapateira, porque tinha tantos sapatos finos que mandou fazer um armário separado para eles. E sempre lia, decifrava livros inteligentes pra cacete. Apesar disso parecia estar magoado o tempo todo. Durante muito tempo acreditei que não dava para compreender um homem que tinha tantas coisas finas que até precisava comprar um armário separado para os sapatos. Não é por acaso que menciono a história dos sapatos. Quando fui parar na casa do meu patrão, esse detalhe, de certa forma, foi o que mais me agradou. Agradou mas também me deu medo... Pois, na minha infância, durante muito tempo não tive sapatos. Eu tinha passado dos dez anos quando ganhei pela primeira vez um sapato que cabia no pé e era meu, de minha propriedade. Era um sapato usado, a mulher do prefeito o dera de presente para as cozinheiras. Era um sapato de abotoar, de cano alto, do tipo que se usava na época. Ele apertava os pés da cozinheira, e numa manhã de inverno, quando eu levava leite para a prefeitura, ela me deu os sapatos maravilhosos. Talvez tenha sido por isso que eu me senti tão feliz, depois do cerco, com a minha grande mala, que depois eu deixei em Budapeste quando fugi da democracia. A mala sobreviveu, sem danos, ao cerco, com os meus sapatos. Fiquei muito feliz com isso... Bem, chega de sapatos.

Aqui está o café. Espere, vou trazer cigarros também. Os cigarros americanos doces me sufocam. Está bem, entendo, você precisa do cigarro para a sua arte. O trabalho noturno no cabaré exige cigarros. Mas cuidado com o coração, meu anjo. Não vou sobreviver se acontecer alguma coisa com você.

Como fui parar na casa do meu patrão?... Pois não me chamaram para ser uma esposa, como você pode imaginar. Só mais tarde eu virei patroa e esposa na casa, senhora, sim, Excelência... Fui chamada para ser empregada, disposta a fazer de tudo.

Por que me olha assim? Não estou brincando.

Já disse, era empregada. Nem era empregada de verdade, só ajudante de cozinheira, serviçal. Porque a casa era grande, meu caro, uma casa nobre de verdade. Eu poderia contar para você muitas coisas sobre a casa e os costumes, a maneira como eles viviam, comiam, se entediavam, conversavam. Durante muito tempo eu andei na ponta dos pés pela casa, não tinha coragem nem de piscar, de tanto medo que eu sentia. É verdade, passaram anos antes que me deixassem entrar nos quartos internos da casa, porque eu não sabia nada sobre como devia me comportar numa casa tão fina. Tive de aprender. Eu só podia circular pelos banheiros que ficavam fora da casa. Na cozinha também não deixavam que me aproximasse dos alimentos, só podia descascar batatas ou ajudar a lavar louça... Sabe, como se minha mão estivesse imunda o tempo todo. E eles tinham de evitar que eu sujasse o que pegasse nas mãos. Mas talvez não fossem eles que pensassem assim... a patroa e a cozinheira, não. Eu sentia que naquela casa bonita minhas mãos não eram limpas como deveriam ser... Senti isso durante muito tempo. Minhas mãos ainda eram vermelhas, enrugadas, cheias de bolhas e ásperas. Não eram brancas e macias como agora. Eles não disseram nada de ruim sobre as minhas mãos. Só que eu não tinha coragem de mexer em nada, porque tinha medo de que ficasse uma marca das minhas mãos nas coisas... Na comida eu também não tinha coragem de mexer. Sabe, como os médicos, que amarram uma gaze fina no rosto quando operam porque receiam que o hálito deles contamine... eu prendia assim a respiração quando me debruçava sobre as coisas que eles usavam... sobre o copo em que bebiam ou o travesseiro em que dormiam... Sim, pode rir de mim, quando eu limpava as xícaras da cristaleira, eu também tomava cuidado para que a xícara bonita, branca, não ficasse mais suja pelo contato com as minhas mãos. O medo, o cuidado, durou por muito tempo depois que cheguei na casa fina.

Eu sei no que está pensando! Você acha que o medo e a inquietação passaram no dia em que minha sorte mudou e eu me tornei dona da casa, a patroa a ser respeitada... Não, meu caro, você está enganado. Não passaram. O dia chegou, mas eu continuei inquieta como nos anos anteriores, como sempre. Nunca me senti tranquila nem feliz naquela casa.

Por quê? Uma vez que me deram de tudo lá, tudo de ruim e tudo de bom? As ofensas e as reparações?

A pergunta é muito difícil, meu querido. A reparação, você sabe... Às vezes acho que essa pergunta, entre as pessoas, é a mais difícil do mundo.

Passe a fotografia dele. Não a vejo há muito tempo... Sim, foi ele o meu marido. O outro? O de cara de artista?... Sim, talvez fosse artista... Deus sabe. Mas pode ser que não fosse artista de verdade. Não era artista da cabeça aos pés, como, por exemplo, você. Isso se vê também na fotografia... Ele sempre olhava assim meio irônico e meio sério, como se não acreditasse em nada, em nada nem em ninguém entre o céu e a terra, nem em si mesmo, nem que era artista... Ele parece um pouco desgastado nesse retrato, estava ficando velho quando bati a foto. Disse que nessa fotografia ele lembrava alguém gasto. Sabe, como os caras nos anúncios, antes e depois do uso. A foto foi feita nos últimos anos da guerra, entre dois bombardeios. Ele estava sentado na janela e lia, nem percebeu quando bati a foto. Não gostava de ser fotografado, nem que o desenhassem. Não gostava que o observassem enquanto lia. Não gostava que falassem com ele quando estava em silêncio. Não gostava que... sim, não gostava que gostassem dele. Que está perguntando?... Se ele gostava de mim? Não, meu querido, não gostava nem de mim. Só me aguentou durante algum tempo no quarto de que você vê um canto na fotografia. A estante de livros, o monte de livros também desapareceu pouco depois que fiz a foto. Desapareceu o quarto que você está vendo na fotografia. Desapareceu a casa em que estivemos sentados, entre dois bombardeios, naquele quarto, no quinto andar. Tudo o que você vê no retrato desapareceu.

Aqui está o café, beba. Aqui está o cigarro. Ouça.

Não se espante, meu bem. Ainda fico nervosa quando tenho de falar sobre isso. Passamos por poucas e boas. Nós, que vivemos o cerco em Budapeste e tudo o que aconteceu antes e depois dele... Foi uma bênção divina você ter passado todo esse período no campo. Você é uma pessoa inteligente, maravilhosa.

Pois com certeza tudo em Zalá foi melhor. Mas nós, que apodrecíamos e esperávamos as bombas em Budapeste, no porão, nós vivemos apertados. Você foi inteligente também de ter voltado às escondidas para Budapeste no inverno de 47, quando já tínhamos governo e o bar havia aberto. Acredito que receberam você de braços abertos. Mas não fale disso com ninguém. Existe muita gente má, um sujeito que esteve nos trabalhos forçados disse que você ficou em Zalá sem razão até 47... Está bem, está bem, vou ficar quieta.

Esse homem, o tipo que parece artista, uma vez disse que tínhamos ficado loucos, todos que nos arriscamos durante o cerco. E que vivíamos no mundo como loucos num hospício.

Quem era esse artista e o que era?... Não era baterista. Só existe um baterista no mundo, e ele é você. Ele não tinha uma autorização italiana para trabalhar... sabe, ele tinha um trabalho que não precisava de autorização. Numa época escreveu livros. Não precisa franzir a testa, sei que você não gosta de ler livros. Não suporto ver sua linda testa assim enrugada. Não quebre a cabeça, você não sabe mesmo o nome dele. O que ele escrevia?... Letras?... Letras de música, como as que você acompanha na bateria, no bar?... Não, acho que não escrevia esse tipo de coisa. É verdade que, quando o conheci, estava num estado de espírito que, se lhe pedissem, ele talvez escrevesse letras para a cantora do café. Porque então ele não se interessava mais por nenhum tipo de escrita. Talvez escrevesse anúncios, se lhe pedissem, ou folhetos de propaganda... de tanto que ele desprezava a escrita, as letras impressas. Desprezava a escrita dele e a dos outros, de todas as criaturas... Por quê? Não sei, mas desconfio. Um dia ele disse que entendia as pessoas que queimavam livros, pois nunca um livro havia sido útil para a humanidade.

Se ele era louco?... Olhe, nisso eu não pensei. Como você é inteligente!...

Você quer saber o que aconteceu lá, na casa fina, onde fui empregada? Mas preste atenção, pois o que vou contar não é historinha, mas o que nos livros de escola chamam de história. Sei que as letras e a escola nunca foram a sua praia. Por isso agora preste atenção. Pois o que vou contar não existe mais. Como não existem mais húngaros como os ancestrais, que percorriam o mundo a cavalo e amaciavam a carne debaixo da sela. E tinham capacete e escudo, com eles viviam e morriam... Eles também eram personagens históricos, os meus patrões: como Árpád e os sete comandantes, se você ainda se lembra do tempo da escola da aldeia... Vou sentar do seu lado aí na cama. Passe um cigarro. Obrigada. Pois foi assim...

Gostaria de explicar a você por que eu não me sentia bem naquela casa fina. Pois eles eram bons de verdade comigo. O velho me tratava como se eu fosse uma órfã. Sabe, como uma alma pobre, uma parente de pés chatos que tinha chegado à casa deles, dos ricos, vinda de uma família que ficara pobre. A família bondosa fazia de tudo para que a recém-chegada não sentisse a origem sofrida. Talvez fosse o que me irritava mais, a bondade.

Com o velho fiz as pazes mais depressa. Sabe por quê? Porque ele era grosso... ele era o único na família que nunca era bom comigo. Nunca me chamava de Judit. Não me dava presentes baratos, coisas usadas, como a velha senhora ou o jovem senhor, que mais tarde se casou comigo e me deu de presente o título ilustre, como a velha senhora quando me deu o casaco de inverno já quase sem pele... o título de conselheiro do governo que meu marido desprezava, que ele nem usava. Não podíamos chamar meu marido de Excelência, sempre o chamávamos de doutor... Mas a mim as pessoas chamavam de Excelência. E, quando meu marido casou comigo, ele deixou, não se meteu, suportou irônico que a criadagem me chamasse de Excelência, como quem se divertia com o que os outros, os imbecis, levavam a sério...

O velho era diferente. Tolerava a nobreza, porque era um homem prático, que sabia que a maioria das pessoas não são apenas gananciosas, mas também vaidosas e burras, nada se pode fazer contra isso... O velho nunca pedia. Sempre mandava. Se eu errasse alguma coisa, ele gritava tanto que de susto eu derrubava a travessa que estava segurando. Quando ele olhava para mim, as palmas das minhas mãos ficavam suadas de tanto que eu tremia. Olhava sempre como olham as estátuas de bronze aqui nas cidades italianas, nas praças... sabe, as estátuas do começo do século, em que os burgueses foram fundidos em bronze... sujeitos barrigudos, de sobretudo, de calças amarrotadas, ou seja, patriotas que não faziam mais que levantar de manhã e ser patriotas até de noite. Ou fundavam o açougue de carne de cavalo da cidade e por isso ganhavam uma estátua... E as calças, que depois eles derretiam em bronze, eram desalinhadas como originalmente, quando eram de tecido... O velho também olhava em volta com esse olhar de bronze do começo do século, como os antigos burgueses de verdade nas estátuas. Para ele eu era feita de ar, como se nem fosse uma pessoa, só uma peça numa engrenagem. Quando eu servia o suco de laranja para ele de manhã... porque eles levavam uma vida assim especial, começavam o dia com suco de laranja, depois, antes da ginástica e da massagem da madrugada, bebiam chá sem nada e só mais tarde tomavam o café da manhã, se empanturravam, na copa, com cerimônia, como se costumava rezar a missa na minha aldeia na Páscoa... quando servia o suco para ele, eu nunca tinha coragem de dar uma olhada na direção da cama onde o velho lia à luz de uma lâmpada, deitado. Eu não tinha coragem de olhar nos olhos dele.

Nessa época o velho nem era tão velho. E agora já posso dizer a você que às vezes, quando eu o ajudava a vestir o casaco no hall escuro, ele me beliscava o traseiro ou puxava minha orelha... dava um sinal inconfundível de que eu lhe agradava e só não se metia comigo porque era um homem de bom gosto que achava indecente ter uma relação com uma empregada da casa. Mas eu, que era empregada na casa, não pensava assim de jeito nenhum... Se o velho forçasse e quisesse alguma coisa, talvez eu permitisse... sem alegria nem vontade, só porque sentia que não tinha o direito de resistir se um homem tão poderoso e severo quisesse alguma coisa comigo. Acho que ele também pensava assim e talvez se surpreendesse muito se eu resistisse.

Mas isso não aconteceu. Ele era o patrão, só isso, ou seja, acontecia o que ele queria. Nem que estivesse doente, com febre, pensaria em se casar comigo. E nunca, nem em sonho, ele se perguntaria se seria justo ou não ele me levar para a cama. Por isso eu gostava mais das situações em que servia o velho. Eu era saudável, jovem, com o corpo e os instintos eu sentia e farejava a saúde e tinha repulsa por tudo o que fosse doente. O velho ainda era saudável. A mulher dele e o filho... sim, o que depois se casou comigo... esse já era doente. Com a inteligência eu ainda não sabia, apenas desconfiava.

Porque tudo naquela casa bonita era perigoso. Durante muito tempo eu olhava tudo encantada como quando na infância me levaram uma vez doente ao hospital. O hospital foi uma grande aventura, a mais bela e a maior que vivi na infância. Um cachorro tinha me mordido, aqui, na batata da perna, e o médico do distrito não concordou que meus pais cuidassem da mordida na vala... na vala onde morávamos e fizessem uma atadura de trapos, como era costume quando tínhamos algum sangramento... Ele mandou um gendarme me buscar e me obrigou a ir para o hospital.

O prédio do hospital da cidade próxima era antigo, mas para mim pareceu um castelo mágico de conto de fadas.

Tudo me interessava, e de tudo eu tinha medo... O próprio cheiro, o cheiro de hospital de aldeia, também era muito excitante! E também atraente, porque era novo, tinha um cheiro diferente do cheiro da vala, a caverna subterrânea onde eu morava com meu pai, minha mãe e meus irmãos, como animais, com gambás, camundongos e ratos. Fui tratada contra a raiva, tomei injeções doloridas, mas... e eu lá me preocupei com as injeções, com a raiva?!... Noite e dia eu observava a enfermaria comum, onde eu estava junto com os suicidas, os cancerosos, os epiléticos. Mais tarde vi em Paris, num museu, uma gravura bonita que mostrava um hospital francês antigo, do tempo da Revolução, um salão abobadado onde sujeitos em trapos estavam sentados nas camas. Assim estranho era o hospital onde passei os dias mais bonitos da infância, os dias em que corri o risco de pegar raiva.

Mas não peguei, eles me curaram. Ao menos então não a peguei, e também não como descrevem a doença nos livros de estudo. Mas pode ser que tenha ficado em mim algo do veneno da raiva... mais tarde eu às vezes pensei nisso. Dizem que os seres raivosos sentem sede o tempo todo e ao mesmo tempo sentem horror de água... Eu também senti coisa parecida quando a minha vida já ia bem. Senti muita sede a vida toda, mas depois levei um susto e senti horror quando tive a possibilidade de saciar a sede... não tenha medo, não vou morder você!

Eu me lembrei do hospital, e da raiva, quando entrei naquela casa bonita.

O jardim não era grande, mas era perfumado como uma drogaria de aldeia. Os donos da casa mandavam vir ervas especiais do exterior. Porque eles mandavam vir tudo do exterior, até o papel higiênico!... Não me olhe assim torto, incrédulo!... Nunca faziam compras como os mortais comuns, só telefonavam para os entregadores e eles depois arranjavam tudo o que era preciso... a carne para a cozinha, os arbustos para o jardim, os novos discos para o gramofone, as ações, os livros, o sal cheiroso que misturavam na água de banho, os cremes perfumados que passavam no rosto e no corpo depois do banho, os sabonetes e pomadas que tinham aromas de sonho, excitantes, doces e enlouquecedores, que sempre me davam náusea e ao mesmo tempo vontade de chorar de emoção quando limpava o banheiro e cheirava os sabonetes, as colônias, todos os perfumes e os restos que ficavam depois deles...

Os ricos são muito diferentes, meu anjo. Olhe, eu por muito tempo fui desse tipo. Uma governanta lavava minhas costas de manhã, e eu tinha carro, um cupê fechado que o motorista dirigia. E tive também um carro esporte aberto, nele eu corri pra valer... Eu não me envergonhava entre eles, pode acreditar. Não tive preguiça, não tive pudor, enchi a bolsa. Houve momentos em que imaginei que também fosse rica. Mas hoje sei que nunca, nem por um único instante, fui rica de verdade. Eu só tinha joias, dinheiro e conta no banco. Ganhei tudo deles, dos ricos. Ou tirei tudo deles, quando tive oportunidade, porque eu era uma garota inteligente, aprendi na vala, na infância, que não devemos ser preguiçosos, temos de pegar, cheirar, morder, esconder tudo o que os outros jogam fora... A gente nunca trabalha o bastante, aprendi isso bem menina.

Agora que chegou a época das chuvas, eu às vezes penso se fui suficientemente trabalhadora e observadora. Não sinto remorsos. Só penso se não esqueci alguma coisa lá... Por exemplo, o anel que você vendeu ontem... você o vendeu muito bem, meu querido, não estou querendo insinuar nada, pois ninguém é capaz de vender joias tão bem quanto você, nem sei o que seria de mim sem você... pois então, esse anel quem usava era a velha senhora. Ganhou do marido nas bodas de prata. Achei o anel por acaso numa gaveta quando o velho morreu. Eu também já era patroa, formalmente. Pus o anel no dedo, examinei-o. E me ocorreu que uma vez, muito tempo antes, muitos anos antes, quando cheguei na casa, durante a limpeza... enquanto a velha senhora se ocupava no banheiro, encontrei na mesa de cosméticos, entre objetos esquecidos, esse anel com a pedra à moda antiga. E o pus no dedo, fiquei olhando para ele, tão excitada, trêmula, que depois joguei o anel em cima da mesa depressa e corri para a privada, porque meu corpo inteiro se contraiu e me veio o mal-estar ruim de barriga. O anel me deixou agitada assim. E mais tarde eu não contei nada ao meu marido. E, quando depois da morte do velho encontrei o objeto de estimação da família, eu simplesmente o enfiei no bolso. Não o roubei, tinha direito a ele, pois meu marido, quando a mãe dele morreu, me deu todas as porcarias brilhantes que a velha tinha usado com tanto orgulho. Mas me fez bem ter enfiado no bolso, sem que meu marido soubesse, esse anel que a velha usava com tanto orgulho.

Por que está rindo?... Você não acredita que traziam o papel higiênico do exterior? Olhe, havia quatro banheiros na casa... um para a senhora, com azulejos verde-claros, um para o jovem, amarelo, um para o velho, azul-escuro. Para cada banheiro eles mandavam vir da América papel higiênico na cor que combinava. Na América as pessoas sabem de muitas coisas, há grandes indústrias e muitos milionários. Gostaria de ir para lá um dia... Ouvi dizer, meu marido também... o primeiro, o de verdade... ele foi para lá quando depois da guerra decidiu abandonar a democracia popular. Eu não quero mais me encontrar com ele... Por quê? Ora! Acho que acontece de duas pessoas se dizerem tudo e depois não terem mais nada para falar.

Mas não tenho certeza disso. Pode ser que exista uma conversa que não tenha fim... Preste atenção, vou contar mais.

As empregadas também tinham um banheiro na casa bonita, mas esse era revestido de azulejos brancos comuns. E o papel que nós, empregadas, usávamos era um papel branco simples, um pouco áspero... A casa era muito organizada.

O velho era a mola propulsora da organização toda. Porque

tudo lá funcionava como o fino relógio de pulso de mulher que você vendeu há duas semanas atrás. A criadagem acordava às seis da manhã. Para o ritual da limpeza a gente tinha de se preparar como para uma missa. As vassouras, as escovas, os panos de pó, os tecidos macios com que limpávamos as janelas, as ceras para o piso e para os móveis, as gorduras de boa qualidade com que cobríamos o piso, como os preparados dos salões de beleza feitos de ovos de galinha para as mulheres glamourosas... e as máquinas barulhentas, excitantes, o aspirador que não apenas sugava o pó dos tapetes mas também esfregava ligado na eletricidade, a enceradeira que polia o chão e o tornava tão espelhado que durante o trabalho eu às vezes me distraía como as ninfas nos relevos gregos... eu me curvava sobre o chão lustroso e olhava naquele espelho, esquecida de tudo, encantada, com olhos lacrimejantes, meu rosto verdadeiro, como num quadro que vi no museu, em que um rapaz afeminado chamado Narciso admira no espelho de um lago sua imagem delicada de homossexual...

Nós nos vestíamos toda manhã para a limpeza como artistas antes de um espetáculo. Vestíamos uma fantasia. O ajudante punha um paletó que parecia um sobretudo virado do avesso. A cozinheira, de avental branco e touca, parecia estar à espera do cirurgião e do doente numa sala de operações. Eu, como numa peça folclórica a garotinha que colhe edelvais, armava um topete na cabeça já de madrugada!... Eu percebia que não era só por elegância que não me faziam vestir uma fantasia, mas era também por razões de higiene e limpeza, porque não confiavam em mim, tinham medo de que eu estivesse suja, que fosse um ninho de bacilos. Eles não me diziam isso claramente, de modo algum!... Talvez não pensassem na coisa pra valer, com palavras... Só que eles se protegiam, se protegiam contra tudo e contra todos. Assim era a natureza deles. Extremamente desconfiada. Protegiam-se dos bacilos, dos ladrões, do frio e do calor, do pó e das correntes de ar. Protegiam-se do desgaste e dos estragos, dos cupins. Protegiam tudo, o tempo todo, os dentes e os tecidos dos móveis, as ações e os pensamentos herdados ou tomados de empréstimo em algum livro... Eu não compreendia isso tudo com a minha inteligência. Mas sentia, desde o primeiro momento em que entrei na casa, que eles se protegiam de mim também porque eu talvez pudesse contaminá-los.

Contaminá-los, por que mesmo?... Eu era jovem, tinha uma saúde de ferro. Apesar disso pediram a um médico que me examinasse. O exame foi nojento, parecia que o médico também não gostava da ideia. O médico da casa era um homem velho que se esforçou por se livrar brincando do exame desagradável... Mas eu senti que com a cabeça de médico, de médico da casa, ele achava o exame justificado... havia um jovem, um estudante, na casa, receavam que ele mais cedo ou mais tarde estabelecesse um relacionamento comigo, a garota da cozinha vinda da vala na terra. Tinham medo de que ele pegasse tuberculose de mim ou sei lá que diabo... ou seja, senti que o velho inteligente de certa forma se envergonhava do excesso de cuidado e da antecipação do futuro. Mas eu não estava doente, portanto eles me toleraram na casa, como um cachorro de sangue bom que não precisava ser vacinado. E o jovem não pegou nenhuma doença de mim. Só que muito mais tarde, um dia, ele se casou comigo. Nesse perigo, nessa contaminação inesperada eles não pensaram na época. Acho que nisso nem o médico pensou... É por isso que todo o cuidado é pouco, meu querido. Acho que eles enlouqueceriam, ao menos o velho, se pensassem um dia que pudesse existir uma contaminação assim no mundo.

A velha era diferente. Ela temia por outra coisa. Não pelo marido, não pelo filho, nem pela fortuna. Ela temia pelo todo... Sabe, ela via a família, a fábrica, a casa feito mansão, a boa vida toda, como uma antiguidade rara de que só existia uma única peça. Como um vaso chinês que valesse muito, sei lá, talvez milhões. Se ele se quebrasse, não haveria substituto. Tudo, a vida deles… quem eles eram e como viviam… receava pelo todo, como se ele fosse uma obra-prima que valesse demais. Às vezes acho que o medo dela talvez nem fosse tão estúpido. Porque lá desapareceu alguma coisa que não se pode repor.

Que está perguntando? Se ela era louca? É claro que sim, eram todos loucos. Só o velho não era louco. Mas nós, todos que vivíamos na casa, a criadagem também… viu, eu quase disse enfermeiras… aos poucos nós também pegamos a loucura. Sabe, como no hospício, onde os enfermeiros, os médicos assistentes e o médico-chefe aos poucos também se contaminam com o veneno sutil, invisível, que não pode ser filtrado, a loucura. Que se espelha, germina, nas enfermarias onde os loucos vivem… contamina mesmo que nenhum microscópio o demonstre. Quem for parar no meio de loucos estando saudável, aos poucos, fica louco também. Nós, que os servíamos, que lhes dávamos comida, que os lavávamos, também não éramos normais… o ajudante, a cozinheira, o motorista e eu… Nós, que os servíamos de perto, fomos os primeiros a pegar a loucura.

Macaqueávamos os modos deles, com ironia, mas ainda assim com certa seriedade, com dedicação… Nós nos esforçávamos para viver, para nos vestir, para nos comportar como eles. Nós também oferecíamos comida uns aos outros durante o almoço, na cozinha, com palavras sofisticadas e gestos rebuscados, como víamos acontecer lá dentro, na grande sala de jantar. Quando quebrávamos um prato, nós também dizíamos: "Estou nervosa!… Sofro de enxaqueca!…". Minha pobre mãezinha pariu seis filhos na vala, e eu nunca ouvi dela que sofresse de enxaqueca. Talvez porque nunca tivesse ouvido falar de enxaqueca nem soubesse se esse tipo de coisa era de comer ou de beber… Mas eu tinha enxaqueca porque logo evoluí e, quando, desajeitada, quebrava um prato na cozinha, pressionava a mão contra a têmpora, olhava agoniada para a cozinheira e dizia: "Parece que está soprando o vento sul…". E não gargalhávamos na cara uma da outra, a cozinheira e eu, não ríamos uma da outra, nós também nos permitíamos ter enxaqueca. Eu mudei rapidamente. Não só minha mão se tornou mais branca, mas eu embranqueci também de outro modo, por dentro. Quando um dia minha mãe me viu... eu trabalhava na casa havia três anos... ela começou a chorar. Mas não chorou de alegria. Chorou de medo, como se tivesse nascido um segundo nariz em mim.

Os da casa eram malucos, malucos que de dia conversavam com educação, no horário de trabalho cumpriam as tarefas, sorriam amigáveis, faziam mesuras com perfeição e, depois, num momento inesperado, diziam alguma coisa imprópria ou sem aviso furavam o peito do médico com uma tesoura... Sabe o que denunciava que eram malucos? Talvez o fato de serem tão contidos. Não se sentia nos movimentos deles a flexibilidade, a maciez, a naturalidade com que se comportam as pessoas saudáveis. Eles sorriam, ou riam, como o artista que depois de muito ensaio ou muito preparo ajusta a boca para o sorriso. Falavam baixo, com delicadeza, quando sentiam muita raiva. Falavam muito baixo, mal mexiam a boca, sussurravam. Nunca ouvi uma palavra em tom alto ou uma briga naquela casa. Só o velho dava um grito de vez em quando, mas ele estava contaminado também, porque depois engolia a voz assustado, sufocava o xingamento espontâneo, furioso.

Curvavam-se uns para os outros, mesmo sentados, como os trapezistas de circo quando pendurados nas balanças agradecem os aplausos.

Durante a refeição eles ofereciam comida uns aos outros como se fossem convidados num lugar estranho. "Sirva-se, meu querido, e você, não deseja mais, meu caro?"... A coisa seguia assim. Custou, mas depois me acostumei.

Tive de me acostumar às batidas também. Sabe, eles nunca entravam no quarto do outro sem bater. Moravam debaixo do mesmo teto e apesar disso viviam distantes uns dos outros como se os dormitórios fossem separados por grandes distâncias, por fronteiras invisíveis... A velha dormia no térreo. O patrão no primeiro andar. O jovem, meu marido, no segundo andar, na mansarda. Construíram uma escada separada para o seu aposento, assim como ele tinha um carro e mais tarde uma criada só para ele. Eles tomavam muito cuidado para não incomodar o outro. Por isso eu pensava às vezes que eram malucos. E, quando nós os imitávamos na cozinha, não éramos irônicos. Durante um ou dois anos, nos primeiros tempos, eu às vezes, em meu encantamento, caía na risada... Mas, quando via a revolta dos outros empregados e da cozinheira... como se eu tivesse cometido um sacrilégio, como se tivesse desrespeitado o que havia de mais sagrado... eu punha a mão na cabeça e sentia vergonha. Entendi que não havia nada de engraçado ali. A loucura nunca é engraçada.

Mas naquilo havia mais que simples loucura. Aos poucos compreendi o que era... O que eles preservavam com um cuidado doido, numa proteção paralítica, com regras de hospital, com "meu querido" para cá e "sirva-se, meu caro" para lá?... Não preservavam o dinheiro, ou não somente ele. Porque com o dinheiro eles também eram diferentes de nós, dos demais, que não nascemos com dinheiro. Protegiam, preservavam outra coisa, não apenas o dinheiro... Durante muito tempo não entendi o que era. Talvez não entendesse nunca se não tivesse me encontrado um dia com o homem cujo retrato você olhava agora há pouco. Sim, o artista. Ele me explicou.

O que ele disse?... Uma vez disse que eles não viviam por alguma coisa, mas contra alguma coisa. Disse apenas isso. Viu, você também não entende. Mas eu entendi.

Talvez, se eu contar tudo, você também entenda. Não me importo se, enquanto eu estiver contando, você adormecer.

Parei quando dizia que tudo na casa tinha cheiro de hospital, o hospital grande, maravilhoso, da minha experiência de infância, onde me trataram contra a raiva. Ele tinha esse cheiro de limpeza... O cheiro não era natural. Toda a cera que passávamos em tudo, no pavimento, nos móveis, e os produtos químicos com que limpávamos as janelas, os tapetes e políamos as pratas, os cobres... nada era natural. Quem entrasse na casa... e ainda por cima se chegasse de onde eu vinha... logo começava a sentir coceira no nariz, porque se sufocava com os muitos cheiros artificiais. Como o cheiro de formol e de clorofórmio que inunda o hospital, se espalhavam por lá nos quartos os vapores dos produtos de limpeza, dos líquidos detergentes, das esponjas estrangeiras, da fumaça dos cigarros egípcios, dos licores caros, dos perfumes dos convidados. Tudo se depositava nos tecidos dos móveis, nos revestimentos, nas cortinas, penetrava, se grudava em todos os objetos.

A velha tinha uma mania particular por limpeza. Não se satisfazia com o nosso trabalho, meu e do ajudante. Uma vez por mês ela mandava vir da cidade especialistas em limpeza, que chegavam como bombeiros, com escadas e máquinas especiais, e lavavam, raspavam, borrifavam tudo. Vinha também um limpador de janelas, que não tinha outro trabalho a não ser lavar e polir uma vez mais as janelas que nós, os empregados da casa, já tínhamos limpado. A lavanderia tinha o cheiro de uma sala de operações, onde antes da cirurgia se exterminam os bacilos usando-se radiações, lâmpadas de brilho azulado. Mas a lavanderia também era majestosa como o velório numa funerária distinta do centro da cidade... Eu sempre entrava lá encantada, claro que só quando a patroa permitia que eu ajudasse a lavadeira, que lavava e dobrava as roupas da ama com a devoção da lavadora de cadáveres, de mortos frescos, na aldeia. Você pode imaginar que a mim, a desajeitada, eles não confiavam um trabalho grandioso, que exigisse conhecimentos especializados, como a lavagem de roupas!... Vinha uma lavadeira extra em casa, a patroa mandava para ela a cada três semanas um lembrete num cartão-postal, para que ela se animasse e se preparasse, porque a roupa suja a esperava!... Pois ela vinha, feliz. Eu só a ajudava a calandrar e enxaguar as camisas e cuecas finas, as toalhas de mesa adamascadas, os lençóis de tecido grosso e as fronhas. Imagine se confiariam a mim a grande lavagem!... Mas um dia a lavadeira não atendeu o chamado. Em vez dela chegou um cartão-postal, escrito pela filha. Eu me lembro de todas as palavras, porque recebi a correspondência e, naturalmente, li o cartão aberto. A filha da lavadeira escrevia: "Prezada e bondosa senhora, a mamãe não vai mais lavar roupas porque morreu". E assinava: "Beijo suas mãos, Ilonka". Eu me lembro do rosto da patroa, de como franziu as sobrancelhas quando leu o cartão. Com um olhar furioso balançou a cabeça. Mas não disse nada. E então eu fui promovida, e durante algum tempo permitiram que eu fizesse a lavagem até encontrarem uma nova lavadeira, especializada e ainda viva.

Porque na casa eles liquidavam todos os trabalhadores especializados. Essa também era uma expressão apreciada por eles. O trabalhador especializado. Quando a campainha quebrava, quem a consertava não era o ajudante, chamavam o especialista. Não confiavam em ninguém, só no especialista. Vinha em casa um sujeito pomposo, que usava uma cartola, parecia um professor universitário chamado para uma reunião de conselho numa aldeia. E havia o calista. Não era um calista comum, dos que visitamos na cidade, tiramos o sapato e estendemos para ele o pé, para que tire o calo ou a pele grossa do joanete, nada disso!... E também não era um calista comum, simples, natural do lugar, um desses não entraria na casa. O especialista tinha cartão de visita, o nome dele podia ser encontrado na lista telefônica. Ao lado do nome se lia: "Pedicuro suíço". Vinha em casa todo mês, o pedicuro suíço. Sempre usava uma roupa preta e, ao chegar, passava a cartola e as luvas com tanta cerimônia, que de medo eu tinha vontade de beijar as mãos dele. Na vala meus pés congelavam e viviam cheios de bolhas no inverno frio de Nyírség, eu também tinha calos e uma unha encravada que doía tanto que eu às vezes nem conseguia andar. Mas nem em sonho eu tinha coragem de pensar que o artista dos pés pudesse um dia se ocupar dos meus. Trazia uma maleta, como os médicos. Vestia um avental branco, lavava as mãos com cuidado no banheiro, se limpava para a operação, em seguida tirava da maleta uma máquina elétrica, umas brocas pequenas como as dos dentistas, sentava-se diante dos pés da patroa, do velho ou do jovem, e com o formão elétrico começava a descascar as peles endurecidas nobres... Assim era o nosso calista. Devo dizer, minha preciosidade, que tive um dos momentos mais lindos da minha vida quando eu era patroa na casa e ordenei à arrumadeira que telefonasse para o calista suíço porque eu desejava tratar meus nobres calos. A vida oferece de tudo, basta esperar. Ela me ofereceu isso também.

Mas ele não era o único especialista que frequentava a casa. Muita coisa acontecia depois que eu levava o suco de laranja de manhã para o velho. Ele ficava deitado na cama, junto da lâmpada, lia um jornal inglês. Os jornais húngaros, que chegavam em bom número em casa, eram lidos por nós, os empregados, na cozinha ou na privada, quando estávamos cheios de tédio. A velha lia um jornal alemão, o velho, um inglês, porém mais as páginas em que havia longas listas de números, os valores das bolsas estrangeiras, porque ele não sabia muito inglês, mas os números lhe interessavam... O jovem alternava a leitura dos jornais alemães com a dos jornais franceses, mas eu tinha a impressão de que ele lia apenas as manchetes. Talvez achasse que esses jornais soubessem mais que os nossos diários, que gritassem mais alto ou mentissem mais. A ideia também me agradava muito. Eu recolhia com um sentimento de admiração e angústia os muitos jornais estrangeiros amassados, largados nos quartos deles.

Em seguida, depois do suco de laranja, se não fosse a vez do pedicuro suíço, toda manhã bem cedo vinha a massagista para a patroa. Era uma mulher de óculos, jovem e malandra. Eu sabia que ela roubava, remexia com mãos viscosas nos banheiros, entre os objetos extravagantes. Mas roubava também doces e frutas esquecidos pelo ajudante na noite anterior na sala de estar... devorava depressa uma guloseima largada, sem fome, apenas para causar um prejuízo à casa. Depois, com o rosto inocente, entrava no quarto da patroa e lhe aplicava uma boa massagem.

Os homens também recebiam um massagista, o assim chamado professor de ginástica sueca. Com esse, eles faziam um pouco de ginástica, em calção de banho, antes do café da manhã. Em seguida, o professor de ginástica preparava um banho e vestia uma roupa apropriada para borrifar com canecas de água quente e depois fria, na banheira, meu marido e o velho, em sequência. Vejo que você não entende o que era isso... Meu amado, você ainda tem muito para aprender. O professor de ginástica alternava água quente e água fria para estimular a circulação, porque caso contrário eles não seriam capazes de se atirar ao dia com a disposição muscular necessária... Havia muita organização e muita ciência em tudo. Levei tempo para entender a organização e as relações entre os muitos rituais.

No verão, antes do amanhecer, três vezes por semana, vinha o treinador, com quem eles jogavam tênis no jardim. O treinador era uma pessoa mais velha, grisalho, muito elegante, parecia um sábio inglês numa gravura de cobre dos tempos antigos num museu. Eu os observava, em segredo, da janela do quarto de empregada. Apertava a mão contra o peito e quase chorava de encantamento, de tão maravilhosa, emocionante, que era a visão nobre dos dois velhos, o treinador e o patrão, jogando tênis com elegância, como se em vez de palavras usassem a bola para conversar... Meu patrão, o velho, era musculoso, bronzeado... A pátina também no inverno aderia ao rosto dele, porque depois do almoço, durante a sesta, ele se queimava com o raio de sol artificial de uma lâmpada de quartzo. Talvez a cor do rosto fosse necessária para que ele inspirasse mais respeito no mundo dos negócios... não tenho certeza, é só uma suspeita. Ele jogava tênis na idade avançada, como o rei da Suécia. As calças brancas e o casaco de mangas compridas, tricotado, colorido, lhe caíam muito bem! Depois do tênis eles tomavam um banho de chuveiro. Para o tênis usavam um chuveiro separado, embaixo, no porão, numa sala de ginástica com pavimento de cortiça, azulejada, onde havia todo tipo de aparelhos de ginástica, escada de madeira de aduela, e um barco estúpido, sabe, que tinha apenas um assento e um remo com molas. Com o barco praticavam remo quando o tempo estava ruim e eles não saíam da casa para ir remar, de barco ou de caiaque, no Danúbio.

Depois, o calista, a massagista, o professor de ginástica sueca e o treinador iam embora... dependendo de quem fosse a vez. E então eles se vestiam.

Eu assistia a tudo da janela do quarto de empregada como o peregrino na despedida em Pócs vê os santos pintados, sombrios e ainda assim emocionantes, expostos em tendas. Havia em tudo alguma coisa incompreensível, extraterrena, não humana. Esse foi meu sentimento nos primeiros anos.

No café da manhã, infelizmente, eu não pude servir durante muito tempo, porque ele era um dos grandes rituais. Demorou para que permitissem que eu os servisse no café da manhã. É claro que eles nunca sentavam à mesa do café despenteados, de *robe de chambre*. Vestiam-se com capricho, como para um casório. Já tinham feito ginástica, tomado uma ducha, um banho, o ajudante havia barbeado meu marido e o velho. Já tinham dado uma lida nos jornais alemães, ingleses ou franceses. Durante o barbear ouviam rádio, mas não as notícias, porque receavam que elas talvez estragassem o bom humor matinal... Ouviam música de dança, estimulante, uma música barata que animava o coração deles, lhes dava vontade para as tarefas difíceis, preocupantes, do dia.

Depois eles se vestiam, com muito cuidado. O velho tinha um closet, com armários embutidos. Naturalmente, a patroa também tinha um quarto igual, assim como meu marido. Lá eles guardavam para as diferentes estações do ano, para as diferentes ocasiões, robes, armazenados em estojos, em cânfora, como roupas de missa. Mas eles também tinham armários de roupas comuns, onde ficavam as roupas para o dia a dia, de que de repente poderiam precisar e que deveriam estar à mão. Agora que estou falando nisso, sinto no nariz o cheiro dos guarda-roupas. Mandavam vir um produto da Inglaterra que parecia açúcar em cubos mas cujo cheiro era como se montes de feno de outono se espalhassem pelo quarto. A patroa enchia o guarda-roupa e as gavetas onde guardava as roupas de baixo com esse cheiro artificial de feno.

Eles não tinham apenas guarda-roupas e sapateiras... ai, ai, que gosto me dava na folga de domingo me atirar sobre o armário de sapatos, encantada, e encontrar os diferentes produtos para o tratamento de couro, sem cuspe, sem lambição, as ceras gordurosas, os líquidos de limpeza, as escovas e os panos macios!... Eu polia um coturno do velho ou um do meu marido até que ficasse de dar cegueira de tão brilhante!... Bem, não apenas as roupas e sapatos tinham um armário separado, mas as roupas brancas também. E estas, de acordo com o tecido e a qualidade, de um lado as camisas, de outro, as cuecas! Deus do céu, que camisas e que cuecas!... Acho que, quando passei pela primeira vez as cuecas curtas de linho do meu marido, eu me apaixonei por ele!... — nelas havia também o monograma dele, Deus sabe para quê... E em algum lugar, perto do umbigo, acima do monograma, a coroa de nobreza. Porque eles eram nobres, caso você não saiba, nos lenços, na camisa e nas cuecas usavam a coroa que representava a nobreza. O velho ainda por cima era conselheiro da corte, não apenas um conselheiro do governo, como o filho... o que significava de certa forma uma grande diferença, como um degrau acima, como entre um barão e um conde. Como eu disse, levei tempo para entender as coisas.

Mas havia também uma gaveta para luvas, onde se espalhavam as diferentes luvas, numa ordem insana, como arenques em lata, com vinagre e azeite. As luvas de rua, de cidade, e depois para a caça, para dirigir, cinzentas, amarelas, brancas, de pele de veado, de alce, e mais as luvas de inverno forradas de pele. E, separadas, as luvas de verniz, para os desfiles. E as luvas de luto pretas, que eles calçavam para um enterro em que se sepultava com muita pompa alguém. Depois as luvas macias cor de pombo que eles usavam com o fraque e a cartola. Mas essas eles não calçavam nunca, só as levavam na mão, como os reis o cetro... Sim, as luvas. E as malhas tricotadas, toda espécie de coletes de lã, com e sem mangas, longos e curtos, grossos e finos, em todas as cores, de todas as qualidades, coletes de lã escocesa... Havia os que eles vestiam de noite, sem sobretudo, esportivos, quando sentavam para cachimbar diante da lareira, no outono. E nessas horas o ajudante misturava galhos secos de pinheiro à lenha, como nos anúncios de aguardente em jornais ingleses que mostram o lorde cachimbando amigável diante da lareira depois de engolir a dose diária do produto. E o lorde sorri, pacífico, na malha escocesa de mangas compridas... Depois havia outros, cor de creme, que eles vestiam para a caça de pardais, em que usavam chapéu tirolês de aba estreita com pena de camurça. Meu marido tinha também malhas de lã para o verão e para a primavera. E, é claro, outras de todas as cores e grossuras para os esportes, no inverno. E uma com que ia para o escritório, e... Não aguento contar isso tudo.

E em tudo o cheiro de feno embolorado. Quando me deitei pela primeira vez na cama do meu marido, o cheiro me subiu pela garganta, o cheiro masculino perverso, malicioso, de antigamente, de muito antigamente, sabe, de quando passei as cuecas dele pela primeira vez, de quando arrumei pela primeira vez o armário de roupas brancas... E eu me senti tão feliz que pela excitação, pelo cheiro e pela lembrança comecei a vomitar. Porque, sabe, o corpo do meu marido também tinha cheiro de feno, pois ele usava também um sabonete de feno. O produto que o ajudante passava no rosto dele depois do barbear e a colônia para os cabelos também tinham o cheiro bolorento de feno... o cheiro quase não se sentia, era como um hálito. E apesar disso era como se meu marido nem fosse uma pessoa, mas uma montanha de feno de início de outono num quadro francês do século passado... Talvez eu tenha começado a vomitar por isso quando me deitei na cama pela primeira vez e ele me abraçou. Eu já era mulher dele. A outra, a primeira, tinha ido embora. Por quê?... Ela também não aguentou o cheiro? O homem?... Não sei. Não há sábio capaz de dizer por que um homem e uma mulher se juntam e por que depois se separam. Só sei que a primeira noite que passei na cama do meu marido foi como se eu não tivesse me deitado com uma pessoa, mas com um cheiro estranho, artificial. A estranheza me enervou como um vomitivo. Mas depois eu me acostumei. Mais tarde não vomitava, não tinha diarreia quando ele falava comigo ou nos abraçávamos. A gente se acostuma com tudo, mesmo com a felicidade e com a riqueza.

Mas de verdade sobre a riqueza não sei como falar para você... embora eu veja que seus olhos brilham, que você tem interesse em saber o que aprendi e vi entre eles. Pois foi mesmo interessante. Foi como uma viagem especial para um país desconhecido onde se vive, se bebe, se come, se nasce e se morre de maneira diferente...

É melhor aqui com você neste hotel. Você é mais familiar. E tudo o que acontece com você e ao seu redor é mais conhecido... Sim, mesmo o seu cheiro é mais íntimo. Dizem que no mundo nojento e automatizado que chamam de civilização... as pessoas se esqueceram de cheirar, os narizes se atrofiaram... Mas eu nasci entre animais, como o pequeno Jesus... eu também ganhei de presente o poder do olfato que os ricos perderam. Meus patrões não conheciam mais nem os próprios cheiros. Por isso eu não gostava deles. Para eles eu apenas servi, primeiro na cozinha... mais tarde na sala e na cama. Eu sempre os servi. Mas de você eu gosto porque o seu cheiro é conhecido. Beije-me. Obrigada.

Não posso lhe contar tudo sobre a riqueza porque nos despertaria, não só uma vez, mas mil e uma vezes, como no conto oriental. Eu seria capaz de contar durante noites e anos a fio. Por isso nem vou contar o que mais havia nos armários e nas gavetas, quantas espécies de colete, como fantasias no teatro e adereços para todos os papéis, coisas para todos os momentos da vida! Não há como contar. Prefiro contar o que havia na alma deles... Se está interessado? Sei que está. Pois continue calmo e preste atenção.

Porque depois de um tempo compreendi que eles não precisavam da infinidade de trecos e objetos de valor que acumulavam nos quartos e nos armários. Remexiam neles, aqui e ali, mas na realidade não se preocupavam muito em saber se os objetos eram úteis, e, caso fossem, para que serviam. O velho também tinha uma coleção de roupas igual à de um ator envelhecido. Mas ele, veja só, dormia de camisola, usava suspensório, de manhã saía do banheiro com os bigodes amarrados, tinha uma escovinha para os bigodes untada de brilhantina, com um pequeno espelho no cabo... Gostava de passear de manhã pelo quarto num robe gasto, com os cotovelos um pouco puídos, enquanto no armário dele pendia meia dúzia de robes de seda, *dressing gowns*, toda espécie de lixos assim, que ele ganhava da patroa no Natal ou no dia do nome.

Às vezes o velho resmungava, mas concordava, como se

esperava dele, que muitas coisas não podiam ser diferentes do que eram. Tinha feito dinheiro e a fábrica, se entregava ao papel a cumprir, que também havia herdado... mas, em segredo, teria preferido jogar boliche de tarde na vizinhança, numa taverna em Pasarét tomando vinho misturado com água... Porém era inteligente e sabia que a criação do homem de certa forma cria também o próprio homem... O sujeito disse um dia, o artista... sabe, disse que tudo volta e o homem nunca é livre, porque ele é preso, amarrado, pelo que ele cria. Pois o velho criou a fábrica e a fortuna, e se conformou com o fato de que tudo também o prendia, não tinha como escapar. Por isso não jogava boliche nas tardes em Pasarét, mas jogava bridge no clube dos milionários, no centro, com ar infeliz.

Havia no velho uma inteligência amarga e irônica que eu não consigo esquecer. Quando eu lhe dava de manhã a bandeja com o suco de laranja, ele erguia os olhos do jornal inglês em que revirava o preço das ações, empurrava os óculos para a testa, estendia a mão para o copo com um gesto de míope... mas em volta do bigode dele havia uma risada irônica, como quando alguém toma um remédio em que não acredita... E ele se vestia também assim, com a risada. Havia alguma coisa em volta do bigode dele. Porque o homem ainda usava bigode, como Jóska Ferenc, sabe, um bigode à imperador, uma pelugem monárquica. O homem todo era resto de outro mundo, de uma paz diferente, de verdade, quando os cavalheiros eram cavalheiros de verdade e as empregadas eram também de verdade. E os grandes empresários eram industriais que pensavam de uma vez em cinquenta milhões de pessoas quando fabricavam uma máquina a vapor nova ou um forno para panquecas. O velho vinha desse mundo, e se via que o mundo reduzido, novo, era apertado para ele... É claro, estou pensando na pequena guerra mundial quando digo isso.

Ria irônico, em volta do bigode dele dançava, brilhava, o

traço de autodesprezo e de desdém pelo mundo. Assim ele se vestia, assim jogava tênis, assim sentava à mesa do café, beijava a mão da patroa, conversava, fino e educado... mas sempre como quem desprezava tudo. Eu gostava disso nele.

Compreendi que as muitas coisas com que enchiam a casa não eram para eles objetos de uso, mas uma obsessão. Sabe, como quando alguém sofre dos nervos e se sente obrigado a realizar certos movimentos, por exemplo, lava as mãos cinquenta vezes por dia. Era dessa maneira que eles compravam roupas, lençóis, luvas, gravatas. Lembro agora especialmente das gravatas porque elas me deram muito trabalho. Eu mantinha em ordem as gravatas do meu marido e do velho. Você nem imagina, eles tinham um bocado de gravatas. Não há tom do arco-íris que não tivesse uma gravata parecida, de dar nó, borboleta ou de nó feito, pendurada no guarda-roupa por ordem de cor. Talvez houvesse até gravata ultravioleta... não seria impossível.

Porque você precisa saber que apesar de tudo ninguém se vestia com mais simplicidade, com cores mais uniformes, que o meu marido. Ele nunca usou nenhuma peça de roupa chamativa. Você nunca via nele uma gravata gritante, inadequada, nada disso. Como se diz, ele se vestia como um burguês... Uma vez ouvi o velho dizer em voz baixa para o filho: "Veja, ele parece um aristocrata". E apontou para um homem parado nas proximidades, num casaco de pele bordado e com um chapéu de caçador. Eles evitavam quem não fosse burguês, ao menos de acordo com o conceito deles... ou seja, alguém que não devesse para ninguém abaixo dele e não dependesse de ninguém superior. Meu marido de certa forma usava sempre a mesma roupa, um terno de tecido cinza-escuro grosso. E com ele uma gravata escura, lisa, sem estampa. É claro que, na realidade, com os anos, segundo os costumes da casa, da sociedade e do mundo, ele também vestiu roupas diferentes. Tinha uns trinta ternos e sapatos, e toda espécie de luvas, chapéus e outros trecos que combinavam. Mas, ao me lembrar dele... eu o vejo raramente, em sonhos, ele sempre me olha como quem está irritado com alguma coisa... isso eu não entendo!... eu o vejo de roupa escura, como se usasse um uniforme.

O velho também usava um terno de feitio antigo, um paletó que cobria generosamente a pança. Era apenas uma miragem, mas era o que parecia!... Tomavam muito cuidado para que nada neles, no ambiente, no modo de vida, contrastasse com o que era misterioso, retraído, sem cor. Conheciam o valor do dinheiro, o avô era rico, funcionário de alta patente e proprietário de vinhedos. Não tiveram de aprender nada sobre a riqueza, ao contrário do bugre enriquecido de hoje em dia, obrigado a decorar a lição, que tem vontade de entrar de manhã, de cartola na cabeça, num carro americano... Tudo na casa era silencioso, mesmo a cor das gravatas. Só que no íntimo, em segredo, nada era suficiente para eles... A mania deles era esta, a completude. Por isso a infinidade de roupas penduradas no armário, por isso os inúmeros sapatos, roupas de baixo, gravatas, desnecessários... Meu marido não se interessava por nenhuma moda, tinha no sangue a noção do que era adequado e do que era supérfluo. Porém o velho não tinha certeza do que devia fazer, da abundância apropriada à condição social dele. Em seu guarda-roupa, por exemplo, na parte interna da porta havia uma tabuleta em inglês onde se lia qual gravata combinava com certo clima e determinada cor de roupa... Por exemplo, na terça-feira, em abril, num dia de chuva, com uma roupa azul-escura, uma gravata de listras azul-claras sobre um fundo preto... e assim por diante. É muito difícil ser rico.

Era isto que nós decorávamos, a lição da riqueza. Eu a treinei com eles, durante anos, de olhos arregalados. Estudei a riqueza com o mesmo empenho com que decorei o pai-nosso na escola da roça.

Depois compreendi que não era desta ou daquela roupa ou

desta ou daquela gravata que eles precisavam de verdade, mas de algo diferente. Precisavam da completude. Essa era a obsessão deles. Era por isso que eram maníacos, pelo desejo de que tudo fosse completo. Parece que essa é a doença dos ricos. Eles não precisam de roupas, mas de uma rouparia. E uma rouparia não basta... Se existirem mais ricos na casa, eles vão precisar de mais rouparias. Não para usá-las, mas para tê-las.

Veja, um dia, por exemplo, descobri que no segundo andar da mansão, sobre a grande varanda, havia um quarto fechado, com um terraço pequeno... um quarto que eles nunca abriam. Um dia tinha sido o quarto de criança. Ali fora educado o meu marido, na infância. Fazia décadas que ninguém, a não ser a criadagem, entrava no quarto. Mas mesmo nós entrávamos apenas uma vez por ano, quando fazíamos a limpeza. Por trás de persianas fechadas e da porta trancada à chave, dormia no quarto tudo o que era parte da infância do meu marido. Como num museu, os objetos exibiam os instrumentos, os dejetos, as fantasias de uma época passada... Meu coração ficou apertado quando entrei pela primeira vez no quarto. Mandaram-me fazer a limpeza no início da primavera. No pavimento de linóleo ainda se sentia o cheiro amargo-azedo do desinfetante com que se limpava tudo naquele quarto, naquele antro higiênico... um dia, no passado desaparecido, quando uma criança vivia lá, ela balbuciava, se queixava de dor de barriga... Sobre a parede branca um artista havia traçado desenhos infantis, coloridos, animais, personagens de histórias, anões e a Branca de Neve. Havia móveis verde-claros, móveis pintados com tinta a óleo de cor suave, uma cama de bebê ricamente trabalhada com um mosquiteiro, uma balança infantil maravilhosa e, em toda a volta, nas paredes, em estantes, brinquedos atraentes, blocos de construção, trens elétricos, livros ilustrados... tudo numa ordem paralítica, como numa exposição.

Quando vi aquilo tudo, meu coração ficou apertado... Corri

para abrir a janela, a persiana, precisava de ar. Não sei dizer o que senti quando entrei pela primeira vez no quarto onde meu marido havia sido criança. Juro para você que não pensei na vala onde me criei. Eu não passei tão mal na vala, acredite... é verdade, também não foi muito bom. Foi diferente, como sempre é a realidade. A vala era a realidade. A pobreza para as crianças é diferente do que imaginam os adultos que nunca foram pobres de verdade. Para a criança a pobreza é sempre divertida, e não apenas miséria... Para a criança pobre a sujeira em que ela pode se arrastar e se deitar é boa. E na pobreza não é preciso lavar as mãos. Para quê?... A pobreza é ruim, muito ruim, somente para os adultos... é pior que tudo, é como a sarna e a cólica de intestino. É o pior de tudo, a pobreza... Apesar disso, quando entrei naquela casa, não senti inveja do meu marido. Senti pena dele, porque tinha se criado num quarto de criança que parecia uma sala de operações. Percebi que a pessoa que tinha se criado ali e daquela forma não poderia ser uma pessoa completa e inteira... ela seria, simplesmente, uma pessoa!... Parecida com as outras.

Ele também era completo, o quarto de criança. Nem poderia ser mais perfeito. Como as coleções de roupas. Como as coleções de sapatos. De tudo eles precisavam de uma coleção... Porque além da coleção de roupas e de sapatos eles precisavam de uma biblioteca particular, de uma coleção de quadros, como precisavam na fábrica de um armazém! Havia na casa, no porão, um recinto separado, trancado a cadeado, o quarto de despejo oficial. E nessas muitas coleções eles não guardavam apenas roupas, sapatos, roupas de baixo, livros, quadros, mas a completude, a obsessão.

Talvez na alma também houvesse uma espécie de depósito, onde eles cuidavam das obsessões, bem-arrumadas, com naftalina. Porque de tudo eles tinham mais que o necessário... dois carros, dois gramofones, na cozinha duas máquinas de sorvete, nos quartos diversos rádios, binóculos... com estojos, que eles levavam para o teatro, com pérolas, revestidos de esmalte, e também outros, para as corridas de cavalos, e também os que eles penduravam no pescoço quando no navio observavam o pôr do sol no horizonte... não tenho certeza, mas pode ser que tivessem binóculos separados para os penhascos das montanhas, para a alvorada e o pôr do sol, ou para os pássaros mergulhadores... Compravam tudo o que pudesse tornar a completude mais completa.

O ajudante os barbeava, mas no banheiro do meu marido havia meia dúzia de lâminas de uso pessoal, os modelos novos e os mais novos. E também num estojo de pele de alce havia mais meia dúzia de aparelhos de barba, lâminas suecas, americanas e inglesas, embora ele nunca tocasse o rosto com uma delas. Com os isqueiros era igual. Meu marido comprava todo tipo de isqueiro, depois o jogava na gaveta, ali ele enferrujava entre as muitas ferramentas de primeira, porque meu marido preferia usar fósforos comuns... Um dia ele trouxe para casa um barbeador elétrico num estojo de couro... mas nunca pôs a mão nele. Quando comprava uma coleção nova para o gramofone, sempre mandava vir uma coleção completa, a obra de um grande compositor, de uma vez, o Wagner completo e o Bach completo, em todo tipo de interpretação. Nada era mais importante para ele que ter no armário todo o Bach, completo, entendeu?...

E os livros. O livreiro nem esperava que eles se decidissem a comprar alguma coisa, mandava para a casa todo livro novo que eles talvez pudessem pegar na mão um dia. O ajudante tinha de separar as páginas dos exemplares novos, e depois, na maioria das vezes sem que os livros fossem lidos, ele deveria acomodá-los na biblioteca. Eles liam, é claro que liam!... O velho lia livros especializados, narrativas de viagem. Meu marido era uma pessoa extremamente culta, gostava até mesmo de poesia. Mas os muitos livros com que os livreiros, a pretexto de gentileza, nos atulhavam, um homem nascido de mulher nunca poderia ter lido, uma vida teria sido pouco. Apesar de tudo eles não mandavam os livros de volta, não tinham esse direito, porque a literatura tinha de ser prestigiada. E a isso sempre se somava o nervosismo e a inquietação com a possibilidade de que o belo romance que acabavam de comprar não fosse completo ou de que, Deus me livre, talvez existisse em algum lugar outro romance, mais completo do que o que eles haviam trazido de Berlim na semana anterior!... Tinham muito medo de que um livro, um objeto ou uma ferramenta que entrasse na casa pudesse ser um exemplar isolado, sem valor, ou seja, incompleto.

Tudo lá era completo, na cozinha e na sala, nas muitas coleções... Tudo era completo, perfeito.

O que faltava? Paz. Sabe, eles não tinham um único minuto de tranquilidade. Embora vivessem segundo horários rígidos, havia na casa, na vida deles, um silêncio profundo. Nunca uma palavra em tom mais alto. Nunca um acontecimento surpreendente. Previam, calculavam tudo, as dificuldades econômicas, a difteria, o clima, todos os fatos da vida e também a morte. Apesar disso não tinham paz. Talvez se acalmassem se um dia se decidissem a não viver tão previsivelmente... Mas para isso não tinham coração nem coragem. Parece que é necessária uma grande ousadia para que alguém viva à toa, mergulhado no mundo, sem horários, sem aparelhos... mergulhado na hora, no dia, e no instante... Sem esperar por nada. Sem esperança. Apenas existindo... Pois eles não eram capazes disso, não sabiam apenas ser... Sabiam despertar, com pompa, como antigamente os reis que bochechavam diante de toda a corte. Sabiam tomar o café da manhã, com a cerimônia com que o papa reza a missa aqui em Roma, na capela especial cujas paredes um velho pintou com todo tipo de personagens pelados... Andei por lá um dia desses. E na capela do papa pensei no ritual matutino dos meus antigos patrões.

Tomavam o café da manhã cerimoniosamente. E depois

viviam proveitosamente. O dia inteiro fabricavam as máquinas extraordinárias e vendiam tudo o que fabricavam. Depois inventavam máquinas novas. E enquanto isso conversavam. E de noite voltavam cansados para repousar, porque o dia inteiro haviam sido úteis, cultos, ordeiros, adequados. E isso é muito cansativo! Você é artista, não sabe como cansa alguém saber de manhã cedo o que vai fazer até a meia-noite... Você apenas vive como sua natureza excepcional de artista manda e não sabe antecipadamente que ideia vai lhe ocorrer enquanto estiver tocando, quando durante a apresentação o ritmo o contagia e você atira as baquetas para o alto porque você responde à nota que o saxofonista soprou... Você é artista, espontâneo. Mas meus patrões eram diferentes. Guardavam com unhas e dentes o que produziam. Não produziam somente na fábrica, mas também durante o café e o almoço. Também produziam alguma coisa, que eles chamavam de cultura, quando sorriam ou assoavam o nariz, com discrição... Era mais importante para eles preservar o que produziam com o trabalho e com os modos, com toda a vida, a preservação era para eles mais importante que a própria criação...

Como se vivessem diversas vidas ao mesmo tempo. Como se vivessem ao mesmo tempo a vida dos pais e dos filhos. Como se não fossem separados, únicos, seres vivos individuais, mas apenas resmungões numa longa vida vivida não por sua própria pessoa, mas pela família, a família burguesa... Por isso guardavam as fotografias, os retratos de família, com a preocupação angustiada com que os museus preservam as obras-primas que retratam as celebridades de uma época... A fotografia do noivado do avô e da avó. A fotografia do casamento do pai e da mãe. A fotografia de um tio falido, de sobretudo ou de cartola. A imagem de uma tia infeliz ou feliz, sorridente, com um chapéu com véu e uma sombrinha na mão... Todos eram eles, juntos, uma personalidade de formação e de passagem lenta, a família burguesa... Para mim era muito estranho. Para mim a família era necessidade, obrigação. Para eles era uma tarefa...

Assim eram eles. E, porque viam tudo à distância, pensavam em longos períodos de tempo e por isso nunca tinham sossego. Só tem sossego quem vive para o instante. Como só não teme a morte quem é ateu, quem não acredita em Deus... Você acredita? Que está resmungando? Está fazendo que sim, mas quanto?... Eu só vi uma pessoa que com certeza não tinha medo da morte... O tipo artista, sim. Não acreditava em Deus, por isso não tinha medo de nada, nem da morte nem da vida. Os crentes têm muito medo da morte, por isso se agarram a tudo o que as religiões prometem, acreditam que existe vida depois da morte, e julgamento... O tipo artista não tinha medo. Disse que Deus, se Ele existe, não pode ser cruel a ponto de oferecer a vida eterna às pessoas... Sabe, eles são todos doidos, esses artistas diferentes... Mas os burgueses tinham medo da morte, como também tinham medo da vida. Por isso eram religiosos e econômicos, virtuosos... Porque tinham medo.

Vejo nos seus olhos que você não entende. Com o cérebro talvez eles entendessem, porque eram cultos. Mas com o coração e os gânglios eles também não entendiam. O coração e os gânglios deles estavam inquietos o tempo todo. Tinham medo de que os muitos cálculos, planos, arrumações não valessem nada, um dia alguma coisa acabaria... o quê, mesmo? A família? A fortuna?... Não, essa gente sabia que tinha medo de algo que não era tão simples. Eles tinham medo de que um dia se cansariam e não conseguiriam conservar tudo... sabe, como o mecânico dizia quando levávamos para ele o carro vagabundo, gasto, para que olhasse qual era o problema... Lembra que ele disse que o carro ainda corria, o motor não tinha rachaduras, mas nas engrenagens havia uma fadiga dos materiais? Era como se meus patrões também tivessem medo de que houvesse uma fadiga naquilo que eles amontoaram, não conseguiriam manter a coisa toda... e então uma cultura acabaria.

Mas não vou contar mais sobre eles. Não teria mesmo fim... Imagine que segredos eles ainda deviam ter nas gavetas, nos recessos blindados nas paredes onde guardavam contratos, ações, joias... Você dá de ombros? Pois, meu querido benzinho, isso não é assim como nós, proletários, pensamos. Os ricos são muito estranhos. Pode ser que na alma deles também haja um canto onde eles guardam alguma coisa... e eu teria gostado de roubar deles a chave desse canto invisível para descobrir o que havia nele... Os ricos de algum modo são ricos mesmo que sejam espoliados. Vi depois do cerco os ricos saindo dos porões, separadamente os cristãos, depois os judeus que de alguma maneira tinham salvado a pele, que haviam sido espoliados ao máximo... Os cristãos e judeus ricos, que tinham sido roubados, cujas casas as bombas tinham destruído, cujas lojas a guerra tinha levado à falência, sem falar do que veio depois... a grande mudança, quando já se pressentia que os comunas aprontavam alguma coisa... os mesmos ricos roubados, depois do cerco, depois de mais dois anos, de novo moravam em mansões, andavam de carro, as mulheres sentavam-se na Gerbeaud com distintivos e estolas de raposa azul... Como conseguiram? Não sei. Mas tenho certeza de que viviam exatamente como durante a guerra e como antes da guerra. Viviam da mesma forma, viviam e se vestiam com as mesmas exigências. Quando o primeiro trem de Budapeste partiu e eles também receberam autorização do comando soviético para viajar... já se queixavam de que, no vagão-dormitório que os levava para Zurique ou para Paris numa viagem de compras, eles só conseguiram leito no andar superior... você entende. Parece que a riqueza é uma espécie de condição, como a saúde ou a doença. Ou alguém é rico e então, de um modo misterioso, é rico para sempre, ou não é, e nesse caso não adianta ter muito dinheiro, nunca vai ser rico de verdade. Como os santos ou os revolucionários que acreditam ser diferentes... E você tem de ser rico sem culpa, pois, se não for assim, tudo desaba... O falso rico, que revira os olhos ao pensar nos pobres enquanto come *beefsteak* e bebe champanhe, por fim acaba mal, porque não é sincero, não é um rico convicto, se manifesta apenas à custa de boas ações, covarde, ardiloso... Você tem de ser rico com severidade. A filantropia é possível, mas não passa de uma folha de figueira. Escute, querido. Espero que, quando um dia eu não estiver mais aqui e você encontrar alguém para quem tenham sobrado mais joias, você não seja sentimental... Não me leve a mal. Vou dizer o que penso. Dê-me aqui sua querida mão de artista, me deixe apertá-la contra o peito. Sentiu?... Bate por você, pelo proletário. Viu?

Eu era uma garotinha inteligente, e logo aprendi todas as mumunhas da riqueza. Fui empregada por lá durante muito tempo e destrinchei o segredo. Mas um dia eu os deixei, porque cansei de esperar. O que eu esperava?... Que meu patrão ficasse louco por mim. Que está olhando?... Esperei bem, com toda a astúcia e força.

Olhe para a fotografia, olhe bem. Guardei o retrato porque o comprei do fotógrafo quando ainda era empregada e ele vivia com a primeira mulher.

Vou ajeitar o travesseiro sob a sua cabeça. Deite-se confortavelmente, se estique. Quero que você descanse sempre que estiver comigo, meu lindo. Quero que se sinta bem quando estiver comigo. É bem cansativo o seu trabalho de noite no bar, na orquestra. Aqui, na minha cama, não faça mais do que me amar e depois descansar.

Se eu dizia isso para o meu marido também?... Não, meu

amor. Não queria que ele se sentisse bem quando estivesse na minha cama. Nisso é que estava o problema... De certa forma eu não conseguia me dispor a fazer com que ele se sentisse bem comigo. Embora o pobrezinho tenha feito de tudo, todos os sacrifícios por mim. Rompeu com a família, com o meio social, com os costumes. Emigrou de verdade ao meu encontro, como um cavalheiro falido que parte para o além-mar, para um país exótico. Talvez por isso eu não tenha conseguido nunca ficar em paz com ele, porque comigo ele não estava em casa... Viveu comigo o tempo todo como quem um dia emigrou para o Brasil, interessante, apimentado, quente, e lá se casou com uma nativa. E se surpreendeu no mundo estranho, se perguntava como tinha ido parar ali. E, quando ele estava com a nativa, na intimidade, pensava noutra coisa. Pensava na terra natal? Talvez. Isso me enervava. Por isso eu não queria que a minha companhia fosse muito boa para ele, nem na mesa nem na cama.

O que era, onde ficava a terra natal em que ele pensava?... A primeira mulher?... Não acredito. Sabe, o lar, o de verdade, não está no mapa. E há muitas coisas nele. Não só o que lá era bonito e bom, mas também o que era incômodo ou insuportável. Nós também estamos aprendendo a lição agora, pois também não temos mais lar, não é mesmo? Não pense que vamos ter um lar se um dia, de visita ou de outro modo, voltarmos para casa... Vai haver reencontro, emoção, vai haver gente que terá um ataque cardíaco, o outro vai se gabar, vai exibir o passaporte ou tirar o talão de *traveller checks* e pagar com ele... Mas o lar em que no estrangeiro ele pensava já não vai existir. Você ainda sonha com Zalá? Eu também sonho às vezes com Nyírség, mas depois acordo com dor de cabeça. Parece que o lar não é apenas uma região, uma cidade, uma casa, pessoas, mas um sentimento. Qual?... Existem sentimentos eternos? Não, querido, não acredito. Você sabe bem que eu te adoro, mas, se um dia não te adorar mais por-

que você me traiu, ou me surpreendeu... é impossível, não é?...
bem, se isso acontecer, não pense que vou ter um ataque do coração ao reencontrá-lo um dia. Vamos conversar amigavelmente...
mas não vamos mais falar daquilo, porque acabou, evaporou. Não
desanime. O lar existe somente uma vez na vida, como o amor,
o de verdade. E ele passa, como o amor, o de verdade. E é bom
assim, pois de outra maneira seria insuportável.

A primeira mulher, a esposa do meu patrão... era uma
mulher fina. Muito bonita, controlada. Eu tinha muita inveja
disso. Do controle. Parece que ele não se aprende nem se compra com dinheiro. Nasce com a gente. Tudo o que essas pessoas
diferentes, os ricos, fazem com tanto empenho, na verdade pode
não ser mais que adquirir o controle. As células sanguíneas deles
também eram controladas, bem como os gânglios. Eu odiava essa
capacidade deles, e meu marido sabia disso. A primeira mulher
era culta, controlada, e meu marido fugiu dela um dia exatamente por isso, porque se cansou do controle. Eu para ele não era
apenas uma mulher, mas a grande prova e desafio, a aventura, ao
mesmo tempo um puma e a caçada, e também uma fraude, como
se alguém, em boa companhia, de súbito cuspisse no tapete. Que
se fodam. Vou pegar um conhaque três estrelas, está bem?...
Fiquei com sede de tanto falar.

Beba, minha vida. Sim, vou beber assim, vou pôr a boca onde
a sua tocou o copo... que ideias lindas, generosas, magníficas você
tem. Eu seria capaz de chorar quando você pensa em coisas
como essa. Como você consegue, eu não entendo... Não estou
dizendo que a ideia seja inteiramente nova, pode ser que outros
amantes pensaram nisso... mas ainda assim para mim ela é
muito gratificante.

Assim, agora bebi depois de você. Veja, meu marido nunca
me presenteou com uma delicadeza dessas. Nunca bebemos no
mesmo copo olhando nos olhos do outro, como nós dois fize-

mos agora... Ele preferia comprar um anel, se quisesse me alegrar... sim, o anel bonito com a turquesa que outro dia você examinou com tanta dedicação, eu também ganhei dele. Era simples assim... Que está dizendo, meu amor?... Sim, vou dar o anel para você, mande avaliar no seu ótimo avaliador. Tudo será como você quiser.

Quer que eu conte mais sobre os ricos? Não se pode contar tudo sobre eles. Pois eu vivi entre eles, durante anos, como uma sonâmbula. Paralisada e no mundo da lua. Eu nunca sabia que erro estava cometendo quando me dirigia a eles, ou os escutava, ou pegava alguma coisa na mão... Não me censuravam, de maneira nenhuma. Preferiam me orientar, ensinar, com delicadeza, com respeito e cuidado, como o cantor italiano ensina aqui na rua o macaco a pular sobre o ombro dele e ali fazer macaquices. Mas me ensinavam também como se eu fosse uma miserável que não soubesse andar nem se comportar como devia... Porque eu era isso quando cheguei à casa deles, uma miserável. Na verdade, não sabia nada. Do ponto de vista deles eu não sabia andar, nem cumprimentar, nem falar, quanto mais comer!... Não tinha a menor ideia de como se devia comer! Acho que então eu não sabia nem ouvir, de verdade, com todas as implicações, ou seja, com maldade. Eu apenas ouvia, como uma múmia. Mas depois aprendi, na ordem, a lição que me passaram... Eu era dedicada, decorava depressa... eles se surpreendiam, ficavam com falta de ar. Não estou me gabando, mas acho que se espantaram quando um dia comecei a fazer as provas.

Por exemplo, quando fiz a prova do mausoléu. Nossa, cara, o mausoléu!... Sabe, antes, quando era empregada na casa dos meus patrões, eu via que todos os roubavam. A cozinheira fazia um caixa, para o ajudante dos comerciantes, ao preço do vinho, da aguardente e dos charutos caros, acrescentavam um valor maior, o motorista roubava e vendia a gasolina. Isso tudo era natural, os patrões também sabiam, era parte da rotina da casa.

Eu não roubava, porque era uma empregadinha apenas, ou seja, não tinha o que roubar... Porém mais tarde, quando virei patroa, me lembrei de tudo o que vi nas camadas inferiores, na cozinha, e o mausoléu foi uma grande tentação, não consegui resistir.

Um dia meu marido... o de verdade, o patrão... se deu conta de que sua vida não era completa porque eles não tinham um sepulcro no cemitério de Buda. Os pais dele, o velho e a velha, eram mortos à moda antiga, apodreciam debaixo de uma lápide simples, de mármore, sem mausoléu. Meu marido, quando lhe ocorreu essa falha, ficou deprimido demais. Mas depois ele se decidiu, e nós demos início a uma correria, determinados a reparar o grave erro. Ele confiou a mim as conversas com o arquiteto, com o mestre de obras, a fim de que construíssemos um mausoléu perfeito para os velhos. Na época tínhamos mais carros e uma casa de verão em Zebegény, uma casa permanente de inverno na residência coletiva de Svábhegy e, naturalmente, uma casa na cidade, em Rózsadomb, mais um bonito castelo na Transdanúbia, perto do Balaton, que caiu nas mãos do meu marido por conta de alguma transação comercial. Não podíamos nos queixar de falta de moradia.

Mas sepulcro nós ainda não tínhamos. Nós nos apressamos para reparar a falta dolorosa. É claro que não podíamos confiar o trabalho a um empreiteiro comum. Meu marido investigou quem seria o melhor arquiteto de sepulcros na cidade... Mandamos vir plantas da Inglaterra e da Itália, livros grossos, impressos em papel brilhante... é difícil imaginar como é rica a literatura sobre túmulos... Porque morrer assim de repente qualquer um sabe... é enterrado, e pronto. Mas os senhores vivem de outra forma e, sem dúvida, também morrem de maneira diferente. Por isso, com a ajuda do especialista, escolhemos um modelo e construímos um mausoléu lindíssimo, com cúpula e um interior amplo, arejado, seco. Caí no choro quando vi pela primeira vez por dentro o mausoléu fino, porque por um momento me lembrei da vala no areal de Nyírség onde morávamos. O mausoléu era mais espaçoso que a nossa vala. Por prudência, o recinto interior foi dimensionado para seis túmulos, para os dois velhos, para o meu marido e para mais três pessoas, que eu nem imagino quem fossem... Talvez para convidados, se acontecesse de alguém se hospedar conosco e bater as botas por lá. Examinei os três túmulos adicionais e disse ao meu marido que preferia ser devorada pelos cães a ser enterrada na cripta deles!... Você precisava ver como ele riu quando eu disse isso!...

Assim, nos preparamos para todas as eventualidades. Naturalmente, a cripta tinha luz elétrica, dois tipos de iluminação, azul e branca. Quando estava tudo no lugar, chamamos o padre e consagramos a morada de cadáveres sensual. Ali havia de tudo, meu anjo... letras douradas sobre a entrada. E, delicadamente, num formato reduzido, se via o brasão nobre da família no frontão... sabe, como a coroa nobre bordada nas cuecas... E havia uma pracinha em frente onde plantamos flores, e uma entrada com colunas, com um banco de mármore no hall para os visitantes, se eles tivessem vontade de, repentinamente, descansar antes de morrer. Por um pequeno pátio e pela porta de ferro enfeitada se entrava no salão onde alojaram o velho. Era um mausoléu de verdade, como se não tivesse sido feito para trinta ou cinquenta anos, quando também os mortos ilustres eram despejados do cemitério, mas para todo o sempre, quando, ao chamado das trombetas, de pijama e *dressing gown* os mortos mais nobres e ilustres se ergueriam dos caixões. Ganhei oito mil coroas com o mausoléu, o empreiteiro não quis me dar mais. Eu tinha uma conta-corrente num banco; tonta, depositei lá a pequena economia, e meu marido, sem querer, um dia achou na correspondência um comunicado que dizia que a minha economia modesta rendera assim e assado com os juros... Ele não disse nada, claro que não, o que você acha?... Mas se via nele que a coisa tinha caído mal. Achava que um membro da família não deveria ganhar em cima do sepulcro dos pais... Você entende? Eu não entendo até hoje. Só contei para que você veja como os ricos são diferentes.

Vou contar mais. Eu me habituei, aguentei tudo, em silêncio. Mas eles tinham um costume que eu não suportava. Ainda hoje respiro fundo, porque fico com náuseas quando me lembro. Não aguento, ora!... Vivi poucas e boas nos anos passados, e a lição não acabou. Mas eu suporto tudo, me conformo com tudo. Você vai ver, no fim vou me conformar também com a velhice, em silêncio. Eu não suportava um costume deles, um único... Quando penso nele, fico vermelha de raiva, como um peru.

Está pensando na cama? Sim, mas não como você imagina. Tinha a ver com a cama, mas de um modo diferente. Eu estou me referindo à camisola deles, e aos pijamas.

Vejo que você não está entendendo. Pois é difícil de contar. Porque, veja, na casa eu admirava tudo, encantada, como se visse uma girafa no zoológico... o papel higiênico colorido, o pedicuro suíço, tudo. Entendi que pessoas assim excepcionais não poderiam viver segundo um esquema simples, comum. A comida tinha de ser servida de modo diferente, a cama, feita de modo diferente de como era feita para mortais comuns. Era natural que cozinhassem comidas diferentes, porque talvez o funcionamento intestinal deles fosse também diferente, como também é diferente o intestino do canguru... Não sei dizer ao certo como é isso do funcionamento intestinal... mas eles tinham uma digestão diferente da nossa, gente comum. Não era natural, segundo a regra comum, mas de uma maneira que os fazia tomar laxantes especiais, fazer lavagens misteriosas... Isso era segredo.

Eu admirava tudo, de boca aberta, às vezes arrepiada. Parece que a cultura não é exposta apenas nos museus, mas também nos banheiros dessa gente, e na cozinha onde se faz a comida deles.

Durante a ocupação, eles viviam de modo diferente também nos porões, acredita?... Quando todos comiam feijão e ervilhas, eles abriam conservas estrangeiras finas, degustavam patê de ganso de Estrasburgo. Durante três semanas vi uma mulher num porão, a mulher de um antigo ministro, o marido tinha escapulido dos russos para o Ocidente, mas a mulher havia ficado porque tinha alguém por lá... sabe, quer você acredite, quer não, a tal mulher também no porão, entre bombas, fazia regime para emagrecer. Cuidava das formas, fritava em óleo italiano, numa espiriteira, alguma erva saborosa, porque temia que o feijão gorduroso e todas as nervuras que na época, mortas de medo e com a alma perturbada, as pessoas devoravam, a engordassem!... Quando lembro, fico pensando na coisa estranha que é a cultura.

Aqui em Roma as estátuas, os quadros, os tecidos nobres maravilhosos se espalham como em casa nas lojas de velharias os dejetos desprezados de um mundo antigo. Mas pode ser que aqui em Roma as coisas primorosas sejam apenas uma das faces da cultura. Pode ser que também seja cultura alguém poder cozinhar para si como se cozinhava para os ricos, com manteiga ou óleo, segundo receitas complicadas que o médico elaborava para eles — como se eles não se alimentassem somente com os dentes e as vísceras, não, se preparava uma sopa especial para o fígado, para o coração uma carne diferente, outro tipo de salada para a vesícula, um doce de uva-passa para o pâncreas. E depois, com os órgãos digestivos misteriosos, eles se recolhiam na solidão, para digerir... Bem, isso também era cultura! Eu compreendia tudo, achava de coração que estavam certos, chegava a admirá-los. Apenas o costume da camisola e do pijama eu não compreendi jamais. Que Deus castigue quem o inventou!...

Não se encolha, vou contar. A camisola devia ser preparada para eles, sobre a cama feita, de modo que na parte de trás a barra fosse dobrada e as duas mangas estendidas... entendeu?... Nesse estado a camisola ou a parte de cima do pijama eram como um árabe, um peregrino oriental, quando reza e cai de rosto no chão, estendendo os braços na areia... Por que isso era importante? Não sei. Talvez porque fosse mais fácil de vestir, com um movimento a menos, pois bastava entrar na camisola por trás, e o traje noturno já estava arrumado, eles não tinham nem de se cansar com um gesto mais brusco antes da hora do descanso. Mas de certa forma o cálculo exagerado me causava um ódio mortal. Eu não suportava essa única esquisitice deles. Minhas mãos sempre tremiam de nervosismo, de contrariedade, quando eu fazia a cama e dobrava, ajeitava as camisolas e os pijamas como o ajudante havia ensinado. Por quê?...

Viu, somos assim estranhos. Somos estranhos mesmo que não tenhamos nascido ricos. Toda pessoa se revolta um dia e finca o pé. Também o pobre tolera tudo durante muito tempo, se conforma com tudo, aceita, enfeitiçado e impotente, o mundo como o recebeu... mas depois chegou um momento, numa noite em que eu fazia a cama e aprontava para eles a camisola na posição civilizada. Esse foi o momento em que compreendi que certas pessoas passam a não suportar mais as condições estabelecidas... o indivíduo e os povos... e alguém começa a berrar que basta, é preciso mudar. E os povos nessa hora saem para as ruas e começam a quebrar, destruir... Mas isso já é uma palhaçada. A revolução, você sabe, a de verdade, aconteceu antes, em silêncio, nas pessoas. Não me olhe assim abobado, meu lindo.

Pode ser que eu esteja falando bobagem. Mas não temos de buscar razão em tudo o que as pessoas dizem ou fazem. Você acha que é razoável e sensato eu estar deitada com você aqui nesta cama? Você não me entende, querido?... Não faz mal. Apenas ouça e me ame. Entre nós a lógica é essa, ainda que não faça nenhum sentido.

Bem, essa é a história da camisola. Eu detestava o costume. Mas depois acabei me conformando também com ele. Não adiantava, eles eram os mais fortes. Podemos odiar os seres superiores, podemos admirá-los, mas não podemos negá-los. Eu durante algum tempo os admirei. Depois comecei a sentir medo entre eles. E mais tarde passei a odiá-los. Eu os odiava tanto que me juntei a eles como rica, vesti as roupas deles, me deitei na cama onde eles se deitavam, comecei a cuidar das minhas formas, e por fim também tomei laxante antes de dormir, como os ricos. Eu não os odiava porque eles eram ricos e eu pobre... não me entenda mal. Gostaria que alguém entendesse a verdade de uma vez por todas.

Hoje se fala e se escreve muito sobre isso nas manifestações populares e nos jornais. Sim, também no cinema se fala disso, como entendi recentemente quando vi o noticiário. Todos falam disso, não sei o que deu nas pessoas... Talvez as pessoas não estejam bem, de um modo geral e no todo, e por isso elas falam tanto sobre os ricos e os pobres, sobre os russos e os americanos. Eu não entendo. Dizem também que no fim vai haver uma grande revolução e os russos vão ganhar e, de um modo geral, também os pobres. Mas de noite, no bar, um homem fino... acho que sul-americano, murmurava que até na dentadura ele escondia heroína, dessa forma ele vendia a droga... disse que não vai ser assim, no fim os americanos vão vencer, porque eles têm mais dinheiro.

Fiquei pensando. O saxofonista também disse que no fim os americanos vão perfurar um grande buraco na terra, vão enchê-lo de bombas atômicas, e depois o carinha de óculos que agora é presidente do outro lado do oceano, agachado, vai se aproximar do buraco, vai acender o pavio da bomba atômica, e tudo vai voar pelos ares. À primeira impressão a coisa soa como uma grande bobagem. Mas eu não dou mais risada dessas maluquices. Vi muitas coisas que pouco antes soavam estúpidas e, depois, viraram realidade. Sim, de um modo geral vi que, quanto maior era o absurdo que as pessoas diziam, tanto maior era a certeza de que a estupidez colossal se tornava realidade um dia.

Não vou me esquecer nunca do que as pessoas tagarelavam em casa, em Budapeste, no final da guerra... Por exemplo, um dia os alemães encheram a margem de Buda do Danúbio com canhões alemães... Enterraram canhões imensos junto das pontes, quebraram o asfalto, construíram ninhos de metralhadoras ao longo da bela margem de Buda do Danúbio ladeada de castanheiras. As pessoas observavam tudo com a expressão azeda, mas havia pessoas inteligentes que diziam que não haveria cerco em Budapeste, porque aquela quantidade de armas assustadoras... os grandes canhões junto das pontes, as caixas de explosivos sobre as pontes... tudo era apenas isca... Assim eles queriam enganar os russos, mas na realidade não queriam lutar... Era o que se dizia. Pois os muitos canhões não eram iscas, o ardil não deu certo. Um dia os russos chegaram à margem do Danúbio e arrebentaram tudo, mesmo os canhões. Por isso não sei se as coisas vão acontecer como o sul-americano disse, mas desconfio que tudo possa acontecer exatamente assim, porque à primeira impressão o que ele disse parece absurdo.

Também me fez pensar muito a conversa do homem fino, de que no fim os americanos vão fazer alguma coisa decisiva, porque os americanos são ricos. Disso eu entendo, de riqueza. Minha experiência diz que temos de tomar muito cuidado com os ricos, porque eles são terrivelmente espertos. Têm força... e só Deus sabe que força é essa. O certo é que são astuciosos, não é fácil lidar com eles. Isso já se vê no que eu contei sobre a camisola. Quem precisa ter a camisola preparada para a noite como eles exigiam não pode ser uma pessoa comum. Essa pessoa sabe perfeitamente o que quer, de dia e de noite, e o pobre tem razão quando faz o sinal da cruz ao cruzar o caminho de um rico. Não posso deixar de repetir que eu penso nos ricos de verdade, ou seja, não nos que apenas têm dinheiro. Eles não são tão perigosos.

Exibem o dinheiro como uma criança exibe a bolha de sabão. Acabam como a bolha de sabão, o dinheiro estoura na mão deles.

Meu marido era rico de verdade. Talvez por isso estivesse sempre preocupado.

Dê mais um copinho para mim, só um dedo. Não, deixe, meu bem, não vou acompanhá-lo na bebida. As belas ideias não precisam ser repetidas porque se desgastam, perdem o encanto. Não me leve a mal.

Não me apresse, só sei contar na ordem certa.

Ele se ofendeu, sim, se ofendeu para sempre. Eu nunca entendi, porque tive uma origem pobre. Existe uma grande cumplicidade entre os pobres de verdade e os cavalheiros de verdade... nenhum deles se ofende. Meu pai, que tinha parentes no Canadá, descalço em Nyírség, não se ofendia da mesma forma que Ferenc Rákóczi II. Meu marido se envergonhava de ter muito dinheiro, não o exibia de maneira alguma! Preferiria usar uma fantasia para que não se visse nele a riqueza. E seus modos eram tão finos, ele era tão silencioso, tão assustadoramente educado, que com palavras, modos e atos não era possível magoá-lo, pois pela fineza dele escorria toda ofensa externa, como uma gota de água pela folha do lótus. Não, apenas ele próprio era capaz de se magoar. Mas depois a inclinação cresceu dentro dele, como uma obsessão maldosa, doentia.

Mais tarde, quando meu marido começou a desconfiar que tinha algum problema, ele começou a se atropelar, como o doente grave que um dia deixa de confiar nos grandes médicos, nos sábios, e procura a curandeira conhecedora de ervas. Mas eu não sabia cozinhar nenhuma erva curativa para ele...

Dê a fotografia para mim, me deixe vê-la mais uma vez. Sim, ele era assim há quinze anos atrás.

Já disse que usei esse retrato no pescoço durante muito tempo? Num pequeno estojo numa fita lilás? Sabe por quê?… Porque paguei por ele. Eu ainda era empregada, comprei-o com as minhas economias, e por isso lhe dei valor. Meu marido nunca soube como é grande alguém da minha origem gastar dinheiro em alguma coisa de que não tem necessidade vital. Eu me refiro a dinheiro de verdade, algumas coroas do salário, ou das gorjetas. Mais tarde eu me desfiz do dinheiro do meu marido, das notas de mil, como no tempo de empregada do pó do espanador. Aquilo para mim não era dinheiro. Mas, quando comprei a fotografia, meu coração bateu forte, porque eu era pobre e sentia que era pecado gastar dinheiro em algo que não fosse essencial. A fotografia, então, para mim, era um luxo pecaminoso… Ainda assim eu o fiz, procurei em segredo o famoso fotógrafo, da moda, no centro da cidade e paguei seu preço, não regateei. O fotógrafo riu, cobrou pouco. Foi o único sacrifício que fiz por esse homem.

Ele tinha uma estatura boa, cinco centímetros mais que eu. O peso dele nunca mudava. Regulava o corpo, como as palavras, a maneira de falar. No inverno acumulava dois quilos, mas os perdia em maio e depois se conservava sem alterações até o Natal. Não pense que fazia regime, com ele não havia nada disso. Apenas lidava com o corpo como se ele fosse um funcionário. Mandava nele.

Mandava também nos olhos e na boca. Os olhos e a boca riam separadamente, conforme a necessidade. Apenas não riam nunca os dois ao mesmo tempo… Por exemplo, como você riu, meu amado, livre, com os olhos e a boca doces, sorridentes, quando ontem você vendeu tão bem o anel e veio me encontrar com a boa notícia!…

Disso ele era incapaz. Eu vivia com ele, era a mulher dele, e antes, quando era sua empregada, naturalmente vivia com ele com muito mais intimidade do que mais tarde, quando era somente a mulher dele. Mas de peito aberto, de verdade, eu nunca o vi rir.

Ele sempre preferia sorrir. Quando em Londres conheci o grego liso como sabonete que depois me ensinou todo tipo de coisas... não insista em saber o que ele me ensinou, não posso contar tudo, pois acabaria caindo em cima de nós... o grego disse que entre os ingleses eu deveria tomar cuidado para nunca rir em público, porque era vulgar. Eles sempre preferiam sorrir. Estou lhe contando isso também porque quero que você saiba de tudo o que possa ser útil na vida.

Meu marido era capaz de sorrir extraordinariamente. Com inveja eu às vezes sentia que seria capaz de comer o que o fazia sorrir assim. Como se tivesse aprendido em algum lugar. Numa universidade secreta onde os ricos estudam... e o sorriso é uma das matérias. Por exemplo, ele sorria também quando o enganavam. Eu às vezes o punha à prova. Eu também o enganava e o observava... Eu o enganava na cama, e também lá o observava. Havia momentos em que era perigoso. Nunca se sabe como vai reagir um homem enganado na cama...

Naquela época o perigo me excitava demais. Não me admiraria se um dia ele trouxesse uma faca de cozinha e me furasse a barriga, como se faz com os porcos na hora da matança. Naturalmente, isso era apenas um sonho, o assim chamado sonho desejante. Aprendi a expressão com um médico que consultei durante algum tempo, por macaquice, por modismo, porque eu era rica e podia me permitir ter problemas de alma. O médico ganhava vinte coroas por uma hora. Por essa quantia eu tinha o direito de me deitar num divã no consultório e lhe contar meus sonhos, e todas as bobagens que me ocorressem. Outras pessoas pagam para que uma mulher se deite num divã e fale bobagens. Mas para ele era eu que pagava, e aprendi palavras como *bloqueio* e *sonho desejante*. Ai, ai, eu aprendi muito. Não foi nada fácil viver entre os patrões! Mas a sorrir eu nunca aprendi. Parece que isso requer outra coisa. Talvez que o meu avô também sorrisse. O negócio do sorriso eu também odiava, como a brincadeira da camisola... odiava o sorriso deles. Porque, quando eu enganava o meu marido na cama... parecia que eu me sentia bem com ele, mas não era verdade... e ele certamente percebia, entretanto não desembainhava a espada para me furar, e sorria. Ficava sentado na grande cama francesa, despenteado, musculoso, com o corpo de esportista, um leve cheiro de feno, e me encarava com um olhar parado, vítreo. E sorria. Eu tinha vontade de chorar em minha tristeza e ódio impotente. A verdade é que depois, quando viu a casa bombardeada, ou mais tarde, quando um dia lhe tomaram a fábrica e a fortuna, ele sorriu da mesma forma.

Esta é uma das grandes maldades, o sorriso nobre, diferente. É o verdadeiro pecado dos ricos. Não pode ser desculpado... Entendo que alguém possa bater ou matar se for ferido. Mas, se ele apenas sorri e cala, eu não sei o que se pode fazer com ele. Às vezes sinto que todo castigo é pouco. Tudo o que eu, uma mulher que se safou da vala e depois atravessou o caminho dele, seria capaz de inventar contra isso é pouco. É pouco tudo o que o mundo poderia fazer com ele, com a fortuna, com as propriedades, com tudo o que é importante para ele... É preciso tirar o sorriso dele. Será que os famosos revolucionários não sabem disso?... As ações e as pedras preciosas de certa forma renasceram nas mãos deles, mesmo mais tarde, depois que perderam tudo. Quando os ricos de verdade são deixados nus em pelo, eles conservam uma fortuna escondida que nenhuma força terrena consegue tirar deles... sim, quando um rico de verdade que tinha cinquenta mil acres de terra, ou uma fábrica onde trabalhavam dois mil operários, perdia tudo... ele continuava mais rico que alguém da minha raça em boa situação.

Como eles fazem?... Não sei. Veja, eu vivi numa época em que em casa as pessoas de dinheiro, ricas, passaram por maus bocados. Tudo e todos se juntaram contra eles. De acordo com planos elaborados, minuciosos, tirou-se, em sequência, tudo o que eles tinham... a fortuna visível... Depois, com competência e astúcia, tirou-se também a invisível. Apesar disso essa gente, no fim, continuou em boa situação.

Eu admirava tudo boquiaberta e não sentia revolta. Não zombava deles, nada disso! Não quero agora cantar para você uma grande ária sobre o dinheiro, a pobreza e a riqueza. Não me entenda mal. Sei que soaria bem se agora de madrugada eu começasse a gritar que odiava os ricos porque tinham dinheiro, poder... Odiava, sim, mas não os ricos. Sentia era medo deles, com a intensidade com que o selvagem sente medo do trovão e do relâmpago. Eu tinha raiva deles... como antigamente as pessoas tinham raiva dos deuses. Sabe, dos deuses menores, barrigudos, de aspecto humano, que se gabam, pecam, grandes velhacos que se metem na desordem cotidiana dos homens, se enfiam na cama das pessoas, na vida das mulheres, põem os dedos nas panelas, se comportam como as pessoas. Mas eles não são gente, são deuses, deuses medianos, auxiliares, de dimensões humanas...

Era assim que eu me sentia quando pensava nos ricos. Não os odiava por causa do dinheiro, das mansões, das pedras precio-sas. Não era uma proletária rebelde, nem uma trabalhadora com consciência de classe, nada disso... Por que não? Porque eu vinha de tais profundezas que sabia de mais coisas que as declamadas do alto dos barris.

Eu sabia que no fundo, bem no fundo, nunca houve jus-tiça e jamais haverá. E, ainda que eu conseguisse fazer com que uma injustiça desaparecesse, em vez dela arranjariam outra. Além disso, eu era uma mulher, era também bonita, e desejava muito um lugar ao sol... Diga, isso é pecado? Pode ser que os revolucionários... os que o são por ofício, os que antes prometem e depois fazem o contrário... pode ser que eles me desprezassem por isso. Mas com você quero ser sincera. Para você quero dar tudo o que ainda me resta, e não me refiro somente às joias... por isso confesso que a principal razão do meu ódio pelos ricos é que eu consegui lhes tirar apenas o dinheiro. O restante, que afinal de contas é o verdadeiro sentido e o segredo mais profundo da riqueza, a diversidade que me intrigava tanto quanto o patrimônio... essa outra coisa eles não me davam. Eles a esconderam tão bem que nenhum revolucionário jamais conseguirá arrancá-la... a esconderam melhor que os objetos preciosos nas caixas-fortes dos bancos estrangeiros, melhor que o ouro enterrado nos jardins deles.

Não me deram a capacidade de mudar de assunto quando surgia uma discussão verdadeiramente dolorosa e urgente, quando eu sentia o coração bater forte por uma emoção violenta, por raiva, porque estava apaixonada ou porque haviam me maltratado... porque via uma injustiça, porque havia alguém que sofria e eu tinha vontade de gritar de ódio... Em situações como essas eles ficavam impassíveis e sorriam. Não consigo descrever com palavras. De qualquer modo, chega a parecer que as palavras não servem para exprimir nada que seja verdadeiramente importante... Sabe, como o nascimento ou a morte. Coisas que não podem ser expressas nem com palavras verdadeiras e apropriadas. Talvez a música consiga, não sei... Ou quando alguém deseja uma pessoa e consegue tocá-la com as mãos, assim... Não se mexa. O meu amigo, perto do fim, não por acaso se pôs a explorar os dicionários. Procurava uma palavra. Mas não a encontrou.

Por isso não se espante se eu não encontrar as palavras exatas. Quero apenas conversar com você... E existe uma grande diferença entre isso e conseguir contar de verdade para você como foram as coisas.

Devolva a fotografia dele. Sim, ele era assim quando o conheci. Mais tarde, quando o vi pela última vez... depois do cerco... também era assim. Mudou apenas como um objeto de boa qualidade muda com o uso... fica um pouco mais brilhante, mais liso, mais polido. Envelheceu como uma boa lâmina de barbear, ou um cachimbo de louro. Deus sabe... Talvez seja mais inteligente eu criar coragem e tentar contar. Sabe, vou começar pelo fim. Talvez assim você entenda... mesmo que eu não fale sobre o começo.

A doença dele era ser burguês. Quem, o que é isso?... Os vermelhos o representam como uma figura má, barriguda, que acompanha o dia todo o preço das ações e enquanto isso tortura os empregados. De certa forma, eu também pensava assim quando fui parar entre eles. Porém mais tarde entendi que a história toda do burguês e da luta de classes é diferente da contada para nós, os proletários.

A obsessão desse homem era achar que o burguês ainda tinha um papel no mundo... não apenas o papel de se propor a ser ou a macaquear os que antigamente, um dia, foram poderosos, num tempo em que ele, o burguês, não tinha poder... Ele, o burguês, achava que no fim poria o mundo em ordem... os patrões não seriam tão patrões quanto antigamente, e os proletários deixariam de ser a raça miserável que éramos naquela época... Ele achava que de algum modo todos se aburguesariam, uns em nível mais baixo, outros em nível mais alto, desde que ele, o burguês, preservasse o seu lugar no mundo, onde tudo e todos estavam de pernas para o ar. E um dia ele se dirigiu a mim. E disse que gostaria de se casar comigo, a empregada.

Não entendi exatamente o que ele disse, mas naquele momento eu o odiei tanto que tive vontade de cuspir nele. Era

Natal, eu estava agachada diante da lareira para acendê-la. Eu nunca tinha sido tão ofendida. Ele quis me comprar como se eu fosse um cão raro... foi como eu senti. Pedi a ele que saísse do meu caminho, disse que não queria mais vê-lo na minha frente.

Pois então ele não se casou comigo. Mais tarde, passou o tempo, e ele se casou. Casou com a mulher fina. Tiveram um filho. O pequeno morreu. O velho também morreu, e a morte dele eu lamentei. Quando ele morreu, a casa parecia um museu por onde os interessados davam apenas uma passada. Não ficaria surpresa se um dia, num domingo de manhã, estudantes tocassem a campainha da mansão, para uma visita escolar... Meu marido vivia numa casa separada com a mulher. Viajavam muito... Eu fiquei com a senhora. A velha não era burra. Eu sentia medo mas também gostava dela. Palpitava nela a sabedoria das antigas mulheres. Ela conhecia receitas que curavam o fígado ou os rins. E sabia também qual era a maneira certa de se lavar, de ouvir música... Sabia também de nós dois, da revolta do filho, sem palavras... da nossa longa batalha, que só as mulheres conseguem captar, como os radares... desvendam o segredo que cerca o homem com quem elas têm uma ligação.

Assim ela sabia que o filho era desesperadamente solitário, porque o mundo em que ele tinha nascido, a que pertencia, de corpo e alma... em suas lembranças, dormindo, e acordado... não o protegia mais. Não o protegia porque se desfazia como os tecidos antigos que já não podem ser usados, nem como mantas decorativas nem como panos de limpeza... o filho não agredia mais, somente se defendia. E quem não agride, quem só se defende, não vive mais, apenas existe... A velha farejava o perigo com o instinto feminino, esperta. Conhecia o segredo, como certas famílias sabem de uma doença sombria, ancestral, herdada, de que não se pode falar porque grandes interesses impedem que a notícia se espalhe... como se uma epilepsia herdada ou um sangramento pudesse exterminar a família.

Que está olhando? Sim, eu também sou nervosa, não só os patrões. Eu não me tornei nervosa entre os patrões. Eu era nervosa também na vala, em casa... se é que eu tinha alguma coisa que as pessoas chamariam de casa. Quando digo estas palavras, *família* ou *casa*... não vejo nada, apenas sinto um cheiro. Terra, barro, ratos, cheiro de gente. Depois, acima de tudo, o outro cheiro que pairava também sobre a minha infância meio de gente meio de bicho, o céu azul-claro, a mata molhada de chuva com cheiro de cogumelos que era como quando encostamos a ponta da língua num objeto de metal... Eu também fui uma criança nervosa, não tenho por que negar... Nós também temos segredos, não são só os ricos que os têm.

Mas eu quero lhe falar do final, do instante em que vi meu marido pela última vez. Porque sabia, como sei que estou aqui sentada com você, de madrugada, num quarto de hotel em Roma, tinha certeza de que era a última vez que o via.

Espere, não bebamos mais. É melhor tomar um café... me dê a mão, aperte meu peito. Está batendo, sim. Bate forte toda madrugada... Não por causa do café, nem do cigarro, nem porque estou com você. Meu coração está batendo forte porque me lembrei do instante em que o vi pela última vez.

Não pense que é saudade o que faz meu coração bater forte. Não há nada de cinema nisso. Já disse que jamais gostei dele. Houve um tempo em que estive apaixonada por ele... mas só porque não tinha vivido com ele. As duas coisas não andam juntas, sabia?...

Depois tudo aconteceu como planejei na minha cabeça louca, apaixonada. A velha morreu, e eu fui para Londres... mostre a outra fotografia! Pois este era um grego genuíno, meu bem! Ensinava canto em Londres, no Soho. Era um grande malandro e sabia revirar os olhos escuros, ardentes, magnificamente, sabia sussurrar, jurar, mostrava o branco dos olhos, entregue, como o tenor napolitano que ouvimos hoje aqui no teatro de música.

Eu estava muito só em Londres. Sabe, tudo é terrivelmente grande naquele deserto inglês de pedra... o tédio também é terrível. Só que os ingleses já exploraram o próprio tédio, entendem dele. Eu fui para ser empregada. Mas na casa londrina onde me enfiei... naquela época procuravam empregadas estrangeiras em Londres como, antigamente, escravos de Szerecseny... Eles têm uma cidade, Liverpool, que, segundo contam, foi construída sobre crânios de negros!... pois disso eu não tenho certeza!... Mas na casa grande não suportei a condição de empregada por muito tempo, porque ser empregada em Londres era completamente diferente do que ser empregada em casa. Era melhor, mas também pior. Não o trabalho. A necessidade de trabalhar lá não me incomodava. Na língua deles eu gaguejava apenas, e isso me perturbava muito... Porém me incomodava mais o fato de que na casa eu não era uma empregada, mas uma peça. E não era uma peça numa família e numa rotina doméstica inglesa, mas numa grande empresa que lidava com importações... Eu era um dos artigos importados. Além disso, eu não me instalei numa família inglesa de verdade, mas na casa de um judeu alemão, rico, imigrante, em Londres... O patrão havia fugido de Hitler, com a família, para a Inglaterra, e vendia roupas de baixo de lã grossa para o exército. Era um judeu alemão muito genuíno, ou seja, tão alemão quanto judeu. Usava um penteado à moda índia, e acho que... disso não tenho certeza, mas não é impossível... tinha mandado um cirurgião escavar marcas superficiais de duelo no rosto porque gostaria de ser boa-pinta como os estudantes alemães esgrimistas. Eu às vezes pensava nisso quando observava o retrato dele.

Mas eles eram pessoas boas e representavam o papel de ingleses com um empenho, com um entusiasmo para o qual os próprios ingleses já não dispunham nem de vontade nem dos meios... Morávamos num bairro da periferia da cidade, ajardinado, numa casa bonita. Os patrões eram quatro, nós, as empregadas, cinco, e mais uma diarista. Eu era a porteira. Havia uma cozinheira e um ajudante, como em casa. E havia também uma copeira e um motorista. Isso tudo eu achava certo. Das grandes famílias inglesas antigas apenas poucas conservavam tantos empregados. As grandes residências de família tinham sido vendidas, reconstruídas, mas nas poucas casas distintas, em que se vivia segundo os velhos costumes, o número obrigatório de empregados ainda se mantinha. A copeira não assumia nem um gesto do meu trabalho. E o ajudante preferiria cortar as mãos a auxiliar a cozinheira. Éramos todos peças em movimento... e sabe o que me incomodava? Eu nunca descobri de que mecanismo nós, as peças, ou seja, os patrões e os empregados, fazíamos parte... De um relógio suíço pontual ou de uma máquina infernal pronta para explodir em determinada hora?... Na vida inglesa fina, silenciosa, havia algo que inquietava... Sabe, eles também sorriam o tempo todo... como sorriem nos romances de detetive ingleses o assassino e a vítima, falam com delicadeza sobre o fato de que um se prepara para matar o outro... e enquanto isso sorriem. Era entediante. Eu tive dificuldade para aguentar o tédio inglês opressivo, lavado, artificialmente limpo. E, quando estava entre eles, na sala de estar ou na cozinha, eu nunca sabia se ria na hora certa. Na sala de estar, naturalmente, eu ria para dentro, sem som, porque não tinha o direito de rir quando eles, os patrões que se fingiam de ingleses, contavam piadas uns para os outros... Mas na cozinha eu também não sabia quando ria na hora apropriada... porque eles gostavam muito do humor. O ajudante assinava uma revista de humor e durante o almoço lia em voz alta as anedotas inglesas incompreensíveis, para mim mais imbecis que divertidas. Eles riam alto, a cozinheira, o motorista, a copeira e o ajudante... E enquanto isso, de olhos entreabertos, me olhavam maliciosos, de esguelha, para ver se eu ria, se eu compreendia a excelente anedota inglesa.

Mas eu, na maioria das vezes, da brincadeira toda só entendia que eles me gozavam e não se divertiam com a piada e sim comigo. Porque é quase tão difícil entender os ingleses quanto entender os ricos. É preciso tomar muito cuidado entre eles, porque sorriem o tempo todo, mesmo quando pensam em algo traiçoeiro. E podem parecer imbecis, como se não fossem capazes de contar até dois. Mas na verdade eles não são imbecis como parecem e sabem contar muitíssimo bem, sobretudo quando querem enganar alguém. Mas sorriem amigáveis também durante a enganação.

A mim, a estrangeira, a negra branca, as empregadas inglesas sem dúvida desprezavam profundamente... Mas talvez não me desprezassem tanto quanto aos meus patrões imigrados, os judeus alemães ricos. A mim elas desprezavam com piedade. E talvez tivessem pena porque eu não compreendia muito bem o humor estonteante da revista *Punch*.

Por isso eu vivia entre eles como podia. E esperava... porque não podia fazer outra coisa.

O que eu esperava? O Lohengrin que um dia largaria por minha causa o cachorro e o papagaio e viria me buscar?... A pessoa que vivia com a outra mulher, a rica?... Eu sabia que minha vez chegaria, bastava esperar.

Mas eu sabia também que por conta própria essa pessoa não se mexeria jamais. Passado um tempo eu teria de ir buscá-la e me grudar em seu crânio com as duas mãos, arrancá-la da sua vida, como se fosse um afogado na lama. Era assim que eu pensava.

Num domingo de tarde conheci o grego no Soho. Nunca soube de verdade qual era sua profissão. Ele disse que era empreendedor. Tinha dinheiro demais, suspeito, tinha até carro... as coisas sobre rodas naquela época eram mais raras do que hoje. E de noite ele jogava cartas nos clubes. Acho que sua profissão era simplesmente ser oriental. Os ingleses não se surpreendiam com alguém que vivesse entre eles como levantino. Educados, sorridentes, murmurantes e balançando a cabeça, eles sabiam de tudo sobre nós, os estrangeiros. E calavam. Só emitiam um sussurro se alguém ofendesse o que chamavam de bons modos... Mas era impossível decifrar o que chamavam de bons modos.

O meu grego sempre cambaleava entre eles numa certa fronteira. Não o prenderam, mas, quando eu estava com ele, em algum bar, num restaurante fino, ele às vezes olhava na direção da porta giratória como se esperasse os tiras. Sim, tinha uma orelha assim pontuda... Bem, ponha a fotografia de volta no lugar. O que eu aprendi com ele? Como disse, aprendi a cantar. Ele descobriu que eu tenho voz. Você tem razão, aprendi também umas outras coisas com ele. Nossa, como você é bobo!... Já disse que ele era levantino. Esqueçamos o grego.

Não me interrompa. Já disse que só quero contar o final. O final de quê?... O fato de que foi tudo inútil, em segredo, de alguma forma, eu sempre odiei meu marido. Mas também o adorei, como uma louca.

Compreendi tudo no instante em que dei de cara com ele, depois do cerco, na ponte. Como soa simples... Acabei falando, e você vê que não aconteceu nada. Você está aqui deitado, em Roma, no quarto do hotel, na cama, estamos dando baforadas num cigarro americano, um café perfumado evapora na cafeteira turca de cobre, é madrugada, você está apoiado no cotovelo sobre o travesseiro e me olha assim... Seu cabelo lindo, com brilhantina, cai sobre a testa. E você espera que eu conte. Tudo na vida se transforma dessa maneira maravilhosa. Pois bem, eu estava andando na ponte depois do cerco, e, de repente, meu marido vinha na minha direção... Isso é tudo? Simples assim?

Agora que falei, eu também me surpreendi com a quantidade de coisas que cabe numa frase. Por exemplo, eu disse "depois do cerco"... Só disse, não é?... Mas na realidade não foi tão simples. Você precisa saber que então, perto do fim de fevereiro, a guerra ainda rugia do outro lado do Danúbio. Cidades e aldeias ardiam, pessoas eram mortas. Mas em Peste e em Buda nós vivíamos quase como se vive numa cidade... É verdade, vivíamos também como os nômades no início dos tempos, ou os ciganos itinerantes. Por volta de meados de fevereiro expulsaram o último nazista de Peste e de Buda... e depois, devagar, com trovoadas mais silenciosas, como a tempestade, o front se distanciou, a cada dia os céus trovejavam mais longe. As pessoas emergiram dos porões.

Você, é claro, na Zalá pacífica poderia acreditar que nós, ilhados em Budapeste, éramos todos doidos. Você tem razão, se alguém visse de fora o que aconteceu naquelas semanas, meses, depois do cerco, não poderia imaginar outra coisa. De fora não se pode imaginar o que sente ou o que diz alguém que ressuscita da Gehenna da miséria e do inferno. Da fedentina onde durante semanas chafurdava. Emergimos da imundície da falta de banho, da falta de água, da sujeira da mistura dos corpos. Mas não quero distraí-lo com os crimes do cerco. Conto como ele ficou na minha lembrança, de forma atrapalhada... Muita coisa parece confusa quando penso naquele tempo. Sabe, como quando no cinema o filme se rasga... de repente a história não faz sentido, o espectador olha para o vazio que brilha cinzento na tela.

As casas fumegavam, como se Buda inteira, o antigo bairro da cidade, o belo cenário, o castelo, fosse uma única pira acesa. Não passei o cerco no porão da minha casa, porque a casa onde eu morava tinha sido bombardeada no verão. Mudei de lá para um hotel em Buda... depois, quando as tropas russas cercaram a cidade, me hospedei na casa de um conhecido... Quem era ele? Não insista. Vou contar na hora certa.

Na época não era difícil achar hospedagem em Budapeste. Todos dormiam num lugar diferente, sempre que possível não na própria casa. Pessoas que com a alma tranquila teriam ficado em casa, porque não haviam feito nada de errado... mas se sentiam estranhas, pressentiam que se aproximava o fim do grande carnaval e simplesmente faziam de conta que também tinham medo, se escondiam, como se não fosse impossível que também fossem procuradas, seriam perseguidas pelos russos, ou pelos comunas... Como se todas vestissem fantasias. Como se uma grande sociedade se entregasse a uma grande peça carnavalesca, demoníaca. Como se todas se vestissem de vidente persa, de cozinheiro, como se todas grudassem uma barba postiça... as pessoas se transformaram dessa maneira estranha.

Mas isso tinha outro lado. À primeira vista parecia que a sociedade inteira estava embriagada da bebida grátis que os nazistas encontraram e depois esqueceram nos porões, nos depósitos dos grandes hotéis, porque não tiveram tempo de tomá-la, pois fugiram. Na direção do Ocidente... É isso que contam os sobreviventes dos grandes desastres aéreos e dos naufrágios, em que os passageiros vão parar numa ilha deserta ou num pico nevado... e depois de três, quatro dias os víveres acabam. E as pessoas, cavalheiros e damas finos, começam a olhar uns para os outros, para ver se podem dar uma mordida em alguém, porque estão esfomeados... Como no filme em que o pequeno ator de bigode de escova de dentes, Chaplin, e o garimpeiro imenso se perseguem no Alasca, porque o homem grande quer devorar o pequeno... Havia algo de insano nos olhos das pessoas quando encontravam um objeto ou quando diziam que aqui ou ali se poderia comer alguma coisa. Porque tinham decidido, como os náufragos na ilha, que a qualquer preço, ainda que fosse o do canibalismo, sobreviveriam ao naufrágio... E juntavam os recursos onde os encontrassem.

Depois do cerco eu vi algo da realidade. Como quem teve a catarata retirada dos olhos com um canivete. E o que eu vi era tão interessante que prendi a respiração por um momento.

O castelo ainda ardia, nós emergimos do porão. As mulheres se vestiam como velhas, estavam maltrapilhas e sujas, achavam que assim escapariam dos russos estupradores. O cheiro da morte e o fedor do porão emanavam das nossas roupas e corpos. Por toda parte, ao longo das calçadas, perto e longe, bombas gordas esquecidas fumegavam. Eu andei pelo leito largo da rua entre cadáveres, detritos, carros de batalha mortos, esqueletos enferrujados de aviões Rata com as asas despedaçadas. Atravessei Krisztinaváros, na direção do Vérmezö. Bamboleava um pouco por causa da brisa, do brilho do sol de fim de inverno, por estar viva... Mas já me arrastava como as outras dezenas de milhares de pessoas porque já havia uma ponte armada na surdina sobre o Danúbio. Era um remendo corcunda, como as costas de um dromedário. Os cães fardados do exército russo reuniram os trabalhadores, eles construíram a ponte sob as ordens dos engenheiros vermelhos em duas semanas. E de novo se podia atravessar de Buda para Peste. Eu não aguentava mais esperar... o quê? Rever nossa antiga casa? Nada disso. Vou contar para você.

Na manhã em que por fim tínhamos uma ponte, corri para Peste porque queria comprar um removedor de esmalte de unhas, no centro, na antiga drogaria.

Por que me olha como se eu fosse uma louca?... Tudo aconteceu como eu disse. Buda ainda ardia. Em Peste as entranhas das casas apareciam. Mas, nas duas semanas em que apodrecemos no porão do imóvel de aluguel em Buda, homens, crianças e mulheres... enquanto à minha volta pessoas passavam fome, gritavam, um velho morreu... e estávamos todos sujos porque não havia água... Nessas duas semanas nada me fez sofrer tanto quanto eu ter esquecido de levar removedor de esmalte de unhas para o esconderijo. Quando soou a última sirene e começou o cerco, eu desci para o porão com as unhas pintadas de carmim. E depois lá fiquei, com as unhas vermelhas, durante duas semanas, até a queda de Buda. E as unhas vermelhas ficaram pretas de sujeira.

Sabe, naquela época eu também usava unhas vermelhas, como as mulheres glamourosas. Um homem não é capaz de entender... Mas eu fiquei terrivelmente nervosa, durante o cerco, por não saber quando poderia por fim correr para Peste, para a antiga drogaria, onde havia um removedor de boa qualidade, dos tempos de paz.

O feiticeiro de almas a quem a cada vez eu pagava cinquenta coroas para que três vezes por semana eu me deitasse no divã e depois falasse bobagens... porque eu cumpria tudo o que era necessário para uma vida digna... ele certamente explicaria que eu não queria remover o esmalte sujo das unhas, mas outra sujeira, a sujeira da minha vida anterior ao cerco... Não tenho certeza. Eu só sabia que minhas unhas não estavam mais vermelhas, e sim pretas, e disso eu tinha de me livrar. Por esse motivo atravessei a ponte na correria, na primeira possibilidade.

Quando cheguei à rua em que antigamente ficava a nossa casa, uma figura conhecida passou apressada à minha frente na calçada. Era o encanador, nascido no bairro, um homem honesto, mais velho. Como muitos na época, ele deixara crescer uma barba cinza, se fantasiara de vovô, e assim esperava que os russos não o levassem para trabalhar, ou para mais longe, para Jekaterinburg. O velho levava um grande pacote. Fiquei feliz ao reconhecê-lo. E, de repente, ouvi-o gritar para o chaveiro que morava numa casa em ruínas do outro lado da rua:

"Jenö, corra para o Központi, lá ainda tem mercadoria!"

E o outro, o chaveiro, muito espigado, com a voz rouca, entusiasmada, respondeu:

"Foi bom você ter dito, vou correr para lá!..."

Fiquei parada junto ao Vérmezö, os acompanhei com os olhos durante muito tempo. Vi o velho búlgaro embriagado, costumava entregar madeira no inverno para as casas nobres. Emergiu de uma casa em ruínas e, cuidadosamente, com esforço, como o padre que leva o Santíssimo na procissão do Dia da Ressurreição, ergueu um espelho de moldura dourada. O espelho brilhou na luz cintilante de fim de inverno. O búlgaro dava passadas com empenho, carregava o espelho de moldura dourada como quando alguém no final da vida recebe das fadas o presente que sempre desejou em segredo, com que sonhava na infância. Via-se que o búlgaro naquele instante roubava o espelho. Vagou sereno entre as ruínas, como se acontecesse uma grande cerimônia no mundo e num encantamento misterioso, solene, ele fosse o único agraciado, o homenageado, ganhador do prêmio... Ele, o búlgaro, com o espelho roubado.

Esfreguei os olhos para segui-lo. Depois, instintivamente, me dirigi à casa em ruínas de onde o velho tinha saído. O portão estava de pé, no lugar da escada uma montanha improvisada de detritos levava ao andar de cima. Mais tarde ouvi que a velha casa de Buda havia sido atingida por mais de trinta bombas, minas, granadas. Lá também moravam conhecidos, uma costureira com quem eu mandava fazer roupas de vez em quando, um veterinário que tratava do meu cachorro, no primeiro andar um juiz do tribunal de justiça, aposentado, e a mulher, com quem tomávamos lanche às vezes na velha confeitaria de Buda, a Auguszt. Krisztinaváros sempre me lembrou uma cidadezinha austríaca, não se parecia com nenhum outro bairro de Budapeste. Os antigos habitantes e os imigrantes moravam lá numa intimidade familiar, num pacto fino e silencioso que não tinha nenhuma finalidade ou sentido, a não ser pelo fato de que todos pertenciam à mesma classe, à burguesia. Tanto o aposentado como o que se arranjou modestamente com o trabalho. E quem chegava lá por equívoco, vindo de baixo, assimilava os modos dos antigos moradores, era humilde, adequado. O chaveiro e também o encanador... Em Krisztinaváros vivia uma grande família, uma família de bons hábitos, que respeitava as leis e a dignidade.

Naquela casa também viviam pessoas assim — na casa de cujas ruínas emergira o búlgaro com o espelho roubado. Ele dava passadas rápidas, como antes o encanador e o chaveiro, que se encorajavam dizendo que seria melhor agir enquanto durasse o carnaval, Buda ardia e não existia polícia nem ordem jurídica. E no Központi ainda havia mercadoria, que os russos e os espertos não tinham roubado.

Eu levava nos ouvidos a palavra, como uma melodia... a gargalhada malandra, a risada do submundo, dos cúmplices. Entrei na casa conhecida, subi pela montanha de detritos para o primeiro andar e de repente me vi na casa do juiz do tribunal de justiça, no quarto do meio, na sala de estar. Reconheci a sala porque tinha tomado chá ali com o meu marido, os velhos nos convidaram. Na sala faltava o teto, uma bomba havia rasgado o telhado e arrastara consigo a sala do segundo andar. E agora tudo estava espalhado... restos de piso, telhas, molduras de janelas, uma porta do apartamento de cima, tijolos e reboco... e os pedaços dos móveis destruídos, uma perna de mesa Empire, a frente de um armário em estilo Maria Teresa, vitrines, lâmpadas, numa mistura enlameada, úmida-porosa...

Debaixo dos detritos aparecia a ponta de um tapete oriental. O retrato do velho juiz também jazia em meio ao estrume histórico... era uma fotografia numa moldura prateada, em que o velho se apresentava de sobretudo e com brilhantina nos cabelos. Eu olhei para a imagem com admiração, porque havia algo de santo na velha figura solene, uma espécie de Nepomuk. Mas depois me cansei de ficar olhando e com o bico do sapato afastei a fotografia. A bomba havia atirado ali restos de várias casas. Tudo era como se alguém tivesse arranjado uma montanha de lixo com os dejetos da história. Os moradores ainda não tinham subido do porão, ou talvez tivessem morrido no esconderijo... Eu ia descer quando me dei conta de que estava inteiramente sozinha.

Pela abertura da porta que na parede em ruínas ligava o quarto a um recinto da casa vizinha apareceu um homem que se arrastava de quatro, com uma caixa de talheres de prata debaixo do braço. Ele me cumprimentou sem se perturbar, educado, como se estivesse fazendo uma visita. O quarto vizinho, de onde saiu o visitante, era a sala de jantar do apartamento do juiz. O homem era um funcionário público, eu o conhecia de vista, ele também morava lá, um burguês respeitável de Krisztinaváros... "Os livros!...", disse, se lamentando. "É pena pelos livros!..." Descemos juntos do andar, ajudei-o a levar os talheres. Conversamos descontraídos. Ele contou que na verdade tinha vindo pelos livros, porque o velho juiz possuía uma grande biblioteca, literatura e livros de direito, encadernados... e ele gostava muito de livros. Por isso imaginara "salvar a biblioteca". Disse, se lamentando, que a salvação dos livros não fora possível porque no vizinho o teto também havia despencado, os livros se molharam, pareciam um mingau, como num moinho de papel. Não mencionou os talheres de prata, pegou-os de passagem, em vez dos livros...

Conversamos, nos arrastamos de quatro pelo monte de lixo que restara no lugar das escadas. O funcionário me mostrou o caminho, galante, às vezes pegava no meu cotovelo e me ajudava para que superássemos as curvas perigosas, gradeadas. Assim fugimos da casa em ruínas. Do lado de fora, no portão, descansamos e nos despedimos. O antigo morador foi embora satisfeito com os talheres de prata debaixo do braço.

O velhaco, o búlgaro, o encanador e o chaveiro agiam por iniciativa própria... sabe, eram como os que mais tarde chamamos de empreendedores... Pensavam que era tempo de salvar por conta própria o que os nazistas, seus seguidores húngaros e depois os russos e os comunistas arrastaram para casa, não haviam roubado... Pensavam ser dever patriótico pôr a mão em tudo o que fosse possível enquanto era tempo... por isso passaram a "salvar". E não salvavam apenas o deles, mas, para o próprio bolso, também o alheio antes que a mercadoria migrasse para os sacos dos soldados russos ou dos comunistas... Não eram muitos, mas chamavam atenção pelo empenho... E o restante... nove milhões de pessoas ou mais... sabe, o assim chamado povo... nos primeiros tempos observamos numa paralisia rígida os que roubavam em nome do povo... Antes, os nazistas húngaros roubaram durante semanas. Parecia uma doença contagiosa... Roubaram tudo dos judeus... a casa, a propriedade, a loja, a fábrica, a farmácia... depois o escritório e por fim a vida. Isso não era trabalho de empreendedor, mas empresarial. Depois vieram os russos. Eles também roubavam noite e dia, de casa em casa, de apartamento em apartamento. Na esteira dos russos vieram os comunas, escolados em Moscou sobre como sangrar um povo até as últimas... Sabe, o povo?... Sabe o que é isso, quem são eles? Você e eu, nós éramos o povo?... Porque então se dizia que tudo acontecia em nome do povo... o povo ficou enojado... Eu me lembro como fiquei espantada quando, antigamente, no verão, no tempo da colheita, eu aproveitava as férias com o meu marido e o menino da casa, um rapazinho distinto de cachos loiros, entrou correndo durante o almoço e gritou agitado: "Mamãe, imagine, a colhedeira decepou a mão de um trabalhador!...". Sorrimos, é coisa de criança, dissemos compreensivos... Mas agora que já éramos todos trabalhadores, os patrões e nós, e os outros... nunca estivemos tão próximos no país, os trabalhadores e os outros, quanto nas semanas em que os comunas chegaram e profissionais roubavam com a desculpa de que aquilo não era mais roubo, mas justiça socialista... Você sabe o que é a justiça socialista?... O povo não sabia. Só ficava olhando quando os invasores anunciaram as leis e explicaram que o que é seu na verdade não é seu, porque é tudo do Estado. Nós não compreendíamos... Talvez o povo não desprezasse o saqueador russo como desprezava os justiceiros dedicados que um dia salvavam o quadro de um pintor inglês famoso na casa desconhecida, no dia seguinte a coleção de rendas de uma família antiga ou a dentadura de ouro de um avô desconhecido... Quando o destacamento de empreendedores começou a roubar em nome do povo, todos ficaram olhando espantados. E às vezes cuspiam pelo lado da caneca de vinho. Os russos andavam por esse grande mercado com uma cara de pau indiferente. Eles tinham vivido aquilo tudo em casa, no atacado. Não discutiam, apenas roubavam e nos despiam.

Bem, fiquei com calor. Dê a colônia para mim, vou borrifar um pouco na testa.

Você ficou à espreita no campo, e assim não pode saber como era a vida em Budapeste. Não havia nada, e apesar disso a uma palavra mágica ou ao assobio de um demônio a cidade de súbito começava a viver, como na história em que o feiticeiro malvado desaparece na fumaça e as pessoas enfeitiçadas, que pareciam mortas, se põem de pé... O relógio anda e bate, a fonte borbulha... O demônio malvado, a guerra, se vaporizou, se arrastou para o terrível Ocidente... E o que sobrou de uma cidade e de uma sociedade vivia numa alegria febril, desejante, com uma astúcia absorvente e maliciosa, como se nada tivesse acontecido. Nas semanas em que não havia uma única ponte em Budapeste, atravessávamos o Danúbio de barco, como duzentos anos antes, quando não havia nenhuma ponte que permitisse a passagem dos navios. Mas na Körút, debaixo das arcadas, já podíamos obter toda espécie de comidas finas, artigos de perfumaria, roupas, sapatos, tudo o que se possa imaginar... E napoleões de ouro, morfina, banha de porco... Os judeus se arrastaram das casas com a estrela, e passadas duas semanas em Budapeste, entre os cavalos perdidos, os cadáveres humanos e os detritos das casas desabadas, já se podia pechinchar tecidos ingleses grossos, perfumes franceses, aguardente holandesa, relógios suíços... tudo fervilhava, se oferecia, passava de mão em mão. Os judeus traficavam com os motoristas dos caminhões militares russos, levavam e traziam mercadoria, alimentos, entre as regiões do país... os cristãos também ressuscitaram, e começou a migração. Viena e Bratislava tinham caído, e as pessoas acorriam nos carros russos a Viena, traziam automóveis de passeio, levavam banha de porco e cigarros...

Ainda estávamos surdos por causa dos arrotos das bombas e das minas meio mortas, mas em Budapeste já surgiam os cafés que serviam café de feijão, forte, venenoso, onde ao som de gramofones dançavam marinheiros russos e as mocinhas de Józsefváros às cinco da tarde. Os parentes todos não tinham sido enterrados, os dorsos dos pés dos mortos ainda estavam à mostra nos túmulos improvisados nas ruas. Mas você via mulheres, em roupas da moda, empetecadas, atravessando às pressas o Danúbio de barco, para um encontro na casa em ruínas de algum solteirão. Você via pessoas vestidas como burgueses num passeio descontraído ao café da Körút, onde duas semanas depois do cerco se almoçava picadinho de carne de vaca... Havia fofocas, e havia manicures...

Não sei lhe falar do sentimento que era pechinchar, duas semanas depois do cerco, numa drogaria da Körút, o preço de um perfume francês ou de um removedor de esmalte, em meio à cidade ocupada, às casas fumegantes que exalavam o cheiro amargo dos incêndios, em meio à cidade apinhada de ladrões russos uniformizados, de marinheiros criminosos!...

Mais tarde, muitas vezes… ainda hoje… sinto que ninguém é capaz de entender o que aconteceu conosco… Voltamos todos de outra margem, de um submundo. Tudo o que pertencia ao mundo de antes tinha desmoronado, apodrecido… ao menos pensávamos que tudo havia acabado e alguma coisa diferente começava.

Essas semanas, o período que se seguiu ao cerco… valeu a pena ser vivido. Mas ele também passou. Imagine, durante semanas não houve lei, não houve nada. Condessas sentavam no meio-fio e vendiam pão frito. Vi uma mulher judia conhecida, meio doida, que com um olhar louco, vítreo, procurava a filhinha o dia inteiro, interrogava estranhos até descobrir que os nazistas húngaros haviam assassinado a criança e atirado o corpo no Danúbio. E a mulher não queria acreditar que aquilo pudesse ser verdade. Todos acreditavam que viviam de novo e tudo seria diferente, de algum modo, diferente… O "diferente", essa esperança, brilhava nos olhos das pessoas como quando amantes ou drogados falam sobre o futuro grandioso… E, de fato, em pouco tempo tudo se tornou "diferente"… ou seja, como era antes. Mas disso nós ainda não sabíamos.

O que eu imaginava?… Esperava que seríamos melhores, mais humanos?… Não, esse tipo de coisa eu não imaginava.

Naqueles dias imaginávamos mais que… eu também, todos com quem eu falava… que o medo e o sofrimento, que os muitos horrores e tragédias cauterizaram, como o nitrato de prata, alguma coisa em nós. Talvez eu esperasse também que esqueceríamos nossos sofrimentos, nossos maus costumes… Ou… espere, gostaria de contar, mas com sinceridade.

Talvez esperássemos outras coisas também. Talvez esperássemos que houvesse chegado o tempo de uma grande desordem, em que tudo ficaria como estava, em desordem, até o fim dos tempos. E não haveria guardas nem vitrines, não haveria tira nem beija-mão, não haveria meu nem teu nem até que a morte vos separe. O que haveria?... O grande alarido, o nada dirigido aos céus, em que a humanidade apenas passearia, devoraria pão frito, fugiria da remoção das ruínas, chutaria para o alto tudo o que até então fora a casa, as relações e os hábitos... Mas sobre isso ninguém tinha coragem de falar. Sabe, naquele tempo havia algo de infernal, mas também de jardim do Éden. Assim vivia o homem no Paraíso antes da queda no pecado. O que eu vivi lá em casa foi a coisa mais estranha.

Depois, um dia nós despertamos e, bocejando e, ao mesmo tempo, arrepiados, descobrimos que nada havia mudado. Descobrimos que o "diferente" não existia. Levam-nos aos quintos dos infernos, ali nos cozinham, e, se um dia uma força celestial extraordinária nos traz de volta, depois de um piscar de olhos e renascidos prosseguimos exatamente de onde paramos.

Eu tinha muito trabalho, pois tudo o que era necessário à sobrevivência tinha de ser obtido pessoalmente, com as próprias mãos. Não se podia tocar a campainha para pedir isto ou aquilo à empregada... como tocavam para mim antigamente as patroas e os patrões, e como pouco antes eu tocava, malcriada e com um prazer maldoso, quando chegou o tempo em que eu também fui patroa... E ainda por cima não havia casa, e, além disso, não havia campainha, e também faltava a eletricidade necessária para ela. E do encanamento de vez em quando saía água, embora em geral não saísse. Sabe, foi muito interessante descobrir a água!... No andar de cima não havia, e a água necessária para a limpeza pessoal nós levávamos do porão para o quarto andar em baldes. A água para a limpeza, para a cozinha... não sabíamos exatamente o que era mais importante. As mulheres finas das quais eu também era uma... que um ano antes bufavam e fungavam porque o farmacêutico do centro durante a guerra não conseguia arranjar sais de banho franceses para o banho da manhã e da noite... de repente descobriram que a limpeza nem era tão importante quanto acreditaram a vida toda. Por exemplo, compreenderam que mais importante que se lavar era ter um pouco de água no balde, um líquido suspeito para cozinhar batatas. E, porque todos carregavam cada balde de água pessoalmente para o andar, de súbito compreendemos que a água era algo muito precioso. Tão precioso que não valia a pena esbanjá-la para lavar as mãos depois de um trabalho sujo... Passávamos batom na boca, mas não lavávamos o pescoço e outras partes do corpo com o cuidado maníaco de algumas semanas antes. Mas assim também estava bem... E me ocorreu que no tempo dos antigos reis franceses ninguém se lavava regularmente. Desodorante nem existia. O rei também não tomava banho, em vez de lavá-lo preferiam perfumá-lo da cabeça aos pés... você acredita? Sei com certeza, li num livro. E apesar disso eles eram poderosos e dignos, sem se lavar. Só que cheiravam mal. Pois assim vivíamos também nós, como os Bourbon... com classe, mas cheirando mal.

Entretanto, quando eu tinha tempo para pensar, ainda me restava alguma esperança. Meu pescoço e meus sapatos não estavam limpos, pois tinha sido empregada por bastante tempo quando era muito jovem e nunca me ocorrera que por necessidade teria de ser minha própria empregada!... Detestava levar baldes de água para o andar. Preferia aproveitar a água na casa de amigas, na cozinha, onde havia água corrente. Lá, para salvar as aparências, eu me lavava. Em segredo eu tinha prazer na situação. Acho que também se alegravam os que, melindrados, se queixavam que a falta de limpeza era o pior... Mas, como as crianças adoram a sujeira e gostam de se arrastar no chão cheio de estrume, assim a sociedade cozida no caldeirão do inferno da desordem e da imundície teve prazer durante algumas semanas em dormir na cozinha de estranhos, sem ter de se lavar ou se vestir com elegância...

Nada na vida acontece sem razão. Pelos pecados pagamos com o cerco, mas pelo sofrimento ganhamos em compensação o fato de que depois do cerco, durante algumas semanas, pudemos ser fedidos sem culpa, como no Paraíso devem ter sido fedidos Adão e Eva, pois eles também não se lavavam. Também era bom não ter de comer regularmente. Todos comiam onde e o que conseguiam. Houve dois dias em que comi somente casca de batata. No dia seguinte comi caranguejo em conserva e carne de porco conservada em banha, e, para terminar, devorei uma caixinha de balas da Gerbeaud. E não engordei. É verdade que houve dias em que quase não comi.

Depois, de súbito, as vitrines se encheram de comida, e eu logo recuperei quatro quilos. Voltei a sentir azia e passei a ter novas preocupações, pois chegou o tempo de correr atrás de um passaporte. Fiquei triste, pois compreendi que não havia nenhuma esperança.

O amor, você diz?… Como você é bom. Um anjo caído do céu. Não, meu querido, nem o amor resolve a vida das pessoas. Nem o amor… O artista disse que as palavras haviam sido misturadas no dicionário. Ele não acreditava no amor nem na afeição. Acreditava somente na paixão e na piedade. Mas nem elas ajudavam, pois duravam apenas um instante… tanto a piedade como a paixão.

Que está dizendo?… Que então não vale a pena viver? Que eu não dê de ombros?… Veja, meu bem, quem vem de onde eu vim… Você não pode entender o que eu digo porque é artista. Ainda acredita em alguma coisa… acredita na arte, não é verdade? Tem razão, você é hoje o melhor baterista do continente. Não creio que haja um baterista melhor no mundo. Não dê ouvidos ao saxofonista vesgo quando ele diz que na América existem bateristas que trabalham com quatro baquetas de uma vez e tocam Bach e Händel… meu caro, o sujeito tem ciúme do seu talento, quer irritar você. Eu sei que não existe outro baterista no mundo, só você. Dê-me aqui sua mão, quero beijá-la... sim, essa mão maravilhosa, os dedos delicados com que você espalha os compassos pelo mundo como fez Cleópatra com as pérolas. Sim!... Espere, vou enxugar os olhos, fiquei emocionada. Sempre tenho vontade de chorar quando vejo suas mãos.

Ele vinha de frente na ponte, porque de novo tínhamos uma ponte. Não muitas, ao todo uma. Mas que ponte maravilhosa ela era!... Você não estava lá quando foi construída, e por isso não sabe o que significou para nós, o povo da cidade sitiada, quando se espalhou a notícia de que Budapeste, a grande cidade, tinha de novo uma ponte sobre o Danúbio!... Foi concluída com a velocidade de um raio, no inverno já atravessávamos o Danúbio pela ponte! A ponte de emergência foi armada com os pilares e peças de uma ponte de ferro meio destruída. Era um pouco corcunda, mas suportava os caminhões. E as centenas de milhares de pessoas, a população que se arrastava como um verme, que transbordava, em ondas, que desde cedo, de manhã, quando a ponte era aberta, se enfileirava nas duas margens do Danúbio diante do acesso a ela e esperava a vez...

Porque naquela ponte não se podia simplesmente subir. Longas filas se arrastavam como cobras em Peste e em Buda, e como uma esteira rolante a multidão se movia devagar, simetricamente. Nós nos preparávamos para a travessia como nos tempos de paz para núpcias. Era um grande acontecimento alguém atravessar a ponte, nós nos gabávamos disso. Mais tarde outras pontes mais resistentes, de ferro, e pontões foram construídos... Passado um ano táxis cruzavam as pontes. Mas eu ainda me lembro da primeira ponte, corcunda, das filas, do movimento lento com que marchavam penosamente cem mil pessoas, com o peso dos pecados e memórias no coração, com uma mochila de turista nas costas, de uma margem à outra, pela primeira ponte... Mais tarde, quando húngaros do estrangeiro, americanos, vinham nos visitar e rodavam com carros suntuosos pelas pontes de ferro, eu sempre ficava triste, sentia um gosto amargo na boca, porque me nauseava a indiferença sussurrante com que aqueles estranhos, dando de ombros, inclinando a cabeça, olhavam nossas pontes novas e as usavam indiferentes... Essa gente tinha vindo de longe, a guerra eles mal haviam farejado, a viram de longe, como no cinema. Muito bonito, diziam, muito agradável o modo como vocês vivem aqui, passando de carro pelas pontes novas...

Eu os ouvia falar, e meu coração doía. Vocês não sabem de nada!..., eu pensava. E compreendia que quem não tinha vivido lá, quem não estivera conosco, quem não sabe o que um milhão de pessoas sentiram quando as belíssimas pontes do Danúbio que levaram cem anos para ser construídas foram pelos ares... E depois o que nós sentimos quando um dia de novo passamos sobre o Danúbio sem molhar os pés... não de salva-vidas, como há séculos os insurretos, os revolucionários ou os turcos... Quem não viveu conosco nunca na vida vai poder nos entender! Eu lamento que as pontes na América sejam tão compridas!... Nossa ponte foi feita de madeira podre e ferro velho, e eu fui uma das primeiras a passar por ela. Mais exatamente, a fila indiana em que eu me arrastava também me atraía para o acesso à ponte, quando vi que do lado oposto, vindo de Peste, meu marido acabava de chegar ao lado de Buda.

Pulei para fora da fila e corri para ele. Abracei-me a seu pescoço com os dois braços. Muitos gritaram, um guarda me puxou porque o movimento da esteira rolante humana cessou.

***

Espere, vou assoar o nariz. Como você é bom!... Você não ri de mim, presta atenção, sério. Presta atenção como um menininho, como quem espera o final feliz da história.

Mas isso não foi uma história, meu pequeno, e nada teve um verdadeiro início nem um verdadeiro final. Tudo apenas crescia em nós e conosco, nos que viveram em Budapeste naquele tempo. Nossas vidas não tinham um limite, um contorno palpável... Como se algo tivesse apagado os limites e tudo acontecesse sem razão, sem contorno, sem margem. Agora, muito depois, ainda existem momentos em que não sei onde fica o começo e o fim do que ocorre comigo.

Basta você saber que naquela hora eu também me senti assim, quando corri de um lado da ponte para o outro. Não foi um gesto calculado, intencional, pois um minuto antes eu nem sabia se estava vivo o homem que um dia, havia muito... você sabe, antes do período chamado de histórico... ou seja, que um dia fora meu marido. Porque essa época parecia terrivelmente distante. Não contamos nos ponteiros do relógio nem no calendário o tempo que na realidade é o nosso, pessoal... Ninguém sabia se o outro estava vivo ou morto. Mães não sabiam dos filhos, amantes e casais se encontravam por acaso nas ruas. Vivíamos como no início dos tempos, quando não havia telefone, número nas casas, agenda de endereços... apenas vivíamos e morávamos onde e como nos dava na telha. E nessa grande desordem e balbúrdia havia uma familiaridade especial. Talvez vivessem assim as pessoas antigamente, quando não havia pátria, nação, somente tribo, horda errante, nômade, com carrinhos de mão, ciganos, migrantes sem rumo, sem objetivos... Nossa vida não era ruim. Era, de certa forma, conhecida... Parece que, por baixo das muitas sujeiras que a memória reúne, guardamos a lembrança de uma vida diferente, errante.

Mas não foi por isso que eu corri para ele, não foi por isso que o abracei diante de milhares e milhares de pessoas.

Naquele momento... você não vai rir de mim?... alguma coisa em mim se rompeu. Acredite, eu apertei o cinto e suportei o cerco com disciplina, e também o que aconteceu antes dele, as patifarias nazistas, depois os bombardeios, os muitos horrores. É verdade, eu não passei por tudo inteiramente sozinha. Os meses em que a guerra se tornou loucamente, destruidoramente séria, eu passei na companhia do artista. Não vivi com ele, não me entenda mal. Pode ser que ele fosse impotente, não sei... Nunca falou disso, mas, se um homem e uma mulher dormem na mesma casa, existe um cheiro de amor no ar. Na casa pelada não havia esse cheiro. Ao mesmo tempo não me surpreenderia se uma noite ele me atacasse e começasse a me asfixiar com as duas patas. Às vezes eu dormia na casa dele, porque toda noite os alarmes antiaéreos urravam e às vezes eu não conseguia chegar em casa de noite entre os controladores dos céus. E agora, muito depois, quando esse homem já não vive, a impressão é que dormi com alguém que decidiu que se desligaria do mundo... de tudo o que fosse importante para as pessoas. Como quem estivesse num balneário reservado e quisesse se desligar de uma obsessão maravilhosa e, ao mesmo tempo, repelente... da bebida, do narcótico ou da vaidade... De tudo. E eu era apenas como uma enfermeira ou uma ama de leite.

Porque é verdade que naquele tempo eu me abriguei junto dele, em sua casa e em sua vida... sabe, como ladrões sorrateiros, existem mulheres que num momento de descuido se enfiam na vida de um homem e depois lá reviram o que for possível, lembranças, impressões... Mais tarde se cansam, vendem o que assim amontoaram. Eu não vendi nada do que ganhei dele... Só falo dele agora porque gostaria que você soubesse tudo sobre mim antes de me deixar. Ou antes de eu deixar você... Ele permitiu e suportou que eu ficasse junto dele a qualquer hora, de manhã, de noite ou de tarde... Eu só não podia perturbá-lo. Era proibido falar com ele se estivesse lendo. Ou se apenas estivesse sentado em silêncio diante de um livro. A não ser por isso, eu podia ir e vir em volta dele, no apartamento, sempre que tivesse vontade. Porque naquele tempo caíam bombas e todos viviam na grande cidade, sem planos, de um minuto para outro.

Foi uma época terrível, você diz?... Espere, vou pensar. Sei lá. Foi a época em que alguma coisa ficou clara. Aquilo em que a gente não pensa de verdade, põe de lado, se tornou palpável... O quê? O fato de que a coisa toda não tem finalidade nem sentido. Mas havia também algo mais... A gente se acostumava ao medo rapidamente, nós o transpirávamos como se fosse uma doença febril. Tudo mudou... A família já não era família de verdade, o emprego, a profissão, não contavam, os amantes se amavam com pressa, como a criança que devora um doce em segredo quando os adultos não estão olhando... depois evapora, corre para brincar na rua ou na desordem. Tudo desmoronou... as casas exatamente como os vínculos entre as pessoas. Às vezes a gente acreditava que tinha uma relação com a casa, com a profissão, com as pessoas, que existia uma relação de verdade, sincera... mas no instante de um bombardeio você descobria de repente que tudo aquilo que no dia anterior era importante não contava mais.

Não eram apenas as bombas que nos ameaçavam. Todos sentiam que entre as sirenes, os destacamentos de carros amarelos que passavam em velocidade levando homens sequestrados, os saques, as divisões de soldados que se arrastavam de volta dos fronts, as multidões de aldeia fugindo com sacolas como uma caravana de ciganos, acontecia também algo mais... Já não havia um campo de batalha separado... entre nós, entre as pessoas, no que restara da vida civil, na cozinha e no quarto, também tinha havido uma guerra. Alguma coisa havia explodido... Tudo o que até então mantivera unidos os homens, por indolência ou só por preguiça. Assim explodiu em mim alguma coisa quando depois do cerco eu bati o olho no meu marido na ponte corcunda, improvisada. Explodiu como uma bomba isolada esquecida na rua por um russo ou um nazista.

Explodiu toda a coisa de cinema que havia entre nós... que era horrenda e estúpida como a história de um filme americano vagabundo em que o diretor-presidente se casa com a datilógrafa. Naquele momento compreendi que nós dois não procurávamos um ao outro na vida, mas tateávamos o sentimento de culpa terrível que fervilhava sob a pele daquele homem, em sua carne. E, de alguma forma, ele desejava através de mim se livrar do que o inquietava... O quê? A riqueza? Descobrir por que existem pobres e ricos?... Tudo o que se escreve e se proclama sobre isso é apenas conversa... os inteligentes, os carecas, os de óculos de aro de tartaruga, os padres enroladores de fala mole, os revolucionários barbudos, roucos... No fundo de tudo existe o aterrorizante, a realidade... O fato de que não há justiça no mundo. É possível que esse homem desejasse justiça?... E por isso se casara comigo? Se quisesse apenas minha pele ou minha carne, ele não se perderia, poderia tê-las por menos. Se quisesse se rebelar contra o mundo em que nascera... como se engajam como rebeldes perfumados os filhos das pessoas ricas porque não cabem em si, vivem bem demais, por esporte e perversão vão brincar nas barricadas... poderia ter se rebelado de outra maneira, não da maneira tortuosa como fez comigo. Nós, que viemos de baixo, de Nyírség ou de Zalá, não somos capazes de entender, meu bem. O certo é que ele era um patrão, mas diferente dos que usavam brasões. E era burguês de um modo diferente dos senhores e senhoras ilustres que um dia se enfiaram no lugar dos que exibiam brasões. Era um tipo bom, feito de uma matéria melhor que a maioria dos degenerados, os de mesma classe que ele.

Sabe, ele era do tipo cujos ancestrais juntaram grandes porções de terra. Com machados nos ombros eles iam para as matas desconhecidas, urravam cantos litúrgicos e assim se embrenhavam cantando na selva para destruir as árvores e os nativos. Havia entre os ancestrais deles quem logo nos primeiros navios foi para a América. Para a viagem não levou consigo mais que um livro de orações e um machado. Meu marido se orgulhava disso mais que de todas as conquistas da família, mais que da fábrica, da grande quantidade de dinheiro e da nobreza oficial.

Ele era um tipo bom porque sabia controlar o corpo, os nervos. Sabia controlar mesmo o dinheiro, o mais difícil... Mas há uma coisa que ele jamais conseguiu vencer... O sentimento de culpa. E quem tem sentimento de culpa quer se vingar. O homem era cristão, mas não como se falava nos últimos tempos... ele não tinha recursos comerciais, como muitos que mostravam no período nazista o certificado de batismo porque assim desejavam obter vantagens, sobras, saques... Naquela época ele lamentava ser cristão. E ainda assim era profundamente cristão, nos rins, no fígado, como alguém é irremediavelmente artista, ou alcoólatra... não pode ser outra coisa.

Mas o homem também sabia que a vingança é pecado. Toda espécie de vingança é pecado... e não existe vingança justa. A gente só tem direito à justiça, a fazer justiça... Ninguém tem direito à vingança. E porque era rico e também cristão, e porque não conseguia acomodar a cristandade à riqueza e porque não conseguia abrir mão de nenhuma delas... se encheu de sentimento de culpa. Por que você me olha assim, como se eu fosse uma louca?...

Estou falando dele, do meu marido. Que um dia eu encontrei de frente porque de novo havia uma ponte em Budapeste. E então, entre milhares e milhares de pessoas, ao vê-lo, pulei em seu pescoço.

Ele saiu da fila, mas não se mexeu. Nem me afastou. Não se

preocupe, não beijou a minha mão diante dos quirguizes, dos mendigos maltrapilhos, trêmulos, que vagavam na ponte. Tinha bons modos demais para uma atitude de tanto mau gosto. Ficou apenas parado e esperou que a cena sofrida terminasse. Ficou parado, calmo, e eu, de olhos fechados, através das lágrimas, vi seu rosto, como as mulheres veem o rosto do filho quando o bebê está na barriga delas. Não precisamos de olhos para ver o que é nosso.

Mas, no instante em que com uma força convulsiva eu me pendurei no pescoço dele, algo aconteceu. Fui atingida pelo cheiro, pelo cheiro do corpo do meu marido... Agora preste atenção.

Naquele momento comecei a tremer. Meus joelhos tremeram, senti cólicas, como quando uma doença ruim começa a nos torturar. Imagine só, o homem que eu encontrei na ponte não cheirava mal. Você não pode entender o que estou dizendo, mas acredite, naquela época o corpo da gente tinha um cheiro de carcaça mesmo que milagrosamente tivesse sobrado um pedaço de sabonete fino ou um pouco de perfume num canto secreto da bolsa salva no porão ou no esconderijo. Mesmo que alguém escondido, entre dois bombardeios, se lavasse... porque era impossível se lavar, esfregar o cheiro do cerco da cidade no corpo tão depressa, com um ou dois punhados de espuma de sabão! As cloacas, os cadáveres, o porão, os vômitos, a falta de ar, a gente espremida, batendo os dentes, com o suor da morte, o medo da morte, as necessidades do corpo, o cheiro penetrante da comida misturada! Tudo estava grudado na nossa pele. E quem não era naturalmente malcheiroso fedia de outra forma, cheirando a água-de-colônia, ou patchuli... e o cheiro diferente, artificial, de patchuli, era pior, mais nauseante que o natural.

Mas meu marido não cheirava a patchuli. Eu o cheirei através das lágrimas, de olhos fechados, e de repente comecei a tremer.

Que cheiro ele tinha? Tinha um cheiro mofado de palha. Como anos antes, quando nos separamos. Como na noite em que pela primeira vez me deitei na cama dele e depois vomitei por causa do cheiro masculino nobre, amargo... Porque o homem todo também naquela hora era o mesmo, na carne, nas roupas, no cheiro... que eu tinha visto pela última vez.

Larguei o pescoço dele, enxuguei os olhos com as costas da mão. Estava tonta. Tirei da sacola um creme para as mãos, depois um espelhinho e um batom. Nenhum de nós disse nada. Ele ficou parado, esperando que eu remediasse o rosto cheio de lágrimas, borrado. Só então tive coragem de olhar para ele, quando vi no espelho que minha aparência era de novo humana.

Não acreditei nos meus olhos. Quem estava diante de mim, no acesso de Buda à ponte improvisada, junto da fileira que serpeava, interminável, de dezenas e dezenas de milhares de pessoas? Na cidade fumegante, coberta de cinzas, onde era rara a casa em cujas paredes não se via a marca, a cicatriz de balas de fuzil? Onde mal havia uma janela que não estivesse quebrada, não havia carro, polícia, lei, nada?... Onde as pessoas se vestiam como mendigos, mesmo que não fosse necessário, pareciam anciãos ou mendigos maltrapilhos, deixavam crescer a barba e vagavam maltrapilhos, para despertar piedade?... Damas carregavam sacolas feitas de trapos, e todos se arrastavam com uma mochila como na despedida da aldeia o peregrino com tosse, sujo?... Meu marido estava diante de mim. Exatamente o homem que sete anos antes eu ofendera. E, quando compreendeu que eu não seria sua amante nem sua esposa, mas sua inimiga, certa tarde ele parou na minha frente, sorriu, e em voz baixa disse:

"Acho que seria melhor nos separarmos."

Porque ele sempre começava assim quando queria dizer alguma coisa importante: "Acho". Ou: "Penso...". Nunca falava diretamente, de golpe, o que tinha a dizer. Meu pai, por exemplo, quando não aguentava mais, começava assim: "Porra cacete". E depois batia. Mas meu marido, quando não aguentava mais alguma coisa, primeiro abria sempre uma pequena porta educada, uma frase à toa que indicava uma suposição em que escapava o que na frase fosse importante ou ofensivo. Aprendeu isso na Inglaterra, no internato onde estudou. Outro de seus ditos simpáticos era: "Receio que...". Por exemplo, certa noite disse: "Receio que minha mãe vá morrer". E morreu mesmo, a velha, às sete da noite, pois estava azul quando o médico disse ao meu marido que não havia esperança. O "receio que" era bom para suavizar uma notícia trágica, para anestesiar o que doía. Outra pessoa nessa hora diria simplesmente: "Minha mãe está morrendo". Mas ele sempre tomava cuidado para dizer com educação algo desagradável ou triste. Eles são assim. Não temos como aprender.

Também então ele tomou cuidado. Sete anos depois do final da nossa guerra... ou seja, depois do cerco, ele estava diante de mim, no acesso à ponte, e sua primeira frase foi:

"Receio que estejamos atrapalhando a passagem."

Falou em voz baixa, sorrindo. Não perguntou como eu estava, como eu tinha passado durante o cerco, se precisava de alguma coisa. Apenas me advertiu que talvez, quem sabe, estivéssemos atrapalhando a passagem... E mostrou o caminho, indicou que fôssemos em frente, na direção da colina Gellért. Quando chegamos a uma região deserta, parou, olhou em torno e disse:

"Creio que seria melhor nos sentarmos aqui."

Ele tinha razão, era "melhor". Apontou os destroços de um avião Rata, o lugar do piloto, intacto, dois assentos na máquina morta. Não respondi, sentei-me educadamente no banco do piloto russo. Em seguida ele tirou um lenço e limpou as mãos. Ficamos em silêncio por um tempo, nenhum de nós disse nada. Lembro que o sol brilhava. E havia um grande silêncio na praça, entre os aviões, automóveis e ruínas paralisados.

Um filho de homem poderia imaginar que um homem e uma mulher talvez dissessem algumas palavras um ao outro ao se encontrarem pela primeira vez depois do cerco em Budapeste, entre as casas bombardeadas, à margem do Danúbio... Por exemplo, constatariam em algumas palavras que sobreviveram... Você não acha? "Receio", ou melhor, "creio" que se possa imaginar algo assim... Mas meu marido não pensou nisso. Portanto apenas ficamos sentados diante da caverna de rocha, de frente para a entrada do balneário, e nos olhamos.

Eu o examinei bem, pode acreditar. E comecei a tremer. Ele era como um sonho: ao mesmo tempo nevoeiro e realidade.

Está bem, querido, eu não sou uma múmia. Também não sou uma cadela sentimental, que começa a chorar porque seus nervos não são bons e ela se emocionou com uma despedida. Tremia porque a pessoa sentada a meu lado, de frente para a cripta que era então a grande cidade... não era gente, mas um fantasma.

Assim só se pode sonhar com alguém. Somente o sonho pode abrigar os acontecimentos num líquido mais nobre que o álcool, de forma tão espectral, como a do meu marido naquele instante. Imagine só, ele não estava maltrapilho. Não tenho certeza, mas acho que usava o terno de flanela com duas fileiras de botões que eu tinha visto nele pela última vez quando ele refletira e me dissera na cara que "o mais inteligente seria nos separarmos"... Não posso ter certeza, porque ele tinha mais de um desses ternos cinza-escuros... dois ou três, de uma e duas fileiras... mas de todo modo aquele aparentemente tinha o mesmo corte, o mesmo tecido e o feitio característico do alfaiate que costurava as roupas do pai dele.

Naquela manhã ele vestia também uma camisa limpa, uma camisa de linho creme e uma gravata cinza-escura. E mocassins de sola dupla nos pés... os sapatos pareciam novos em folha, nem sei como os tinha conseguido, como viera pela ponte cheia de pó sem que um grão de poeira se grudasse em seus sapatos. Claro, eu sabia que os sapatos não eram novos, apenas pareciam novíssimos porque foram pouco usados, pois havia uma dúzia de outros semelhantes na sapateira... Eu tinha cansado de ver os sapatos na Arca da Aliança quando limpava os couros nobres. Pois era essa sua aparência.

Sobre esse tipo de visão se dizia que havia sido tirada de uma caixa. Mas a caixa era então um vale de lágrimas em que todos se desfaziam. Ele saíra desse vale. Não havia uma dobra em sua roupa. No braço ele trazia, meio largada, a capa de chuva bege clara, a obra-prima feita de tecido inglês, muito ampla, demasiado confortável, costurada de tecido balão duplo grosso, de que eu me lembrava porque tinha aberto muitos anos antes o pacote de Londres em que fora enviada... E depois uma vez, muito mais tarde, eu procurei em Londres a vitrine da empresa onde se vendiam essas capas, e meu coração parou porque reconheci a capa do meu marido entre as outras roupas... Ele usava a capa de chuva também então, mas com um certo descuido... sobre o braço, porque a manhã de fim de inverno estava morna.

Luvas, é claro, ele não tinha, usava luvas somente no auge do inverno. Examinei também as mãos dele... Estavam brancas e limpas, as unhas tratadas de modo imperceptível, como se ele nunca tivesse de cortar as unhas... Assim estava ele ali, diante de mim.

Sabe o que era mais estranho? Naquele momento o homem, na multidão que se arrastava, suja, imunda, maltrapilha, maltratada pelo cerco, parecia um rebelde... e, ao mesmo tempo, era quase invisível. Não me admiraria se alguém saísse da fila, se grudasse no peito do fantasma e o sacudisse e apalpasse para saber se era de verdade... Imagine que na Revolução Francesa, nos meses do Terror, quando caçavam aristocratas em Paris como as crianças caçam as andorinhas com espingarda, aparecesse, de fraque lilás e peruca, nas ruas de Paris um conde e acenasse amistoso na direção da carroça em que eram levados para a execução os companheiros de classe, os condes e viscondes... Aquele homem era uma atração assim nas ruas de Budapeste. Diferia de um modo misterioso de tudo o que se agitava e rastejava à volta dele, como se não emergisse da vida, de uma casa em ruínas, mas de um palco invisível onde o vestiram para que representasse um papel num drama histórico. Emergia de uma peça, de um antigo papel que... na época senti... não se representava mais.

Um homem surgira em meio ao cenário da cidade fumegante, um homem que não tinha mudado. Que não fora atingido pelo cerco nem pela miséria. Comecei a sentir medo por ele. Porque nós então vivíamos numa atmosfera de ódio e desejo de vingança que não se podia provocar impunemente, não se devia intensificar nem com um gesto. O ódio e o desejo de vingança da consciência pesada salivavam em todas as bocas, faiscavam em todos os pares de olhos. As pessoas corriam atrás do pão diário, uma colher de gordura, um punhado de farinha, um grama de ouro. E enquanto isso todos espreitavam o outro com um olhar desconfiado, porque todos eram suspeitos... Por quê? Porque éramos todos criminosos, de um modo ou de outro... Criminosos porque tínhamos sobrevivido ao que outros não tinham...

Mas meu marido estava sentado a meu lado, calmo, como se fosse inocente. Eu não compreendia.

Fechei os olhos, sem saber o que fazer. Deveria chamar um guarda para que o levasse? Ele não havia cometido nenhum crime. Nunca tinha participado dos atos desonestos que naquele tempo e antes foram cometidos na cidade, e depois em todo o país. Não tinha matado judeus, não perseguira os que pensavam de forma diferente, não roubara a casa das pessoas expulsas, deportadas... Ninguém podia lhe apontar o dedo, pois não havia tirado um único farelo do pão de outra pessoa, não ameaçara a vida de ninguém... Nem mais tarde ouvi que alguém o tivesse acusado de algo parecido. Não tomara parte dos saques, nada disso. Ele é que fora completamente desapropriado. No instante em que o encontrei depois do cerco no acesso de Buda à ponte, ele também era mendigo... Mais tarde soube que não restara nada da famosa fortuna, apenas uma mala de roupas. E o diploma de engenheiro. Com o diploma, ele saiu do país... dizem que foi para a América. Talvez seja operário numa fábrica... Não sei. As joias ele me deu muito antes, quando nos separamos... Viu como é bom as joias terem escapado? Digo isso por nada, pois sei que nem em sonho você pensaria nas minhas joias... Você só me ajuda a vendê-las porque é bom. Não olhe assim, veja, me emocionei. Espere, vou enxugar os olhos.

O que foi?... Sim, está amanhecendo. São os primeiros caminhões de verduras. Passou das cinco horas. Estão descendo para o rio, para o mercado.

Não está cansado?... Vou cobrir você. Está esfriando.

O que você perguntou?... Não estou com frio. Estou com calor. Com licença, meu bem, vou fechar a janela.

Parei quando dizia que olhava e percebia algo que fazia um tremor frio descer dos meus joelhos para os pés. Porque via que meu ex-marido, o cavalheiro ilustre, conhecido, olhava para mim e sorria.

Mas não pense que ele sorria com ironia ou com superioridade. Sorria simplesmente como quem reage com educação e indiferença a uma anedota que não é engraçada nem maliciosa... mas ele era um homem educado e, portanto, sorria. Nada disso, estava pálido. Afinal, a atmosfera dos porões transparecia nele também. Mas estava pálido apenas como quando alguém depois de umas semanas de doença sai para o ar livre pela primeira vez. Estava pálido em volta dos olhos. E a boca parecia sem sangue. Afora isso, estava como sempre fora, a vida toda... por exemplo, às dez da manhã, depois de se barbear. Talvez ainda mais... Mas pode ser que a impressão fosse causada pelo ambiente de que ele se diferenciava tanto, como se uma peça de museu tivesse sido de súbito retirada da vitrine e colocada no ambiente de uma casa proletária suja... Imagine se encontrássemos no salão de um ministro do governo, numa vitrine, a estátua de Moisés que vimos juntos ontem na igreja escura. Pois meu marido não era uma obra-prima como a estátua de Moisés. Mas em sua nobreza própria ele parecia naquele momento uma obra de arte que tinha ido parar na rua... E sorria...

Nossa, que calor!... Veja, meu rosto está vermelho, o sangue subiu para a cabeça. Nunca tinha falado disso com ninguém. Mas parece que desde então não parei de pensar nisso. E morri de calor ao falar.

Esse não precisava que lavassem os pés dele, meu caro, ele os lavava sozinho, de manhã, no porão, pode crer. Não precisava de nenhum consolo, imaginar que haveria uma purificação entre as pessoas, não precisava de nenhuma erva. Sempre e até a morte só se apegou ao que era o único sentido e arma da vida... a educação, os bons modos, a condição inatingível. Era como se fosse recheado de cimento por dentro. E a figura de cimento por dentro, de carne e osso por fora, vestida na armadura implacável, não se aproximava de mim nem um centímetro... O terremoto que movimentou e deslocou cidades naquele tempo não movimentou o homem por dentro. Ele me olhava, e eu sentia que preferiria morrer a se dispor a dizer uma única palavra que não fosse "eu creio" ou "eu penso que"... Quando falou, se interessou em saber como eu estava, se precisava de alguma coisa... claro, ele se disporia a tirar de pronto o casaco ou a tirar do pulso o relógio salvo, que, por distração, um russo não tinha confiscado... entregaria tudo sorridente, pois já não sentia raiva de mim.

Agora preste atenção. Vou lhe dizer uma coisa que não contei para ninguém. Não é verdade que as pessoas sejam apenas selvagens egoístas. Acontece de elas desejarem ajudar umas às outras. Mas o que as instiga por dentro quando ajudam não é bondade nem pesar. Acho que o careca tinha razão quando uma vez disse que as pessoas às vezes são boas porque resistem a fazer o mal. É o máximo de que o homem é capaz... Existe também quem é bom porque não tem coragem de ser mau. Assim disse o careca. Eu nunca contei isso para ninguém. Agora estou contando para você, meu único amor.

Naturalmente, não podíamos ficar sentados para sempre no pé da igreja de pedra, em frente ao balneário. Passado algum tempo meu marido tossiu, limpou a garganta e disse que "achava" que seria melhor se nos levantássemos e caminhássemos por mais algum tempo, para cima e para baixo, entre as mansões arruinadas da colina Gellért, porque o dia estava bonito... E ele "receava" que no futuro não tivesse muitas oportunidades de conversar comigo. Achava que no passado... Não falou assim, mas teria sido desnecessário, pois eu também sabia que conversávamos pela última vez. Por isso começamos a passear pela colina Gellért, no clima ensolarado de fim de inverno, pelas ruas que subiam, entre as ruínas e as carcaças.

Talvez tenhamos andado durante uma hora, à toa. Não sei em que meu ex-marido pensou enquanto eu caminhava a seu lado pelas ladeiras de Buda. Conversou calmo, sem emoção. Cuidadosa, eu perguntei como tinha ido parar ali, o que acontecera com ele no mundo estranho, de pernas para o ar... Contido, disse apenas que tudo estava bem, tendo em vista as circunstâncias. Com isso, queria dizer que estava completamente falido, não lhe restava nada e se preparava para ser um trabalhador no estrangeiro... Numa curva da longa rua eu parei e perguntei com delicadeza... não tive coragem de olhar para ele... o que ele achava que seria do mundo.

Ele também se deteve, olhou para mim sério, pensou. Antes de responder, ele sempre pensava, respirava fundo. Com a cabeça inclinada de lado, olhou para mim sério, depois olhou para a mansão em ruínas na nossa frente. Respondeu:

"Receio que haja gente demais."

E, como se tivesse respondido a todas as perguntas seguintes, partiu na direção da ponte. Eu caminhei a seu lado apressada, porque não tinha entendido o que ele dissera. Naquele tempo e nos anos anteriores não faltaram mortes desnecessárias. Por que ele se angustiava com a quantidade de pessoas? Mas ele não disse mais nada, só caminhou como quem tivesse pressa e estivesse atrasado. Comecei a desconfiar que talvez estivesse brincando ou me pregando uma peça. Porque lembrei que os dois, meu ex-marido e o amigo, o careca, às vezes brincavam... falavam como as pessoas normais, ou seja, meio imbecis, que sempre se referiam aos fatos estúpidos pelo nome e, numa canícula, quando o suor escorre das pessoas e os cães enlouquecem de calor, com o indicador erguido, reflexivos, num tom másculo, como falam os juízes, diziam: "Está quente!...". E depois olhavam orgulhosos, como fazem as pessoas quando enunciam um lugar-comum ou uma bobagem inútil. Eles tinham jogos desse tipo. Agora que ele constatara solene que existia muita gente, eu desconfiei que zombava de mim. Porque certamente havia verdade no que ele dizia, pois o excesso de gente se via por toda parte, como um desastre natural, como a praga do Colorado no campo de batatas. Por isso, surpresa, eu disse:

"Ainda assim... o que vai ser do senhor?"

Você precisa saber que eu sempre chamei esse homem de *senhor*. E ele sempre me chamou de *você*. Mas eu nunca tive coragem de tratá-lo por *você*. E ele, que tratava a todos por *senhor* ou *senhora*, a primeira mulher, os pais, os amigos, que na vida social nunca respeitou o costume estúpido da classe segundo o qual as pessoas da mesma raça no primeiro encontro se tratavam por *você*, para assim mostrarem que eram todos nobres... o homem sempre me tratou por *você*. Sobre isso nunca falamos, essa era entre nós a regra de conduta.

Tirou os óculos, pegou um lenço limpo no bolso da lapela, limpou as lentes cuidadosamente. Quando os óculos estavam de novo no lugar, ele olhou na direção da ponte em que a longa fileira de pessoas se arrastava. Disse calmo:

"Vou embora porque estou a mais."

Os olhos cinza me fitaram atenciosos por trás das lentes. Nem os cílios se moveram.

Mas não havia orgulho na fala dele. Falou com serenidade, como um médico. Não fiz perguntas, sabia que nem na roda de tortura ele falaria mais sobre o assunto. Começamos a andar de volta, na direção da ponte. Lá, nos despedimos sem palavras. Ele partiu pela margem do Danúbio, na direção de Krisztinaváros. Eu entrei na fileira bamboleante de gansos e, devagar, bamboleei para o acesso à ponte. Eu o vi mais uma vez enquanto, com a cabeça descoberta, a capa de chuva no braço, a passos lentos, caminhava decidido... como quem sabe com certeza para onde vai, ou seja, para o nada. Eu sabia que não o veria mais na vida. Saber que vemos alguém pela última vez tem algo de enlouquecedor.

O que ele quis dizer?... Talvez que um homem só vive enquanto tiver uma missão a cumprir. Depois não vive mais, apenas existe. Você não pode entender porque você tem uma missão no mundo... a missão de me amar. Bem, agora eu falei. Não me olhe assim torto, malicioso. Se alguém nos ouvisse conversando aqui em Roma, num quarto de hotel... está amanhecendo, você acaba de vir do bar e eu me agito a seu redor como uma odalisca... um homem mal-intencionado que nos visse e nos ouvisse de fora poderia achar que nós dois falamos como cúmplices... uma mulherzinha se meteu entre os chefões e conta para o amante, o belo rapaz, o que viu por lá... E ele escuta, pois quer saber como correu a coisa entre os chefões... Alguém pode pensar assim, o mundo é maldoso. Não franza sua linda testa. Vamos, ria... Pois nós dois sabemos a verdade sobre nós. Você não é o belo rapaz, mas um artista nato e meu único bem, que eu adoro e que me ajuda nesse resto de vida solitária... Por exemplo, ajuda a vender as joias que me ficaram do meu marido malvado... Porque você é bom e piedoso. E eu não sou uma mulherzinha, não fui mulherzinha nem quando tirei o dinheiro do meu marido, como pude... Porque eu não visava lucro, mas justiça. Agora você ri, não é? Mas disso só nós dois sabemos, você e eu.

Pois então, meu marido era um homem de outro tipo. Eu seguia meu marido com os olhos, e num dado momento passei a arder de curiosidade... desejava saber, de verdade, por que aquele homem vivia... E por que ele se tornara desnecessário agora, por que trabalharia como pintor de tecidos na Austrália ou como eletricista na América... O papel em que ele acreditava não era um pesadelo ridículo?... Olhe, eu não leio jornais. A não ser que eles anunciem em letras grandes que um sujeito importante foi morto ou que uma estrela de cinema se separou... essas coisas eu leio, nada mais. De política só entendo que ninguém confia em ninguém, todos alardeiam que sabem mais. Acompanhava meu marido com os olhos, e naquele exato momento um batalhão de infantaria russo passou por mim, de fuzis nos ombros, com as baionetas armadas... rapazes espigados que vieram para a Hungria porque lá também seria tudo diferente de antes, quando meu marido ainda acreditava que tinha uma missão no mundo.

Eu me arrastei na fila pela ponte sobre o Danúbio na cheia amarelada, suja, de fim de inverno. Na água boiavam pranchas de madeira, pedaços de navio, cadáveres. Ninguém ligava para os cadáveres, todos só olhavam para a frente, levavam na mochila a carga, curvados, como se a humanidade partisse para uma penitência coletiva. Assim nos arrastávamos na ponte, muita gente, como se fôssemos todos criminosos. E de repente não me pareceu importante nem urgente ir para a rua Király trocar as cédulas de papel amarrotadas por um removedor de esmalte. De repente não vi nenhum sentido em ir a qualquer lugar que fosse... O encontro me perturbou. É verdade que jamais gostei daquele homem, mas assustada percebi que nem estava mais zangada de verdade com ele, de coração, como devemos odiar os inimigos... Isso me afetou, como se eu tivesse perdido algo precioso... Sabe, há um momento entre duas pessoas em que não vale mais a pena odiar. E ele é muito triste.

Está amanhecendo. Como a luz fica de repente intensa, quente!... Em Roma a alvorada nasce, de certa forma, da noite, sem transição. Espere, vou subir a persiana. Veja os dois pés de laranja debaixo da janela. Os dois produzem exatamente duas laranjas. Laranjas fermentadas, murchas, que só crescem aqui na cidade. Como quando alguém envelhece e as emoções um dia viram pensamentos.

A luz não fere seus olhos?... Eu gosto da manhã romana, desse brilho. A claridade é súbita e intensa como quando uma mulher jovem arranca a camisola e se aproxima nua da janela... Nessa hora não lhe falta pudor, ela simplesmente está nua.

Por que ri assim, irônico?... Estou sendo muito romântica?... Sim, percebi que às vezes também faço comparações, como os poetas. Você acha que tudo o que eu digo assim eu aprendi com ele, com o careca. Pois então, nós, mulheres, somos macacas, imitamos o homem que nos interessa... Mas não remexa mais os álbuns. É inútil você remexer nas fotografias. Não tenho nenhum retrato dele.

Vejo que a luz o incomoda. Vou baixar metade da persiana, está bem?... A rua ainda está vazia. Você notou como essa pequena Via Liguri fica vazia também de dia?... Tenho a impressão de que ele morou aqui. Quem?... Ele. O careca, sim. Vá mais para lá, vou me deitar.

Dê-me aqui o travesseirinho. E o cinzeiro... Você quer dormir?... Eu também não estou com sono. Vamos ficar deitados, em silêncio. Não é nada ruim ficarmos deitados, de madrugada, em Roma, imóveis, e observarmos nessa casa antiga o teto do quarto. Quando acordo às três da manhã e você ainda não chegou do bar, eu fico deitada assim durante muito tempo.

Quê? Se o careca morou neste quarto? Não sei, não me interrogue. Desça, procure o porteiro, pergunte a ele se quiser saber.

Sim, pode ser que ele tenha morado neste quarto.

Que há com você?... Se eu vim atrás dele? Louco, seu louco, o que você pensa? Fazia dois meses que ele tinha morrido quando eu viajei.

Não é verdade, você está falando besteiras. Não era o túmulo dele que eu estava procurando no cemitério protestante. Eu procurava o túmulo de um poeta, era inglês o infeliz... Na história toda a verdade é que o careca me falou uma vez sobre esses túmulos famosos. Ele não foi enterrado lá, mas fora da cidade, num cemitério barato. Além disso, ele não era protestante como o poeta inglês. Não, também não era judeu. O que ele era? Sei lá. Só sei que não era religioso.

Vejo que você está piscando, está desconfiado de alguma coisa. Acha que eu fui mesmo sua amante e depois vim atrás dele em Roma... sinto muito, mas não posso diverti-lo com uma história picante dessas. Não houve nada entre nós. Tudo em volta dele era muito simples. Ele não era interessante, apenas uma criação artística de Deus, como você, meu bem. Parecia mais um funcionário ou um professor aposentado.

Não havia nada de aventureiro nele ou em torno dele. As mulheres também não se matavam por ele. Seu nome não aparecia nas revistas, ligado às fofocas interessantes, mesquinhas, ninguém escrevia sobre ele. Quando o conheci, ele não contava mais. Ouvi que algum tempo antes ele havia tido certa fama. Mas naquela época, no final da guerra, fora esquecido, ninguém falava nele.

Acredite, não sei nada de interessante sobre esse homem. Nem fiquei com uma fotografia dele. Não gostava de ser fotografado. Às vezes parecia um malvado que se escondia como um criminoso, com medo de que encontrassem suas digitais num copo que ele tivesse usado, um estelionatário que vivia com um nome falso... Se havia algo de interessante nesse homem, talvez fosse o fato de que com todos os nervos, com os pés e com as mãos, com unhas e dentes ele evitava ser interessante. Não vale a pena falar dele.

Não me chantageie. Não suporto que você me chantageie, que ao mesmo tempo me faça pedidos e me ameace. Quer que eu lhe dê isso também?... Como o anel, como os dólares? Quer que eu lhe dê tudo? Não vai me deixar nada?... Pois vou lhe dar isso também, e depois vou ficar sem nada de verdade. Se um dia você me largar, minhas mãos vão estar completamente vazias. É o que você quer?...

Está bem, vou contar. Mas não pense que você é o mais forte. Eu é que sou mais fraca.

Não é fácil contar. É como se eu quisesse falar sobre nada. Acho que na vida só podemos contar algumas coisas... quero dizer, na vida mais simples, cotidiana. Porque, você sabe, existem pessoas que não vivem apenas no dia a dia, mas também de outro modo, numa realidade diferente... Elas talvez consigam falar sobre nada com o mesmo interesse que desperta uma história policial. Esse homem disse que tudo era realidade... não somente o que podemos pegar, mas também os conceitos. Se o nada era um conceito, o nada lhe interessava também... tomava-o nas mãos e o examinava como se fosse um objeto. Não pisque, vejo que você não está entendendo. Eu também não entendi... mas depois de certa forma vi que em suas mãos ou em sua cama o nada também se tornava realidade, crescia, ganhava significado. Esse era o seu truque... Não quebre a cabeça, isso é muito elevado para nós.

O nome dele?... Pois ele tinha um nome para o mundo. Vou ser sincera, eu antes não havia lido um único livro dele. Quando o conheci, pensei que ele brincava comigo também, como com tudo e com todos... Então, com raiva, eu criei coragem e li um livro dele. Se o entendi?... No geral, sim. Ele escrevia com as palavras simples com que conversamos. Escrevia sobre o pão e sobre o vinho, e sobre o que devemos comer e como devemos passear e o que devemos pensar durante o passeio... Como se escrevesse um livro escolar para idiotas pacíficos que não sabem como se deve viver com a razão... assim era o livro. Mas o livro era também malicioso, por trás da naturalidade artificial, da grande simplicidade e uniformidade, do aconselhamento em tom de orientação, gargalhava uma indiferença maldosa. Como se tudo... o livro e o próprio fato de que ele escrevera um livro, o leitor que tinha o livro nas mãos e se esforçava para compreender o conteúdo... ou parecia sonhador, ficava sério ou se emocionava... como se tudo fosse observado dos bastidores, de um canto do quarto ou das páginas do livro, por um adolescente maldoso... e o adolescente invisível risse da desgraça alheia. Foi a minha sensação quando li o livro. Compreendi todas as linhas, só não compreendi o todo, não sabia na verdade o que ele pretendia... E não entendia por que ele escrevia livros se não acreditava nem na literatura nem no leitor... E eu, a leitora, por mais que tentasse decifrar a escrita, nunca saberia ao certo em que ele acreditava... O livro dele me irritou. Não terminei a leitura, com raiva atirei o livro num canto.

Mais tarde, quando vivi próxima dele... eu lhe contei o que tinha feito. Ele me ouviu sério, como um padre ou um educador. Assentiu. Empurrou os óculos de aro dourado para a testa. Disse compreensivo:

"Vergonha", e fez o gesto desesperado de quem também atirava todos os livros do mundo num canto. "É, sim, vergonha, desgraça."

E suspirou, triste. Mas não disse exatamente o que era vergonhoso. A literatura? Ou o fato de que eu não entendera o livro dele? Ou existe alguma coisa que não se pode escrever?... Não tive coragem de perguntar o que era vergonhoso. Porque ele lidava com as palavras como o farmacêutico com o veneno. Quando eu lhe perguntava o significado de uma palavra, ele olhava para mim desconfiado, como desconfia o farmacêutico quando uma mulher de cabelos desgrenhados, de aparência desalinhada, aparece e pede um simples sonífero, por exemplo, Veronal... Ou o merceeiro quando uma empregada de olhos chorosos pede soda cáustica... Ele achava que a palavra era um veneno. Todas as palavras contêm um veneno amargo. Só se pode engolir o veneno em diluições muito grandes.

Sobre o que nós falávamos, você quer saber... Espere. Vou tentar arrumar as lembranças do que ele algumas vezes dizia. Não vão ser muitas, devem caber numa só mão.

Uma vez... durante um bombardeio, quando a população da cidade desbotava nos porões e, empapada de suor, com a boca trêmula, esperava a morte... ele disse que o homem e a Terra eram feitos da mesma matéria... e leu a fórmula, algo como trinta e cinco por cento de sólido e sessenta e cinco por cento de líquido. Aprendeu num livro suíço. Achava o máximo. Falou disso satisfeito, como se tudo estivesse bem. As casas desmoronavam à nossa volta, mas as casas em ruínas, as pessoas lamuriosas e escondidas não lhe interessavam. Falou de um alemão que viveu há muito tempo, cem anos ou mais... aqui em Roma há um café onde estive com você da última vez, o Greco, dizem que o alemão o frequentava há cem anos ou mais... não quebre a cabeça, não me lembro do nome dele... O careca disse que o alemão acreditava que as plantas e os animais e a Terra toda surgiram de uma vez... você entende? Nas semanas em que bombardeavam Budapeste, ele lia febril, concentrado, como se tivesse perdido uma grande tarefa... Como se durante a vida toda tivesse se ocupado de outra coisa. Como quem perdera tempo e não tivesse mais como pôr em dia tudo o que gostaria de saber, por exemplo, como quem não tivesse mais como descobrir o segredo do mecanismo do mundo... Nessas horas eu ficava sentada quieta num canto, o observava e ria dele. Mas ele nem percebia, não ligava para mim, como também não ligava para as bombas.

Esse homem sempre me chamou de *senhora*. Ele era o único do mundo do meu marido, do mundo dos patrões, que não me tratava por *você* nem em situações íntimas. Que está dizendo?... Então não era patrão de verdade?... Era apenas escritor, não um patrão?... Como você é inteligente. Pode ser que tenha razão, não era um patrão porque sempre falou comigo com respeito. Quando eu ainda era empregada, meu marido me mandou para que ele me visse, me examinasse. E eu fui, submissa, como uma ovelha. Meu marido me mandou para o amigo como se me mandasse para o médico de pele da família, porque queria ter certeza de que a nova empregada não tinha sarna... O médico de pele para o meu marido foi o careca, embora o problema não fosse a minha pele, mas alguma outra coisa... como eu era por dentro... O escritor se dispôs a me examinar, mas era visível que me recebeu sem vontade. De certa forma ele desprezava a coisa toda, a ideia do meu marido, aquela estupidez de clínica da alma que meu marido inventou em sua confusão... Abriu a porta resmungando. Disse que me sentasse e não fez muitas perguntas, preferiu ficar olhando para mim...

Não olhava para a pessoa com quem falava. Olhava sempre para outro lugar. Como quem tem a consciência pesada e evita os olhares diretos. Mas depois, sem aviso, os olhos dele faiscavam, e você de repente sentia que o homem olhava para você, diretamente. Nessas horas olhava com muita força. Dizem que os comunistas interrogam os suspeitos assim. Não havia como fugir do olhar dele. Não havia como se esconder de seu olhar numa artificialidade educada, pigarrear, refugiar-se na indiferença. Olhava como quem tomava posse, como quem tocava. Como o médico se curva sobre o paciente lamuriento na mesa de operação, segurando a faca, com a máscara protetora estéril diante da boca, e o doente não vê mais que a faca impiedosa. E o olho explorador que penetra no corpo dele e vê na realidade o útero ou um rim... Era raro o escritor olhar desse modo. E não durava muito tempo... Parece que não conseguia passar energia a esse olhar por muito tempo. Mas então ele me olhou dessa maneira, o pesadelo materializado do amigo, durante um longo instante. Depois se virou, a energia, o brilho em seus olhos, apagou-se. Disse:

"Pode ir embora, Judit Áldozó."

E eu fui. Não o vi mais, durante dez anos. Ele não se encontrava mais com o meu marido.

Eu nunca soube, mas desconfiava que o homem tivesse algo a ver com a primeira mulher do meu marido. Quando se separaram, a mulher viajou para o estrangeiro. Durante algum tempo, ela viveu aqui, em Roma. Depois voltou para Budapeste e viveu por lá, muito silenciosa, ninguém ouvia falar dela. Morreu alguns meses antes do início da guerra. Desapareceu de repente, um coágulo subiu para o coração, ela morreu em instantes. Mais tarde matraquearam muito, como de costume, quando uma criatura jovem que aparentemente não tem nenhum problema morre... Disseram também que ela havia se suicidado. Mas ninguém sabia por que a jovem rica teria cometido suicídio. Tinha uma bela casa, viajava, aparecia pouco em público, vivia com recato... Eu fiz uma investigação, como se deve quando uma mulher tem algo a ver com o homem de outra mulher... Mas não consegui ter certeza da fofoca.

Sobre as mortes súbitas eu sei um pouco... Não acredito muito nos médicos, apenas corro para eles, gritando, logo, quando tenho algum problema, quando corto o dedinho, ou sinto dor de garganta... Mas não acredito neles, porque existe algo que somente nós, doentes, sabemos e os médicos não sabem... Eu sei que a morte súbita... quando não existe nenhum aviso, alguém tem uma saúde perfeita... não é inteiramente impossível. Esse meu amigo esquisito, o escritor e charlatão, sabia de algo sobre isso. Veja, quando o conheci, eu às vezes me sentia muito estranha... A todo momento acreditava que tinha acabado, que ia morrer... Encontrei com o careca num refúgio, em Buda, às seis da tarde, inesperadamente. Milhares de pessoas se acotovelavam na caverna de rocha.

A coisa toda parecia uma despedida, quando o povo se aglomera e reza cantando nas cavernas, porque a cidade está empesteada. Ele me reconheceu, acenou para que me sentasse a seu lado no banquinho. Pois eu sentei a seu lado, ouvi as explosões abafadas, distantes. Aos poucos me dei conta de que se tratava do homem que eu tinha visitado um dia porque meu marido desejava que ele me examinasse... Passado um tempo ele falou, pediu que eu me levantasse e saísse com ele.

O alarme não havia terminado, a viela de Buda estava vazia, caminhamos num silêncio mortal, como numa cripta. Passamos diante da antiga confeitaria do castelo, sabe, o lugar centenário no morro do castelo, com os móveis finos... Entramos lá durante o ataque aéreo.

Aquilo tudo era fantasmagórico, como num encontro do além... Os proprietários da confeitaria, moradores ancestrais do morro do castelo... bem como a balconista... todos haviam corrido para o porão ao sinal das sirenes. Estávamos sós entre os móveis de mogno, os doces do tempo de guerra cheios de fermento, cobertos de organza, os doces de creme e os merengues rançosos, as garrafas de licor de baunilha nas prateleiras de vidro. Ninguém nos recebeu, ninguém respondeu ao nosso cumprimento.

Sentamos e ficamos à espera. Continuamos sem nos falar. Ao longe, do outro lado do Danúbio, os canhões antiaéreos trovejavam e as bombas americanas despencavam com um estrondo abafado. Uma nuvem negra de fumaça pairava sobre o castelo, porque aviões haviam acertado e incendiado um reservatório de petróleo na margem esquerda do rio... Mas nisso também não prestamos atenção.

Educado, como quem estava em casa, sem pedido nem solicitação ele passou a se servir. Verteu licor em dois cálices, e pôs doces de creme e de nozes num prato. Movimentou-se com familiaridade, como se fosse um cliente diário do lugar. Ele me serviu, e então eu perguntei se era conhecido ali, se costumava vir todos os dias...

"Eu...", e com os cálices de licor nas mãos olhou para mim espantado. "Que nada. Talvez tenha estado aqui pela última vez há trinta anos, quando era estudante. Não", disse decidido, olhou em torno e balançou a cabeça, "não lembro exatamente quando estive aqui."

Batemos os copos, devoramos os doces e conversamos. Quando extinguiram o alarme aéreo e uma velha, a proprietária, e a balconista emergiram do porão, para onde ao sinal de perigo das sirenes elas, assustadas, sem pensar, tinham descido às pressas, nós já estávamos papeando com intimidade. Assim recomeçou nossa relação.

A naturalidade não me surpreendeu. Mais tarde também não me surpreendi com nada quando estava com ele. Se ele se despisse e ficasse nu em pelo e começasse a cantar, como os loucos religiosos nas ruas, eu também não me surpreenderia. Se um dia o encontrasse barbudo e ele me dissesse que vinha do monte Sinai, onde acabara de conversar com o Senhor, também não me surpreenderia. Se me chamasse para jogar palitinho e depois me convidasse para estudar espanhol ou para que eu me apropriasse dos segredos do lançamento de facas, também não me surpreenderia.

Assim, depois, também não me surpreendeu que ele não tivesse se apresentado, nem perguntado meu nome, e que não se lembrasse do meu marido. Falou, fez e desfez na confeitaria fantasmagoricamente abandonada como se toda palavra fosse inútil, como se o essencial os homens soubessem também sem palavras... Como se nada fosse mais entediante e desnecessário que a experiência de contarmos um ao outro quem e o que éramos. Ou que falássemos sobre o que de todo modo sabíamos sem palavras e sem apresentações, a velha história sobre a mulher morta. Ou que papeássemos sobre o fato de que eu um dia fora empregada e meu marido me mandara para ele, o feiticeiro de almas, para que ele me examinasse a fim de saber se do ponto de vista social eu não era sarnenta, ou epilética... Demos continuidade a um diálogo... como se a vida entre as pessoas não fosse mais que um diálogo permanente que a morte interrompe para uma respirada temporária.

Não perguntou o que se passava comigo, onde eu vivia, com quem estava... Perguntou apenas se eu já tinha comido azeitona recheada de tomate.

Primeiro me pareceu que quem fazia uma pergunta dessas era maluco. Por isso eu olhei longamente nos seus olhos, observei o olhar cinza-esverdeado inquiridor, o par de olhos humanos angustiantemente sérios. Entre as bombas que explodiam, olhava para mim, na confeitaria silenciosa, com uma atenção profunda, como se nossas vidas dependessem da resposta. Refleti porque não queria enganá-lo. Respondi que sim, eu tinha comido, claro que sim. Tinha comido uma vez no Soho, em Londres, no bairro italiano, num pequeno restaurante aonde o grego me levara. Mas não mencionei o grego, pensei que fosse desnecessário falar sobre o grego no contexto da azeitona.

"Então está bem", ele disse aliviado.

Num tom medroso — nunca tive coragem de falar com ele verdadeiramente, de coração — perguntei o que havia de especialmente bom em ter comido azeitona recheada de tomate...

Ouviu a pergunta sério. Depois começou a falar apressadamente.

"Porque não se acha mais", disse severo. "Em Budapeste não se acha mais azeitona de jeito nenhum. Antigamente se podia comprar no centro, no armazém bom...", e disse um nome. "Mas nós por aqui nunca recheamos a azeitona com tomate. Porque Napoleão, quando andou por estes lados com as tropas, só chegou até Györ."

Acendeu um cigarro e balançou a cabeça, como se não tivesse mais nada a dizer. Um velho relógio de pêndulo vienense tiquetaqueava sobre as nossas cabeças. Eu ouvia o tiquetaque. E as explosões distantes abafadas... o som parecia o arroto de um animal satisfeito. O conjunto parecia um sonho. O sonho não era alegre... ainda assim eu senti uma paz estranha. Mais tarde também, sempre que estive com ele... Mas isso eu não sei explicar a você. Nunca me senti feliz na companhia dele... Às vezes eu o odiava, muitas vezes ele me deixava irritada. Mas tenho de dizer com sinceridade que nunca senti tédio quando estive com ele. Não ficava inquieta nem impaciente... Era como se eu tirasse os sapatos na companhia de uma pessoa, como se tirasse o sutiã, como se me despisse de tudo o que os homens haviam me ensinado. Eu simplesmente me sentia calma quando estava com ele. As semanas mais agressivas da guerra aconteceram naquela época. Mas eu nunca me senti tão calma, tão satisfeita quanto naquelas semanas.

Às vezes cheguei a pensar que era pena que eu não fosse sua amante… Não que eu desejasse ir para a cama com ele. Ele já estava envelhecendo, os dentes estavam amarelados, havia bolsas debaixo de seus olhos. Eu esperava que ele estivesse impotente e por isso não me olhasse como se deve olhar para uma mulher. Ou que ele gostasse de homens, que não precisasse de mulher… Era a minha esperança. Mas não senti nada disso, a não ser que não se importava comigo. Ele muitas vezes limpava os óculos, angustiado, como o lapidador de diamantes talha a pedra bruta. Não era desleixado, mas mesmo sob tortura eu não seria capaz de dizer que roupas ele usava. Viu, eu me lembro de todas as roupas do meu marido! Mas a aparência física desse homem sumiu da minha lembrança, de roupa e tudo.

E ele ainda falou mais sobre a azeitona.

"Em Budapeste nunca se pôde encontrar azeitona de verdade, recheada de tomate. Nem nos antigos tempos de paz se vendia esse tipo de coisa. O que se vendia eram azeitonas pequenas, pretas, passadas, enrugadas, sem recheio. Azeitona recheada de verdade mesmo, na Itália só se encontra num ou noutro lugar."

Ergueu o indicador, empurrou os óculos para a testa. Disse:

"É estranho. Azeitonas com aroma de flores, que se desfazem, se despedaçam, amargas, recheadas de tomate só existiam em Paris, no bairro de Ternes, na esquina da rua Saint Ferdinand, num armazém italiano, no final dos anos 20."

Quando me contou isso, quando por fim me comunicou tudo o que a raça humana naquele estágio de desenvolvimento poderia saber sobre a azeitona recheada de tomate, ele olhou para a frente satisfeito e alisou a careca com uma das mãos.

Pois esse endoidou de verdade, pensei. Olhei espantada para ele. Eu estava sentada ali, no morro do castelo, acima da cidade bombardeada, na companhia de um louco que um dia fora amigo do meu marido. Mas não me senti mal. Eu sempre me senti da mesma forma na companhia dele.

Mansamente, como falamos com os loucos, perguntei por que ele achava que do ponto de vista do presente ou do futuro mais distante me seria vantajosa a azeitona que na realidade eu tinha comido um dia em Londres, num pequeno restaurante italiano do bairro do Soho... Ele ouviu a pergunta, inclinou um pouco a cabeça de lado, olhou para longe, como sempre fazia quando pensava.

"Porque a cultura acabou", disse amistoso, paciente. "Acabou tudo o que fazia parte da cultura. A azeitona era apenas um pequeno sabor no todo da cultura. Porém esses muitos pequenos sabores, maravilhas e primores reunidos davam no conjunto a consistência comum do cozido extraordinário chamado cultura. Isso tudo foi agora aniquilado", ele disse, e ergueu uma das mãos, com um movimento de maestro, como quem introduzia o fortíssimo do aniquilamento. "Desapareceu ainda que as peças permaneçam. Também é possível que se venda no futuro azeitona recheada de tomate. Mas vai desaparecer a raça humana que tinha consciência de uma cultura. Terá apenas conhecimentos, e isso não é a mesma coisa. A cultura é vivência, minha cara", disse como um padre, com a mão erguida. "Uma vivência permanente, como o brilho do sol. O conhecimento é somente remendo", e deu de ombros. Em seguida, educado, disse:

"Por isso me alegra o fato de a senhora ter conhecido a azeitona."

E, como se o mundo também pusesse um ponto-final depois de tudo o que ele dizia, uma explosão próxima fez a casa estremecer.

"Pagar", disse, e se levantou como quem fora avisado pela

explosão tremenda de que tinha mais a fazer no mundo do que enterrar a cultura.

Educado, permitiu que eu passasse na frente. Caminhamos juntos pela escadaria Zerge, mudos. Assim começou nossa relação. Fomos diretamente para o apartamento. Atravessamos a bela ponte que alguns meses depois estaria enferrujando debaixo da água. Já então pendiam das correntes da ponte as caixas de explosivos, porque os alemães se prepararam com afinco, a tempo, para a explosão das pontes. Ele olhou as caixas cheias de material explosivo com um ar de entendido, sereno, como se não lhe interessasse mais que o posicionamento adequado delas.

"Isso também vai desaparecer", disse no meio da ponte, indicando as grandes vigas de metal que sustentavam mudas a ponte gigantesca. "Desaparecerá inteiramente. Por quê, a senhora pergunta?... Minha cara", ele disse apressado, como se respondesse a si próprio numa discussão difícil, "quando as pessoas se preparam para alguma coisa com seriedade, com conhecimentos especializados, durante muito tempo, a coisa por fim dá certo. Os alemães são excelentes em explosões", disse em tom de reconhecimento. "Ninguém sabe explodir pontes com a perfeição dos pirotécnicos alemães. Portanto eles vão explodir a ponte Lánc e depois em série as demais pontes, como explodiram Varsóvia ou Stalingrado. Sabem explodir com perfeição", disse sério, em tom de reconhecimento. "E", com os braços erguidos, como se no meio da ponte condenada à morte quisesse chamar a atenção para o significado da extraordinária capacidade de explodir dos alemães, "acabou."

"Mas isso é terrível", eu disse automaticamente, com a alma partida. "Essas lindas pontes…"

Mas não pude terminar a frase.

"Terrível?", ele perguntou num tom melodioso, e me olhou com a cabeça inclinada de lado. Era alto, uma cabeça mais alto que eu. Gaivotas rodopiavam entre as vigas da grande ponte, mal havia quem passasse por ali na hora perigosa do entardecer.

Perguntou num tom estranho por que era terrível que as pontes maravilhosas desaparecessem. Como se tivesse ficado surpreso com a minha indignação.

"Por quê?", perguntei revoltada. "O senhor não sente pelas pontes? E pelas pessoas? Tudo e todos que perecem sem razão?"

"Eu?...", perguntou.

De novo ele falou num tom melodioso, impotente, como se minha pergunta o surpreendesse de maneira profunda. Como se até ali ele nunca tivesse pensado na extinção, na guerra, no sofrimento humano.

"Que nada", disse cheio de entusiasmo, e balançou o chapéu. Falou animado, com emoção. "Eu não sinto pena das pontes, nem das pessoas!... Pois então, minha cara... Eu não", disse, e estalou a língua, com um sorriso estranho, como se a hipótese impossível, a acusação vulgar o divertisse. "Nunca... a senhora entende?...", e se voltou para mim, curvou-se sobre o meu rosto, me encarou agressivo, como um hipnotizador, "nunca me ocupei seriamente de mais nada, a não ser de lamentar pelas pontes e pela humanidade!..."

Disse isso, e respirou com dificuldade, como quem fora magoado e reprimia as lágrimas. Artista, pensei de repente. Palhaço, comediante!... Mas olhei nos olhos dele e vi espantada que o par de olhos cinza-esverdeados escureciam, gelatinosos. Não acreditei no que vi. Mas não tinha como me enganar... o homem chorava. As lágrimas escorriam abundantes.

E ele não sentia vergonha de chorar. Não se importava. Como se os olhos chorassem por conta própria, independentemente de vontade ou de intenção.

"Pobre ponte", murmurou, como se eu nem estivesse lá. "Pobre ponte linda!... E pobres pessoas!... Pobre, pobre humanidade!..."

Assim ele se lamentava. Estávamos de pé, imóveis. Depois ele enxugou as lágrimas com as costas das mãos, esfregou as mãos nos bolsos do casaco, secou-as. Soluçava. Olhava as caixas de explosivos. Balançava a cabeça como se visse uma desordem alucinada, como se visse um bando de vândalos da extenuada humanidade e ele, o escritor, não pudesse fazer nada, não pudesse chamar à razão e à ordem, nem com boas palavras nem com bengaladas, os adolescentes inúteis.

"Sim, isso tudo vai perecer", disse depois, e suspirou. Mas na voz dele eu sentia uma satisfação estranha. Como se tudo acontecesse segundo os planos. Como se o homem tivesse calculado no papel, a lápis, que certas inclinações humanas caminham com certas consequências inevitáveis e por isso agora — quando ele lacrimejava e se lamentava — seu coração estava profundamente satisfeito, como o de um bom entendido que vê que no cálculo não o enganaram.

"Bem", disse depois, seco, "vamos para casa."

Falou assim, no plural. Como se estivéssemos de acordo em tudo. E sabe o que era mais estranho? Eu também sentia dessa forma, como se tivéssemos combinado tudo — tudo o que era importante, que dizia respeito a nós dois, como se depois de uma longa discussão e negociação chegássemos a um acordo. Em quê?... O acordo tanto podia significar que nos próximos tempos eu seria sua amante como que ele me aceitava como empregada. Sem uma palavra partimos para "casa", ao longo da ponte condenada à morte. Ele andava depressa, eu apressava o passo para não ficar para trás. No caminho, ele não olhou para mim. Como se tivesse esquecido que eu o acompanhava. Como se um cão seguisse a passadas lentas em seu rastro. Ou como se um empregado da casa que acompanhara o patrão numa saída para compras vagasse a seu lado... E eu apertava debaixo do braço a sacola em que carregava o batom, o pó de arroz e os vales de comida como

366

muito tempo antes a mochila, quando saí para buscar emprego em Budapeste. Andava ao lado dele como a empregada no rastro do patrão.

E, à medida que caminhávamos, que vagávamos, de súbito, estranhamente, me acalmei. Sabe, eu já era uma mulher distinta no mundo havia muito tempo. Eu já assoava o nariz com distinção, como se uma cerimônia ao ar livre se desenrolasse à minha volta no palácio de Buckingham... Às vezes me ocorria que meu pai nunca usava lenço... não usava porque não tinha. Nem sabia o que era um lenço... Espirrava prendendo a ponta do nariz com dois dedos. Depois limpava os dedos na barra das calças. E eu também assoava o nariz assim, nos tempos de ajudante, como tinha aprendido com meu pai. Mas, agora que me arrastava ao lado daquele homem, eu me vi como quem depois de uma série de apresentações cansativas e inúteis por fim descansava. Porque sabia com certeza que, se agora, diante da estátua de Széchenyi, eu de repente espirrasse, segurasse o nariz com dois dedos e depois limpasse a mão na saia de minha roupa fina de shantung... o homem nem prestaria atenção. Ou, se naquele instante acontecesse de ele olhar para mim, ele não se irritaria, não me condenaria ou desprezaria, mas observaria interessado um ser vivo do sexo feminino, vestido com distinção, assoando o nariz na rua à moda dos camponeses... observaria como se examinasse os hábitos de um animal domesticado. E nisso havia algo de tranquilizador.

Subimos ao apartamento dele. Eu estava calma, como quem ia para casa. Quando ele abriu a porta do hall e me fez entrar no corredor escuro, cheirando a cânfora, eu senti a paz antiga de quando cheguei do campo em Budapeste e me empreguei com os pais do meu ex-marido como faz-tudo. Estava em paz porque sabia que no mundo selvagem e perigoso por fim eu tinha um teto sobre a minha cabeça.

**

E lá eu fiquei, logo me acomodei para a noite. Em pouco tempo adormeci. De madrugada acordei com o desejo de morrer. Não era um ataque cardíaco, meu bem... não deixava de ser, mas também era outra coisa. Nada doía. Eu não sentia angústia. Do meu corpo todo emanava uma paz doce, a paz da morte. Eu sentia que o mecanismo tinha parado de bater no meu peito, a mola havia chegado ao fim. Meu coração de súbito se cansara de ser robô, não batia mais.

Quando abri os olhos, vi que ele estava em pé junto do divã e segurava meu pulso, palpava os batimentos.

Mas segurava meu pulso de um modo diferente dos médicos. Palpava os batimentos como um artista palpa as cordas do instrumento, ou como um escultor alisa uma obra-prima. Como se os cinco dedos palpassem meu pulso. Sentia que as cinco pontas dos dedos conversavam separadamente com a minha pele, com o meu sangue, e, através de tudo, com o meu coração. Palpava como alguém que vê no escuro. Como os cegos veem com as mãos. Ou como os surdos ouvem com os olhos.

Ele ainda usava as roupas da rua, não tinha se despido. Passava da meia-noite. Não perguntou nada. Em volta das têmporas, na nuca, na base da careca, os cabelos estavam desarrumados. No outro quarto a luminária de mesa estava acesa. Compreendi que ele estivera sentado lá e lera durante a noite enquanto eu dormia, e depois, de súbito, eu quis morrer. Agora ele estava junto do sofá onde eu fizera a cama, e começou a tomar atitudes afobadas. Trouxe limão, misturou açúcar no suco de limão e me obrigou a tomar a bebida agridoce. Depois fez café num pequeno jarro de cobre, café turco forte como veneno. Pingou vinte gotas de um vidro de remédio num copo, misturou com um pouco de água e derramou a solução na minha garganta.

Passava da meia-noite, as sirenes uivavam de novo. Mas não prestamos atenção no uivo perigoso. Naquela época ele só se abrigava durante os ataques aéreos quando o aviso o alcançava na rua e o guarda o fazia descer para algum porão. De outro modo ficava no apartamento e lia. Gostava de ler nessa hora, dizia que por fim havia silêncio na cidade. Havia silêncio de fato, como no mundo do além... Não passavam bondes nem carros, apenas matraqueavam os canhões antiaéreos, e as bombas. Mas eles não o incomodavam.

Ele sentou junto do divã, e de vez em quando pegava meu pulso. Eu estava deitada de olhos fechados. Naquela hora o bombardeio estava pesado. Eu nunca tinha me sentido tão calma, protegida, segura e abrigada. Por quê?... Talvez porque eu sentia a solidariedade. Que é muito difícil recebermos das pessoas. O homem não era médico, mas sabia ajudar. Parece que, quando há um problema, os artistas sabem ajudar. Talvez só eles possam ajudar... sim, você, meu querido, e todo artista. Ele uma vez disse distraído que antigamente o artista, o padre e o médico não eram separados... Tudo era uma coisa só. Quem sabia de algo era artista. De certa forma eu o sentia e por essa razão estava tão calma naquela hora... calma, quase feliz.

Passado um tempo senti o coração bater de novo. O mecanismo começou a funcionar no meu peito, como no panóptico que vi uma vez em Nyíregháza, quando era menina. Lá mostraram um papa moribundo de cera. Um mecanismo movimentava o peito do papa. Assim sentia eu também que o coração funcionava de novo.

Ergui os olhos para ele, desejava que ele dissesse alguma coisa. Eu ainda não tinha forças para falar. Mas ele sabia que o momento perigoso havia passado. Amigável, perguntou:

"A senhora teve sífilis?..."

A pergunta não me assustou nem me incomodou. Soou natural como tudo o que ele dizia. Fiz sinal de que não tivera sífilis, e sabia que era inútil mentir, o homem percebia quando alguém estava mentindo… Depois ele perguntou quantos cigarros eu fumava por dia. Sabe, antigamente eu não fumava nunca, ao menos não sem controle como hoje aqui em Roma. Foi aqui que comecei essa tragação selvagem, as baforadas de fumo americano picado. Mas eu acendia um cigarro às vezes, depois de uma refeição. Disse a ele. E perguntei:

"O que é isso?", e pus a mão no peito, mostrando a região do coração. Estava muito fraca. "O que foi isso? Nunca senti nada parecido…"

Ele me olhou atento. Disse:

"O corpo se lembra."

Mas não disse do que o corpo se lembrava… Observou-me durante algum tempo, depois se levantou, a passos lentos, demorados, como se mancasse um pouco, passou para o outro quarto e fechou a porta atrás de si. Fiquei sozinha.

Mais tarde ele também me deixava só, de manhã, ou de noite, a qualquer hora. Porque depois de algum tempo eu aparecia no apartamento dele sem me anunciar. Ele me deu uma chave, com um gesto de passagem, como se fosse a coisa mais natural. Tinha uma faxineira, que fazia a limpeza e às vezes cozinhava. Mas cuidados com a casa não existiam. Tudo era tão largado… o apartamento, essa casa burguesa em regra, com os antigos móveis vienenses. Não havia nada de excepcional no apartamento, três quartos, no quinto andar de um novo imóvel de aluguel. Um dos quartos estava cheio de livros.

Independentemente da hora que eu chegasse, de dia ou de noite, ele sempre me recebia. Como por mágica tirava iguarias de uma despensa invisível, por exemplo, caranguejos enlatados. Quando todos os demais comiam feijão, ele se tratava com abacaxi em conserva. Oferecia-me também aguardente velha. Ele nunca tomava aguardente, mas sempre tinha vinho no armário. Colecionava vinhos especiais, franceses, húngaros, alemães, de Somló, da Borgonha e do Reno, garrafas cheias de teias de aranha. Colecionava os vinhos raros como outros colecionam selos ou porcelanas finas. E, quando abria uma garrafa rara daquelas, examinava e degustava o vinho com seriedade, devotado, como um padre pagão que se preparava para o sacrifício. Dava um pouco também para mim, mas não de bom grado. De certa forma não me achava digna do vinho. Preferia me dar aguardente. Dizia que vinho não era bebida de mulher.

Ele tinha alguns pontos de vista assim surpreendentes. De um modo geral, era um pouco rígido em seus julgamentos, como as pessoas que envelhecem e não gostam mais de discutir.

A ordem que o cercava na casa me surpreendeu muito. Havia muita ordem nos armários, nas gavetas e nas estantes, onde ele guardava os manuscritos e os livros. Não era a faxineira que mantinha a ordem, mas ele, pessoalmente. A ordem emanava dele, ele era maníaco por ordem. As cinzas, os tocos de cigarro, por exemplo, ele não suportava ver no cinzeiro, a cada meia hora os fazia desaparecer num pequeno balde de bronze que depois, de noite, ele esvaziava com as próprias mãos no cesto de lixo. Sobre a escrivaninha havia a ordem que se encontra num escritório de engenharia sobre as pranchas de desenho. Nunca o vi empurrar móveis, mas a qualquer hora que eu chegasse, nas horas imprevisíveis do dia ou da noite, o apartamento estava sempre como se a faxineira tivesse acabado de sair... A ordem estava nele, em sua pessoa e em sua vida. Porém... só entendi isso mais tarde, e ainda hoje não sei se entendi de verdade... Sabe, não era uma ordem viva. Era uma ordem artificial, porque, exatamente quando toda ordem no mundo começou a ruir, ele de certa forma se dedicou a zelar e cuidar da própria ordem pessoal, separada do restante. Como se, perante o mundo que ruía, essa fosse a última possibilidade de defesa, a ordem pessoal, mesquinha, minuciosa... Eu dizia que mesmo hoje não a entendo direito. Estou apenas contando como ela era.

Mas naquela noite meu coração se acalmou. Ele tinha razão, o corpo se lembrava. De quê?... Ele tinha razão, o corpo se lembra. De quê?... Então eu não sabia, mas hoje sei dizer... Lembrava-se do meu marido. Naquele tempo eu não pensava nunca no meu marido, não o via fazia anos, nem o procurava. Achava que o esquecera. Mas minha pele, meus rins, nem sei, meu coração... não haviam se esquecido dele. E, quando entrei na vida do careca, do amigo do meu ex-marido, meu corpo de repente passou a se lembrar. Tudo lembrava meu marido, na companhia daquele homem... ao emergir do nada, o homem careca, silencioso, era como um mágico mal-humorado, decadente, que não desejava praticar mais nenhum feito, nenhum encantamento. Passou um tempo até que por fim entendi o que buscava nele, do que me lembrava...

Esse período foi como um sonho. Tudo era improvável como num sonho. As pessoas eram apanhadas pela morte, como cães. As casas desmoronavam. O povo se aglomerava nas igrejas, exatamente como nas praias. Poucos moravam em suas casas, e por isso não chamou atenção minha condição de hóspede no apartamento estranho.

Eu sabia que não podia cometer um erro, porque ele me expulsaria. Ou fugiria, deixaria o apartamento para mim e no momento mais intenso da guerra se mudaria. Eu sabia que, se o bajulasse, se fosse oferecida, ele abriria a porta e eu poderia tanto descer como subir. Sabia também que não tinha como ajudá-lo em nada, simplesmente porque ele não precisava de nada. O infeliz era alguém que suportava tudo, a humilhação e a falta... só não suportava uma coisa, ajuda.

Que está perguntando? Se ele era orgulhoso? Não suportava ajuda porque era orgulhoso, solitário. Porém mais tarde compreendi que na base da solidão orgulhosa havia também alguma coisa diferente. Ele temia por algo... não pela sua pessoa, mas por algo diferente. Temia pela cultura. Não ria. Você está pensando na azeitona e rindo por isso, não é?... Nós, do povo, meu anjo, não compreendemos o que é a cultura. Nós achamos que, se alguém sabe alguma coisa de cor, ou se vive melindrado, não cospe no chão, não arrota à mesa... ou seja, coisas desse tipo. Mas a cultura é outra coisa. Não é decorar e saber alguma coisa. Ou aprender como devemos nos comportar de maneira adequada... É diferente. E o homem temia por essa outra espécie de cultura. Não queria que o ajudassem porque já não acreditava nas pessoas.

Durante algum tempo acreditei que ele temia pelo próprio trabalho no mundo terrível. Mas, quando o conheci melhor, me surpreendi, porque descobri que o homem não trabalhava mais.

O que ele fazia, você pergunta? Só lia e passeava. Você não compreende porque é um artista nato, um baterista profissional. Não consegue se imaginar sem tocar. Mas o homem era escritor, um escritor que não queria mais escrever porque não acreditava que a palavra escrita pudesse modificar a natureza humana. Não era revolucionário, não queria transformar o mundo, porque não acreditava que uma revolução pudesse modificar a natureza humana. Uma vez disse de passagem que não valia a pena modificar sistemas enquanto as pessoas na nova ordem permanecessem as mesmas de antes. Ele queria outra coisa. Queria modificar a si próprio.

Você não entende, é claro que não entende. Durante muito tempo eu também não entendi, não acreditei nele... apenas andava ao redor dele, perdida. E me sentia feliz porque ele me tolerava. Na época, em muitos apartamentos viviam assim pessoas escondidas, homens e mulheres, na maioria judeus que se refugiavam das milícias nazistas... Está bem, está bem, sossegue.

Acredito que você não saiba o que acontecia então em Budapeste... Você não pode saber que as pessoas viviam como insetos, perdidas. Muitas dormiam em armários, como no verão as traças na gaveta cheia de naftalina. Dessa forma eu me hospedava na casa dele. Sem dizer uma palavra, sem dar sinal de vida. Ele não prestava atenção em mim. Mas às vezes despertava e, como se me notasse, sorria, perguntava alguma coisa banal, animado e gentil, sempre como se conversássemos havia muito tempo.

Uma vez cheguei ao apartamento às sete da noite, a noite tinha o perfume do outono, escurecia cedo. Entrei, vi a cabeça calva, ele sentado diante da janela no quarto escuro. Não lia, estava sentado de braços cruzados e olhava para fora pela janela. Ouviu meus passos, mas não olhou para trás. Por sobre os ombros disse:

"A senhora conhece os algarismos chineses?"

Às vezes eu pensava que ele era verdadeiramente maluco. Mas já havia aprendido a maneira de lidar com ele... Tinha de continuar a conversa logo, sem nenhum anúncio ou introdução desnecessária, como ele começara. Ele gostava que eu respondesse com apenas uma ou duas palavras, como *sim* e *não*. Assim, respondi submissa. Disse que nem imaginava com que algarismos os chineses escreviam.

"Eu também não sei", disse calmo. "Também não entendo a escrita deles, porque eles não escrevem com letras, mas desenham conceitos. Não faço a menor ideia dos algarismos deles. A única certeza é que não escrevem com algarismos arábicos. Também não usam a ordem numérica grega, a ordem deles é mais antiga. Portanto podemos presumir" — era uma de suas palavras preferidas, e nessas horas ele erguia o indicador curvo, como o professor que explica alguma coisa para moleques desmiolados — "que existem algarismos que não se parecem com nenhum dos algarismos ocidentais e orientais. Exatamente por isso", disse cerimonioso, "eles não têm a tecnologia. Porque a tecnologia nasceu com os algarismos arábicos."

Fitou preocupado a noite cinza, que cheirava a mosto. Visivelmente o inquietava o fato de a ordem numérica chinesa não ser igual à árabe. Eu observei e fiquei calada, porque sobre os chineses sabia apenas que eram muitos, que eram amarelos e que sempre sorriam. Eu tinha lido numa revista.

Por isso, receosa, perguntei:

"A tecnologia nasceu com os algarismos arábicos?..."

Nesse instante, perto, um canhão antiaéreo explodiu com muita força em algum lugar na base do morro do castelo. Ele ergueu os olhos na direção do morro e num tom animado disse:

"Sim", e assentiu, como quem se alegrava por receber durante uma discussão um argumento oportuno e de peso. "Ouviu a explosão?... Essa é a tecnologia. Para ela foram necessários no passado os algarismos arábicos. Porque com os algarismos gregos e romanos não era fácil multiplicar nem dividir. Pense bem quanto tempo era preciso para alguém escrever e calcular com algarismos gregos quanto é duzentos e trinta mil vezes trezentos e doze... Não é possível, cara senhora... não há como escrever isso em grego."

Falou assim. E estava visivelmente satisfeito. Por mais inculta que fosse, eu entendia todas as suas palavras... só não entendia o todo, o homem inteiro. Sabe, o mecanismo. Quem era ele na verdade? Comediante?... Ironizava?... Ele me excitava, eu me sentia como alguém que se vê diante de uma máquina nova, ou tem nas mãos um cadeado moderninho ou uma calculadora complexa. Não sabia como me aproximar dele... Devia beijá-lo? Ou devia lhe dar uma bofetada? Talvez ele retribuísse o beijo. Mas podia ser que apenas tolerasse o beijo, ou a bofetada, e depois dissesse alguma coisa com calma. Talvez começasse a dizer que as girafas andam seis metros a cada passada. Porque mencionou também isso uma vez, sem aviso, entusiasmado. Disse que as girafas eram anjos selvagens entre os animais, havia na alma delas algo de angelical. Ganharam também o nome dos anjos... gerafa era seu nome verdadeiro...

Caminhávamos numa floresta, na mata virgem, perto do final da guerra. Ele falava alto sobre as girafas, sua voz ecoava. Com palavras animadas, ligeiras, alegres ele falava de quantos bulbos uma girafa precisava para viver e para que servia o pescoço comprido e a cabeça diminuta, seu grande peito e as imensas patas... como se declamasse um poema, um hino incompreensível. E como se durante a declamação ele se embriagasse com o sentido das palavras, como se ele se encantasse com o fato de que estava vivo e havia girafas no mundo... Nessas horas eu sentia medo dele... Ficava inquieta quando ele falava sobre as girafas ou os chineses. Porém depois deixei de sentir medo, como se eu também falasse quando ele falava. Eu fechava os olhos e escutava a voz rouca... não me interessava o conteúdo da fala, mas a inconsciência estranha, ao mesmo tempo tímida e exaltada, louca, que emanava da coisa toda. Como se o mundo fosse uma grande celebração e ele o padre que gritava como o dervixe, que urrava em salmos para o mundo o significado da celebração... sobre as girafas ou os chineses, ou sobre a numeração dos árabes.

Sabe o que mais havia em tudo?... Sensualidade.

Mas uma sensualidade diferente da que os homens criam. Talvez como a que criam as plantas, as grandes samambaias, os cipós perfumados, ou as girafas e as gerafas. Pode ser que a lamentação dos escritores também seja assim... Levou tempo para que eu entendesse que ele não era louco, apenas muito sensual. Fornicava com o mundo, a matéria do mundo o inquietava, a palavra e a carne, o som e a pedra, tudo o que existe, que é palpável e ao mesmo tempo inapreensível no significado e no conteúdo. Ao falar assim, ele ficava sério como é sério o rosto das pessoas na cama quando estão satisfeitas e permanecem deitadas de olhos fechados... sim, meu bem... Era igual.

Mas seu silêncio não era como o do bobo, que não pensa em nada. Por exemplo, você também sabe ficar calado maravilhosamente quando está sentado na orquestra ao lado do fagotista e corre os olhos sério pelo bar, com a cabeça de deus grego... Mas, por mais que você pareça superior no smoking branco, se vê no seu rosto que você está em silêncio à toa, sem pensar em nada... Aquele infeliz ficava em silêncio como se silenciasse alguma coisa. Ficava em silêncio como outros gritam.

Eu nunca me cansava quando ele falava. Apenas sentia uma tontura agradável, como quando ouvimos música. Mas o silêncio dele me cansava. Porque eu tinha de silenciar com ele e prestar atenção naquilo que ele silenciava.

Eu não conseguia adivinhar no que ele pensava nessas horas. Só sentia que, quando inesperadamente, depois de uma explosão sobre as girafas, ou coisa parecida, ele de repente se calava, surgia o sentido verdadeiro do que ele queria dizer. E, quando começava a silenciar, ele de súbito se distanciava muito de mim.

Eu me surpreendia, era um pouco assustador. Era como o homem que no conto tem um chapéu mágico e de repente fica invisível... Ele desaparecia assim no silêncio. Antes estava ali comigo, sua voz resmungava rouca, ele pronunciava palavras que eu não compreendia... e depois, de repente, desaparecia, como se tivesse ido para longe. Nessas horas não era mal-educado. Nem por um instante eu sentia que me magoava porque não se dirigia a mim. Eu sentia que me respeitava porque se dispunha a ficar em silêncio na minha presença.

Você pergunta sobre o que ele silenciava tão bem? Com tanta força, tão decidido?... Ai, meu amorzinho. Que pergunta difícil!...

Nem por um instante eu imaginava que pudesse dar uma espiada no silêncio dele.

Mas depois, por pequenos sinais, eu comecei a desconfiar de algo. Naquele tempo, quando nos encontramos, o homem se empenhava em sufocar, matar, o escritor que havia nele. E tinha se preparado para isso de modo planejado, cuidadosamente. Exatamente como um assassino para o crime... Ou como um cúmplice que prefere tomar veneno porque receia denunciar um segredo. Ou um pregador que estremece ante a possibilidade de ensinar um verbo, uma palavra mágica sagrada, secreta, a pagãos inimigos, selvagens... não se dispõe a isso, prefere morrer.

Vou tentar contar como fui compreendendo. Um dia ele disse de passagem:

"O gênero do pequeno-burguês é o crime."

Como sempre quando dizia coisas como essa, ele afagava o alto da cabeça calva. Como o mágico que busca os truques na cartola, para depois tirar os pombos. Mais tarde ele explicava, desmontava e de novo montava o saber suspeito. Dizia que na vida do pequeno-burguês, do plebeu, o crime era o mesmo que na vida do artista a visão e a criação. Mas o artista deseja mais que o plebeu... Deseja formular uma mensagem secreta e depois enunciá-la, pintá-la ou anotá-la numa partitura... Alguma coisa que levará a vida a ser mais... Nós não compreendemos isso, meu amorzinho.

Ele contou como se aclaravam no intelecto do criminoso as fantasias diferentes, divergentes do cotidiano. Como joga o criminoso com as possibilidades... o assassino, ou o comandante militar, o governante... e depois como o artista no instante da inspiração, como esse homem transforma em realidade... veloz como um raio, com habilidade e competência sufocantes... a própria obra-prima terrível, o crime!... Um escritor russo... não franza a testa de mármore, meu bem, o nome dele não importa, também o esqueci, mas vejo que você sempre fica amargo, mal-humorado, quando tratamos de escritores, você não gosta da raça. Tem razão... Pois bem, ele disse que um escritor russo escreveu um romance sobre um assassinato. E meu estranho amigo afirmava que não era impossível que o russo tivesse um dia desejado cometer um assassinato de verdade. Mas depois acabou não cometendo, porque não era plebeu, mas escritor. Preferiu escrever sobre ele. Ele não queria escrever mais nada. Nunca o vi escrever. Nunca vi a letra dele. Tinha uma caneta-tinteiro, ela eu vi. Ficava na escrivaninha, perto da máquina de escrever portátil. Mas a máquina ele também não abria, nunca.

Durante muito tempo não entendi qual era o problema dele. Eu pensava que ele havia secado, não tinha forças para o amor nem para a escrita. Brincava, fazia de conta que estava magoado e silenciara, orgulhoso, não se dispunha a presentear os homens, o mundo, com o dom extraordinário, único, que só ele poderia oferecer, o escritor vaidoso, convencido, que envelhecia, o mestre!... Eu desconfiava disso. Sabe, a pessoa cujo talento secou... como o homem que já não tem força suficiente para abraçar pra valer uma mulher... e de repente se finge de asceta, como quem teve sucesso bastante, na cama e na mesa, pois o sucesso é sempre igual, não vale a pena... Numa palavra, a uva está azeda, e portanto ele vira um eremita. Mas um dia eu vi suas intenções com mais clareza.

O homem não queria mais escrever porque temia que toda palavra que dissesse, que pusesse no papel, cairia nas mãos de traidores e bárbaros. Achava que nascia um mundo em que tudo o que um artista pensasse, afirmasse e escrevesse... ou pintasse numa tela, pusesse numa partitura, seria falsificado, traído, sujo. Vejo que você não acredita no que digo. Pensa que estou só tagarelando, imaginando coisas. Entendo, meu tesouro, que isso seja incompreensível para você, porque você é artista de corpo e alma. É artista em cada poro... É incapaz de imaginar que possa um dia jogar fora as baquetas, como esse homem guardou na gaveta, largou a caneta para que fosse devorada pelo pó... Não é mesmo?

Eu também não consigo imaginar, porque você é do tipo que vai ser artista até morrer. Você quer tocar bateria até com os dedos frios, meu tesouro. Pois o desgraçado era um artista de outro tipo.

O infeliz tinha medo de ser cúmplice e traidor se escrevesse alguma coisa, porque vinha um tempo em que tudo o que um escritor dissesse seria falsificado. E tudo seria interpretado de um modo diferente do modo como ele teria dito. Horrorizava-se como um padre que compreende que da manifestação, de que ele é o sabedor, fariam um anúncio de solução dentifrícia ou uma gritaria política digna de um barril... E por isso silencia. Que está dizendo? Quem é um escritor?... Um plebeu... Um eletricista ou um corretor são mais importantes? Se pensar bem, um escritor de fato não é diferente de um salafrário. E não precisamos mais deles... como não precisamos de ninguém que não tenha dinheiro ou poder? Desnecessário, como dizia meu ex-marido?

Não grite, acalme-se. Você tem razão, ele era um pilantra. Ainda assim como ele era de perto?... Não era barão nem ministro de Estado. Nem secretário de partido. Por exemplo, com dinheiro ele era especial. Quer você acredite, quer não, ele tinha algum dinheiro. Era um pilantra que em segredo pensava em tudo, também no dinheiro. Não pense que ele era um eremita estúpido, como os monges que comem gafanhotos no deserto ou mamam mel dos troncos das árvores como os ursos. Tinha algum dinheiro, mas não levava as cédulas ao banco, preferia guardá-las no bolso interno do paletó. Quando pagava, tirava dali o maço de cédulas. Era um gesto descuidado, pois um homem de bem guarda as notas numa carteira... Você também guardava nosso dinheiro nela, não é? Mas, quando ele tirava as notas do paletó com o gesto descuidado, eu tinha certeza de que não era possível enganar nem trair o homem, porque ele sabia exatamente quanto dinheiro tinha, até os centavos!...

Mas ele não tinha apenas um dinheiro doméstico apodrecido. Tinha dólares também, trinta notas de dez dólares. E napoleões franceses de ouro. Lembro que guardava as moedas numa velha cigarreira de metal em que um dia se guardavam cigarros egípcios. Tinha trinta e quatro napoleões de ouro, contou-os diante de mim, ansiosamente. Os óculos dele brilhavam na ponta do nariz enquanto ele olhava e cheirava as moedas. Mordia uma ou outra, depois as girava. Examinou cada moeda de ouro separadamente, ergueu-as na direção da luz, as examinou como os moedeiros nos quadros antigos, com uma competência malevolente e impiedosa.

Mas eu nunca o vi ganhar dinheiro. Quando traziam uma conta, ele a examinava com ansiedade, mudo, muito sério. Depois a pagava e dava uma grande gorjeta a quem a trouxera. Acho que em segredo, na verdade, era pão-duro. Uma vez, de madrugada, quando tinha tomado o seu vinho… disse que o dinheiro e, em especial, o ouro deviam ser respeitados, porque no dinheiro havia algo de mágico. Mas não explicou o que era. E, quando prestava essa homenagem ao dinheiro, me surpreendiam as gorjetas generosas que distribuía. Gastava o dinheiro diferentemente dos ricos… Conheci pessoas ricas, meu marido também era rico, mas não encontrei entre elas ninguém que desse grandes gorjetas, com a mão aberta, como esse escritor salafrário.

Acho que na verdade era pobre. Mas era tão orgulhoso que não achava que valesse a pena negar a pobreza. Não creia nem espere que eu saiba contar como ele era. Eu só prestava atenção, com um interesse intenso. Mas nunca, em nenhum momento, imaginei que o conhecesse por dentro.

Quem é um escritor?…, você pergunta. Tem razão, quem é e o que é? Um grande ninguém. Não tem endereço nem classe nem poder. Um mestre de jazz negro da moda tem mais dinheiro, um oficial de polícia tem mais poder, um comandante do corpo de bombeiros é mais importante… Ele sabia disso. Ele me chamou a atenção para o fato de que a sociedade nem sabia como se dirigir oficialmente a um escritor... de tal modo o tinha como ninguém. Às vezes lhe dedicam uma estátua ou o prendem. Mas, na verdade, para a sociedade o escritor, que só desenha letras, é um ninguém e um nada. "Senhor editor" ou "senhor artista" é como se dirigem a ele. Mas ele não era editor, pois não editava nada. Artista também não era, porque o artista tem cabelos compridos e também visões... assim dizem. Mas ele era careca e, quando o conheci, não fazia mais nada. Ninguém poderia chamá-lo de "senhor escritor", porque parece que esse tipo de título não faz sentido. Ou alguém é senhor ou é escritor... É muito difícil a gente se situar nisso.

Às vezes eu desconfiava, embora nunca tenha sabido de verdade, da seriedade do que ele dizia. Porque parecia que também o absurdo no que ele dizia era verdadeiro. E, quando ele me olhava nos olhos, como se nem falasse comigo... Por exemplo, uma vez... foi há muito tempo, não pensei mais nisso mas agora de repente parece claro... eu estava sentada no quarto dele entre dois bombardeios, de costas para a escrivaninha. Achava que ele não prestava atenção em mim, pois lia um dicionário. Tirei a caixinha de pó da minha sacola, olhei o nariz no espelho e comecei a passar pó nele. De súbito ouvi sua voz. Ele disse:

"É bom a senhora tomar cuidado!"

Levei um susto, e olhei para ele boquiaberta. Ele se levantou da mesa e se postou diante de mim, de braços cruzados.

"Com que devo tomar cuidado?..."

Ele me olhou com a cabeça inclinada de lado, assobiou silenciosamente.

"É bom a senhora tomar cuidado porque é bonita!...", disse em tom acusador. Mas ele soou angustiado, como quem falava sério.

Eu caí na risada.

"Com quem devo tomar cuidado? Com os russos?..."
Ele deu de ombros.

"Eles só desejam matá-la. Depois irão embora. Mas virão outros... que vão querer tirar a pele do seu rosto. Porque é bonita."

Curvou-se sobre o meu rosto, míope. Empurrou os óculos para a testa para me olhar. Como se apenas então se desse conta de que eu não era feia, que tinha um rostinho atraente. Como se nunca tivesse olhado para mim antes como se deve olhar para uma mulher. Pois por fim me olhou... Mas com ar de entendido, como se fosse um caçador diante de um cão veadeiro de sangue bom.

"Vão me violentar?..." E eu ri. Mas minha garganta estava seca. "Quem?... Os estupradores?..."

Falou sério, como um padre durante o sermão.

"Virá um mundo em que todos que são bonitos serão suspeitos. E os talentosos. E quem tiver personalidade." A voz estava rouca. "A senhora não entende? A beleza será um insulto. O talento, uma provocação. E a personalidade, um atentado!... Porque agora virão eles, de todos os lados, vão aparecer, centenas de milhares, e mais. Em todo lugar. Os feios. Os medíocres. Os sem personalidade. E vão despejar ácido sulfúrico nos belos. Vão pichar e caluniar o talento. Vão enfiar uma faca no coração de quem tiver personalidade. Já chegaram... E serão cada vez mais. Cuidado!..."

Sentou-se de novo à mesa. Apoiou o rosto nas mãos. Não disse nada durante um longo tempo. Depois, amistoso, sem aviso, perguntou:

"Quer que eu faça um café?..."
Ele era assim.

Mas era também diferente. Envelhecia, mas às vezes era como se risse escondido da desgraça alheia, porque envelhecia. Sabe, existem homens que pensam que a velhice é o tempo da vingança. As mulheres enlouquecem, tomam hormônios, fazem tratamentos cosméticos, compram rapazes... Mas os homens, quando envelhecem, às vezes sorriem. E a pessoa que envelhece sorridente sabe ser mais perigosa para as mulheres que os gladiadores. No grande duelo entediante... de que não podemos nos cansar... nessas horas o homem é o mais forte, porque o desejo não o persegue, já não o atormenta. Não é mais o corpo que comanda, é ele quem comanda o corpo. E as mulheres o sentem com o faro do animal selvagem que pressente o caçador. Nós só temos o comando enquanto somos capazes de causar dor em vocês, homens. Enquanto nós, com esse poder de dar e receber, de envenenar um pouco o homem, depois logo levá-lo para se desintoxicar... e, se nessa hora ele grita, escreve cartas ou faz ameaças, nós passeamos satisfeitas, porque sabemos que ainda temos poder. Mas, quando um homem envelhece, ele é o mais forte. Não por muito tempo, é verdade... O velho é diferente do ancião. Porque depois vem o novo tempo, o tempo da velhice, quando os homens se transformam em crianças e de novo precisam de nós, mulheres.

Ei, ria um pouco. Eu só estou contando histórias para você, divertindo você, porque está amanhecendo. Veja, você agora está lindo com esse sorriso vaidoso.

O homem envelhecia com astúcia, com prazer na desgraça alheia. Às vezes lhe ocorria que estava ficando velho, e nessas horas ele se animava, os olhos brilhavam por trás das lentes, olhava para mim feliz e satisfeito. Quase esfregava as mãos de felicidade pela minha impotência, de bem-humorado que se sentia porque eu estava ali com ele e não era mais capaz de lhe causar dor pois estava ficando velho. Nessas horas eu tinha vontade de bater nele, de arrancar os óculos de seu nariz, atirá-los no chão e pisar nos vidros... por quê? Apenas para que ele gritasse. Para que sacudisse meu braço ou me detivesse, ou... Pois bem. Mas eu não podia fazer nada, porque ele envelhecia. E eu tinha medo dele.

Ele foi a única pessoa de quem um dia tive medo. Sempre

acreditei que entendesse um pouco dos homens. Achava que eram feitos de oito partes de vaidade e mais duas partes de alguma outra coisa... Não proteste assim ofendido, você é uma exceção. Mas eu achava que os conhecia, que sabia falar na língua deles. Porque, entre dez homens, nove acreditariam se eu revirasse os olhos como se os admirasse, ou como se me encantasse a beleza deles, como se eu admirasse sua inteligência! Podia-se falar com eles ceceando, com a língua presa, podia-se admirar bajulando o intelecto assombroso deles, cujo verdadeiro significado, naturalmente, eu, a menininha pobre e modesta, a inocente ignorante, de olhos de violeta, não era capaz de avaliar ou compreender... Bastava que eu pudesse ficar acocorada aos pés do homem poderoso e sábio e ouvisse suas declarações estonteantes, enquanto, respeitosa, eu, a mulher bobinha, fazia por merecer que ele contasse como era inteligente e superior no escritório, ou como tinha enganado os importadores turcos quando vendera pele vulgar em lugar de pele nobre, ou como bajulava os poderosos para depois ganhar o prêmio Nobel ou ser nomeado cavaleiro em algum lugar... Porque de um modo geral eles se vangloriavam de coisas assim. Como eu disse, você é uma exceção. Você ao menos se cala e toca bateria. E, quando se cala, sei com certeza que silencia sobre nada. Isso é maravilhoso.

Mas os outros não são assim, meu benzinho. Os outros são tão vaidosos, na cama e na mesa, durante o passeio, ou quando de terno novo vão bajular o novo poderoso, ou chamam o garçom no café em tom gutural... são todos muito vaidosos, como se a vaidade fosse a verdadeira doença, incurável, da humanidade. Oito partes vaidade, eu disse?... Talvez nove. Como li no suplemento ilustrado de um jornal de domingo, o globo terrestre é na maior parte água e somente numa pequena porção matéria sólida; acho que o homem também não é mais que a vaidade, que cimenta algumas obsessões adquiridas.

Mas a vaidade dele era diferente. Ele se orgulhava de ter matado em si próprio tudo aquilo de que pudesse se orgulhar. Tratava o corpo como se este fosse um empregado. Comia pouco, se alimentava com gestos contidos, disciplinados. Quando tomava vinho, trancava-se em seu quarto como quem quisesse ficar a sós com alguém perverso, com uma paixão maldita. Não lhe importava se eu estivesse no apartamento quando ele tomava vinho. Punha diante de mim uma garrafa de aguardente francesa, uma travessa cheia de alguma comida fina, um maço de cigarros egípcios... e voltava para o seu quarto para tomar vinho. Como se uma mulher não merecesse estar ao lado de um homem quando ele bebe vinho...

Tomava um vinho pesado, com seriedade. Escolhia uma garrafa no armário em que guardava os vinhos raros... como o paxá, que escolhe de noite no harém uma odalisca para servi-lo. Quando enchia o copo pela última vez, dizia, em voz alta: "Pela pátria". Primeiro achei que ele estava brincando. Mas, ao dizer isso, ele não ria, não se tratava de palhaçada. O último copo ele de fato esvaziava pela pátria.

Você pergunta se ele era patriota?... Não sei. Escutava em silêncio, desconfiado, quando as pessoas falavam de patriotismo. Para ele a pátria era apenas a língua húngara. Não era por acaso que nos últimos tempos lia dicionários... nada mais, sempre somente dicionários. Folheava o dicionário espanhol-italiano ou o francês-alemão de noite, enquanto bebia vinho, ou de manhã, na hora do alarme antiaéreo, como se esperasse que na barafunda estúpida da aniquilação e da morte encontraria finalmente uma palavra que fosse resposta. Mas na maioria das vezes lia dicionários húngaros, de sinônimos e explicativos, com um ar de devoção, de encantamento e de paixão no rosto, como se vivenciasse no templo um transe sensual, um êxtase místico.

Destacava do dicionário uma ou outra palavra húngara, olhava para o teto, depois largava a palavra, para que flutuasse, para que voasse como uma borboleta… sim, lembro que uma vez pronunciou essa palavra… *borboleta*… e depois a acompanhou como se a palavra fosse de fato uma borboleta que flutuava diante dele ao brilho dourado do sol… pairava, flutuava, cintilava, nas asas cheias de pólen brilhava a luz, e ele seguia a dança celestial, a dança de fada de uma palavra húngara e de repente se apaziguava, porque aquilo era o mais belo, o máximo que lhe restara da vida. Parecia que das pontes, das terras, dos homens ele já tinha desistido. Acreditava apenas na língua húngara, ela era para ele a pátria.

Uma vez, de noite, ele tomou vinho e deixou que eu entrasse em seu quarto. Eu estava sentada diante dele, na beirada do grande sofá, fumava e observava. Ele não se importou comigo, estava um pouco embriagado. Andou para cima e para baixo no quarto, gritou palavras. Disse:

"Sabre."

Deu alguns passos hesitantes, parou, como se tivesse tropeçado em alguma coisa. Olhou para o piso e disse, para os tapetes:

"Pérola."

Depois gritou, apertou as mãos contra a testa, como se alguma coisa doesse. Disse:

"Cisne."

Olhou para mim com um ar perturbado, como se só então se desse conta de que eu estava no quarto. Sabe, quer você acredite quer não, eu fechei os olhos, não devolvi o olhar dele. Senti vergonha. Como se eu presenciasse ou ouvisse uma imoralidade nojenta — sabe, como os voyeurs que espreitam pela abertura da parede o sofrimento de um doente… por exemplo, como se fizesse amor com um sapato, porque um pedaço era mais importante para ele do que a pessoa. Ele me reconheceu, olhou para mim, através do véu de neblina do vinho procurou me identificar. Constrangido, envergonhado, sorriu como quem fora pego numa indignidade... Estendeu o braço, como quem se desculpava, pois não podia fazer diferente, a obsessão era mais forte que as boas maneiras e a reflexão. Disse, gaguejando:

"Cavalinha!... Magnólia!..."

Depois ele sentou a meu lado no sofá, pegou minha mão, com a outra mão tapou os olhos. Ficou sentado assim durante muito tempo, mudo.

Não tive coragem de falar. Mas então compreendi que via alguém morrendo. O homem tinha baseado a vida no domínio da razão sobre o mundo. Depois foi obrigado a ver que a razão era impotente. Isso você não pode entender, meu bem, porque é artista, de verdade, artista genuíno, do tipo que tem pouco a ver com a razão, pois, para tocar bateria, ela é desnecessária... Não se irrite, você faz muito mais que isso... Viu? Mas o homem era escritor, e acreditou na razão durante muito tempo. Acreditou que a razão humana fosse uma força como todas as forças que movem o mundo, como a luz, a eletricidade, o magnetismo. E ele, o homem, dominaria o mundo com essa força, sem ferramentas, sabe, como o herói do longo poema grego cujo nome foi usado aqui há pouco tempo por uma agência de viagens, lembra?... Qual é mesmo o nome dele? Sim, Ulisses. Sem ferramentas, sem técnica, sem algarismos arábicos... imaginou algo assim.

E foi obrigado a reconhecer que a razão na verdade não vale nada, porque os instintos são mais fortes. O impulso vale mais que a razão. E, quando o impulso conta com a tecnologia, ele não liga a mínima para a razão. Nessa hora o impulso e a tecnologia dão início a uma dança estranha, selvagem.

Por isso ele não esperava mais nada das palavras. Não acreditava que as palavras racionalmente ordenadas pudessem ajudar o mundo e as pessoas. E, de fato, nesta nossa época as palavras foram particularmente distorcidas... sabe, também a palavra simples, de pessoa para pessoa, como nós estamos nos falando agora.

Isso tudo é inútil, como os monumentos. Na realidade, a palavra humana se transformou numa espécie de choro... se transformou, com os grandes alto-falantes que chiam e gritam.

Ele não acreditava mais nas palavras... mas ainda gostava delas, as saboreava, as engolia. Com uma ou outra palavra húngara ele bebia até se embriagar, de noite, na cidade escurecida... degustava certas palavras húngaras como você, hoje, degustou o Grande Napoleão que, de madrugada, o traficante sul-americano de haxixe lhe ofereceu. Sim, você também tomou o líquido raro como um entendido, de olhos fechados, com a devoção com que aquele homem dizia: "Pérola!...", ou "Magnólia!...". Para ele as palavras eram palpáveis como o sangue ou a carne. E, quando assim falava coisas sem sentido, quase fora de si... quando pronunciava apenas palavras raras, ele era como um bêbado ou um louco. Grunhia e enunciava em voz alta as palavras singulares de uma língua asiática... Eu escutava e sentia aversão. Como se eu fosse testemunha de uma festança oriental estranha. Como se eu tivesse me perdido no mundo louco e de repente visse na noite escura um povo, ou o que restara dele... um homem e algumas palavras que se perderam por ali, o homem e as palavras. De longe, de muito longe. Nunca tinha pensado até então que era húngara. Tenho uma mancha nas costas... dizem que não é um sinal, mas a marca da tribo, uma tatuagem. Quê?... Você gostaria de vê-la? Está bem, depois.

Então me ocorreu o que meu marido me contou um dia sobre um húngaro famoso, barão e ministro, um Duna ou um Tisza. Sempre me esqueço desses barões. Meu marido conhecia a mulher que o húngaro amava. Ouviu da mulher que o barão barbudo, quando era ministro, ia às vezes à sala privada do restaurante Hungária com alguns amigos, mandava chamar o pequeno Berkes, o cigano, eles fechavam a porta, nem bebiam muito, os cavalheiros apenas ouviam a música cigana, sem dizer uma palavra. Depois, de madrugada, o barão sério, severo, o ministro que na maioria das vezes usava paletó, ia sozinho para o meio da sala e começava a dançar ao som de uma música cigana lenta. E os demais, em silêncio, assistiam sérios. Embora fosse estranho, ninguém ria, porque o homem era ministro e dançava sozinho, de madrugada, com movimentos lentos, ao som da música cigana. Foi isso que me ocorreu quando vi meu amigo, de madrugada, gritando e se agitando no quarto em que não havia nada a não ser os livros e eu.

Sabe, os livros! Quantos livros!... Eu não podia contá-los precisamente, porque sabia que ele não suportaria que eu mexesse nos livros. Eu só avaliava os volumes nas estantes com um olho, meio vesga! As quatro paredes do quarto estavam cheias de prateleiras até o teto, e estas se vergavam sob o peso dos livros, pendiam tortas como a barriga da jumenta prenhe. Na biblioteca da cidade há mais, é verdade, talvez cem mil, ou até um milhão. Não sei o que as pessoas querem com tantos livros! Na minha vida toda foi suficiente a Escritura Sagrada e um romance em capítulos, com uma capa colorida bonita em que havia um barão ajoelhado diante de uma baronesa. Ganhei-o uma vez em Nyíregháza do juiz de plantão, quando no meu tempo de menina ele pôs os olhos em mim e me chamou ao seu escritório. Esses dois livros eu guardei. Os outros eu só li, como vinham... Porque no período de mulher nobre eu também li livros, não adianta me olhar assim de lado, vejo que não acredita... Na época tive também de ler, e tomar banho, e passar esmalte nas unhas dos pés, e dizer: "Bartók libertou a alma da música popular"... e outras coisas assim. Mas eu já estava muito cheia. Porque eu também sabia de algumas coisas sobre o povo e sobre a música... mas não se falava sobre essas coisas entre cavalheiros.

Aquele monte de livros na casa do escritor... Depois do cerco eu um dia me esgueirei para lá. Ele já tinha viajado para Roma. Só encontrei a casa em ruínas e num dos quartos os livros molhados. Os vizinhos contaram que a casa fora atingida por muitas granadas e bombas. As bombas de certa forma destruíram também os livros. Estavam espalhados, empilhados aos montes no meio dos escombros do quarto, como o dono os deixara depois do cerco. Um dos vizinhos, um dentista, contou que o escritor não salvou um único livro. Não remexeu entre os restos da montanha de lixo molhada... quando subiu do porão, parou diante dos livros, de braços cruzados observou o que tinha sobrado deles. Os vizinhos o cercaram pesarosos, esperavam que soluçasse, que começasse a se lamentar. Mas ele pareceu satisfeito. Você entende?... O dentista jurou que ele estava quase bem-humorado, assentiu, como se assim tudo estivesse especialmente bem, como se uma grande traição e uma mentira por fim se revelassem... como se tudo tivesse acontecido como ele previra, e, como se ele, o escritor, respondesse à massa úmida de livros, de pé no meio da montanha de ruínas, alisou o alto da careca e disse:

"Até que enfim!..."

O dentista lembrava que os demais, ao ouvir aquilo, se ofenderam. Mas o escritor não se importou. Deu de ombros e foi embora. Durante algum tempo ainda vagou pela cidade, como todos naquele período. Mas ninguém mais o viu nos arredores do antigo apartamento. Parece que, no instante em que parou um dia no quarto, diante da montanha de livros molhados, e disse: "Até que enfim!...", ele pôs um ponto final em alguma coisa. O dentista disse também que desconfiou, ao ouvir aquilo, que ele estivesse brincando, mostraria assim que não sentia dor pela perda. Outros desconfiaram que por trás do suspiro de alívio ele confessara uma fé política secreta... quem sabe fosse nazista ou comunista, anarquista, e por isso teria dito "até que enfim"... Mas não conseguiram saber de nada. Os livros ficaram na montanha de lixo da casa em ruínas e se desfizeram. Naquela época se roubava muita coisa em Budapeste, até mesmo penicos rachados e tapetes persas, dentaduras usadas, o que fosse possível... Mas o interessante é que livros não se roubavam. Como se os livros fossem tabu, ninguém punha a mão neles.

Ele desapareceu pouco depois de os russos entrarem na cidade. Alguém contou que ele partiu de caminhão na direção de Viena, os russos o levaram. Com certeza pagou a viagem com os napoleões de ouro acumulados ou com os dólares... viram-no sentado sobre um caminhão carregado de mercadoria roubada, com a cabeça descoberta, os óculos no nariz, no alto de uma montanha de couro cru, lendo um livro. Talvez tenha levado um dicionário húngaro, você não acha?... Não sei. Assim, ele desapareceu da cidade.

Mas isso também não é certeza. De certa forma não combina com a lembrança que me ficou dele. Prefiro pensar que viajou de vagão-leito, no primeiro vagão-leito que saiu da cidade. E calçou uma luva ao embarcar no trem, comprou jornais na estação e, quando partiu, não olhou pela janela, com a mão enluvada fechou a cortina da cabine para não ver a cidade atingida, em ruínas. Porque não gostava de desordem.

Foi assim que eu imaginei. De certa forma me agrada mais... estranho agora que eu tenha certeza... de que morreu... não sei nada de certo sobre ele.

Para mim, de todo modo, ele foi a última pessoa daquele outro mundo... do mundo do meu marido, ou seja, do mundo dos patrões. Não que ele fizesse parte do grupo dos patrões. Pois não era rico, não tinha título nem patente... Pertencia àquele mundo de outra maneira.

Sabe, como os ricos guardavam todo tipo de coisas inúteis nas muitas "coleções", esse homem também guardava alguma coisa. Guardava a cultura... o que ele achava que era cultura. Porque é preciso saber, meu amorzinho, que a cultura não é o que nós, proletários, imaginamos... não é a casa bonita, os livros na estante, a conversa fina e o papel higiênico colorido. Existe algo que os patrões não entregam aos proletários, nem mesmo hoje, quando tudo é diferente de antigamente pois os ricos compreenderam que só conseguiriam continuar ricos enquanto atirassem sobre os proletários todas as muitas bugigangas que ontem ainda eram a parafernália dos ilustres... Mas há algo que nem hoje eles entregam. Porque existe ainda hoje uma cumplicidade entre os patrões, diferente de antes... hoje eles não guardam os ouros, nem as bibliotecas, os quadros, as roupas, o dinheiro vivo, as ações, as joias, os belos costumes, mas alguma outra coisa que é difícil tirar deles... É provável que o escritor pouco se importasse com muita coisa que para eles era importante. Uma vez disse que poderia passar a vida toda a maçã, vinho, batatas, toucinho, pão e café preto, e cigarros, não precisava de mais nada na vida... E duas mudas de roupa, algumas roupas de baixo e a capa de chuva gasta que usava com qualquer tempo, no inverno e no verão. E não disse isso à toa... eu, que ouvi, sabia que era verdade. Porque passado algum tempo não era apenas ele que sabia ficar em silêncio. Em pouco tempo eu também aprendi a ficar em silêncio na companhia dele... aprendi como ele tinha de ser escutado.

Acho que em pouco tempo eu o escutava bastante bem. Decifrei o homem como um enigma de palavras cruzadas. Não o decifrei com a inteligência, mas com a parte inferior do meu corpo, como nós, mulheres, sentimos e aprendemos... Por fim acreditei que nada que no mundo era importante para os outros era de fato importante para aquele homem. Bastava para ele o pão, o toucinho, a maçã e o vinho. Bastavam para ele alguns dicionários. E no final bastavam algumas palavras, de todos os livros do mundo lhe bastavam algumas palavras húngaras saborosas, que se desfazem, que derretem na boca da gente... E depois ele abandonou tudo o que para as pessoas é muito importante, sem dizer uma palavra...

Ele ainda gostava do sol, do vinho e das palavras, sem nenhuma ligação entre elas, por si mesmas... Era outono, a cidade estava sendo bombardeada, o povo e o exército se apertavam nos porões... interessante, os militares sempre tinham mais medo das bombas que os civis... e o homem ficava sentado ao sol do outono, empurrava uma cadeira de braços até a janela, tinha bolsas sob os olhos, degustava com a boca entreaberta no silêncio mortal o brilho do sol do fim de outono da guerra e sorria.

Parecia que estava feliz. Mas eu sabia que ele não viveria muito, estava morrendo.

Porque, por mais que negasse tudo o que era importante para os cultos, não podia se enfiar na capa de chuva gasta, não deixava de pertencer ao mundo que diante de seus olhos desmoronava e desaparecia. O que era esse mundo? O mundo dos ricos, dos escolhidos?... O mundo do meu marido?... Não, os ricos eram apenas representantes de algo que antigamente se chamava cultura... Viu, agora que pronunciei a palavra, fiquei vermelha, como se dissesse uma indecência. Como se estivesse aqui o homem, ou a alma dele, e ouvisse o que estou dizendo. Como se estivesse sentado aqui na beirada da cama, neste hotel romano, e, quando eu disse a palavra *cultura*, ele de repente olhou para mim, com o olhar sofrido, olhou para o meu ventre, para os meus gânglios. E perguntou: "O que a senhora disse?... Cultura?... Grande palavra... A senhora sabe" — e eu o vejo erguendo o indicador, olhando para mim sério e dizendo num tom reflexivo, professoral — "a senhora sabe, minha cara, o que é cultura?... Deseja pintar as unhas dos pés de vermelho?... E gosta também de ler, de tarde, ou antes de dormir, um livro bonito?... E ao som de obras musicais prestar um respeito sonhador, não é?...". Porque ele gostava de falar assim, à moda antiga e com ironia, como um personagem de um romance em capítulos do século passado... "Não, minha cara senhora" — ouço a voz dele — "a cultura é uma coisa diferente. A cultura, sim, minha cara senhora, é um reflexo!…"

Vejo como se ele estivesse aqui. Não me perturbe. Ouço como se ele falasse. Disse isso um dia… Sabe, fala-se tanto hoje da luta de classes e que já acabaram os antigos patrões, nós seremos os senhores, tudo será nosso porque somos o povo… Não sei o que vai ser… Mas tenho um pressentimento ruim de que não vai ser exatamente desse modo… No final vai restar a esses diferentes alguma coisa que eles não vão entregar. E que não se pode tirar deles à força… E que não se pode conseguir na universidade, roubando uma bolsa de estudos… Como eu disse, não entendo. Mas desconfio que existe alguma coisa que os patrões não entregam… O quê? A saliva engrossa na minha boca quando penso nisso. E gemo como quem se contorce de cólicas. O careca disse "reflexo". Você sabe o que é isso?…

***

Largue a minha mão. Ela está tremendo só de nervosismo. Já passou.

Quando ele dizia alguma coisa, eu não a entendia logo, no mesmo instante... mas de certa forma eu entendia o todo, ele!... Mais tarde perguntei a um médico o que era um reflexo. Ele disse que o reflexo é o instante em que batem com um martelo de borracha no nosso joelho e a perna se movimenta por conta própria... isso é um reflexo. Mas ele pensava num movimento diferente.

Quando tinha desaparecido e eu o procurava em vão na cidade, tive a impressão de que ele mesmo era o reflexo... de corpo e alma, na capa de chuva. O homem inteiro, entende? Não o que ele escrevia. Nem pode ter mais importância o que uma pessoa escrevinha... pois há tantos livros no mundo, nas vitrines e nas bibliotecas... Às vezes parece que há tantos livros, que não há mais lugar para pensamentos verdadeiros nos livros... O pensamento não cabe por causa das palavras que fervilham, que se apertam interminavelmente nos livros... Não, com certeza o que ele havia escrito não tinha mais importância. E ele já não ligava para o fato de um dia ter escrito livros, na verdade se arrependia. Quando um dia aconteceu de falarmos disso, ele sorriu constrangido, como na ocasião em que com medo e com cuidado eu comecei a falar sobre os livros dele. Como se eu o lembrasse de um tropeço da juventude... Senti pena dele. Como se naquele homem vibrasse um grande ímpeto, cólera ou ódio, um desejo ou uma tristeza. Como os sapos convulsionam quando se joga sal neles porque alguém sente curiosidade e quer descobrir a eletricidade. Assim vibrava o homem... às vezes apenas com uma risada, com um movimento sofrido da boca ou dos olhos. Como se um ácido corrosivo tivesse pingado sobre seu intelecto.

Como se as grandes estátuas, os quadros famosos, os livros sábios... como se isso tudo não fosse separado dele... Como se ele também fosse parte diminuta, viva, de tudo o que então desapareceu. Ele também desapareceu, junto com tudo... Mas parece que as estátuas e os livros vão existir mesmo quando o que chamam de cultura tiver desmoronado... O bom Deus entende isso...

Observei o homem e, durante os bombardeios, pensei que tinha sido boba na infância... na vala... e, mais tarde, no belo quarto de empregada da casa fina, e em Londres, onde o grego havia me ensinado toda espécie de velhacaria... achava que os ricos eram cultos. Mas hoje sei que o rico apenas assalta a cultura, remexe guloso e tagarela sobre ela... mas leva tempo e custa caro para aprendermos. O quê?... O fato de que a cultura é um homem... ou um povo... pleno de felicidade! Dizem que os gregos eram cultos... Não sei. O meu grego, que conheci em Londres, não era culto nesse sentido. Sua maior preocupação era o dinheiro e o que se podia comprar com ele, ações, quadros antigos, ou uma mulher... por exemplo, eu. Mas dizem que um dia os gregos foram cultos, porque o povo todo se alegrava com alguma coisa... Os oleiros que faziam as estatuetas e os negociantes de azeite, o povo e os militares, e os sábios que discutiam nos mercados sobre a beleza ou a justiça... Imagine um povo que se sente feliz! Pois essa felicidade é a cultura. Mas depois o povo desapareceu, e em seu lugar restaram pessoas que falam grego... não é a mesma coisa...

Que acha de lermos um livro em grego?... Parece que existe aqui na cidade uma biblioteca, lá onde mora o papa... não me olhe assim ofendido. O saxofonista disse que vai lá em segredo para ler. Claro, meu querido, você tem razão, ele apenas se gaba quando diz isso. Na verdade ele também lê romances policiais...

Mas não é impossível que existam bibliotecas em Roma onde se guardam livros, e através deles talvez se possa saber como desapareceu na Grécia... e também noutros lugares... aquilo que um dia se chamava cultura... Porque, veja, hoje existem somente especialistas. Mas parece que eles não são capazes de proporcionar a felicidade da cultura... Isso não interessa a você? Está bem, não vou forçar. O importante é que você esteja bem-humorado e satisfeito. Não vou incomodá-lo mais com esses desejos malucos.

Por que está me olhando de lado?... Vejo no seu nariz que você não acredita em mim. Desconfia que na verdade não é a cultura grega que me interessa, mas que eu gostaria de saber por que aquele homem morreu...

Como você é inteligente! Está bem, confesso que gostaria de ler num livro o que acontece quando alguma coisa que de um modo geral chamam de cultura um dia começa a desmoronar e se desfazer numa pessoa. Ressecam-se seus nervos, em que viveram muitas coisas que as pessoas pensaram antigamente, de que mais tarde ele se lembrava com nostalgia, e sentia que por um ou outro momento era um ser vivo diferente do que são de um modo geral os mamíferos... É provável que esse tipo de homem não morra sozinho... morrem com ele muitas coisas. Você não acredita?... Não sei se é assim, mas gostaria de ler um livro sobre isso.

Dizem que nesta cidade, em Roma, também houve um dia cultura. Eram cultos também os que não sabiam escrever nem ler, mastigavam sementes de abóbora aqui no mercado... Eram sujos, mas depois iam aos banhos comunais e lá discutiam sobre o que era bom e justo. Você acha que aquele homem louco veio para cá por isso? Queria morrer aqui? Porque acreditava que tudo o que um dia chamavam de cultura e que dava felicidade às pessoas... tinha acabado. E veio para cá, onde tudo está virando um monte de lixo. Mas ainda se vê um resto de cultura... como se viam depois do cerco os pés na terra do Vérmezö de Buda, os pés amarelos dos mortos desenterrados com os nacos de terra de trinta centímetros... Talvez tenha vindo para cá por isso?... Para esta cidade, para este hotel?... Porque queria que no instante da morte estivesse rodeado pelo cheiro da cultura?...

Sim, morreu aqui, neste quarto. Perguntei ao porteiro. Agora que você sabe, está feliz? Veja, eu dei também isso para você. Não tenho mais nada. Você escondeu bem as joias, não é? Você é meu benfeitor, meu querido.

Sabe, acredite, quando morreu... morreu nesta cama, foi o que disse o porteiro... sim, nesta cama, em que você está deitado, meu lindo... com certeza pensou: "Até que enfim...". E sorriu. Esses malucos, esses diferentes, no fim sempre sorriem.

Espere, vou cobrir você.

Está dormindo, meu bem?...

Posillipo, 1949 — Salerno, 1978

... pois eu vou te contar, meu garoto. Vou te contar como é. Tome cuidado apenas para passar longe dos que trabalham com cimento. Que está olhando?... Não sabe o que é isso? Não assiste tevê?... Ei, você é muito cru ainda. Tem muito para aprender nesta aldeia grande e biltiful, Nova York. Dá pra se ver que você veio tarde, por grana ou dissidente. Fique feliz se te derem o visto. E escute. Porque há muita gente inútil apertada por aqui. Mas nós dois, de Zalá, devemos ficar juntos. Aqui está seu bludiméri. Beba, irmão.

Estou dizendo, tome muito cuidado para que alguém que trabalha com cimento não se aproxime de você. Esta nossa rua, a 46, ainda é limpa. Mas mais para baixo, na 38, os parentes se encontram... sabe, os que fazem parte da Família. Nunca ande por lá depois da meia-noite. E, se você cruzar com um ou dois deles, trate de ser sempre educado. Porque os padrone gostam de educação. Como se reconhece um padrone?... Primeiro pela elegância. São todos pessoas finas, grisalhas, de costeletas, tudo como se deve. E as roupas e os sapatos são sempre do melhor, sob medida. Também usam chapéu. E dão grandes gorjetas, tiram o maço verde do bolso da calça, com a mão esquerda. Nem olham se é um washington ou um lincoln, só o atiram para o outro. Como aos domingos na igreja, durante a missa, quando vem o usher com a pá de lona verde. Você deve ter visto no cinema, foi um filme excelente, não foi? Mas, se alguém da Família chamar você para um trabalho noturno, diga apenas, com educação, que não, obrigado, não é meu ofício.

Os padrone? Não, não trabalham com cimento. Isso é trabalho manual. Eles, que têm cabeça, trabalham com a cabeça. O trabalho manual é feito pelos membros menores da Família, os que estudam. É um trabalho temporário. O infeliz vai de noite para casa, não tem noção, não desconfia de nada. Dez passos atrás dele vem o especialista. O carro espera na esquina. O especialista leva um bastão de ferro por baixo do casaco. O bastão tem um gancho na ponta, como quando a gente entorta o dedo indicador. Na esquina, por trás, ele tem de enterrar a ponta afiada do bastão de ferro no crânio do infeliz... um gesto rápido, e pronto. Não há discussão nem conversa. Basta agarrar o citizen pela cintura, pois ele logo tomba como um saco. Enfiam ele no carro, levam para o rio, lá o espera o caixão, cheio de cimento fresco. Acomodam o infeliz no caixão, com cuidado. Depois pregam o pacote e o deslizam para o rio. Os tiras dizem que há dúzias de caixões assim no fundo do rio Hudson, na areia. Sabe, como o túmulo de Átila. É um trabalho de acordos, é preciso ser especializado. Tome muito cuidado! O padrone pode dizer o que quiser, você deve dizer sempre: "No, *thank you, not my business*". Continue como dispatcher na garagem. Nós, de Zalá, devemos cuidar um do outro.

Não digo que mais tarde você não possa subir de nível. O bingo é diferente. Mas é preciso aprender pra valer. Na rua 38 evite os bares, não são para você. Trabalho sempre aparece!... Por exemplo, quando eles procuram convencedores. Sabe, um desses que vai atrás do infeliz e o convence sem deixar dúvidas a pagar toda semana os vinte e cinco por cento sobre o empréstimo. Evite também esses, mas seja educado. Diga apenas que não pode assumir o job porque a sua pronúncia não é nativa como agrada em Nova York. Eles têm muitos problemas com a pronúncia. Negros não me contrataram para a banda por causa da minha pronúncia... eu, que em casa cheguei a tocar bateria para o Tito quando ele visitou Budapeste! Isso foi antes, antes de 45, quando o rádio ainda não latia que os cães acorrentados de Tito deviam morrer!... Os negros disseram que eu tocava bateria com sotaque, minha baqueta estava estragada... Esse sotaque... claro, é apenas inveja e racismo. Pois é a minha grande decepção. Não sobrou mais nada, vim trabalhar aqui como barman. Agora você já sabe. Fique sentado tranquilo, vou servir mais uma boa dose.

Pode ficar, temos tempo. Nessa hora, depois do jantar, enquanto a coisa rola no teatro, vem pouca gente. Aqui, além disso, não vem quem trabalha com cimento. Nossos fregueses trabalham com literatura. Não é um trabalho manual como o do cimento, mas paga muito bem... Você também tentaria?... Pois tente. Pode ser que dê certo, mas não vai ser fácil. Minha experiência aqui em Manhattan diz que a literatura é do caralho.

Porque daqui, de trás do balcão, eu vejo muita coisa. Depois da meia-noite, quando já estamos no terceiro martíni, que depois descontam do imposto porque é despesa da empresa... por volta da meia-noite, entre nós, os escritores conversam descontraídos. Eu os escuto e me admiro da seriedade do negócio deles. É diferente do que era lá, em Roma ou em Budapeste... Meu anjo da guarda, cujo retrato eu guardo aqui no balcão... veja, comprei uma moldura prateada para ela na Woolworth... ela dizia que conheceu um escritor lá em casa que não queria mais escrever porque se enojara da literatura. Tinha náuseas e vontade de vomitar quando pensava na literatura. Por isso lia apenas dicionários esquisitos. Devia ser um bicho raro como o alce chinês no zoológico do Bronx.

Meus fregueses aqui em Nova York são escritores de outro tipo. Eles também não escrevem, mas vendem rapidamente o que não escreveram. Se enchem de dinheiro com a literatura. Na maioria das vezes chegam por volta das onze, quando a arte termina na vizinhança. Bebem com moderação, sempre bourbon genuíno. Vinha aqui um baixinho gordo, devia ser um grande escritor, porque tinha secretária e sempre trazia puxa-sacos que bebiam todas as palavras dele. Quando abria a boca, os demais prestavam atenção como fiéis na igreja quando o padre ergue a hóstia. Vi com estes dois olhos quando pensou num título e a secretária, a gata, logo correu para o telefone e o vendeu no ato. Voltou com falta de ar, dizendo que tinham comprado por duzentos mil o título de um romance que o patrão ainda não tinha escrito, apenas sonhava que escreveria um dia quando tivesse vontade. Diante da boa notícia todos beberam um round e, quando foram embora, largaram no prato uma nota de vinte pra mim. Porque os grandes escritores sempre andam com muitos camaradas. Entre as gatas tem também mulheres de classe. Se você pretende trabalhar justamente com literatura, tudo bem, um dia vou te apresentar um cabeça de ovo.

Eu não leio livros, minha natureza é outra. Mas gosto de olhar as revistas de crime, os quadrinhos, onde a gostosa está nua no divã, não tem noção, acabou a conversa mole, vem a confusão. E o protetor se inclina sobre ela, tem uma faca na mão, o balão sai da boca dele e diz: "Ela não tem nada, está apenas com o pescoço sangrando". Gosto disso. O policial é boa literatura porque não é preciso ajudar o leitor, o cara logo entende, não tem enrolação.

* * *

Ponha mais, tranquilo, vou colocar o bludiméri perto de você. O boss?... Não ligue pra ele. Está sentado atrás da porta de vidro, no caixa. Sim, o de óculos... Está contando a grana, não olha para cá. É homem direito, mórmon. Não bebe álcool, só água quente, num copo grande. E não fuma, porque é virtuoso. De Utah, onde esses vivem, não trouxe para Nova York mais que a Bíblia e o costume mórmon de ter duas esposas. Uma delas ele arrumou aqui em Manhattan. É um homem de rede, tem nove bares, dois no Harlem. Mas este nosso aqui na Broadway é o mais fino. Porque, você sabe, tem dois teatros na vizinhança. Um onde cantam e outro onde só tem papo. Quando só papeiam, a coisa pode acabar em confusão, porque a plateia se cansa de muita conversa mole. Eu não estive em nenhum deles, mas um dia levei um Franklin num onde só tinha papo. Pensei, deixe-me ser uma vez também um anjo, a literatura tem de ser compartilhada. Você não sabe quem é o anjo?... Pois é quem dá dinheiro para uma peça de teatro. O motorista, o porteiro do hotel, o maître, todos participam como anjos quando se apronta uma peça na Broadway. Não tive sucesso, a nota de cem se perdeu, tinha conversa mole demais no palco, a plateia aqui não gosta disso. É melhor quando passa uma merda musical, em que eles batem, chutam e cantam. Eu não me meto mais com escritores nem com literatura. O bingo é mais garantido. É melhor você esperar a sua vez na garagem.

Aqui você precisa apertar o cinto, irmão. Este é um mundo científico. É preciso se esforçar muito para aprender. Eu me esforço no bar há cinco anos, sou mister, senhor. E continuo aprendendo. É neste hotel, na vizinhança da Broadway e dos teatros, que os cabeças de ovo preferem se hospedar. Quem? Aqueles que têm a cabeça que parece um ovo de pata, pontudo e com sardas. Há entre eles uns que têm pelos na orelha. Todos são místeres muito inteligentes. E você não acreditaria como são poderosos. Escuto eles aqui de trás do balcão até de manhã. Chegam por volta da meia-noite, quando já foram embora do bar os que precisam de clima, luz de vela na cúpula do abajur. Os que ficam são todos profissionais. Entre eles, eles falam livremente. Eu presto atenção, você pode imaginar.

Porque essa é uma raça poderosa e perigosa... o bom Deus sabe como fazem, mas são mais poderosos que os padrone. Todos têm medo deles. Eles ainda vão acabar com o próprio presidente, se ele não for do agrado deles. Eu às vezes só fico boquiaberto quando os ouço cochichar de quem é a vez, com quem eles vão acabar. Aqui vêm entendidos da noite que escrevem as colunas sociais dos jornais... ouço como levam em conta quem, quando, com quem foi para a cama e em que posição... Porque o editor, veja, tem uma grande liberdade... pode acabar com quem não está com ele. E depois escrevem em livro, imprimem milhões de exemplares, assim se difunde a cultura. Em toda drogaria e no stand no metrô, em todo supermarket a literatura se espalha aos montes. Um dos nossos não consegue aprender isso, é preciso ter mais escola, como para tocar bateria. Veja, meu querido, eu não entendo de literatura... mas servi as tropas em Mátészalka, lá nós íamos às vezes para a casa de cultura, visitar as menininhas. Pois só posso dizer que a casa de cultura de Mátészalka era uma zona cigana arrumada em comparação com o que escuto de trás do balcão sobre a literatura. Afinal de contas, lá o cavalheiro sabia o que ganhava pelo seu dinheiro, e, uma vez que houvesse acordo, o cafetão poderia no máximo acrescentar: "Sr. Vitéz, dê mais uma de dez, e então a Valeszka poderá tirar também a blusa". Como eu disse, não entendo de literatura. Mas de zona eu entendo, no meu tempo de herói eu também participei. Se eu junto tudo o que vivi, sou obrigado a dizer que aquilo também não era pior do que isso que hoje em dia chamam de literatura. Esses escritores também se despem completamente por dinheiro, como a Valeszka. As escritoras mulheres também, não só os homens… Se mostram, sem calcinha, por dinheiro, de frente e de trás, o que preferirem. Em Zalá, a literatura que nós conhecíamos era algo diferente… O pápi comprava o almanaque todo ano, e isso era tudo. Mas fico de boca aberta quando ouço hoje que um deles ganha meio milhão porque está escrevendo as memórias de um carrasco de San Francisco. Ou uma confissão sobre como se transformou de homem em mulher, ou de veado em noivo, e depois assim entrou na literatura. É uma profissão complicada essa, meu chapa, mais difícil que a de baterista.

Mas também é possível que o bar e o que os fregueses assíduos falam não seja tudo. Pode ser que vivam por aqui escritores de outro tipo. Ouvi dois caras que entraram aqui por acaso e discutiram intimamente como seria essa outra literatura. A que não se vê. De que só se ouve falar quando o escritor bateu as botas, porque em seu desespero já se mandou para o mundo do além. Os dois caras entraram aqui por engano, não tinham grana nem para bludiméri, tomaram cerveja. Pois eles contaram… Eram pessoas espigadas, com jeito de escritores, do tipo de que o meu benzinho falava em Roma… Não era preciso prestar muita atenção, um cego também veria que eles não faziam parte do negócio. Pode ser que fossem os de verdade, os diferentes… E talvez fossem a maioria, que não conseguia se arranjar. Porque, da conversinha que eles tiveram junto do copo de cerveja, eu entendi que existem por aqui escritores de outro tipo também. Por exemplo, os que escrevem poemas, escrevem na moita, como Petöfi… Sabe, o carrasco. O certo é que esses diferentes não frequentam nosso bar.

É, a bateria. É o que me dói, a minha grande tristeza. Não nego, o mixing aqui no bar é um bom job. Tenho um fixo e comida grátis. Posso ficar por aqui em paz até a aposentadoria chegar. Mas além disso a minha sorte também anda bem. Conheço uma viúva irlandesa bem de vida, um pouco gasta, mas que me quer bem... Você entende. Tenho carro, casa, tevê. Na varanda tenho até um cortador de grama elétrico... não tenho jardim, mas o cortador é importante para o status. Com a garota estive no inverno na Flórida, durante duas semanas vivi como antigamente um barão na Riviera. Não nego, valeu ir embora de casa. Mas, quando penso na arte, meu coração fica apertado. Viver é melhor, aqui na liberdade... mas de que vale isso tudo se não tenho acesso à música? Assim, só me lamento, como Kossuth em Turim.

Não adianta, você sabe que o artista não esquece. Às vezes me lembro como era quando eu ficava sentado no bar depois do cerco e tocava bateria, como o meu talento verdadeiro que vinha do coração mandava. Tinha lareira, animação, conhaque Napoleão, tudo o que era necessário para a democracia popular. E respeitavam a minha profissão, os novos patrões precisavam de baterista. O trabalho começava por volta das dez, mas eu chegava em casa às quatro da madrugada. Isso foi em 48, quando os comunas assumiram a vez. Com isso, o negócio no bar ganhou força. Novos patrões apareciam, tinham a mão aberta, jogavam dinheiro fora. Podiam fazer isso, pois tudo era do povo. Às vezes aparecia no bar um ou outro retardatário do mundo de antes, do tipo estranho que tinha enterrado alguns napoleõezinhos na hora certa e vinha nos visitar para esquecer... mas era apenas uma troca de louros, assim eles mexiam com o passado. Em 49, quando os novos patrões, que sofriam em nome do povo, apareceram, as coisas andavam diferentes. Por fim tínhamos para quem tocar.

Por que os larguei se o meu destino ia bem? É um longo destino esse, amigo. Não foi pelo dinheiro, como você. Um dia descobri que foi pela política.

***

Vou te contar na confiança, de irmão para irmão, para que você saiba. Depois da libertação... minha boca fica amarga quando falo disso... bem, até 47 não corri de Zalá para Budapeste. Fiquei por lá, quieto. Sempre gostei de discrição, sou um ser modesto, entendeu?... Bem, nos libertamos, o conde cruzou a fronteira. Não era uma pessoa má, só era conde. Mais tarde o pápi, quando os comunas o espancaram para uma cooperativa agrícola, porque disseram que era kulak pois tinha quatro alqueires e uma casa... o pápi disse que o barão não era bom, mas também não era bom o modo como as coisas viraram. Porque o barão ao menos deixava que os outros roubassem. Mas os novos patrões, os de casaco de couro, juntaram todo mundo no prédio da prefeitura e depois convenceram a ponta de faca os resistentes a entregar tudo para a comunidade, o próprio e também o compartilhado, a botar tudo na cooperativa, até os animais... Esses não deixavam roubar, pois eles mesmos roubavam. Enquanto batiam, mandavam calar a boca, porque tudo pertencia ao povo.

Um dia passou pela aldeia um ministro. Tinha se formado em Moscou. Era sabido, ele é que dirigia a coleta. Porque chamavam o que acontecia, com essa delicadeza, de coleta. Pois ele entendia como aquilo devia ser feito, porque tinha estado em Moscou, tinha visto de perto quando os kulaks caíram aos milhões porque os camaradas coletavam a produção... Mas, enquanto o pápi e outros explicavam que depois da coleta não restaria o bastante no celeiro para o inverno, ele ficou sentado no carro, de lá disse que não tínhamos do que nos queixar, era preciso compreensão, pois tudo pertencia ao povo. O ministro depois falou na prefeitura, exigiu que os que tinham um ofício na aldeia também fossem estatizados, porque o ferreiro, o carpinteiro e o carroceiro eram todos capitalistas e ladrões, pois cobravam dinheiro do povo pelo trabalho, agiotas… O pápi era ferreiro, ferrara cavalos e afiara arados a vida inteira. Por isso ficou muito triste quando descobriu que na verdade não era ferreiro, mas um explorador do povo. E lhe tiraram a licença para trabalhar.

Não consigo contar isso tudo de uma enfiada, irmão. Foi um tempo de merda. Vivia na aldeia um velho amigo que foi para Budapeste quando a liberdade despencou sobre nós. E um dia ele escreveu. Houve um tempo em que tocou flauta, com emoção, durante a colheita de milho no celeiro do barão. Seduzia as moças com a flauta. Escrevia que era fagotista em Budapeste num bar da democracia popular, e que eu também poderia ir para lá, pois precisavam de baterista. O pápi praguejou, a mâmi chorou. Meu coração doeu por deixá-los, mas a arte me chamava. E fui embora.

Espere, os fregueses chegaram. *"Yes, sir, two scotch on rock, sir. You are served, sir."*

Esses escoceses são genuínos, os dois. Um deles, o de bigode pontudo, cura com a fé, cientificamente, do modo cristão. O outro, o de costeletas, é embalsamador. Apronta o que foi desta para a melhor como os parentes desejam. Eu poderia escutá-los até a meia-noite, porque discutem como vai ser o serviço. Porque têm em estoque vários sorrisos. Existe o sorriso de saudação. E o sorriso sábio. Depois o sorriso de quem está em paz… O de saudação é o mais caro. O de quem está em paz é o mais barato. Fazem tudo com parafina, de acordo com a tarifa cobrada. De noite, depois do trabalho, vêm para cá e, com competência, derramam três escoceses pelo penhasco. São pessoas comedidas, religiosas.

Em casa, em Zalá, a lavagem era feita de maneira diferente, do modo popular. Aqui se faz assim… Não preste atenção neles, podemos papear tranquilamente. Por volta da meia-noite esses aí não se importam com nada vivo. Já é noite alta. Só ligam pra você quando precisam de parafina.

Onde foi que parei?...

Como eu dizia, depois de 47 senti que bastava da vida desgraçada, iria para Budapeste. Éramos quatro na banda, o fagotista, o acordeonista, um no piano, e eu, o baterista. Verdade seja dita, esse foi meu tempo de glória. Naquela época a democracia ainda vibrava no peito dos fregueses. Nem gosto de falar nisso, meu coração fica apertado.

Aconteceu de eu receber um dia uma convocação da secreta. Deveria comparecer às nove da manhã na avenida Andrássy... mas ela já tinha outro nome. Aqui e ali, andar, número da sala. Quando li o escrito, minhas mãos começaram a suar. Depois pensei que a encrenca não poderia ser grande, pois nesse caso não mandariam uma carta, mas viriam de madrugada e tocariam a campainha. Porque de um modo geral aquele era o período do pânico da campainha.

Juntei todos os documentos. O certificado de músico popular, que provava que eu era um filho fiel do povo. E o municipal, que provava que eu tinha sido resistente. Arrumei os papéis a tempo. Além disso, colegas meus também poderiam testemunhar que eu tinha sido resistente. Eu tinha mais outros papéis quentes, mas eram de tempos mais antigos, com carimbos e fotografias... pensei que não seriam convenientes. Por isso despachei o grosso dos papéis antigos pela privada. Eu tinha um revólver velho, de seis tiros, um irmão tinha esquecido ele comigo quando se preparava para uma viagem de estudos no Ocidente, em 45... Essa ferramenta eu tinha enterrado fazia muito tempo num canto do quintal. Pensei que seria mais inteligente deixá-lo descansar onde estava, porque, se os secretas me revistassem e o encontrassem, me mandariam para o xadrez. Assim arrumei tudo como devia. E, certa manhã, saí na direção da Ópera.

Passei em frente do teatro de música e li que passavam o Lohengrin, com orquestra. Bem, irmão, pensei que, se os secretas me dessem uma surra, eu jamais veria o Lohengrin. Era triste, porque eu nunca ia à Ópera, embora fosse música. Em Zalá não havia nem sombra desse tipo de coisa, lá não cantávamos com partitura. Mas não havia o que fazer, continuei caminhando na direção do número 60. Andava com passos pesados para que ninguém dissesse que eu estava numa fria porque tinha sido chamado no 60. Nunca tinha estado lá, mas tinha ouvido muito tempo antes que era a Casa da Fidelidade. Ei, cara, pode ser que você agora também entre na história... assim eu me encorajava. Eu não tinha noção do que me esperava. Se eles me enganariam, ou se alguém tinha me dedado. Fazia contas, se escapasse só com seis meses, cumpriria a pena fácil. Mas jurei que não faria besteira, tomaria cuidado com cada frase, pois não há desastre maior do que durante uma conversa o elemento fazer um erro gramatical na frente dos tiras.

Eu desconfiava que o mundo rodava comigo. No portão um sujeito de chapéu em forma de prato examinou a convocação e me mandou subir. Lá, outro camarada do povo me convidou a sentar num banco no corredor. Pois eu me sentei, humilde. E olhei em torno, educadamente.

Havia o que ver. A troca de turno começava cedo, via-se que os camaradas trabalhavam também de noite. Todos usavam uniforme, iguais aos nossos, de antes, de três anos atrás... com cinto, apenas a faixa no braço e o galão eram diferentes. E os rostos eram conhecidos, tinha também órfãos entre eles... era como se eu já tivesse visto um ou outro. Mas tudo era como quando uma cólica nos atinge enquanto dormimos porque de noite devoramos um boi e mandamos alguns cálices a mais que o necessário... Estava surpreso, porque via pela primeira vez de perto como é sempre igual o negócio famoso que os cabeças de ovo chamam de história. Fiquei sentado no banquinho, observando o corredor onde camaradas apressados faziam o mesmo que três anos antes os irmãos... Levavam os da vez para o interrogatório. Alguns tinham de ser literalmente levados, porque o sujeito não conseguia andar... parecia que de noite, durante a conversa, tinha contraído algum mal nas pernas. Pois o apoiavam. Seguravam esses dos dois lados, debaixo dos braços. Havia também os que andavam sobre as próprias pernas, mas não muito. Havia um silêncio mortal no corredor. Mas no silêncio se ouvia às vezes das salas, através da porta fechada, a voz gutural, porque lá dentro acontecia de argumentarem com alguém. Ainda assim o silêncio talvez fosse pior que a troca de ideias que chegava aos corredores... Porque o silêncio também podia ser compreendido como o fim da discussão, o interrogado não tinha mais argumentos, e pronto.

Passou meia hora até me chamarem na sala. Passou mais uma hora até eu sair de lá. Não me acompanharam, nem me ergueram pelas axilas. Andei sobre as duas pernas, com a fronte erguida. Uma hora antes eu não desconfiava do que aconteceria. Quer você acredite, quer não, a pessoa que saiu era diferente da que entrou. Tinha ganhado um emprego.

Andava devagar como quem tinha tomado aguardente e depois durante o dia dava passadas muito conscientes, uma para a frente, uma e meia para trás. Fui direto para a hospedaria onde morava há meio ano, na praça Klauzár, dividindo um quarto, porque era difícil alguém como eu encontrar um ninho de amor. O companheiro com quem eu dividia a cama acordava cedo, ia de madrugada para Rákos de ônibus. A cama estava vazia, deitei de roupa, como quem tinha levado um soco no peito. Fiquei assim até de noite.

A coisa toda voltou aos solavancos, em pedaços, como quando o vomitivo tira o excesso do estômago. Sabe, quando me chamaram na sala, imaginei que um brutamontes desajeitado cairia em cima de mim e me daria um trato. Mas não foi assim. Um sujeito de pés tortos me recebeu, um velhote, de óculos de tartaruga, que não era maltrapilho, vestido em trajes civis, falando baixo. Também não era imbecil, sorriu o tempo todo, educado. Ofereceu uma cadeira, me deu um cigarro, como no romance policial o tira antes da troca de ideias. Vi que o dossiê descansava na frente dele em cima da mesa, às vezes o folheava. Mas só com a ponta dos dedos, como quem já tinha revirado o material antes. Fez as perguntas com delicadeza. Gostaria de saber o que eu fazia em 44.

Pensei que me mostraria altivo, para que ele visse que não tratava com um paspalho. Tirei do bolso o material cheio de carimbos e selos. Disse apenas que sempre fui filho fiel do povo.

Como se isso o alegrasse. Balançou a cabeça como quem não esperava outra coisa. Depois… mas sempre delicado, com um fio de voz… perguntou se eu conhecia em Budapeste gente que no inverno de 44 tinha sido milícia.

Fiquei estarrecido. Milícia?… Ainda por cima eu?… Perguntei o que era isso, que milícia? Malícia?… Ou melaço?…

Viu que eu não era tapado, começou a me acalmar. Disse que bem, bem, não perguntaria mais sobre aquilo, pois se via que eu era difícil no que dizia respeito aos milícias. Mas ainda assim gostaria de saber se eu conhecia ali na bela capital gente que no final de 44, no inverno, acompanhava os de religião diferente de madrugada até a margem do Danúbio. Mulheres, crianças, e mesmo velhos…

E me encarou, com um olhar penetrante, como quando na mão de uma velha a agulha de tricô escapa e faz um furo.

Comecei a suar. Depois engoli em seco e disse decidido que, meu senhor, eu então estava em Zalá, nem sabia na verdade onde ficava o Danúbio... E disse também... mas manso, humilde... sim, tinha ouvido que naquele tempo aconteceram divergências lamentáveis em Budapeste.

Ao ouvir isso, ele abriu a boca, prestou atenção como uma galinha cega que procura milho. Ficou em silêncio durante muito tempo, piscava. Depois se animou como a virgem que ganhou uma carícia no seio.

"O senhor é uma pessoa inteligente. Ede", disse amistoso. Suspirou e disse ainda: "Divergências lamentáveis, essa é boa. O senhor é uma pessoa de fala mansa, fina. Ede", disse, reconhecendo.

Confessei que Ede era meu nome artístico, à paisana eu era Lajos. Ele fez um gesto de quem dizia que era indiferente. "Ede ou Lajos, o senhor é um profissional distinto", disse. A voz dele rosnou sincera, se via que me respeitava. "Divergências lamentáveis, essa é boa", disse de novo. Estalou a língua e esfregou as mãos. Depois jogou fora o cigarro, mudou de voz. Falou baixo, mas olhou o tempo todo nos meus olhos. O olhar dele através dos aros de tartaruga era como quando enfiamos uma agulha debaixo da unha.

Ergueu os papéis do dossiê, balançou-os e disse amigável que ele também não era inábil. Se eu acreditava? Fiz que sim, é claro que acreditava. Pois então que eu pensasse no que ele dizia. O bar, disse, onde eu tocava, era um lugar fino. Muita gente ia lá, bons democratas, mas também outros tipos. A democracia popular precisava de gente que fosse fiel ao povo, porque ainda havia muitos inimigos. Agora foi ele que acendeu um cigarro, mas dessa vez não me ofereceu outro. Só me encarou malicioso. Não tinha nenhum refletor voltado para os meus olhos, como nos romances policiais. Não tinha nada, a não ser uma mesa e um homem. E na janela havia uma grade, para o caso do pateta ser impetuoso, para que não lhe ocorresse sair para uma caminhada primaveril com um pulo pela janela. E diante da porta, no corredor, o arrastar estranho de pés. E o bater de botas dos recrutas nas pedras do pavimento. E às vezes uma palavra rouca encorajadora, se o convidado progredisse muito lentamente. Era tudo.

Agora ele falava como o garoto exemplar na escola imbecil, que sabe de cor a lição. Disse que a arte da música, a noite e a bebida soltavam as línguas. Por isso, enquanto tocava bateria, eu deveria prestar atenção. Explicou pacientemente... de verdade, como se tivesse aprendido na escola... o que eu deveria observar. Conhecia os hábitos do povo do bar. Eu deveria observar os que tinham sobrado por ali do mundo antigo, do mundo dos patrões que ainda tinham vontade e grana para se divertir aos prantos. Depois deveria observar os tipos novos que não eram comunas mas se apressavam para lamber o molho, em segredo espetavam o distintivo na lapela. Orientou-me, com um amor paciente como quando abotoam a roupinha do pequeno na creche. Disse que havia um público novo... por toda a vizinhança. O povinho e os de turbante, os cabeças de ovo e os de óculos de tartaruga em ascensão que se acotovelavam no muro, de cachimbo na boca, e incentivavam os comunistas a toda prova para que fizessem o trabalho sujo, para que acabassem com o velho mundo, depois se despedissem amigavelmente e se mandassem para casa na região dos Urais. Eles então... o povo, o de óculos de tartaruga de cabeça lustrada em ascensão... desceriam do muro e com modos, com educação, assumiriam e enfiariam no saco a mercadoria que sobrasse, o pequeno país distinto. Mas primeiro deveriam recolher os rabos na União Soviética os velhos comunas que de alguma maneira conseguiram sobreviver quando tio Józsi começou a furar os camaradas, porque eram amigos de um modo diferente do imaginado pelo bigodudo. Ou se fizeram de trouxas como pais do povo e assumiram papéis de que mais tarde se arrependeram. Ou eram trotskistas. Ou romancistas espanhóis... E, quando esses velhos apalpavam a nuca, porque desejariam saber se essa parte do corpo permaneceria íntegra... eles, os populares, os progressistas, anunciaram que o comunismo teria de ser feito de forma diferente, mais saborosa. Mas os comunas não pensavam assim... Quando ele falava sobre isso, seus olhos faiscavam. Disse que os sábios que apenas assistiam aos acontecimentos e agora se preparavam para ensinar ao povo o marxismo científico não tinham noção de que o povo trabalhador não acreditava neles. O povo acredita somente em quem apodreceu ao menos durante cinco anos com o próprio povo, nas profundezas da terra, nas minas. Depois passou a uma classe superior, se postou junto da bancada com uma talhadeira e durante mais cinco anos serrou ferro. Quando um desses falava sobre o marxismo e sobre o leninismo, talvez o povo o escutasse. Mas quem ficara acotovelado sobre o muro e encorajara o povo com a voz nasalada para que seguisse se matando de trabalhar, pois viria o tempo em que eles, os progressistas, ensinariam aos trabalhadores o marxismo fino... para esses o povo olhava torto. Eu deveria observar esses tipos, disse, porque hoje em dia eles também gostam de frequentar o bar. Sentia-se na voz dele que esses aplicados que agora se apressavam a lamber o molho... mas que antes não estiveram nas minas nem nos campos... ele detestava, como os patrões. O discurso era claro, como se ele o tivesse aprendido numa escola científica.

Meu coração batia acelerado, rápido, como a minha baqueta. Porque eu ouvia no tom dele que ele cercava o escolhido... se não por outra razão, por birra. Por isso olhei em torno, procurando a saída de emergência. Mas não vi nada, a não ser as paredes e a grade na janela. Quando depois ele parou para respirar, eu pedi em voz baixa que fosse direto e dissesse o que queria.

Ele suspirou, e depois disse. Eu deveria evitar o 60, não deveria passar nem nas proximidades. Uma vez por semana eu ligaria para um telefone. Para a voz que respondesse, eu só diria que era Ede e saudava o velho. A voz depois diria quando e onde eu deveria ir para a confraternização. O melhor seria um banco no Liget. Ou, no inverno, para a região do entroncamento de Lágymányos, lá havia lugares animados onde se servia álcool. Lá se podia papear durante muito tempo, a dois. No sermão ele também disse quem eu deveria observar no bar, e em que ordem. Se visse que alguém ia ao banheiro e pouco depois era seguido por outro freguês, eu deveria correr e dar uma olhada para ver se o sujeito tinha deixado um recado ou moeda forte, um pé-de-meia. A grana eu deveria deixar no lugar e em seguida telefonar para o responsável, o resto seria por conta deles, fora de hora, como uma emergência. A democracia popular valorizava os especialistas… e esfregou o polegar no indicador. Porque do lugar da bateria se podia ver e ouvir muita coisa no bar.

Depois tossiu, querendo dizer que agora viria o principal. Todos deveriam ser observados, os camaradas também… mas isso ele disse em voz baixa. Porque nem todos os camaradas eram trabalhadores de verdade, de corpo e alma… havia os que só faziam de conta. Quando a aguardente os aqueceu e eles se curvam, falam baixo… de madrugada, se derem sinal de que são íntimos e se entendem… eu deveria descobrir os nomes deles.

A conversinha em que ele despachou a proclamação durou uma hora. Disse que seria bom se eu me empenhasse. Nesse caso o dossiê iria para o arquivo e eu teria uma vida bela, calma, poderia construir minha felicidade na democracia popular. E ergueu a literatura e a sacudiu. Depois se recostou na cadeira, tirou os óculos e começou a limpar as lentes. Nos examinamos, e senti um frio nos joelhos e nos dedões dos pés. Queria que eu, o baterista, entrasse como passarinho cantor dos secretas. Cruzou os braços e olhou sereno nos meus olhos.

Resmunguei pedindo tempo para pensar. Claro, com prazer, até amanhã de manhã. Sorriu para a despedida, um sorriso largo, como o belo rapaz no antigo anúncio de Lysoform. Voltei para a pensão, não fiquei imaginando que seria bom assistir ao Lohengrin. Fiquei deitado na cama até o fim da tarde, não comi, não bebi. Minha garganta secou, eu me sentia perdido.

Escurecia quando, com dificuldade, me levantei. Vesti o tuxedo, era hora de ir para o trabalho. Enquanto dava o nó da gravata, alguma coisa se movimentou em mim. Na minha barriga, ou na minha cabeça... Não sei até hoje. Só sabia que estava numa enrascada. Eles escolheram a mim, o baterista. Como os garçons nos hotéis, as arrumadeiras na embaixada, as tiazinhas classudas nos escritórios... não precisava de instruções, eu sabia o que eles queriam. Mastiguei a coisa durante muito tempo. Não era preciso me inscrever num seminário, sem pós-graduação eu também conhecia a lição. Era mais claro que o dia, quem eles chupavam não saía mais do cano. Eu estava completamente lúcido, e ainda assim tinha calafrios. Era noite quando saí para o trabalho.

Era uma noite fain, de primavera. No bar os músicos já enceravam os instrumentos. Dois deles eram velhos vagais, eu confiava neles. O fagotista, de Zalá, que tinha me arrastado para a banda, era irmão. O pianista se achava um intelectual, era um homem avarento que tocava por necessidade, dele eu também não suspeitava, mesmo hoje não acredito que ele tenha me dedado. O acordeonista estava há mais tempo no jazz, às vezes o chamavam ao telefone por volta da meia-noite... a chamada poderia ser de uma namorada, mas poderia ser uma beijoqueira dos secretas. Não sabia nada de certo sobre ele... Só sentia uma grande tristeza, como se desconfiasse que para mim o tempo da arte pura tinha terminado. Para um artista não existe dor maior que a sensação de ter de abandonar o ofício aprendido. Não pense que sou doido e que estou me gabando. Era sabido no meio que eu era o melhor baterista da Hungria.... digo como era, sem falsa modéstia. Meu anjo da guarda também disse. Ela sabia, pois em Londres tinha servido na casa de judeus, lá também faziam arte. Naquele dia a farra começou tarde, por volta da meia-noite chegaram os primeiros fregueses. Eram todos secretários de Estado. Vieram três, de calça listrada e de gravata. Naquela época faltava uma coisa e outra na pátria, mas secretário de Estado havia aos montes, ninguém podia se queixar de que faltava esse tipo de coisa. Andavam em grupo, como os ratos-do-campo depois da chuva. Aqueles eram exemplares fortes, bem desenvolvidos. Traziam mulheres, parecia que as mulheres também eram estatais, porque eram garotas peitudas, bem alimentadas, não cuidavam das formas, podiam se dar ao luxo. Os garçons se apressaram em empurrar uma mesa para junto da banda, e lá eles se instalaram. Acenaram amigáveis, estavam animados, pois se via pela aparência que fazia pouco tempo que assumiram o posto de secretários de Estado, antes se ocupavam de outras coisas... Reconheci um deles, no ano anterior vendia tapetes à prestação lá no bar. Onde arranjava a mercadoria, era melhor não perguntar... Naquela época muitos recolhiam tapetes nas casas em ruínas.

Com eles chegaram dois fregueses da casa, Lajos Borsai, o poeta, e Jóska Lepsény, o correspondente de guerra. Eram assíduos, toda noite mendigavam lá no bar. Depois da meia-noite o poeta vivia de tristeza patriótica. Escolhia a mesa da nova celebridade com quem valia a pena sentar, depois puxava o saco em nome da ascensão... Quando a aguardente já fazia efeito, ele tirava do bolso a fotografia da mãe e começava a mostrá-la emocionado. Tinha duas mães... uma respeitável, com cabelos cacheados em volta da testa, como a rainha Elisabete quando rezava junto do caixão de Ferenc Deák. E uma velhinha miúda enrugada, do povão, com lenço na cabeça. Ele as mostrava segundo a avaliação que fazia do freguês, dependendo de qual agradaria mais. Dessa vez sentou com o barão Ecsedi, que chegou com a noiva, uma policial aposentada robusta, porque esse era seu gosto. O barão também era da casa. O poeta começou emocionado:

"Ei, a esta hora na minha aldeia a macela já está amarelando!..."

Mas o barão não estava no clima. Olhou irritado para o poeta. O barão Ecsedi era um sujeito gordo e de natureza assustadora. Piscou desconfiado para a noiva, a oficial de polícia aposentada. Eles se entreolharam, fazendo bico, como os amantes no quadro famoso que minha amada me mostrou num museu romano, como Amor e Psique. Disse nervoso:

"Meu caro senhor Borsai, deixe para lá essas coisas de economia agrícola cristã. Eu, meu caro, sou um velho judeu enervado, com azia. Não me impressiono com a macela amarelando. Se ela está amarelando, que amarele", disse zangado.

O poeta se ofendeu e foi sentar com os secretários de Estado. Lá se lamentou:

"Um charuto para o editor!..."

Os garçons se apressaram a desenterrar o charuto, e o poeta encheu seu estojo de metal de cigarrilhas Szimfónia da velha Buda com as mãos. Um secretário de Estado, o de corpo mais avantajado, que tinha até uma medalha de honra ao mérito, acenou para o maître para que acrescentasse mais aquilo à conta, porque o apoio à literatura era despesa estatal. Jóska Lepsény, o correspondente de guerra, ficou quieto em seu canto, embora o encorajassem inutilmente para que também enchesse os bolsos. Orgulhoso, ele disse:

"Deixem disso. De manhã vou visitar o ministro da Economia."

O secretário de Estado, respeitoso, se interessou.

"Estão preparando uma decisão importante?..."

O correspondente meneou a cabeça.

"Não sei. Mas lá tem fumo americano."

Olharam-no com inveja quando se espalhou a notícia de que Jóska tinha sido nomeado avaliador no Departamento de Bens Abandonados. Era um dos lugares quentes da República Popular. O fagotista disse que sua saliva escorria de pensar como as coisas aconteciam quando um bem abandonado e Jóska Lepsény ficavam a sós... Sabe, os bens... os quadros raros e os móveis do passado que os patrões largaram nos castelos quando se mandaram para o Ocidente porque os russos chegavam!... O fagotista sonhou acordado, ao pensar nisso soprou uma nota triste. Todos piscaram com reconhecimento para Jóska Lepsény, que, contido, seguia sendo correspondente de guerra, mesmo agora que não havia mais guerra. Usava botas de amarrar, capa, e pena de camurça junto do chapéu, e bandeirinhas vermelhas nas lapelas. Mais tarde, depois da revolução, ele apareceu no Ocidente. Dizia que tinha sido conde em Budapeste. Mas alguém cantou que ele nunca tinha sido conde, na verdade lavava roupas em Ferencváros. Disso, na época, no bar, ninguém sabia. Além do mais, não era hora de fazer dossiê, porque o lugar começava a esquentar.

Por volta da meia-noite não tinha mesa vazia. O diretor do Conselho de Defesa que chegou com a crooner e um agente penitenciário — sobre o agente penitenciário todos sabiam que era chefe da guarda no xadrez — puseram numa mesa reserva perto da música. Houve um grande corre-corre, porque era uma puta honra para o lugar a visita daquela celebridade. É preciso dizer que ele era um homem bonito. Antes ninguém o conhecia, tinha aparecido fazia um ano, inesperadamente, como o monstro aquático do lago escocês, sobre o qual os jornais escrevem no verão. Em homenagem ao visitante ilustre o fagotista soprou uma saudação com as bochechas inchadas. Eu toquei um rufar discreto, como se devia.

Acenderam a luz lilás, porque, onde a crooner entrava, a animação era obrigatória. A proprietária, uma senhora famosa, um monte de banhas, que também então, como nos velhos tempos, despachava mulheres civis para os cavalheiros exigentes, não sabia o que fazer com a honraria. Serviu o bourbon pessoalmente para o freguês ilustre. Todos os observavam paralisados. Os secretários de Estado olhavam piscando, porque o juiz principal da corte popular era mais poderoso que os ministros. Era senhor da vida e da morte, pois os pedidos de clemência dos condenados políticos chegavam a ele. Se estivesse num mau dia, indeferia os pedidos e os sete palmos estavam garantidos. Ninguém o cobrava sobre o que fazia e por quê... A proprietária cochichou no ouvido do pianista que estava no mercado fazia trinta anos, conhecia todos os telefones secretos da cidade, de onde vendia os artigos mais finos para os cavalheiros, mas clientela mais nobre reunida ela nunca tinha visto no bar.

Sentado, o barão Ecsedi se curvou para saudar o magistrado, que, com um aceno amistoso, retribuiu a demonstração de respeito. O magistrado era um comunista exemplar, na lapela cintilava uma condecoração de strass... ainda assim o barão e a noiva, o oficial de bigodão, esses seres que eram monumentos que ficaram do mundo de antes... ele cumprimentava mais amistoso que os secretários de Estado, ou mesmo Jóska Lépsény, a excelência de medalha do partido... Observei o que acontecia e revi mentalmente o que o professor tinha dito de manhã... que os comunas, os genuínos, detestavam raivosamente os que apressadamente tinham vestido os trajes de democratas populares. Odiavam-nos com mais gana que o público antigo, os burgueses e condes... Prestei atenção em tudo, pois de outro ponto de vista eu também estava a trabalho lá no bar.

O magistrado parecia ter sido recortado de uma revista de moda. Parecia um lorde inglês que se apronta para ir ao cassino.

Era como um cavalheiro novo em folha. Roupa, sapatos, tudo sob medida. E sorria amigável para todos, como um grande cavalheiro que sabia que era indiscutivelmente poderoso e podia se permitir ser agradável, generosamente humilde. A crooner com quem chegou andava com ele noite e dia fazia algum tempo... belo pedaço, enfeite obeso, famosa porque nos julgamentos decisivos, quando o magistrado pronunciava os sete palmos, ela ficava sentada no recinto porque se divertia com esse tipo de coisa... Era galinha, cantava numa toada rouca, e sua especialidade era saber chiar. A proprietária apagou parte das luzes, o brilho lilás se espalhou pelo lugar como patchuli. Espreitamos ansiosos o que o grande cliente faria.

O magistrado devia estar cansado depois de um dia de trabalho pesado, pois, com o copo na mão, fechou os olhos e devaneou. Depois cochichou algo para a crooner, que, submissa, se posicionou diante do microfone. E numa toada do fundo da alma, envolvida em cigarro, a canção de cortar o coração se fez ouvir:

"Você é o brilho da noite!..."

Eu só toquei em piano, com a ponta dos dedos. O fagotista só marcava o compasso, observava o guarda-costas, como quem desconfiava que algo estava para acontecer. O especialista acompanhava o magistrado a todos os lugares... para estar à mão caso o grande homem de repente pensasse em alguma coisa a ser feita. O guarda-costas era o executivo, por debaixo do pano dava uma forma palpável às ideias do magistrado. Quando a canção de cortar o coração se fez ouvir, os secretários de Estado aplaudiram até ficar com as palmas das mãos vermelhas. O barão Ecsedi estendeu o braço, para mostrar que estava fora de si, nunca tinha ouvido nada tão belo de uma galinha. Ele devia saber, pois era do ramo... O magistrado se levantou, beijou a mão da artista, e assim a conduziu de volta para a mesa. O guarda-costas também se pôs de pé de um salto e se curvou agitado, limpou com a manga do casaco a cadeira onde a artista cantora sentou. O poeta cobriu os olhos com as palmas das mãos, como quem não suportava aquela maravilha extraterrena, se deleitava por dentro.

Larguei as baquetas. O magistrado mandou um champanhe para a orquestra. No clima de meia-luz todos se emocionaram, como se um anjo tivesse descido no lugar.

Não é conversa mole, meu chapa. Enquanto viver, vou sentir na boca o gosto do último copo de champanhe que tomei naquela noite no bar. Eu estava sentado próximo do magistrado, e vi que o guarda-costas olhava para o relógio. Depois ele se levantou, se inclinou sobre a mesa, e disse com intimidade:

"Com todo o respeito, camarada. Tenho de ir. Tenho de me apresentar para o serviço de madrugada."

E com a mão mostrou de que serviço se tratava. O magistrado ficou sério. Assentiu, disse em voz alta:

"Eu sei."

"Às seis", sussurrou o guarda-costas. "Par."

"Pois vá, Ferenc", disse o magistrado. "Depois vá para casa, nanar."

O camarada deu um sorriso largo.

"Sim, senhor, camarada", e bateu os tornozelos.

Apertaram-se as mãos. Quando, com passos militares, ele saiu, durante um momento houve silêncio no lugar. A crooner recomeçou a gemer em prosa no ouvido do magistrado, sentimental. Os que estavam sentados mais longe não ouviram as palavras do guarda-costas, mas nos rostos se via que de um modo geral todos entenderam o que tinha acontecido. O fagotista cruzou os braços como quem meditava. O pianista, debruçado sobre as teclas, limpava os óculos, com ar inocente, como quem não tinha culpa de nada. O acordeonista acendeu um cigarro, mostrando assim que interrompia sua arte por algum tempo, estava aposentado. Não nos olhamos, mas os quatro sabíamos o que significava às seis, e par e depois nanar. Não somente nós, que tínhamos ouvido a troca de palavras, entendíamos. Os outros também entendiam. Todos que apenas viram as despedidas.

O magistrado se encheu da conversa açucarada, apalpou a parte de cima carnuda da crooner e acenou para o camarada garçom, dando a entender que começaria a farra séria, poderia trazer a nova rodada. Piscou também na nossa direção, cavalheirescamente, para que recomeçássemos a música. Nessa hora começou a nojeira.

Primeiro pensei que alguém tivesse esquecido a porta da privada aberta. Ou que algum freguês tivesse se aliviado e pum. Olhei em torno, mas não vi nada suspeito. Cuidadosamente, discreto, cheirei a crooner, pois ela estava perto de mim. O patchuli estava denso em volta dela, como gás sobre o pântano. Mas a fedentina superava o perfume. Fiquei espantado de ver que os outros não farejavam comigo, era como se não sentissem nada.

O fagotista começou. Trabalhamos de coração, mas o cheiro não passava, ficava mais forte. Como se saísse de um cano rachado, o fedor da cloaca se espalhava, misturado com o patchuli, a fumaça de cigarro, o rango fino e o cheiro de álcool de boa qualidade. Tratava-se de um fedor diferente, como de enxofre, de água de lavagem, ou de esterco. E vinha de outro lugar, não do corredor, nem mesmo de debaixo do piso. Secretamente cheirei as palmas das mãos para ver se alguma coisa estranha não tinha grudado nelas. Mas não notei nada. Só sabia que nunca na vida eu tinha sentido tal fedentina.

Tocava bateria como um soldado em seu posto. Mas comecei a ficar enjoado. Olhei em volta e na penumbra vi o grupo ilustre que conversava, por cima das garrafas, amistosamente, os fregueses. Estavam todos sentados, satisfeitos. Era um grupo verdadeiramente ilustre... não punham a mão na cabeça, era como se nem sentissem que estavam afundados até as orelhas num odor infernal. O cheiro me dava cócegas no nariz. Mas eu me admirava também, porque os fregueses do bar se comportavam visivelmente como os antigos senhores, que discursavam em meio à confusão como se tudo estivesse em ordem... Me veio na ideia o que aprendi com o meu benzinho, que os novatos sempre fazem agrados com a cara de pau, fazem de conta que nem percebem quando alguma coisa apodrece em volta deles... Pois esses eram como se fossem cavalheiros... Só que tudo cheirava mal em torno deles. Meu estômago estava virado. Numa pausa me levantei, e silenciosamente fui ao banheiro. Ninguém me notou. Mas a fedentina veio atrás de mim. De pé em cima da privada, olhei para dentro do vaso. Minha cabeça estava confusa porque da coisa toda eu só entendia que algo tinha terminado, eu não voltaria mais para tocar. Não pensei com a razão, mas com o estômago. Na rouparia eu tinha um paletó, que eu guardava para as manhãs frias, tinha sido do meu pápi. Pendurei o tuxedo no prego, vesti o paletó, pus a gravata-borboleta preta no bolso e cochichei para a roupeira que tinha estragado o estômago, ia sair para tomar um pouco de ar. Amanhecia. Fui direto para a estação Keleti e sentei na sala de espera. Calculei que tinha um encontro com o secreta ao meio-dia, até então não me procurariam. Um rápido de passageiros partia na direção de Györ. Esperei por ele.

Se me espancassem, também não saberia dizer no que pensei enquanto esperava pela maria-fumaça. Poderia contar que me torturava a nostalgia da pátria, e mais isso e aquilo. Mas eu não sentia nada que pudesse chamar de culpa patriótica. Porque a coisa toda veio como um soco no peito durante uma troca de ideias. Lembrei do pápi e da mâmi, mas só como uma imagem no cinema que rapidamente segue adiante. Mais tarde, outros aqui na América contaram que morriam de cólicas quando partiram. Teve quem enrolou terra pátria no lenço. Outros costuraram fotografias dentro dos forros. Mas eu não levei nada, apenas a gravata-borboleta preta, necessária para o uniforme do bar. Nem fiquei quebrando a cabeça. Só pensava que tinha de ir embora de lá o mais rápido possível. Era preciso ir para Györ, eu tinha ouvido de um camarada, pois ali a fronteira era mais próxima. Ele me deu um endereço recebido de quem já tinha feito o caminho. Calculei que a grana que eu tinha era suficiente para a viagem. Eu a levava nas costas num saco de couro. Tinha três mil em notas de cem, e algum trocado. Nunca punha no banco, pensava que debaixo da camisa o saco era mais seguro.

Nessa hora parecia que a fedentina estava se desfazendo. Senti fome. Na cantina engoli um sanduba de presunto que ajudei a descer com um cálice de aguardente. Do que tinha despencado em cima de mim, como a puta que o pariu, eu só entendia que tudo o que houvera até então não contava mais. Tinha de ir embora de lá, mas para onde?... Para o mundo escuro, filho da puta, onde eu não compreendia as palavras das pessoas? Porque meu conhecimento de línguas ainda era meio pobre. Em língua estrangeira eu sabia apenas *davai* e *genka*. Pensei que era pouco, e nesse meio-tempo a fome... Fome de ir embora. Fome de estar longe. Preferia me encharcar na chuva, me assar na porra do sol, mas longe.

Chegamos em Györ às dez. Num ferreiro comprei uma tina de metal com alças, dessas usadas para guardar banha no inverno. Há tempos me ensinaram que a mutreta exigia que parecesse que eu queria comprar banha no campo. Em Györ, fiz o contato. Dois me esperaram para a caminhada, dois socialistas. Partimos às duas da manhã, numa carroça. Cinco quilômetros antes da fronteira, onde as torres de vigia assobiavam e os refletores brilhavam, ficamos de bruços. Era lua nova, chovia um pouco. Os cães latiam. Mas o guia, um velho suábio, ficou deitado descontraído na lama, cochichou que eu não precisava ter medo, o vento levaria o cheiro embora. Estávamos deitados de bruços numa espécie de pasto, uma fossa enlameada e grama esparsa. Talvez tenhamos ficado deitados assim por uma hora. Tínhamos de esperar a troca da guarda. O suábio disse que então nosso deslocamento seria mais macio. Trocamos poucas palavras, elas também aos cochichos. Um dos socialistas praguejou em voz baixa que era um antigo revolucionário e agora tinha de deixar sua casa assim, se arrastando de barriga na lama... Porque estávamos deitados de bruços, na horizontal, como o cadáver quando nada até Mohács. Nessa hora eu mordi a grama.

Lembro do gosto até hoje. Eu nunca tinha mastigado grama antes. Tinha a sensação de que estava deitado de bruços na lama da terra natal e de repente me surpreendi comendo grama. Mordi a lama, minha boca se encheu de barro. Eu devia estar perturbado. Não sei o que era, nem a porra deve saber. Só mastigava a grama e o barro, como o animal quando pira. Ou como quem endoidou de tanto tomar café e não sabe o que faz. Mordi a grama, literalmente, e noutro sentido também... como diziam na tropa daquele que partia para ser herói na outra margem. A razão foi a longa espera ou o quê?... Mordi minha terra natal. Foi quando me dei conta.

Não demorou muito, logo percebi. Mas fiquei muito espantado. Porque o gosto da grama e da terra na boca era mais amargo que o champanhe com que horas antes o magistrado tinha me honrado.

Na fronteira da minha bela pátria, de noite, na lama, sob as estrelas. Como um animal. Mas também de outro modo. Como uma pessoa que pensa pela primeira vez na vida.

Você também sabe que naquela época, e antes, muitas palavras caíam sobre a terra. Mastigavam a terra outros também, figurativamente, nas reuniões populares, e na sede do governo. E do alto dos barris. Sempre vinha de novo à aldeia um camarada e explicava para o povo que a terra agora era dele. Os quatro alqueires do pápi. Depois os quatro mil do conde. E toda a imensidão de terra no país inteiro... no tempo em que eu usava fraldas também ouvi muito sobre isso, e depois mais tarde, sempre. Quando eu já usava botas, diziam que a terra era minha. Mas naquela hora eu sentia cólicas de pensar o que tinha sido, na verdade, a terra na minha vida. A pátria? Só me lembrava de que sempre houve penúria, e sofrimento. Quando o conde me expulsou, pouco depois da partilha, o que tinha me restado da terra? Quando o pápi cuspiu os dentes na sede da prefeitura porque o puseram na lista dos kulaks e ele não quis pegar a caneta na mão para assinar sua entrada na fazenda coletiva? A terra, a pátria... Minha cabeça rodava. Como se eu tivesse acordado depois de um sono perturbado.

Estava deitado na terra natal como um cadáver recém--lavado, e girava na minha cabeça uma roda, como o gira-gira no mercado. Ouvi uma canção que cantávamos na minha infância na escola. Dizia assim: "Se a terra é o chapéu de Deus/ assim a nossa pátria é um buquê sobre ele". Pois ela então voltou... Mas eu farejei em vão, meu nariz não sentiu o cheiro de nenhum buquê. Talvez porque a fossa onde deitamos estivesse enlameada... E o barro grudado, a lama, trouxe de volta muitas coisas... Senti pena das baquetas que ficaram no bar. Eram boas baquetas, de nogueira. Não se acham em Roma, em Nova York nem são necessárias, pois aqui me retiraram a arte. Na lama, eu me perguntava sobre o que tinha deixado em casa... Como era, na verdade, essa tal casa?

É um destino pesado, esse, irmão. Me ocorreu que lá fui um faz-tudo. Depois um proletário fedorento. Depois ouvi que eu era povo e tudo era meu... Mas na verdade nunca tive nada. Nunca tinha pensado nisso antes... Nem falava sobre a pátria, e mais... nunca com nenhum ser vivo. Mas agora, na fronteira, na lama, a coisa toda se revirou. Parecia que existiam diferentes pátrias. Explicavam que existia a pátria dos patrões. E agora existia a outra, que era do povo. Mas o que eu tinha, pessoalmente?... E, se tinha tido, o que tinha acontecido que agora fungava debaixo de mim, nem sabia se na verdade tinha, e, se tinha, onde?... Mas em algum lugar estava, porque o cheiro tinha grudado em mim, na lama em que estava deitado. Muito mais tarde o meu benzinho certa noite contou... contou que na infância, na vala onde morava, quando dormia, o rato-do-campo e o esquilo saltavam sobre ela. Naquela vala o cheiro devia ser o mesmo que eu aspirei mais tarde na fossa... O cheiro da lama que ela respirava quando chegava em casa. E, mais tarde, eu, quando fui embora dela. Mas o cheiro era diferente daquele que me espantou do bar... não era asfixiante, era conhecido, como o nosso próprio cheiro. Porque sou assim, e pronto... Esse cheiro, da terra, o cheiro da lama me acompanhou até a fronteira. Como se não me restasse mais nada da pátria.

O mundo rodava comigo. Eu só sabia que, quando tivesse ultrapassado o gramado, não haveria mais no meu nariz a fedentina que me espantou do bar. A que grudava em mim, no nariz e na pele. Como quando dormimos com uma mulher de vida fácil e o cheiro dela fica na nossa pele e tem de ser esfregado com escova. Eu só sabia que nunca mais tocaria bateria para eles. E não seria dedo-duro. Preferia morrer na lama, na fronteira.

Amanhecia quando o refletor se apagou. O suábio... tinha sido escavador de poços, depois encanador, um faz-tudo... levava e trazia gente da ralé, moedas de ouro, tudo o que dava para passar pela fronteira... Ele deu o sinal. Nos arrastamos de quatro, como cachorros, para fora da pátria. Fui embora de casa enlameado... literalmente, e também noutro sentido. O resto foi rotina. Dei quinhentos de adiantamento, e mais mil quando tínhamos passado o gramado verde. O tira austríaco já estava cheio da nossa raça, pois chegavam a toda hora, de noite e de dia, os que se arrependeram da democracia popular. Mas no fim tudo correu macio. Me puseram num campo. Não fiquei por muito tempo. Passadas duas semanas chegou o visto para Roma. Foi mandado pelo irmão que tinha me confiado o revólver. Recebi a autorização para trabalhar, os estranjas respeitam os artistas como eu, precisavam muito de bateristas. No outono eu já tocava num bar.

Espere, chegou a lady: "*Welcome, my fair lady. Just a Martini dry, as usual. You are served, lady*".

Olhe bem pra essa aí, é raro ver uma igual. Dizem que há cinco anos atrás era uma das ladies famosas da Broadway. Ela se apresentava na casa vizinha, no grande teatro onde não se canta, só se conversa. Teve um sucesso teatral absurdo. Corria de peruca preta no palco, como uma doida, e encorajava o marido, em verso, a liquidar o visitante noturno, um rei inglês... Futricava com um sabre na mão e no palco se chamava... não sei ao certo... Lady Maquibéqui, ou coisa parecida. Pois a chamaram para Hollywood, lá a esperava uma grana preta, ela seria a Miss Frankenstein... Mas lá acabaram com ela. Primeiro tiraram seus dentes, depois começaram a recortar suas partes mais íntimas. Isso ainda ia... Mas, quando costuraram a carne da cara dela atrás da orelha, o cirurgião errou a medida por meio centímetro, e a boca dela ficou aberta num sorriso, assim, como você está vendo... Não consegue fechá-la, parece que está sempre cumprimentando sorridente. Não ganhou mais nenhum papel de boca aberta, mas compraram para ela uma passagem de volta para Nova York. Aqui os inteligentes disseram que uma atriz dramática não poderia recitar de boca meio aberta, ela era outro tipo. Desde então ela aparece aqui no bar. Já vendeu o casaco de pele. Depois do terceiro martíni ela se emociona, lacrimeja. Mas mesmo nessa hora a boca que costuraram errado sorri. Ela se diverte chorando, como os húngaros ancestrais. Não olhe para ela, senão ela logo vai sentar com você, quem sabe você não paga pra ela... Comigo, no meu livro já há uma dúzia de martínis, fiados, mas eu não digo nada. Sou artista, compartilho com a colega, se estiver na pior. Vou botar mais um para você. Que está olhando?...

A fotografia? Estava no passaporte dela, e eu a ampliei. Para onde ela viajou sem passaporte? Para onde vão os anjos. Onde não precisamos de passaporte nem de fotografia. Onde não precisamos nem de joias... Olhe bem para ela. Era assim. Mas na verdade era também outra coisa. Quando a conheci, já era como a bela flor da estação quando o final da estação se aproxima.

Não gosto de falar dela. Faz dez anos que foi embora. Pouco depois eu também caí fora de Roma e atravessei o oceano. Dizem que o que foi foi, por que ruminar?... Deus sabe que isso também não é assim. As coisas todas não passam na surdina... Porque o que restou dela não foi só a fotografia. Restou outra coisa também... A voz dela. E uma coisa e outra que ela contou. Era diferente da maioria das mulheres que passaram pela minha vida. Todas foram embora sem deixar marca. Mas dessa uma eu lembro.

Porque, você sabe, na vida de um artista como eu as garotas passam a chave umas para as outras. Teve de todo tipo, eu não precisava me apresentar. Teve entre elas miudinhas. Teve gatas classudas, consumistas peitudas, depois melhores, distintas... o tipo interessante que pressente que logo será noite alta e então, no cio, assustada, começa a pegar fogo... Mas cada uma queria que eu declarasse publicamente que só gostava dela, para sempre.

Essa era diferente. Não era fresca. Dizia sem lero-lero, de cara, que queria apenas que eu permitisse que ela me adorasse. Não pedia amor em troca... A grana e a vida fina eram lixo para ela... só queria me beijar e me adorar.

De início achei que o artista que eu sou a tinha fascinado. Não quero me estender, reconheço que existe em mim algo irresistível... especialmente agora que me arrumaram os dentes da frente. Do que está rindo?... É como eu disse. Não me perseguem porque sou forte, diferente dos magrelas almofadinhas que rebolam para os barões... o artista que eu sou... ainda hoje, que perdi a posição... a viúva irlandesa que é a bola da vez também confessa... o respeito pelo artista, é por ele que se derretem. Levou tempo para eu descobrir qual era o problema dela na verdade... porque tinha alguém, tinha e não tinha... O marido? Não, ele desapareceu da vida dela há mais tempo, nem a procurava... Era outro, que se mandou. E depois veio atrás dela de Budapeste. Mas perdeu a conexão, o cavalheiro passou adiante antes da garota chegar em Roma... Esticou as botas, o inútil, não esperou a dama. Está apodrecendo no mesmo lugar que a minha pequena, num cemitério romano. Ao menos agora estão juntos... Mas, quando descobriu que o príncipe não a esperou, meu anjinho ficou muito triste. Estava solitária em Roma como uma viúva faminta, enlutada por um noivo com quem não se casou a tempo...

Nos cruzamos num café romano. Um jornal de casa pendia do meu bolso, foi nele que os olhos dela se fixaram. Porque naquela época eu ainda comprava às vezes publicações húngaras quando me batia a saudade. Pois então nos enroscamos. Não quero enfeitar a história. No início ela foi metida, mas logo se entregou. De noite ficamos juntos, ela veio comigo para o bar. No dia seguinte eu me mudei para o hotel em que ela estava. E lá ficamos, apaixonados. Fazia um tempo bonito no outono em Roma. O período doce foi curto, mas suficiente para que eu descobrisse a verdade. Porque, numa noite em que não havia mais o que falar, ela contou tudo.

Contou a verdade?... Não tenho certeza. Com as mulheres nunca se sabe. Mas naquela noite pareceu que saiu tudo, não restou nada. Não era uma garotinha mijona, nem envergonhada. Queria contar a verdade para alguém uma vez na vida... ou o que ela achava que era a verdade. Pode ser que fosse uma verdade deturpada, como sempre quando as mulheres se entusiasmam muito... Começou pelo marido, que ainda existia mas não era mais seu marido. E acabou com o careca que depois foi para Roma... atrás de quem ela também tinha ido para Roma... tinha ido atrás dele empurrada por uma coceira. Porque não tinha mais lugar na democracia.

Pois eu fiquei em silêncio até de madrugada. Porque a conversa daquela noite tinha algo de policial... Ela contou intimamente como era a vida no mundo dos patrões.

As palmas das minhas mãos coçavam enquanto eu escutava. Mas no geral achei a história confiável, porque a garota era da minha raça, ela também veio de baixo para o belo mundo húngaro, de mais baixo que eu, que vim de Zalá. Veio de debaixo da terra, literalmente, como um pesadelo no cemitério... veio de uma vala onde no tempo de menina de fraldas viveu com a família em Nyírség. O pápi plantava melancias. E ela mais tarde foi empregada na casa dos patrões, durante muito tempo só uma ajudantezinha de salto rachado que lavava a privada depois que a senhora a usava... No fim um burguês maluco começou a persegui-la... o filho do dono. O patrão a fez esperar muito até se casar com ela. Por um tempo curto ela também se tornou patroa.

E, depois, certa noite ela contou como rolou a coisa quando naquela casa fina tudo ficou de ponta-cabeça... A velha ordem foi por água abaixo... Isso eu ouvi com prazer. Parecia que ela contava a verdade. Mas também era um conto, como se alguém falasse do mundo do além. Onde eu também teria gostado de dar uma espiada, o paraíso dos ricos... Mas eu às vezes só chegava até o quarto de dormir. As damas nunca me levavam à sala de jantar ou de estar.

Pois essa história me ficou na lembrança. Porque naquela

época e desde então se ouve falar muito que está terminando a luta de classes, pois os proletários estão ganhando. Os patrões só estão fazendo hora, enrolando...

Quando não tenho ninguém por aqui para conversar, eu tenho tempo e fico pensando. Será que eu, o proletário, venci, de verdade verdadeira?...O boss aqui no balcão é mais humano que o capataz em Zalá. Tenho carro, uma viúva irlandesa, tevê, geladeira... tenho até cartão de crédito, ou seja, sou um cavalheiro de verdade, um gentleman. Me fizeram engolir isso tudo, a crédito. Se a cultura me excitasse, eu poderia comprar até livros. Mas eu me seguro, porque tive uma vida difícil, aprendi a ser modesto. Sem livros também percebo que a luta de classes já não explode nas ruas. O proletário continua sendo proletário, e o patrão continua sendo patrão. Mas hoje em dia eles não se evitam como antes. Não sei que porra aconteceu, mas antigamente o proletário se matava até martelar tudo aquilo que o patrão precisava. Hoje é o patrão que quebra a cabeça para descobrir como pode endoidar a mim, o proletário, para que eu consuma tudo o que o burguês fabrica. Me enche de tudo, como o ganso para o dia de Márton, para que eu engorde, porque ele só pode continuar sendo burguês se eu, o proletário, comprar tudo o que ele me joga em cima. É um mundo louco, a gente não consegue se situar... Porque ele me empurra tudo quanto é lixo, a crédito. Ei, você, um carro?... Eu estaciono aqui na esquina, tenho um carro novo. Quando entro nele e dou a partida, me lembro do que era um carro na minha infância!... Eu era um pirralho descalço e ficava maravilhado mesmo quando passava por mim o coche com dois cavalos, com o cocheiro na boleia, de colete bordado, com uma franja pendurada no barrete e estalando o chicote como um gendarme distribuindo bofetadas. O coche era puxado por dois cavalos, assim viajava um patrão!... Mas na minha charrete já tem cento e cinquenta cavalos... e, quando estou no volante, às vezes penso que eu sou o centésimo quinquagésimo primeiro, pois é mais fácil chegar em casa de metrô e de ônibus. Não há despesa, não é preciso estacionar, e além de tudo não sei para onde ir com os cento e cinquenta cavalos. No sábado às vezes vou com a viúva para o mar, lá comemos um bolinho de carne moída, mas não descemos do carro, não tem por quê... Depois, para casa. Mas preciso do carro, pois dá status. Como preciso do toca-fitas! Já gravei o pai-nosso e o ianquidudil para que guarde minha voz para a posteridade... mas está empoeirando num canto, não me ocorre mais nada. E não preciso mais nem contar, que se fodam a multiplicação e a divisão. Um cara que trabalha com computadores veio aqui no bar, vendeu uma geringonça de bolso, basta apertar um botão e o uma-vez-um aparece. Agora eu também sou inteligente como o Edison. E a outra máquina com que não se precisa escrever, basta fotografar a carta de despedida na correspondência, e pronto. E ainda raspo os pelos da cara com um aparelho elétrico, com outro limpo a dentadura... você está vendo esta nova, poderia ser bispo com ela, a crédito! E... Mas não consigo mais falar. Tenho uma máquina fotográfica do cacete, nova, basta apertar, e ela cospe a imagem pronta. Com ela a gente se diverte com as mulheres, intimamente, não é preciso mandar a malandragem para o laboratório, toda a sujeira se faz em casa, como na aldeia a sopa de porco. Isso tudo é meu, do proletário... A mâmi, que lavava cuecas a vida toda numa bacia, não acreditaria em seus olhos se estivesse aqui... Eu compraria para ela uma lavadora e uma secadora de cuecas elétrica. Porque isso também é meu, do proletário... E é meu esse mundo inteiro, porque o bellboy, aquele pilantra, voou para a África com a noiva por duas semanas, a crédito, e em prestações. Eu também poderia... E depois, se tivesse vontade de me divertir como um rei, me inscreveria num sexo grupal. É como o mercado de animais em Zalá quando exibiam o touro... Se quisesse, poderia ser sócio do lugar. Você está admirado, não é?... Espere só, você chegou agora, não sabe como é a nova luta de classes!... Olhe bem com os dois olhos. Quando vim para cá, nesta porra de América, não tinha um grand. E hoje?... Me examine da cabeça aos pés, quer acredite, quer não, a verdade sagrada é que tenho uma dívida de oito mil dólares! Pois faça como eu, cara! Vejo que não acredita. Mas pergunte a qualquer um na redondeza, todos podem dizer. Porque estou adiantado, sou um cavalheiro vencedor, de verdade!... E, se você esperar um pouco, vai ter cortador de grama e um forno elétrico que amolece a carne moída com uma luz vermelha, cientificamente. E tudo a crédito, porque o burguês está babando, mal pode esperar que você, o proletário, vire senhor. Você também vai pegar a febre do consumo, como eu peguei, como o carneiro pega sarna.

Aqui, mais um dedo. Assim... Sabe, às vezes me vem, no ex-proletário, uma grande generosidade. Como no ex-conde a nostalgia da pátria. O pior é que não me deixam em paz... A toda hora me entopem com os anúncios, para que eu compre isso ou aquilo... e no fim compro a crédito a viagem de noivado também, só para ter sossego. Em Roma ouvi que antigamente, quando lá ainda existiam imperadores, as majestades romanas faziam cócegas na garganta com penas de pavão, para depois, quando vomitassem, ter lugar na pança para enfiar as novas iguarias. Hoje em dia, a pena de pavão é o anúncio... Eles te excitam adiantado, não só a mim, mas também o cachorro e o gato, pois eles também veem na tevê o maná com que enchem a barriga. Porque a luta de classes hoje é desse jeito. Vencemos, camarada!... Só que às vezes seguro a minha cabeça para ver se está no lugar, se ainda me cabe alguma coisa na vontade...

O meu benzinho, quando limpava a privada, conheceu outro tipo de riqueza. Sobre ela me contou durante uma noite inteira.

Não lembro de tudo o que ela disse. O papo foi como a cantoria da despedida, que não tem fim. A impressão é que nem era ela que falava, mas a xoxota, que vinha de baixo... pois ela não tinha escola, como a eminência a quem serviu. Como se fosse a fala de um gravador em que alguém tivesse registrado um texto... Sabe, como a fita estreita que grava todo ruído, todo som, que guarda as palavras... como o papel que aprisiona moscas. O que se diz gruda nele. É possível que haja uma fita assim em toda mulher. E, se depois na vida delas aparece um spiker cuja voz é adequada, eles gravam tudo o que lhes é dito... Hoje em dia o gravador está na moda, e as mulheres aceitam a moda rapidamente. O meu benzinho absorveu o conhecimento e o modo como os patrões falavam entre eles numa língua secreta que só quem pertence à família compreende. Como só os More compreendem de verdade a língua cigana, e também os Dade nas caravanas... Existe uma língua nobre empresarial assim também. De certa forma os patrões não dizem de verdade o que pensam, só rodeiam e depois sorriem educados. E se calam quando um dos nossos pragueja. E devoram outras coisas. E depois se livram das sobras de uma maneira diferente de nós, proletários. Foi isso que a minha pequena observou. Aprendeu depressa... Quando se enroscou comigo, poderia ser professora na faculdade onde se ensina a civilização aos pobres de espírito... Ganhou dos patrões tudo o que na vala, e depois mais tarde, quando limpava a sujeira deles, jamais sonhou. Quer você acredite, quer não, o destino dela virou de modo que um dia não teve apenas joias, mas casacos de pele e removedor de esmalte de unhas... Que está olhando? Não acredita? Estou contando como foi. Mas ela também falou disso de olhos fechados, como se não fosse decente.

Ela prestou atenção em tudo, como a andorinha quando bica as sementes da fruta-pão. Até que depois se enroscou com o careca, um escritor, que era cabeça de ovo de um modo diferente dos meus fregueses, os ilustres aqui do bar... Era um escritor que não queria mais escrever. E o que ele dizia de certa forma penetrava na pele da minha querida, a inquietava. Disse meio na dúvida que não dormiu com ele, foi só um encontro de almas. Você acredita se quiser. Mas pode ser que foi verdade, pois de outra maneira ela não viria atrás dele em Roma. Esse paspalho cochichou alguma coisa para a minha pequena que a fez sonhar. Recitava que existe algo nos ricos que não se pode tirar nem com barricadas nem com bombas... Algo muito especial, como o calafrio durante o amor, na cama. E o proletário desconfia em vão que não adianta o encherem com todos os bens terrenos, não vai ser feliz de verdade na Terra enquanto não tirar dos patrões essa sensação maluca de bem-estar.

Ele disse alguma coisa desse tipo pra ela. O meu anjinho não entendeu direito, mas parece que a coisa a perturbava. E agora, mais tarde, eu também coço a cabeça, gostaria de entender o que fode o povo... Que porra teria de se tirar dos burgueses? Mas é difícil de tirar, porque os infelizes a esconderam tão bem que nem um demolidor de paredes conseguiria achá-la com facilidade... Sinto coceira no saco quando penso nisso. Antigamente apenas os patrões podiam se permitir o nervosismo. Mas hoje em dia vejo que o de calça de cano fino se enerva quando uma pessoa de outra classe se acomoda ao lado dele no metrô. Ou no cinema, em qualquer lugar... Fica nervoso, se afasta e encara o vizinho que não é da mesma raça... suspeita que ele continua não sendo o mais valioso, mas o engomado, o zé-ninguém de óculos, o diferente... Não são os modos que incomodam, pois eles nós também conhecemos. Eu mesmo já sou fino como era antigamente um conselheiro de governo a toda prova, de sangue. É alguma coisa diferente, e que o diabo carregue quem a inventou.

O meu benzinho logo aprendeu tudo o que era necessário para os bons modos. Mas o careca cochichou algo para ela que não a deixava em paz. Naquela noite era como se não fosse ela que falasse... Através dela falava uma pessoa, como a música através do violino ou do piano. Porque, quando ele, o cão escrevinhador doido, desapareceu da vida dela e da bela Budapeste, ela não sossegou e foi atrás dele... No fim tirei dela que o cavalheiro morreu lá, em Roma, no quarto do hotel, na cama onde eu estava deitado com ela, apaixonado, a dois. Assim são as mulheres. Aprenda, amigo, comigo, com o mais velho... Elas vão atrás de quem um dia elas escolheram e que depois não foi para a cama com elas. Elas se torturam, o coração geme de ódio. Não querem nada a não ser uma ligação sentimental com ele. Vão ao cemitério, ficam furiosas se veem um buquê de flores desconhecido no túmulo do sujeito infiel, finado... Porque o tal do Petöfi de meia-tigela disse a elas que existe algo no mundo que é melhor que o rango e o álcool. O quê? A cultura. E disse ainda que a cultura é reflexo.

Você sabe o que é isso?... Nós também não entendemos direito, nem ela nem eu. Mais tarde não aguentei, olhei no dicionário... Não tive preguiça, fui a uma biblioteca, procurei o reflexo. Para saber se era de comer ou de beber... Sabe, num daqueles dicionários idiotas que explicam para os ingleses estúpidos o que uma palavra significa na língua materna... Procurei, atento, mas me amarguei, porque não fiquei mais inteligente. Essa porra deve ser algo como quando alguém por via das dúvidas põe a mão no nariz para saber se ainda está lá... Li que pode ser adquirido e também herdado... já ouviu coisa parecida?

Mas esse é o barato da cultura, hoje ela é necessária para se ter status. Não entendo por que o povo se mata por ela, pois a cultura já não é grande coisa. Está tudo numa enciclopédia taluda, basta tirar o livro da estante, e lá está a cultura. Pois então o quê?... E, além disso, o reflexo. Sou um homem simples, você me conhece. Não exagero quando digo que sou culto, basta olhar para mim. É verdade, não toco mais bateria, mas reflexo eu ainda tenho... Em casa, quando estou sozinho, com a minha viúva caridosa, crente, eu às vezes pego na bateria. Toco como o padre negro na tevê quando ele acalma o povo. Nessas horas a viúva fica sonhadora, pousa a cabeça no meu ombro e respira forte assim, até que lhe venha o reflexo. Ninguém pode dizer que eu não tenho reflexo... E então eu continuo sendo proletário? Ainda existe alguma coisa que tem de ser tirada dos patrões? Que eles não queiram dar?... Os comunas nós vimos de perto, você e eu. Para nós podem papaguear como é ser tudo do povo. Os caras dos sindicatos aqui aprenderam que com o conde Rockefeller e com o barão Ford é mais fácil chegar num acordo porque eles pagam mais do que quando a boa vida nasce da produção socialista... Nós sabemos que isso tudo é conversa mole e enganação. Apesar disso é possível que a luta de classes não tenha acabado... Existe algo que o burguês escondeu?... E por isso o proletário continua inquieto?...

Espere um instante, a lady já está chorando. Não aguento ver os olhos chorando e a boca rindo. Temos de atender o embalsamador também... está observando a lady com inveja porque para ela já arranjaram um sorriso de saudação eterno, sem parafina.

... Ela era assim, um minuto antes de voar sem passagem de volta. Observe a fotografia com calma. Eu também fico olhando para ela às vezes.

Mas certa noite mais alguém olhou. Há um ano atrás, por volta da meia-noite, quando o lugar estava vazio, entraram dois fregueses. A peça no vizinho acabava de fracassar porque era em prosa, de novo aquelas coisas da alma. Vieram por volta da meia-noite, sentaram aqui, onde você agora está de pé. Estavam de frente para as prateleiras onde eu guardo a mercadoria. E o retrato.

Beberam em silêncio, com cultura. Via-se que era gente melhor, tinham reflexo. Mas se via também que eram aposentados. Isso se vê no ato, trezentos e oitenta por mês mais o auxílio para doença. Um deles já era branco como neve, como o santaclaus. O outro tinha costeletas, como quem deseja mostrar alguma coisa mas não tem muito, somente um pouco de pelos extras, próximos da orelha. Não prestei muita atenção no papo, mas ouvi que falavam um inglês diferente da maioria dos meus clientes... soltavam as palavras como quem não herdara mas aprendera o inglês. Mas não aprenderam aqui em Nova York, e sim há muito tempo na Inglaterra. Os dois usavam óculos e roupas gastas. Chamava atenção a manga do casaco do santaclaus, pois era mais comprida que o adequado, porque não era feita sob medida, mas comprada pronta no brechó... meu palpite era que não tinha dado mais que dois lincolns por ele. Eram pessoas de bons modos... ou seja, das que não têm dinheiro.

Mas tomavam bludiméri como quem tinha pressa de chegar ao nirvana. Recitavam uma ladainha silenciosa. Ouvi que trocavam ideias sobre o fato de que nesta grande abundância, na América, poucas eram as pessoas satisfeitas. Nisso eu prestei atenção, porque eu também sentia algo parecido. Quando alguém vinha de fora, do outro lado do oceano, não compreendia... Mas, quando se aquecia, virava nativo, como eu... Eu também penso nisso esfregando o queixo, como quem esqueceu de se barbear. Porque não vale a pena negar que aqui, onde as pessoas têm tudo o que é necessário para a boa vida, felicidade... sabe, felicidade verdadeira, sorridente... é como se ainda não existisse. No vizinho, na Macy's, você acha tudo o que é necessário para a felicidade terrena. Até isqueiro com chama eterna, num estojo. Mas felicidade não se vende nem lá nem na seção de vitaminas.

Os dois clientes falavam sobre isso. Na verdade, só o de costeletas falava, o santaclaus balançava a cabeça. E, à medida que se aprofundaram na sabedoria, foi como se de repente eu de novo ouvisse a voz do meu benzinho. Na última noite ela disse algo como a cultura e a felicidade serem a mesma coisa... assim tinha ouvido do cavalheiro que usava canetas. Na época eu não entendi. Mesmo hoje não entendo bem, mas, quando ouvi os dois fregueses, lembrei da fala dela. Prestei atenção, discretamente. Não pensaram sobre isso durante muito tempo. O de costeletas só disse de passagem que neste grande país há diversão, mas a alegria genuína, do coração, era rara entre as pessoas. Quando penso no papo, parece que do outro lado, na Europa, a alegria começa a resfriar. Aqui em Nova York é como se nem tivesse se acendido. Só o demônio entende... Mas eles também não entendiam bem, porque o cabeça de ovo, que devia ser um cientista, deu um fim e disse que seria mais justo se o governo aumentasse a aposentadoria, e assim seria mais simples eles terem com que se alegrar. Nisso eles concordaram. Depois ele pagou e foi embora. O santaclaus ficou, pediu mais uma gota, acendeu um cigarro. Quando lhe dei fogo, ele apontou a fotografia com o polegar, e em húngaro... mas de passagem, como se só fizesse uma observação durante uma conversa... perguntou:

"O senhor estava lá quando ela morreu?"

Eu me apoiei no balcão com as duas mãos para não cair. Olhei bem para ele. E o reconheci. Era o marido.

Vou te falar, não me arrependo... Meu coração batia forte nas profundezas, como se alguém o golpeasse com uma baqueta. Eu disse apenas que não estava lá. De madrugada, quando cheguei do bar, o rosto dela ainda estava quente. Mas ela já não falava.

Ele assentiu, amigável, como quem esperava por isso. Fez perguntas em voz baixa, enquanto sorria. Perguntou se eu precisava de alguma coisa, se as joias tinham durado até o fim. Eu o tranquilizei dizendo que ela não teve preocupações, pois eu tinha ficado a seu lado e cuidado dela. Isso ele também registrou, assentindo com a cabeça, como o padre no confessionário, que ouve tudo e depois distribui três pai-nossos. Queria saber... mas sempre educado, amistoso... se o enterro tinha sido decente, segundo as regras e os costumes. Respondi as perguntas com boa vontade. Só cerrei os punhos. Mas ele não mudou o tom de voz.

Nunca soube, nem mais tarde, de quem e como ele tinha conseguido as informações. Como me encontrou? De quem tinha ouvido os detalhes, sobre o hotel, sobre as joias?... Eu nunca o tinha visto antes no bar. Na rua húngara, do lado melhor, eu procurei saber, nunca tinham ouvido falar nele. Mas ele sabia tudo sobre mim, até mesmo que meu nome artístico era Ede. Porque perguntou, de novo amigável:

"E o senhor está satisfeito, sr. Ede?"

Como um velho e bom conhecido. Não, diferente... Como o chefe que se encontra com o empregado... Como se ele ainda fosse o proprietário e eu o cão. Eu respondi educado. Mas, como disse, cerrava os punhos... Porque começou a ficar claro que alguém tinha me enganado. Sabe, ele falava tão baixo. Era agradável, natural. Como se eu nem fosse digno de que ele gritasse comigo. Ou que me chamasse de cafajeste, eu nem me importaria... Falava como se eu não fosse inimigo. Por isso o ódio se acumulou nos meus punhos. Porque, se ele gritasse comigo dizendo que eu sabia de tudo, para que eu contasse... nesse caso estaríamos em pé de igualdade. Se dissesse: escute, Ede, eu já acabei, estou gasto, mas ainda sou o senhor doutor... pois eu responderia como fosse possível. Se dissesse que houve uma confusão louca com aquela mulher mas que tudo tinha passado. Conte, como foi o fim?... Eu resmungaria alguma coisa, que, sorry, não tenho culpa, aconteceu... Se me desse um soco, eu devolveria. Talvez rolássemos no chão, até que o boss telefonasse e os tiras nos levassem... isso também estaria certo, como se deve entre dois cavalheiros. Mas a conversa baixa no mundo doente, tremendamente grande, aqui no bar... ela fez meu sangue subir para a cabeça.

Porque entre nós a palavra silenciosa, sabe, era ofensiva. A ponta dos meus dedos começou a formigar, comecei a ficar maluco. Tirou um lincoln do bolso. Vi que sua mão tremia. Comecei a fechar o caixa. Ele não disse nada, não me apressou. Apoiou os cotovelos no balcão, estalou a língua, como quando a pessoa distinta toma uma a mais que o estritamente necessário. E começou a sorrir, como quem me saudava.

Olhei bem para ele, de esguelha. Dava para ver que aquele mister estava acabado. Roupa velha, camisa de muitos dias... e olhos vidrados por trás das lentes. Não precisava ser muito observador, era fácil ver que esse homem, que tinha de ser tratado por *doutor*... lembrei disso... que depois do cerco, à margem do Danúbio, se despediu do meu benzinho como se ela não fosse a mulher por quem ele tinha enlouquecido um dia, mas uma empregada de quem ele não precisava mais... esse homem estava bem por baixo. Mas ainda acreditava que era o patrão... A saliva subiu na minha garganta, engoli grosso. Uma agitação muito grande trabalhava dentro de mim. Se aquele pateta fosse embora e não confessasse que a farra tinha acabado... e fui eu quem ficou por cima... Bem, você entende. Temia que a coisa ia dar em confusão. Estendeu o lincoln.

"Foram três", disse. E tirou os óculos e começou a limpá-los. Olhava fixamente diante de si, míope. A conta dava três e sessenta. Devolvi um e quarenta. Ele acenou:

"Isso é seu. Guarde, Ede."

Esse foi o momento perigoso. Mas ele não me olhou, fez menção de levantar. O exercício físico não era fácil, agarrou-se no balcão. Olhei para o um e quarenta na minha mão, pensei se não devia atirá-lo nos olhos dele. Mas a voz não saiu da minha garganta. Aos trancos e barrancos ele se endireitou, e começou a sair. Eu o chamei.

"O senhor estacionou longe, doutor?"

Ele balançou a cabeça, tossiu como os fumantes. Disse rouco: "Não tenho carro. Vou para casa por baixo da terra."

Eu disse, com força:

"Meu carro está aqui na vizinhança. É um carro novo. Vou levá-lo para casa."

"Não", e soluçou. "O metrô. Ele vai me levar para casa."

Eu gritei:

"Nada disso, meu senhor. Eu, o proletário fedorento, vou levar o doutor para casa com o meu carro novo."

Larguei o balcão e dei um passo na direção dele. Pensei que, se ele resistisse, eu o golpearia. Porque uma vez afinal seria necessário pôr as coisas em ordem... A língua dele se enrolou. Olhou para mim de lado.

"O.k.", disse. E assentiu. "Leve-me para casa, proletário fedorento."

Abracei-o, e assim caminhamos na direção da saída. Como somente homens que estiveram deitados sob o cobertor da mesma mulher são capazes de andar, com tanta camaradagem. Você vê, esta é a verdadeira democracia.

Na rua 100... lá onde começa o país negro... ele desceu. Desapareceu como o caixão de cimento na água. Nunca mais o vi.

Os escritores estão chegando. É melhor você sair de fininho, pela esquerda. Pode haver entre eles um velho condenado a trabalhos forçados de casa... Não custa tomar cuidado. No fim de semana apareça de novo. E cuidado para não passar perto de quem trabalha com cimento.

"Welcome, gentlemen. You are served, sir."

San Diego, 1979

1ª EDIÇÃO [2008] 9 reimpressões

ESTA OBRA FOI COMPOSTA POR TECO DE SOUZA EM ELECTRA E
IMPRESSA EM OFSETE PELA GRÁFICA PAYM SOBRE PAPEL PÓLEN
DA SUZANO S.A. PARA A EDITORA SCHWARCZ EM JULHO DE 2025

A marca FSC® é a garantia de que a madeira utilizada na fabricação do papel deste livro provém de florestas que foram gerenciadas de maneira ambientalmente correta, socialmente justa e economicamente viável, além de outras fontes de origem controlada.